HEYNE

Zum Buch

Stockholm, 1928. Auf einer verlassenen Werft wird die achtjährige Ingrid Bengtsson grausam zugerichtet aufgefunden. Der Fall sorgt für großes Aufsehen, die Zeitungen berichten täglich, und die Behörden geraten zunehmend unter Druck. Der junge Kommissar John Stierna wird mit den Ermittlungen betraut, und es beginnt die Jagd nach einem Mörder, der so gut wie keine Spuren hinterlassen hat. Doch Stierna ist sich seiner Sache sicher und verspricht der verzweifelten Mutter des Mädchens, den Mörder ihrer Tochter zu finden. Zwanzig Jahre später hat Stierna dem Kriminaldienst den Rücken gekehrt. Den Mord an der kleinen Ingrid hat er jedoch niemals vergessen, und als er von einem Journalisten kontaktiert wird, der an einer Artikelreihe über spektakuläre Mordfälle arbeitet, beginnt Stierna, sich erneut mit dem Fall zu beschäftigen. Die bohrenden Fragen des Journalisten lassen einige Indizien plötzlich in neuem Licht erscheinen. Doch die Zeit drängt, in wenigen Tagen verjährt der Mord an dem Mädchen, und der Täter könnte für immer entkommen.

Zum Autor

Pontus Ljunghill ist Kriminologe und arbeitet als Journalist für verschiedene Zeitungen. *Der Mann im Park* ist sein erster Roman und hat in Schweden für Furore gesorgt. Pontus Ljunghill lebt in Stockholm.

PONTUS LJUNGHILL

DER MANN IM PARK

Roman

Aus dem Schwedischen
von Christel Hildebrandt

WILHELM HEYNE VERLAG
MÜNCHEN

Die Originalausgabe erschien unter dem Titel EN OSYNLIG bei
Wahlström & Wildstrand, Stockholm

FSC
www.fsc.org
MIX
Papier aus verantwortungsvollen Quellen
FSC® C014496

Verlagsgruppe Random House FSC® N001967
Das für dieses Buch verwendete FSC®-zertifizierte Papier
Holmen Book Cream liefert Holmen Paper, Hallstavik, Schweden.

Vollständige deutsche Taschenbuchausgabe 02/2015

Redaktion: Nike Müller
Printed in Germany 2015
Umschlaggestaltung: Johannes Wiebel | punchdesign, München
Umschlagabbildung: Johannes Wiebel unter Verwendung eines
Motivs von © picsfive/shutterstock.com
Satz: C. Schaber Datentechnik, Wels
Druck und Bindung: GGP Media GmbH, Pößneck
ISBN: 978-3-453-41805-9

www.heyne.de

Fast scheint es, als wählte die Macht, die über das Leben der Menschen herrscht ... die Verdienstvollsten für den Untergang aus und schonte diejenigen, die am unwürdigsten sind.

Chevalier de Johnstone,
Schottischer Rebell, die Schlacht bei Culloden, 1746

Stockholm 1928

1

Er schaute auf die Uhr. Es war kurz vor drei.

Das Werftgelände lag dunkel und verlassen da. Die großen, leeren Gebäude erschienen ihm wie reglose Schattengestalten. Er befand sich unten am Wasser, schaute über den Sund. Auf der anderen Seite standen einige Häuser. Links lag die schwach beleuchtete Holzbrücke.

Er schob sich den Hut zurecht und schaute auf seinen schwarzen Anzug hinab. Der war neu gekauft, saß jedoch schlecht. So war es meistens. Er war schlank, und wegen seiner breiten Schultern passten die Sachen oft nicht richtig. Den schwarzen Regenmantel hatte er in eine Tasche gepackt, er war so blutverschmiert, dass er ihn nicht anziehen konnte.

Er zündete sich eine Zigarette an und nahm ein paar tiefe Züge. Er dachte daran, wie er hierhergekommen war. Nach all den Jahren war er schließlich auf dieser dunklen, verlassenen Werft auf Djurgården gelandet. Der Weg hierher war nicht gerade verlaufen, sondern in vielen Windungen bergauf und bergab, doch er hatte ihn unerbittlich hierhergeführt.

Die Nacht war klar, im Wasser spiegelte sich der Vollmond. Er hatte schon vor langer Zeit erkannt, dass das Leben selbst schuld daran war, dass er auf die schiefe Bahn geraten und schließlich zum Mörder geworden war. Erniedrigung und Gleichgültigkeit hatten ihn geformt. Er hatte keine nennenswerten sozia-

len Kontakte. Die Menschen, die er traf, interessierten ihn ebenso wenig wie die monotone Arbeit, die er die vielen Jahre hindurch getan hatte. Jetzt lebte er überwiegend von Taschendiebstählen in den Geschäftsstraßen von Norrmalm und auf dem Hauptbahnhof; das brachte mehr ein. Ab und zu knackte er Autos; oft lohnte sich das nicht, aber manchmal war es die reinste Goldgrube. Oft gehörten die Autos reichen Leuten. Er hatte schon teure Anzüge erbeutet. Champagner. Dicke Brieftaschen. Hin und wieder brach er auch in Villen in den feineren Wohngegenden ein. In Holzhäuschen in Äppelviken. Sommerhäuser auf Stora Essingen.

Eine Verbrecherlaufbahn. Anfangs war sie voller Überraschungen gewesen. Inzwischen war ihm fast genauso langweilig wie früher, als er sein Geld noch auf ehrliche Weise verdient hatte.

Der Mann im Anzug rauchte seine Zigarette und strich sich mit der linken Hand übers Kinn. Seit drei Tagen hatte er sich nicht mehr rasiert. Das lag in erster Linie an der Anspannung der letzten Monate. Normalerweise achtete er sehr auf sein Äußeres.

Er warf den Zigarettenstummel auf den Boden und drückte die Glut mit der rechten Schuhspitze aus. Dann hob er den Stummel auf und steckte ihn ein.

Als Teenager hatte er in Läden geklaut, meistens Kleinigkeiten. Allmählich hatte er seine Technik verfeinert, allerlei Tricks und Kniffe gelernt. Nie war er erwischt worden.

Letzte Nacht hatte er einen Schritt in eine andere Richtung getan. Einen Schritt, zu dem er gezwungen gewesen war. Das erleichterte ihn, gleichzeitig fühlte er sich verwirrt, fast schwindlig. In dieser Nacht hatte er einen Menschen getötet.

Er drehte sich um und ging durch die Dunkelheit. Der Kies knirschte unter seinen Füßen. Er blieb vor einem großen Gebäude aus Wellblech stehen, öffnete die Tür und trat ein.

Drinnen war es sehr dunkel, überall stapelte sich Gerümpel: Bretter, verrostete Motoren und Blechplatten. Früher einmal, vor nicht allzu langer Zeit, hatten hier Menschen gearbeitet. Jetzt war die Werft stillgelegt und verfiel.

Vorsichtig stieg er eine wacklige Holztreppe hinauf.

Die obere Etage war viel kleiner, höchstens ein Drittel vom Erdgeschoss. Er zündete eine Petroleumlampe an, die gleich neben der Treppe auf dem Boden stand.

Um einen Holztisch standen ein paar Holzstühle. Unter einem Fenster befand sich eine schmutzige Badewanne. In ihr lag die Tasche mit seinen Sachen: der Strick mit der Schlinge. Der Knüppel, in ein blutiges Handtuch gewickelt. Kurze Hosen. Wäsche. Die Laufschuhe.

Das Mädchen lag auf dem Boden. Er konnte deutlich das Blut in ihrem blonden Haar erkennen. Und die Blutlachen um sie herum. Die dicken Spritzer über ihrem Kopf. Sie hatte stark geblutet, als er sie mit dem Knüppel erschlagen hatte, aber er nahm an, dass sie nicht lange gelitten hatte.

Er stand auf und ging vorsichtig um das Blut herum, achtete darauf, nicht hineinzutreten.

Sie hieß Ingrid. Vor vier Wochen hatte er sie das erste Mal allein im Vasapark getroffen und mit ihr gesprochen. Anfangs war sie sehr schüchtern gewesen. Er hatte ihr Kleingeld für Glanzbilder gegeben. Seitdem war er jeden Tag in den Park gegangen. Lange hatte er immer auf derselben Parkbank gesessen, Zeitung gelesen oder nur das Treiben um sich herum betrachtet.

Er hatte sie seitdem ein paarmal getroffen. Langsam ihr Vertrauen gewonnen. Gefragt, wie es in der Schule lief. Einmal hatte er ihr sogar eines seiner Sammelbilder geschenkt. Er hatte sie gemocht.

Bereits bei ihrem zweiten Treffen hatte sie ihm erzählt, dass sie bei ihrer Mutter lebte. Dass sie ihren Vater nie gesehen hatte. Er hatte nach dem Namen des Vaters gefragt. Behauptet, er würde ihn kennen.

Vor einer Woche hatte er sich den Wagen besorgt. War in den letzten Tagen in ihm herumgefahren. Angehalten, ausgestiegen. Hatte gesucht. Am letzten Nachmittag hatte er den Wagen in einer Seitenstraße nahe dem Vasapark abgestellt. Er hatte Erdbeeren dabei, die er am Tag zuvor auf dem Hötorget gekauft hatte. Er hatte sich auf dieselbe Bank wie immer gesetzt, die an der großen Rasenfläche, nahe dem Weg, den sie immer nahm. Er hatte die Stockholms-Tidningen *durchgeblättert. Die Leute um ihn herum betrachtet. Mehrere Stunden hatte er dort gesessen. Immer weniger Menschen kamen und gingen. Die Dunkelheit setzte ein, der Laternenanzünder verrichtete seine Arbeit.*

Sie war gegen neun gekommen; er war verwundert darüber gewesen, dass sie so spät noch unterwegs war. Sie war neben der Bank stehen geblieben. Hatte ein Gespräch mit ihm angefangen. Er spürte, dass sie ihm vertraute, und er hatte ihr erzählt, dass ihr Vater in der Stadt sei, dass sie ihn endlich kennenlernen könne. Und sie war mit ihm gegangen.

2

Harry Schiller kletterte mühsam den steilen Abhang am Ende der Nordenskiöldsgatan hinauf. Es war kurz nach vier Uhr, und kein Mensch ließ sich blicken.

Schiller blieb vor einem der Mietshäuser stehen. Der Abend hatte im Restaurant »Tennstopet« begonnen. Weitergegangen war es in einigen Bierkneipen innerhalb der Stadtgrenzen. Er hatte sich Orte ausgesucht, an denen er nicht als Säufer bekannt war, als Stadtstreicher, als jemand, der nicht bedient wurde. Die Kneipenrunde hatte bei Julia im Narvavägen ihr Ende gefunden. Dort hatten sie ihn aufgefordert zu gehen, kurz bevor sie um zwölf Uhr schlossen. Er war inzwischen total betrunken und so gut wie pleite.

Er hatte in der Nähe der Djurgårdsbrücke einen Schlafplatz gefunden, aber er war nur dünn angezogen, und gegen halb vier war er aufgewacht und hatte eingesehen, dass er etwas Bequemeres suchen musste.

Er öffnete ein Eisengitter, das zum Innenhof führte. Der war ziemlich klein und fast quadratisch. An einer Hauswand befand sich ein Ständer mit mehreren Fahrrädern. Ein Stück weiter verlief ein halbhoher Gitterzaun.

Schiller ging auf den Zaun zu. Unterhalb von diesem lag das Werftgelände. Die Werft selbst war seit Langem stillgelegt, und er hatte es sich zur Angewohnheit gemacht, mehrere Male in der Woche dort zu schlafen.

Er kletterte über den Zaun. Eine Mauer, die auf der anderen Seite ein paar Meter abfiel, zog sich bis zur Werft hin. Dicht an der Mauer wuchsen mehrere Bäume. Er lehnte sich zu einem hinüber, und trotz seines Rausches gelang es ihm hinunterzuklettern. Er hatte es schon so oft gemacht.

Glücklich unten angekommen, stellte er sich an die Wand des nächstgelegenen großen gelben Metallgebäudes und pinkelte. Anders als sonst stand die kaputte Tür offen.

Er knöpfte seine Hose zu und ging hinein.

Auf dem Weg zur Treppe stieß er mehrmals gegen verrostete Maschinen. Alkohol und Dunkelheit waren der Grund, dass er sich unsicherer fühlte als sonst. Während er hochstieg, summte er leise eine Melodie. Dann war er im ersten Stock angekommen.

Es dauerte einige Sekunden, bis er das Mädchen sah. Zuerst hatte er aus dem kleinen Fenster geschaut, erst dann auf den Boden.

Das Mädchen lag auf dem Rücken. Sie trug einen weißen Rock, eine weiße Bluse und eine Strickjacke. An den Füßen hatte sie Sandalen. Ihr blondes Haar war blutgetränkt. Die Unterhose war heruntergezogen und hing über dem linken Fuß. Er sah um sie herum Blutlachen, Blutspritzer.

Das Schreckliche war mit Händen zu greifen. Er hörte kein Atmen.

Harry Schillers Blick flackerte. Er stolperte und fiel fast auf die Badewanne. Die Wanne war schmutzig. Er sah, dass eine Tasche darin stand, eine große, dunkle Ledertasche. Sie war ein Stück geöffnet, sodass er einiges von ihrem Inhalt erkennen konnte. Etwas war in ein blutiges Handtuch gewickelt, etwas

Längliches, Rundes, wie ein Schlagstock. Unter dem Handtuch lugten ein Paar Sportschuhe und eine kurze Hose hervor.

Plötzlich war aus dem Erdgeschoss ein Knall zu hören. Schiller zuckte zusammen und blieb wie erstarrt stehen. Jemand hatte soeben das große Werftgebäude betreten. Leichte Schritte waren von unten zu hören.

Harry Schiller spürte die Panik in sich aufsteigen. Ihn beherrschte nur noch ein einziger Gedanke: Er musste sich verstecken.

Schiller schaute sich um. An einer Wand stand ein Metallschrank, ein Stück von ihr abgerückt. Er schätzte, dass dahinter genug Platz für ihn war.

Ein Mann kam die Treppe herauf. Im Dunkeln war sein Gesicht nicht zu erkennen, aber er trug ein Jackett und einen Hut. Außerdem hatte er anscheinend Handschuhe an.

Der Mann ging zu dem Mädchen, er bewegte sich langsam und ließ seinen Blick über den Boden schweifen, als suchte er nach etwas. Er trat an die Badewanne, sah die Tasche und hob sie heraus.

Harry Schiller konnte den Atem nicht länger anhalten. Vorsichtig ließ er die Luft durch die Mundwinkel heraus. Dann atmete er wieder ein und hoffte, dass es nicht zu hören war. Das hätte noch gefehlt.

Der Mann schaute noch einmal in die Runde. Dann drehte er sich um und ging fast lautlos die Treppe hinunter.

Harry Schiller wartete lange Zeit hinter dem Regal, bevor er sich hervorwagte. Wie lange, das konnte er nicht sagen. Vielleicht waren es zehn Minuten, vielleicht eine halbe Stunde.

Schließlich lief er aus dem Gebäude hinaus. Verließ das Gelände auf demselben Weg, den er gekommen war, und bald stand er wieder auf der Nordenskiöldsgatan. Seine Hände zitterten, er fror am ganzen Körper. Dann rannte er los.

Kurz vor Skansen fand Harry Schiller eine Telefonzelle. Stotternd bat er darum, mit der Polizei verbunden zu werden. Eine souverän klingende Stimme meldete sich.

»Polizei.«

»Sie müssen kommen«, begann Harry. »Es ist etwas passiert ...«

Plötzlich spürte er Übelkeit in sich aufsteigen.

»Hallo, mit wem spreche ich?«

Harry holte tief Luft.

»Das ist doch egal. Auf der Djurgårdswerft liegt ein Mädchen. Ich glaube, sie ist tot. Jemand muss sie umgebracht haben.«

»Ein Mädchen auf der Djurgårdswerft – wo dort?«

»Im Obergeschoss ... In der größten Halle ... Da ist einer gekommen ...«

»Wer ist gekommen?«

Harry Schiller schluckte. Es ging ihm gar nicht gut.

»Wo sind Sie?«, fragte die Stimme am anderen Ende. »Bleiben Sie, wo Sie sind, wir kommen. Dann können Sie uns zeigen, wo das Mädchen sich befindet. Wo sind Sie?«

»Bleiben ... ich werde versuchen hierzubleiben. Werde versuchen, noch mal hinzugehen ...«

Jetzt spürte er, wie er es nicht länger unterdrücken konnte. Er legte den Hörer auf und sprang aus der Zelle. Direkt vor dem Eingang zu dem großen Tierpark erbrach er sich.

1953

3

John Stierna versuchte sich zu konzentrieren, um das Fünkchen Inspiration nicht verlöschen zu lassen, doch das war nicht so einfach. Für einen Polizeibeamten konnte er gut schreiben, und immer war er derjenige, der die Texte für die Schaukästen des Kriminalmuseums verfasste.

Der Schreibtisch war staubig geworden, es schien, als würden die Putzfrauen nicht bis zum Dachgeschoss in dem riesigen neuen Polizeigebäude in der Bergsgatan finden. Was eigentlich auch kein Wunder war, das Museum lag wirklich versteckt.

Stierna saß hinter seiner Schreibmaschine. Er feilte an den Formulierungen, doch die Arbeit ging ihm nicht so recht von der Hand.

Der Text handelte vom Sabbatsaboteur. Er hatte damals nichts mit den Ermittlungen zu tun gehabt, dennoch konnte er sich noch sehr genau an die Silvesternacht 1947 erinnern. In der Nacht wurde ein Achtzehnjähriger am Tatort festgenommen, nachdem in Observatorielunden eine Sprengladung explodiert war und zwei weitere bei der Stadtbibliothek. Das war das Ende einer Terrorwelle gewesen.

Eine gewaltige Dynamitladung war anderthalb Monate zuvor auf dem Stockholmer Hauptbahnhof hochgegangen, eine andere beim Polizeirevier Klara. Insgesamt hatte es sich um neun Explosionen gehandelt.

Auf dem Schreibtisch lagen einige Gegenstände verstreut. Neun Dynamitstangen, fünfundachtzig Zündhütchen, gut sieben Meter Lunte und die Zange, die der Sabbatsaboteur bei sich gehabt hatte, als er festgenommen wurde. Und es gab ein Foto des damals Achtzehnjährigen, der heute kurz vor seinem vierundzwanzigsten Geburtstag stand, und seiner beiden Komplizen. Alle mit einem schwarzen Balken vor dem Gesicht. Damit die Anonymität gewahrt blieb.

Der Attentäter war nicht der Typ, den man erwartet hatte. Er war kein Wahnsinniger, der von inneren Stimmen getrieben wurde, wie die Psychiater geglaubt hatten. Menschenleben waren ihm nicht gleichgültig, die Wahrheit lag weit entfernt von dem düsteren Raunen der Presse. Es hatte sich um einen jungen Mann gehandelt, der nie eine Chance bekommen hatte, der in so ärmlichen Verhältnissen aufgewachsen war, dass er trotz seiner Begabung nicht hatte studieren können, und der weniger begabte, aber reiche junge Männer gesehen hatte, die an ihm vorbei nach oben strebten. Der Täter hatte die Grenze überschritten, hatte auf gewaltsame Art und Weise gegen die Gesellschaft revoltiert. Und er war von den Hetzartikeln der Presse weitergetrieben worden, hatte jedoch immer darauf geachtet, dass kein Blut an seinen Händen klebte.

Auf Långholmen hatte man dem Sabbatsaboteur eine Chance gegeben. Dort hatte er sich zum Ingenieur ausbilden lassen. Stierna überlegte, ob er wohl jemals wieder von dem Mann hören würde. Er nahm es nicht an, nicht, nachdem der junge Mann die Möglichkeit bekommen hatte, etwas Besseres zu machen. Aber es gab viele, die nie diese Möglichkeit bekamen.

Stierna zog das Blatt Papier aus der Schreibmaschine und stand auf.

»Guten Tag, Chef. Wie geht's?«

Stierna drehte sich um. Ein Mann war ins Zimmer gekommen. Er war groß, hatte graues Haar und trug eine helle Hose und ein kurzärmliges blaues Hemd.

»Danke, gut, Gösta.«

Gösta Berg war jetzt seit mehr als drei Jahren im Kriminalmuseum. Berg war ein paar Jahre älter als er und hatte im siebten Polizeirevier in der Smålandsgatan gearbeitet; trotzdem konnte Stierna sich nicht daran erinnern, jemals im Dienst auf ihn gestoßen zu sein, bis zu dem Tag, an dem er ihm das erste Mal hier oben auf dem Dachboden in der Bergsgatan begegnete, im Frühling 1950.

»Wann machst du Feierabend?«

»Weiß ich noch nicht«, antwortete Stierna. »Aber wohl nicht so spät, ich muss ja die Fähre kriegen. Spätestens um vier muss ich hier los.«

»Du weißt, ich werde immer ganz nervös, wenn du nicht da bist. Und jetzt kommst du gar nicht mehr.«

Stierna konnte nicht sagen, wie oft Berg genau diesen Satz von sich gegeben hatte: »Ich werde immer ganz nervös, wenn du nicht da bist.« Er hatte nie sagen können, ob der Kollege es ernst meinte oder nicht. Hatte sich aber auch nie die Mühe gemacht, das herauszufinden.

»Wir können die Vitrine mit dem Sabbatsaboteur zurechtmachen«, sagte Stierna. »Ich habe den Text fertig, und das Archiv hat genau das geschickt, was wir haben wollten. Die Dynamitstangen, die Lunte und die Fotos.«

»Gut«, sagte Berg. »Ich werde dafür sorgen, dass das heute noch gemacht wird.«

Stierna setzte sich wieder an seinen Schreibtisch und verschränkte die Hände im Nacken.

»Gibt es heute noch weitere Führungen? Ich meine mich zu erinnern, dass eine Gruppe von Jurastudenten aus Uppsala noch kommen sollte.«

»Ja, stimmt«, nickte Berg. »Für drei Uhr sind sie angemeldet. Eigentlich sollte Ljungman sie übernehmen, aber er ist noch nicht aufgetaucht.«

»Ist er noch nicht zurück? Wann ist er denn gefahren? Doch schon vor zwei Stunden, oder?«

»Mindestens«, bestätigte Berg.

Gösta Berg, Allan Ljungman und ich, dachte Stierna. Ein merkwürdiger Haufen.

Allan Ljungman war dreiundsechzig, der älteste der drei, und Stierna war ihm gegenüber immer misstrauisch gewesen. Vielleicht lag es daran, dass Ljungman in den Vierzigern für den Geheimdienst gearbeitet hatte. Vielleicht hatte es auch damit zu tun, dass es Gerüchte gab, wonach er im Zweiten Weltkrieg Listen über politische Abweichler geführt habe. Auf jeden Fall hatte Stierna das Gefühl, dass er den Kollegen nicht so richtig fassen konnte.

An diesem Tag, seinem letzten im Kriminalmuseum, seinem allerletzten im Polizeidienst, hatte Stierna Ljungman gebeten, Akten aus dem Archiv zu holen. Was eigentlich nicht länger als zwanzig Minuten dauern durfte. Aber Ljungman war nach gut zwei Stunden immer noch nicht zurück.

»Kannst du das übernehmen, wenn er noch nicht wieder da ist?«, fragte Stierna. »Ich möchte heute nicht nach Hause hetzen.«

»Natürlich«, nickte Berg.

Stierna stand wieder auf. Er musste trotz allem noch einmal nachsehen, wie es mit den Uniformen stand.

Er ergriff den Stock, der neben dem Schreibtisch stand. Humpelnd verließ er das große Zimmer. Er ging durch den unangenehmsten Raum des Museums, in dem Mord, Selbstmord und Verkehrsunfälle gezeigt wurden. Vorbei an der Abteilung der Geheimpolizei und an einem Raum mit verschiedenen Kunstfälschungen.

Während er die Säle durchschritt, fiel ihm eine Begebenheit ein, die sich vor knapp einem Jahr ereignet hatte. Da war Gösta Berg zu ihm gekommen und hatte ihm erzählt, warum er seine Polizeikarriere in einem Museum beenden wollte. Fast so nebenbei, beim Mittagessen. Stierna war das merkwürdig vorgekommen, später war ihm klar geworden, dass es eine Geste des Kollegen gewesen war. Eine Bestätigung dafür, dass sie wirklich befreundet waren.

Stierna war lange davon überzeugt gewesen, dass es mit dem Alter zu tun hatte, doch da irrte er sich. Es ging um Angst.

An einem Tag Ende Februar 1950 waren Berg und zwei Kollegen in eine Wohnung in der Grevgatan gerufen worden. Ein gesuchter Verbrecher war in einer Wohnung im Erdgeschoss gesehen worden. Berg hatte den Einsatz geleitet. Die Wohnung gehörte einer jungen Frau, von der sie wussten, dass sie den Gesuchten kannte und Kontakt mit ihm hatte. Sie hatten gewartet, bis die Frau die Wohnung verlassen hatte, dann waren sie eingedrungen, schnell und ohne Probleme.

Der Mann hatte mit einem Messer in der rechten Hand im Flur gestanden. Der jüngste der Kollegen war gleich getroffen worden, im Schenkel. Als der Mann noch einmal zustoßen wollte, hatte Gösta Berg auf ihn geschossen. Die Kugel durchschlug den Unterarm und flog weiter ins Wohnzimmer. Der Schuss war nicht lebensgefährlich gewesen, aber der Verdächtige war zu Boden gegangen, nicht mehr in der Lage, Widerstand zu leisten, dazu waren die Schmerzen zu groß.

Es hatte einige Sekunden gedauert, bis die Kinderschreie kamen. Zuerst leise, fast gurgelnd. Dann in voller Lautstärke.

Berg hatte gewusst, dass die Frau einen kleinen Sohn hatte. Er hätte daran denken müssen, hätte sich vergewissern müssen, dass sich kein Kind in der Wohnung befand, als sie eindrangen. Der Junge war fünf Jahre alt, er hatte im Zimmer hinter dem Flur gestanden. Sie hatten seine Anwesenheit gar nicht bemerkt. Bergs Kugel hatte ihn in der Seite getroffen.

Gösta Berg hatte den stark blutenden Jungen selbst zum Sabbatsberg gefahren. Noch nie in seinem Leben war er so schnell gefahren.

Ein paar Minuten später, und der Fünfjährige wäre gestorben. Doch er war durchgekommen.

Einen Monat später reichte Gösta Berg sein Gesuch um Versetzung ein, so weit weg von der Arbeit auf Stockholms Straßen wie nur möglich. Die Angst, in Zukunft noch einmal in eine derartige Situation zu geraten, war zu groß. Er hatte einen Fehler gemacht, der einen kleinen Jungen fast das Leben gekostet hatte. Berg wusste, es konnte ein nächstes Mal geben, bei dem er vielleicht nicht das Glück auf seiner Seite haben würde.

Er hatte sich fürs Kriminalmuseum beworben.

Wir haben alle unsere Gründe, dachte Stierna. Berg. Ich selbst. Ljungman sicher auch.

Die Uniformen hingen ganz hinten in dem großen Saal, gleich bei der Eingangstür.

Im Lauf der Jahre hatte sich so einiges angesammelt. Vom Modell von Mitte des 19. Jahrhunderts bis zum jüngsten von 1941. Bald würde es an der Zeit sein, wieder mal zu wechseln.

Stierna hatte gehört, dass die neue Kollektion teurer werden sollte, als sich irgendjemand hätte vorstellen können.

Ein kurzes Klingeln ertönte. Stierna ging zur Tür.

Der Mann draußen war groß, trug einen dunklen Anzug und eine kleine, runde Brille. Das graue Haar war streng nach hinten gekämmt. In der Hand hielt er eine schwarze Aktentasche.

»John. Ich wollte mich nur verabschieden, bevor du fährst.«

»Kriminaldirektor Lindberg«, sagte Stierna. »Hereinspaziert.«

Der Besucher musste lachen.

»Du bist ja förmlich heute.«

Stierna schloss die Tür hinter dem Besucher.

»Wie geht es dem Bein?«, fragte Lindberg, während sie durch die Säle des Museums gingen.

Das fragte er jedes Mal, wenn sie sich trafen. Und Stierna antwortete jedes Mal: »Man humpelt so dahin.«

Sie kamen in das große Büro. Berg war nicht da.

Stierna stellte den Stock ab und setzte sich an seinen Schreibtisch. Mit der Hand zeigte er auf den Besucherstuhl ihm gegenüber.

Lindberg setzte sich.

»Was für ein Gefühl ist das?«, fragte er.

»Ein ziemlich gutes«, antwortete Stierna.

»Die Polizei wird nicht mehr die gleiche sein, wenn du nicht mehr da bist.«

Stierna lehnte sich zurück.

»Meinst du? Die Frage ist doch wohl eher, wie viele überhaupt bemerken werden, dass ich fort bin.«

»Ich werde dich vermissen«, sagte Lindberg. »Und du bist dir ganz sicher?«

»Ja, das bin ich. Es ist an der Zeit. Eigentlich bin ich schon viel zu lange hier.«

»Ich muss sagen, ich bewundere dich. Dass du es wagst, das alles hinter dir zu lassen und noch einmal neu anzufangen. In gewisser Weise beneide ich dich sogar.«

»Warum?«, wollte Stierna schon fragen, doch dann schluckte er die Frage hinunter und schwieg. Das war eine Taktik, die er im Lauf der Jahre bei vielen Verhören angewandt hatte, eine Methode, um den Befragten dazu zu bringen, genauer zu werden. Schweigen konnte äußerst effektiv sein, es konnte auch den verstocktesten Verbrecher dazu bringen, etwas Unbedachtes zu sagen. Aber Lindberg war kein Verbrecher, und er dachte gar nicht daran zu erklären, was er dachte.

»Was wirst du tun?«, fragte er stattdessen.

»Mal sehen«, antwortete Stierna. »Noch ein Jahr, dann bekomme ich meine Pension, und bis dahin brauche ich nichts zu verdienen, ich hab genug auf die Seite gelegt. Außerdem habe ich für eine alte, mottenzerfressene Uniform, die seit Jahren bei mir auf dem Dachboden gehangen hat, noch ein hübsches Sümmchen bekommen. Die hab ich zu der Zeit getragen, als wir auf Södermalm Streife gegangen sind. Und schließlich haben mir meine Eltern was hinterlassen. Das hab ich noch nicht angerührt.«

Lindberg stand auf und lief in dem großen Raum hin und her.

»Waren viele hier, um sich von dir zu verabschieden?«

»Nein.«

»Keiner von der alten Truppe?«

»Niemand außer dir.«

»Bestimmt kommen noch ein paar. Es ist ja erst halb drei. Wann fährst du?«

»In anderthalb Stunden«, antwortete Stierna.

Lindberg blieb stehen, schaute zu Boden.

»Triffst du noch jemanden aus der Zeit damals?«, fragte er.

»Aus welcher Zeit?«

»Na, aus der Zeit bei der alten Kriminalabteilung.«

»Es kommt schon vor, dass mir mal einer über den Weg läuft«, erwiderte Stierna. »Aber meistens bleibt's bei Guten Tag und Auf Wiedersehen. Vor ein paar Wochen habe ich Strand getroffen.«

»Kommissar Strand.«

»Ja, ich hab gehört, dass er den Kommissarslehrgang abgeschlossen hat. Ich erinnere mich noch, als er Karl Högstedts Gehilfe war.«

Lindberg setzte sich wieder auf den Besucherstuhl. Es schien, als dächte er die ganze Zeit über etwas nach, vielleicht suchte er nur nach den richtigen Worten.

»Irgendwie vermisse ich diese Zeit. Als wir noch nicht so uralt waren.«

»Uralt? Sind wir das? Du und ich?«

»Du weißt, was ich meine. Ich vermisse diese Zeit. Ich vermisse die alte Truppe. Die jungen Polizisten von heute, die sind nicht mehr vom gleichen Schrot und Korn wie wir damals.«

Die alte Truppe, dachte Stierna. Männer, für die er früher einmal ganz selbstverständlich der Leiter gewesen war. Was nicht an seinem Alter lag, denn er war der jüngste Kommissar in der ganzen Abteilung für Kriminalfälle gewesen. Ein Teil von ihnen war bereits in Pension, aber viele gab es noch, hoch oben in der Polizeihierarchie.

Stierna selbst war den umgekehrten Weg gegangen. Er hatte es nicht zum Kriminaldirektor gebracht, wie viele geglaubt hatten. Mit vierunddreißig hatte er an der Spitze gestanden. Jetzt, fünfundzwanzig Jahre später, war er auf dem Altenteil, in einem Museum. Hierher war er vor neun Jahren versetzt worden, auf eigenen Wunsch.

Gösta Berg kam ins Zimmer. Lindberg begrüßte ihn höflich.

»Guten Tag, Berg. Na, wie geht's?«

»Guten Tag, Herr Direktor. Gut, danke. Bis auf die Tatsache, dass John aufhört.«

»Ich verstehe. Und wer wird sein Nachfolger?«

»Ljungman.«

»Ach so, ich verstehe.«

Berg wandte sich Stierna zu.

»Es gibt etwas zu essen«, sagte er. »Hackbraten von gestern und Brot. Hast du Hunger?«

Stierna überlegte. Sein Appetit war im Lauf der Jahre immer geringer geworden, aber er hatte seit dem Frühstück nichts gegessen.

»Ja, danke, Gösta«, sagte er. »Ich glaube, ich brauche etwas im Bauch, bevor ich losfahre.«

Berg ging in die kleine Küche, die an das Büro angrenzte. Auf halbem Weg blieb er stehen.

»Ist der Herr Direktor auch hungrig?«, fragte er. »Es reicht für drei.«

Lindberg stand auf und nahm seine Aktentasche.

»Nein, vielen Dank, Berg. Ein andermal. Ich muss los, zu einer Konferenz.«

Er wandte sich Stierna zu.

»Wir hören voneinander.«

»Sicher«, nickte Stierna.

Lindberg streckte ihm die rechte Hand hin. Stierna drückte sie.

»Ja, dann adieu, John.«

»Adieu, Roland.«

Der Kriminaldirektor verließ das Museum. Stierna ergriff den Stock und ging in die Küche.

Berg hatte den Tisch gedeckt. Stierna setzte sich.

Sie aßen schweigend.

Die Uhr schlug vier. John Stierna blätterte gedankenverloren in einem Handbuch für Kriminaltechnik von Anfang der 30er-Jahre. Aus dem Museumssaal war Gösta Bergs klare Stimme zu vernehmen.

Stierna legte das Buch hin und stand auf. Er nahm seinen Stock, seine Tasche und seine Jacke und ging hinaus in den Saal. Hier war Berg vor einem plumpen Destillierapparat stehen geblieben; die Studenten aus Uppsala hörten ihm interessiert zu.

Stierna ging langsam durch den Saal. Er blieb stehen, hob die rechte Hand und winkte Gösta Berg kurz zu.

Draußen auf der Straße schien die Sonne.

Er ging die Bergsgatan hinunter. Dann bog er ab in die Polhemsgatan und ging den Kronoberget hinauf. Ein alter Mann führte seinen struppigen Dackel auf einer der Rasenflächen aus. Weiter unten lärmten einige kleinere Kinder am Planschbecken.

Stierna ging zum Fridhemsplan, um dort auf die Straßenbahn zu warten. Wie üblich war sie einige Minuten verspätet, aber das machte ihm nichts aus. Er hatte es nicht eilig. Und er musste vorsichtig gehen. Wenn er zu schnell lief, bekam er Rückenschmerzen.

Er schaute zum Eingang zur Untergrundbahn, die es jetzt seit ein paar Jahren gab. Aber Stierna nahm trotzdem fast immer lieber die Straßenbahn, nur einmal war er mit ihr gefahren, der Untergrundbahn, die ganz bis nach Vällingby fuhr.

Die neue Stadt, die erste der AWE-Vororte. Arbeiten. Wohnen. Einkaufen. In Vällingby sollte man arbeiten, wohnen und einkaufen können, ohne erst in die Innenstadt fahren zu müssen. Ohne etwas anderes sehen zu müssen. Vällingby Zentrum war noch nicht eingeweiht, aber Stierna hatte bereits Skizzen der langweiligen Bauten gesehen. In erster Linie hatte er die Probleme dort gesehen, nicht die Chancen. Damals, als er die U-Bahn genommen hatte, war er nur bis Alvik gefahren, er hatte nichts draußen in Vällingby zu erledigen.

Die Straßenbahn kam. Stierna setzte sich ganz nach hinten. Er öffnete seine Aktentasche und holte die *Dagens Nyheter* heraus. Warf einen Blick auf die Titelseite. Wieder gab es Unruhen in Ostberlin. Alkohol sollte, wie es hieß, in Schweden »auf Probe frei verkäuflich sein«. Bald würde das Einkaufsbuch nur noch eine Erinnerung sein. Er wusste, was das mit sich führen würde: mehr Betrunkene, mehr Streitereien.

In New York hatten besorgte Eltern die Gesundheitsbehörde gestürmt, nachdem die Polioimpfstoffe streng rationiert worden waren.

Am Södermalmstorg stieg Stierna aus. Das tat er fast immer, denn der Spaziergang von gut einer Viertelstunde heim in die Södermannagatan tat ihm gut. Zumindest bildete er sich das ein.

Wenige Minuten später stand er vor seinem Haus. Er öffnete die braune Holztür und trat ein. Der Flur wirkte düster, als er aus dem Sonnenschein eintrat.

Die Wohnung war fast leer. Er hatte das meiste verkauft oder weggegeben. In der Küche standen nur noch Herd und Kühlschrank. Die Vorratskammer war leer, das Geschirr verkauft. Es war mehr wert gewesen, als er gedacht hatte.

Stierna ging an dem Raum vorbei, der sein Arbeitszimmer und vor langer, langer Zeit einmal das Spielzimmer für ihn und seinen Bruder gewesen war, und betrat das größte Zimmer der Wohnung. Auf dem Boden standen zwei Taschen. Sie enthielten in erster Linie Kleidung, aber auch ein paar Bücher, die ihm viel bedeuteten.

Die Wohnung würde in der Familie bleiben, das machte es ihm um einiges leichter, sie zu verlassen. In der kommenden Woche würde sein Bruder Erik mit seiner Frau Maud einziehen. Ohne ihre Kinder, die waren alle schon ausgeflogen und lebten ihr eigenes Leben.

Es war kurz vor fünf Uhr.

Er nahm die Taschen, verließ das Haus und fuhr mit einem Taxi bis Klara Strand.

John Stierna stand an der Reling, als die Fähre in Stockholm ablegte. Er fragte sich, wann er wohl zurückkommen würde, und musste sich eingestehen, dass es sicher lange dauern würde.

4

Stierna hatte das Gasthaus sorgfältig ausgesucht. In den letzten Monaten hatte er diverse Broschüren über Gotland gelesen. Er hatte lange Zeit gebraucht, um eine Entscheidung zu treffen, schließlich hatte er sich für das »Rosengården« in Visby entschieden. Das Gebäude war alt, und die Zimmer sahen auf den Fotos gemütlich aus. Die Pension war klein und intim, sie hatte nur etwa dreißig Zimmer.

Das »Rosengården« lag dem Dom gegenüber, Sankta Maria, und Stierna wohnte im obersten Stock, im dritten. Sein Fenster ging auf die Straße und somit auch zu den Kirchenglocken. Und die ließen ihren dumpfen Schlag bis in die frühen Morgenstunden erklingen. Vielleicht würde das seinen Nachtschlaf stören. Aber egal, er schlief sowieso schlecht.

Ansonsten war das Zimmer in Ordnung: groß, mit einem breiten Bett, Dusche und Radio. Am Fenster stand ein kleiner runder Tisch mit zwei weißen Sesseln. Auf dem Nachttisch lag eine rote Bibel.

In der ersten Nacht fand er nur schwer in den Schlaf. Ob das nur an den dumpfen Schlägen der Kirchenglocken lag, konnte er nicht sagen.

*

Am folgenden Nachmittag ging er ans Wasser hinunter, nur wenige Hundert Meter vom Hafen entfernt, in dem die Fähre angelegt hatte. Es gab nicht viel Strand. Ein kleiner Sandfleck, ein paar Stege ein Stück ins Wasser hinaus. Im Sommer war das wohl das Meerbad. Sonst gab es nur einen schmalen, aber sehr langen Uferstreifen, voll mit Steinen, die vom Meer rund geschliffen worden waren.

Stierna ging das Ufer entlang. Nur dreißig Meter rechts von ihm verlief die mittelalterliche Ringmauer, dazwischen lag ein Grünstreifen mit gepflegten Rasenflächen und einigen Büschen und Bäumen. Ein staubiger Fußweg verlief durch das Grün.

Das Meer erschien endlos, in welche Himmelsrichtung er auch schaute. Der muffige Geruch nach Algen schlug ihm entgegen.

Unten am Strand war es fast menschenleer. Die Touristensaison war vorbei, der Herbst kündigte sich an. Eigentlich hatte er kein bestimmtes Ziel für seinen Spaziergang, er diente nur dazu, die Gedanken zu klären. Stierna ging langsam, denn der Stock rutschte immer wieder zwischen die Steine.

Das ist also Gotland, dachte er. Die Insel, von der ich schon so viel gehört habe, auf der ich aber noch nie gewesen bin. Er konnte sich bis jetzt kein genaueres Bild von der Insel machen, ging aber davon aus, dass sie ihm gefallen würde. Visby, das war so gar nicht schwedisch. Eher eine Mischung aus der Altstadt daheim in Stockholm und einem kleinen Ort am Mittelmeer. Zwar war er nie am Mittelmeer gewesen, aber er stellte sich vor, dass es dort so aussehen könnte. Enge Gassen, niedrige alte Häuser. Viel Grün.

Unter Mühen setzte er sich auf die runden Steine, legte seinen Stock neben sich und nahm den Rucksack ab. Sein letzter

Tag als Polizist schien schon lange zurückzuliegen. Aber war er in den letzten neun Jahren wirklich noch Polizist gewesen? Wohl doch eher so eine Art Museumsdirektor. Das war er geworden, als er die Polizeiarbeit nicht mehr ertragen hatte. Als ihm alles zu viel geworden war.

Die wenigen Menschen, denen er davon erzählt hatte, waren verwundert gewesen, als er sein Abschiedsgesuch nur gut ein Jahr vor seinem sechzigsten Geburtstag eingereicht hatte, darüber, dass er nicht bis zum letzten Tag mit der Pensionierung gewartet hatte. Stierna war fast neunundfünfzig, beinahe sein gesamtes Erwachsenenleben hatte er bei der Polizei verbracht.

Und trotzdem war ihm klar gewesen, dass er dieses letzte Jahr nicht mehr ertragen hätte. In zwölf Monaten, also in nicht allzu langer Zeit, würde er trotz allem Pensionär sein, sechzig Prozent seines Kommissargehalts für den Rest seines Lebens ausbezahlt bekommen. Davon würde er sicher leben können, er hatte keine besonders hohen Ansprüche.

Es war höchste Zeit gewesen, aufzuhören. Selbst im Museum hatten sich die Schattenseiten jeden Tag in Erinnerung gerufen. All diese Vitrinen über Mörder, Tresorknacker und Erpresser. Nicht einmal dort war er ihnen entkommen.

Er war nicht direkt enttäuscht darüber, dass nur zwei Personen sich von ihm verabschiedeten, als er die Truppe verließ, in der er den größten Teil seines Lebens verbracht hatte. Eigentlich hatte er nichts anderes erwartet.

Stierna öffnete den grünen Rucksack, holte eines der Butterbrote heraus, wickelte es aus dem Papier und biss von dem Brot mit Mettwurst ab. Aß, während er die Vögel unten am Wasser beobachtete.

*

Er brauchte fast eine Viertelstunde, um wieder zu dem Gasthof zurückzukommen. Ging dort an der Rezeption vorbei, in den Speisesaal.

Es war schon spät geworden, und er war fast der einzige Gast. Ein dunkelhaariger Kellner mittleren Alters führte ihn schweigend zu einem Fenstertisch. Doch Stierna beharrte darauf, draußen serviert zu bekommen, in dem kleinen Innenhof.

Hier saß außer ihm noch ein junges Paar.

Der Kellner verschwand gleich wieder, um die Karte zu holen. Und bald stand auch das junge Paar auf und ging, Stierna blieb allein zurück. Er zündete sich eine Zigarette an und schaute ins Dunkel. Die Natur stand immer noch in Blüte, die Bäume waren dicht belaubt.

Stierna bekam die Speisekarte, entschied sich für Heilbutt. Und zum Fisch ein Pils.

Er dachte über den vergangenen Tag nach. Vor allem über das Gespräch mit Lindberg. Der alte Kollege hatte behauptet, er bewundere Stierna, weil dieser sich getraut hatte, alles hinter sich zu lassen und noch einmal neu anzufangen. Doch das war keine Frage des Muts, eher im Gegenteil. Stierna ließ nicht alles hinter sich, um neu anzufangen, um einen neuen Abschnitt in seinem Leben zu beginnen. Er wollte nur fort, fühlte sich gezwungen aufzuhören.

Er bestellte noch ein Bier. Und zum Kaffee gönnte er sich einen Cognac.

Er ging die drei Treppen hinauf, Fahrstuhl gab es keinen.

Ansche inend war er ganz allein auf der Etage. Jedenfalls hörte er kein Geräusch aus den anderen Zimmern, und bis jetzt hatte er noch niemanden hinein- oder herausgehen sehen. Aber er war ja erst einen Tag da.

Auch über Stiernas Zimmer lag Stille, obwohl die Kirchenglocken jede Stunde läuteten. Doch es waren dumpfe Schläge, die ihn in eine Art Ruhe hüllten.

Stierna hatte noch nicht alles ausgepackt. Der größte Teil der Kleidung lag noch in der Kiste, ebenso die Tagebücher. Er hatte jemanden dafür bezahlt, dass ihm die große Holzkiste mit seinen Sachen ins Wirtshaus gebracht wurde. Er besaß inzwischen fünfundzwanzig Tagebücher. Vor gut neunzehn Jahren hatte er angefangen zu schreiben.

Er setzte sich an den Schreibtisch und überlegte eine Weile, ob er an diesem Abend etwas schreiben sollte, stellte aber bald fest, dass ihm die Inspiration fehlte.

Er setzte sich aufs Bett. Das gerahmte Foto auf seinem Nachttisch zeigte eine junge Frau im Sommerkleid, von der Seite. Sie stand auf einem Steg, auf einer Insel in den Schären. Sie war schön, auf eine aparte Art. Das blonde, glatte Haar war mit einem Seitenscheitel gekämmt. Die Stirn war hoch, die Augen ungewöhnlich groß. Er hatte ihr immer wieder erklärt, dass sie authentisch war, und das war das Beste, was er von einem Menschen sagen konnte. Karolina war wirklich authentisch gewesen. Wahrscheinlich war sie es immer noch.

Draußen erklang der dumpfe Schlag der Kirchenglocke. Es war bereits Mitternacht. Morgen wollte er mehr von Visby kennenlernen.

Doch erst gegen Morgen schlief er ein.

5

Es klopfte an die Tür. Stierna drehte sich um und schaute auf seine Taschenuhr. Er war überrascht, dass er gut acht Stunden geschlafen hatte.

Der Mann draußen war um die fünfzig. Er hatte dunkles Haar, einen grau melierten Bart und einen Bauchansatz, aber das Gesicht war knochig und schmal. Stierna erschien er widersprüchlich.

»Kommissar Stierna?«, fragte der Mann.

»Wer möchte das wissen?«

»Mein Name ist Grönwall. Börje Grönwall. Ich arbeite als freier Journalist. Ich hatte heute Morgen in der Rezeption Bescheid gesagt, dass ich Sie gern sprechen wollte. Hat man Ihnen das ausgerichtet?«

Stierna antwortete nicht auf die Frage. Es war elf Uhr, fast schon Zeit fürs Mittagessen.

»Was wollen Sie von mir?«, fragte er stattdessen.

»Darf ich hereinkommen?«

Stierna wiederholte seine Frage.

»Was wollen Sie?«

Börje Grönwall versuchte ins Zimmer zu schauen. Stierna blieb in der Türöffnung stehen.

»Es geht um einen Fall, um Ermittlungen, die Sie geleitet haben. Einen Mordfall. Ich weiß nicht, ob Sie sich erinnern ...«

»Ich erinnere mich an so gut wie alle meine Ermittlungen«, unterbrach Stierna ihn. »Und an alle Mordfälle.«

»Dann also garantiert auch an diesen.«

»Von welchem Fall reden Sie?«

»Ingrid Bengtsson.«

Stierna schwieg, was dem Besucher anscheinend unangenehm war.

»Sie erinnern sich?«

»Ja, ich erinnere mich.«

»Darf ich reinkommen, Herrr Kommissar?«

Stierna trat zur Seite und hielt die Tür auf.

Börje Grönwall trat mit vorsichtigen Schritten ein. Er stellte sich ans Fenster.

Stierna schloss die Tür und ging langsam zu ihm.

»Darf ich mich setzen?«, fragte Börje Grönwall.

»Ja, natürlich.« Stierna zeigte auf einen der weißen Sessel.

Eine Weile blieben sie schweigend sitzen. Stierna fragte sich, warum er den Journalisten überhaupt hereingelassen hatte; eigentlich wollte er doch nur seine Ruhe haben.

Börje Grönwall holte einen Notizblock und einige Stifte heraus.

»Also, ich schreibe einen Artikel über den Mord an Ingrid Bengtsson 1928.«

Stierna setzte sich, legte die Hände auf den Tisch.

»Warum?«, fragte er kurz.

»Warum? Was meinen Sie damit?«

»Ja, warum? Der Fall ist ja wohl nicht besonders aktuell. Hat keinen Neuigkeitswert, oder wie sagt man? Wer erinnert sich denn heute noch daran?«

»Ach so, jetzt verstehe ich Sie, Herr Kommissar.«

Stierna unterbrach ihn.

»Ich bin kein Kommissar mehr. Ich habe aufgehört.«

Der Journalist nickte.

»Ja, ich habe davon gehört. Und ... Nein, das ist kein Artikel für die Rubrik Neuigkeiten. Ich schreibe eine Serie über schwedische Kriminalfälle. Das ist eher etwas Historisches. Etwas eher Unterhaltsames für die Leser.«

Unterhaltsames, dachte Stierna. Nur ein Journalist konnte den Mord an Ingrid Bengtsson als unterhaltsam bezeichnen.

»Für wen schreiben Sie?«

»Für die *Månads-Tidskriften*. Die nehmen die Artikel unbesehen. Wenn ich jemanden, der dabei gewesen ist, dazu bringen kann, mir zu berichten. Wie Sie.«

»Ja. Jäher, gewaltsamer Tod, das war noch nie schwer zu verkaufen.«

Der Journalist ging nicht auf Stiernas Einwurf ein.

»Und ich wollte mit dem Mord an Ingrid Bengtsson anfangen«, erklärte er stattdessen.

»Über welche anderen Fälle schreiben Sie noch?«

»Es werden drei Fälle sein. Ingrid Bengtsson, die Sala-Gruppe natürlich ...«

»Natürlich«, murmelte Stierna unkonzentriert.

»Und dann die Explosion in der Pipersgatan. Direktor Flyborg. Waren Sie da zuständig?«

»Ja.«

Stierna erinnerte sich. Ein Taxi war in Stockholm in der Pipersgatan in die Luft gesprengt worden, eines Nachts im März 1926. Die Explosion hatte ganz Kungsholmen erschüttert. Stierna hatte damals Dienst gehabt, saß an seinem Schreibtisch und wäre fast vom Stuhl gefallen. Er erinnerte sich, dass seine Kaffeetasse zu Boden gefallen und zerbrochen war.

Der gesamte hintere Teil des Wagens, in dem Direktor Sixten Flyborg gesessen hatte, war in die Luft gesprengt worden.

Sie hatten den Körper erst eine Stunde später gefunden, hundert Meter entfernt, auf einem Hof nahe der Piperschen Mauer. Stierna war als einer der Ersten vor Ort gewesen. Er hatte den Körper gesehen, oder besser gesagt, das, was von ihm übrig geblieben war.

Zwei Kompagnons von Flyborg steckten hinter der Tat. Das Motiv war wie so oft Geld. Es brauchte nur wenige Tage, um die Mörder zu fassen.

»Aber wie gesagt, ich wollte mit Ingrid Bengtsson anfangen«, sagte Grönwall. »Möchten Sie mir von dem Fall erzählen? Und natürlich können Sie alles lesen, bevor es in Druck geht.«

»Wie haben Sie mich gefunden?«

Börje Grönwall schien nicht verwundert über die Frage zu sein.

»Ich bin Journalist. Unsere Arbeit erinnert in vielem an die von Ihnen und Ihren Kollegen. Alte, ehrliche Polizeiarbeit.«

»Aha.«

»Nein, Spaß beiseite. Ich habe im Kriminalmuseum nach Ihnen gefragt. Dort wurde mir gesagt, dass Sie nach Visby gefahren sind, man wusste aber nicht, wo Sie wohnen. Ich habe mit einem gewissen Gösta Berg gesprochen, und er gab mir den Tipp, dass Kriminaldirektor Lindberg genauer wissen könnte, wo Sie sind. Gesagt, getan, ich habe mit Lindberg gesprochen, und ja, er gab mir die richtige Adresse.«

»Beeindruckend«, murmelte Stierna.

»Ja, und nun bin ich hier. Mit Block und Stift und ganz Ohr für eine gute Geschichte.«

Stierna musste trotz allem über die Dreistigkeit des Journalisten lachen.

»Wollen Sie mir erzählen?«, fragte Grönwall. »Von Ingrid Bengtsson?«

Stockholm 1928

6

Kriminaldirektor Gustaf Berner hatte schon zweimal vergeblich bei Kommissar Stierna angerufen. Niemand hatte abgenommen, nachdem er durchgestellt worden war. Was eigentlich nicht überraschend war, Berner wusste, dass Stierna am vergangenen Abend noch lange gearbeitet hatte.

Berner ging zu seiner Hausbar und nahm eine Zigarrenkiste heraus.

Sein Entschluss stand bereits fest. Er hatte ihn schon in dem Moment gefasst, als er vor fast einer halben Stunde den Anruf bekommen hatte.

Auf dem Tisch lag der Block mit den kurzen Stichworten:

Djurgårdswerft.
Blondes Mädchen, ca. 10 Jahre alt, möglicherweise jünger.
Quetschungen linke Schläfe.
Anzeichen für Vergewaltigung.
Identität unbekannt.

Er stand im Esszimmer seiner Dienstwohnung im Polizeigebäude auf Kungsholmen. Es war halb sieben Uhr morgens, am Montag, den 3. September 1928.

Der junge Polizist, der ihn angerufen hatte, war tief erschüttert gewesen.

Die beiden Schutzleute vom siebten Distrikt, die als Erste am Tatort gewesen waren, hatten getan, was zu tun war. Auf den Arzt gewartet, der, als er mit dem Rettungswagen kam, nur noch feststellen konnte, dass das Mädchen tot war. Den Tatort möglichst unberührt gelassen. Notiert, wo sie sich selbst innerhalb des Geländes bewegt hatten, und es dann abgesperrt. Notiert, wie das Mädchen dalag, wie es um es aussah. Und sie hatten auf der Werft gesucht, ob der Mörder eventuell noch dort zu finden war. Doch es gab keinen Täter vor Ort. Nur den betrunkenen Mann, der die Polizei alarmiert hatte.

Berner wollte nicht der üblichen Routine folgen. Eigentlich hätte das dritte Dezernat, das in der Nacht Dienst gehabt hatte, als das Mädchen gefunden wurde, auch die Ermittlungen übernehmen müssen. Aber Berner wollte stattdessen eine eigene Mordkommission bilden. Handverlesene Leute wollte er haben, wie immer bei verdächtigen Todesfällen.

Berner hatte einen Entschluss gefasst. Als Chef des Kriminalressorts der Stockholmer Polizei war er derjenige, der entschied, wer die Ermittlungen leiten sollte, tatsächlich, draußen auf dem Feld. Er hatte sich für Stierna entschieden, obwohl dieser keinen Dienst gehabt hatte, als das Mädchen gefunden worden war. Das Problem war nur, dass der Kommissar nicht ans Telefon ging.

Der Kriminaldirektor griff wieder zum Telefonhörer und bat die Telefonistin, ihn noch einmal zu verbinden. Auch dieses Mal erhielt er keine Antwort.

Berner stand auf und ging im Speisezimmer auf und ab. Es war frisch geputzt, die Hausangestellte hatte es abends noch sauber gemacht. Ein tüchtiges Mädchen, vielleicht war es ja an der Zeit für eine Lohnerhöhung? Gute Leute waren heutzutage schwer zu finden. Zumindest nahm Berner das an.

Er öffnete das Fenster und schaute auf den kleinen Park hinaus. Die Luft war angenehm, man konnte noch auf den Mantel verzichten.

Berner musste sich konzentrieren. Überlegen, wie er weiter vorgehen sollte.

Er hatte seine zweite Wahl bereits getroffen, aber eigentlich gefiel sie ihm nicht. Kommissar Oskar Wallbom. Wallbom war ein ganz anderer Typ als Stierna. Berner hatte ihn noch nie gemocht. Er war plump und allzu beflissen. Aber er machte seine Sache gut. Außerdem war er mit der Tochter des Polizeipräsidenten verheiratet. Stierna war anders. Jung, noch keine vierunddreißig, und gewissenhaft. Und er konnte Menschen führen, ohne die Stimme heben zu müssen.

Der Direktor ging zurück zum Telefon, er wusste, es eilte. Auf dem Esstisch lag das Telefonbuch. Er schlug den Buchstaben W auf.

Wallbom hatte seine Dienstwohnung im Polizeigebäude, genau wie er selbst. Er wollte schon direkt über den internen Apparat wählen, entschied sich dann aber anders. Stattdessen wurde es wieder Kungsholmen 301, die Nummer kannte er inzwischen auswendig.

Sein vierter Versuch sollte der letzte sein. Diesmal erreichte er Kommissar Stierna.

7

Erst als er an der Djurgårdswerft angekommen war, begann Stierna wirklich nachzudenken.

Er hatte seinen Dienst in der letzten Nacht um zwei Uhr beendet und anschließend nur schwer einschlafen können. Es war keine besonders aufregende Schicht gewesen, eher eine durchschnittliche. Wenn überhaupt. Um das meiste hatten sich die Streifen gekümmert. Ungewöhnlich wenige Betrunkene in den Lokalen unten in der Innenstadt. Ein Einbruch in eine Werkstatt auf Södermalm. Ein Verhör mit einem aufgebrachten Mann, der seine Frau vor den Augen ihrer dreijährigen Tochter geschlagen hatte.

Er dachte an das, was ihn erwartete. Ein erschlagenes Mädchen, vielleicht nicht einmal zehn Jahre alt. Vielleicht vergewaltigt. Er konnte nicht gerade sagen, dass er sich darauf freute.

Er schaute auf seine Taschenuhr. Kurz vor acht.

Das Werftgelände war abgesperrt. Zwei Streifenpolizisten aus dem siebten Revier standen vor dem Gittertor. Gleich neben ihnen saß ein Mann auf der Erde. Er war sichtlich erschöpft, unrasiert, mit struppigem Haar und einer schmutzigen braunen Jacke.

Stierna stieg aus dem schwarzen Wagen und wies den Fahrer an zu warten. Er setzte sich den Hut auf und ging zur Absperrung. Einer der Beamten hantierte an seinem Schlagstock und trat einen Schritt auf ihn zu.

»Kann ich dem Herrn behilflich sein?«

Stierna hielt ihm seine silberne Marke hin.

»Kommissar Stierna«, sagte er. »Kriminalpolizei. Wo ist das Mädchen?«

Der Polizist zeigte mit dem Daumen über die Schulter, auf das Werftgelände hinter sich.

»Da drinnen. In dem größten Gebäude, im oberen Stockwerk. Die Techniker sind schon eine ganze Weile da. Högstedt und Strand. Der Amtsarzt auch.«

»Gut. Und wer sitzt da?«

»Das ist der Mann, der sie gefunden hat, der uns benachrichtigt hat. Harry Schiller heißt er. Er scheint häufiger auf der Werft zu übernachten, deshalb war er auch hier. Er wollte sich da drinnen schlafen legen, und da hat er sie gefunden.«

»Haben Sie ihn schon vernommen?«

»Ja.«

»Haben Sie seine Personalien, damit wir ihn erneut vernehmen können?«

»Ja.«

»Und warum ist er dann immer noch hier?«

»Er soll noch untersucht werden. Seine Kleidung, und ob er irgendwelche Verletzungen hat. Schließlich ist er derjenige, der sie gefunden hat. Außerdem muss er sowieso nirgends hin, hat er gesagt.«

Stierna hegte keinen Zweifel an den Angaben des Beamten. Der Mann in der schmutzigen braunen Jacke sah aus, als würde er häufiger draußen schlafen. Vielleicht ist er schon mal wegen Landstreicherei verurteilt worden, dachte Stierna. Würde mich nicht wundern.

»Er sagt, er hat ihn gesehen«, fuhr der Streifenpolizist fort und zupfte an seinem hohen Uniformkragen. »Den Mörder.«

»Den Mörder? Hat er den Mord beobachtet?«

»Nein. Aber er hat gesehen, wie der Täter auf die Werft zurückgekommen ist. Hat gesehen, wie er seine Tasche geholt hat. Die war da oben, in einer alten Badewanne, gleich neben dem Mädchen.«

Stierna ging zu dem müden Mann, der immer noch auf der Erde hockte. Vorsichtig klopfte er ihm auf die Schulter. Harry Schiller zuckte zusammen, offenbar hatte er geschlafen.

»Ich bin Kommissar Stierna. Sie haben sie gefunden?«

Schiller stand mühsam auf.

»Ja. Das war schrecklich, furchtbar. Wer kann einem Kind so etwas antun?«

»Ich weiß es nicht«, antwortete Stierna. »Aber ich werde versuchen, es herauszukriegen. Es heißt, Sie haben ihn gesehen?«

Schiller schwieg. Er sah aus, als hätte er Angst und wäre noch betrunken.

»Da ist einer gekommen«, sagte Schiller, »ich hab Angst gekriegt.«

»Wer ist gekommen?«

»Ein Mann. Ich habe mich hinter einem Schrank versteckt ... Er hat mich nicht sehen können.«

»Erzählen Sie mir, was Sie gesehen haben.«

Schiller redete drauflos. Nicht von dem Mann, sondern von dem toten Mädchen. Von dem vielen Blut auf dem Boden. Von einer offenen Tasche da oben in der alten Badewanne, gleich neben dem Mädchen.

Das viele Blut, dachte Stierna. Er fragte sich, wie es wohl da oben aussah. Wie schlimm der Anblick sein würde. Er war abgehärtet, hatte so ziemlich alles schon gesehen, auch das Schlimmste. Aber man gewöhnte sich eigentlich nie daran.

»Konnten Sie sehen, was sich in der Tasche befand?«

»Ein bisschen. Da war ein blutiges Handtuch ... das um irgendwas gewickelt war. Ich weiß nicht genau, was, aber es war lang und rund. So was wie ein Gummiknüppel. Außerdem war eine kurze Hose drin. Und ein Paar Turnschuhe.«

»Wie sahen sie aus?«

»Die Schuhe?«

»Sie können mit ihnen anfangen.«

»Ich weiß nicht ... Es war so dunkel. Ich glaube, sie waren aus dunklem Leder.«

»Sind Sie sicher, dass es Turnschuhe waren?«

»So ziemlich.«

»Was für Turnschuhe waren das?«

»Ich weiß nicht. Sie sahen ganz normal aus. Wie man sie eben beim Sport trägt.«

»Haben Sie auch die Sohlen der Schuhe gesehen?«

Schiller schüttelte den Kopf.

»Sie konnten nicht sehen, ob sie glatte Sohlen hatten? Ob sie genagelt waren oder Stollen hatten?«

»Nein.«

»Und die kurze Hose?«

»Na, so eine einfache ... Ich glaube, sie war ganz einfach. Hell. Eine ganz normale kurze Hose.«

Plötzlich traten Schiller Tränen in die Augen. Er senkte den Kopf, verbarg das Gesicht in den Händen.

Die Menschen reagieren so unterschiedlich auf Angst, dachte Stierna. Manche fallen in Ohnmacht, andere erbrechen sich. Viele fangen an zu weinen. Doch nun konnte Schiller zusammenhängender reden, den Mann ziemlich genau beschreiben, der die Treppe heraufgekommen war. Der zu dem Mädchen gegangen war, dann die Tasche genommen hatte und wieder gegangen war, während Schiller die ganze Zeit hinter einem Blechschrank stand und kaum zu atmen wagte.

»Wie genau konnten Sie ihn sehen?«, fragte Stierna.

»Nicht so gut«, antwortete Schiller. »Drinnen war's ja noch dunkler als draußen. Aber ich hatte den Eindruck, dass er ziemlich dünn war. Und er trug ein Sakko, vielleicht einen Anzug, und einen Hut.«

»Welche Farbe hatte seine Kleidung?«

»Dunkel. Aber welche Farbe ... das kann ich nicht sagen.«

»Haben Sie sein Gesicht gesehen?«

»Nein. Dazu war es zu dunkel.«

»Würden Sie ihn wiedererkennen, wenn Sie ihn noch einmal sehen?«

»Nein, das glaube ich nicht.«

Stierna dachte nach.

»Können Sie sonst noch etwas über sein Aussehen sagen? Egal, was.«

»Er war nicht wie ich«, erklärte Schiller. »Das war kein Vagabund. Er sah ziemlich gut angezogen aus.«

»Wann haben Sie das Mädchen entdeckt? Wissen Sie, wie spät es war?«

»Ich habe keine Uhr, aber es war schon spät, das weiß ich. Ich hab mich irgendwann nach Mitternacht da hinten an der Djurgårdsbrücke schlafen gelegt, bin dann aber nach einer Weile wieder aufgewacht. Ich wollte mir etwas Bequemeres suchen. Also ziemlich späte Nacht oder sogar schon früher Morgen, denke ich.«

Schiller hatte um zwanzig vor fünf bei der Polizei angerufen, überlegte Stierna. Wie lange war das Mädchen da schon tot gewesen?

»Von wo aus haben Sie die Polizei angerufen?«

»Aus der Telefonzelle hinten bei Skansen.«

»Ah ja. Vielen Dank.«

Harry Schiller murmelte etwas, Stierna konnte es nicht verstehen.

»Wie bitte?«

»Ich habe ihn gesehen«, sagte Schiller. »Und gleichzeitig habe ich ihn nicht gesehen. Gleichzeitig konnte ich ihn nicht sehen.«

Stierna nickte kaum merklich. Schiller roch nach Schnaps, der Kommissar fragte sich, ob das noch vom Abend und der Nacht herrührte, oder ob er schon wieder angefangen hatte.

Dann sprach er mit den Uniformierten. Bat sie, dafür zu sorgen, dass Harry Schiller zur Kriminalpolizei gebracht wurde. Und auf die Neugierigen hinter der Absperrung zu achten. Um zu sehen, ob jemand sich auffällig verhielt, zu interessiert, irgendwie verdächtig. Mörder kehrten ja oft an den Tatort zurück. Wurden von ihm angezogen wie Nachtfalter vom Lampenschein. Er beauftragte sie, die Personalien aller festzustellen, die sich blicken ließen. Aber vor der Absperrung war es leer. Die Allgemeinheit hatte noch nicht hergefunden, wusste noch nichts. Doch bald würden Menschen sich dort einfinden, das wusste er. Vielleicht würde auch der Mörder wieder herkommen.

Die Djurgårdswerft, dachte Stierna. Genau gegenüber Beckholmen mit seinen Schiffsdocks.

Ihm war bekannt, dass die Werft seit fünf Jahren stillgelegt war. Der Grund gehörte der Stadt, doch die kümmerte sich nicht darum, ließ die Gebäude langsam verfallen. Es war menschenleer hier. Ausgestorben.

Stierna betrat das Gelände über eine große Kiesfläche. Rundherum standen die gelb gestrichenen Werftgebäude. Unten am

Wasser befand sich ein langer Schiffsanleger. Eine Felswand grenzte die Werft von den Häusern auf der Straße oberhalb ab. Ein Drahtzaun am Eingang sollte den Zutritt Unbefugter verhindern.

Ausnahmsweise einmal schien die Sonne. Der Sommer 1928 war ziemlich trübe gewesen. Jetzt war der Herbst gekommen, und mit ihm plötzlich die Wärme, zumindest an diesem Tag.

Der Amtsarzt kam aus dem Gebäude.

Die Holztür war kaputt, das Schloss fehlte. Sie stand weit offen. Die Techniker hatten bereits damit begonnen, nach Fingerabdrücken zu suchen – an der Klinke, dem Türblatt und der abgeblätterten Türleiste waren Spuren von Grafitpulver.

Der Amtsarzt hatte sich Schutzhüllen aus Gummi über die Schuhe gezogen. Stierna nahm an, dass es auf Högstedts Anweisung geschehen war.

»Doktor Karlström«, setzte Stierna an.

Der Amtsarzt hob den Blick.

»Kommissar Stierna«, sagte er. »Die Tote liegt da oben. Högstedt ist schon drinnen, er wartet auf Sie.«

»Und was können Sie sagen?«

Der Amtsarzt schaute ihn an. Sein Blick war müde, irgendwie abgestumpft.

»Es ist kein schöner Anblick. Der Schädel ist an der linken Schläfe eingeschlagen. Es ist viel Blut zu sehen, obwohl sie vermutlich nur ein paar kräftige Schläge abbekommen hat. Aber sie hat noch andere Verletzungen. Am Hals und am Kopf sind Spuren von einem Strick. Es sieht fast so aus, als wäre sie erhängt worden.«

Stierna sah ihn verwundert an.

»Aber Sie haben doch gesagt, sie liegt auf dem Boden? Wieso dann ... erhängt?«

Karlström blinzelte mit seinen müden roten Augen. Als ob er sich an das Licht hier draußen erst gewöhnen musste.

»Da oben liegt nirgendwo ein Strick. Aber die Spuren an ihrem Hals deuten darauf hin ... Sie sehen genau wie bei einer Erhängten aus. Also erwürgt wurde sie sicher nicht. Ich habe solche Spuren schon oft gesehen, bei den vielen Selbstmördern, die wir reinkriegen. Aber noch nie bei einem Mord.«

Noch nie bei einem Mord, wiederholte Stierna stumm in Gedanken.

»Der Mord ist da drinnen begangen worden?«, fragte er.

»Ja, da gibt es keinen Zweifel«, antwortete Karlström.

Der Kommissar ging ein Stück über den Platz. Die Einsamkeit war mit Händen zu greifen, obwohl die Häuser in der Nordenskiöldsgatan nicht weit entfernt waren und Beckholmen auf der anderen Seite des schmalen Sunds lag. Vielleicht lag es an den gelben Gebäuden aus Metall, die vor sich hin rosteten. An denen aus Holz war die Farbe vielfach abgeblättert. Und dann die vielen kaputten Fenster.

»Todeszeitpunkt?«

Karlström antwortete professionell.

»Ich würde sagen, das ist zwischen vier und zehn Stunden her. Die Leichenstarre ist noch nicht voll ausgebildet, aber fast. Jedenfalls nach meiner Einschätzung. Aber da ihre Temperatur noch nicht deutlich gesunken ist, würde ich annehmen, dass es eher erst fünf als zehn Stunden her ist. Auch weil sie noch ein Kind war, würde ich eher zu fünf Stunden neigen.«

»Berner sagte, es könnte ein Sexualverbrechen gewesen sein.«

»Das kann ich jetzt noch nicht sagen, ich habe die Leiche nicht unnötig anfassen wollen. Und auch die Kleider nicht.

Aber es gibt Anzeichen für eine Vergewaltigung, oder zumindest für den Versuch. Sie werden es verstehen, wenn Sie sie sehen.«

Stierna übernahm Karlströms Schuhhüllen.

Das Mädchen lag auf dem Rücken, die Arme ordentlich an den Seiten. Um sie herum viel Blut.

Stierna hatte schon viele Tote gesehen. Meistens sagten ihre Gesichter ihm nichts. Die Gesichtszüge waren unklar, eher wie bei Wachspuppen als bei Menschen. Hier war es anders. Die Augen waren groß, geradezu weit aufgerissen. Und dann das Gesicht. Irgendwie zeigte es Schmerz und Angst zugleich. Am linken Auge hatte sie eine Narbe, die aussah wie ein kleines c. Die Beine waren leicht gespreizt. Sie trug weiße Kniestrümpfe, ein weißes Kleid und eine hellbraune Strickjacke. An den Füßen saßen braune Sandalen. Um ihre Hände hatten die Techniker bereits braune Papiertüten befestigt. Er sah, dass der Schlüpfer um ihren linken Fuß hing. Jetzt verstand er, was Karlström damit gemeint hatte, dass es Anzeichen für eine Vergewaltigung gab.

Trotz der Dunkelheit konnte er die Verletzungen an ihrer linken Schläfe erkennen. Genau wie Karlström gesagt hatte. Das Blut war in dem blonden Haar bereits getrocknet. Auf dem Boden um sie herum waren große dunkle Flecken, über dem Kopf dicke Spritzer. Die Spuren eines Stricks konnte er an ihrem Hals nicht erkennen, aber er wollte nicht zu nahe herangehen, sie nicht unnötig anfassen.

Wie brutal, dachte Stierna.

»Wie alt kann sie gewesen sein? Acht, neun?«

Karl Högstedt stand mitten im Raum. Er hatte Stierna nicht kommen hören.

»John. Ich habe sie gemessen. Eins siebenundzwanzig, also kann deine Schätzung hinkommen.«

Stierna betrachtete das Mädchen. Nach den Blutspritzern auf dem Boden über ihrem Kopf zu schließen, hatte sie gelegen, als der Schlag sie getroffen hatte.

»Und die Eingangstür unten stand offen, als ihr gekommen seid?«, fragte Stierna.

»Ja. Die Streifenpolizisten vom Siebten haben sie nicht angefasst. Viel ist ja auch nicht mehr von der Tür übrig. Kein Schloss. Sie lässt sich kaum zuziehen.«

Stierna blieb auf Abstand zu dem Körper. Wollte vermeiden, irgendwo in Blut zu treten.

»Wie sind sie auf die Werft gekommen«, fragte er, »der Mörder und das Mädchen?«

»Ich weiß es nicht. Jedenfalls wohl nicht durch das Eingangstor. Es sei denn, er hatte einen Schlüssel. Als wir ankamen, war es mit einem Vorhängeschloss gesichert, und das ist es wohl schon, seit die Werft geschlossen wurde, also mussten wir es erst mal knacken. Aber es ist trotzdem einfach reinzukommen. Man kann von der Nordenskiöldsgatan aus, der Straße, die oberhalb liegt, reinklettern, aus einem der Hinterhöfe, so sind die Beamten vom Siebten reingekommen. Und es würde mich nicht wundern, wenn der Zaun irgendwo ein Loch hat. Wahrscheinlich kann man auch einfach drüberklettern. Das könnte auch ein Mädchen schaffen. Also kein Problem, hier reinzukommen.«

»Wie weit seid ihr?«

»Ich habe Skizzen und diverse Notizen gemacht. Strand hat so gut wie alles hier oben fotografiert. Das Mädchen natürlich auch. Wir haben angefangen, nach Fingerabdrücken zu suchen. Nach Fußabdrücken auch, aber das ist schwer auf dem alten Holzfußboden hier oben, und der Mörder ist anscheinend nicht ins Blut getreten. Es sieht überhaupt schlecht aus. Ich glaube nicht, dass die beiden lange hier oben gewesen sind.«

»Habt ihr etwas gefunden, was als Mordwaffe infrage kommen könnte?«

»Nein.«

Stierna schaute sich um. Zwei Sachen fielen ihm auf. Die rohe Gewalt. Und die Ordnung.

»Warum nimmst du an, dass sie nicht lange hier gewesen sein können? Weil es hier so aufgeräumt aussieht?«

Högstedt zögerte mit der Antwort.

»Ja«, sagte er schließlich. »Ich kann mich irren, aber es sieht so aus, als wäre hier nichts angefasst worden. Nichts deutet darauf hin, dass er sie dazu gebracht hat, hier länger zu bleiben. Keine Limonadenflaschen auf dem Tisch. Kein Bonbonpapier. Nichts, was er ihr angeboten haben kann, um sie hierzuhalten. Wenn er's nicht mitgenommen hat. Und ich kann auch keine Zeichen dafür sehen, dass sie versucht hat wegzulaufen. Es scheint nicht, als wäre hier oben irgendetwas verändert worden. Keine Zeichen von Streit. Ich brauche noch mehr Zeit, aber ... Es ist brutal, aber ich glaube trotzdem, dass es schnell vonstattengegangen ist. Nachdem sie erst einmal hier waren.«

Nachdem sie erst einmal hier waren, dachte Stierna. Wo waren sie vorher?

»Sie liegt so ordentlich da«, sagte er.

Högstedt nickte.

»Das ist mir auch aufgefallen. Es sieht fast arrangiert aus. Als wäre sie zurechtgelegt worden.«

»Gibt es Zeichen dafür? Dass sie zurechtgelegt worden ist?«

»Bisher schwer zu sagen. Aber es gibt keine Spuren dafür, dass sie ein längeres Stück gezogen worden wäre. Höchstwahrscheinlich ist sie hier umgefallen, und er hat sie dann ordentlich hingelegt.«

Stierna schaute sich um. Es war dunkel hier drinnen, doch er konnte deutlich die schmutzige Badewanne erkennen, in der laut Harry Schiller die Tasche des Mörders gestanden hatte.

»Es ist dunkel hier oben«, sagte Stierna. »Gibt es kein elektrisches Licht hier?«

»Nein«, antwortete Högstedt, »der Strom ist abgestellt.«

»Und wir wissen noch nicht, wer sie ist?«

»Nein.«

»Sie hat nichts bei sich, was uns verraten könnte, um wen es sich handelt?«

»Nein. Sie hat eine Geldbörse bei sich, aber in der sind nur ein paar Münzen.«

Als Stierna einige Minuten später an die frische Luft kam, überlegte er, dass sie sicher bald wissen würden, wer das Mädchen war. Dass sie sie finden würden, irgendwo unter den Vermisstenanzeigen. Das hier ist ein Mädchen, dessen Eltern es sofort vermissen würden, wenn es nicht rechtzeitig nach Hause kommt. Gute Kleidung, ordentlich. Kein Kind aus der Gosse.

Er spürte immer noch die Wut, den Hass, die Verachtung, die ihn beim Anblick des ermordeten Mädchens überkommen hatten.

Wir werden diesen Wahnsinnigen fassen, dachte er. Das muss uns einfach gelingen.

*

Högstedt verließ drei Stunden später das Werftgebäude. Wie immer war er fast übertrieben sorgfältig gewesen; einige störten sich an seiner Gewissenhaftigkeit. Aber die würden nie die Arbeit eines Kriminaltechnikers wirklich verstehen, dachte er.

Högstedt war der dritte Polizeibeamte gewesen, der das tote Mädchen gesehen hatte, nach den beiden vom siebten Polizeirevier, die als Erste an Ort und Stelle gewesen waren. So sollte es sein, natürlich. Die Techniker zuerst, oder so gut wie zuerst. Keine tollpatschigen Polizisten, die überall herumtrampelten.

Später, nach dem ersten Augenschein, wollte Högstedt immer einen Arzt und den Leiter der Ermittlungen dort haben. Wenn nötig, auch einen Hundeführer. Und sonst niemanden. Auch nicht Gott, den Teufel oder den Polizeipräsidenten. Obgleich man das Gefühl haben konnte, dass der Teufel bereits dort war.

Högstedt ging über den Kiesplatz und durch das große Gittertor hinaus. Der Hundeführer lief vor dem Werftgelände herum. Er hieß Oskarsson und war mit seinem Dobermann Pinscher bereits seit einigen Stunden im Einsatz. Um draußen Spuren zu suchen, die aufs Gelände führten. Der Hund hatte an der Geldbörse des Mädchens geschnuppert, damit er seinen Geruch wiederfinden konnte. Högstedt wusste nicht, ob das ein Ergebnis gebracht hatte.

Vor einigen Stunden hatte er mit einem Mann von der staatlichen meteorologischen und hydrografischen Anstalt gesprochen. Die Nachttemperatur hatte zwischen zwölf und vierzehn Grad betragen. Der Wind war schwach gewesen, die Luftfeuchtigkeit normal. Die Voraussetzungen dafür, dass der Hund etwas fand, konnten nicht besser sein. Kein Regen, kein Wind.

Wie ist sie hierhergekommen?, überlegte Högstedt, während er den Hund beobachtete. Vermutlich war sie aus freien Stücken hierhergekommen. Es gab keinerlei Anzeichen für einen Streit. Ihre Kleidung war nicht beschädigt. Keine Blutspuren, die auf einen Fluchtversuch hingedeutet hätten.

Sie hat nicht versucht zu fliehen, dachte Högstedt. Wahrscheinlich ist es schnell gegangen.

Der Hund blieb am Brückenfundament stehen.

»Hier sind Reifenspuren«, rief Oskarsson. »Sie scheinen frisch zu sein.«

Högstedt schaute zu ihm hinüber.

»Reifenspuren?«

»Ja.«

Der Hund zog an der Leine. Oskarsson folgte ihm.

»Er hat Witterung aufgenommen«, sagte der Hundeführer, als sie an Högstedt vorbeikamen.

»Vom Mädchen?«

»Wahrscheinlich.«

Högstedt folgte Oskarsson und dem Hund in einigem Abstand. Sie hielten sich rechts vom Eingangstor, blieben an dem Zaun stehen, der die Werft umgab. Högstedt ging zu ihnen.

»Warum bleibt ihr stehen?«, fragte er.

»Hier, Herr Hauptwachtmeister«, sagte Oskarsson, »sehen Sie«, und zeigte auf den Zaun.

Jetzt sah es auch Högstedt. Jemand hatte ein großes Loch hineingeschnitten. Groß genug, dass ein erwachsener Mann hindurchpasste. Wenn er sich duckte.

Oskarsson ließ den Hund frei, der ohne zu zögern durch das Loch im Zaun sprang. Oskarsson war groß und breit und kam nur mit Mühe hindurch.

Högstedt blieb am Zaun stehen und beobachtete den Hund von Weitem. Der Hund blieb ungefähr in der Mitte des Kiesplatzes stehen. Dann zeigte er an, dass er weiterwollte. Zur Tür des größten Gebäudes, dorthin, wo sie das tote Mädchen gefunden hatten.

Oskarsson und der Hund gingen ins Gebäude, Högstedt wusste, dass Strand immer noch drinnen war.

Er blieb vor dem Werfteingang stehen, zog ein Zigarettenpäckchen heraus und rauchte zwei Zigaretten, bevor Strand, Oskarsson und der Hund aus dem Gebäude traten und zu ihm kamen.

»Der Hund ist neben dem toten Mädchen stehen geblieben«, sagte Oskarsson.

Högstedt nickte und ging in Gedanken den Weg nach, den der Hund zurückgelegt hatte. Vom Platz am Brückenfundament. Durch das Loch im Zaun. Über den Kiesplatz auf dem Werftgelände. In das größte Gebäude und drinnen ins Obergeschoss hinauf, wo das Mädchen lag.

Högstedt ging zu der Stelle, an der der Hund das erste Mal stehen geblieben war. Er hockte sich hin. Der Boden war noch feucht; vor wenigen Tagen hatte es wie aus Kübeln geschüttet.

Der Polizist betrachtete die Reifenspuren. Es gab Anfahrtsspuren und die vier Reifenabdrücke, die zeigten, dass hier vor Kurzem ein Wagen gestanden hatte. Er fragte sich, was das wohl hieß: vor Kurzem.

Strand kam zu ihm.

»Ist das Mädchen mit einem Wagen hergekommen?«, fragte er.

Högstedt stand auf, ohne zu antworten.

Die Kamera, dachte er. Wir brauchen eine Kamera. Das muss fotografiert werden. Und Gips. Um den Abdruck zu sichern, bevor der nächste Regen kommt.

Doch er brauchte Strand keine entsprechende Anweisung zu geben, das verstand sich von selbst.

Strand ging zum Wagen. Der Hundeführer folgte ihm.

Högstedt blieb allein zurück. Aus einer Jackentasche holte er ein Maßband heraus, um den Abstand zwischen den beiden Reifenspuren zu messen. Ein Meter vierundvierzig. Ein übliches Maß, das sagte also nicht viel.

Er folgte der Reifenspur, überlegte, wie der Wagen sich bewegt haben könnte.

An dem hochgespritzten Kies konnte Högstedt erkennen, dass der Wagen zuerst Richtung Brücke gefahren war, dann zurückgesetzt hatte und anschließend in Richtung Skansen davongefahren war.

8

Sie fanden sie gut zwei Stunden später, im fünften Polizeirevier in der Kammakargatan.

Das auf ein Blatt Papier geklebte Foto war abgegriffen, aber Stierna hatte sie augenblicklich wiedererkannt. Trotz der Verletzungen war er sich vollkommen sicher. Das war das Mädchen von der Djurgårdswerft. Sogar die kleine c-förmige Narbe am linken Auge stimmte.

Er las schnell die Suchanzeige durch:

> Am Sonntag, dem 2. September um 23.00 Uhr meldete Maria Bengtsson im fünften Polizeirevier in der Kammakargatan 36, dass ihre Tochter Ingrid Anne Bengtsson, geb. am 13. 11. 1919, seit halb neun Uhr desselben Abends aus der Wohnung Upplandsgatan 13 verschwunden war. Frau Bengtsson beschrieb das Mädchen als von normaler Statur, mit rundem Gesicht, blondem Haar, blauen Augen, einem normal großen Mund mit relativ schmalen Lippen und einem fehlenden Schneidezahn im Oberkiefer. Ingrid Bengtsson habe eine Narbe neben dem linken Auge, nachdem sie sich vor ungefähr zwei Jahren auf einem Klettergerüst verletzt habe.
>
> Das Mädchen trug bei seinem Verschwinden einen weißen Rock, dazu eine weiße Bluse, eine hellbraune Strick-

jacke, ein Paar weiße Kniestrümpfe und braune Sandalen. Ingrid Bengtsson ist ungefähr 128 Zentimeter groß.

Stierna saß auf der Rückbank in dem schwarzen Polizeiwagen. Der Fahrer war neu, dem Kommissar fiel der Name nicht ein.

Während der kurzen Fahrt dachte er an den Tatort. Was hatte sie dorthin verschlagen, den Mörder und das Mädchen? Sicher, es war dort menschenleer und öd, aber es gab trotz allem andere Orte, an denen man weit ungestörter war.

Bis vor gut fünf Jahren hatte die Djurgårdens Dampfbarkassenaktiengesellschaft die Werft betrieben, daran erinnerte er sich noch gut. Dort hatten die Fährschiffe gelegen, wenn sie repariert werden mussten oder überwintern sollten. Stierna dachte daran, wie er als Kind mit dem Flaggschiff der Gesellschaft gefahren war, dem Doppeldecker »Svanen«, dem Schwan. Er war auch mit den kleineren Booten gefahren, aber die hatten ihn nicht so fasziniert. Stierna erinnerte sich an den kleinen weißen Kiosk an der Skeppsbron, an dem man die Fahrkarten für die Fähren kaufen konnte. Und an die Wartehalle aus Holz, gleich gegenüber.

An einem Sommertag 1923 war die Gesellschaft in Konkurs gegangen, kam nicht mehr gegen die Konkurrenz an. Die Stadt hatte das Gelände gekauft, es war immer noch nicht entschieden, was damit geschehen sollte. Die Werftgebäude standen noch dort und verfielen nach und nach. Warum hatte der Mörder Ingrid ausgerechnet dorthin geführt? Warum hatte er sie gerade dort getötet?

Der Arzt wartete bereits vor dem Eingang zur Upplandsgatan 13, als Stierna ankam. Sie hatten schon früher miteinander zu tun gehabt und begrüßten sich nur kurz.

Stierna bat den Fahrer zu warten.

Die Wohnung der Familie Bengtsson lag im dritten Stock.

Als sie dort angekommen waren, fiel Stierna als Erstes auf, dass sich die Wohnungstür von den beiden anderen unterschied. Sie war weiß gestrichen wie die anderen, hatte genau wie diese ein Namensschild aus Messing. Doch unter einem kleinen Guckloch klebte eine große Zeichnung. Stierna sah, dass sie von einem Kind gemalt war, aber sie war sehr gekonnt. Zwei Mädchen, ein großes und ein kleines, standen auf einer Sommerwiese, Hand in Hand. Darüber stand geschrieben: »Hier wohnen Maria und Ingrid«, in großen blauen Buchstaben.

Stierna gab dem Arzt mit einem Nicken zu verstehen, dass er klingeln sollte.

Eine Frau in den Dreißigern öffnete, braunhaarig, in hellblauem Rock und weißer Bluse. Über der Bluse trug sie eine beigefarbene Strickjacke.

Stierna hielt ihr seinen Dienstausweis entgegen.

»Frau Bengtsson?«, setzte er an. »Sind Sie Frau Maria Bengtsson?«

Die Frau gab keine Antwort.

»Ich bin Kommissar Stierna von der Kriminalpolizei. Das hier ist Doktor Johansson.«

Der Arzt grüßte kurz, doch Maria Bengtsson hielt den Blick auf den Kommissar gerichtet.

»Wo ist Ingrid?«, fragte sie schroff. »Haben Sie sie gefunden?«

Stierna holte Luft. Kurz überlegte er, wie er am besten fortfahren sollte.

»Dürfen wir hereinkommen, Frau Bengtsson?«

Die Frau drehte sich wortlos um. Ließ die Tür offen.

Stierna gab dem Arzt zu verstehen, dass er ihr folgen sollte.

Die Wohnung bestand aus zwei Zimmern. Maria Bengtsson ging in den Raum, der wohl das Wohnzimmer war, und setzte sich auf ein mit braunem Stoff bezogenes Sofa.

Stierna ließ sich auf einem Ledersessel ihr gegenüber nieder. Der Arzt blieb stehen.

»Frau Bengtsson«, begann Stierna noch einmal.

Die Frau unterbrach ihn.

»Fräulein Bengtsson. Ich bin nicht verheiratet.«

»Ach so. Wir haben leider traurige Nachrichten.«

Die Frau sprang vom Sofa auf. Stierna sah, dass sie geweint hatte.

»Ist sie verletzt? Ist Ingrid verletzt?«

»Ich muss Ihnen leider mitteilen, dass Ihre Tochter tot ist.«

Er hörte selbst, wie formell das klang.

Maria Bengtsson schaute ihn verzweifelt an.

»Das ist ein Irrtum. Das muss ein Irrtum sein ...«

»Ein Irrtum ist leider ausgeschlossen. Gibt es jemanden, den Sie benachrichtigen können, Fräulein Bengtsson? Den Vater des Mädchens, oder ...«

Die Frau unterbrach ihn.

»Der ist verschwunden, als er erfahren hat, dass ich schwanger bin. Zurück nach Göteborg. Er hat sie nie gesehen. Das Kind nie gewollt. Ich habe doch nur Ingrid.«

Eine Weile blieb Stierna schweigend sitzen, dann fuhr er fort: »Gibt es jemand anderen? Haben Sie jemanden, der zu Ihnen kommen kann? Ihre Eltern?«

Maria Bengtsson lief wortlos nach nebenan. Stierna blieb sitzen. Dann stand auch er auf und wandte sich dem Arzt zu.

»Haben Sie etwas, das Sie ihr geben können? Zur Beruhigung?«

Der Arzt öffnete seine Tasche. Stierna ging hinüber ins andere Zimmer.

Drinnen standen zwei Betten. Unter einem Fenster befand sich etwas, das aussah wie eine Spielecke. Ein kleiner Puppenschrank. Auf einem Tisch ein Kugelspiel aus Holz und ein Kartenspiel, »Schwedens Städte«. Ein Puppenwagen mit zwei Teddybären. Ein paar Bücher lagen auf dem Boden. Neben dem Puppenschrank stand ein kleiner Holztisch, darauf ein Malblock und Stifte. Eine halb fertige Zeichnung war zu sehen. Sie stellte ein großes Schiff auf dem offenen Meer dar. Ein einsamer Mann stand an Deck. Unter der Wasseroberfläche waren mehrere große Fische zu erkennen. Stierna fragte sich, ob der Mann an Deck vielleicht Ingrid Bengtssons Vater darstellen sollte.

Maria Bengtsson schaute aus dem Fenster. Ihr Blick verriet keine Regung.

Stierna stellte sich vorsichtig neben sie.

»Was arbeiten Sie, Fräulein Bengtsson? Sie müssen Ihrem Chef sagen, dass Sie für eine Weile nicht kommen werden. Wenn Sie möchten, kann ich das übernehmen.«

Maria Bengtsson drehte sich um, schaute ihn an.

»Ich arbeite in einem Café in der Mäster Samuelsgatan. Dem 67. Das liegt in der Mäster Samuelsgatan 67. Deshalb heißt es ›die 67‹.«

»Welche Telefonnummer?«

»Sie brauchen nicht anzurufen. Das regelt sich schon.«

»Und ihre Schule ... In welche Schule ging sie? Die müssen ja wissen, dass ...«

»Die Gustav-Vasa-Volksschule. Ich werde dort Bescheid sagen, Sie müssen nicht anrufen.«

»Sind Sie sicher, dass Sie das schaffen?«

Maria Bengtsson gab keine Antwort.

Der Arzt kam ins Zimmer.

»Fräulein Bengtsson«, begann er.

Die Frau am Fenster drehte sich um.

»Ich habe etwas dabei, das wird Sie beruhigen«, fuhr der Arzt fort. »Mir ist klar, was für ein schrecklicher Schock das für Sie ist ...«

Maria Bengtsson hob abwehrend eine Hand.

»Keine Tabletten«, sagte sie. »Ich will keine Tabletten.«

Der Arzt zuckte mit den Schultern und ging zurück ins Wohnzimmer. Stierna blieb neben Maria Bengtsson stehen.

»Die Djurgårdswerft«, sagte er nach einer Weile. »Dort haben wir sie gefunden. Kennen Sie die?«

Maria Bengtsson schaute ihn verwundert an.

»Die Djurgårdswerft? Da bin ich noch nie gewesen. Was hatte sie auf Djurgården zu suchen?«

Stierna antwortete nicht.

»Wie?«, fragte Maria Bengtsson plötzlich. »Wie ist sie gestorben?«

Stierna hatte diese Frage erwartet. Dennoch fiel es ihm schwer, die richtige Formulierung zu finden.

»Es sieht so aus, als wäre Ihre Tochter jemandem zum Opfer gefallen, der ... jemandem, der ihr Böses wollte.«

»Böses? Wer sollte Ingrid etwas Böses wollen?«

Stierna wusste nicht, was er darauf antworten sollte.

»Jemand hat Ihre Tochter getötet«, sagte er schließlich.

In dem Moment, als Stierna ihr das sagte, brachen bei Maria Bengtsson alle Dämme. Plötzlich begann sie zu zittern, dann kamen die Tränen. Stierna ging zu ihr, legte ihr die rechte Hand auf die Schulter. Sie drehte sich zu ihm um. Er spürte, wie sie am ganzen Körper zitterte, Tränen liefen ihr über die Wangen. Er überlegte, ob er sie in den Arm nehmen sollte, doch das musste er nicht entscheiden. Maria Bengtsson drückte ihr Gesicht an seine Brust. Vorsichtig legte er die Arme um sie.

Hinterher konnte er nicht sagen, wie lange sie so dagestanden hatten, doch es schien ihm sehr lange gewesen zu sein.

Als Stierna wieder auf die Straße trat, hatte er weiche Knie. Das nächste Mal wollte er jemand anderen schicken.

*

An diesem Tag blieb er bis spätabends im Büro.

Er sollte den Mord an dem Mädchen aufklären. Das und nichts anderes. Für eine Weile seinen Posten als Leiter der Ermittlungsbehörde aufgeben. So lautete Berners Anweisung.

Die Überwachung rund um die Werft war an Ort und Stelle, die Männer sollten dortbleiben, bis die Untersuchungen beendet waren. Tag und Nacht waren sie vor Ort, damit niemand hineinkam, den sie nicht dort haben wollten. Neugierige, die Spuren verwischen könnten. Vielleicht der Mörder, der etwas verschwinden lassen wollte, was er zurückgelassen hatte.

Die Zeugenbefragung in Djurgårdsstaden lief. Die Hälfte wurde von Streifenpolizisten vom siebten Revier durchgeführt. Außerdem waren Leute aus der Zentralabteilung und vom Kriminaldezernat dabei. Die Bereitschaft war groß gewesen, als gefragt worden war.

Haben Sie letzte Nacht oder am Abend zuvor etwas Verdächtiges unten auf dem Werftgelände gesehen? Haben Sie ein kleines blondes Mädchen in der Gegend gesehen? War jemand bei ihr?

Ergebnisse hatten sie noch keine, was ihn verwunderte.

Stierna öffnete sein Fenster und schaute in die Nacht hinaus, während er sich eine Zigarette anzündete. Der Park vor dem Polizeigebäude lag dunkel und verlassen da.

Kriminaldirektor Berner hatte mit der Presse gesprochen. Er hatte nicht besonders viel gesagt, nur so viel, dass jetzt die Bevölkerung loslegen konnte. Keine Namen bis jetzt. Keine Bilder.

Es waren mehr als acht Stunden vergangen zwischen dem Zeitpunkt, an dem das Mädchen laut Angaben der Mutter ihre Wohnung in der Upplandsgatan verlassen hatte, und dem Zeitpunkt, an dem sie von der Polizei auf der Djurgårdswerft gefunden worden war. Gut acht Stunden. Was war in dieser Zeit passiert?

Högstedt hatte ihn von einer Telefonzelle am Djurgården angerufen. Er hatte ihm mitgeteilt, dass es wohl spät werden würde, dass sie immer noch auf der Werft waren, er und Strand.

Außerdem hatte er von der Reifenspur vor der Brücke über den Beckholmssund berichtet. Darüber, was der Hund angezeigt hatte. Über das Loch im Zaun neben dem Eingangstor. Sie hatten den Draht um das Loch herausgeschnitten und zur Untersuchung mitgenommen. Högstedt glaubte, dass der Täter Rechtshänder war und eine Kneifzange benutzt hatte. Die Kneifzange schien ziemlich klein zu sein. Vielleicht konnten sie sie irgendwo finden.

Dort hatten sie auch Textilfasern gefunden. Braune, wahrscheinlich Schafwolle. Sie hingen an den aufgeschnittenen Drahtmaschen. Bisher hatten sie die Kleidung des Mädchens noch nicht untersucht, aber es war kaum vorstellbar, dass die

Fasern nicht von seiner braunen Strickjacke stammten. Ansonsten waren keine Fasern zu entdecken.

Stierna machte in seinem Zimmer das Licht aus. Zog sich den Mantel über und ging auf den breiten Flur hinaus.

Roland Lindberg kam ihm auf seinen langen Beinen schlurfend entgegen.

»Roland, wie geht es?«

»Müde«, kam die kurze Antwort, und Stierna glaubte ihm.

Lindberg hatte seinen Tag damit begonnen, einen Überfall auf einen Tabakhändler in der Riddargatan zu untersuchen. Hatte den Fall nach einem Tipp von einem Informanten in Rekordzeit gelöst. Den Rest des Tages hatte er vor allem in seinem Zimmer verbracht. Darüber nachgedacht, welche der polizeibekannten Kinderschänder und anderen Sittlichkeitsverbrecher sie vorladen sollten. Hatte Gefängnisse und psychiatrische Anstalten angerufen, nachgefragt, wer auf freiem Fuß war, als Ingrid Bengtsson ermordet wurde, wer Hafturlaub gehabt hatte. Die Liste war bereits lang.

»Mit wem sollen wir anfangen?«, fragte Lindberg.

»Mit denen, die in der Nähe wohnen. Oder gewohnt haben. Die irgendeine Verbindung zu Vasastaden oder zu Djurgårdsstaden oder Stadtteilen in der Nähe haben. Wir haben gute Chancen, ihn unter denen zu finden. So ist es meistens.«

Lindberg seufzte.

»Das ist Knochenarbeit.«

Stierna schaute auf die Uhr. Es war schon spät, er hätte schon längst zu Hause sein müssen.

»Fang mit Bladh an. Der wohnt in der Nähe des Vasaparks. In der Sigtunagatan.«

»Das weißt du?«, fragte Lindberg.

»Ja, das weiß ich.«

Es war schon dunkel, als John Stierna das Polizeigebäude verließ. In den Straßen war es ganz still.

Er hatte das Protokoll des Verhörs Nummer zwei mit Harry Schiller bekommen, das in den Räumen der Kriminalpolizei stattgefunden hatte, und hatte es sorgfältig durchgelesen. Eine kurze Zusammenfassung dessen, was über Schiller in ihren Archiven zu finden war, war beigefügt.

Harry Schiller war siebenunddreißig Jahre alt, einmal wegen Landstreicherei verurteilt und vor sechs Jahren für ein paar Monate ins Arbeitshaus in Svartsjö geschickt worden. Ein paar kleinere Ladendiebstähle hatten ihm zwei Aufenthalte auf Långholmen eingebracht. Gemeldet war er bei seiner Mutter in der Pipersgatan, aber bekannt als Landstreicher mit Alkoholproblemen. Er war nie irgendwelcher Gewalt- oder Sexualverbrechen verdächtigt worden. Der herbeigerufene Arzt hatte keinerlei Verletzungen an dem Mann gefunden. Schillers Kleidung war zur Analyse ins staatliche gerichtschemische Laboratorium geschickt worden.

Er hat nichts damit zu tun, dachte Stierna. Der wäre doch nie im Leben so dumm, uns zu alarmieren, wenn er es gewesen wäre.

Der Mann, den Schiller gesehen hatte, musste der Mörder sein; unwahrscheinlich, dass jemand anderer als der Mörder zurückgekommen war, um die Tasche aus der Badewanne zu holen. Er überlegte, was in dem blutigen Handtuch eingewickelt gewesen sein konnte. Wahrscheinlich die Mordwaffe. Stierna dachte an das Blut, all das Blut um das Mädchen herum, die vielen Spritzer über seinem Kopf. Er hatte angeordnet, dass gleich morgen die Wäschereien nach Leuten befragt werden sollten, die blutige Kleidung abgaben. Die Tat war so brutal ausgeführt worden, dass sie eigentlich deutliche Spuren auf der Kleidung des Mörders hinterlassen haben musste.

Stierna bog in die Hantverkargatan ab. Die Dunkelheit war kompakt, obwohl die Laternenanzünder schon vor langer Zeit die Straßenbeleuchtung eingeschaltet hatten. Er kam an Lindströms Viktualienhandlung vorbei; manchmal kaufte er dort etwas. Im Schaufenster stapelten sich diverse Meiereiprodukte um ein großes schwarzes Schild mit einer Botschaft des Verbands der Molkereiwirtschaft: »Wir essen zu wenig Käse! Käse ist billiges Essen.«

Er wusste, wo man meistens die Kindermörder fand. Fast immer in der Familie. Vater oder Mutter, Stiefvater oder Stiefmutter. Stierna dachte, dass er den Bräutigam der Mutter umgehend überprüfen musste. Daneben waren andere Verwandte, Freunde der Familie, Nachbarn am wahrscheinlichsten. Und die entfernteren Bekannten. In fünfundneunzig Prozent der Fälle kannte das Kind seinen Mörder nur zu gut. Wenn nicht noch häufiger, Stierna war sich dessen ziemlich sicher.

Unbestreitbare Fakten, dennoch zögerte er.

Es war schon nach elf Uhr, als Stierna endlich vor der vertrauten Haustür in der Parmmätargatan stand. Er schaute hoch, in der Küche brannte noch Licht.

Als er in die Wohnung kam, hängte er zunächst seinen Mantel im Flur auf. Er krempelte die Hemdsärmel hoch und ging in die Küche.

Karolina saß am Küchentisch, nähte. Nur eine Tischlampe brannte in einer Ecke.

»Ist das nicht zu dunkel?«, fragte er.

Karolina schaute auf.

»John. Ich hab dich gar nicht gehört.«

»Soll ich nicht die Deckenlampe anzünden? Du verdirbst dir die Augen, wenn du bei so schlechtem Licht arbeitest ...«

»Dann zünde sie an.«

Das tat er. Sie nähte an einem weißen Kleid.

»Hast du es heute Morgen noch rechtzeitig zur Arbeit geschafft?«

»Ja, gerade noch. Aber die erste Kundin kam erst gegen halb zehn. Das war also kein Problem.«

Er setzte sich ihr gegenüber.

»Und du? Wie ist es dir ergangen?«

Er dachte eine Weile nach, bevor er antwortete.

»Heute habe ich einen Menschen getroffen, dessen Leben nie wieder das gleiche sein wird.«

Sie schaute ihn lange mit großen Augen an.

Er erzählte. Nichts, was von Bedeutung für den Fall war, das wäre gegen die Vorschriften gewesen. Er berichtete ihr keine Details. Erzählte nicht von dem Blut oder dem Gesichtsausdruck des Mädchens, das wollte er ihr ersparen. Aber er wusste, dass sie viel aufnehmen konnte. Und er brauchte das Gespräch, berichtete ihr von Maria Bengtsson.

Gegen zwölf Uhr gingen sie schlafen.

Stierna zog sich sein Nachthemd an und kroch unter die Decke. Er dachte an den kommenden Tag. Er wollte dabei sein, wenn Maria Bengtsson ihre tote Tochter identifizierte. Das war allerdings nur eine Formalität, denn sie waren sich bereits sicher, dass es Ingrid Bengtsson war, die sie gefunden hatten.

Es fiel ihm schwer, sich auszumalen, wie das ablaufen würde. Die Menschen reagierten so unterschiedlich, wenn sie tote Angehörige sahen. Manche brachen zusammen, andere schienen fast unberührt oder standen zu sehr unter Schock, um überhaupt Gefühle zeigen zu können. Stierna fragte sich, wie Maria Bengtsson wohl reagieren würde.

Karolina machte das Licht aus. Sie lag dicht neben ihm und strich ihm über das Haar. Stierna drehte sich zu ihr um.

Sie lagen ganz still im Dunkeln und hielten einander bei der Hand.

Visby 1953

9

Stierna war wieder unten am Wasser. Der Strand war jetzt noch leerer als zuvor, keine Menschenseele ließ sich blicken. Langsam, aber zielstrebig ging er auf den Steinen entlang.

Das Gespräch mit dem Journalisten hatte Erinnerungen geweckt. Teile der Ermittlungen um Ingrid Bengtssons Tod, Kleinigkeiten, die eigentlich nichts mit der Lösung des Mordfalls zu tun hatten. Wie die Frage, welche Kleidung die Mutter trug, als sie sich das erste Mal sahen. Einen hellblauen Rock, eine weiße Bluse. Darüber eine beigefarbene Strickjacke. Wie der Fahrer aussah, der ihn das erste Mal zur Djurgårdswerft gefahren hatte. Diese kleinen, unbedeutenden Details, die nicht im Protokoll standen, waren ihm wieder in den Kopf gekommen. Ansonsten kannte er die Ermittlungsunterlagen fast auswendig.

Stierna ging weiter, auf seinen Stock gestützt. Heute Abend sollte er den Journalisten wieder treffen. In gewisser Weise freute er sich darauf. Vielleicht brauchte ja auch er jemanden, mit dem er reden konnte, und da war ein Fremder genau der Richtige.

Als er zurück zum »Rosengården« kam, war alles wie immer. Leer und still. Das ganze Viertel, in dem das Wirtshaus lag, erschien ihm wie ein Vakuum, irgendwie von der umgebenden Stadt isoliert. Selbst die Geräusche waren hier gedämpfter als sonst im Ort. Die Schritte, das Vogelgezwitscher, ja sogar die Glocke des Doms.

Sankta Maria lag im Zentrum, in einem Viereck, das von drei kleinen Straßen mit Steinhäusern und einem Steilhang hinter der Kirche gebildet wurde.

Am Abend nahm Stierna die Akten aus seiner Reisetasche. Er hatte vor ein paar Wochen einen Teil des Materials um den »Fall Ingrid« kopiert. Eigentlich war das sinnlos, denn die Ermittlungen waren schon vor langer Zeit abgeschlossen worden. Aber er wusste genau, warum er die Akten mitgenommen hatte. Also las er sie, die langweilig geschriebenen Aktennotizen, die sich doch schon seit Langem auch so in sein Bewusstsein eingeätzt hatten.

*

Er hatte die Vernehmungsprotokolle mit Maria Bengtsson so oft gelesen, dass er sich so gut wie an jedes einzelne Wort erinnerte.

Ingrids Mutter hatte sehr klar und gewissenhaft geschildert, was sie und ihre Tochter an diesem Sonntag, dem letzten in Ingrids Leben, getan hatten. Doch Stierna erinnerte sich auch, wie ihr die Worte im Hals stecken blieben. Wie sie die ganze Zeit gegen die Trauer und den Schock ankämpfte.

Die beiden waren gegen neun Uhr aufgestanden und hatten gefrühstückt. Ingrid hatte ein Ei gegessen, Brot mit Käse und einen Apfel. Dazu hatte sie ein Glas Milch getrunken. Nach dem Frühstück waren Ingrid und Maria Bengtsson zum Schloss Karlberg gegangen und hatten Vögel gefüttert. Dort waren sie ein paar Stunden geblieben. Am Kanal hatten sie eine von Ingrids Klassenkameradinnen mit ihren Eltern getroffen. Die Erwachsenen hatten sich unterhalten, die Mädchen gespielt.

Anschließend waren sie mit dem Taxi zu Maria Bengtssons Eltern nach Sundbyberg gefahren. Der Vater hatte Geburtstag gehabt, fast die ganze Familie war gekommen. Es gab Frikadellen und Bratwurst, Hering, Kartoffelgratin und Salat. Und zum Nachtisch Apfeltorte. Ingrid hatte alles bis auf den Hering gegessen. Gegen acht Uhr waren sie am Abend wieder in der Upplandsgatan gewesen.

Stierna erinnerte sich daran, wie sie in seinem Büro gesessen hatten. Ein junger Schutzmann, Axel Jonsson, hatte den langen Bericht aufgeschrieben. Genau und gewissenhaft, wie immer, wenn Jonsson Protokoll führte.

Stierna schloss die Augen. Er sah sein altes Dienstzimmer bei der Kriminalpolizei vor sich. Sah Jonsson. Sah sich selbst. Sah Maria Bengtsson. Er hörte die Fragen und die Antworten, auch wenn sie nicht genau so gesagt worden waren.

»Sie haben also Ihre Tochter um elf Uhr abends als vermisst gemeldet.«

»Ja, ungefähr. Ich bin zum Polizeirevier in der Kammakargatan gegangen.«

»Lassen Sie uns etwas in der Zeit zurückgehen. Was haben Sie gemacht, nachdem Sie von Ihren Eltern zurückgekommen waren?«

»Ingrid war nur eine halbe Stunde in der Wohnung. Sie war in der Woche davor krank gewesen und hatte in der Schule gefehlt, deshalb ... Sie hatte einiges aufzuholen. Also wollte sie schnell zu einer Freundin laufen, die am Sankt Eriksplan wohnt, und sich erkundigen ... Die Kinder kriegen jede Woche Buchstaben auf, die sie lernen sollen. Die Schule ist wichtig für sie. Ingrid hatte die letzten Aufgaben nicht mitgekriegt ...

Sie sollten erst am Dienstag abgefragt werden, aber sie wollte sie nicht erst am letzten Tag wissen. Wollte ein bisschen mehr Zeit dafür haben, um sich besser vorbereiten zu können. Vielleicht noch ein bisschen lesen üben, bevor sie ins Bett ging.«

»Wie heißt die Familie?«

»Ekström. Das Mädchen heißt Anna.«

»Und wo wohnen sie?«

»Am Sankt Eriksplan. Nummer 15.«

»Haben sie Telefon?«

Stierna erinnerte sich auch an die kurze Unterbrechung, als Maria Bengtsson mit zitternden Händen nach einem Telefonbüchlein in ihrer Handtasche suchte.

»Hier. Telefon Vasa 47 89.«

»Danke. Dann hat Ingrid also gegen halb neun die Wohnung verlassen?«

»Ja, ich denke schon. So ungefähr.«

»Und welchen Weg ist sie üblicherweise gegangen?«

»Zu Anna?«

»Ja.«

»Meistens ist sie die Upplandsgatan hinuntergegangen und dann in die Rådmansgatan. Der ist sie gefolgt, bis sie in die Dalagatan eingebogen ist. Dann ist sie wohl am Sabbatsberg vorbeigegangen und war schon fast da. Am Park. Sie ist immer durch den Park gegangen. Und dann ... Dann war sie ja schon fast am Sankt Eriksplan.«

»Und sie ist allein gegangen?«

»Ja, das ist ja ... Das dauert nur ein paar Minuten. Sie hat das früher schon gemacht. Ihre Freundin wohnt doch so nahe ... Wenn ich mitgegangen wäre ...«

Stierna erinnerte sich, wie Maria Bengtssons Stimme brüchig wurde. Er hatte nicht gewusst, was er zum Trost hätte sagen sollen. Denn in dem, was sie sagte, lag ja viel Wahrheit. Wenn sie mitgegangen wäre, wäre ihre Tochter höchstwahrscheinlich noch am Leben.

»Mir ist klar, wie schwer das für Sie ist, Fräulein Bengtsson. Aber das, was passiert ist, das ist nicht ... Das ist nicht Ihre Schuld. Ist Ingrid bei ihrer Freundin gewesen? Hat sie die Hausaufgaben abgeholt?«

»Ja. Ich habe dort um Viertel vor zehn angerufen. Da war Ingrid schon seit fast anderthalb Stunden fort. Und die Mutter sagte mir, dass sie gleich wieder nach Hause hatte gehen wollen. Aber ich dachte natürlich, dass sie noch ein bisschen dortgeblieben war. Die beiden sind ja so gute Freundinnen ... Um zehn hätte sie aber zu Bett gehen sollen. Ja, ich fing langsam an, mich zu wundern.«

»Und als Sie bei den Eltern von Ingrids Freundin angerufen haben, was haben die da gesagt?«

»Dass Ingrid dort gewesen war, aber schon vor einer Dreiviertelstunde wieder gegangen war. Da wurde ich unruhig. Denn so etwas hatte Ingrid noch nie gemacht. Sie ist noch nie irgendwohin gegangen, ohne mir Bescheid zu sagen. Sie weiß, wie unruhig ich dann werde.«

»Und dann haben Sie nach ihr gesucht?«

»Ja ... eigentlich sofort. Oder ... vorher habe ich noch bei einigen ihrer Freundinnen angerufen, aber niemand hatte sie gesehen. Es haben ja auch nicht alle Telefon. Und dann bin ich losgegangen, um sie zu suchen.«

»Wohin sind Sie gegangen?«

»Zuerst zum Vasapark. Da gibt es zwei Spielplätze, und Ingrid schaukelt so gern. Aber sie war nicht dort. Beide Spielplätze waren menschenleer.«

»Waren überhaupt Leute im Park?«

»Nicht viele.«

»Haben Sie mit jemandem gesprochen?«

»Ich habe einen Mann mit Hund gefragt, ob er Ingrid gesehen hätte. Aber er verneinte. Und dann war da noch ein junges Paar. Am Wasser, an dem Teich da. Aber die hatten sie auch nicht gesehen.«

»Und wohin sind Sie dann gegangen?«

»Ich bin einfach nur herumgelaufen. Ich habe wohl mehr als eine Stunde nach ihr gesucht. Aber ich habe sie nicht gefunden. Ich ...«

Maria Bengtsson war verstummt, hatte in ihre Kaffeetasse geschaut und darin herumgerührt. Doch sie hatte nichts getrunken.

»Wohin sind Sie gegangen, nachdem Sie im Vasapark gewesen waren?«

»Ja, wohin bin ich gegangen? Ich bin durch die Straßen gelaufen. Aber irgendwie habe ich gar nicht richtig registriert, was ich getan habe. Ich war so unruhig. Schließlich bin ich zum Hagapark gegangen. Warum, weiß ich nicht. Ingrid ist da nie hingegangen. Aber ... Was sollte ich denn tun? Ja, ich bin dann auch noch bei einigen ihrer Klassenkameraden vorbeigegangen. Und habe an den Türen geklingelt. Bei denen, die nicht weit weg wohnen. Aber niemand hatte sie gesehen.«

»Und was haben Sie dann getan? Nachdem Sie im Hagapark waren?«

»Ich bin nach Hause gegangen. Und dann zur Polizei.«

»Und da war es also ungefähr elf Uhr?«

»Ja. Ziemlich genau, denke ich. Ich habe ihnen ein Foto gegeben und mit einem Beamten reden können. Die haben mir gesagt, dass sie sofort die Suche nach ihr aufnehmen wollten.

Und dann haben sie gesagt, sie würden auch die Vermisstenstelle im Polizeihauptgebäude einschalten.«

»Das ist Vorschrift, wenn ein Kind verschwindet. Und was haben Sie anschließend gemacht?«

»Ich ... ich bin nach Hause gegangen. Habe versucht, mich zu beruhigen, eine Viertelstunde lang, vielleicht auch länger. Dann habe ich wieder bei ihren Schulfreunden angerufen. Bei denen, von denen ich die Namen kenne und weiß, wo sie wohnen. Die Telefon haben. Auch wenn es schon spät war und viele bereits im Bett lagen. Aber ich war so verzweifelt ... Niemand hatte sie gesehen. Und ... ja, ich habe gewartet. Es erschien mir wie eine Ewigkeit.«

Stierna wusste, dass die Beamten sofort mit ihrer Arbeit begonnen hatten. Ziemlich viele Schutzleute waren in der Nacht nach Ingrid Bengtssons Verschwinden Patrouille gegangen in den Straßen von Vasastaden, Norrmalm und auf Kungsholmen. Doch es hatte nichts gebracht.

Stierna blätterte einige Seiten zurück in seinem Hotelzimmer in Visby, zum Beginn der Vernehmung. Er las Jonssons Zusammenfassung. Schloss wieder die Augen, sah die Szene klar vor sich.

»Habe ich das richtig verstanden, dass Sie allein mit Ingrid leben ... lebten?«

»Ja, das ... das stimmt, Herr Kommissar.«

»Und Ingrids Vater, wie heißt der?«

»Thomas Franzén. Als ich das letzte Mal von ihm gehört habe, wohnte er in Göteborg.«

»Sie haben keinen Kontakt zu ihm?«

»Nein, überhaupt keinen.«

»Und Ingrid, kannte sie ihren Vater?«

»Nein, sie hat ihn nie ... hat ihn nie kennenlernen können.«

Stierna erinnerte sich genau, wie die Frau, die vor ihm gesessen hatte, damals aussah. Trotz ihrer Jugend hatte sie etwas Altertümliches an sich. Das lag nicht nur an dem deutlichen Ausdruck von Müdigkeit, der so oft mit der Trauer einhergeht, sondern an etwas anderem, das er nicht genau bezeichnen konnte.

»Sie hat ihn nie kennenlernen können? Wie meinen Sie das?«

»Ja, nun, er wollte Ingrid nicht sehen. Herr Kommissar, Sie müssen verstehen, Ingrid war nicht geplant. Und ... wir hatten eigentlich beide kein Geld dafür. Um ein Kind zu versorgen ... Außerdem wollte er keine Kinder.«

»Moment mal, Fräulein Bengtsson. Sie und dieser Thomas Franzén, Sie haben sich also vor ... vor zehn Jahren kennengelernt?«

»Ungefähr, ja. Das ist jetzt schon mehr als zehn Jahre her.«

»Wo haben Sie sich kennengelernt?«

»Ich habe damals in einer Konditorei gearbeitet. Tante Alices Bäckerei und Konditorei in der Tegnérgatan. Er war Bäcker dort. Wir haben zusammen gearbeitet, und daraus hat sich dann mehr entwickelt. Und dann bin ich schwanger geworden. Das war zwar nicht geplant, aber ... ja, was soll ich sagen? Im Nachhinein bin ich unglaublich dankbar dafür. Für Ingrid.«

Stierna hatte sie verwundert angesehen.

»Aber hat Ingrid nie den Wunsch geäußert, ihren Vater kennenzulernen?«

»Sie hat mal ein Bild gemalt, und das habe ich in einem Brief an die Adresse geschickt, die ich von ihm hatte. Damals war Ingrid drei oder vier. Aber er hat nie darauf geantwortet. Vielleicht ist er auch umgezogen, oder der Brief ist nie angekommen. Aber ich habe meinen Absender draufgeschrieben, und er ist nie an mich zurückgeschickt worden. Außerdem wusste er ja die ganze Zeit, wo ich und Ingrid zu finden waren, wenn er also Kontakt hätte aufnehmen wollen ...«

»Und Thomas Franzén ist also nach Göteborg gezogen. Wann war das?«

»Ja, nun, er kommt ja aus Göteborg. Ist da geboren und aufgewachsen. Also ... Er hat ein paar Jahre in Stockholm gearbeitet. Doch als ich ihm gesagt habe, dass ich schwanger bin, ist er bald wieder zurück in seine Heimatstadt gezogen.«

»Fräulein Bengtsson, glauben Sie, dass er wegen Ihrer Schwangerschaft weggezogen ist?«

»Zum Teil lag es sicher daran. Aber er hat schon immer gesagt, dass er so bald wie möglich wieder zurückwolle. Dort war sein Zuhause, nicht in Stockholm. Aber es war ganz klar, er wollte damals nicht Vater werden. Er sagte, er habe keine Möglichkeiten, sich um ein Kind zu kümmern. Und mir wurde klar, dass er nicht heiraten wollte. Damals noch nicht. Und nicht mich.«

»Aber Unterhalt und so ... Er musste Ihnen doch Unterhalt für das Kind zahlen ...«

»So etwas habe ich nie von ihm bekommen. Und ich habe es auch gar nicht gewollt. Sicher, er war ihr leiblicher Vater, aber trotzdem ... trotzdem doch nicht ihr Vater. Er interessierte sich ja gar nicht für sie. Und ich wollte nichts fordern, nicht zum Gericht gehen oder so. Ingrid war mein Kind.«

»Aber Sie konnten es sich leisten, sie bei sich zu behalten? Obwohl der Vater nichts bezahlt hat?«

»Ja, das konnte ich mir leisten. Ich war nicht gezwungen, sie wegzugeben. In ein Pflegeheim oder so. Wenn die Gefahr bestanden hätte, dann hätte ich Geld von ihm verlangt. Aber ich musste sie nicht weggeben. Nicht wie die meisten.«

»Sie haben also kein Geld von Thomas Franzén gefordert?«

»Nein. Denn ich brauchte sein Geld nicht. Wenn er überhaupt etwas hat, dann hat er bestimmt nicht genug, um mir davon etwas abzugeben. Und warum sollte ich Geld von jemandem fordern, der sein Kind nicht haben wollte? Ich bin auch so zurechtgekommen ... Wir sind zurechtgekommen. Meine Eltern ... die haben uns geholfen. Mein Vater hat eine Schuhmacherei. Und außerdem habe ich eine kleine Erbschaft gemacht ... Meine Großmutter hatte Geld. Sie ist vor ein paar Jahren gestorben. Ein Teil ihres Geldes war für Ingrid – sie sollte es gut haben in ihrer Kindheit.«

»Kennen Sie die jetzige Adresse von Thomas Franzén?«

»Ich weiß, wo er gewohnt hat, als er wieder nach Göteborg gezogen ist. Aber das ist ja schon lange her. Ich kann mich nicht mehr erinnern, wie die Straße hieß, aber ich hab's aufgeschrieben. Ich kann es heraussuchen.«

»Ja, das wäre nett, Fräulein Bengtsson. Und Sie glauben, dass er noch dort lebt? In Göteborg?«

»Ich weiß es nicht. Aber er hat gesagt, das wäre seine Heimat dort.«

»Und in Stockholm, wo hat er da gewohnt?«

»In Vasastaden. Karlbergsvägen 55.«

Es klopfte an der Tür zum Hotelzimmer. Stierna öffnete die Augen und schob das Vernehmungsprotokoll von sich.

Es war der Journalist.

10

Dieses Mal setzten sie sich in den Speisesaal. Grönwall lud Stierna ein, und dieser protestierte nicht. Vielleicht hätte er das vor zwanzig Jahren getan, aber jetzt nicht mehr.

»Wie haben Sie angefangen?«, fragte der Journalist, während sie aufs Essen warteten.

Stierna schaute aus dem Restaurantfenster in die Dunkelheit hinaus.

Der Chefredakteur der *Månads-Tidskriften*, Folke Häggroth, hatte ihn nachmittags über eine schlechte Telefonleitung aus Stockholm in seiner Pension erreicht. Sie wollten einen Fotografen schicken, um Fotos von ihm zu machen. Wenn Grönwall so weit war.

»Wie haben Sie anfangs gearbeitet?«

Der Journalist hatte seine Frage wiederholt, nur anders formuliert.

Stierna überlegte. Wie konnte er die Tage nach dem Mord schildern? Die hektischen Wochen danach, in denen der Puls die ganze Zeit über dem normalen Niveau gelegen hatte. Die Tage, in denen er nur schwer einschlafen konnte, wenn er endlich spätabends in die Wohnung in der Parmmätargatan kam.

Zeugenbefragung in Djurgårdsstaden. Von Tür zu Tür in Vasastaden, den Weg entlang, den Ingrid Bengtsson wahrscheinlich an ihrem letzten Abend, an dem zweiten September 1928 gegangen war. All die Versuche, jede Bewegung in einem Gebiet nachzuvollziehen, das eigentlich viel zu groß war. Wer was getan hatte. Wer was gesehen hatte. Wer wo gewesen war. Und das nicht nur in der Mordnacht. Ob sich irgendein Nachbar merkwürdig benommen hatte. Ob Fremde beobachtet worden waren. Was sie getan hatten. Ob fremde Autos in der Nachbarschaft gesehen worden waren. Ob jemand Ingrid gesehen hatte. Und so weiter. Und so weiter.

Die Frageformulare, die sie an alle Haushalte verteilt hatten. Pressekonferenzen. Anrufe mit Hinweisen. Und alle Vernehmungen. So an die tausend.

Wie sollte er Börje Grönwall davon berichten können?

»Ich weiß nicht, wo ich anfangen soll«, sagte Stierna.

Ein schwarzes Klavier mit geschlossenem Deckel stand in einer Ecke, nur wenige Meter von ihrem Tisch entfernt. Es hatte schon dort gestanden, als Stierna zum ersten Mal in das Wirtshaus gekommen war. Er fragte sich, ob es wohl im Sommer benutzt wurde, wenn die Touristen kamen. Stierna konnte spielen, jedenfalls hatte er es mal gekonnt. Aber er wusste, wie schnell man einrostete.

Das Essen wurde serviert. Grönwall hatte Lachs bestellt, Stierna aß an diesem Abend Fleisch. Rindfleisch mit Zwiebeln.

»Fangen Sie da an, wo Sie es für richtig halten«, sagte Grönwall. »Ich habe Zeit.«

11

»Ist in den letzten Wochen nichts Neues passiert? Was auch immer, jemand, den sie getroffen hat? Jemand, den sie kennengelernt hat?«

Er war wieder allein, in seinem Hotelzimmer. Der Journalist war für dieses Mal gegangen, aber Stierna konnte nicht so schnell abschalten. Er hatte versucht, in sein Tagebuch zu schreiben, doch das war nicht möglich gewesen. Stattdessen las er weiter in dem Vernehmungsprotokoll mit Maria Bengtsson vom vierten September 1928.

Er erinnerte sich, dass es ein langes Gespräch gewesen war, mehrere Stunden lang. Sie hatten über so vieles geredet. Wie es Ingrid in der Schule ging. Über Freunde, Bekannte, Nachbarn. Maria Bengtsson hatte von den Männern berichtet, mit denen sie während Ingrids Kindheit eine Beziehung gehabt hatte. Sie hatten diese Männer natürlich aufgesucht.

Stierna schob die alten Verhörprotokolle hin und her. Die Seiten waren vergilbt. Er schloss die Augen, ließ alles wieder auf sich zukommen.

Maria Bengtssons Antwort auf seine Frage war dieses Mal schnell gekommen.

»Da ist etwas, worüber ich nachgedacht habe, nachdem Sie gestern bei mir waren. Sie und dieser Arzt. Da war einer ... einer, von dem sie erzählt hat, dass sie ihn getroffen hat. Erst vor ein paar Wochen. Im Vasapark.«

Stierna schaute zu Jonsson, Jonsson erwiderte seinen Blick.

»Ein Mann? Hat sie ihn mehrere Male getroffen? Kannte sie ihn?«

»Ich glaube nicht, aber ich weiß es nicht. Ich weiß nicht, wen sie alles getroffen hat. In der Schule. In den Läden. Leute in der Nachbarschaft. Ich habe ihr jedoch immer gesagt, sie soll vorsichtig sein. Man weiß ja nie ... Aber ich meine mich zu erinnern, dass sie erzählt hat, wie nett er war.«

»Wie alt war er?«

»Ich weiß nicht genau ... Ich denke, sie war der Meinung, dass er wohl in meinem Alter war, so um die dreißig. Aber Kinder ... Sie wissen ja, wie Kinder sind, wenn sie das Alter von Erwachsenen einschätzen sollen.«

»Was hat sie noch gesagt?«

»Er hat ihr Geld gegeben, für Glanzbilder. Aber das Merkwürdige war, dass er behauptet hat, er würde ihren Vater kennen.«

Das war das erste Mal, dass Stierna von ihm hörte.

Von dem Mann im Vasapark.

1928

12

Er lief ziellos am Karlbergssjön entlang. Auf dem Kungsholms Strand gingen Leute spazieren, obwohl der Himmel bewölkt war und kühlerer Wind aufkam. Junge Paare, Hand in Hand. Langsame Alte. Laufende Kinder.

Er war allein. Gut gekleidet, in braunem Anzug, mit braunem Hut und Regenschirm. In der linken Hand trug er die Tasche mit der Sportkleidung. Er konnte schnell laufen, hatte das schon immer gekonnt.

Eine Familie kam ihm entgegen. Sie waren auf dem Weg Richtung Sankt Eriksbrücke. Zwei Kinder, ein Junge und ein Mädchen. Sieben und zehn Jahre alt vielleicht. Ordentliche Eltern in gepflegter Kleidung. Die Frau trug einen Korb im Arm.

Manchmal, wenn er Kinder sah, erinnerte er sich an seine eigene Kindheit. Aber die Erinnerungen waren immer unscharf, wie in einem Albtraum.

Er erinnerte sich an die Spottverse aus den ersten Klassen in der kleinen Dorfschule. »Der Spatz ist so schrecklich klein, dünn wie Streichhölzer sind seine Bein'.« Der Spatz, so hatten sie ihn genannt, die Meute in der Schule. Ein Mob, ohne klaren Anführer, im Schutz der Masse konnte man den Schwächeren verhöhnen. Und musste für nichts geradestehen, nicht selbst denken. Eine feige kleine Gesellschaft. Fast wie die Miniaturausgabe der großen. Sie hatten immer auf ihn eingeprügelt, obwohl er der beste Läufer der ganzen Schule war. Das hatte nie etwas genützt, nie eine Rolle gespielt.

Er setzte sich auf eine Bank und schaute aufs Wasser. Ein paar Boote schaukelten auf den Wellen.

Er betrachtete die Menschen um sich herum. Heimlich musterte er ihre Gesichter.

Da spazieren sie umher und lassen sich nichts anmerken. Weigern sich, die Ungerechtigkeit in allem wahrzunehmen. Den großen Bluff, »das Wunder Leben«.

Ein kleiner Junge in kurzer Hose, mit einer Schiebermütze, ging allein an ihm vorbei. Das braune Haar, die Stupsnase und die dunklen Augen erinnerten ihn an einen seiner Schulfreunde. Das war ein schweigsamer Junge gewesen, er hatte in der letzten Bank gesessen und als etwas zurückgeblieben gegolten. Der Freund hieß Ivar. Nach drei langen Jahren in der Schule war Ivar zu einem Arzt gebracht worden, weil er so oft Kopfschmerzen hatte. Da stellte sich heraus, dass Ivar kaum etwas hören konnte. Weder die Eltern noch die Lehrer oder die Mitschüler hatten etwas davon bemerkt. Ivar war ganz und gar nicht zurückgeblieben, eher im Gegenteil. Dass er trotz allem dem Unterricht hatte folgen können, von seinem Platz ganz hinten im Klassenzimmer aus, grenzte an ein Wunder.

Doch das hatte keiner offen zugegeben. Die Meute hatte wieder jemanden gefunden, auf den sie sich stürzen konnte, da brauchte man nicht länger nachzudenken.

Eines Tages hatte er selbst die Initiative ergriffen und einen von Ivars Peinigern rücksichtslos verprügelt.

Der Schwächste muss zuerst zuschlagen, dachte er. Seit ich angefangen habe, mich zu wehren, fürchten sie mich.

Doch als er anfing, die anderen das Fürchten zu lehren, hatte Ivar sich zurückgezogen, hatte vielleicht selbst Angst vor der neuen Seite seines Freundes bekommen.

Er ging weiter am Wasser entlang. Zog ein Stamboul-Päckchen heraus und zündete sich eine Zigarette an. Das machte ihn munter, das Herz schlug schneller.

Er überlegte, ob Ingrid, das Mädchen, das er getötet hatte, auch in der Schule gehänselt worden war. Doch das nahm er nicht an. Er konnte nicht genau sagen, warum, aber irgendwie brachte ihr Aussehen die Menschen einfach dazu, sie gernzuhaben. Und trotzdem hatte er sie getötet.

Er nahm den Hut ab und strich sich ein paar Schweißtropfen von der Stirn. Bald würde er neunundzwanzig werden, doch er sah älter aus. Vielleicht lag das an der Kleidung, vielleicht an seinem leeren Blick.

Vor ungefähr sieben Jahren hatte er zum ersten Mal seiner Mutter sein Herz ausgeschüttet. Sie hatten zu Hause gesessen, sein Vater war gerade gestorben. Seine Mutter war eigentlich nie gemein zu ihm gewesen, im Gegensatz zu seinem Vater. Sie war nur einfach geistesabwesend gewesen, hatte keine Gefühle zeigen können, auch wenn sie ihn sicher auf ihre Art liebte. Aber er konnte sich nicht erinnern, dass sie ihn jemals in den Arm genommen hatte.

Das Leben sei für ihn sinnlos, hatte er ihr gesagt. Er habe keine richtigen Freunde. Und keine Lust, Karriere zu machen, obwohl er ziemlich gut in der Schule war. Und es gab niemanden, der ihn liebte. Nein, es gab niemanden, der ihn jemals geliebt hatte, mit Ausnahme seiner Mutter.

Seine Mutter hatte ihn sichtlich besorgt und erschrocken angesehen. Dann hatte sie versucht, ihn zu trösten, ein hilfloser Versuch von jemandem, der ihn nicht verstand oder nicht verstehen wollte.

»Wer weiß«, hatte sie gesagt, »vielleicht sieht ja in fünf oder zehn Jahren alles ganz anders aus. Vielleicht führst du dann ein ganz normales Leben mit Familie, Kindern und Karriere. Und aufgeben, das ist das Dümmste, was du tun kannst.«

Er erinnerte sich immer noch an ihre Worte, obwohl er sie nie beherzigt hatte. Und seitdem hatte er nie wieder jemandem sein Herz ausgeschüttet.

Es hatte angefangen zu regnen.

Sie war an einem Tag im Dezember gestorben. Er erinnerte sich an die Beerdigung, wie er in der Kirche gesessen hatte, in der Zeit der Abschlussprüfungen in der Realschule. Er hatte diese eiskalte Kirche verachtet, trotzdem hatte er ein letztes Mal Abschied von seiner Mutter genommen. Auch wenn sie in den letzten Jahren nicht mehr viel Kontakt gehabt hatten, traf ihn die Erkenntnis, dass sie jetzt tot war, wie ein Schlag vor den Kopf. Irgendwie war das alles zu viel für ihn geworden. Und im Nachhinein vermutete er, dass es ihr Tod war, der ihn letztendlich dazu gebracht hatte, einen anderen Menschen zu töten. Nicht allein, aber er hatte dazu beigetragen.

Viele Stunden später trat er nass vom Regen in das Lokal. Zog seinen durchnässten Mantel aus und gab Mantel und Regenschirm dem Garderobier.

»Scheußliches Wetter, nicht wahr?«

»Allerdings«, antwortete er.

Der Raum war groß, mit hoher Decke. Die Tische klein, und die meisten leer.

Er ging zum Tresen. Hier saßen die wenigen Gäste, die noch da waren. Drei junge Männer in dunklen Anzügen unterhielten sich, jeder hatte ein Glas in der Hand. Ein Alter mit langem Backenbart bezahlte und ging.

Hinter dem Tresen stand ein großer, dicker Mann in den Fünfzigern. Sein Haar war zurückgekämmt, der Bart gewachst.

Der neue Gast ließ sich in deutlichem Abstand zu den anderen nieder. Nach wenigen Minuten kam der Barkeeper zu ihm.

»Was darf's sein, der Herr?«

»Ein Pils.«

»Ein Pils. Ein besonderer Wunsch?«

»Nein.«

Der Barkeeper zapfte ein Pils. Der fremde Gast zog seine Geldbörse heraus und bezahlte. Dann ging der Barkeeper zu den drei jungen Männern und unterhielt sich mit ihnen. Er war bekannt für seine Geschichten, und bald lachte die ganze Gesellschaft.

Der Mann, der Ingrid Bengtsson erschlagen hatte, interessierte sich nicht für diese Geschichten. Er fand sie nur selten lustig. Die ersten Male, als er das Restaurant »Runan« besucht hatte, hatte er versucht, sich gesellig zu zeigen, und sich zu den Leuten gesetzt, die sich um den Barkeeper scharten. Aber er hatte nie jemanden kennengelernt, war immer am Rand geblieben. Ein paarmal hatte er mit dem Barkeeper gesprochen oder versucht, einen Platz in der Gruppe zu finden, und er war in ihr aufgegangen, hatte sich richtig verhalten, die richtigen Sachen gesagt, sich scheinbar für die anderen interessiert. Doch im Nachhinein fragte er sich, ob sie ihn überhaupt bemerkt hatten. Manchmal schien es ihm, als wäre er unsichtbar.

Jetzt saß er allein für sich. Das gefiel ihm am besten. Das Restaurant in der Dalagatan war nett. Der Geräuschpegel war zu ertragen, weder zu laut noch zu leise, und wenn man seine Ruhe haben wollte, dann hatte man sie hier.

Er trank von seinem Bier. Hunger hatte er keinen.

Er holte die Zeitung heraus und blätterte sie durch, noch einmal. Er hatte immer die gleichen Artikel gelesen, sich die gleichen Bilder angeschaut und den Text schon dreimal gelesen.

Der Hauptartikel war lang, sagte aber nicht viel aus. Ein Mädchen war auf der Djurgårdswerft ermordet worden. Kriminaldirektor Gustaf Berner bat die Bevölkerung, sich zu melden, falls man etwas im und um den Vasapark, Sankt Eriksplan und in Djurgården beobachtet hatte, und zwar am Abend und in der Nacht zwischen dem zweiten und dritten September.

Er spürte keine Unruhe.

*

Es war nicht weit bis zum Tor. Er registrierte, dass die Nächte kalt wurden. Offenbar war der Sommer endgültig vorbei.

Eigentlich mochte er die Kälte.

In dem Haus, in dem er aufgewachsen war, war es fast immer kalt gewesen.

13

Die Leichenkammer.

La Morgue.

Die städtische Leichenhalle in der Hantverkargatan 3 hatte zwei Spitznamen. Fast alle Stockholmer kannten sie. Stierna gefielen sie beide nicht.

Schweigend gingen sie durch den Park, Maria Bengtsson und er. Wind war aufgekommen, und die Bäume schwankten im Wind.

Die Tür zur Leichenhalle war geschlossen, aber Stierna wusste auch so, was ihn drinnen erwarten würde. Es kam vor, dass Leichen an den Wänden auf ihren Holzpritschen aufgebahrt lagen, dass aufgequollene Körper von Ertrunkenen neben gerade gestorbenen Säuglingen und Landstreichern auf den Tischen im Obduktionssaal lagen.

Er hatte sie vorgewarnt, ihr das alles erklärt, aber Maria Bengtsson hatte dennoch niemand an ihrer Seite haben wollen. Niemanden außer denen, die dabei sein mussten.

Stierna musste dabei sein. Da er auch dieses Mal keinen anderen geschickt hatte, war er derjenige, der die Tür zu dem dunklen Steingebäude öffnete. Er war schon oft hier gewesen, viel zu oft.

Der Hausmeister saß im Eingang hinter einem Holztisch. Als sie eintraten, schaute er auf.

»Wen suchen Sie?«

»Den Amtsarzt Karlström«, antwortete Stierna kurz.

Der Hausmeister drehte sich zu einer offenen Tür hin um.

»Er muss irgendwo da drinnen sein. Es geht um das Mädchen, nicht wahr?«

»Ja«, antwortete Stierna.

»Sie liegt im Obduktionssaal. Die Tür geradeaus.«

Stierna kannte den Weg.

Der Obduktionssaal sah genauso aus, wie er ihn in Erinnerung hatte. Mit hoher Decke und großen Fenstern, die zum Norr Mälarstrand zeigten und viel Licht hereinließen.

Auf einer Bahre lag ein Mann mit Bart, in seinem Anzug, die Wandermütze ordentlich neben sich liegend. Er schien dem Tod auf eine friedliche Art und Weise begegnet zu sein. Auf einer anderen Bahre, unter einem weißen Laken, konnte Stierna einen kahlen Schädel erkennen.

Sonst war es leer. Keine toten Säuglinge, keine Wasserleichen.

Fast am Ende des Saals, im Hintergrund, stand Doktor Karlström über eine Holzbahre gebeugt. Er sah älter aus als das letzte Mal, als Stierna ihn auf der Djurgårdswerft getroffen hatte, vor nicht viel mehr als einem Tag. Vielleicht lag es an dem Licht aus den großen Fenstern, das die Dinge scharf hervortreten ließ.

Der Arzt begrüßte sie förmlich. Zuerst Stierna, dann Maria Bengtsson.

An den Konturen unter dem weißen Laken konnte der Kommissar erkennen, dass ein Kind darunterlag.

»Ist es das Mädchen?«, fragte Stierna.

»Ja.«

Der Arzt zog langsam das Laken herunter.

Der Gesichtsausdruck, den Stierna gesehen hatte, als er sie auf dem Werftgelände das erste Mal angeschaut hatte, war verblasst. Trotzdem meinte Stierna die Angst in dem Gesicht des Mädchens noch erkennen zu können. Der Mund war nicht mehr weit geöffnet, die Augenlider geschlossen. Sie hatten das meiste Blut von den Schlägen auf die linke Schläfe weggewaschen und ihr einen Stoffstreifen um den Kopf gewickelt, damit das Schlimmste nicht zu sehen war.

Maria Bengtsson machte ein paar Schritte rückwärts, es schien, als würde sie nach Luft schnappen. Stierna wartete ab. Es vergingen ein paar Minuten.

»Das ist sie«, sagte Maria Bengtsson schließlich. »Das ist Ingrid.«

Stierna ging ein paar Schritte auf und ab. Karlström klopfte ihm auf die Schulter.

»Die Sachen des Mädchens?«, fragte er. »Was wir bei ihr gefunden haben. Was soll ich damit machen?«

»Seien Sie so gut und holen Sie sie her. Damit die Mutter sie anschauen kann.«

Maria Bengtsson stand reglos an der Bahre. Sie murmelte etwas, das Stierna nicht verstand.

»Wie bitte?«

»Ist sie vergewaltigt worden? Hat er etwas mit ihr gemacht ... als sie noch gelebt hat?«

»Ich weiß es nicht«, antwortete Stierna schließlich. »Wir wissen es noch nicht.«

Das stimmte. Er wusste es noch nicht. Aber er wusste, was er vor gut einem Tag auf der Djurgårdswerft gesehen hatte. Erinnerte sich an die heruntergezogene Unterhose, die am linken Fuß baumelte.

Karlström kam mit einem braunen Holzkasten zurück.

»Das ist ja nicht viel«, sagte Stierna.

»Nein«, stimmte der Arzt ihm zu. »Außer der Kleidung nur eine Lederbörse. Mit ein paar Münzen.«

»Und wo sind die Kleider?«

»Die sind noch bei dem Gerichtschemiker. Ich habe mit ihm gesprochen. Es ist eine erste Analyse gemacht worden, aber die ist noch nicht fertig. Offenbar lautete die Anweisung, dass sie allen anderen Arbeiten vorgezogen werden sollte. Högstedt hat sich die Kleidung auch schon angesehen. Außerdem war er hier wegen der Geldbörse, aber das hat wohl nichts gebracht. Er hat dem Mädchen auch die Fingerabdrücke abgenommen.«

Sie standen etwas abseits, Maria Bengtsson konnte sie nicht hören.

»Habt ihr die Leiche schon untersucht?«, fragte Stierna.

»Zum Teil. Ich habe mir die Leichenflecken angesehen. Es sieht so aus, als wäre sie dort gestorben, wo sie aufgefunden wurde.«

Stierna schaute sich in dem großen Obduktionssaal um. Ein unangenehmer Anblick mit all den toten Körpern.

»Wann sind Sie mit der Obduktion fertig?«

»Im Lauf des Tages«, erklärte Karlström. »Dann bekommen die Gerichtschemiker den Leichnam.«

»Können Sie mir sagen, ob es einen sexuellen Übergriff gab?«

»Nein, den gab es nicht.«

»Keine Vergewaltigung?«

»Es gibt dafür keinerlei Anzeichen – keinerlei Schäden an den Geschlechtsteilen. Und es scheint auch keine Spur von Samenflüssigkeit zu geben, weder auf ihr noch auf der Kleidung.«

»Die Rechtschemiker haben kein Sperma auf den Kleidern gefunden?«

»Nein. Die Untersuchungen sind zwar noch nicht abgeschlossen, aber hätte man Spuren gefunden, dann wäre das jetzt schon bekannt.«

»Was haben sie denn an den Kleidern gefunden?«

»Blut. Von der Blutgruppe, die das Mädchen hat, A. Wahrscheinlich stammt alles von ihr, wenn der Mörder nicht die gleiche Blutgruppe hat. Wir haben ein paar Haarsträhnen gefunden, aber es sieht so aus, als ob die auch von ihr stammen.«

»Nicht viele Spuren von dem Täter.«

»Wir haben nichts gefunden. Nichts Sicheres zumindest.«

Stierna schaute auf den Boden. Dachte nach.

»Sie sagen, es gibt keinerlei Anzeichen für eine Vergewaltigung. Aber die Unterhose? Sie war doch heruntergezogen, als wir sie gefunden haben.«

»Ja. Es kann sich ja trotz allem um ein Sexualdelikt handeln. Auch wenn es keine Vergewaltigung war. Er kann anderes mit ihr gemacht haben, Dinge, die keine Spuren hinterlassen. Vielleicht hat er es auch nicht geschafft ... Vielleicht konnte er keinen Geschlechtsverkehr vollziehen. Das hat es schon gegeben. Oft genug.«

»Sonst noch etwas?«

Karlström überlegte kurz, bevor er antwortete.

»Da ist etwas mit den Verletzungen, die kommen mir bekannt vor.«

»Was soll das heißen?«

Karlström schaute Stierna an.

»Ich glaube, sie kann von einem kleineren Schlagstock oder etwas Ähnlichem getroffen worden sein. So etwas habe ich schon gesehen, als ich Leute nach den Krawallen auf dem Riddarhustorget untersucht habe. Wann war das, das muss fünf, sechs Jahre her sein, oder?«

»Auf dem Riddarhustorget? Soweit ich mich erinnere, wurden damals in erster Linie Säbel und Peitschen benutzt.«

»Und Schlagstöcke. Es stimmt, die Polizei hatte damals Säbel und Peitschen dabei. Aber Schlagstöcke auch. Und daran haben mich die Verletzungen erinnert. Ich habe sie damals begutachtet und auch später noch gesehen. Nicht so heftig, aber die Verletzungen sind denen sehr ähnlich, die ich bei Leuten erlebt habe, denen die Polizei ordentlich eins verpasst hatte.«

»Sie glauben, es könnte ein Schlagstock gewesen sein?«

»Ja. Oder etwas, das einem Schlagstock ähnelt. Die gleiche längliche, abgerundete Form. Der gleiche Durchmesser. Aber es kann natürlich auch ein kleineres Schlagholz gewesen sein. Oder ein Rohr. Oder noch etwas ganz anderes. Aber wenn ich raten müsste, dann würde ich sagen, es war ein Schlagstock.«

Das stimmt, dachte Stierna. Das stimmt mit dem überein, was Harry Schiller gesehen hat, als er in die offene Tasche dort auf der Werft geguckt hat. Das stimmt überein mit dem länglichen, runden Gegenstand, der in ein blutiges Handtuch gewickelt war. War es ein kleinerer Schlagstock gewesen?

Stierna nahm die kleine Holzkiste mit der Lederbörse und ging zu Maria Bengtsson.

Sie schien abwesend zu sein, ihr Blick huschte durch den Saal. All die Toten ringsherum, nicht nur der tote Körper des Mädchens, sondern auch noch all die anderen.

Stierna ging vorsichtig zu ihr. Er hatte fast Angst, sie zu erschrecken.

»Fräulein Bengtsson ...«

Sie drehte sich um.

»Ja?«

»Wir ... Ingrids Kleidung ist untersucht worden. Und da haben sie das hier gefunden.«

Stierna hielt ihr die Holzkiste mit der Lederbörse hin.

»Das ist Ingrids«, sagte Maria Bengtsson.

»Sind Sie sich sicher?«

Sie nickte. Stierna öffnete die Börse.

»Eine Krone und fünfzig Öre sind drin ...«

»Ingrid hat immer gespart. Sie mochte Glanzbilder so gern und hat gespart, um sich welche zu kaufen. Sie hatte eine ganze Sammlung, und ...«

Maria Bengtsson schloss die Augen. Tränen liefen ihr die Wangen hinunter.

»Es tut mir leid«, sagte Stierna leise. »Aber wir müssen das tun.«

Maria Bengtsson öffnete abrupt ihre Augen und sah ihn geradewegs an.

»Wo ist ihre Kette?«

»Ihre Kette? Was für eine Kette?«

»Ingrids Kette.«

Stierna trat näher zu ihr.

»Trug Ingrid an dem Tag, an dem sie verschwunden ist, eine Kette?«

»Ja, natürlich. Sie hatte sie immer um. Das war ... das war ein Anhänger mit einem Schweinchen.«

»Einem Schweinchen?«

»Ja. Ferkel heißt es. Mein Bruder lebt in London. Er ist Hafenarbeiter. Im Sommer war er hier bei der Familie zu Besuch. Es gibt so ein Buch ... ein Buch, das es nicht in Schweden gibt, über einen Bären. Pu der Bär. Der hat einen Freund, ein Schweinchen mit Armen und Beinen, das läuft wie ein Mensch. Ferkel. Ingrid bekam das Buch von Johan, ja, also von meinem Bruder, und sie war total begeistert. Obwohl es auf Englisch war, und ich kann ja nun kein Englisch. Ingrid liebte dieses Schweinchen. Darum habe ich ihr einen Kettenanhänger anfertigen lassen. Von dem Schweinchen. Aus Gold. Das war ziemlich teuer.«

»Und Sie sind sich sicher, dass Ingrid die Kette auch an dem Tag trug, an dem sie verschwunden ist?«

»Ja. Sie hat sie immer um.«

Aber jetzt ist sie weg, dachte Stierna.

Sie stand am Fenster und schaute dem Kommissar nach, als er in den schwarzen Polizeiwagen stieg, in dem er sie nach Hause gebracht hatte. Sie sah, wie er seine Jacke abklopfte und den Schlips zurechtrückte. Eine alberne, dumme Angewohnheit, wie andere sicher denken würden, denn weder war die Jacke schmutzig noch saß die Krawatte schief. Seit sie ihn das erste Mal gesehen hatte, war ihr das schon mehrmals aufgefallen. Doch Maria Bengtsson gefiel es, obwohl sie nicht wusste, warum.

Zum ersten Mal seit langer Zeit hatte sie das Gefühl, dass ihr ein Partner fehlte. Jemand, der zu ihr gehörte, jemand, mit dem sie den Alltag teilen konnte. Der sie verstand, jemand, mit dem sie Freud und Leid teilen konnte. Seit Ingrids Geburt war sie fast immer allein gewesen.

Sie schüttelte diese Gedanken ab. Musste über solche dummen Ideen fast schmunzeln. Sie und der grundsolide Kommissar. Was sollte er mit ihr? Und außerdem hatte sie doch den Ring an seiner linken Hand gesehen. Wahrscheinlich verheiratet, zumindest aber verlobt. Vielleicht stimmte es doch, was mehrere ihrer Freundinnen so gern behaupteten: Die Besten sind immer schon vergeben.

Er hatte sie bis in die Wohnung begleitet. Sie hatte ihm Kaffee gekocht und ihm das Buch und die Quittung vom Goldschmied gezeigt. Ein ansehnlicher Teil ihrer Ersparnisse war für dieses Geschenk für Ingrid draufgegangen.

Er hatte sie gebeten, noch einmal gründlich Ingrids Sachen durchzusehen. Ihre Zeichnungen, ihre Glanzbildersammlung, die Taschen in ihren Kleidern. Dabei sollte sie darauf achten, ob etwas nicht stimmte, etwas nicht ihr gehörte. Sie hatte »Ja, selbstverständlich« geantwortet, ohne eigentlich zu verstehen, worauf er hinauswollte.

Er hatte sie gebeten, ihm das Buch zu zeigen. Sie hatte es durchgeblättert und dann ungefähr in der Mitte aufgeschlagen, bei einer Zeichnung, die als Grundlage für den Schmuck ihrer Tochter gedient hatte. Maria Bengtsson dachte daran, wie der Kommissar sich mit sicherer Hand Notizen gemacht hatte, als sie es detailliert beschrieb. Dann hatte er das Buch selbst durchgeblättert.

»Das ist ja auf Englisch. Und Sie haben gesagt, Sie könnten so gut wie kein Englisch.«

»Ja.«

»Wenn Sie das Buch Ingrid vorgelesen haben, haben Sie sich da etwas ausgedacht oder ...«

Sie hatte eine Weile geschwiegen, bevor sie antworten konnte:

»Ich hab Ingrid nicht vorgelesen. Sie hat mir die Geschichten erzählt. Sie hatte eine so unglaubliche Fantasie. Ich kenne niemanden, der ... der sich so viel ausdenken kann. Bevor wir schlafen gingen, hat sie mir meistens etwas vorgelesen oder mir Märchen erzählt. Natürlich habe ich ihr auch manchmal Geschichten erzählt, aber meistens war sie diejenige. Sie konnte kein Englisch, aber sie hat sich die Bilder in dem Buch angesehen und danach Geschichten erfunden. Fantastische Märchen. Und fast jedes Mal was Neues, obwohl es doch immer dieselben Bilder waren. Ich weiß gar nicht, woher sie all die Fantasie hat. Ich bin nie so gewesen, und auch sonst keiner in der Familie, soviel ich weiß. Aber Ingrid ...«

Sie hatte mit dem Löffel in ihrem Kaffee gerührt, langsam, immer im Kreis.

»Darf ich mir das Buch ausleihen, Fräulein Bengtsson?«

Natürlich durfte er das.

Er hatte ihr seine Visitenkarte gegeben. Seine private Telefonnummer draufgeschrieben. Kungsholmen 301.

Als Stierna durch das Tor der Upplandsgatan 13 hinausging, zum zweiten Mal innerhalb von zwei Tagen, holte er seinen Notizblock hervor. Die Notizen mit der ordentlichen, aber etwas verschnörkelten Handschrift waren ziemlich kurz gefasst:

»Ingrid Bengtssons Kettenanhänger, hergestellt und gekauft bei Axelssons Goldschmiede, Norrtullsgatan 45, im Juli 1928. Beschreibung: Der Anhänger ist ungefähr anderthalb Zentimeter groß, aus Gold, stellt das Ferkel dar. Es geht auf zwei Beinen, großer Kopf, Arme und Beine klein. Der Anhänger hängt an einer dünnen Kette, auch sie aus Gold. Auf der Rückseite die Initialen des Mädchens, Ingrid Bengtsson, eingraviert.«

Wenn es stimmte, was Maria Bengtsson gesagt hatte, und Ingrid stets ihre Kette trug, dann gab es nur zwei mögliche Gründe für ihr Verschwinden: Die Achtjährige hatte sie an dem Abend oder in der Nacht ihres letzten Lebenstags aus irgendeinem

Grund verloren, vielleicht weil ihr Mörder so brutal mit ihr umgegangen war. Oder der Mörder selbst hatte sie an sich genommen.

Hinten in Stiernas Notizblock lag die Quittung. Der Anhänger hatte 120 Kronen gekostet.

Ziemlich teuer, dachte Stierna.

14

Aus seinem Abteilfenster sah Roland Lindberg, wie der Zug langsam aus dem Hauptbahnhof von Göteborg rollte. Es waren fast genau vierundzwanzig Stunden vergangen, seit er Stockholm verlassen hatte. Es war Mittwoch, der fünfte September.

Schon als die Kollegen von der Westküste ihn am Tag zuvor am Bahnhof abholten, war ihm klar, dass er Thomas Franzén von der Liste streichen konnte. Das hatte er eigentlich von Anfang an gedacht; warum sollte ein Mann, der seine Tochter nie gesehen und nie Unterhalt für sie gezahlt hatte, plötzlich auf die Idee kommen, sie zu ermorden und sich womöglich noch an ihr zu vergreifen? Außer, er war schwer gestört.

Die Göteborger Kollegen hatten bereits untersucht, ob es irgendwelche Hinweise darauf gab, dass Franzén gewalttätig werden konnte. Aber sie hatten in ihren Unterlagen nichts gefunden. Franzén war nicht vorbestraft. Außerdem hatte er ein Alibi. An dem Abend des zweiten September hatte er seine Schicht in Åkessons Bröd Aktiebolag gearbeitet, als Bäcker. Er hatte den Betrieb erst um fünf Uhr morgens verlassen. Irgendwann während seiner Schicht war Ingrid Bengtsson erschlagen worden, viele Stunden Zugfahrt entfernt.

Und Lindberg war eigentlich auch nicht hier, weil er glaubte, Thomas Franzén hätte damit etwas zu tun. Denn es ging ja um den Mann im Vasapark. Stierna hatte intuitiv gespürt, dass genau der von Interesse war. Der Mann, von dem Maria Bengtsson erzählt hatte. Der Ingrid Geld gegeben hatte, damit sie sich Glanzbilder kaufen konnte. Der Mann, der behauptet hatte, er kenne ihren Vater.

Die Göteborger Kollegen hatten Lindberg direkt zu Thomas Franzéns Wohnung gefahren. Er wohnte nur fünf Minuten Fußweg von der Polizeizentrale entfernt, in einer Zweizimmerwohnung, zusammen mit Frau und zwei Kindern, beides Jungen, drei und fünf Jahre alt.

Das war ein merkwürdiges Gespräch gewesen. Sie hatten fast zwei Stunden miteinander geredet, Franzén und er. Und dennoch waren die Notizen über diese Vernehmung nur kurz.

Franzén hatte ihn in Nachthemd und Morgenrock empfangen, obwohl es schon gegen Nachmittag ging. Er hatte tags zuvor die Todesnachricht erhalten, war danach nicht in der Lage gewesen, zur Arbeit zu gehen.

Die Göteborger Kollegen hatten berichtet, Franzén habe wenige Minuten nachdem sie ihm die Nachricht überbracht hatten, einen Zusammenbruch erlitten. Obwohl er das Mädchen gar nicht gekannt hatte.

Das ist schon merkwürdig, dachte Lindberg. Zuerst will man seine eigene Tochter fast neun Jahre lang nicht sehen. Und wenn sie dann stirbt, bricht eine Welt zusammen. Vielleicht war es das Endgültige am Tod, was ihn so hart traf. Dass er niemals, nicht einmal im Herbst seines Lebens, die Möglichkeit haben würde, seine Tochter kennenzulernen. Vielleicht war das der Grund für seinen Zusammenbruch. Vielleicht lag es auch an der Art ihres Todes. Vielleicht beides.

Franzén hatte seiner Frau nie etwas von Ingrid erzählt, erst jetzt. Auch das berichtete er Lindberg, als sie in der kleinen Wohnung saßen. Die Frau war nicht zu Hause, die Kinder auch nicht. Vielleicht hatte sein Geheimnis wie eine Bombe eingeschlagen, nach all den Jahren des Schweigens. Vielleicht stand nun die Ehe auf der Kippe.

Darüber hatte Franzén in der ersten halben Stunde gesprochen. Lindberg hatte ihm geduldig zugehört, ihn reden lassen. Dann hatten sie über Franzéns Leben in Göteborg in den letzten neun Jahren gesprochen. Das war überraschend schnell abgehandelt gewesen.

Franzén gab ohne Umschweife zu, dass er Stockholm Ende März 1919 verlassen hatte, kurz nachdem er erfahren hatte, dass Maria Bengtsson ein Kind von ihm erwartete. Fast mit Abscheu vor seiner eigenen Handlungsweise räumte er ein, dass er aus diesem Grund nach Göteborg gezogen war. Nicht, weil er sich zurück in seine Heimatstadt sehnte, in der er im Juli 1898 geboren worden war.

Bald nach seiner Rückkehr hatte Franzén die Arbeit bei der Åkessons Bröd AB in der Kungsportsavenyn aufgenommen, und dort arbeitete er immer noch.

Seine Frau hatte er im Sommer 1921 kennengelernt. Sie hatten ein Jahr später geheiratet, und mit ihr hatte er die Söhne Albert, geboren 1923, und Isak, geboren 1925.

Thomas Franzén lebte ein normales Arbeiterleben. Am Wochenende ging er gern mit seiner Familie zum Fußball. Samstagabends gab es ein paar Schnäpse, aber er wurde nie ausfallend. Sein Lohn reichte gerade, um Frau und zwei Kinder zu ernähren, kaum zu mehr.

Nicht gerade eine aufregende Biografie, dachte Lindberg.

Jetzt saß er im Zug auf dem Weg von Göteborg nach Stockholm. Viele Stunden Bahnfahrt lagen noch vor ihm.

Lindberg war müde, er hatte in einem einfachen Hotel in der Innenstadt von Göteborg übernachtet, und es war ihm sehr schwergefallen, in dem viel zu weichen Bett einzuschlafen.

Er fragte sich, wie wichtig diese Reise eigentlich gewesen war. Was hatte er ausrichten können, was nicht seine Göteborger Kollegen bereits erledigt hatten? Wahrscheinlich gar nichts.

Lindberg hatte die Vernehmung von Thomas Franzén mit einer Frage nach dem Mann im Vasapark abgeschlossen. Oder eigentlich nicht direkt nach ihm, sondern danach, wem er von seiner Tochter erzählt habe.

Zuerst war Franzén überrascht gewesen. Als Lindberg seine Frage wiederholte, saß der Bäcker schweigend da, lange, bis er antwortete: »Drei Leuten.«

Die Antwort verwunderte Lindberg.

»Nur dreien?«

»Ja, nur dreien. Den Freunden, denen ich wirklich vertraut habe.«

Gut vierundzwanzig Stunden später schaute Roland Lindberg auf die kurze Liste. Zwei wohnten in Göteborg, einer in Stockholm.

Er selbst würde den Mann in Stockholm überprüfen. Ein gewisser Åke Erlandsson, der Franzéns Nachbar im Karlbergsvägen in Stockholm gewesen war, zu dem er aber schon seit langer Zeit keinen Kontakt mehr hatte.

Um die anderen beiden sollten sich die Kollegen kümmern. Ein gewisser Göran Bengtsson und ein Karl-Peter Svensson. Beides Freunde aus der Kindheit.

Abgesehen von den dreien hatte Thomas Franzén mit niemandem über Ingrid gesprochen. Nicht mit seinen Eltern. Nicht mit seiner Frau. Nicht mit seinen Geschwistern.

Lindberg lehnte sich auf dem Sitz zurück. Er war allein im Abteil und überlegte, ob er die Zeitung lesen oder lieber versuchen sollte, ein wenig zu schlafen. Er entschied sich für die Zeitung.

Das Foto von Ingrid Bengtsson war auf der Titelseite vom *Aftonbladet*. Darunter ein paar kurze Zeilen. Die Zeitung hatte eine Belohnung von 500 Kronen ausgeschrieben für denjenigen, der »Hinweise geben kann, aufgrund derer der Mörder gefasst wird«. Außerdem waren Meldungen von mehreren Privatpersonen in der Redaktion eingegangen, die helfen wollten, Reiche und Arme. Die Belohnung konnte also insgesamt richtig hoch werden. Mehrere Tausend Kronen.

Lindberg las:

> Absicht der Spender ist es sicher, denjenigen zu belohnen, der der Polizei die entscheidenden Hinweise gibt, die den Frevler für alle Zeiten hinter Schloss und Riegel bringen.

Auf der nächsten Seite wurde der Artikel fortgesetzt. Die Beschreibung des Mädchens. Ein nichtssagendes Stück Polizeiarbeit.

> Kriminaldirektor Berner erklärt, er rechne fest damit, den Mord in nächster Zukunft aufklären zu können. Da ein so erfahrener Kriminalbeamter wie Kommissar J. Stierna die Ermittlungen leitet, darf man auf ein baldiges Ergebnis hoffen.

Den Rest der Zeitung überflog Lindberg in zehn Minuten. Dann legte er sie beiseite.

Stierna hatte alles perfekt geregelt. Er hatte alle Ressourcen bekommen, um die er gebeten hatte. Gut dreißig Polizeibeamte von der Abteilung Gewaltverbrechen arbeiteten an dem Fall Ingrid Bengtsson. Außerdem hatten sie zehn Mann aus der Zentralabteilung und weitere fünfzehn von den Wachmannschaften ausgeliehen – für die Zeugenbefragungen, das Durchsuchen des Geländes um den Tatort nach neuen Spuren und die Überprüfung von Angaben aus der Bevölkerung. Sie hatten in Djurgårdsstaden und in Vasastaden Zettel aufgehängt. Hatten mit Leuten im Vasapark gesprochen. Chemische Reinigungen aufgesucht, um nach Personen zu fragen, die blutige Kleidungsstücke abgeliefert hatten. Hatten die Familie, Freunde, Nachbarn und Schulpersonal überprüft.

Stierna hatte einen der älteren Kollegen, Hauptwachtmeister Johan Lundby, mit der Führung der Akten beauftragt, damit das eingehende Material gesammelt und logisch abgeheftet wurde. Stierna wusste, dass der 59-jährige, fast krankhaft pedantische Lundby genau der richtige Mann für diese Aufgabe war. Sie sammelten Ausschnitte aus allen Zeitungen, die über den Mord berichteten, und würden das weiterhin tun, bis der Fall gelöst war. Eines Tages konnte der Mörder vor ihnen sitzen und behaupten, er hätte irgendwelche Details in der Zeitung gelesen. Dann würden sie ihn widerlegen können, denn sie hatten alles schwarz auf weiß, jeder Artikel, der über Ingrid Bengtssons Tod geschrieben wurde, wäre bei ihnen gesammelt. So lautete Stiernas Anweisung. Lindberg selbst hatte damit begonnen, Sittlichkeitsverbrecher und Gewalttäter aufzulisten, bevor er nach Göteborg gefahren war.

Lindberg gähnte. Vielleicht sollte er doch ein wenig schlafen.

Der Organisator John Stierna, dachte er, als er auf die graue Landschaft schaute, die vor dem Fenster vorbeistrich.

Sie hatten sich vor vielen Jahren kennengelernt, Anfang des Weltkriegs in der Polizeischule in Uppsala. Waren gemeinsam in Södermalm auf Streife gegangen. Hatten dann beide den Schritt in die Kriminalpolizei getan, auch wenn er immer das Gefühl gehabt hatte, dass Stierna ihm einen Schritt voraus war. Hatten eine Freundschaft aufgebaut, die im Lauf der Jahre immer tiefer geworden war. Als Lindberg heiratete, war Stierna sein Trauzeuge. Sie waren im selben Jahr geboren, er im Frühling, Stierna im Herbst.

Als der Zug viele Stunden später am Stockholmer Hauptbahnhof hielt, merkte Roland Lindberg, wie sehr er sich nach seiner Frau Karin sehnte. Sie hatte ihm nach Jahren des Junggesellenlebens und späten Samstagabenden in der Stadt endlich Manieren beigebracht.

Und er sehnte sich nach seinen beiden kleinen Töchtern. Nach dem Haus in Ålsten, wo dringend das Gras gemäht werden musste, da er sich fast nie die Zeit nahm, das zu tun. Aber jetzt wollte er es noch tun, bevor es zu kalt wurde.

Lindberg nahm seine Reisetasche und trat hinaus auf den Bahnsteig.

15

Wie üblich ging Stierna zu Fuß. Es war früher Morgen, die Kirchenglocke hatte noch nicht sieben geschlagen.

Der Park vor dem Polizeihauptgebäude war menschenleer, und auch auf den Treppenstufen, die zu der großen Eingangstür führten, begegnete er niemandem.

Stierna blieb stehen. Er überlegte, wer wohl da drinnen noch in seiner Dienstwohnung schlief.

Der Polizeipräsident Solman im südlichen Flügel, in seiner protzigen Sechszimmerwohnung. Sein Schwiegersohn, Kommissar Oskar Wallbom, mit Frau und zwei Kindern in der Wohnung daneben. Und neben ihm Kommissar Thurgren mit Ehefrau – die Kinder waren erwachsen und bereits ausgezogen.

Wer von ihnen schlief noch, wer war bereits wach?

Berner wohnte im nördlichen Flügel. Drei Treppen hoch, sein Dienstzimmer direkt unter sich.

Im selben Flügel wohnten noch weitere drei Kommissare.

Erik Martinsson, mit Frau und sechs Kindern. Da reichten die vier Zimmer und Küche kaum.

Verner Lydman, Experte für Diebstähle. Bekannt für sein extrem gutes Gedächtnis, er erinnerte sich praktisch an die Namen aller Diebe in der Kartei. Er wohnte dort mit seiner Frau. Kinder hatten sie keine.

Und Karl-Gustaf Hillgren. Der Chef des Betrugsdezernats, der Mann, der Tag und Nacht Jagd auf Betrüger machte.

Stierna selbst hatte sich immer mehr auf Gewaltverbrechen spezialisiert.

Er hatte nie in dem Polizeigebäude wohnen wollen, das hatte ihn nie gelockt. Freundlich, aber entschieden hatte er das Angebot abgelehnt, mehrere Male. Dann hatten sie nicht mehr gefragt. Schließlich wollten sie »keine Perlen vor die Säue werfen«, hatten sie gesagt. Natürlich halb im Scherz, aber auch etwas beleidigt.

Zusammen mit dem Veteranen Gösta Evaldsson war Stierna der einzige der sieben Kommissare in der Abteilung Gewaltverbrechen, der nicht im Polizeigebäude in der Agnegatan wohnte. Und Evaldsson war außer Dienst, man fragte sich, ob er jemals zurückkommen würde.

Stierna ging die Treppe hoch, zu der schweren, eisenbeschlagenen Eingangstür.

Er wollte Abstand zur Arbeit haben, wenn der Tag zu Ende war. Nicht die Landstreicher und anderen Tagediebe sehen müssen, die ins Untersuchungsgefängnis gebracht wurden, wenn er freihatte. Wollte diesem merkwürdigen Geruch entgehen, der über dem ganzen Haus lag und den er nur schwer beschreiben konnte, aber er hatte den Eindruck, es würde nach Nacht riechen. Irgendwie kalt und bürokratisch.

Die Redaktion des »Polizeiberichts« hatte ihren Sitz im gleichen Haus, im Stockwerk unter seinem Arbeitszimmer.

Berner war der Redakteur und verantwortliche Herausgeber, das gehörte zu seinem Aufgabengebiet als Leiter der Abteilung Gewaltverbrechen in Stockholm. Stierna wusste, dass ihm das gar nicht gefiel. Dass er nie begriffen hatte, warum so eine Zeitung notwendig war, die doch gar keine Zeitung war. Sie war keine Zeitung, war nie eine gewesen und würde auch nie eine werden. Eher eine geheime Auflistung von Fahndungsaufrufen nach Verbrechern und gestohlenen Gütern. Mit Angaben über Männer und Frauen, die wegen Landstreicherei ermahnt worden waren. Mit Angaben über freigelassene Häftlinge, wieder eingezogene Führerscheine und anderes. Von allen Polizeidistrikten aus dem ganzen Land. Und sie wurde in jedem Polizeirevier und von jedem Landjäger überall im ganzen Land gelesen. Sie kam an jedem Wochentag heraus, sollte aber vor der Allgemeinheit geheim gehalten werden. Sie diente »der Erleichterung des Ergreifens von Verbrechern und der Wiederbeschaffung von Gütern, die durch kriminelle Handlungen abhandengekommen sind«, wie es offiziell hieß. Wohl kaum eine Zeitung, die einen verantwortlichen Redakteur benötigte, zumindest war Berner dieser Meinung.

Als Stierna in die Redaktionsräume trat, saß die Geschäftsführerin bereits an ihrem Platz. Wie immer ordentlich gekleidet in hochgeschlossenem, schwarzem Kleid. Das Haar mit der ordentlichen Frisur war immer noch dunkel, aber Stierna hatte trotzdem den Eindruck, dass sie alt aussah.

Wie lange saß sie schon auf diesem Stuhl und ging Suchmeldungen und Notizen durch?, fragte er sich. Dreißig Jahre? Vielleicht noch länger.

Elsa Larsson stand sofort auf, als er hereinkam. Machte einen Knicks und nickte.

»Kommissar Stierna.«

»Frau Larsson. Guten Morgen.«

Elsa Larsson schien putzmunter, trotz der frühen Stunde. Stierna wusste, dass sie stets um sechs Uhr morgens ihren

Dienst antrat. Seit dem Tag, an dem sie bei der Polizei eingestellt worden war.

»Ich habe eine Suchmeldung«, sagte Stierna. »Es handelt sich um gestohlenes Eigentum. Einen Anhänger aus Gold. Einen Kettenanhänger.«

Elsa Larsson musterte ihn. Stierna hatte den Eindruck, als hätte sie etwas Misstrauisches im Blick, auch wenn sie sich Mühe gab, das zu verbergen. Vielleicht lag es daran, dass er selbst die Redaktion aufgesucht hatte. Und nicht über Berner gegangen war, nicht ihn die Nachricht hatte überbringen lassen. Das stand zwar nirgends in den Vorschriften, aber normalerweise war das der übliche Weg, wenn jemand aus der Abteilung Gewaltverbrechen eine Anzeige überbringen wollte.

Wenn sie nur wüsste, wie leid Berner den »Polizeibericht« ist, dachte Stierna.

»Ich muss es aber zuerst dem Kriminaldirektor zeigen«, sagte Elsa Larsson. »Er ist ja der verantwortliche Redakteur.«

Stierna musste schmunzeln, als er ihr den Zettel mit der Beschreibung von Ingrid Bengtssons Schmuck gab.

»Aber natürlich, Frau Larsson.«

Nur wenige Minuten später saß Stierna an seinem Schreibtisch. Er war fast allein, die meisten Kollegen würden erst später kommen.

Am Abend zuvor hatte er mit Högstedt gesprochen. Die Fasern, die sie an dem Loch im Zaun gefunden hatten, stammten höchstwahrscheinlich von Ingrid Bengtssons brauner Strickjacke. Das hatte die Staatliche Materialprüfanstalt bestätigt.

Außerdem hatten sie zwei der früheren festen Freunde der Mutter vernommen.

Die ersten kritischen Tage der Ermittlungen waren vorüber. Die meistens am wichtigsten waren.

16

Die Lampe in dem kalten Versammlungsraum war kaputt und flackerte.

»Wo ist Högstedt?«, fragte Lindberg.

»Auf der Werft«, antwortete Stierna. »Strand und er sind noch dort.«

Ansonsten waren fast alle versammelt. Roland Lindberg wirkte müde, eigentlich wie immer am Vormittag. Axel Jonsson, ordentlich in dunklem Anzug. Sven Hultberg. Irgendwo kamen die beiden immer zusammen, Jonsson und Hultberg, dachte Stierna. Was er nie verstanden hatte, da sie scheinbar so verschieden waren. Gunnar Rehn saß neben Stierna, den dunklen, durchdringenden Blick fest auf die Tischplatte gerichtet. Stierna wusste, dass dieser Blick eines der großen Aktiva des Kollegen war: Er konnte allein mit einem kurzen Blick einen Verdächtigen in der Vernehmung nervös machen, ihn dazu bringen, sich zu verplappern.

Kommissar Wallbom war auch anwesend. Stierna wunderte sich darüber, niemand hatte ihn gebeten zu kommen. Offiziell war er mit einem Einbruch in eine Wechselstube am Norra Bantorget beschäftigt, und dennoch war er hier. Aber Wallbom kam und ging nun einmal, wie er wollte. So war das, wenn man mit der Tochter von Polizeipräsident Solman verheiratet war. Was Stierna ärgerte.

»Und was sagt er?«, fragte Lindberg. »Högstedt, meine ich.«

Stierna stand auf und ging im Raum auf und ab.

»Es sieht so aus, als wären sie mit einem Auto gekommen, der Mörder und das Mädchen. Mit einem Auto, das an der Brücke über den Beckholmssund geparkt stand. Von dort aus sind sie durch ein Loch im Zaun neben dem Eingangstor auf das Werftgelände gelangt. Das Tor war verriegelt, dort konnten sie nicht rein. Es sei denn, sie hätten einen Schlüssel gehabt.«

»Wissen wir, dass die beiden es waren, die durch das Loch rein sind?«, fragte Rehn. »Durch den Zaun? Können wir da sicher sein?«

»Wir können ziemlich sicher sein«, nickte Stierna. »Der Hund, den wir dort hatten, hat deutlich markiert. Und Högstedt hat braune Fasern an dem durchgeschnittenen Zaun gefunden, die von der Strickjacke des Mädchens zu stammen scheinen.«

»Aber nichts vom Mörder?«, fragte Jonsson.

»Nein, nichts vom Mörder.«

»Ist das nicht merkwürdig?«

»Ja, schon. Vielleicht hatte er Kleidung an, die keine Fasern zurücklässt. Beispielsweise einen Regenmantel. Högstedt sagt, dass es insgesamt nicht viele Spuren von ihm am Tatort gibt. Die meisten Spuren stammen von dem Mädchen. Ihre Fingerabdrücke. Wahrscheinlich ist das Blut auf dem Boden auch nur von ihr. Zwar hat sie Blutgruppe A wie viele andere, aber das Blut war direkt um ihren Körper. Es gibt keine Blutspuren, die darauf hindeuten könnten, dass er sich verletzt haben könnte.«

»Das ist merkwürdig«, murmelte Rehn.

Stierna setzte sich wieder an den Tisch, an die eine Stirnseite.

»Kann sein«, sagte er. »Aber schließlich wusste er, was geschehen sollte. Er wusste, dass er darauf achten musste, keine Spuren zu hinterlassen, schon bevor sie dort angekommen sind.«

Lindberg schaute vor sich hin. Stierna konnte nicht ausmachen, ob sein Blick nun besorgt oder einfach nur müde war.

»Das Blut war direkt um ihren Körper«, sagte Lindberg. »Es gibt also keine Kampfspuren? Keine Möbelstücke, die umgeworfen wurden? Keine Blutspritzer, als wenn sie sich verletzt im Raum bewegt hätte?«

»Nein«, sagte Stierna. »Es gibt keinerlei Anzeichen für einen Streit. Högstedt sagt, dass es offenbar sehr schnell gegangen ist, dass die beiden nicht sehr lange dort oben waren.«

»Dann müssen sie in der Zwischenzeit irgendwo anders gewesen sein«, sagte Rehn.

»Das ist gut möglich«, nickte Stierna.

»Und wo?«

»Das müssen wir rauskriegen.«

Hultberg trommelte mit seinem Stift auf den Tisch. Bisher hatte er nur schweigend dabeigesessen.

»Können wir wirklich davon ausgehen, dass sie irgendwo anders gewesen sind?«, fragte er. »Was sagt Karlström, wann ist sie gestorben?«

»Zwischen vier, fünf und zehn Stunden, bevor er sie das erste Mal auf der Werft untersucht hat«, antwortete Stierna. »Was bedeutet, irgendwann zwischen halb zehn am Abend des Zweiten und ungefähr drei Uhr am Morgen des Dritten. Aber er geht eher von fünf als von zehn Stunden aus.«

»Aber er ist sich nicht sicher?«

»Nein.«

»Dann müssen sie vorher nicht noch irgendwo anders gewesen sein. Das letzte Mal, dass jemand das Mädchen gesehen hat, war gegen neun Uhr abends am zweiten September. Als sie ihre Freundin am Sankt Eriksplan 15 verlassen hat, Anna Ekström. Sie kann auch erst nach neun Uhr dort weggegangen sein. Soweit ich verstanden habe, sind die Zeitangaben dort sehr vage.«

»Ja«, bestätigte Stierna. »Das stimmt.«

»Sie hätte zehn Minuten gebraucht, um nach Hause zu kommen, wenn sie den kürzesten Weg genommen hätte«, fuhr Hultberg fort. »Der Mörder kann sie also so gegen halb zehn getroffen haben. Ist mit ihr zur Djurgårdswerft gefahren und hat sie umgebracht. Sie müssen nicht noch irgendwo anders gewesen sein.«

Stierna schaute ihn an.

»Das kann so abgelaufen sein, aber ich glaube das nicht. Karlström glaubt ja, dass sie wahrscheinlich erst fünf Stunden tot war und nicht zehn, als er sie das erste Mal untersucht hat. Was bedeuten würde, dass sie viel später als zehn Uhr getötet worden ist. Außerdem glaube ich nicht, dass der Mörder so früh zu der Werft gefahren ist. Ihr gegenüber liegen Mietshäuser, Nannylund. Außerdem stehen oberhalb in der Nordenskiöldsgatan Häuser. Um zehn Uhr abends waren die meisten dort sicher noch wach. Jemand hätte die beiden sehen können. Auch wenn sie um elf oder vielleicht zwölf dort angekommen wären. Aber die Zeugenbefragung in Djurgårdsstaden hat bis jetzt nichts gebracht. Und das hätte sie müssen, wenn die beiden so früh dort aufgetaucht wären. Ich kann mir schwer vorstellen, dass ein Mann und ein kleines Mädchen mit einem Auto dort ankommen und auf das Werftgelände gelangen können, ohne dass jemand sie sieht, zu einer Zeit, zu der viele noch wach sind. Nein, ich glaube, sie sind erst viel später dort angekommen. Sehr viel später.«

»Als er sicher sein konnte, dass alle schliefen«, sagte Lindberg.

»Ja«, bestätigte Stierna. »Deutlich nach Mitternacht. Vielleicht gegen drei Uhr.«

Lindberg nahm einen Schluck aus seiner Kaffeetasse, die vor ihm stand.

»Drei«, sagte er, »das ist spät.«

»Ja«, sagte Stierna, »das ist spät.«

»Wer macht sich an einem Sonntagabend auf den Weg, schnappt sich ein kleines Mädchen und tötet es dann auf einer verlassenen Werft, wenn alle anderen schlafen?«

Wallbom hustete.

»Ein kranker Teufel«, murmelte er. »Ein richtig kranker Teufel.«

Lindberg stellte seine Kaffeetasse ab.

»Ja, natürlich, ein kranker Teufel. Aber sonst? Was können wir noch über ihn sagen?«

»Jemand, der spät in der Nacht fort sein kann«, sagte Stierna. »Ohne dass jemand es bemerkt. Ohne dass ihn jemand vermisst.«

»Ja«, stimmte Lindberg zu. »Wer lebt so?«

»Jemand mit speziellen Arbeitszeiten. Oder jemand, der ganz allein lebt. Der niemanden hat, der sich fragen könnte, wo er sich mitten in der Nacht herumtreibt.«

Jonsson hob die Hand.

»Wartet mal«, sagte er. »Sicher, er kann allein leben. Aber falls er verheiratet ist, könnte seine Frau verreist sein. Vielleicht lebt er gar nicht in Stockholm, vielleicht ist er nur zu Besuch hier.«

»Gut möglich«, sagte Stierna. »Aber ich glaube, er lebt hier. Das tun sie fast immer. Dass Leute, die nur zu Besuch sind, so etwas tun, ist extrem ungewöhnlich. Ich glaube, er kennt die Stadt. Offensichtlich kennt er auch die Werft. Ich glaube, er wusste schon, dass sie dorthin gehen würden, bevor er sie getroffen hat. Als er sie mitgenommen hat.«

Rehn räusperte sich.

»Ich habe Bilder vom Tatort gesehen«, sagte er. »Das war nicht schön. Derjenige, der das gemacht hat, muss Blut abgekriegt haben, das dürfte gar nicht zu vermeiden gewesen sein. Wie läuft es mit den Reinigungen, haben wir dort etwas erreicht?«

»Bis jetzt nicht«, sagte Stierna. »Aber es wäre nicht überraschend, wenn er noch damit wartet, seine Kleider abzugeben.«

»Wenn er sie nicht gleich verbrennt«, sagte Lindberg.

»Ja«, stimmte Stierna zu. »Das nehme ich auch eher an. Aber wir bleiben in Kontakt mit den Reinigungen und Wäschereien.«

»Also, wer ist es?«, fragte Wallbom plötzlich. »Wer ist das Schwein, das ein Mädchen umgebracht hat?«

»Ich weiß es nicht«, antwortete Stierna.

»Na, irgendwas müssen wir doch sagen können.«

»Wir arbeiten erst seit ein paar Tagen dran. Lundby hat mit zwei ehemaligen festen Freunden der Mutter gesprochen, aber das hat nichts gebracht. Sie scheinen in keiner Weise gewalttätig zu sein. Keiner von ihnen war jemals irgendwie hässlich Ingrid Bengtsson gegenüber. Der eine wohnt in Bromma und hat ein Alibi, Gösta Andersson heißt er. Der andere heißt Hans Östman, ist verheiratet und wohnt in Norrtälje. Seine Frau sagt, dass er am Sonntag um elf Uhr ins Bett gegangen ist. Sie hat nicht bemerkt, dass ihr Mann das Bett in der Nacht verlassen hat. Keiner der beiden Männer hat in den letzten

Jahren Kontakt mit Ingrid gehabt. Ansonsten befragen wir die Verwandten und die Nachbarn. Freunde der Familie. Wir werden bald mit dem Schulpersonal und den Klassenkameraden reden. Rehn und Lundby kümmern sich darum.«

»Und wo ist Lundby jetzt?«, fragte Wallbom.

»Ich habe ihm gesagt, er solle heute erst später zur Arbeit kommen. Er hat gestern bis in die Nacht gearbeitet. Und es sind ziemlich viele, die momentan an dem Fall arbeiten. Wir haben auch ein paar Beamtinnen und einige Männer vom Siebten ausgeliehen bekommen. Außerdem werden Stark, Rydberg und Svanström noch helfen.«

Wallbom schaute ihn verwundert an.

»Stark und Rydberg? Ich dachte, die sollten mir bei dem Einbruch am Norra Bantorget helfen. Wir sind dort mitten in den Untersuchungen. Kurz vor dem Durchbruch.«

Was, zum Teufel, machst du dann hier?, dachte Stierna.

Sie hatten einander nie gemocht, Wallbom und er. Seit Stierna zum Kommissar ernannt worden war, knisterte es zwischen den beiden. Vielleicht schon seit Längerem, vielleicht bereits seit dem Tag, als Stierna zur Abteilung Gewaltverbrechen kam. Da war Wallbom schon seit fünf Jahren dort und hatte es trotzdem nur zum Hauptwachmann gebracht, aber seine arrogante Art hatte er damals schon. Um zu zeigen, dass er der Wichtigste war. Wallboms unsichtbare Rangordnung, eine Rangordnung, die er mit sich nahm, als er Kommissar wurde. Die damals noch selbstverständlicher wurde und voraussetzte, dass er selbst der wichtigste der sieben Kommissare der Abteilung war. Die sechs anderen waren untergeordnet.

Stierna hatte das nie akzeptiert, es nie verstanden. Er hatte nur Verachtung dafür übrig. Denn Wallbom hatte nicht die Voraussetzungen dafür. Er hatte keine Meriten, keine Führungsqualitäten. Vielleicht mochten sie einander auch deshalb nicht, weil Stierna ihn durchschaute.

»Wenn Sie nichts dagegen haben, würde ich vorschlagen, dass Sie mit Berner darüber sprechen«, sagte Stierna. »Er hat dem Wechsel von Stark und Rydberg zugestimmt.«

»Das werde ich tun«, sagte Wallbom. »Ich werde mit Berner reden.«

Schweigen herrschte im Raum. Stierna beließ es eine Weile dabei. Dann zeigte er mit einer kaum wahrnehmbaren Geste auf Lindberg.

»Wie läuft es mit den Wiederholungstätern? Die wir in unserer Kartei haben? Oder in anderen Karteien?«

»Ich bin dabei, aber ich brauche mehr Zeit. Momentan gehe ich das Personenregister der polizeilichen Untersuchungen durch, um ein besseres Bild von ganz Schweden zu kriegen, nicht nur von Stockholm.«

»Sie wühlen also im Abschaum, oder?«, fragte Wallbom.

»Ja«, bestätigte Lindberg.

»Na, dann viel Glück.«

»Danke.«

Wieder Schweigen.

»Also, was haben wir?«, fragte Rehn schließlich. »Was haben wir wirklich?«

»Wir haben ihren Kettenanhänger«, sagte Stierna. »Oder genauer gesagt, wir haben die Beschreibung davon. Eine Fahndung danach wird in der nächsten Ausgabe des ›Polizeiberichts‹ stehen. Aber wir müssen auch die Pfandleihen überprüfen. Die Juweliere. Diejenigen, die mit Schmuck handeln. Alle anderen Geschäfte, die Gebrauchtwaren kaufen und verkaufen. Um herauszufinden, ob jemand ihn dort verkaufen will. Oder bereits verkauft hat.«

»Sollen wir die Hehler auch überprüfen?«, fragte Lindberg.

»Die ganz besonders«, bestätigte Stierna.

»Wer kümmert sich darum?«

»Das übernehme ich«, erklärte Wallbom, ohne dass ihn jemand danach gefragt hätte.

Stierna widersprach ihm nicht. Er hielt das für gar keine so schlechte Idee, obwohl es ihm lieber gewesen wäre, wenn Lydman die Läden aufgesucht hätte, in denen Hehlerware vermutet werden konnte. Wenn es um Diebe und Hehler ging, gab es keinen Besseren. Aber mit Wallbom würde es auch funktionieren. Er war ein grober Klotz, ein Polizist der alten Schule. Ein Mann, der nur nach seiner eigenen Nase ging, dem es gleich war, wie er ein Ergebnis bekam, Hauptsache, er bekam eines. Und das war der Normalfall. Doch Stierna gefiel es nicht, dass Wallbom versuchte, die Ermittlungen an sich zu reißen. Eigentlich hatte er hier gar nichts zu suchen.

»Herr Wallbom, Sie berichten mir direkt, wenn Sie etwas herausbekommen«, sagte Stierna. »Mir zuerst.«

Wallbom gab keine Antwort.

»Haben Sie verstanden?«, fragte Stierna.

»Ja, ich habe verstanden.«

17

Stierna ging direkt nach der Arbeit zu dem Musikalienhandel. Lindberg folgte ihm.

Der Kommissar war schon lange nicht mehr dort gewesen, obwohl das Geschäft nur einen Steinwurf vom Polizeihauptgebäude entfernt lag, und warum er sich an diesem Abend entschloss, dort vorbeizuschauen, wusste er selbst nicht so recht. Der Laden lag dem Rathaus gegenüber, in der Scheelegatan, nur gut zwanzig Meter vom Restaurant »Piperska muren« entfernt.

Die Geschäftsräume waren klein, dennoch konnte man hier so ziemlich alles finden. Selbst einen Flügel und ein paar Klaviere hatte man in den Laden zwängen können. Es gab jede Menge von Saiteninstrumenten und Trommeln und auch eine Abteilung mit Blasinstrumenten, der ganze Stolz von Dahls Musikatelier. Und es gab eine Notensammlung mit den meisten Werken der großen Meister.

Es war mehr als drei Jahre her, seit er zum ersten Mal seinen Fuß in diesen Laden gesetzt hatte. Damals hatte er das Klavier bestellt, das sich jetzt daheim bei ihm und Karolina in der Parmmätargatan befand, und einmal hatte er eine Mundharmonika dort gekauft. Doch ansonsten ging es meistens um Noten. Stierna wusste nicht, wie viele Blätter er bereits gekauft hatte, aber es mochten so um die dreißig sein. Dieses

Mal war er auf Chopin aus, die Balladen in F-Dur. Er bezahlte bei dem grau melierten Mann hinter dem Tresen und ging nach Hause.

Ein paar Stunden später saß er im Wohnzimmer, Lindberg ihm gegenüber. Karolina hatte die beiden allein gelassen, sie saß mit ihrem Nähzeug in der Küche.

Fast ausgetrunkene Cognacgläser standen vor den beiden Männern.

»Wallbom hat heute Morgen versucht, die Sache an sich zu reißen«, sagte Stierna.

»Wundert dich das?«, fragte Lindberg.

»Nein, eigentlich nicht.«

»Kümmere dich nicht um ihn. Du bist derjenige, auf den alle hören.«

»Ja ... kann sein.«

Stierna schenkte nach.

»Ich denke an diesen Mann im Park«, sagte Lindberg. »Der Ingrid Bengtsson im Vasapark getroffen hat. Der behauptet hat, er kenne ihren Vater.«

»Ja, und?«

»Ob er das tatsächlich gesagt hat? Dass er ihren Vater kennt?«

»Jedenfalls hat Maria Bengtsson erklärt, dass Ingrid ihr das erzählt hat. Und es fällt mir schwer zu glauben, dass es nicht stimmt.«

»Aber warum gerade der Mann im Park? Warum ist der so interessant?«

»Ich hab da einfach ein unangenehmes Gefühl«, erklärte Stierna. »Etwas, das mir bekannt vorkommt. Ein Mann, der einem kleinen Mädchen Geld gibt, damit es sich Glanzbilder kaufen kann. Der behauptet, ihren Vater zu kennen. Du und ich, wir haben doch alle so etwas schon erlebt. Diese Art, Vertrauen zu erwecken. Bevor er das tut, was er eigentlich im Schilde führt.«

»Einer, der in unseren Karteien sein kann?«

»Schon möglich. Aber es ist auch möglich, dass er gar nichts mit dem Fall zu tun hat.«

Lindberg stand auf, ging zum Klavier.

»Spielst du noch manchmal?«, fragte er.

»Selten«, antwortete Stierna.

Lindberg schlug ein paar Tasten an. Es klang falsch.

»Kann er tatsächlich ihren Vater gekannt haben?«

»Ich weiß es nicht«, sagte Stierna. »Vielleicht hat er sich das nur ausgedacht. Und sie hat ja ihren Vater nie gesehen. Sie wusste nicht besonders viel über ihn.«

»Nein.«

»Was hat Franzén dir eigentlich erzählt? Als du in Göteborg warst.«

Lindberg ließ das Klavier und setzte sich wieder auf seinen Sessel.

»Dafür, dass er ihr Vater ist, weiß er so gut wie gar nichts über sie. Ich glaube, es war ihm schrecklich peinlich. Er war das reinste Wrack, als ich mit ihm gesprochen habe. Ein gebrochener Mann.«

»Ja.«

»Kannst du das verstehen?«

»Ja, das kann ich verstehen.«

»Doch, ich auch«, nickte Lindberg.

Karolina kam ins Zimmer. Stierna schaute zu ihr auf. Sie waren jetzt seit mehr als zwei Jahren verheiratet, seit dem 21. August 1926. Er würde dieses Datum nie vergessen. Aber sie kannten sich schon viel länger. Seit fünf Jahren. Hatten es die ersten Jahre geheim gehalten. Nicht gezeigt, wie nahe sie einander waren, bis sie sich wirklich entschieden hatten, Mann und Frau zu werden. Wie es sich schickte.

»Hier sitzt ihr und trinkt Cognac«, sagte Karolina. »Habt ihr keinen Hunger? Ich kann das Fischgratin von gestern aufwärmen.«

Stierna spielte mit der Cognacflasche, die auf dem Tisch stand.

»Bleib doch, wenn du willst, Roland«, sagte er. »Es gibt genug für drei.«

»Danke«, wehrte Lindberg ab. »Das ist nett, aber ich muss nach Hause zu Karin und den Zwillingen. Wir haben den Fall wohl bald gelöst, oder?«

Karolina schaute die beiden an.

»Ihr müsst ab und zu auch mal abschalten«, sagte sie.

»Ja, ja, ich weiß«, seufzte Lindberg.

Karolina ging wieder in die Küche, ließ die beiden allein zurück.

»Wie hießen die beiden in Göteborg?«, fragte Stierna. »Denen Franzén von Ingrid erzählt hatte?«

»Göran Bengtsson und Karl-Peter Svensson«, sagte Lindberg. »Zwei alte Klassenkameraden.«

»Und die Kollegen in Göteborg haben die beiden überprüft?«

»Ja. Aber sie haben nichts Auffälliges gefunden.«

Stierna leerte sein Cognacglas.

»Und der Dritte?«, fragte er. »Der in Stockholm, der ein Nachbar von Franzén gewesen sein soll?«

»Åke Erlandsson. Ich werde so bald wie möglich mit ihm reden. Aber er hat kein Telefon.«

»Wo wohnt er?«

»Er ist noch unter derselben Adresse gemeldet wie damals, als Franzén sein Nachbar war. Im Karlbergsvägen 55.«

»In Vasastaden. Nicht weit von Ingrid Bengtssons Wohnung.«

»Ja.«

»Haben wir was über ihn?«

»Nein«, sagte Lindberg. »Nichts. Er ist nicht vorbestraft.«

18

Stierna spürte ein Unbehagen, als er die Fotos von der Leichenöffnung auf seinem Schreibtisch liegen hatte und Karlströms Bericht durchblätterte. Einen Bericht von dem Staatlichen Chemischen Laboratorium gab es auch, wie üblich lang und detailliert.

Högstedt war bei der Obduktion dabei gewesen. Stierna selbst hatte mit Karlström am Nachmittag telefoniert. Mehr als eine halbe Stunde lang. Der Amtsarzt hatte versucht zu rekonstruieren, was im Lauf der Mordnacht passiert war. Vieles hatte Stierna schon gehört.

Karlström glaubte, dass der Mörder Ingrid Bengtsson zunächst eine Schlinge um den Hals gelegt hatte, die er dann zuzog; dabei musste er hinter ihr gestanden haben. Das Mädchen hatte offenbar augenblicklich das Bewusstsein verloren und war umgefallen, während der Mörder es weiterhin hochzog. Das zeigten Spuren von einem Strick sowohl am Hals als auch am Kopf. Sie sahen aus wie bei jemandem, der erhängt werden sollte. Karlström konnte nicht mehr sagen, als dass der Strick ungefähr einen halben Zentimeter Durchmesser gehabt haben musste. Es gab kein klares Muster in den Spuren am Hals.

Der Arzt vermutete, dass Ingrid Bengtsson durch die Schlinge um ihren Hals in Ohnmacht gefallen war. Die Blutungen auf der Bindehaut in den Augen zeigten, dass sie sich in einer »lebensbedrohenden Erstickungssituation« befunden hatte, aber der Amtsarzt nahm nicht an, dass sie daran gestorben war. Nachdem das Mädchen das Bewusstsein verloren hatte, hatte der Mörder es nach Annahme des Pathologen auf den Rücken gelegt, denn es hätte nicht so ordentlich dagelegen, wenn es einfach nur umgefallen wäre. Sie hatte keinerlei Verletzungen an ihrem Körper, die darauf hingewiesen hätten, dass sie in dem Werftgebäude herumgeschleppt worden war, keine großen blauen Flecken oder Abschürfungen, nichts, was die Leichenflecken hätten aufdecken können.

Karlström nahm an, dass der Mörder dem Mädchen den Strick abgenommen hatte, als er es hinlegte. Dann hatte er sie mit einem stumpfen Gegenstand erschlagen. Möglicherweise mit einem Schlagstock oder einem Schlagholz oder einem Rohr. Vielleicht war sie ein letztes Mal zum Leben erwacht. Möglicherweise hatte der Mörder, als sie die Augen öffnete, im Bruchteil einer Sekunde instinktiv etwas gepackt, was in Reichweite lag, und damit mehrmals zugeschlagen. Vielleicht hatte er angenommen, dass sie bereits von der Schlinge getötet worden war, und war überrascht, als sie die Augen wieder öffnete.

Die Blutspuren um Ingrid Bengtssons Kopf zeigten deutlich, dass sie auf dem Rücken lag, als sie die tödlichen Schläge trafen.

Das Mädchen wies keine Abwehrverletzungen auf. Das Staatliche Chemische Laboratorium hatte in ihrem Blut auch keine Spuren von Barbituraten oder Alkohol festgestellt.

Ihre Kleider waren unbeschädigt. Es gab keine Spuren von Sperma. Nur Blut von einer Blutgruppe, A. Die des Mädchens. Sie hatte nicht besonders viele blaue Flecken oder andere Zeichen, die darauf hingedeutet hätten, dass sie Widerstand geleistet hatte. Sie schien den, der sie ermorden wollte, nicht gekratzt zu haben, hatte keine Hautpartikel unter den Fingernägeln. Vielleicht war das gar nicht so überraschend. Falls er sich an ihr vergangen hatte, war es gut möglich, dass sie sich gar nicht getraut hatte, Widerstand zu leisten.

Es gab nichts, was auf eine Vergewaltigung hindeutete, das Mädchen hatte keinerlei Verletzungen am Unterleib, aber seine Unterhose war heruntergezogen worden.

Wahrscheinlich hat er es versucht, dachte Stierna. Vielleicht hat er etwas anderes mit ihr gemacht, es gibt viele Varianten.

»Ich glaube, so ist es abgelaufen, auch wenn ich nicht ganz sicher sein kann«, hatte Karlström gesagt.

Dann hatte er noch hinzugefügt: »Wenn es nicht mehr als einer gewesen ist.«

Stiernas Schreibtisch war fast leer. Ein Federmäppchen, eine Schreibmaschine und ein Stapel Papiere.

Er brauchte eine Zigarettenpause, bevor er weiterlesen konnte.

Er stand auf und ging auf den Flur. Es war Freitag, es ging auf zehn Uhr abends zu. Er hatte Bereitschaftsdienst in der Abteilung Gewaltverbrechen, und er wusste, dass viel passieren konnte.

Auf dem Flur war es still, die meisten Räume rundherum waren leer und dunkel.

Stierna holte sein Zigarettenpäckchen heraus, nahm sich eine Zigarette und suchte nach der Streichholzschachtel. Karlströms Worte hallten in seinem Kopf wider: »Wenn es nicht mehr als einer gewesen ist.« Der Gedanke war ihm schon gekommen, als er das letzte Mal mit dem Amtsarzt gesprochen hatte, dass es sich um zwei Täter gehandelt haben könnte. Zwei verschiedene Waffen waren benutzt worden, ein Strick und ein stumpfer Gegenstand. Zwei Waffen, zwei Täter? Die Möglichkeit bestand, aber er zögerte.

Stierna zündete seine Zigarette gar nicht erst an, sondern ging wieder zurück in sein Büro. Er öffnete das Fenster und schaute auf den Park vor dem Polizeigebäude, auf die Agnegatan. Es war dunkel, die wenigen Lampen reichten nicht aus, die breiten Fußwege zu erleuchten. Die hohen Bäume und die üppigen Büsche rundherum verstärkten das Dunkel noch.

An einer Wandtafel hatte Stierna einen großen Stadtplan von Stockholm hängen. Mit Reißnägeln hatte er drei kleine Zettel an verschiedenen Stellen befestigt.

Wohnung, Upplandsgatan 13. I. B. verlässt sie gegen halb neun Uhr abends am 2. September.

I. B. bei Familie Ekström, St. Eriksplan 15, um Hausaufgaben abzuholen. Dort ca. gegen neun, Abend des 2. September. Geht dort ca. eine Viertelstunde später weg, kurz nach neun.

Djurgårdswerft. I. B. wird am 3. September zehn nach fünf Uhr morgens tot von der Polizei aufgefunden.

Er schnitt einen weiteren Zettel aus. Schrieb eine kurze Notiz, dachte, dass er das schon früher hätte tun sollen.

Vasapark. I. B. trifft hier irgendwann im August einen Mann. Er gibt ihr Geld für Glanzbilder. Behauptet, ihren Vater zu kennen.

Nachdem er den Zettel ebenfalls angeheftet hatte, setzte Stierna sich wieder an seinen Schreibtisch und blätterte weiter in den

Berichten. Da war etwas mit dem Mageninhalt des Mädchens. Etwas, das nicht stimmte.

Die Chemiker hatten Samen in Ingrid Bengtssons Magen gefunden, Samen und andere Speisereste, die nicht verdaut worden waren. Spuren von dem, was sie als Letztes gegessen hatte. Reste von Erdbeeren. Das Staatliche Chemische Laboratorium ging davon aus, dass sie einige Stunden nach ihrer letzten Mahlzeit gestorben war, auch wenn die Unsicherheit groß war.

Stierna öffnete die oberste Schreibtischschublade und holte einen Stapel Papier heraus. Es waren die Notizen der Vernehmung von Maria Bengtsson vor drei Tagen, mit der Schreibmaschine abgetippt von Axel Jonsson.

Hier stand schwarz auf weiß alles, was die Mutter darüber gesagt hatte, was Ingrid am letzten Tag ihres Lebens gegessen hatte. Frühstück: ein Ei, Brot mit Käse, ein Apfel und ein Glas Milch.

Mittag bei den Großeltern: Frikadellen und Bratwurst, Kartoffelgratin und Salat. Und zum Nachtisch Apfeltorte.

All das war verdaut worden. Aber die Samen nicht. Und die Reste der Erdbeeren, die Ingrid Bengtsson also später gegessen haben musste, vielleicht nur wenige Stunden, bevor sie erschlagen worden war.

Stierna schaute auf seine Uhr. Es war schon spät, aber er musste noch an diesem Abend Gewissheit haben, also griff er zum Hörer.

Eine Frau antwortete nach vier Freizeichen.

»Margareta Ekström.«

Stierna stellte sich vor. Höflich und förmlich. Er hatte nicht den Eindruck, dass die Frau am anderen Ende bereits im Bett gewesen war.

»Es war schon einer von der Polizei bei uns und hat mit uns gesprochen. Irgendetwas mit Hult.«

»Ja, Hultberg, ich weiß, Frau Ekström«, sagte Stierna. »Es geht nur noch um ein kleines Detail.«

Es war still am anderen Ende. Stierna fuhr fort: »Wie lange ist Ingrid am Sonntag bei Ihnen gewesen?«

»Das haben wir doch bereits gesagt ...«

Stierna unterbrach sie höflich.

»Bitte sagen Sie es mir noch einmal. Es wird auch nur ein paar Minuten dauern.«

»Ingrid war am Sonntagabend hier. Sie wollte Aufgaben für die Schule abholen, die Anna hatte. Ja, Anna, meine Tochter. Die beiden waren gute Freundinnen. Es hat sie schwer mitgenommen. Sehr schwer.«

»Das kann ich mir denken. Zu welcher Zeit war das? Dass Ingrid zu Ihnen gekommen ist?«

»Sie ist wohl so zwischen halb neun und neun gekommen und höchstens eine Viertelstunde geblieben, es war ja schon spät.«

»Und während dieser Zeit, was hat Ingrid da getan?«

»Nichts Besonderes. Mit meiner Tochter geredet. Auch ein wenig mit mir und meinem Mann.«

»Sie hat nichts bei Ihnen gegessen?«

»Nein, sie hat nichts bei uns gegessen. Warum sollte sie?«

»Keine Erdbeeren?«

»Erdbeeren? Nein, es ist lange her, dass wir Erdbeeren hatten. Warum sollte sie noch so spät Erdbeeren essen?«

Stierna schwieg eine Weile.

»Wie ist Ihnen Ingrid vorgekommen?«, fragte er schließlich.

Die Frau am Telefon schien verwundert zu sein.

»Wie sie uns vorgekommen ist? Wie meinen Sie das, Herr Kommissar?«

»War sie ein glückliches Kind? Schien es ihr gut zu gehen? Fühlte sie sich sicher?«

»Ja, sie war bestimmt ein glückliches Kind. Obwohl sie keinen Vater hatte. Aber ihre Mutter, also die hat sich wirklich um sie gekümmert. Ingrid war immer ordentlich und sauber gekleidet. Obwohl ihre Mutter nicht gerade reich ist.«

»Ich verstehe. Dann möchte ich Sie nicht länger stören, Frau Ekström. Und vielen Dank für Ihre Hilfe.«

»Keine Ursache. Ach, Herr Kommissar, wissen Sie, wie es Maria geht ... ich meine, Fräulein Bengtsson? Ich habe versucht, sie heute anzurufen, aber niemand ist ans Telefon gegangen.«

»Ich denke, Sie sollten ihr ein wenig Zeit lassen.«

Stierna beendete das Gespräch und legte auf.

Wer hat dir die Erdbeeren gegeben, Ingrid?, fragte er sich. Eigentlich war er sich fast sicher, wie die Antwort lautete. Der Mörder. Ingrid Bengtsson war am frühen Morgen des dritten September erschlagen worden. Eventuell in der Nacht des zweiten. Warum war es zu dem Zeitpunkt geschehen? War das Zufall, oder gab es etwas, das ihn gerade an diesem Wochenende dazu verleitet hatte? Gab es einen auslösenden Faktor, etwas, das ihn dazu gebracht hatte, ausgerechnet zu dieser Zeit zu töten, als der Sommer in den Herbst überging?

Stierna wusste, dass es oft einen Auslöser gab, dass einem Mord ein Druck vorausging, erschütternde Ereignisse, die unerbittlich das Rad in Bewegung setzten. Er fragte sich, ob wohl etwas Besonderes im Leben des Mörders geschehen war, bevor Ingrid Bengtsson erschlagen wurde.

19

Der Mann, der vor Roland Lindberg saß, war aufgeschwemmt und hatte schütteres Haar. Sonst sah er eigentlich ganz passabel aus.

»Sie wissen, warum Sie hier sind?«, fragte Lindberg.

Anton Bladh redete langsam und polternd. Er hatte die Arme vor der Brust verschränkt und verzog keine Miene, obwohl ihm doch der Ernst der Situation klar sein musste. Immer wieder zögerte er einige Sekunden, bevor er antwortete. Selbst bei einer so einfachen Frage wie: »Sie wissen, warum Sie hier sind?« Und Lindberg war sich sicher, dass Bladh wusste, warum er hier war. Trotzdem war er nur schwer zu fassen. Offensichtlich taktierte er.

»Irgendwie geht es um ein Mädchen«, sagte Bladh nach einer Weile und zuckte mit den Schultern. »Denke ich mir.«

Lindberg seufzte leise und schlug seinen Notizblock auf. Er dachte an all die Informationen, die in den Unterlagen standen. Die Angaben, die sie über Bladhs erbärmliche Kindheit in Enköping hatten. Über die ersten zehn Jahre mit einem trunksüchtigen Vater, der ihn und die Mutter schlug. Über die verschiedenen Betreuungsstationen, in denen er untergebracht worden war, bis er sechzehn wurde.

Über die frühen Vergehen. Kleine Diebstähle, nachdem er als Siebzehnjähriger nach Stockholm gekommen war. Mit einundzwanzig vom Stockholmer Stadtgericht wegen Körperverletzung zu sieben Tagessätzen à zwei Kronen verurteilt. Dann war er immer weiter abgerutscht. Ein paar Fälle von Exhibitionismus. Belästigung kleiner Mädchen. Und dann eines Tages im April 1920 die Vergewaltigung eines kleinen Mädchens. Wofür er verurteilt und nach Långholmen geschickt worden war.

Heute war Bladh zweiunddreißig. Seit anderthalb Jahren war er auf freiem Fuß. Arbeitete als Tellerwäscher in einem kleineren Restaurant, bei »Granlunds« in der Frejgatan. Das hatte am zweiten September, dem Tag, als Ingrid Bengtsson verschwand, geschlossen. Bladh hatte freigehabt.

»Sie wohnen in der Sigtunagatan?«, fragte Lindberg. »Nahe dem Vasapark?«

Schweigen.

»Haben Sie meine Frage gehört?«

»Ja, ich wohne ... ziemlich nahe am Vasapark. Ich wusste nicht, dass das eine Frage war.«

»In der Sigtunagatan?«

Bladh zuckte wieder mit den Schultern. Was Lindberg irritierte.

»Ja.«

»Welche Hausnummer?«

»Zehn.«

Sigtunagatan 10, dachte Lindberg. Nicht nur nahe am Vasapark, auch nahe der Gustav-Vasa-Volksschule, in die Ingrid Bengtsson ging. Und nahe der Wohnung des Mädchens in der Upplandsgatan. Bladh hatte sie immer wieder sehen können. Laut Melderegister wohnte er seit fast anderthalb Jahren in der Sigtunagatan 10, im Erdgeschoss.

»Es würde uns interessieren, was Sie am Sonntag gemacht haben, Herr Bladh. Am Sonntag, dem zweiten September.«

Anton Bladh strich mit der rechten Hand über den leeren Tisch im Verhörraum. Er kniff das rechte Auge zu, das tat er hin und wieder. Unfreiwillig, wahrscheinlich eine Art Tic.

Sechs Jahre in Långholmen, dachte Lindberg. Die Frage ist, ob das was gebracht hat. Woran er nicht glaubte, und das erschreckte ihn.

»Den ganzen Tag?«, fragte Bladh nach. »Das ist nicht so einfach. Wo soll ich anfangen?«

»Hatten Sie so viel zu tun«, fragte Lindberg spitz, »dass es Ihnen Probleme macht, alle Ereignisse zu sortieren?«

Anton Bladh starrte vor sich hin.

»Ich ... ich hatte frei. Wie sonntags immer.«

»Frei vom Restaurant ›Granlunds‹ in der Frejgatan, wo Sie arbeiten?«

»Ja, stimmt.«

»Und was haben Sie an dem Sonntag so gemacht?«

»Was ich gemacht habe? Nichts Besonderes. Ich hab lange geschlafen, fast bis Mittag. Am Vorabend war es spät geworden. Hatte einige Schnäpse getrunken, deshalb musste ich erst einmal ausschlafen.«

»Sie waren den Abend zuvor aus und haben Alkohol getrunken?«

»Ja. Oder nein, zuerst habe ich zu Hause etwas getrunken. Dann bin ich zum ›Polstjärnan‹ gegangen. Dort bin ich geblieben, bis sie zugemacht haben. Das liegt in der Odengatan, nicht weit von mir.«

»Ich kenne die Kneipe«, sagte Lindberg.

Das Restaurant »Polstjärnan«. Die Bierkneipe in Vasastaden. In der ein Bier billiger war als irgendwo sonst. Die Klientel war ziemlich bunt, Landstreicher und Kleinkriminelle mischten sich unter ehrbare Arbeiter. Das Lokal war der Abteilung Gewaltverbrechen nur zu bekannt.

»Und was haben Sie gemacht, nachdem Sie am Sonntag aufgewacht sind?«

»Ja ... Was hab ich gemacht? Gefrühstückt, oder mittaggegessen, wie man's nimmt. Dann bin ich raus, um mir eine Zeitung zu kaufen. Am Kiosk im Vasapark ... Das *Aftonbladet*. Das mache ich immer sonntags. An den anderen Tagen auch ab und zu. Und dann ... Na, dann bin ich wieder nach Hause gegangen. Hab Zeitung gelesen. Besonders die Sportseiten, über Westermalm, die sollten ja spielen ... Ja, und ich interessiere mich für Westermalm.«

»Und wie spät war es da?«

Bladh zuckte zum soundsovielten Mal die Schultern.

»Vielleicht so zwei Uhr. Und dann habe ich wohl eine halbe Stunde die Zeitung gelesen. Vor allem den Sportteil. Politik und so, das hat mich noch nie interessiert. Ich glaub, ich habe dann Radio gehört. Und dann ... ja, ich bin wieder müde geworden, also habe ich mich noch mal hingelegt. Gegen fünf oder so bin ich wieder aufgewacht.«

»Gut. Und als Sie aufgewacht sind, was haben Sie da gemacht?«

»Mich angezogen. Bin spazieren gegangen, unten im Hagapark. Und dann bin ich zum ›Polstjärnan‹ gegangen.«

»Zum ›Polstjärnan‹? Schon wieder?«

»Ja.«

»Wann sind Sie da angekommen?«

»Das weiß ich nicht. Vielleicht so gegen sechs. Ich habe dort etwas gegessen.«

»Und wann sind Sie wieder gegangen?«

»Als die Feierabend gemacht haben. So gegen zwölf.«

Lindberg machte sich Notizen. Schaute auf die aufgelisteten Uhrzeiten auf seinem Block.

»Gibt es jemanden, der das bestätigen kann? Dass Sie von sechs bis zur Sperrstunde im ›Polstjärnan‹ gewesen sind?«

Wieder saß Bladh zunächst schweigend da. Lindberg ließ ihn in Ruhe. Schaute aus dem kleinen Fenster. Hörte Schritte auf dem Flur draußen.

»Ich weiß es nicht«, sagte Bladh, nachdem er überlegt hatte. »Sollte es eigentlich. Eine der Kellnerinnen erinnert sich vielleicht an mich. Oder der Barkeeper. Aber ich gehe erst seit letztem Monat dorthin ... Vorher war ich meistens im ›Salongen‹ am Odenplan. Aber da gab es einen Abend Ärger, die Kellnerin meinte, ich hätte mich nicht anständig benommen. Deshalb gehe ich nicht mehr dorthin, ich will nicht ungerecht behandelt werden. Seitdem gehe ich stattdessen ins ›Polstjärnan‹.«

»Also der Barkeeper und die Kellnerinnen im ›Polstjärnan‹, ja? Und sonst noch jemand?«

Bladh kniff wieder das rechte Auge zusammen. Offensichtlich konnte er dieses Zucken nicht kontrollieren.

»Da waren ein paar ... ein paar Leute, zu denen habe ich mich gesetzt und mich eine Weile mit ihnen unterhalten. Die sind eigentlich immer im ›Polstjärnan‹, wenn ich dorthin gehe. Aber bisher habe ich noch nie mit ihnen geredet.«

»Wie heißen die?«

»Das weiß ich nicht so genau. Die sind immer zu viert. Eine Alte und drei Männer. Ich glaube, die Alte wird die Schonerin genannt, die kommt aus Schonen, redet jedenfalls so. Einer der Männer heißt Otto irgendwas. Per-Otto vielleicht. Wie die anderen heißen, weiß ich nicht mehr. Aber die hocken da fast immer. Weiß der Teufel, was die treiben. Ich weiß jedenfalls nicht, wovon die leben.«

Wahrscheinlich Kleinkriminelle oder Betrüger, dachte Lindberg. Die Frau konnte eine Prostituierte sein.

»Sind Sie oft im Vasapark?«

Wieder schwieg Bladh zunächst. Schien auf die Frage nicht vorbereitet zu sein.

»Na ja ... was heißt schon oft. Ich weiß nicht, wie ich die Frage beantworten soll, Herr Hauptwachtmeister. Was heißt denn oft?«

»Na, regelmäßig. Ich meine, ein paarmal in der Woche. Jede Woche einmal.«

»Ja, vielleicht jede Woche mal.«

»Haben Sie da ein Mädchen kennengelernt? Im Park? Sich mit ihm unterhalten?«

»Nein ... Warum sollte ich ... Ich habe nie ein Mädchen im Vasapark kennengelernt.«

Lindberg lehnte sich zurück. Er dachte daran, als sie Bladh das letzte Mal geschnappt hatten, vor mehr als acht Jahren. Das Mädchen, an dem er sich vergangen hatte, war elf gewesen. Bladh hatte ihr damals gesagt, er käme vom Film. Hatte sie unter falschen Versprechungen in seine Wohnung gelockt. Ein Mann, der reden konnte. Ein Mann, der kleine Mädchen in falscher Sicherheit wiegen konnte. Ingrid Bengtsson vielleicht auch? Die Zeugenaussagen, die sie bisher hatten, waren dürftig. Niemand, der gesehen hatte, dass ein kleines Mädchen mit Gewalt entführt worden war. Niemand, der Kinderschreie gehört hatte.

Lindberg ließ jetzt die Fragen auf den Verdächtigen niederhageln. Er gab Bladh keine Zeit mehr zum langen Nachdenken.

»Haben Sie einen Führerschein?«

»Einen Führerschein? Nein ... Was ...?«

»Nie gehabt? Haben Sie jemals ein Auto besessen?«

»Nein. Und ich habe nie auch nur im Traum daran gedacht, mir eines anzuschaffen. Das kam nie infrage. Wozu sollte ich dann einen Führerschein machen?«

Lindberg sah, dass Anton Bladh sich nur noch schwer beherrschen konnte. Dass die Wut, die bei dem Verhör 1920 ausgebrochen war, auch jetzt kurz davor war, hochzukochen. Wovon der Polizeibeamte aber nach außen hin keine Notiz nahm. Er schrieb auf seinen Block. Sie würden das Führerscheinregister überprüfen. Und das Automobilregister. Aber er konnte sich nur schwer vorstellen, dass Bladh in dieser Hinsicht log.

»Waren Sie auf der Djurgårdswerft?«

»Auf der Djurgårdswerft? Nein, da bin ich noch nie gewesen ... Was, zum Teufel, sollte ich da tun?«

»Das möchte ich ja gern wissen.«

Bladh saß schweigend da, musterte Lindberg.

»Haben Sie von der Djurgårdswerft gehört?«

»Ja, natürlich.«

»In welchem Zusammenhang?«

»Na, es geht doch um dieses Mädchen. Über das man in der Zeitung liest. Deshalb bin ich ja wohl auch hier, oder?«

Und dabei hast du doch behauptet, dass du eigentlich nur den Sportteil liest, dachte Lindberg.

Als das Verhör beendet war, öffnete Lindberg langsam die Tür des Vernehmungsraums. Ließ Anton Bladh gehen. Machte sich nicht die Mühe, ihm den Weg hinaus zu zeigen, er war überzeugt, dass er ihn bereits kannte.

Lindbergs Arbeitszimmer war unaufgeräumt, wie immer. Mehrere Zeitungen lagen auf dem Schreibtisch zwischen Papierstapeln und halb leer getrunkenen Kaffeetassen. Das Regal war vollgestopft mit Pappkartons, Ordnern und Papieren.

Lindberg seufzte. Sie waren nur zu dritt, um die Sittlichkeitsverbrecher zu überprüfen, die interessant sein konnten. Das erschien nicht machbar. Denn dazu gehörten nicht nur die Anfragen bei Gefängnissen und psychiatrischen Anstalten, sondern auch Anrufe bei Kollegen im ganzen Land. Um festzustellen, wer eventuell nach Stockholm gezogen war oder sich zumindest hier aufgehalten haben konnte in dem Zeitraum, als Ingrid Bengtsson ermordet worden war. Das waren so viele.

Lindberg war erneut das Melderegister durchgegangen. Hatte festgestellt, dass zwei weitere ihren Wohnsitz in Vasastaden hatten, abgesehen von Bladh. Ein siebenundvierzigjähriger Lagerarbeiter und ein fünfundzwanzigjähriger Kanzleidiener, die beide im Register auftauchten, weil sie kleine Kinder betatscht hatten, auch wenn es nie bis zur Vergewaltigung gekommen war, zumindest soweit man darüber Bescheid wusste. Außerdem war da ein einundvierzigjähriger ehemaliger Arzt, der in Djurgårdsstaden wohnte, nahe der Werft. Lindberg war dabei gewesen, als er an einem Sonntag vor fast elf Jahren in seiner schicken Fünfzimmerwohnung festgenommen worden war. Damals hatte er auf Östermalm gewohnt. Ein Vergewaltigungsversuch war schiefgelaufen. Das fünfzehnjährige Mädchen, das er zu sich nach Hause gelockt und dem er Alkohol eingeflößt hatte, hatte heftigen Widerstand geleistet. Der Arzt hatte sie schwer misshandelt, eine Zeit lang hatte sie zwischen Leben und Tod geschwebt.

Die drei würden sie sich als Nächstes vornehmen.

Lindberg seufzte, er hatte an diesem Tag nicht so viel erreicht, wie er gewollt hatte. Er war enttäuscht.

20

Es war acht Uhr, als Lindberg das »Polstjärnan« in der Odengatan betrat. Es herrschte Hochbetrieb, schließlich war es ja auch ein Samstag. Fast alle Tische mit ihren unbequemen Stühlen waren besetzt.

Er drängte sich zum Tresen vor. Winkte den Barkeeper heran.

»Entschuldigung.«

»Ja, Sie wünschen?«

Lindberg zog ein Foto von Bladh aus der Innentasche. Zwar ein paar Jahre alt, entstanden kurz vor seiner Freilassung in Långholmen, aber Bladh hatte sich in der Zwischenzeit nicht sehr verändert.

Lindberg hielt dazu seine Dienstmarke hoch.

»Hauptwachtmeister Lindberg«, sagte er. »Ich komme von der Kriminalpolizei. Ich möchte wissen, ob dieser Mann letzten Sonntag hier gewesen ist.«

Der Barkeeper schaute das Foto lange an.

»Ich habe Sonntag auch gearbeitet, und eigentlich kann ich mir Gesichter gut merken, aber an ihn erinnere ich mich nicht. Das ist jedenfalls keiner unserer Stammgäste. Vielleicht kann der Oberkellner Ihnen helfen. Ich hole ihn.«

Lindberg schaute sich im Lokal um. Einige der Gesichter meinte er wiederzuerkennen, wenn auch nur vage.

Der Oberkellner war klein und dünn und trug eine runde Brille. Lindberg fand, dass er nicht in dieses Milieu passte, dazu sah er zu korrekt aus. Fast wie ein Bankbeamter.

Er zeigte ihm das Foto.

»Irgendwie kommt er mir bekannt vor«, sagte der Oberkellner. »Aber ich kann ihn nicht einordnen.«

»Sie wissen nicht, ob er hier gewesen ist? Ob Sie ihn hier gesehen haben?«

»Nein, tut mir leid.«

»Haben Sie letzten Sonntag gearbeitet?«

»Ja.«

»Und wer noch außer Ihnen?«

»Ich kann auf den Dienstplan gucken. Wenn Sie so viel Zeit haben und warten möchten.«

Lindberg schaute auf seine Uhr. Karin und die Zwillinge wussten, dass er später kommen würde.

»Ja, ich habe Zeit.«

Der Oberkellner ging zu einer Tür neben dem Tresen. Lindberg rief ihm nach: »Ach, da ist noch etwas.«

Der Oberkellner blieb stehen.

»Ja?«

»Ich suche noch vier andere Gäste. Eine Frau und drei Männer. Die sollen etwas älter sein. Und die Frau wird wohl die Schonerin genannt. Einer der Männer soll etwas mit Otto heißen, vielleicht Per-Otto. Kennen Sie die?«

»Allerdings.«

»Sind die jetzt auch hier?«

»Die sitzen da hinten.« Der Oberkellner zeigte auf einen Tisch am Fenster.

Lindberg ging hin und zog sich einen Stuhl an den Tisch.

Die drei Männer waren einander ziemlich ähnlich. Alle mit grau meliertem Haar. Alle mit Bartstoppeln. Einer von ihnen hatte ziemlich schütteres Haar, die anderen beiden welliges. Die Frau war dick und dunkelhaarig. Alle vier schauten auf, als der Beamte sich zu ihnen setzte.

Lindberg zeigte seinen Ausweis, ließ das Foto herumgehen.

»Kennen Sie diesen Mann?«

Der mit den dünnen Haaren antwortete zuerst.

»Ja, den kennen wir.«

Lindberg holte seinen Notizblock heraus. Er schrieb ihre Namen und Adressen auf, bevor er weiterfragte. Ester Jansson. Egon Lindgren. Per-Otto Sundin. Kaj Eriksson. Die Namen sagten ihm nichts.

»Wo haben Sie ihn gesehen?«

»Hier«, sagte der Mann, der Eriksson hieß. »Letzten Sonntag.«

»Um welche Uhrzeit?«

Dieses Mal antwortete der mit dem schütteren Haar, der Einzige, an dessen Namen sich Anton Bladh noch hatte erinnern können. Per-Otto Sundin.

»Irgendwann am Abend. Wir sind so gegen sieben Uhr gekommen, wie immer, und da saß er schon da. Am Nebentisch. Und dann ist er zu uns an den Tisch gekommen. Wollte sich unterhalten. Er hat bei uns gesessen, bis hier geschlossen wurde. Wir haben uns erst vor der Tür verabschiedet.«

»Wie können Sie so sicher sein, dass es Sonntag war?«

Egon Lindgren schenkte aus einer Flasche Rotwein ein. Er hatte bisher noch nichts gesagt.

»Weil es der Tag war, an dem wir aus Malmö zurückgekommen sind. Wir waren dort, um den Bruder der Schonin zu besuchen. Ja, Esters Bruder, meine ich. Wir waren alle vier bei ihm. Sind mit dem Zug zurückgekommen und dann hierhergegangen. Wir sind vom Bahnhof direkt hierher.«

Lindberg spielte mit der Karte, die auf dem Tisch stand.

»Erinnern Sie sich daran, wie er hieß? Der Mann auf dem Foto?«

Lindgren und Eriksson sagten nichts, schienen nachzudenken. Sundin trank von seinem Wein.

»Anton«, sagte Ester Jansson. »Ich glaube, er hieß Anton.«

Als sie den Mund aufmachte und Lindberg ihre Aussprache hörte, begriff er, warum sie die Schonerin genannt wurde.

»Und er hat hier bei Ihnen gesessen? Die ganze Zeit? Bis zum Feierabend?«

»Ja.«

Lindberg klappte seinen Notizblock zu, öffnete ihn dann aber doch wieder.

»Sie scheinen sich ja sehr genau an ihn zu erinnern«, sagte er dann. »Gibt es dafür einen Grund?«

Sundin schaute ihn kurz an, sagte jedoch nichts.

»Wir mochten ihn nicht. Seine Art. Aber wir sind ihn nicht losgeworden. Und nach genügend Alkohol kommt man ja mit den meisten zurecht.«

»Wieso, was war mit ihm?«

»Er war so überheblich. Hat die ganze Zeit nur darüber geredet, wie toll er ist. Dass er schon um die Welt gefahren ist. Dass er hätte Direktor werden können, wenn er nur die richtigen Eltern gehabt hätte. Das war langweilig. Außerdem haben wir ihm sowieso nicht geglaubt. Ich habe ihm seine Geschichten jedenfalls nicht abgenommen.«

»Und jetzt Sonntag, da habt ihr ihn zum ersten Mal getroffen?«

»Ja«, bestätigte Ester Jansson.

»Da seid ihr euch alle einig?«

Die anderen nickten.

Lindberg machte sich ein paar Stichworte, dann steckte er seinen Notizblock ein und stand auf.

»Was hat er getan?«, fragte Ester Jansson.

»Wahrscheinlich gar nichts«, sagte Lindberg. »Dieses Mal nicht.«

Er verließ die Gruppe. Bestellte sich ein Bier und setzte sich allein an einen Tisch weit hinten im Lokal, im Zwielicht.

Der Oberkellner kam mit den Namen derjenigen, die am Sonntag Dienst gehabt hatten. Außer dem Barkeeper, ihm selbst und dem Küchenpersonal waren noch zwei Kellner da gewesen, die an diesem Abend freihatten.

Lindberg trank einen großen Schluck Pils. Holte seinen Notizblock wieder heraus und schrieb ein paar Stichworte auf.

Das Bier war bald ausgetrunken. Viel zu schnell. Plötzlich kam diese Unruhe wieder über ihn, die er seit mehr als drei Jahren nicht mehr gekannt hatte. Seit er Karin geheiratet hatte.

Sie ist immer noch in mir, dachte er. Und sie wird immer in mir sein.

Er hatte jetzt seit sehr langer Zeit nicht mehr getrunken. War in den letzten Jahren nur selten richtig betrunken gewesen. Eigentlich nur Weihnachten, Silvester und zum Mittsommer. Sonst fast nie. Dennoch spürte er diese Unruhe. Wie er von ihr angezogen wurde, dieser einfachen Lösung, am Abend, in der Nacht. Diese Lösung, die ihn den Schmutz vergessen ließ, die Familientragödien, diesen Schläger. Zumindest für eine Weile.

Er erinnerte sich an den Moment, als er zum ersten Mal wirklich begriff, dass seine Mutter ein Alkoholproblem hatte. Als er sie aus der Flasche trinken sah, die sie schnell in ihrem Kosmetik-Necessaire versteckte, als er eines Tages zu früh aus der Schule heimkam. Es hatte in der Kantine gebrannt, der

Rauch war in mehrere Klassenräume gedrungen, und er und die anderen Kinder waren nach Hause geschickt worden. Zur Mittagszeit, er war damals noch keine zehn Jahre alt gewesen.

Sie hatte aus der Flasche getrunken, sie schnell in ihr Necessaire geschoben, als er in die Küche trat. Hatte so getan, als wenn nichts passiert wäre, geglaubt, er hätte nichts gesehen. Doch er hatte es gesehen. Und er hatte es verstanden.

Viel später sah er ein, dass die Alkoholkrankheit irgendwie vererbt wurde. Sein Großvater mütterlicherseits hatte es in sich gehabt. Dessen Vater auch, wie es hieß.

Als Junge hatte er sich für sie geschämt. Hatte Angst gehabt, seine Kameraden würden herausbekommen, wie es um sie stand. Dass jemand sie beim Schlachter oder in der Straßenbahn betrunken antreffen könnte. Nie war er sicher, ob er Freunde mit nach Hause nehmen konnte, nie wusste er, in welchem Zustand sie sein würde. Er hatte sich geschworen, dass er nie wie sie werden wollte. Doch er hatte es in sich, ob er es nun wollte oder nicht.

In der Zeit, als er noch Streife auf Södermalm ging, hatte er sie gespürt, diese Gier nach Schnaps. Als sie noch jünger gewesen waren, frisch von der Polizeischule. Als er, Stierna und die anderen jungen Wachtmeister vom achten Revier in der Folkungagatan in der Eckkneipe in Söder gesessen hatten, an deren Namen er sich nicht mehr erinnerte. »Söders Pärla«? Dort hatte sich das Personal nie darum gekümmert, wie betrunken jemand war, solange er die Zeche bezahlen und aus eigener Kraft nach Hause gehen konnte.

Stierna hatte auch nicht gerade ins Glas gespuckt, aber er war nicht wie er, das hatte Lindberg sehr schnell begriffen. Und er hatte nie mit Stierna über seine Mutter gesprochen. Denn Stierna hatte sich immer im Griff, irgendwie hatte er immer alles unter Kontrolle.

21

Drei Familien mit Kindern, die am zweiten September um zehn Uhr abends schon tief und fest geschlafen und nichts von Interesse gesehen hatten. Eine Achtzigjährige, die sich freute, die Polizei zu sehen, zu einem dünnen Kaffee einlud, aber nur erzählen konnte, dass einige der Nachbarn nachts oft ziemlich laut waren. Ein pensionierter, leicht beschwipster Leutnant, der erstaunlich ehrlich war und erklärte, sein Tag läge sowieso wie im Nebel. Und dann noch einige Zeugen, die den bewussten Abend schon vergessen hatten, aber er hatte die Zeichnungen dabei, sodass es kein Problem sein sollte, die Erinnerung wieder aufzufrischen.

Axel Jonsson fasste für sich zusammen, was die Befragung in Djurgårdsstaden am Samstag, dem achten September, gebracht hatte: im Großen und Ganzen nichts.

Hultberg und er waren zusammen unterwegs gewesen. Wie üblich, warum auch immer. Vielleicht lag es am Alter, beide waren jung, unter dreißig, und sie hatten ungefähr gleichzeitig in der Abteilung Gewaltverbrechen angefangen. Ansonsten hätte Jonsson nicht sagen können, was sie gemeinsam hatten.

Hultberg war neunundzwanzig, sah aber älter aus, hatte bereits eine Glatze und stets etwas Todernstes im Blick. Jonsson hatte ihn noch nie lachen sehen. Jonsson hatte nichts gegen seinen Kollegen, aber er wäre nie auf die Idee gekommen, in der Freizeit etwas mit ihm zu unternehmen. Und er war sich sicher, dass Hultberg genauso dachte.

Ihr Auftrag war es, die Reste abzuarbeiten, diejenigen aufzusuchen, die das große Aufgebot in den letzten Tagen bei der Befragung in Djurgårdsstaden nicht zu fassen bekommen hatte. Das waren nicht viele.

Langsam beruhigte es sich. Die Wachtmeister vom siebten Revier waren zurückbeordert worden, sie wurden woanders dringender gebraucht. Die meisten aus der Zentralabteilung waren auch wieder fort.

Jonsson war immer gewissenhaft bei seiner Arbeit, er hatte jede Wohnung in den Häusern, die er durchgegangen war, mit dem Namen dessen markiert, der dort wohnte. Es gab nicht viele Lichtblicke.

Insgesamt hatten sie nur eine einzige Person gefunden, die in der Nacht zum dritten September wach gewesen war. Das war ein Advokat, er hieß Göte Hansson und wohnte in der Nordenskiöldsgatan 80. Hansson hatte gegen halb drei Uhr auf seinem Balkon gestanden und ein Licht auf der Werft gesehen, in dem Fenster des Raums, in dem das Mädchen gefunden worden war. Hultberg hatte den Zeugen gefragt, was für eine Art von Licht es gewesen sei. Hansson hatte geantwortet, dass er annehme, es sei etwas Elektrisches, vielleicht aber auch eine Petroleumlampe.

Die Informationen würden kaum helfen, einen Mörder zu fangen, dachte Jonsson resigniert.

Er ging die wacklige Treppe hinunter, die zu den oberen Stockwerken des großen Wohnblocks, Nannylund, führte. Das Haus lag der Werft genau gegenüber.

Die Dame da oben war hilfsbereit gewesen, aber sie hatte nichts gesagt, was sie hätten gebrauchen können. Obwohl sie doch in dem Haus wohnten, das der Werft am nächsten lag, schien niemand etwas gesehen zu haben.

Links von der Treppe auf dem unteren Stockwerk stand eine Tür offen.

Hultberg kam heraus.

»Jonsson«, rief er, »komm rein.«

Axel Jonsson trat durch die offene Tür ein.

Er war überrascht, was für ein Durcheinander in der Wohnung war. Überall standen Kartons, manche davon halb geöffnet: Besteck, Geschirr, Kleidung und ein paar Bücher.

Hultberg stand auf dem Flur, einen breitschultrigen Mann neben sich.

»Das hier ist Rikard Dahlin«, sagte er. »Er wohnt hier.«

Jonsson schaute sich um. Die Wohnung hatte anscheinend drei Zimmer.

»Die Herren Polizisten müssen die Unordnung entschuldigen«, sagte Rikard Dahlin. »Ich bin gerade erst eingezogen, konnte noch nicht alles einräumen.«

»Das macht nichts«, sagte Hultberg. »Wir haben schon Schlimmeres gesehen. Erzählen Sie dem Hauptwachtmeister Jonsson, was Sie mir erzählt haben.«

Sie standen immer noch im Flur. Vielleicht bat dieser Rikard Dahlin sie nicht weiter herein, weil ihm die Unordnung so peinlich war.

»In der Nacht habe ich draußen vor der Werft etwas gesehen«, begann Dahlin, »in der Nacht zwischen dem zweiten und dritten.«

Hultberg hatte seinen Notizblock herausgeholt.

»Also, in der Sonntagnacht habe ich aus meinem Küchenfenster gesehen«, fuhr Dahlin fort. »Ich weiß nicht genau, wie spät es war, aber es muss so zwischen drei und vier gewesen sein. Ein Stück von der Eingangspforte zur Werft entfernt stand ein Auto, ziemlich dicht an der Brücke. Und ich habe einen Mann bei dem Auto gesehen.«

»Sie müssen entschuldigen, dass ich frage«, sagte Jonsson, »aber warum waren Sie so spät noch auf?«

»Ich war gerade von der Arbeit nach Hause gekommen. Ich arbeite oft so spät. Die Schicht bis weit in die Nacht oder die ganz früh am Morgen. Ich nehme an, dass Sie mich deshalb bisher auch noch nicht angetroffen haben.«

»Was arbeiten Sie denn?«

»Ich bin Feuerwehrmann. Bei der Feuerwache Kungsholmen.«

»Warum haben Sie sich nicht früher bei uns gemeldet?«

»Ich habe schon dran gedacht, aber irgendwie bin ich nicht dazu gekommen. Ich war mir nicht sicher, ob das wirklich wichtig ist.«

Jonsson seufzte, leise, aber doch so, dass Hultberg und Dahlin es hören konnten. Die gleiche Entschuldigung hatte er im Lauf der Jahre schon von so vielen Zeugen gehört.

»Was hat der Mann gemacht?«

»Er stand an dem Wagen«, antwortete Dahlin. »Er hat geraucht. Ansonsten ... Er stand einfach nur da, das war schon merkwürdig. Aber ich habe ihn nicht besonders lange beobachtet, ich bin in die Küche und hab mir ein Brot geschmiert. Ich esse immer noch eine Kleinigkeit, bevor ich mich nach einer Spätschicht schlafen lege. Und ich habe gehört, wie der Wagen gestartet wurde. Als ich dann wieder aus dem Fenster gesehen habe, waren der Mann und das Auto weg.«

»Ich verstehe. Und wie viel Zeit ist vergangen zwischen dem Moment, als Sie in die Küche gingen, bis zu dem, als Sie das zweite Mal aus dem Fenster geschaut haben?«

Rikard Dahlin zuckte mit den Schultern.

»Höchstens fünf Minuten.«

»Haben Sie sonst noch jemanden bei dem Auto gesehen? Drinnen oder davor?«

»Nein, niemanden.«

Axel Jonsson fühlte sich erschöpft nach einem langen Tag mit ergebnislosen Zeugenbefragungen. Und langsam irritierte es ihn, dass sie nicht hereingebeten wurden, nicht auf einem Sofa oder zumindest einem Stuhl sitzen und die Beine ausruhen konnten.

»Wie war der Mann gekleidet?«

»Das war schwer zu erkennen«, antwortete Rikard Dahlin. »Kann sein, dass er ein Sakko trug. Oder eher wohl einen Anzug. Er hatte einen Hut auf. Sah irgendwie gepflegt aus. Zumindest hatte ich den Eindruck, aber es war ja ziemlich dunkel.«

»Aber Sie haben nicht sein Gesicht gesehen? Konnten keine Details erkennen?«

»Nein. Das war unmöglich in der Dunkelheit. Außerdem stand er ja ziemlich weit entfernt von mir.«

»Wie weit?«

»Ich weiß nicht genau. Vierzig Meter vielleicht. Sie können ja selbst ausmessen, wie weit es ist.«

Jonsson überlegte. Vierzig Meter, das war nicht besonders weit. Aber es war dunkel gewesen, zwischen Nacht und Morgen.

»Können Sie uns noch mehr über den Mann sagen? Haben Sie eine Vorstellung, wie groß er war?«

»Na, so von normaler Größe. Jedenfalls sah er nicht aus, als wäre er besonders klein. Ich fand ihn ziemlich schlank.«

»Und sonst nichts? Keine besonderen Kennzeichen?«

»Nein, ich glaube nicht.«

»Und der Wagen, konnten Sie den in etwa erkennen?«, fragte Jonsson.

»Auf jeden Fall besser als den Mann.«

Dahlins Antwort überraschte Axel Jonsson.

22

Als John Stierna an diesem Morgen aufwachte, fiel ihm als Erstes das Datum ein. Sonntag, der neunte September. Fast eine Woche war es nun schon her, dass Ingrid Bengtsson auf der Djurgårdswerft erschlagen worden war.

Das war sein einziger freier Tag in dieser Woche, es war schon fast zehn Uhr.

Neben ihm das Bett war leer. Stierna stand auf.

Karolina saß auf dem Sofa im Wohnzimmer und las die Zeitung. Er wunderte sich, dass sie früher als er aufgestanden war.

Sie aßen ein spätes Frühstück im Café »Grå Katten« am Sankt Eriksplan. Das war eine Tradition, fast von Beginn an, mindestens einmal im Monat gingen sie hierher. Seit dem Tag, an dem sie sich richtig kennengelernt hatten. Karolina hatte damals ganz in der Nähe gewohnt, in der Birkagatan.

Für den Nachmittag hatten sie keine besonderen Pläne. Sie gingen in Vasastaden spazieren, unten am Norr Mälarstrand, kauften beim Schlachter in der Hantverkargatan ein und gingen dann nach Hause. Sie hatten keine Bediensteten, was für einen Mann in Stiernas Position ungewöhnlich war.

Ein paar Stunden später nahm er das Buch zur Hand, das er von Maria Bengtsson bekommen hatte. Er saß daheim am

Küchentisch und schaute sich vor allem die Bilder an. Stierna konnte ein wenig Englisch, aber am besten gefielen ihm die Illustrationen. Das Titelbild mit dem Bären, der sich über einen langen Papierstreifen beugt, auf den er etwas mit einer Feder schreibt. Unter dem Bild stand der Name des Bären, Pu, in kindlicher Handschrift. Ein Bild zeigte, wie Pu mit einem kleinen Jungen badete, Christopher Robin, der Besitzer des Bären, wie Stierna herausfand. Es gab auch Bilder von einem Kaninchen, das Milch und Honig anbot. Und von einem Esel, der anscheinend immer mit gesenktem Kopf herumlief. Es gab ein Känguru, das sein Kleines in dem Beutel vor dem Bauch trug. Und dann das Bild, auf dem Pu mit dem kleinen Ferkel durch den Schnee geht, mit Ingrid Bengtssons Lieblingsfigur.

Karolina kam in die Küche.

»Was liest du da?«, fragte sie.

»Ein Kinderbuch, Ingrid Bengtssons Lieblingsbuch, ›Pu der Bär‹. Das ist auf Englisch, ich verstehe bei Weitem nicht alles.«

Karolina beugte sich über ihn und schaute in das Buch.

»Das scheint eine schöne Geschichte zu sein. So eine, wie wir sie unseren Kindern später einmal schenken sollten.«

Stierna schaute sie an.

»Ja, mir gefällt sie auch«, sagte er. »Gleichzeitig macht sie mir etwas Angst.«

»Angst?«

»Ja. Auf die gleiche Art und Weise, wie es mir jedes Mal Angst macht, wenn ich die Dinge durchgehen muss, die wir an einem Tatort finden. Du weißt doch noch, der Mord an dieser Prostituierten auf der Tegnérgatan vor fünf Jahren. Wenn ich mal wieder die Pappkartons von diesem Fall hervorhole, all die Visitenkarten ihrer Kunden durchblättere, mir die Rechnungen anschaue, die wir in ihrer Wohnung gefunden haben, bezahlte und unbezahlte, das ist schon ein unheimliches Gefühl. Genauso, wenn ich das Beweismaterial durchgehe von dem Fall, als Direktor Flyborg in die Luft gesprengt wurde. Trotz der vielen Jahre hat sich da nichts verändert. Aber davon weiß niemand, niemand außer dir.«

Er stand auf und nahm sie in den Arm. Karolina küsste ihn.

Wie damals, bei ihrem ersten Kuss, auch da hatte sie die Initiative ergriffen, vor fünf Jahren vor ihrer Haustür. Nicht er.

Als Stierna am nächsten Morgen aufwachte, war Karolina schon fort, sie war aufgestanden und zur Arbeit gegangen, ohne dass er etwas gemerkt hatte. Das war seltsam, normalerweise war er derjenige, der zuerst aufwachte.

Stierna ging ins Bad. Er wusch sich, kämmte und rasierte sich.

Den schwarzen Anzug hatte er schon am Abend zuvor bereitgelegt. Er zog sich schnell an. Auf eine Krawatte verzichtete er.

Bevor er das Haus verließ, las er die Zeitung. Sorgfältig wie immer.

Wie üblich war Stierna pünktlich. Als er durch den großen Versammlungsraum ging, hatte Wallbom bereits mit den ersten Einsatzbesprechungen des Tages begonnen. Alle aus der Abteilung Gewaltverbrechen, die nicht mit anderem beschäftigt waren, an diesem Morgen an die fünfzig Beamte, hörten aufmerksam zu und machten sich Notizen auf ihren Blöcken. Während Oskar Wallbom mit seiner dröhnenden Stimme die neuesten Informationen über Diebstähle und Einbrüche des letzten Wochenendes verkündete. Während die Fotos gesuchter Dinge unter den Beamten verteilt wurden.

Normalerweise war Stierna dafür zuständig, die Aufgaben zu verteilen und hier im Versammlungsraum das Neueste bekannt zu geben. Er musste den Überblick darüber haben, wer in der Abteilung was tat, und die landesweiten Fahndungen aufgrund der neuesten Nummer des »Polizeiberichts« bekannt geben. Wallbom hatte seine Rolle übernommen, vertrat Stierna, nachdem Berner diesem seine eigene Mordkommission zugewiesen hatte.

Stierna war aus der Ermittlungsabteilung momentan ausgekoppelt. Er leitete nicht mehr die Leute, die als »die wahren Spürnasen« bezeichnet wurden. Die Ermittlungsabteilung. Sie führte ein wenig ihr eigenes Leben, stand über allem anderen in der Abteilung Gewaltverbrechen. Sie gehörte zu keinem der Dezernate, sollte aber allen helfen. Dem ersten, dem zweiten und dem dritten. Den allgemeinen Dezernaten, die sich mit fast allem beschäftigten: Diebstahl, Körperverletzung, Raub, manchmal auch Mord, und anderes: Sie nahmen, was kam. Dann gab es da die anderen Dezernate, die spezialisierteren: Das vierte, das Betrugsdezernat, das sich um Betrüger und Fälscher kümmerte. Das fünfte, hier wurden die Landstreicher und Tagediebe gejagt. Die Ermittlungsabteilung sollte ihnen allen helfen. Mit ihren Wachtmeistern und Hauptwachtmeistern, die so gut wie alles über das andere Leben in den Stockholmer Straßen wussten, die ihre Strolche kannten, in- und auswendig. Die sich ständig unter ihnen bewegten. Eine unschätzbare Ressource, die wichtigste in der Abteilung Gewaltverbrechen.

Stierna schnappte einiges von dem auf, was Wallbom vortrug: »Der Mann mit dem Eisenschädel« hatte wieder zugeschlagen, oder besser gesagt zugestoßen, einem betrunkenen Vater zweier Kinder im Nachtklub »Grotta Azzurra« in der Grev Magnigatan eine Kopfnuss verpasst. Wahrscheinlich hielt er sich irgendwo in Söder versteckt, wie meistens. Das Motiv war unklar, aber der Mann mit dem Eisenschädel brauchte nur selten ein Motiv, es genügte, wenn er reichlich Alkohol intus hatte. Das wusste auch Stierna schon seit Langem.

Im Vorbeigehen nickte er grüßend zur Seite. Wallbom hatte seine Stelle eingenommen, was er gern tat, davon war Stierna überzeugt.

Aber was Stierna betraf, war Berners Anweisung unmissverständlich gewesen: Er sollte nur am Fall Ingrid Bengtsson arbeiten. An nichts anderem. Bis auf Weiteres.

23

»Was hat dieser Rikard Dahlin eigentlich über den Wagen gesagt?«, fragte Stierna.

Sie saßen an dem runden, schweren Konferenztisch aus dunklem Holz in Berners Amtsstube.

»Er kann ihn beschreiben«, erklärte Jonsson. »Detailliert.«

Jonsson blätterte in seinem Notizblock.

»Hier haben wir ihn«, sagte er schließlich. »Dunkel, mit Klappverdeck. Große Fenster, breite Front, breite Kotflügel. Er sagt, für einen Amerikaner war er ziemlich kurz. Und er war nicht so protzig wie die anderen Modelle von Chevrolet.«

»Das alles hat er angegeben?«, fragte Rehn, dessen Skepsis Stierna nicht entging.

Jonsson hob den Blick vom Notizblock.

»Ja, das alles. Er behauptet, ziemlich sicher zu wissen, um welche Marke es sich handelt. Und welches Modell es war. Ein Chevrolet Imperial Landau. Ich habe überprüft, wie er aussieht, und die Beschreibung stimmt mit der von Dahlin überein.«

Stierna faltete die Hände und schob die Daumen unters Kinn. Das tat er häufiger, wenn er nachdachte. Die anderen schwiegen. Jonsson schien mit seinem Bericht fertig zu sein.

»Sehr ausführlich«, sagte Stierna nach einer Weile. »Fast ein wenig zu genau für eine Zeugenaussage.«

»Ich weiß«, nickte Jonsson. »Aber er behauptet, dass er Auto-Experte ist, oder …«

Axel Jonsson blätterte erneut in seinem Notizblock.

»… oder er sagt, um ganz genau zu sein: ›Ich interessiere mich brennend für Autos.‹«

Berner hatte sich die erste Zigarre an diesem Morgen angezündet. Die Kiste hatte die ganze Zeit vor ihm auf dem Tisch gestanden, und Stierna hatte sich gefragt, wie lange der Kriminaldirektor wohl an sich halten konnte. Nicht besonders lange.

»Konnte Dahlin auch das Autokennzeichen sehen?«, fragte Berner.

»Nein«, antwortete Jonsson. »Dazu war es zu dunkel. Außerdem war er ungefähr vierzig Meter entfernt.«

Vierzig Meter, dachte Stierna. Und es war Nacht oder sehr früher Morgen. Trotzdem konnte Rikard Dahlin den Wagen detailliert beschreiben. War das möglich? Vielleicht.

»Kann es ein Taxi gewesen sein«, fragte Stierna, »das Dahlin gesehen hat?«

Jonsson schaute ihn an.

»Die Möglichkeit besteht, aber ich wage das zu bezweifeln. Und der Mann, der neben dem Wagen stand, war wohl kaum ein Taxifahrer, er trug keine Uniform, sondern einen Anzug.«

»Der Taxifahrer kann woanders gewesen sein«, warf Stierna ein.

»Möglich. Aber Dahlin sagt, dass der Mann da draußen allein war. Und er hat sonst niemanden im Auto gesehen.«

»Aber er war sich nicht sicher?«

»Nein. Es war ja ziemlich dunkel.«

Stierna wusste, es wäre ein Fehler, würden sie nicht alle Taxifahrer überprüfen. Wenn einer von ihnen um diese Uhrzeit herum eine Fuhre zur Djurgårdswerft gehabt hatte, wäre das ein Durchbruch.

»Wir müssen sie überprüfen. Ich werde Lundby darauf ansetzen.«

Stierna ließ seinen Blick über die Männer am Tisch schweifen. Bei Högstedt hielt er inne. Sie hatten in der letzten Zeit in erster Linie schriftlich kommuniziert. Stierna hatte ihn ein paarmal sprechen wollen, aber Högstedt war meistens in der kleinen technischen Abteilung verschwunden. Wenn er nicht mit Strand auf der Werft gewesen war, und das war fast die ganze letzte Woche der Fall gewesen.

»Ihr habt keine Kippen gefunden? An der Stelle, an der Dahlin einen Mann stehen und rauchen sehen hat?«

Högstedt schüttelte den Kopf.

»Nein. Aber er kann sie eingesteckt haben. Vielleicht wollte er sie nicht wegwerfen.«

Dann war er sehr vorausschauend, dachte Stierna.

»Aber stand denn ein Wagen an der Stelle, von der Dahlin redet?«

»Ja, dort hat ein Wagen gestanden«, bestätigte Högstedt. »Ein Wagen, der erst zur Brücke gefahren ist, dann zurückgesetzt hat, gewendet und Richtung Skansen gefahren ist. Das sieht man an den Reifenspuren. Und in der Zwischenzeit hat er direkt vor der Brücke gestanden. Am Eingangstor.«

»Kann es ein Chevrolet Imperial Landau gewesen sein? Wie Rikard Dahlin behauptet?«

»Ja. Der Achsabstand beträgt ein Meter vierundvierzig, wie bei allen Modellen von Chevrolet. Und wie bei den meisten amerikanischen Autotypen und vielen europäischen, das sagt also eigentlich nicht so viel. Wir haben verschiedene Wagen dort fahren lassen. Vor der Werft, um herauszufinden, welche entsprechend schwer sind, um einen solchen Abdruck zu hinterlassen wie der, den wir gefunden haben. Aber das ist nicht so einfach.«

Högstedt sah müde aus, zumindest bildete Stierna sich das ein. Er war gepflegt, wie immer. Der Schnurrbart frisch gewachst. Das dunkle Haar zurückgekämmt. Der Anzug saß tadellos. Aber da war etwas in seinem Blick, etwas Müdes.

»Wenn man das Gewicht betrachtet«, fuhr Stierna fort. »Kann es ein Chevrolet Imperial Landau gewesen sein? Mit mindestens zwei Insassen?«

»Der kann es gewesen sein«, bestätigte Högstedt. »Aber es kann auch ein anderer Wagen gewesen sein. Ich warte auf die Reifenabdrücke. Wir arbeiten noch daran; es dauert etwas, die Händler zu befragen und die Reifen zu überprüfen, die im Handel sind. Es scheint, als würden sich die Reifen an den Vorderrädern deutlich von denen hinten unterscheiden. Sie scheinen viel stärker abgenutzt zu sein, älter. Die Hinterreifen wirken fast wie neu.«

»Und wie sieht es sonst so aus?«

»Wir haben das Werftgelände und die umliegende Gegend jetzt untersucht. Mit Spürhunden. Haben alle Papierkörbe im Park unterhalb von Skansen und an anderen Stellen in Djurgårdsstaden überprüft, aber das hat nichts gebracht. Wir haben nichts gefunden, was als Mordwaffe gedient haben könnte. Was die Werft betrifft, ist es uns nicht gelungen, deutliche Schuhabdrücke dort drinnen zu sichern. Das Mädchen lag auf einem alten Holzfußboden, als es gefunden wurde, das macht die Sache so schwierig. Und wir haben auch in der Blutlache keine Abdrücke gefunden. Harry Schillers Fingerabdrücke waren an einem Metallschrank ein Stück von der Leiche entfernt, hinter dem hat er gestanden, genau wie er gesagt hat. Die Fingerabdrücke des Mädchens haben wir auch. Auf der Klinke der Außentür und auf der Türleiste daneben. Es sieht so aus, als hätte sie die Tür geöffnet, dann sind die beiden eingetreten. Und an der alten Badewanne da oben hat sie ein paar Abdrücke hinterlassen, am Rand. Die waren frisch. Davon abgesehen ist es problematisch. Es gibt unzählige Abdrücke da drinnen, schließlich haben damals ziemlich viele Leute dort gearbeitet. Aber die Abdrücke sind alt, eher Fragmente; irgendwelche frischen sind nur schwer zu finden, was darauf hindeutet, dass der Mörder Handschuhe getragen hat. Es ist wie verhext. Eigentlich gibt es überhaupt keine Spur von ihm. Wir haben ihre Fingerabdrücke gefunden. Wir haben Fasern ihrer Strickjacke am Zaun gefunden. Aber es gibt nichts, was direkt mit ihm im Zusammenhang steht.«

Stierna schob die Hand in seine Westentasche und nahm seine Taschenuhr heraus.

»Und Harry Schiller, der sie gefunden hat? Sind die Gerichtschemiker mit seiner Kleidung fertig?«

»Nichts«, nickte Högstedt erneut. »Keine Blutspuren. Keine Fasern, die von dem Mädchen stammen könnten.«

Ein armer Teufel, dachte Stierna. Der mitten in einem Albtraum gelandet ist.

24

Eine halbe Stunde später waren sie fertig.

Stierna schaute auf dem Weg zu seinem Arbeitszimmer in dem Raum vorbei, in dem die Hinweise aus der Bevölkerung eingingen. Hultberg saß dort einem anderen Wachtmeister namens Alfred Weimers gegenüber, der vor allem mit Einbrüchen arbeitete. Weimers telefonierte, Hultberg machte sich Notizen auf einem Block.

Die beiden Telefonnummern für Hinweise waren inzwischen veröffentlicht worden und schienen ins Bewusstsein der Bevölkerung einzudringen. Sie waren in letzter Zeit oft in den Zeitungen und im Radio wiederholt worden. Stierna war verwundert, dass es dennoch so wenige Hinweise gab. Zwar gab es Anrufe und Meldungen, aber nur die wenigsten waren zu etwas zu gebrauchen. Einige Leute glaubten, sie hätten das Mädchen an Orten gesehen, die kaum infrage kamen. Eine ältere Dame war fest davon überzeugt, dass sie Ingrid Bengtsson in Malmö gesehen hatte, zwei Stunden nachdem das Mädchen tot auf der Djurgårdswerft gefunden worden war.

Diverse Hinweise gab es auf merkwürdige Nachbarn, Arbeitskollegen, die sich verdächtig verhielten, und mysteriöse Fremde.

Ein älterer Mann hatte ein kleines blondes Mädchen irgendwann zwischen halb neun und neun Uhr am Abend des zweiten September durch den Vasapark gehen sehen. Im gleichen

Alter wie Ingrid Bengtsson. Ein junges Paar hatte offenbar dasselbe Mädchen aus dem Park herauskommen und ungefähr zur gleichen Zeit zum Sankt Eriksplan gehen sehen. Sie schätzten sie jünger als zehn, sie war blond gewesen und hatte wahrscheinlich ein helles Kleid getragen.

Stierna nahm an, dass es Ingrid Bengtsson gewesen war, die der Mann und das junge Paar gesehen hatten. Die Beschreibung passte. Die Zeit stimmte. Das Mädchen war durch den Vasapark zum Sankt Eriksplan gegangen. Vom Sankt Eriksplan zur Upplandsgatan zurück. Auf dem Heimweg. Warum? Hatte der Mörder sie aufgehalten, bevor sie zum zweiten Mal den Vasapark durchquert hätte?

Voreilige Schlussfolgerungen, dachte Stierna. Vielleicht war das gar nicht so verwunderlich. Ingrid Bengtsson war verschwunden, als es dunkel und kaum noch ein Mensch draußen unterwegs war. Und wenn der Mörder sie mit dem Wagen mitgenommen hatte, war es nicht erstaunlich, dass niemand sie an jenem Abend gesehen hatte. Sie konnte aber auch ebenso gut wieder durch den Vasapark gegangen sein, auf dem Heimweg, ohne dass jemand sie bemerkt hatte.

In seinem Arbeitszimmer setzte Stierna sich sofort an den Schreibtisch. Jemand hatte ihm die Post hingelegt, es waren drei Briefumschläge. Brief Nummer eins war eine Einladung. Der Polizeipräsident wurde in einer Woche sechzig, und er gab einen großen Ball im Stadshuset. Die anderen Umschläge waren bereits geöffnet. Einer war an die »Kriminalpolizei in Stockholm« adressiert. Der Poststempel war drei Tage alt. Stierna wusste, er war von den Technikern geöffnet worden, Högstedt hatte ihn sich angeschaut.

Er zog einen handgeschriebenen Brief heraus. Darin stand:

Ein Finne hat das Mädchen erschlagen. Er kann einen Menschen ermorden, wenn er wütend wird. Er hat damit geprahlt, dass er einen Jungen verletzt hat. Eine mir unbekannte Person hat mir davon berichtet.

Svensson

Stierna ließ den Brief sinken. Er hatte schon viele solche Briefe gelesen. Meistens waren sie ohne Wert, von Verwirrten oder aus reiner Bosheit geschrieben. Er nahm den nächsten Brief in die Hand, adressiert an »Polizeipräsident Solman«. Die Handschrift war hässlich und schlampig. Stierna nahm an, dass der Brief von einem Rechtshänder stammte, der mit der linken Hand geschrieben hatte.

Olssons Katze hat es getan. Ich habe es gesehen. Die Katze hat das Mädchen auf der Werft aufgefressen.

Der Brief war nicht unterzeichnet. Stierna legte auch ihn beiseite und lehnte sich auf dem Stuhl zurück.

Im Lauf des Nachmittags würden sie eine Pressekonferenz abhalten, Berner und er. Stierna glaubte nicht, dass irgendwelche Schwierigkeiten dabei auftauchen würden. Die gab es eigentlich nie.

Er wusste, solche Briefe würden auch weiterhin eingehen. Und die Mythomanen, Geisteskranken und Bösen würden aus ihren Löchern kriechen. Besser gesagt: Sie waren schon da.

25

Die Beleuchtung im Klassenzimmer der Gustaf-Vasa-Volksschule war schwach. Aus irgendeinem Grund waren die Vorhänge zugezogen.

Rehn warf einen Blick auf Ingrid Bengtssons Schulbank. Sie war ordentlich aufgeräumt. Die Schulbücher lagen links auf einem Stapel, eingeschlagen in rotes Papier. In der Mitte stand das Tintenfass. Rechts lagen die Schreibhefte. Er dachte an das, was Stierna am Morgen zu ihm gesagt hatte: Sieh nach, ob das Mädchen Tagebuch geführt hat, such nach Zetteln von anderen Kindern, vielleicht steht etwas Interessantes darauf: Namen, Ereignisse, Orte, Personen. Oder sonst was. Aber Rehn hatte nichts gefunden, was von Bedeutung war.

Die Lehrerin saß neben ihm auf einem hellen Holzstuhl. Sie hieß Margareta Sundgren, war klein, grauhaarig und sollte in einem knappen Jahr in Pension gehen.

Sie hatte nicht viel zu erzählen gehabt. Ingrid Bengtsson war ein freundliches Kind gewesen, mit rascher Auffassungsgabe. Sie hatte immer ihre Hausaufgaben gemacht und ihre Sachen in Ordnung gehalten. War beliebt gewesen bei den Klassenkameraden, sozial. Beim Schuljahresabschluss hatte sie ein Gedicht von Karlfeldt laut vorlesen dürfen, was ungewöhnlich war für ein Mädchen, das noch nicht einmal neun Jahre alt war.

Im Frühling hatte Margareta Sundgren Ingrid Bengtsson zu Hause besucht.

»Ich hatte den Eindruck, dass es ein gutes Zuhause war«, hatte die Lehrerin gesagt. »Auch wenn es keinen Vater gab.«

Es war die letzte Pause an diesem Tag, das Klassenzimmer war leer. Drei Polizeibeamtinnen vom Polizeirevier Kungsholmen waren draußen auf dem Schulhof und sprachen mit Ingrids Klassenkameraden.

Rehn blätterte die Schreibhefte durch. Zwei waren mit »Aufsatzheft« beschriftet, drei mit »Malheft«.

»Schrieb und malte sie gern?«

»Ja«, bestätigte Margareta Sundgren. »Sehr gern.«

»Darf ich mir das mal ansehen?«

»Aber bitte.«

Rehn blätterte die Hefte mit den Aufsätzen durch. Fantasievolle Titel, dachte er. »Das Mädchen mit dem Mantel, der sie unsichtbar machte« hieß einer. Ein anderer: »Der Zauberer im dunklen Wald«.

Die Malhefte hatten einen blauen Umschlag und waren ziemlich dünn. Er war überrascht über die Zeichnungen, sie sahen gar nicht aus, als hätte ein Kind sie angefertigt, so gut waren sie gelungen. Vieles hat mit Wasser zu tun, dachte Rehn. Viele Fische, viele Boote auf dem offenen Meer. Kaum Menschen. Meistens Blumen und Bäume, fantasievolle Landschaften.

Er nahm sich Zeit, die Malhefte durchzusehen. Irgendwie faszinierten die Zeichnungen ihn.

Ganz hinten im dritten Heft, dem einzigen, das noch nicht vollgezeichnet war, entdeckte er das Bild eines Mannes, der auf einer Bank saß. Der Mann trug einen Hut und ein Sakko.

»Die ist anders, diese Zeichnung von dem Mann«, sagte Rehn. »Wenn man sie mit den anderen vergleicht.«

Margareta Sundgren beugte sich über die geöffnete Schulbank, um besser sehen zu können.

»Ja«, pflichtete sie ihm bei, »die ist anders.«

»Hat Ingrid mal gesagt, wer dieser Mann mit dem Hut ist?«

»Nein. Aber das muss ja nicht ein realer Mann sein, das kann auch ein ausgedachter sein. Ich kann mich aber nicht erinnern, die Zeichnung schon einmal gesehen zu haben. Normalerweise zeigt sie mir immer alle ihre Zeichnungen. Die muss ganz neu sein, sie ist ja auch ganz hinten im Heft.«

Rehn stand auf und ging im Klassenzimmer auf und ab. An den Wänden hingen Zeichnungen der Kinder. Es war kein spezielles Thema zu erkennen. Ein Bild stellte eine Blume dar. Ein anderes einen Hai im Wasser. Auf einem spielte ein Junge Fußball. Er fragte sich, ob Ingrid einige davon gemalt hatte.

Es klopfte an der Klassentür. Eine der Polizeibeamtinnen kam mit einem kleinen rothaarigen Mädchen mit Sommersprossen herein.

»Hauptwachtmeister Rehn.«

Rehn schaute die Beamtin fragend an.

»Ja, Fräulein Söderström, was gibt es?«

Die Polizistin schob vorsichtig das Mädchen vor sich her.

»Du brauchst keine Angst zu haben, Karin. Hauptwachtmeister Rehn tut dir nichts.«

Das Mädchen machte schüchtern einen Knicks.

»Das ist Karin Molin«, sagte die Beamtin. »Karin sagt, dass Ingrid einen Mann im Vasapark getroffen hat. Mehrere Male.«

26

Stierna sah auf seine Taschenuhr. Genau drei Uhr. Wie immer, wenn Berner zu einer Pressekonferenz rief.

Sie waren alle schon im Versammlungsraum, Berner, er selbst und ein großer Teil der Presseleute. *TT*. Die großen Stockholmer Zeitungen. Mehrere Redaktionen aus anderen Landesteilen hatten auch ihre Reporter geschickt. *Göteborgs Handels- och Sjöfartstidning* war an Ort und Stelle. Wie *GP, Arbetet* und *Skånska Dagbladet*. Und Stierna erkannte außerdem einen Reporter vom *Gefle Dagblad*, der ihn vor langer Zeit einmal interviewt hatte.

Ingrid Bengtssons Tod war eine Angelegenheit geworden, die ganz Schweden betraf.

Berner stellte sich selbst und Stierna mit ein paar kurzen Sätzen vor. Die Journalisten saßen schweigend vor ihnen. Es waren mindestens zwanzig. Daneben circa zehn Fotografen.

Berner begann mit einem kurzen Obduktionsbericht. Schon seit Freitag hatten sie Doktor Karlströms Protokoll, aber bisher hatten sie davon nichts bekannt gegeben.

»Die Obduktion des Mädchens Bengtsson ist jetzt abgeschlossen. Sie ist aufgrund heftiger Gewalteinwirkung auf den Schädel gestorben.«

Nichts von der Schlinge, dachte Stierna. Nichts vom Erhängen.

Ein dicker, glatzköpfiger Reporter hob die Hand. Stierna meinte sich zu erinnern, dass er für das *Aftonbladet* arbeitete. Und dass er ihn schon früher getroffen hatte, aber in welchem Zusammenhang, war ihm entfallen.

»Können Sie uns sagen, ob es sich um sexuellen Missbrauch gehandelt hat?«

»Es gibt gewisse Zeichen, die darauf hindeuten«, antwortete Berner.

»Welche Zeichen?«

»Mehr möchte ich dazu nicht sagen.«

TTs Abgesandter hob die Hand, höflich und bescheiden. Er wirkte jung, höchstens fünfundzwanzig.

»Immer noch kein Verdächtiger?«

»Nein, bis jetzt nicht. Aber wir rechnen damit, dass der Täter bald hinter Schloss und Riegel sitzen wird.«

Wieder mischte sich der Reporter vom *Aftonbladet* ein.

Vielleicht fühlt er sich verpflichtet, Sprachrohr für die Presse zu sein, dachte Stierna. Was nicht verwunderlich ist. Schließlich wird in fast jedem Haus von der großen Belohnung gesprochen, die die Polizei ausgelobt hatte.

»Wir haben es hier mit einem Mord an einem Mädchen zu tun, in Stockholm. Vielleicht ein Sexualverbrechen. Glauben Sie, dass der Täter wieder zuschlagen wird?«

»Das können wir nicht ausschließen.«

Berner erinnerte an die beiden Telefonnummern, unter denen man Hinweise geben konnte. Dann überließ er Stierna das Wort.

»Es gibt einige Beobachtungen, über die wir mehr wissen müssten«, begann der Kommissar.

Berner behauptete immer, die Presse würde Stierna mögen. Und dass es ihm selbst gefiel, wie Stierna mit der Presse umging. Dass er nie zu wenig sagte, aber auch nie zu viel. Aber er gab den Schreiberlingen immer ihr Futter und stellte sie auf diese Weise ruhig.

»Es gibt zwei männliche Zeugen, die uns interessieren«, fuhr Stierna fort. »Einer wurde vor der Djurgårdswerft gesehen, zwischen drei und halb vier Uhr in der Mordnacht. Neben einem dunklen Wagen mit Klappverdeck, eventuell ein Chevrolet Imperial Landau. Er soll geraucht haben. Trug wahrscheinlich Hut und Anzug. War mittelgroß. Weiß jemand, wer das ist und was er dort gemacht hat? Weiß jemand etwas über den Wagen? Hat ihn jemand in Vasastaden oder in Djurgårdsstaden gesehen? Hat jemand andere Informationen über diesen Mann? Dann bitten wir darum, Kontakt mit uns aufzunehmen.«

Sie hatten der Presse gegenüber nichts davon erwähnt, was Harry Schiller auf der Djurgårdswerft gesehen hatte. Das war Berners Anweisung gewesen, er wollte dem Mörder nicht zu viel geben, wollte möglichst sparsam sein mit dem wenigen, was sie trotz allem wussten. Damit der Mörder sich in falscher Sicherheit wiegen konnte, die ihnen hoffentlich in Zukunft von Nutzen sein würde. Stierna fand diese Vorgehensweise auch vernünftig, wobei ihm natürlich klar war, wie wenig sie tatsächlich in der Hand hatten.

Es war still im Konferenzraum. Stierna war müde, obwohl er die letzte Nacht besser als sonst geschlafen hatte.

»Außerdem sind wir interessiert an einem Mann, der Ingrid Bengtsson Mitte August getroffen haben soll, ein paar Wochen vor dem Mord. Im Vasapark.«

Ein älterer Reporter, der ganz hinten saß, hob die Hand.

»Sehen Sie einen Zusammenhang zwischen diesen Männern?«

»Es kann einen Zusammenhang geben«, antwortete Stierna.

»Sie glauben, es könnte derselbe Mann sein?«

»Das könnte sein, ja.«

Er war fertig. Berner beendete die Sitzung. Stierna hörte nicht zu, was sein Chef sagte, es fiel ihm schwer, sich zu konzentrieren. Er hatte keine Ahnung, woran das lag.

Insgesamt war die Pressekonferenz ziemlich ruhig verlaufen; wenige Fragen, kaum Zweifel. So war es in den letzten Jahren meistens gewesen.

Berner war jetzt seit fast vier Jahren Chef der Abteilung für Gewaltverbrechen, und kurz nach seiner Ernennung hatte er bei jedem »größeren Gewaltverbrechen«, wie er es bezeichnete, regelmäßige Pressekonferenzen eingeführt. Wahrscheinlich, um nicht von seinem überfüllten Terminkalender zu Tode gehetzt zu werden. Damit diese Zusammentreffen nicht alles andere störten, wofür er verantwortlich war. Denn das war nicht nur die Abteilung für Gewaltverbrechen. Die Abteilung der Zollpolizei, das Polizeibüro für die Registrierung von Ausländern, allgemeine Polizeiuntersuchungen, das Staatliche Zentralbüro für Fingerabdrücke: All das gehörte zur Abteilung für Gewaltverbrechen, hier wurden Fotos und Fingerabdrücke von Verhafteten und Verurteilten aus dem ganzen Land verwahrt. Eine Art nationale Ressource. Die kriminaltechnische Abteilung war ein Teil des Fingerabdruckbüros, führte aber ihr eigenes Leben.

Berner hatte also die Pressekonferenzen als ein Mittel eingeführt, um alle Journalisten zu bündeln, die anriefen. Alle Journalisten, die sonst vor dem Polizeigebäude herumlungerten. Aber das hatte nicht ganz so geklappt, wie er sich das gedacht hatte.

Jetzt lauerten sie sich oft gegenseitig auf. Einer konnte einen eigentlich ziemlich harmlosen Tipp von einem Polizeibeamten bekommen haben, unfreiwillig oder gegen eine kleine Geldsumme. Ein anderer hatte vielleicht etwas von einem Zeugen erfahren, der seine Haushaltskasse hatte auffüllen wollen. Und viele wollten hinterher mit Berner sprechen und eine Bestätigung dafür erhalten, was sie ihrer Meinung nach als Erste vermutet hatten. Etwas, das sie verkaufen konnten. Und irgendeiner wollte immer ein Exklusivinterview mit Berner in seinem Arbeitszimmer.

Der Kriminaldirektor beendete die Veranstaltung, indem er der Presse für ihre Aufmerksamkeit dankte.

Stierna stand auf und verließ das Podium. Er bahnte sich seinen Weg zwischen Journalisten und Fotografen. Fünf von ihnen hatten Berner bereits umringt. Doch der Mann vom *Aftonbladet* saß noch an seinem Platz. Er wartete ab.

Stierna rückte sein dunkles Sakko zurecht und wollte in sein Büro gehen. Doch er wurde von der Nachrichtenagentur *TT* aufgehalten, die ein paar kurze Kommentare wünschte. Er wiederholte kurz, präzise und leicht verständlich, was er auf dem Podium gesagt hatte. Drückte sich nicht so umständlich wie ein Politiker aus oder so vage wie Berner manchmal. Als sie fertig waren, verabschiedete Stierna sich höflich und ging weiter. Er kam an dem kleinen Presseraum der Abteilung für Gewaltverbrechen vorbei, mit nur einem einzigen Telefon darin. Ein Reporter telefonierte bereits. Vor der Tür warteten ungeduldig drei weitere. Warteten, um ihre Arbeit machen und ihren Redaktionen die Informationen mitteilen zu können.

Plötzlich tippte Stierna der Reporter vom *Aftonbladet* auf die Schulter.

»Kommissar Stierna!«

Er drehte sich um.

»Kommissar Stierna«, wiederholte der Mann. »Jan Hessle vom *Aftonbladet*. Wir sind uns früher schon mal begegnet.«

Der Mann hielt schnell seine Hand hin, er schien es eilig zu haben.

»Kann ich Ihnen irgendwie helfen?«, fragte Stierna und ergriff die ausgestreckte Hand.

Der Journalist zog seinen Notizblock hervor.

»Dieser Mann da im Vasapark. Wie verdächtig ist er?«

»Man kann noch nicht von einem Verdacht reden. Wir möchten nur wissen, wer er ist. Es ist gut möglich, dass er nichts mit dem Fall zu tun hat, aber wir müssen wissen, wer er ist. Um ihn als Verdächtigen ausschließen zu können oder aber weiter gegen ihn zu ermitteln.«

»Wissen Sie, was er gemacht hat, als er Ingrid Bengtsson in dem Park getroffen hat?«

»Es sieht so aus, als habe er ihr Geld gegeben, damit sie sich davon Glanzbilder kaufte.«

»Das ist alles? Sonst können Sie nichts über den Mann sagen?«

»Im Augenblick nicht.«

Stierna verstummte. Ihm fiel auf, wie schwer der Reporter atmete.

»Er muss wahnsinnig sein«, sagte der Journalist. »Dieser Unmensch, der das Mädchen getötet hat.«

»Das ist zu vermuten«, bestätigte Stierna.

Sein Gegenüber wirkte zufrieden, obwohl Stierna so kurz angebunden war, und eilte weiter zum Rathaus. Wahrscheinlich, um dort eine der Telefonzellen zu benutzen und die Schlange hier im Haus zu umgehen. Es ging darum, der Erste zu sein, etwas Exklusives zu bringen. Stierna fragte sich, was er dem kahlköpfigen, leicht gebeugten Reporter wohl hatte geben können. Wahrscheinlich nichts. Denn es war schon etwas dran an dem, was Berner sagte, er gab der Pressemeute nie zu wenig, aber auch nie zu viel. Nur ein paar Happen, damit sie zufrieden war. Für den Augenblick.

Als Stierna endlich in sein Büro trat, ging er das Material der Ermittlungen durch. Er fand seine Aufzeichnungen zu Ingrid Bengtssons Schmuck, der Kette mit dem Ferkel.

Sie hatten in den letzten Tagen die Pfandleihen der Stadt überprüft. Hatten Juweliere und andere aufgesucht, die Gebrauchtgüter verkauften. Hatten die Beschreibung von Ingrids Kettenanhänger verteilt, die Kaufleute gebeten, die Augen offen zu halten. Wallbom hatte sich darum gekümmert und tatsächlich Stierna direkt Bericht erstattet. Er hatte getan, was er konnte, doch es hatte nichts gebracht. Auch die Suchmeldung im »Polizeibericht« nicht. Ingrid Bengtssons Schmuck blieb verschwunden. Es war an der Zeit, Axelssons Goldschmiede aufzusuchen, höchste Zeit, eine Kopie anzufertigen. Er wollte Jonsson gleich damit beauftragen.

Stierna hatte noch das Buch, das Maria Bengtsson ihm geliehen hatte. Die Illustrationen in der Mitte hatten sich geradezu in sein Gedächtnis eingebrannt. Von diesem Schweinchen, das durch den Schnee ging, mit einem Tuch um den Hals.

27

Die Polizeibeamtin hatte sich auf Ingrid Bengtssons Platz gesetzt. Das kleine rothaarige Mädchen saß ihr gegenüber. Sie hatten sie gefragt, was sie machte, wenn sie nichts tun musste. Versucht, ihr die Scheu ein wenig zu nehmen. In erster Linie hatte die Beamtin geredet. Rehn ließ sie die Vernehmung führen und warf nur Fragen ein, wenn er der Meinung war, das sei notwendig, sonst schwieg er.

Sie hatten die Mutter des Mädchens hinzugeholt. Sie saß neben ihrer Tochter und hielt ihre Hand. Die Familie wohnte ganz in der Nähe, es hatte nicht lange gedauert, die Mutter dazuzubitten.

Rehn saß in der Bank daneben. Er hatte dem Mädchen seine Dienstmarke gezeigt. Er wusste, dass ein Klassenzimmer nicht die beste Wahl war, wenn man ein Kind vernehmen wollte, ging aber davon aus, dass es schon klappen würde. Karin Molin war ja nur eine Zeugin, kein Opfer. Außerdem waren ihre Klassenkameraden inzwischen nach Hause gegangen, sie würden also nicht gestört werden.

»Karin«, sagte die Polizistin, »wann hat Ingrid dir erzählt, dass sie diesen Mann im Vasapark getroffen hat?«

»Das hat sie ein paarmal erzählt ... Das erste Mal, bevor die Schule wieder angefangen hatte, in den Sommerferien. Aber auch ein paarmal danach.«

»Und wann fing die Schule wieder an? Weißt du das noch?«

»Im August«, sagte das Mädchen leise. »Mitte August, glaube ich ... Ich kann mich nicht mehr genau erinnern.«

»Am Zweiundzwanzigsten«, warf die Lehrerin ein. »Am Mittwoch, dem Zweiundzwanzigsten. Da fing das neue Schuljahr an.«

»Und dieses eine Mal, als Ingrid ihn während der Sommerferien getroffen hat, hat sie erzählt, wann das war?«

Das Mädchen blickte zu Boden.

»Ich glaube, das war kurz bevor die Schule wieder anfing«, sagte sie nach einer Weile.

»Kann Ingrid ihn schon vorher gekannt haben? Bevor sie sich während der Sommerferien getroffen haben?«

»Ich glaube nicht.«

Rehn schaute auf seine Notizen. Karin Molin war vor Kurzem neun geworden. Sie kannte Ingrid Bengtsson bereits seit einigen Jahren, seit sie zur Schule gekommen waren. Karin hatte erzählt, dass sie beste Freundinnen gewesen waren.

»Weißt du, wie alt er war? Der Mann, den Ingrid im Park getroffen hat.«

»Erwachsen«, sagte das Mädchen.

Die Polizeibeamtin schmunzelte.

»Kannst du uns sagen, ob er alt oder jung war?«

»Nicht alt. Das glaube ich nicht. Aber ich weiß es nicht genau.«

Rehn machte sich Notizen. Dabei fiel ihm Stiernas Befragung von Maria Bengtsson ein. Ingrid hatte ihr gesagt, dass der Mann, den sie im Vasapark getroffen hatte, ungefähr so alt war wie ihre Mutter, also etwa dreißig, wobei Rehn wusste, dass Kinder nur schwer das Alter von Erwachsenen einschätzen konnten.

»Und sie hat ihn nur im Vasapark getroffen?«

»Ich glaube, ja.«

Rehn dachte nach. Wieder dieser Mann im Vasapark. Er hatte das Protokoll von Stiernas Befragung von Ingrids Mutter genau gelesen. Darin stand, der Mann habe Ingrid Geld gegeben, von dem solle sie sich Glanzbilder kaufen.

»Karin, weißt du, ob ihn sonst noch jemand gesehen hat?«, fragte die Beamtin. »Ob vielleicht mal jemand dabei war, wenn die beiden sich getroffen haben?«

»Nein …«

»Hat sie auch mit anderen über diesen Mann gesprochen?«

»Ich weiß es nicht. Aber ich glaube nicht. Ich glaube nicht, dass ihre Mama das gut fand, wenn sie mit dem Mann geredet hat. Aber Ingrid hat immer gesagt, dass er nicht gefährlich ist.«

»Hat sie dir erzählt, wie er aussah?«

Das Mädchen schüttelte den Kopf.

»Karin, kannst du dich erinnern, ob Ingrid seinen Namen erwähnt hat?«

»Nein …«

»Wusste sie, wo er wohnte?«

»Ich glaube nicht … nein, das glaube ich nicht.«

Rehn saß schweigend daneben. Es war in der Schule ganz still geworden. Keine Kinderrufe, keine Schritte auf den Fluren.

»Karin«, warf er jetzt ein, »hat Ingrid dir erzählt, worüber sich die beiden unterhalten haben?«

Das Mädchen überlegte. Rehn konnte ihr ansehen, dass sie begriff, wie wichtig das war.

»Ich glaube, er hat sie immer gefragt, wie es ihr in der Schule geht. Und dann haben sie auch über ihre Glanzbilder geredet. Die hat sie ja gesammelt …«

Das Mädchen verstummte.

»Hat er auch etwas über sich erzählt?«, fragte Rehn. »Was Ingrid dir dann weitererzählt hat?«

»Er hat ihr gesagt, dass er ihren Vater kennt.«

Rehn musterte das Mädchen. Er bemerkte die Traurigkeit in ihren Augen, wollte sie nicht zu sehr drängen. Aber sie lieferte ihm keine neuen Informationen, nichts, was er nicht schon wusste.

»Hat Ingrid gesagt, wieso dieser Mann ihren Vater kannte?«

»Nein ... Daran erinnere ich mich nicht. Davon hat sie nichts gesagt.«

Plötzlich fiel Rehn etwas ein. Er öffnete Ingrids Pult und nahm das Malheft heraus.

Das mit der Zeichnung von dem Mann mit dem braunen Hut, der auf einer Bank saß.

Seine Augen waren braun, die Nase ziemlich lang. Sein Hut war nach hinten geschoben und entblößte eine hohe Stirn.

»Karin«, sagte Rehn wieder und zeigte auf die Zeichnung. »Hat Ingrid dir diese Zeichnung mal gezeigt?«

Das Mädchen schaute ins Heft.

»Ja«, sagte sie.

»Hat sie gesagt, wer das sein soll?«

Karin Molin nickte und wirkte bedrückt.

»Sie hat gesagt, dass das der Mann ist, den sie kennt. Der aus dem Vasapark.«

»Hat sie gesagt, wie sie ihn fand?«

»Ingrid hat gesagt, er ist nett«, antwortete das Mädchen.

28

Stierna ließ den Blick durch die Wohnung schweifen. Im Wohnzimmer hingen Bilder, die Karolina gemalt hatte. Die kargen Felsen in den Schären, das kleine rote Häuschen auf der Insel. Das tosende Meer. Das einsame Segelboot. Karolina hatte ihm gesagt, dass sie nicht so viel Wert auf diese Bilder legte, auf die Gemälde aus den Sommern ihrer Kindheit draußen in den Stockholmer Schären. Sie erschienen ihr zu banal. Aber er hatte betont, wie sehr sie ihm gefielen, und deshalb hatten sie hängen bleiben dürfen.

Inzwischen gab es andere. Bilder, die er nicht so recht verstand, die ihn jedoch berührten. Diese tristen Landschaften, die so unwirklich erschienen, mit einer Farbskala, die weit von der entfernt war, die er von früher kannte. Die gewebten Teppiche mit ihren faszinierenden Mustern, irgendwie rein, selbstverständlich.

Auf gewisse Weise vermittelten sie ihm ein Gefühl der Ruhe.

Sie hatten zusammen zu Abend gegessen, spät. Er hatte gekocht. Fleischeintopf mit Rotwein. In der Zeit, in der er allein gelebt hatte, waren seine Kochkünste immer perfekter geworden. Er hatte vieles ausprobiert.

Karolina hatte am Küchentisch gesessen, während er gekocht hatte. Sie hatte wieder ein Kleid genäht. Bunt, aber elegant.

Karolina arbeitete immer noch in demselben Bekleidungsgeschäft, in dem sie bereits an dem Tag angestellt gewesen war, als sie sich zum ersten Mal begegnet waren. Auf dem Götgatsbacken in Söder. Ihm kam in den Sinn, dass sie sich jetzt fast auf den Tag genau seit fünf Jahren kannten, verheiratet waren sie seit zwei Jahren.

»Wollen wir nicht für eine Weile wegfahren?«, fragte sie, als sie das Abendessen beendet hatten. »Wir haben schon mal darüber gesprochen. Nur du und ich.«

»Wenn das vorbei ist, dann machen wir das.«

Sie schaute ihn an. In ihrem Blick lag etwas Sorgenvolles.

»Und, ist es bald vorbei?«, fragte sie.

»Das muss es«, antwortete er.

Sie überlegten, wohin sie fahren wollten. Träumten, schmiedeten Pläne. Sie hatten schon früher darüber gesprochen wegzufahren, und das nicht nur für ein paar Wochen.

Stierna dachte an die Schären. Anschließend vielleicht Dänemark und Deutschland. Aber es war offensichtlich: Karolina wollte weiter.

»Können wir nicht irgendwo hinfahren, wo es warm ist? Wo wir noch nie gewesen sind? Was wir uns noch nie vorgestellt haben? Weiter als Europa.«

Karolina holte einen kleinen Stapel Anzeigen verschiedener Dampfschifffahrtsbetriebe hervor und legte sie auf den Küchentisch. Sie waren schon abgegriffen, denn sie trug sie stets in ihrer Rocktasche bei sich. Stierna blätterte. Die Aktiengesellschaft Lindgren & Rae bot Reisen nach Australien an. Mit den Dampfschiffen von Lloyds konnte man jeden Monat von Stockholm nach Adelaide, Melbourne, Sydney und Brisbane fahren. Es gab auch eine Linie zwischen Göteborg und Honolulu, mit den Motorschiffen der Reederei Johnson. Boströms

Agentur bot Reisen nach Indien an. Nyman & Schultz hatten eine große Anzeige geschaltet mit Reisen auf der Königlichen Holländischen Lloyd von Amsterdam nach Südamerika. Pernambuco, Bahia, Rio de Janeiro und Santos. Und dann die Svenska Amerikalinje.

»Ich möchte nach Südamerika«, sagte Karolina. »Möglichst weit weg von Stockholm. Und lange, richtig lange. Die Welt sehen.«

Stierna schwieg. Er fragte sich, was Berner wohl sagen würde, wenn er darum bat, freigestellt zu werden, um nach Südamerika zu fahren. Das wäre niemals möglich. Das war ein Ding der Unmöglichkeit.

»Karolina«, sagte er. »Südamerika. Lange weg sein. Ein halbes Jahr, ein Jahr? Wie sollen wir das anstellen? Womit sollen wir das bezahlen?«

Karolina ließ ihren Blick auf ihm ruhen.

»Ich möchte weg, John.«

Er wusste nicht, was er sagen sollte.

»Aber es gibt auch andere Orte«, sagte sie. »Günstigere Orte. Dort können wir doch hinfahren. Nicht für ein Jahr, aber vielleicht für ein paar Monate. Nur du und ich.«

Ein paar Monate, dachte Stierna. Ob das möglich sein könnte? Vielleicht. Nach einer Weile vielleicht. Wenn er Berner lange genug bearbeitete.

»Ich habe auch andere Anzeigen ausgeschnitten«, erklärte Karolina eifrig. »Willst du sie sehen? Willst du mit mir wegfahren?«

»Natürlich will ich mit dir wegfahren.«

Karolina ging ins Schlafzimmer. Er hörte, wie sie dort Schubladen aufzog und wieder schloss.

Die Anzeigen von Dampfschiffunternehmen, die sie jetzt auf den Tisch legte, waren nicht so abgegriffen. Salveson & Co.,

Stockholm–Grangemouth in Schottland. Und die Auslandslinien der Sveabolaget: Stockholm–Lübeck, Stockholm–Amsterdam, Stockholm–Rouen, Stockholm–Hamburg und Stockholm–London.

»Ich wollte immer schon nach London«, sagte Karolina. »Nicht für ein Jahr, mir ist schon klar, dass das nicht geht, aber für ein paar Monate. Du und ich.«

»Gut, dann also London«, sagte Stierna.

Er sah ihr in die Augen. Dieser verträumte, etwas wehmütige Blick, den er so liebte. Fünf Jahre, seit sie sich kennengelernt hatten. Es erschien ihm wie gestern, und gleichzeitig, als wäre inzwischen ein ganzes Leben vergangen.

»Erinnerst du dich an den Abend im ›Atlantis‹?«, fragte sie.

Wie sollte er das vergessen. Ein Samstagabend oder eher eine Samstagnacht in der Götgatan im September 1923. Er, Lindberg und Rehn waren dort gewesen, im »Atlantis« auf Söder. Högstedt auch. Sie hatten alle dienstfrei gehabt. Sie waren noch jung gewesen, Stiernas Karriere hatte noch in weiter Ferne gelegen.

Das große Lokal war etwas Besonderes gewesen, doch mittlerweile war das »Atlantis« von der Polizei geschlossen worden. Das hatte sicher etwas mit dem Alkoholausschank zu tun. Die Räumlichkeiten waren beeindruckend gewesen, die Stirnseiten des Saals waren bestimmt hundert Meter voneinander entfernt. Stierna erinnerte sich an die mit Teppich belegten Treppen, die zu den Balkonen ein Stockwerk höher hinaufführten. Damals war es ziemlich dunkel dort gewesen, der Tanzboden riesig. Und dennoch hatte er sie sofort entdeckt. Sie hatte dort gesessen, an einem kleinen Tisch in der Nähe des Orchesters. Viel zu schön für diesen Ort, das hatte er damals gedacht.

Sie war zusammen mit ihrem Bruder und ihrer ältesten Schwester dort gewesen, und dennoch wirkte sie einsam, fand Stierna. Als wäre sie überredet worden, mitzukommen, als gehörte sie nicht in dieses Milieu. Und wollte es auch gar nicht. Das waren damals seine Gedanken gewesen, während er mit den anderen ein Bier trank und mit Lindberg und Högstedt über das Leben und alles Mögliche redete. Rehn wollte nur über die Arbeit sprechen, was Stierna nach einer Weile ermüdete.

»Ich hatte dich schon vorher gesehen, im Laden. Ein paarmal. Und an dich gedacht. Als du vom Tresen aufgestanden bist, habe ich das sofort bemerkt«, erinnerte Karolina sich.

»Und ich hatte an dich gedacht«, sagte er.

Stierna war damals nervös gewesen, was ihm sonst nicht passierte. Als das Orchester ein langsameres Stück spielte, kippte er sein Bier hinunter, warf seinen Kollegen einen kurzen Blick zu und sah Karolina an. Lindberg hatte geschmunzelt, Högstedt hatte ihm aufmunternd auf die Schulter geklopft. Rehn hatte einen Schluck getrunken und ihn mit seinem durchdringenden Blick gemustert, bevor er seinen Kommentar abgab: »Die da? Vergiss es, John.«

Doch er hatte sich nicht drum gekümmert und war zu ihrem Tisch gegangen.

Sie hatte ihn sofort wiedererkannt. Gelächelt und genickt.

»Wachtmeister Stierna. Sie hier?«

Er hatte ihr Lächeln erwidert.

»Darf ich bitten, Fräulein Lilja?«, hatte er gefragt und selbst das Gefühl gehabt, dass seine Worte lächerlich klangen.

Sie hatten getanzt. Viele Tänze, wie viele, das wusste er nicht mehr. Eigentlich war er kein besonders guter Tänzer, aber damals hatte er sich einfach treiben lassen. Gegen Ende hatten sie einander festgehalten. Er erinnerte sich, wie seine Lippen ihre nackte Schulter berührt hatten.

»Wie froh ich bin, dass du mich damals zum Tanzen aufgefordert hast«, sagte Karolina.

»Ich würde es mein Leben lang bereuen, wenn ich es nicht getan hätte«, sagte Stierna.

Er lächelte, nahm ihre Hand und streichelte sie.

Sie kümmerten sich um das Geschirr, sie spülte, er trocknete ab.

Als sie fertig waren, öffneten sie das Fenster, löschten in der Küche das Licht und schauten zum Sternenhimmel hinauf. Der blutrote Mond hing über dem Dach.

»Es ist schön heute Nacht«, sagte er. Überlegte, ob er sein Sternzeichen erkennen konnte. Die Waage. Und ihres, die Fische. Doch er war sich nicht sicher, wie sie aussahen und wo sie standen.

»Bist du für heute fertig?«, fragte sie. »Bleibst du heute Nacht bei mir?«

Stierna trat einen Schritt zurück und streichelte ihre Wange. Er konnte nicht bleiben. Die Arbeit wartete auch in der Nacht auf ihn.

*

Strand verließ Rikard Dahlins Wohnung kurz vor vier Uhr morgens. Eine halbe Stunde lang hatte er neben dem Feuerwehrmann gestanden, vor dem Fenster in dem größten Zimmer, dem, das zur Djurgårdswerft zeigte.

Zwölf Automodelle hatten sie ausgesucht, und eins nach dem anderen hatte dort geparkt. Neben dem Eingangstor, wo Dahlin den Mann mit dem Hut gesehen hatte. Högstedt selbst hatte sie vorgefahren.

Strand fuhr an der Werft vorbei und kam auf die Brücke. Der rote Vollmond spiegelte sich im Beckholmssund. Stierna und Högstedt gingen ihm entgegen.

»Nun?«, fragte Högstedt und blieb stehen.

Stierna schaute aufs Wasser.

»Ja«, sagte er. »Er ist sich seiner Sache sicher.«

»Hat er den Imperial Landau erkannt?«

»Ja, Nummer fünf.«

»Kein Zweifel?«, hakte Stierna nach.

»Kaum. Er hat ein paar Sekunden gezögert. Es gab ja noch den anderen Chevrolet.«

Strand zog die Papiere mit Högstedts pedantischen Aufzeichnungen heraus.

»Chevrolet Sport Touring«, fuhr er fort.

Högstedt holte seinen Notizblock hervor und schrieb.

»Wie weit seid ihr mit der Analyse der Reifenspuren an der Brücke?«, fragte Stierna.

Högstedt klappte seinen Block zu.

»Damit sind wir fast fertig.«

Stierna musste so schnell wie möglich jemanden zum Automobilregister in der Klarabergsgatan schicken. Hultberg sollte gehen.

Als er über die kleine Holzbrücke zurückging, überlegte er, wie viele Chevrolet Imperial Landau es wohl in Stockholm gab. Das konnten nicht besonders viele sein.

29

Er war auf dem Heimweg.

Die Frau, die vor ihm ging, trug einen hellen Mantel und eine dunkle Baskenmütze. Sie ging etwas unsicher den schwach beleuchteten Fußweg entlang.

Es gab nur sie beide hier in der Dunkelheit. Mitternacht war schon lange vorbei, und die meisten Lokale in der Stadt hatten bereits geschlossen. Nur der eine oder andere Nachtklub hatte noch geöffnet. Wahrscheinlich war sie auf dem Heimweg, von einem privaten Fest oder einem dieser Klubs, die sich Geschlossene Gesellschaft nannten, aber in der Praxis für alle geöffnet waren. Lokale, in denen der Schnaps immer noch in Strömen floss.

Wahrscheinlich hatte sie zu viel getrunken. Viel zu viel. Er selbst war vollkommen nüchtern.

Sie schien jung zu sein, kaum älter als zwanzig. Vielleicht hatte sie noch nicht gelernt, mit dem Schnaps umzugehen. Aber viele lernten es ja nie.

Wie einfach es doch wäre, dachte er. Wie einfach, über sie herzufallen. Kein Zeuge in der Nähe. Keine Verbindung zwischen ihm und dieser angetrunkenen Frau, die da vor ihm lief. Er spürte vage die Versuchung.

Er hatte nachmittags und abends die Rundfunksendungen gehört und sich ein paarmal die Pressekonferenz aus dem Poli-

zeihauptgebäude angehört. Hatte zugehört, wie Kommissar Stierna immer die gleichen Worte wiederholte. Er hatte das Aftonbladet gelesen und kannte den Artikel mit der Überschrift »Wer ist der Mann mit den Glanzbildern?« fast auswendig. Die Journalisten behaupteten, Stierna hätte exklusiv mit der Zeitung gesprochen. Hätte gesagt, der Mörder müsse geisteskrank sein.

Sonst hatte der Kommissar nicht viel gesagt. Nur etwas in der Richtung, dass er den Mann sprechen wolle, den Ingrid im Vasapark getroffen hatte, der ihr Geld für Glanzbilder gegeben haben könnte. Waren sie ihm auf der Spur? Daran zweifelte er stark.

Er überlegte: Inzwischen waren bereits zehn Tage vergangen, seit er das Mädchen auf der Djurgårdswerft erschlagen hatte. Zehn Tage. Irgendwo hatte er gehört, dass die ersten Tage, die ersten Wochen einer Mordermittlung meist die entscheidenden waren. Wahrscheinlich hatten sie jetzt ihre Probleme, der Kommissar Stierna und die anderen Ermittler der Abteilung für Gewaltverbrechen. Kriminaldirektor Berner.

Die Frau vor ihm stolperte, suchte Halt an einer Parkbank.

Er war unbewaffnet, heute Nacht hatte er die Pistole nicht bei sich und den Schlagstock auch nicht. Er wollte sie nicht überfallen. Aber es schien, als wäre etwas in ihm gewachsen, nachdem er Ingrid erschlagen hatte, doch er wusste nicht, was das eigentlich war.

Er wusste nicht, ob er wieder jemanden töten würde. Ausgeschlossen war das nicht.

30

Es war lange her, seit Stierna das letzte Mal in einer Kirche gewesen war. Zwei Jahre, seit Karolina und er geheiratet hatten. Das war ein Tag der Freude gewesen. Doch dieses Mal hatte sein Besuch nichts mit Freude zu tun.

Stierna saß in der zweiten Reihe, auf einer einfachen, weiß gestrichenen Holzbank, vor der linken Wand der Skogskapelle. Auf der anderen Seite saß Maria Bengtsson. Schwarz gekleidet, ihre Eltern neben ihr. Da saß auch ihr Bruder Johan. Er verdiente sein Geld im Londoner Hafen. Er hatte Ingrid damals das Buch geschenkt, in dem das Ferkel vorkam: »Pu der Bär«. Der Kettenanhänger war inzwischen fertig, oder besser gesagt, die Kopie. Von Ferkel, Ingrids Lieblingsfigur aus dem Buch. Jonsson hatte sie Stierna am Morgen gegeben, jetzt lag sie in seiner Jackentasche.

Johan trug einen dunklen Anzug, ein weißes Hemd und eine weiße Krawatte. Er hatte braune Haare, genau wie seine Schwester. Er war allein aus England gekommen. Er hatte keine Kinder und keine Frau, die auf ihn warteten.

Stierna schaute sich in der Kapelle um. Freunde der Familie waren gekommen, die Lehrerin des Mädchens. Thomas Franzén war nicht gekommen. Auch dem Begräbnis seiner Tochter war er ferngeblieben. Vielleicht traute er sich nicht, sich zu zeigen. Vielleicht trauerte er auf andere Weise.

Stierna musterte Maria Bengtssons Eltern. Die Frau weinte. Der Mann starrte vor sich hin und gab sich alle Mühe, stark zu wirken. Er hatte einen Schuhmacherladen in Sundbyberg, in dem seine Frau half. Das hatte Stierna schon vorher gewusst.

Ingrid war das einzige Enkelkind gewesen, dachte er und blätterte das Gesangbuch wie ein Daumenkino durch.

Der Pfarrer war ziemlich alt, was sicher kein Zufall war. Es war eine schwierige Beerdigung, wie immer, wenn ein Kind stirbt. Wenn etwas geschieht, was nicht hätte geschehen dürfen. Dann brauchte man jemanden mit Erfahrung.

Rehn und Lundby waren inzwischen so gut wie fertig mit der Liste der Personen, die Ingrid gekannt hatten. Verwandte, Familie, Schulpersonal, Freunde und Freundinnen, Nachbarn. Als sie vor ein paar Tagen darüber gesprochen hatten, hatte Rehn den Kopf geschüttelt. Die Befragungen hatten so gut wie gar nichts ergeben.

Stierna tat das Steißbein von dieser unbequemen Holzbank weh. Viele Trauergäste hatten offen geweint, die Lehrerin fast hysterisch. Maria Bengtsson schien gefasster zu sein, doch er konnte sehen, dass sie lautlos weinte. Vielleicht hatte die Trauerzeit sie gefasster gemacht.

Sie sangen die bei Begräbnissen üblichen Lieder, »Nur ein Tag«, »Du großer Gott«, »Wie die Nacht den Morgen ersehnt«. Stierna sang nur in Gedanken mit und bewegte die Lippen, das Singen fiel ihm schwer. Er hatte Ingrid vor ihrem Tod nicht gekannt.

Der Pfarrer hielt seine Predigt. Darüber, dass es Hoffnung in dem gibt, was bleibt. Darüber, weiterzugehen und darüber, dass die Wege des Herrn unergründlich sind. Für Stierna klang das nicht gerade überzeugend.

Langsam entfaltete er die Todesanzeige. Er hatte sie in der Innentasche gehabt und las sie verstohlen.

Unsere geliebte

INGRID ANNE BENGTSSON

Geboren am 13. November 1919,
verstorben am 3. September 1928,
8 Jahre alt.

In tiefer Trauer und in Dankbarkeit
bewahren wir die Erinnerung an sie.

MARIA THOMAS JOHAN
OMA UND OPA

Sowie die übrige Familie und Freunde.

Die Beerdigung findet
am Dienstag, dem 11. September um 13 Uhr
in der Skogskapelle auf dem Skogskyrkogården statt.

Thomas, dachte Stierna. Franzéns Name wird auch genannt. Er nahm an, dass Maria Bengtsson mit ihm gesprochen hatte.

Ganz unten stand noch eine kurze Zeile:

Sie, die das Leben doch so liebte.

Als das Begräbnis vorüber war, verließ die Trauergemeinde langsam die Kirche.

Auch Stierna trat an die frische Luft. Er blieb ein wenig abseits und lehnte sich gegen die Steinmauer, die um die Kapelle herum verlief. Es war windig, selbst die alten, hohen Nadelbäume wiegten sich im Wind.

Er hatte sehen wollen, wer alles zu Ingrids Beerdigung kommen würde. Ob sich jemand merkwürdig oder unangemessen verhielt. Ob jemand kam, der hier nicht hingehörte. Aber alles war so verlaufen, wie es hatte sein sollen.

Stierna lockerte seinen dunkelblauen Schlips. Zündete sich eine Zigarette an, die brauchte er jetzt. Er dachte an all die eindringlichen Aufrufe in den letzten Tagen, die Appelle an die Öffentlichkeit, die nichts gebracht hatten. Berner wollte die Presse heute auch wieder um drei Uhr zusammentrommeln, obwohl er eigentlich nichts Neues zu präsentieren hatte. Nur die immer gleiche Bitte. Dass der Mann, den Rikard Dahlin am frühen Morgen des dritten September vor der Djurgårdswerft hatte stehen sehen, sich melden sollte. Dass der Mann, den Ingrid Bengtsson einige Male im Laufe des Sommers im Vasapark getroffen hatte, Kontakt mit der Polizei aufnehmen sollte. Doch bis jetzt hatte niemand von sich hören lassen, niemand hatte angerufen, und niemand hatte ausgesagt, diesen Mann zu kennen.

Die Trauergemeinde ging langsam den breiten Weg auf dem Waldfriedhof entlang. Maria Bengtssons Vater sprach mit dem Pfarrer, Stierna blieb allein zurück. Er ging eine Steintreppe hinunter und durch ein Tor in der Mauer, die um die Waldkapelle führte. Er gelangte auf einen schmaleren Kiesweg, der zwischen den Gräbern verlief. Es war schön hier, ganz abgeschieden von dem riesigen Waldfriedhof. Ruhig.

Der Kiesweg verlief etwa hundert Meter geradeaus und endete vor einer weiteren Steintreppe, die zu einem kleinen, grasbewachsenen Plateau hinaufführte. Dort standen zwei Bänke aus Stein. Das war alles. Es gab keine Büsche, keine Grabsteine. Weiter hinten standen ein paar Bäume.

Ein Mann stand am Rand der Anhöhe. Er trug einen braunen Hut und einen schwarzen Anzug. Stierna stand ziemlich weit von ihm entfernt, und der Hut beschattete das Gesicht des Mannes.

Der Fremde sah zu ihm hinüber, drehte sich dann langsam um und ging auf die Bäume zu, die hinter der Anhöhe wuchsen.

Stierna hatte das Gefühl, als ob etwas nicht stimmte.

»Hallo!«, rief er dem Mann hinterher. »Bleiben Sie stehen!«

Doch der Mann mit dem Hut blieb nicht stehen. Er ging die Anhöhe hinunter. Bald würde Stierna ihn nicht mehr sehen können.

Der Kommissar lief den Weg hinauf und gelangte auf das Plateau. Die Bäume, auf die der Mann mit dem Hut zugegangen war, lagen unter ihm, dahinter verlief ein breiter Weg. Er konnte das riesige Gelände mit den Gräbern auf der anderen Seite des Wegs erkennen.

Stierna ging zu den Bäumen, unter denen der Mann verschwunden war. Von dem breiten Weg aus sah er alles: die Gräber, die Bäume und die Wege. Doch er sah keinen einzigen Menschen.

Der Leichenschmaus wurde bei den Großeltern in Sundbyberg abgehalten. Stierna war auch dort. Er fühlte sich unwohl, gehörte nicht hierher, doch Maria Bengtsson hatte ihn gebeten, auch zu kommen. Niemand sprach besonders viel daheim bei den Großeltern des Mädchens. Der Kaffee war stark, der Kuchen frisch gebacken.

Stierna ging hinaus auf den Hof, um zu rauchen. Maria Bengtssons Eltern wohnten in einem großen Mietshaus bei den Eisenbahngleisen. Er dachte an alles, was er in seiner Kindheit über Sundbyberg gehört hatte. Über die Bierkneipen, die ärmlichen Arbeiterwohnungen, die schmutzigen Straßen, dass der Boden so lehmig war, dass man immer Gummistiefel tragen musste. Aber in Södermalm, wo er selbst aufgewachsen war, war es kaum besser gewesen. Jetzt hatte die Industrie übernommen. Nybergs mechanische Werkstatt, Max Sieverts, Alpha, die Herd- und Knäckebrotfabrik Kronan, AB Marabou. Sie alle befanden sich in Sundbyberg. Alles war ansehnlicher geworden. Aber es war immer noch ein Arbeiterviertel mit großen Problemen. Genau wie Söder.

Stierna zündete sich eine Zigarette an, wie üblich rauchte er Comtesse. Er nahm ein paar tiefe Züge und wünschte sich zum ersten Mal seit Langem an seinen Schreibtisch in der Abteilung für Gewaltverbrechen zurück. Das lag an dieser Beerdigung, er wusste nie, wie er sich bei so einem Anlass verhalten sollte.

Die Ermittlungen traten auf der Stelle. Lundby hatte Taxifahrer befragt, um zu erfahren, ob einer von ihnen in der Nacht vom zweiten auf den dritten September eine Fahrt nach Djurgårdsstaden gehabt hatte. Und auch am Abend des zweiten. Lundby hatte zwei Fahrten gefunden. Eine mit einem älteren Paar, eine mit einer jungen Frau, beide ziemlich früh am Abend. Keiner der Taxifahrer konnte sich daran erinnern, einen Mann und ein kleines Mädchen zur Djurgårdswerft gefahren zu haben. Und daran würden sie sich bestimmt erinnern, das wusste Stierna.

Die Nachforschungen bei registrierten Kinderschändern und Gewalttätern waren eine Enttäuschung gewesen. Stierna dachte an all die Verbrecher, die sie überprüft hatten. An ihre Berufsbezeichnungen. Ärzte, Hausmeister, Chauffeure, Kaufleute. Sie kamen aus allen Schichten der Gesellschaft. Das machte ihm Angst.

Maria Bengtsson trat auch ins Freie. Sie war allein, und ihm fiel auf, wie schön sie in ihrem schwarzen Kleid aussah. Er registrierte, dass die Schminke um ihre Augen verlaufen war. Sie hatte geweint.

Maria Bengtsson stellte sich neben ihn, zog eine Schachtel Zigaretten und ein Mundstück heraus. Das war das erste Mal, dass er sie rauchen sah.

»Früher habe ich so gut wie nie geraucht«, sagte sie gedankenverloren. »Doch seit Ingrids Tod rauche ich mehr. Ich weiß nicht, warum, eigentlich schmeckt es mir gar nicht.«

Er betrachtete seine Zigarette, bevor er an ihr zog.

»Wie geht es Ihnen?«, fragte er. »Ist es inzwischen besser ...«

Er verstummte, weil er merkte, wie plump das klang. Unmittelbar nach der Beerdigung.

Maria Bengtsson schaute ihn einige Sekunden lang an. Sie suchte nach Worten. Vielleicht hatte sie doch auf Doktor Johansson gehört, dachte Stierna, und hat Beruhigungstabletten genommen. Um den Schmerz zu betäuben.

»Die ersten Tage mochte ich keinen Menschen sehen«, antwortete Maria Bengtsson. »Ich konnte kein Gesicht erkennen. Nicht Ihres, Herr Kommissar, nicht das des Arztes, als Sie bei mir waren, um mir das Schlimmste mitzuteilen, was man nur mitteilen kann. Alles war wie in einem Nebel, teilweise fiel es mir sogar schwer, Trauer zu empfinden. Und im Leichenschauhaus war es genauso. Es fiel mir schwer, die Umgebung wahrzunehmen, ich weiß, dass Sie auch dort waren, aber andererseits ... Und dann habe ich natürlich Ingrid gesehen.«

Er nickte schweigend. Ließ sie reden, wenn ihr das guttat.

»Nach einer Woche wurde dann alles langsam klarer, die Gesichter um mich herum deutlicher. Und gestern sah ich plötzlich alles in einem anderen Licht, da wurde mir zum ersten Mal wirklich klar, dass sie für alle Zeit fort ist. Alles war so klar, trotz der Tabletten ... Nach einer Weile konnte ich den Schmerz nicht ertragen, da mussten die Tabletten her. Obwohl ich zunächst abgelehnt hatte. Aber ich hatte das Gefühl, alles wäre zu Ende. Dieses Gefühl, das wünsche ich meinen ärgsten Feinden nicht. Vielleicht nicht einmal dem, der das gemacht hat.«

»Aber Sie hassen ihn doch sicher, oder?«

»Ich will, dass er stirbt. Er verdient es zu sterben. Hassen Sie ihn nicht auch?«

»Ich weiß nicht. Ich arbeite an dem Fall.«

»Aber haben Sie nie Hass empfunden? Bei Ihrer Arbeit?«

»Doch, auch ich habe schon Hass empfunden.«

»Und, fühlen Sie ihn jetzt auch?«

Stierna warf die Zigarette auf den Boden und trat die Glut mit dem linken Schuh aus.

»Das kommt vor.«

Eine Weile standen sie schweigend da. Er begegnete ihrem Blick. Sie schien abwesend zu sein, müde, wie gelähmt von ihrer Trauer. Oder von der Wirkung der Tabletten.

»Wir haben eine Kopie von Ingrids Kettenanhänger machen lassen«, sagte er schließlich. »Nach Ihrer Beschreibung. Ich habe ihn dabei. Sind Sie in der Lage, ihn sich anzusehen?«

Maria Bengtsson nickte.

Stierna holte das Schmuckstück aus seiner linken Jackentasche hervor. Es war wirklich gut gemacht.

»Hat er ungefähr so ausgesehen?«, fragte er.

»Ja«, bestätigte Maria Bengtsson. »Der sieht so aus. Genau, wie ich ihn in Erinnerung habe.«

Stierna steckte den Anhänger wieder in die Tasche.

»Da ist noch etwas, wo ich noch einmal nachhaken möchte«, sagte er. »Als wir mit Ihnen gesprochen haben, nachdem wir Ingrid gefunden hatten, haben Sie uns erzählt, dass Ingrid von einem Mann berichtet hat, den sie im Vasapark getroffen hat. Erinnern Sie sich daran?«

»Ja.«

»Hat Ingrid auch erzählt, was er gesagt hat? Wie er hieß, wo er wohnte, wie alt er war? Ob er spezielle Freizeitinteressen hatte?«

»Das haben Sie letztes Mal auch schon gefragt.«

»Ich weiß, Fräulein Bengtsson. Ich dachte nur, dass Ihnen inzwischen noch etwas eingefallen sein könnte.«

Maria Bengtsson schüttelte den Kopf.

»Nein. Es scheint, als hätte er Ingrid so einiges gefragt, aber von sich selbst nicht viel erzählt.«

Maria Bengtsson ließ den Blick schweifen. Unten auf den Gleisen fuhr eine Lokomotive vorbei. Stierna dachte, dass es hart sein musste, hier zu wohnen, mit diesem ständigen Eisenbahnlärm.

»Ich meine, sie hat gesagt, er sei reich«, sagte Maria Bengtsson plötzlich.

»Wie kam sie darauf?«

»Sie sagte, er hatte so schöne Kleidung. Sie glaubte, die wäre bestimmt teuer gewesen.«

»Was für Kleidung war das, hat sie das gesagt?«

»Ich weiß nicht mehr ... vielleicht ein Anzug.«

Stierna seufzte leise. Inzwischen hatte der Wind aufgefrischt, jetzt fehlte nur noch der Regen. Ein Anzug, dachte er. Das sagt gar nichts. Viele tragen einen Anzug, ob arm oder reich. Aber da war etwas dran an dieser guten Kleidung. Der Mann, den Harry Schiller und Rikard Dahlin an der Djurgårdswerft gesehen hatten, war auch gut gekleidet gewesen.

»Haben Sie irgendeine Ahnung, wer das gewesen sein könnte?«

»Nein«, antwortete Maria Bengtsson.

»Kennen Sie einen der Freunde von Ingrids Vater, Thomas Franzén?«

»Ach, was heißt schon kennen. Ich habe Kontakt mit einer Frau, mit der wir zusammen in der Konditorei gearbeitet haben, Thomas und ich. Sonst sind da nicht so viele. Thomas hatte nicht viele eigene Freunde hier in Stockholm, meistens waren wir mit meinen zusammen.«

»Sie haben keinen Kontakt zu Åke Erlandsson?«

»Erlandsson? Meinen Sie den früheren Nachbarn von Thomas?«

»Ja.«

»Nein, ich habe ihn nicht mehr getroffen, seit Thomas wieder nach Göteborg gezogen ist.«

Stierna kratzte sich am Kinn.

»Ich habe gesehen, dass er auch in der Todesanzeige steht. Ingrids Vater«, sagte er, »aber er war nicht in der Kirche.«

»Nein«, bestätigte Maria Bengtsson. »Ich habe mit ihm gesprochen. Zuerst wollte er kommen, doch dann hat er sich anders entschieden. Hat mir gesagt, er würde das nicht schaffen. Dass er sich schäme und dass er es nicht verdient habe, hier zu sein.«

Stierna klopfte imaginären Staub von seinem Jackenärmel und schob die Krawatte gerade. Er wusste, eigentlich war das nicht nötig, doch er tat es trotzdem. Es war eine dumme Angewohnheit, von der er nicht sagen konnte, wann oder warum er damit angefangen hatte.

»Hat Ingrid erzählt, wie oft sie diesen Mann im Park getroffen hat?«

Maria Bengtsson schaute ihn an.

»Einmal, glaube ich. Nicht öfter. Ich habe ihr ja gesagt, sie soll vorsichtig sein bei Männern, die sie nicht kennt. Und ihr verboten, stehen zu bleiben und mit ihnen zu reden.«

»Es sieht aber so aus, als hätte sie ihn öfter getroffen«, sagte Stierna.

Maria Bengtssons Blick hatte etwas Durchdringendes, als wäre ihre Müdigkeit plötzlich verflogen.

»Kriegt ihr ihn?«, fragte sie.

»Ja, wir kriegen ihn.«

»Versprechen Sie mir das?«

Seine Antwort kam prompt, ohne nachzudenken, erwiderte er: »Ich verspreche Ihnen, wir werden ihn fassen.«

*

Er war noch auf dem Waldfriedhof geblieben, noch mehrere Stunden nach der Beerdigung. War zwischen den Grabsteinen entlanggegangen. Er war groß, der Friedhof. Riesig.

Er konnte selbst nicht sagen, warum es ihn zu Ingrids Beerdigung gezogen hatte, aber er war hingegangen. Hatte das Gefühl gehabt, hingehen zu müssen. Als er die kleine Anzeige in der Zeitung gesehen hatte, war ihm klar, dass er keine andere Wahl hatte. Er musste hingehen.

Sicher, er hatte sich nicht in die Kapelle getraut, das wäre verrückt gewesen. Sie hätten sich gewundert, was er dort zu suchen hatte. Aber er wollte sie aus der Ferne sehen, die Eltern, die Verwandten. Auf irgendeine Art und Weise spürte er ein Mitgefühl mit ihnen.

Er hatte geglaubt, alles wäre ruhig, alles wäre vorbei und er wäre in Sicherheit, als ein Mann auf dem Friedhof hinter ihm herrief. Dabei hatte er doch so weit entfernt gestanden, und die Trauergemeinde hatte schon begonnen sich zu verabschieden. Aber nicht der Mann mit der dunklen Krawatte. Kein schwarzer, nur ein dunkler Schlips, also konnte er nicht zum engsten Familienkreis gehören.

Erst hatte er überlegt, einfach stehen zu bleiben und sein Spiel zu spielen, als der Mann ihn rief. Lügen, das konnte er gut. Behaupten, er würde das Grab eines Verwandten besuchen. Doch er hatte sich nicht getraut. Der Mann mit dem dunkelblauen Schlips hatte mit Autorität in der Stimme »Stehen bleiben« gerufen, da hatte ihm seine Intuition gesagt: Diesem Mann machte er nichts vor. Der würde ihn durchschauen. Deshalb hatte er sich versteckt, was nicht schwer war bei all den Bäumen zwischen den Grabstätten.

Irgendwie war der Mann ihm bekannt vorgekommen, als wären sie sich früher schon einmal begegnet.

Anderthalb Stunden später saß er an seinem Schreibtisch. Allein, wie immer.

Er holte den Schlagstock heraus, der ganz hinten im Garderobenschrank lag.

In seiner Kindheit war er regelmäßig damit verprügelt worden. Und er hatte Ingrid damit getötet. Es lag eine gewisse Symbolik darin, fand er.

Bevor er die Wohnung verließ, um zur Straßenbahnhaltestelle zu gehen, kam ihm der Gedanke, dass er unsichtbar zu sein schien. Und das fast immer gewesen war. Ein Grund dafür, dass sie ihn nie erwischen würden.

31

»Wie sah er aus?«, fragte Lindberg. »Der Mann, den du auf dem Friedhof gesehen hast?«

»Wie in Ingrid Bengtssons Malheft«, antwortete Stierna. »Schwarzer Anzug, Hut. Was ja nicht besonders ungewöhnlich ist.«

Stierna war mitgenommen von der Beerdigung. Er hoffte, dass er nicht so schnell wieder zu einer Beerdigung gehen müsste. Vielleicht hatte er auch einfach überreagiert, und das, was er auf dem Friedhof gesehen hatte, spielte eigentlich gar keine Rolle. Wahrscheinlich war es so.

»Es ist ja nicht ungewöhnlich, dass der Mörder zurückkommt«, sagte Lindberg. »Das muss nicht zum Tatort sein. Das kann zum Haus sein, in dem sein Opfer gewohnt hat. Zu dem Ort, an dem er sie das erste Mal gesehen hat. Und zu ihrer Beerdigung.«

Stierna nickte.

»Ja«, sagte er. »Aber vermutlich hat der Mann gar nichts mit der Sache zu tun.«

Lindberg nickte. »Warum ist er dann aber nicht stehen geblieben?«

»Vielleicht hat er mich nicht gehört«, überlegte Stierna. »Er war ziemlich weit weg. Aber ich habe da so ein Gefühl, dass da irgendetwas nicht stimmt.«

»Was hat er gemacht, als er dich gesehen hat? Ist er weggelaufen, hatte er es plötzlich eilig?«

»Nein. Eigentlich nicht.«

Stierna lehnte sich in seinem Stuhl zurück.

»Hast du mal darüber nachgedacht, warum der Mörder sich die Werft ausgesucht hat?«, fragte er. »Warum hat er sie ausgerechnet dort erschlagen?«

»Das ist ein ziemlich sicherer Ort«, sagte Lindberg. »Die Werft ist stillgelegt, und man ist ungestört. Besonders nachts.«

»Ja, er wusste, dass er dort sicher war. Sie sind nicht zufällig dorthin gefahren, sondern es war geplant. Ich meine, das Mädchen verschwindet in Vasastaden. Sie wird weit entfernt von dort ermordet, gegenüber von Beckholmen. Warum ausgerechnet die Djurgårdswerft?«

Lindberg machte eine ausholende Geste.

»Er kann in der Nähe wohnen. Er kann in Djurgårdsstaden gewohnt haben, ist aber inzwischen weggezogen. Er kann jemanden kennen, der dort wohnt. Er kann dort häufiger spazieren gehen oder hat das früher getan. Er kann auf der Werft gearbeitet haben, bevor sie stillgelegt wurde. Es gibt so viele Möglichkeiten.«

»Aber er kennt sich dort aus«, beharrte Stierna. »Und zwar gut. Wer kennt die Werft am besten? Wer weiß am besten, wie die Gebäude aussehen? Auch von innen?«

Lindberg schaute ihn an.

»Alle, die dort arbeiten. Oder besser gesagt, die dort gearbeitet haben. Bei der Dampfschifffahrtsgesellschaft. Djurgårdens Ångslupsaktiebolag. Vor der Pleite.«

»Genau«, nickte Stierna.

»Das ist fünf Jahre her.«

»Stimmt, aber ich werde auf jeden Fall mit Lundby reden. Er soll sich das mal näher ansehen.«

Lindberg stand auf.

»Wohin willst du?«, fragte Stierna.

»Åke Erlandsson besuchen.«

»Er ist vorgewarnt?«

»Ja.«

»Und wie ist es mit Bladh gelaufen?«

Lindberg schüttelte den Kopf.

»Ich glaube, den können wir vergessen. Ich habe mit dem Personal gesprochen, das am zweiten September gearbeitet hat. Beide Kellnerinnen bestätigen, dass Bladh an dem Abend, als Ingrid Bengtsson verschwunden ist, bis Mitternacht im ›Polstjärnan‹ gewesen ist. Genau wie die Gruppe, mit der er zusammengesessen und sich unterhalten hat. Und er ist nicht im Führerscheinregister.«

Lindberg ging, Stierna blieb allein zurück.

Högstedts Analyse der Reifenspuren vor der Werft war gekommen. Das Auto hatte ein Paar ziemlich neue Hinterreifen vom Typ Englebert. Die Vorderreifen waren deutlich abgefahrener und von der Marke Fort Dunlop.

Hultberg hatte angefangen, mit den Informationen zu arbeiten, er saß über dem Automobilregister und suchte die Chevrolet Imperial Landau heraus, die in Stockholm registriert waren.

Stierna hatte morgens die Aufgaben im Versammlungsraum verteilt und dafür gesorgt, dass jeder Kommissar, jeder Hauptwachtmeister, jeder Wachtmeister und jeder, der der Abteilung für Gewaltverbrechen zugeteilt worden war, wusste, dass sie einen schwarzen Chevrolet Imperial Landau mit dunklem Klappverdeck suchten. Mit neuen Hinterreifen der Marke Englebert und abgenutzten Vorderreifen der Marke Fort Dunlop. Außerdem hatten sie die Reviere informiert.

Er fragte sich, ob sie den Wagen wohl jemals finden würden.

32

Åke Erlandsson sah nicht aus, wie Lindberg ihn sich vorgestellt hatte. Er war klein, weißhaarig und dünn.

Erlandsson war fünfundfünfzig Jahre alt, arbeitete in der mechanischen Werkstatt von Bolinders, war verheiratet und hatte erwachsene Kinder, die bereits ausgezogen waren. Die Frau war ein ähnlicher Typ wie er, klein, weißhaarig und sehnig. Sie servierte Kaffee und Zwieback.

Erlandsson hatte erzählt, wie er Thomas Franzén kennengelernt hatte. Sie waren Nachbarn gewesen, hatten auf derselben Etage gewohnt und waren ins Gespräch gekommen. Hatten dann immer mehr Kontakt gehabt. Franzén und Erlandsson. Lindberg fragte sich, was diese beiden Männer eigentlich gemeinsam hatten, altersmäßig gab es einen deutlichen Unterschied. Erlandsson hatte erklärt, dass sie die gleiche Wellenlänge gehabt hatten.

Erst nach einer Weile waren sie auf Ingrid zu sprechen gekommen.

»Wussten Sie, dass er eine Tochter hatte?«, fragte Lindberg.

»Eine Tochter? Nein ... Nein, das habe ich nicht gewusst.«

»Sie hieß Ingrid, und Maria Bengtsson war ihre Mutter.«

Erlandsson sah plötzlich erschrocken aus.

»Marias Tochter? Ist das diese Ingrid Bengtsson, von der Sie reden, die ermordet worden ist?«

»Ja«, bestätigte Lindberg. »Die meine ich.«

»Mein Gott«, murmelte Erlandsson. »Mein Gott.«

»Wie lange hatten Sie noch Kontakt zu Franzén, nachdem er nach Göteborg gezogen war?«

»Ein paar Jahre, wir haben uns ab und zu geschrieben. Dann ist der Kontakt im Sande verlaufen.«

»Und er hat Ihnen nie erzählt, dass er in Stockholm eine Tochter hat?«

»Daran kann ich mich nicht erinnern. Ich wusste gar nicht, dass er überhaupt eine Tochter hat, bis Sie mir das erzählt haben. Mein Gott.«

Lindberg blätterte in seinem Notizblock.

»Ist es möglich, dass Sie sich einfach nicht mehr daran erinnern, was Thomas Franzén Ihnen erzählt hat?«

»Doch, das würde ich«, widersprach Erlandsson. »Das würde ich auf jeden Fall.«

Als Lindberg das Haus verlassen hatte, blieb er stehen und dachte nach.

Thomas Franzén habe gesagt, er hätte drei Personen von Ingrid erzählt. Åke Erlandsson war einer von ihnen. Dennoch behauptete Erlandsson, dass Franzén ihm nie von seiner Tochter erzählt habe. Was sollte das bedeuten? Vielleicht gar nichts, dachte Lindberg. Die Menschen vergessen Dinge, haben falsche Erinnerungen.

Er ging durch Vasastaden. Hier war er aufgewachsen, in der Vikingagatan.

Inzwischen hatte der Ortsteil sich vollkommen verändert und war kaum wiederzuerkennen.

Die AB Atlas Werkstätten waren dem Erdboden gleichgemacht worden. Jetzt war die Produktion von Brücken und Eisenbahnwaggons nach Nacka gezogen. Stattdessen wurden immer mehr Wohnhäuser gebaut. Das Atlasgebiet war bereits das am dichtesten besiedelte in Stockholm. Plötzlich waren die Röda Bergen voller Mietshäuser. Überall wurde gebaut, auch an Stellen, die vor gar nicht allzu langer Zeit noch viel zu weit draußen lagen. In der Odengatan stockte der Verkehr, Pferdekutschen gab es kaum noch. Jetzt drängten sich Lastwagen und Personenkraftwagen mit den Straßenbahnen auf der Hauptstraße.

Und es war nicht nur die Stadt, die sich verändert hatte, dachte Lindberg. Die Menschen in ihr auch. Es schien, als hätten sie die Großstadt im Blut, als ginge ihr Puls schneller, als liefen sie schneller, aßen schneller, immer hatten sie es eilig. Nie hatten sie Zeit.

Wäre er hiergeblieben, wären seine fast einjährigen Zwillingstöchter in einer ganz anderen Stadt aufgewachsen als er selbst. Vielleicht hatten sich Karin und er deshalb für die Einzelhausidylle in Ålsten entschieden. Weil beide die alte Zeit vermissten, als Stockholm noch wie ein großes Dorf empfunden werden konnte. Weil beide der Anonymität der neuen Zeit entfliehen wollten.

Lindberg beschloss, den ganzen Weg zum »Nordiska Kompaniet« in der Hamngatan zu Fuß zu gehen. Als er in den Sveavägen abbog, fiel ihm die Brücke ein, die sich hier früher einmal befunden hatte, die es heute aber nicht mehr gab. Der Sveavägen war verbreitert worden, doch er konnte sich noch genau daran erinnern, wie eng es hier vorher gewesen war, als beide Straßen mit dem Namen Badstugatan hier verliefen. Das war noch gar nicht so lange her.

Direkt an der Kreuzung Sveavägen/Odengatan lag das »Metropol«. Obwohl es erst seit ein paar Jahren existierte, war es schon zu einem der beliebtesten Restaurants Stockholms avanciert. Und wie Lindberg sich erinnerte, gab es nur selten Ärger hier. Vielleicht hatten die Rowdys es noch nicht entdeckt.

Auf dem Weg zum »Kompaniet« kam er an der neu gebauten Stadtbibliothek vorbei, wie alle anderen nannte auch er sie die Hutschachtel, obwohl ihm dieser Spitzname eigentlich gar nicht gefiel. Wenige Minuten später ging er an der neu gegründeten Handelshochschule entlang. Die Gebäude waren beeindruckend.

Anna und Elisabeth hatten in wenigen Tagen Geburtstag. Lindberg kaufte in der Spielzeugabteilung des »Kompaniet« zwei Teddybären und fuhr heim.

33

Der Mörder hatte seinen Schatten auf den Tatort geworfen. Er war auf den Fotos. Stierna versuchte, ihn zu deuten.

Das Mädchen lag so ordentlich da, wie zurechtgelegt. Als hätte der Täter sie gemocht. Als hätte er sie gekannt. Es gab am Tatort keinerlei Spuren eines Kampfes. Als hätte sie das, was dann geschah, überhaupt nicht erwartet. Hätte es sich nicht vorstellen können.

»Sie kannte ihn«, sagte Stierna.

»Bist du dir da sicher?«, fragte Rehn.

»Ja. Maria Bengtsson hat gesagt, Ingrid würde niemals mit jemandem mitgehen, den sie nicht kennt. Zumindest nicht freiwillig.«

Sie saßen in seinem Arbeitszimmer. Rehn schaute ihn wortlos an.

»Hat eigentlich irgendjemand etwas von Interesse mitgeteilt?«, fragte Stierna. »Was haben wir bei den ganzen Befragungen der Leute, die sie kannten, überhaupt herausgefunden?«

»Nicht viel. Aber es ist alles protokolliert worden. Und wir sind ja noch nicht fertig damit.«

»Keine Andeutung, dass Ingrid irgendwelche Probleme gehabt hat? Kein besorgter Lehrer oder Nachbar? Keiner, der glaubt, jemand wollte ihr Böses?«

Rehn schüttelte den Kopf.

»Und ihr habt Freunde, Nachbarn, Schulpersonal mit unserem Register verglichen?«

»Ja, das ist eine ganze Menge. Aber wie gesagt, wir sind noch nicht fertig.«

»Niemand, den wir von früher kennen? Niemand, der wegen einer Sexualstraftat verurteilt worden ist oder von dem wir wissen, dass er gewalttätig ist?«

»Da sieht es mager aus, sehr mager. Ein Nachbar, ein Joel Brink, ist wegen einiger Diebstähle verurteilt worden. Aber wir haben keinen Hinweis darauf, dass er gewalttätig sein soll.«

Stierna trommelte mit den Fingern der rechten Hand auf seinen Schreibtisch.

»Habt ihr etwas in ihrem Pult gefunden?«, fragte er. »Ein Tagebuch? Etwas Interessantes, abgesehen von den Zeichnungen?«

»Nein.«

»Zettel oder etwas, was Ingrid an ihre Schulfreunde geschickt hat?«

»Da waren ein paar, aber nichts von Interesse.«

Stierna stand auf und ging zum Fenster. Er öffnete es und blickte hinaus.

Das Rathaus lag in einem grauen Sprühnebel vor ihm. Zwei junge Männer zogen ihre schweren Karren die Kungsholmsgatan entlang. Passanten spazierten die Agnegatan hinunter. Die Geräusche der großen Stadt drangen an Stiernas Ohr. Irgendwo dort draußen lief ein Kindsmörder frei herum.

»Dieser Mann, den sie im Vasapark getroffen hat«, überlegte Stierna laut und trat wieder an seinen Schreibtisch, »wie gut kann sie ihn gekannt haben?«

»Wahrscheinlich nicht besonders gut«, erwiderte Rehn. »Sie hat ihn dort nur ein paarmal getroffen. Es scheint aber nicht so, als hätte sie ihn von früher gekannt.«

»Aber er hat sie kennengelernt und behauptet, er würde ihren Vater kennen. Hat ihr Geld gegeben, um sich Glanzbilder zu kaufen. Hat sich nach ihrer Schule erkundigt. Hat ihr Vertrauen gewonnen.«

Es hatte angefangen zu regnen. Schwere Tropfen schlugen an die Fensterscheibe.

»Du glaubst, er ist es?«, fragte Rehn. »Der im Park?«

»Alles spricht dafür«, antwortete Stierna. »Wir haben in den Pressekonferenzen in den letzten Tagen immer wieder darum gebeten, dass er sich meldet. Es stand in den Zeitungen. In den Rundfunknachrichten ist immer wieder darüber gesprochen worden. Aber es ist still wie im Grab. Er meldet sich nicht.«

Stierna schwieg. Es war kein Zufall, dass der Mann Ingrid Bengtsson im Vasapark getroffen hatte, genauso wenig wie die Tatsache, dass er mit ihr zur Djurgårdswerft gefahren war. Er war früher schon im Park gewesen, vielleicht war er regelmäßig dort. Er konnte in der Nähe wohnen, er konnte in der Gegend arbeiten. Auf jeden Fall hatte er eine Verbindung zum Vasapark. Vielleicht ging er immer noch dorthin.

34

Das Haustelefon klingelte.

»Stierna.«

Es war Lydman.

»Der Wagen, den ihr sucht, ist gestohlen.«

Nur wenige Minuten später saß Kommissar Verner Lydman ihm gegenüber, der Mann, der sich mit Dieben, Einbrechern und Geldschrankknackern besser auskannte als jeder andere in der Abteilung für Gewaltverbrechen. Stierna schaute auf den Wandkalender. Es war Mittwoch, der zwölfte September 1928.

Lydman redete eigentlich gern, doch dieses Mal sagte er nichts. Er legte nur einen mit Schreibmaschine geschriebenen A4-Bogen auf den Tisch und tippte mit dem Zeigefinger der rechten Hand darauf, wie immer, wenn er etwas Wichtiges zeigen wollte.

Es war eine Polizeianzeige.

Der Kaufmann Nils Sandquist, wohnhaft im Haus Nr. 5A im Strandvägen in Stockholm, Tel. Östermalm 188, hat bei der Stockholmer Kriminalpolizei gemeldet, dass ihm am Sonntag, dem 26. August 1928 zwischen 1.30 Uhr nachts und 11 Uhr vormittags vor seinem Haus ein Personenkraftwagen mit dem Kennzeichen A 2441 gestohlen wurde. Wert: 4000 Kronen. Der Wagen war von der Marke Chevrolet Imperial Landau, gekauft vor ungefähr anderthalb Jahren, Jahresmodell 1927. Er war schwarz mit dunklem Klappverdeck. Die Hinterreifen des Wagens sind von der Marke Englebert, erst kürzlich gekauft. Die Vorderreifen sind zwei Fort Dunlop, beide fast abgefahren. Im Wagen befanden sich u.a. eine braune Ledertasche mit einer Pistole, 7,65 mm des Fabrikats Sauer & Sohn, Österreich, sowie ein zur Pistole passendes Magazin mit sieben scharfen Patronen, Wert 40 Kronen, und ein halber Liter Zweisternecognac, Wert 4,25 Kronen. Im Koffer hinten im Wagen war eine blaue Tasche verstaut, Wert 10 Kronen, in der ein grauer Anzug lag, Wert 75 Kronen.

An der oberen Seite des Sonnenschutzes vorn am Fahrersitz waren die Steuermarke und Sandquists Namensplakette angebracht.

Stierna war klar, dass es sich hier um das gesuchte Fahrzeug handelte. Alles stimmte. Die Reifen stimmten haargenau mit Högstedts Analyse überein, das konnte kein Zufall sein.

Wo ist der Wagen jetzt?, dachte er. Sie hatten ihn noch nicht gefunden, er war nach fast drei Wochen immer noch verschwunden.

Lydman lehnte sich im Besucherstuhl zurück.

»Ich habe ihn sofort wiedererkannt, als du im Versammlungsraum von dem Wagen gesprochen hast. Aber ich wollte das erst noch überprüfen.«

Stierna nickte. Es gab keinen, der bei Diebstählen und Hehlerei besser war als Lydman. Es gab kaum jemanden in der Abteilung für Gewaltverbrechen mit besserem Gedächtnis. Niemand kannte die Stockholmer Diebe besser.

»Ich war es auch, der mit Sandquist gesprochen hat, als er herkam«, sagte Lydman. »An dem Tag, als er festgestellt hatte, dass der Wagen gestohlen worden war. Und es wird immer noch nach ihm gefahndet.«

Das werden sie noch eine ganze Weile tun müssen, dachte Stierna. Die Suche nach diesem schwarzen Wagen musste landesweit höchste Priorität haben. Er würde dafür sorgen, dass der Fahndungsaufruf nicht aus dem »Polizeibericht« genommen wurde. Würde die Beschreibung des Wagens noch einmal im Versammlungsraum durchgehen und dafür sorgen, dass jeder Mann der Abteilung sie auswendig kannte. Jeder patrouillierende Wachtmeister in Stockholms Straßen sollte den schwarzen Imperial Landau beschreiben können, und wenn er nachts aus dem Schlaf gerissen wurde.

»Warum einen Wagen stehlen?«, dachte Stierna laut. »Warum hat er einen Wagen gestohlen?«

»Warum brechen Leute überhaupt Autos auf?«

»Um das, was drinnen liegt, zu stehlen. Oder um das Auto für ein Verbrechen einzusetzen.«

»Ja«, stimmte Lydman zu. »So ist es fast immer. Meistens für Einbrüche, Safesprengungen oder Ähnliches. Und unser Täter wollte ein Auto, das nicht mit ihm in Verbindung gebracht werden kann. Das brauchte er für eine Weile. Er hat es eine Woche vor dem Mord gestohlen. Hat es benutzt, um Ingrid Bengtsson zur Werft zu fahren.«

»Dann hat er es nicht mehr gebraucht und es verschwinden lassen.«

»Oder er hat das Nummernschild ausgetauscht. Dann wird es schwieriger ...«, überlegte Lydman.

»Aber wir haben die Reifenspuren, Högstedts Analyse.«

»Die kann er auch gewechselt haben.«

»Glaubst du, dass er so berechnend ist?«

»Nein. Aber es könnte sein.«

Lydman nahm einen Stift und klopfte damit auf die Schreibtischplatte.

»Da ist noch etwas anderes im Spiel«, sagte er, »etwas ganz Vertracktes.«

»Ja?«

»Es sieht so aus, als hätte der Dieb schon einen Tag vorher versucht, Sandquists Wagen zu stehlen. Es muss nicht derselbe Mann gewesen sein, aber er kann es gewesen sein.«

»Wie meinst du das?«

»John«, sagte Lydman, »es besteht die Möglichkeit, dass wir seinen Mantel haben.«

Stierna sah ihn verständnislos an.

35

Es war sieben Uhr abends, als Stierna sein Elternhaus in der Södermannagatan betrat. Pünktlich wie immer. Karolina trug den Blumenstrauß, er selbst hatte eine Zigarrenkiste in der Hand; die sollte sein Vater bekommen.

Seine Mutter öffnete die Tür. Das gleiche, etwas verlegene Lächeln wie immer. Die gleiche Frisur, das lange Haar zu einem Knoten im Nacken gebunden. Ihm fiel auf, dass sie alt wurde. Das braune Haar wurde langsam grau. Im Gesicht zeigten sich Falten.

»John und Karolina«, sagte sie fröhlich. »Herzlich willkommen.«

Karolina überreichte die Blumen.

»Bitte, Emilie.«

»Vielen, vielen Dank.«

Seine Mutter umarmte Karolina. Stierna küsste seine Mutter auf die Wange.

»Guten Abend, Mutter.«

Die Dreizimmerwohnung im ersten Stock hatte sich verändert, seit er vor vielen Jahren ausgezogen war. Das Einzige, was noch darauf hindeutete, dass hier einmal drei Jungs gewohnt hatten, waren all die eingerahmten Fotos im Wohnzimmer. Bilder von ihm und seinen Brüdern vom Kindergarten an bis zur Konfirmation. Es gab auch ein Foto von dem mittleren Bruder Erik in seiner Malerkleidung. Und ein Bild des Jüngsten, der fast nie nach Hause kam. Fredrik, winkend auf dem Amerikadampfer. Er hatte das Land vor fünf Jahren verlassen. Stierna hatte ihn seit seiner Abreise nicht mehr gesehen, aber ab und zu wechselten sie Briefe miteinander.

Über der Kommode hing ein großes Foto von ihm selbst, in Polizeiuniform aus der Zeit, als er noch ein gewöhnlicher Wachtmeister gewesen war, der durch Södermalms Straßen patrouillierte.

Sein Vater empfing die beiden im Wohnzimmer. In dunklem Anzug und weißem Hemd, das war sein einziger Anzug, und den trug er immer zu festlichen Anlässen.

Er schüttelte seinem Vater die Hand und überreichte die Zigarrenschachtel.

»Bitte schön, Vater.«

»Danke. Wie schön, euch zu sehen. Das letzte Mal ist auch schon wieder eine ganze Weile her.«

Karolina streckte ihm die Hand entgegen.

»Guten Abend, Edvin.«

»Guten Abend, Karolina.«

Sie setzten sich auf das grün gepolsterte Sofa. Der Vater stellte die Zigarrenkiste auf den Tisch.

»Die nehmen wir uns nach dem Essen vor«, sagte er.

Johns Mutter kam ins Zimmer.

»Erik hat sich verspätet«, sagte sie, »wahrscheinlich ist die Kleine krank, sodass Maud zu Hause bleiben muss.«

Erik erschien eine Viertelstunde später. Er war ein ganz anderer Typ als John. Sie waren zwar ungefähr gleich groß und hatten die gleiche Augenpartie, aber Erik war dünner und sah irgendwie jungenhaft aus, trotz seiner einunddreißig Jahre. Er war ziemlich unzuverlässig, kam häufig zu spät.

Erik war seit einigen Jahren verheiratet. Er arbeitete als Maler und hatte eine dreijährige Tochter. Erst seit er eine Familie gegründet hatte, nahm er das Leben etwas ernster.

Der Aperitif wurde im Wohnzimmer eingenommen. Das schwarze Klavier stand dort, wo es immer gestanden hatte, vor dem Fenster, das zur Straße hinaus zeigte.

Jetzt fehlt nur noch Fredrik, dann wäre die Familie komplett, dachte Stierna. Doch der Bruder würde nicht kommen. Im besten Fall würden sie sich im nächsten Sommer sehen. Er lebte in Amerika, und eine Schiffsfahrkarte war teuer.

Beim Essen fragten sie ihn nach dem Mord an Ingrid Bengtsson. Nicht nach Details, die wollten sie gar nicht wissen. Aber sie waren betroffen, auf diese abstrakte Art, wie es die Gesellschaft immer ist. Er erklärte ihnen, dass er überzeugt davon war, dass sie den Mörder finden würden.

Das Essen war gut, wie immer. Stierna kam in den Sinn, dass sie in seiner Kindheit immer zu essen und saubere und heile Kleidung gehabt hatten, auch wenn nicht viel Geld zur Verfügung gestanden hatte. Der Vater war sein Leben lang Straßenbahnfahrer gewesen, da gab es kein großes Gehalt. Aber irgendwie waren sie stets zurechtgekommen. Und John wusste, dass seine Mutter das größte Verdienst daran hatte. Er erinnerte sich daran, wie sie viele Nächte lang Kleider genäht hatte. Wie sie sich um die Finanzen der Familie gekümmert und dafür gesorgt hatte, dass die Söhne zur Schule gehen konnten. Wie sie nebenbei daheim gearbeitet hatte, meistens handelte es sich darum, Kartons für verschiedene Firmen zusammenzustecken, er konnte sich nicht mehr daran erinnern, um welche es sich gehandelt hatte. Aber auch auswärts hatte sie gearbeitet, für ein paar Stunden am Tag als Wäscherin.

Eine kurze Zeit lang hatte sie nachts Zeitungen ausgetragen, doch das war auf Dauer nicht möglich gewesen, mit drei kleinen Söhnen, die morgens so früh aufwachten.

John Stierna liebte seine Eltern. Er konnte sich nur an ein einziges Mal erinnern, als sie wirklich böse auf ihn gewesen waren. Damals war er zehn Jahre alt gewesen und hatte mit ein paar Freunden im Hammarby See gebadet. Er war mit großen schwarzen Fettflecken am Körper nach Hause gekommen. Das Wasser dort war von den Abwässern der Fabriken und Schlachtereien verschmutzt gewesen, und die Eltern hatten alles Recht der Welt gehabt, mit ihm zu schimpfen.

Sonst hatten sie ihn eigentlich immer unterstützt. Sein Vater hatte ihm bei den Hausaufgaben geholfen. Obwohl er nie mehr als ein Straßenbahnfahrer geworden war, war er dennoch ein gebildeter Mann, der viel las und gerne Kreuzworträtsel löste. Offenbar war der Vater zufrieden mit seinem Beruf. Und warum auch nicht?

Beim Essen stand Karolina im Mittelpunkt. Alle hatten sie gern, obwohl sie sich gar nicht anstrengte, gemocht zu werden. Vielleicht gerade deshalb.

Nach dem Essen setzten sie sich ins Wohnzimmer. Der Vater bot Zigarren an, und Karolina unterhielt sich mit den Eltern. John saß neben seinem Bruder.

»Schade, dass Fredrik nicht hier ist«, sagte Erik.

»Ja«, stimmte John Stierna zu, »das ist schade.«

»Schreibst du ihm eigentlich?«

»Ab und zu.«

»Und antwortet er dir?«

»Ja. Schreibst du ihm auch?«

»Ich versuche es«, gab Erik zurück. »Aber ich habe noch nie gut schreiben können, das weißt du ja. Trotzdem vermisse ich ihn.«

»Ich auch.«

»Was macht er jetzt eigentlich?«

»Als ich das letzte Mal von ihm gehört habe, hat er als Tischler in Chicago gearbeitet, für einen anderen Schweden. Ich glaube, es gibt ziemlich viele Schweden dort.«

Der Bruder streckte sich nach der Flasche Cognac auf dem Tisch.

»Möchtest du noch?«

John Stierna reichte ihm sein Glas.

Der Alkohol hatte Erik nostalgisch gemacht.

»Weißt du noch früher«, sagte er, »als du dich prügeln musstest, weil ich ein paar ältere Jungs in der Schule geärgert hatte?«

Daran erinnerte John sich noch. Wie seine jüngeren Brüder mit Älteren in der Schule oder auf der Straße Streit angefangen hatten und dann zu ihm kamen, damit er ihnen half. Und nicht nur einmal. Das hatte er auch immer gemacht und dabei einmal sogar einen Eckzahn eingebüßt.

Eine Weile später saß John Stierna am Klavier. In seiner Kindheit und Jugend hatte er oft gespielt, nachmittags und an den Wochenenden am Klavier gesessen und geübt. Er war der Einzige in der Familie, der musikalisch war. Seine Mutter hatte das Klavier günstig bei einer Auktion erstanden, bevor ihre Söhne in die Schule gekommen waren.

Stierna spielte Grieg und Debussy.

Dann machte er eine Pause, trank einen Schluck Cognac. Er wandte sich an Karolina.

»Soll ich ›Ack Värmeland, du sköna‹ spielen? Und du singst dazu?«

Karolina zuckte zusammen. Sie wusste, dass sie eine schöne Stimme hatte, aber sie sang nur ungern vor anderen.

»Nein«, wehrte sie ab, »ich glaube nicht, dass ...«

»O doch, Karolina«, widersprach er. »Sing bitte, für Mutter, Vater und Erik.«

Und schließlich kam sie seinem Wunsch nach. Es war ein widerwilliger, aber schöner Gesang.

Gegen elf Uhr brachen sie auf. Der Regen prasselte an die Scheiben des Taxis.

Sie fuhren an den Baracken der Götgatan vorbei. Die Behelfsheime aus dem Krieg mit ihren windschiefen Abtritten auf den Höfen sahen verkommener aus als je zuvor. Als Stierna noch auf Södermalm Patrouille gegangen war, waren sie mehrmals in der Woche dorthin gerufen worden, oft hatte es Streit unter Alkoholeinfluss gegeben. Und am Södra Bantorget fuhren sie an den verwahrlosten Hütten vorbei.

Karolina war sauer auf Stierna.

»Warum wolltest du nicht singen, Karolina? Du hast so eine schöne Stimme ...«

Sie fasste ihn am Arm.

»Ich singe nur für dich, John. Nicht für andere.«

Er verstand nicht, warum sie das sagte, aber ihre Worte wärmten sein Herz.

Nachdem sie eine Weile gefahren waren, musste Stierna wieder an den Mord an dem Mädchen denken. Er schloss die Augen, spürte, wie die Müdigkeit ihn überfiel. Er hatte noch eine Karte im Ärmel, die er ausspielen konnte. Den Kettenanhänger. Und er hatte einen Entschluss gefasst. Er wollte die Kopie morgen auf der Pressekonferenz zeigen. Und dafür sorgen, dass ein Foto davon in allen Zeitungen erschien.

*

Er stand im Regen, wartete zwanzig Meter vom Eingang zur Parmmätargatan 7 entfernt. Er wusste nicht, wie lange er dort gestanden hatte, nur, dass schon eine ganze Weile vergangen war. Es fiel ihm nicht schwer zu warten, damit hatte er noch nie Probleme gehabt. In gewisser Weise hatte er sein Leben lang gewartet, auf was auch immer. Auf etwas, das nie eintraf.

Ein schwarzes Taxi hielt vor dem Haus. Er schlug den Mantelkragen hoch und schob den Hut noch tiefer ins Gesicht.

Der Fahrer stieg aus, öffnete die Tür für eine Frau in einem dunklen Mantel. Die Dame stieg aus, und er sah, wie sie den Fahrer anlächelte, während sie ihm einen guten Abend wünschte und zum Hauseingang ging.

Die Tür auf der anderen Wagenseite wurde geöffnet, und ein Mann stieg aus.

Sofort erkannte er den Kommissar wieder, trotz der Dunkelheit. Woran, das wusste er selbst nicht so genau. Vielleicht war es die Körperhaltung, sie war genau so, wie er sie sich vorgestellt hatte. Respekt heischend, auf eine Art, die ihn wütend machte. Außerdem erkannte er ihn von den Fotos in den Zeitungen wieder. Er überlegte, ob das derselbe Mann war, den er auf dem Friedhof gesehen hatte, bei Ingrids Beerdigung. Aber sicher war er sich nicht.

Er sah, wie Stierna den Fahrer bezahlte und der Frau folgte.

Als sie durch das Tor verschwunden waren, eilte er zum Taxi, damit es nicht wieder losfuhr. Er stieg ein und nannte seine Adresse.

Sie würden ihn kaum dingfest machen können, dazu hatte er alles viel zu gut geplant. Und sollte es ihnen doch gelingen, nahm er an, dass es für ihn eigentlich auch keine große Rolle mehr spielte.

Er nahm die Zigarettenschachtel aus der Tasche. Seit einer Weile rauchte er Kette, zumindest zeitweise. Am Tag zuvor hatte er zwei Schachteln geraucht. Als er abends ins Bett ging, konnte er nicht einschlafen. Die Luftröhre war wie verklebt, und ein pfeifendes, rasselndes Geräusch beim Atmen irritierte ihn. Noch ein Zeichen für eine immer anfälligere Gesundheit. Doch das machte ihm keine Sorgen.

Wahr und falsch, falsch und wahr, dachte er. Und was ist richtig: falsch oder wahr? Gab es eigentlich irgendjemanden, den das interessierte?

Am nächsten Tag ging er schon frühmorgens zum Sportplatz. Der Fußballplatz war leer, ebenso die Laufbahnen. Außer ihm war kein Mensch da.

Er lief fünfmal vierhundert Meter, machte dazwischen nur kurze Pausen. Das sollte für den Moment genügen.

Anschließend zog er die lange Hose wieder an und überquerte das Fußballfeld. Er ging langsam und schaute dabei in den grauen Himmel. Es schien, als würde es jeden Moment anfangen zu regnen.

Dann ging er zu dem Holzhäuschen am Eingang. Das Café war noch geschlossen. Es würde erst abends aufmachen, wenn die Plätze und die Laufstrecken sich mit Menschen füllten. Ausnahmsweise war er einmal früh am Morgen hier, sonst kam er üblicherweise erst am späten Abend.

Er dachte an die Frau, die dort arbeitete. Kristina hieß sie, das hatte sie ihm erzählt. Er hatte sie gefragt. Was er sonst eigentlich nicht tat, aber diese Frau hatte etwas Besonderes an sich. Ihre braunen Augen, ihre orientalischen Züge, das blonde Haar. Sie war etwas Besonderes. Schön. Sie hatten sich ein paarmal unterhalten. Aber es fiel ihm schwer, ein Gespräch zu führen. Und sie hatte ihn nie gefragt, wie er hieß.

Er dachte an die Liebe und daran, dass er eigentlich gar nichts darüber wusste. Dass sie immer außerhalb seiner Reichweite gewesen war. Und es wohl auch immer so bleiben würde. Er hatte schon oft aus der Entfernung Liebe erlebt, wie ein schattenhafter Beobachter. Mit verschwommenen Konturen. Er wusste, es war das Leben, das ihn zu diesem Schattenwesen gemacht hatte.

Er setzte sich vor dem Café auf eine einfache Holzbank. Zog das Stamboul-Päckchen heraus und zündete sich eine Zigarette an. Er rauchte zu viel, und er spürte, dass ihn das zu einem schlechteren Läufer machte. Aber bis jetzt war er immer noch gut. Zu seinen besten Zeiten hatte es nicht viele gegeben, die ihn hatten schlagen können. Und er ging davon aus, dass es immer noch so war.

Als er die Augen schloss, dachte er an das Haus am See, in dem er aufgewachsen war. An den Vater, der mit dem schwarzen Schlagstock auf ihn gewartet hatte, Abend für Abend, Jahr für Jahr. Eine Zeit lang war er Umwege gegangen, um das Unvermeidliche hinauszuzögern, aber das hatte nur dazu geführt, dass er noch mehr Prügel hatte einstecken müssen. An die Mutter, die ihm gegenüber eigentlich nie Gefühle gezeigt hatte. Was ihn davon überzeugt hatte, dass er nichts wert war, was ihn zu einem seelischen Krüppel gemacht hatte. Was dazu geführt hatte, dass er nie eine Chance gehabt hatte.

Das saß im Rückenmark, das wurde er nie wieder los, das Gefühl, nichts wert zu sein. Das prägte sein ganzes Leben, hatte ihn zu dem gemacht, was er jetzt war. Diese Unerbittlichkeit hatte alle Möglichkeiten zunichtegemacht, normale Beziehungen aufzubauen. Zu Frauen, zu Freunden, wenn er welche gehabt hatte. Die Jahre der Erniedrigung hatten dazu geführt, dass er niemanden an sich heranließ, hatten ihn an den Punkt gebracht, an dem er sich jetzt befand.

Es war der Hass auf das Leben an sich, der ihn dazu gebracht hatte, das Mädchen zu töten. Der Hass war viel stärker gewesen als die Spannung, der Rausch, den er gesucht hatte.

In seinem tiefsten Innern wusste er, warum er Ingrid ausgesucht hatte, das war kein Zufall gewesen. Nicht nur, weil sich die Gelegenheit im Vasapark geboten hatte. Nicht nur, weil sie ein leichtes Opfer gewesen war. Da war noch etwas anderes. Sie war all das, was er als Kind nie hatte sein können: Sie fühlte sich geborgen und war glücklich, voller Zuversicht.

Das war das Los des Lebens. Es war so ungleich verteilt, ohne Sinn und Verstand, eine Lotterie mit Gewinnern und Verlierern.

Der Mord an dem Mädchen war für ihn keine sinnlose Tat gewesen. Es war seine Art gewesen, all das auf den Kopf zu stellen, einzugreifen, dort vernichtend zu wüten, wo der göttliche Herrscher geglaubt hatte, Glück geschaffen zu haben, und dies zu einem plötzlichen gewaltsamen Tod zu führen. Der Hass auf das Leben hatte ihn so weit gebracht, der Trieb, einen anderen Menschen töten zu müssen. Vielleicht würde er es wieder tun. Etwas war in ihm gewachsen, als er das Mädchen erschlug. Es schien, als hätte sich eine Tür geöffnet oder wäre zumindest einen Spalt offen, zu einem anderen Teil seines Ichs. Eine Tür, die möglicherweise nicht wieder verschlossen werden konnte, selbst wenn er es wollte.

Er ging zurück auf die Laufstrecke. Lief noch fünfmal vierhundert Meter, nur mit kurzen Pausen dazwischen. Er wollte bis zur Erschöpfung laufen, das minderte die Unruhe in seinem Körper.

Als er fertig war, zog er sich um und verließ mit Straßenschuhen den Platz. Dieses Mal wollte er nicht duschen.

Er schlenderte die Straße entlang, dann begann er wieder zu laufen, doch jetzt weitaus langsamer als auf der Bahn. Denn jetzt wollte er viel länger laufen.

Er lief um Kungsholmen herum nach Hause. Er war auf kurzen wie auch auf langen Strecken schnell. Das war ungewöhnlich. Es gab nicht viele, die so schnell waren.

Visby 1953

36

Karolinas Foto stand auf dem Nachttisch in seinem Zimmer.

Die Ehe war für uns beide von Anfang an keine Selbstverständlichkeit, dachte Stierna. Weder für mich noch für Karolina.

Ich wuchs nicht unter den Ärmsten auf, aber doch unter Menschen, die immer nur gerade so zurechtkamen. Meine Eltern waren über fünf Jahre lang ein Paar, bevor sie heirateten. Ich bin nicht unehelich geboren, aber das hätte gut passieren können. Wie Ingrid Bengtsson. Vielleicht ist das ein Grund, warum ich so viel für sie empfinde. Dass wir in gewisser Weise aus den gleichen Kreisen stammen. In gewisser Weise den gleichen Hintergrund haben.

Für meine Eltern war es ganz selbstverständlich, mit der Heirat zu warten. Bis die Finanzen ausreichten, bis sie genug Geld hatten, denn eine Hochzeit kostet ein Vermögen, wenn man arm ist. Zumindest war es damals so. Also warteten sie, bis sie ihre Schäfchen im Trockenen hatten. Bis sie sicher waren, dass sie eine Familie mit Kindern versorgen konnten. Sie lebten in einer sogenannten Stockholmer Ehe, sie wohnten zusammen, aber ohne Trauschein. Was nichts Besonderes war, nicht in der Arbeiterklasse, in der ich aufgewachsen bin.

Das Finanzielle war in meiner Kindheit immer problematisch gewesen. Für die Menschen, unter denen ich aufgewachsen bin. In einer Stadt, in der fast ein Drittel aller Kinder unehelich geboren wurde. So war es damals in Stockholm.

Sie ließen sich also Zeit, bis sie heirateten, meine Eltern. Ganz offiziell, in der Kirche, bekamen sie den Segen des Pfarrers.

Wenn ich daran zurückdenke, habe ich das Gefühl, dass es gut so war, nicht nur wegen des Geldes. Meine Eltern lernten sich kennen, nahmen sich Zeit, herauszufinden, dass sie zusammengehörten, dass sie den Rest ihres Lebens miteinander verbringen wollten.

So ist es mir auch ergangen, als ich Karolina begegnet bin. Der Arbeiterhintergrund hatte mich geprägt, auch wenn ich der Einzige in der Familie war, der weiter zur Schule gehen konnte, der aufstieg, schließlich Kommissar in der Abteilung für Gewaltverbrechen wurde. Derjenige, der es geschafft hat. Für mich war eine Stockholmer Ehe nichts, dessen man sich schämen musste. Und gleichzeitig wusste ich, wohin mich mein Weg nach oben führte. In die feinen Salons, in denen andere Regeln herrschten.

Die ersten Jahre gelang es uns, die Verbindung geheim zu halten. Einige wussten natürlich davon. Meine Eltern, meine Brüder. Ein paar der engsten Freunde außerhalb der Polizei. Ihre Familie; dort gab es viele Künstler und Intellektuelle, die sahen nie auf uns herab. Roland Lindberg, er kam aus den gleichen Kreisen wie ich. Karl Högstedt, für ihn war der Stand nie wichtig, er hatte zwar bürgerlich geheiratet, erklärte jedoch, dass er keinen Unterschied zwischen Liebe und Liebe sah, ob mit oder ohne Ring. In gewisser Weise auch Rehn, er war ja an diesem ersten Abend im »Atlantis« dabei gewesen, doch er sah Karolina nur als Zeitvertreib für mich an. Nichts Ernstes, nur ein Spiel für eine Weile. Rehn habe ich nie die ganze Wahrheit erzählt, irgendwie war mir nie danach.

Aber sonst erfuhr niemand etwas davon. Mir war klar, dass es nicht in die Salons passte, in denen ich inzwischen verkehrte. Ich hatte eine Klassengrenze überschritten; wenn man dabei ist, die Unsittlichkeit zu bekämpfen, muss man sehr darauf achten, wie man selbst lebt.

Fast drei Jahre lebte ich so mit Karolina. Etwas im Verborgenen, jeder für sich. Sie zusammen mit ihrer Schwester in Birkastaden. Ich in der Wohnung in der Parmmätargatan. Nicht aus finanziellen Gründen wie meine Eltern, das war nie ein Hindernis für unsere Hochzeit. Wir warteten einfach, bis wir uns entschieden, wollten ganz sicher sein.

Ich erinnere mich, sie war auf Roland Lindbergs Hochzeit dabei, aber wir taten so, als kennten wir uns gar nicht so gut. Denn es waren noch andere da aus Polizeikreisen, und ich weiß, wie schnell so etwas durchsickert: an die Presse, an die Vorgesetzten.

Im August 1926 heirateten wir, am Samstag, den einundzwanzigsten. Nicht im Oktober, November oder Dezember, wo die meisten heirateten. Wir entschieden uns für den Sommer, das Licht. Das Lustige war, dass der Sommer sich ausgerechnet an diesem Tag von seiner schlechtesten Seite zeigte. Mit heftigem Wind. Ein Regenschauer löste den anderen ab, und als die Regenwolken über Stockholm zogen, goss es wie aus Kübeln. Dennoch war das einer der glücklichsten Tage meines Lebens. Und als ich verheiratet war, konnte der nächste Schritt folgen. Es schien, als hätte Berner nur darauf gewartet, dass ich im bürgerlichen Hafen angekommen war. Und in gewisser Weise damit unerschütterlich geworden war.

Zwei Monate nachdem wir uns in der Kungsholmener Kirche das Jawort gegeben hatten, war ich derjenige, der die Arbeitsverteilung im Versammlungsraum leitete, der den Polizeibericht vorlas. Ich war Abteilungsleiter.

Stierna berührte leicht Karolinas Foto. Sie ist fort, dachte er. Ich weiß nicht, was sie tut, wen sie liebt.

*

An diesem Tag sollte er den Journalisten nicht treffen. Grönwall war nach Stockholm gefahren, er hatte etwas Dringendes zu erledigen. Stierna überlegte, ob er wieder im »Stadshotel« unterkommen würde, wenn er zurückkehrte. Das hatte er gesagt, er wollte zurückkommen, und sie würden das Gespräch fortsetzen.

*

An diesem Abend aß Stierna nicht viel, nur eine Champignonsuppe und ein belegtes Brot. Wie üblich bestellte er sich ein Bier zum Essen. Und nachdem er fertig gegessen hatte, trank er noch einige weitere. Er spürte, wie der leichte Rausch sich schneller als üblich einstellte, er hatte die Nacht zuvor nur schlecht geschlafen, und vielleicht lag es am Schlafmangel, dass er für den Alkohol so empfänglich war.

Es waren mehr Gäste als üblich an diesem Abend im Speisesaal, rund zwanzig. Was wohl der Grund dafür sein konnte, schließlich war es ein ganz normaler Montag? Aber vielleicht lag es an den letzten Tagen des Sommers, der August würde bald vorüber sein.

Stierna bezahlte die Rechnung, griff nach seinem Stock und stand auf. Als er an dem schwarzen Klavier vorbeiging, hielt er inne. Plötzlich bekam er Lust zu spielen, wahrscheinlich lag das am Alkohol.

Das Gemurmel im Speisesaal war leise, direkt angenehm. Der Raum war groß, es waren nur vereinzelte Tische besetzt.

Stierna klappte den Deckel auf und setzte sich ans Klavier.

Ein Kellner steuerte auf ihn zu, wurde jedoch von dem Oberkellner aufgehalten.

»Lass ihn ruhig«, sagte dieser. »Wenn er spielen kann, soll er es nur tun, und sonst können wir ihn immer noch bitten zu gehen.«

Stierna drückte einige Tasten. Er begann zu spielen, Satie, das war einer seiner Lieblingskomponisten.

Er war ein wenig eingerostet, doch es ging besser, als er es sich vorgestellt hatte, trotz des leichten Rausches. Nach einer Weile kümmerte er sich nicht mehr darum, ob sein Spiel gewünscht war oder nicht. Das Klavier hatte seit seiner Ankunft in dem Wirtshaus in der Ecke des Speisesaals gestanden. Niemand hatte es angerührt, was ihn etwas geärgert hatte.

Es war gut gestimmt. Stierna nahm an, dass es im Sommer benutzt wurde, während der Werksferien, wenn die Touristen herbeiströmten.

Sie ließen ihn spielen. Der Oberkellner blieb ein paar Schritte von ihm entfernt stehen und hörte einfach nur zu. Nach einer Weile kam einer der Kellner mit einem Bier und stellte es auf das Klavier.

Auch Gäste kamen, ein Paar mittleren Alters.

»Darf man sich etwas wünschen?«, fragte die Frau, als Stierna eine Pause machte und von seinem Bier trank.

Er hörte, dass sie aus Stockholm kamen, und fragte sich, was sie wohl zu dieser Jahreszeit in Visby machten.

»Bitte, was möchten Sie denn hören?«, erwiderte er. »Aber ob ich es spielen kann, ist eine andere Sache.«

Die beiden wollten Beethoven hören, und den Wunsch konnte er ihnen erfüllen.

Stierna stand eine halbe Stunde später auf, trank sein Bier aus und wollte auf sein Zimmer gehen. Doch er wurde von dem Oberkellner aufgehalten.

»Ich ... wir möchten uns bei Ihnen bedanken, Herr Stierna. Das Haus möchte sich für die schöne Musik bedanken.«

»Keine Ursache«, wehrte Stierna ab. »Wenn es gewünscht wird, versuche ich es gern mal wieder.«

Sein Zimmer lag im Dunkeln, er musste nach dem Lichtschalter tasten.

Stierna legte sich aufs Bett, musste vorher einige Papiere aus den Ermittlungen zur Seite schieben. In ein paar Tagen würde es offiziell vorbei sein. Aber die Ermittlungen waren vor langer Zeit eingestellt worden, seit vielen Jahren hatte niemand mehr an dem Fall gearbeitet. Er eigentlich auch nicht. Doch in wenigen Tagen ... Dann würde der Fall, den zu lösen er alles Menschenmögliche versucht hatte, offiziell verjährt sein, mit dem Stempel »ungelöst« versehen werden. Es war fast fünfundzwanzig Jahre her, seit Ingrid Bengtsson tot auf der Djurgårdswerft gefunden worden war. Fünfundzwanzig Jahre, die Verjährungsfrist für Mord.

Er wusste irgendwo im Hinterkopf, dass es kein Zufall war, dass er ein Jahr früher seinen Dienst beendet hatte, dass er diese letzten zwölf Monate im Kriminalmuseum nicht ertragen hätte. Oder, wenn er ehrlich war, spukte das nicht nur im Hinterkopf herum, sondern er war sich dieser Tatsache vollkommen bewusst. Er wollte nicht mehr dort sein, wenn sein Versagen noch einmal im Rampenlicht stehen würde, auch wenn sich eigentlich niemand mehr daran erinnerte, abgesehen von ihm selbst, während früher alle so brennend an dem Fall interessiert gewesen waren. Die Presse, die Öffentlichkeit, die Abteilung für Gewaltverbrechen. Er hatte das Kriminalmuseum nicht verlassen, um noch einmal von vorn anzufangen, um einen neuen Abschnitt in seinem Leben zu beginnen. Es war schon seit Langem zu spät dafür. Nein, er ließ alles hinter sich, um zu fliehen. Er spürte die Furcht, eines Tages ganz unten anzukommen, er wollte nicht, dass die Menschen um ihn herum das erlebten. Diejenigen, die ihn kannten, die wussten, wer er einmal gewesen war.

Früher hatte er einmal versprochen, Ingrid Bengtssons Mörder zu finden. Nicht irgendjemandem, nein, ihrer Mutter. Doch er hatte sein Versprechen nie einlösen können, das wichtigste Versprechen in seinem Leben.

Deshalb hatte er den Fall mitgenommen, hierher nach Visby. Der letzte Strohhalm, etwas zu tun, was Bedeutung hatte. Auch wenn er eigentlich schon vor langer Zeit diesen Strohhalm hatte fallen lassen. In ein paar Tagen war der Fall verjährt. Der Mörder würde für alle Zeiten frei bleiben, nie verurteilt werden.

Stierna stellte sich ans Fenster, schaute auf die Uhr am Dom. Es war bereits zwanzig vor zehn.

Stockholm 1928

37

Nils Sandquist zeigte auf den leeren Platz auf der Straße.

»Da hat er gestanden«, sagte er, »ich habe immer direkt vor dem Eingang geparkt.«

Stierna war mit der Straßenbahn bis zur Haltestelle am Norrmalmstorg gefahren. Er war diese Autofahrten leid, und irgendwie konnte er in der Straßenbahn besser denken, wenn er sich unter die Leute mischte.

Sandquist hatte ihn schon vor dem Eingang am Strandvägen empfangen. Er war um die vierzig, mit dünnem, dunklem Schnauzbart, trug einen maßgeschneiderten Anzug und Melone. Sandquist handelte mit Konfektionskleidung und hatte erklärt, dass er gut daran verdiente. Was Stierna ihm ohne Weiteres glaubte. Die Adresse, Strandvägen mit den protzigen Bauten. Der Wagen. Die elegante Kleidung.

»Hier ist also Ihr Wagen gestohlen worden, irgendwann zwischen halb zwei Uhr nachts und elf Uhr vormittags am sechsundzwanzigsten August?«

»Ja«, bestätigte Sandquist, »wie ich schon gesagt habe.«

»Und die Uhrzeit, die stimmt?«

»Ja ... So einigermaßen. Es ist ja eine ziemlich lange Zeitspanne. Fast zehn Stunden vergingen, nachdem ich den Wagen abgestellt hatte, bis zu dem Zeitpunkt, als ich entdeckte, dass er weg war.«

»Ja, das ist eine lange Zeit.«

Aber der Kommissar war überzeugt davon, dass der Zeitraum gar nicht so lang gewesen war. Denn der Wagen war wohl kaum am Vormittag verschwunden. Wahrscheinlich war es nachts passiert, gar nicht lange nachdem Sandquist den Wagen hier am Strandvägen abgestellt hatte. Oder während der frühen Morgenstunden, bevor die Leute aufstanden und das Risiko, gesehen zu werden, zu groß wurde.

»Was haben Sie gemacht, bevor Sie den Wagen um halb zwei hier abgestellt haben?«

»Meine Frau und ich, wir waren bei Bekannten in Djursholm. Dort ist es spät geworden. Wir haben zusammengesessen und uns unterhalten. Ich habe ein paar Gläser getrunken, ich musste mich ja zurückhalten, da ich noch fahren musste.«

Stierna schaute das prunkvolle Steinhaus an. Seine Eltern hatten ihm früher von den Holzhütten und Schuppen erzählt, die hier einmal gestanden hatten. Von den Holzbrettern, die nur notdürftig die ärmlichen Hinterhöfe und das Elend verbargen. Das war noch gar nicht so lange her. Jetzt wohnten die Reichen hier. Und auch wenn Stierna aufgestiegen war, wusste er genau, dass er hier nicht hingehörte, hier nie hingehören würde.

»Sie sagen, es hat eine Weile gedauert, bis Sie ins Bett gegangen sind. Und während der Zeit haben Sie nie auf die Straße geguckt, nach dem Wagen?«

»Nein«, antwortete Sandquist, »daran würde ich mich erinnern.«

»Und gegen elf Uhr am Vormittag haben Sie bemerkt, dass der Wagen weg war?«

»Ja, ungefähr um die Uhrzeit.«

Stierna sog die frische Herbstluft ein. Unten am Wasser schlenderten Spaziergänger entlang.

»Haben Sie den Kontaktschlüssel zum Wagen in Ihre Wohnung mitgenommen? Oder haben Sie ihn vielleicht im Automobil vergessen?«

»Ich habe ihn hier bei mir.«

Sandquist hielt den Schlüssel hoch. Stierna schaute ihn sich kurz an.

Also verstand er die Kunst, einen Wagen ohne Schlüssel zu starten, der Mann, der den Chevrolet gestohlen hat, dachte er. Und es war wahrscheinlich nicht das erste Mal, dass er das getan hatte.

»Der Wagen war noch nicht besonders alt?«

»Anderthalb Jahre«, antwortete Sandquist. »Und jetzt muss ich mir schon wieder einen neuen kaufen.«

»Wird es wieder ein Chevrolet?«

Stierna wusste nicht, warum er diese Frage stellte, sie hatte mit dem Diebstahl überhaupt nichts zu tun.

»Mal sehen«, zögerte Sandquist.

»Zu den Reifen. Die Hinterreifen waren fast neu, die Vorderreifen stark abgefahren. Wie kommt das?«

»Die Vorderreifen stammen von meinem alten Wagen, den hatte ich schon eine ganze Weile. Und außerdem ... wissen Sie, die Hinterreifen nutzen viel schneller ab; und ich fand es unnötig, die Vorderreifen auch auszutauschen, deshalb habe ich nur neue Hinterreifen gekauft. Aber ich fahre viel mit dem Auto, deshalb wollte ich demnächst auch die Vorderreifen austauschen. In den nächsten Monaten.«

Eine Weile schwieg Stierna. Unten am Kai lagen sechs Frachtschiffe, die Segel zum Trocknen aufgehängt. Er entdeckte weit draußen auf dem Wasser ein Dampfschiff. Stockholms Dampfschifffahrtsgesellschaft. Nicht die von Djurgården, die gab es nicht mehr.

»Sie hatten eine 7,65-Millimeter-Pistole des Fabrikats Sauer & Sohn in dem Wagen liegen. Und dazu ein Magazin mit sieben Patronen.«

»Ja, das stimmt.«

»Sind Sie sicher, dass die Pistole im Wagen lag?«

»Ziemlich sicher. Sie lag vorn im Handschuhfach. Beides, die Pistole und das Magazin.«

»Wieso hatten Sie eine Pistole im Wagen?«

»Ein paar Tage, bevor das Auto verschwunden ist, habe ich noch geschossen. Auf unserem Landsitz auf Värmdö, da schieße ich ab und zu zur Übung. Und danach ist die Pistole wohl im Auto geblieben.«

Stierna sah in den grauen Himmel. Er fand es einfach idiotisch, eine Pistole in einem Wagen liegen zu lassen, sagte Sandquist aber nichts.

»Aber am Vorabend ist etwas passiert, oder genauer gesagt in der Nacht?«, fragte Stierna nach.

»Ja.«

»Er kann schon einmal hier gewesen sein und versucht haben, den Wagen zu stehlen. Stimmt es, dass Sie ihn verjagt haben? Und dabei seinen Mantel erwischt haben?«

»Ja.«

»Erzählen Sie mir, was passiert ist.«

»Ich habe da unten einen Mann gesehen, am Auto. Das war so gegen Mitternacht.«

»Was hat er gemacht?«

»Er ist um den Wagen herumgegangen. Ich glaube, er hat überprüft, ob er abgeschlossen war.«

»Und was haben Sie gemacht?«

»Ich habe mir erst mal Schuhe angezogen. Er hat sich wie ein Autodieb aufgeführt. Dann bin ich leise rausgegangen.«

»Wollten Sie ihn schnappen? Ganz allein?«

»Ich habe nicht weiter darüber nachgedacht, das war eher so ein Impuls. Ja ... ich glaube, ich wollte ihn schnappen.«

»Konnten Sie feststellen, wie er ausgesehen hat?«

Sandquist zuckte mit den Achseln.

»Ja, wie hat er ausgesehen? Er stand mir schräg gegenüber. Und er trug einen Hut. Der war steif, nicht so ein weicher. Es war nicht so kalt in der Nacht, deshalb trug er wohl seinen Mantel über dem Arm. Der war dick wie ein Wintermantel. Der Mann war mittelgroß. Ich nehme an, er war ziemlich jung. Wirkte schmächtig, dünn.«

Stierna machte sich Notizen.

»Und wie war er sonst gekleidet?«

»Ich glaube, er trug einen Anzug. Er war ordentlich gekleidet. Sah nicht aus wie ein Autodieb.«

Wie sieht ein Autodieb denn aus?, fragte Stierna sich im Stillen. Aber er wusste, was Sandquist meinte.

»Sind Sie auf ihn zugegangen?«

»Ich konnte ziemlich nahe an ihn herankommen. Er hat mich erst gesehen, als ich fast neben ihm stand. Er hatte mir den Rücken zugedreht. Ich habe ihn angesprochen, etwas gesagt wie ›stehen bleiben‹. Da ist er losgerannt. Aber ich habe mir seinen Mantel schnappen können. Ich wollte den Mann ja festhalten. Und am nächsten Tag habe ich den Mantel bei der Polizei abgegeben.«

Stierna wusste darüber Bescheid. Er hatte am Abend zuvor mit Högstedt gesprochen. Der Mantel war in der technischen Abteilung, im Zentralbüro für Fingerabdrücke.

»Was ist passiert, als Sie ihm den Mantel entrissen haben?«

»Ich habe den Mantel erst mal am Auto liegen lassen, habe ihn erst wieder aufgehoben, als ich zurückgekommen bin.«

»Als Sie zurückgekommen sind?«

»Er ist ja losgerannt, und ich ihm nach. Er rannte Richtung Dramaten, dann ist er abgebogen, die Sibyllegatan entlang. Ich wollte an ihm dranbleiben, aber er war schnell. Verdammt schnell. Obwohl er ein paarmal den Hut festgedrückt hat, damit er ihn nicht verlor. Als ich noch jünger war, bin ich gern gelaufen. Ich tue das heute noch ab und zu, versuche in Form zu bleiben. Aber er war viel schneller.«

Stierna musterte Sandquist, er schien ziemlich gut in Form zu sein.

»Wenn der Mann, den Sie weggejagt haben, zurückgekommen ist, um den Wagen zu stehlen ... Können Sie sich irgendeinen Grund denken, warum er zurückgekommen sein könnte? Und warum er ausgerechnet diesen Wagen stehlen wollte?«

»Nein, was sollte das sein?«

»Ich weiß es nicht. Gibt es jemanden, der Ihnen vielleicht nicht so wohlgesinnt ist?«

Der Geschäftsmann sah den Kommissar verwundert an.

»Wer sollte das sein?«

»Das müssen Sie schon selbst beantworten.«

»Ich wüsste niemanden, der mir etwas Böses wollte.«

»Hatten Sie etwas in dem Wagen, woran er ein besonderes Interesse gehabt haben könnte?«

»Ich weiß nicht ... Ich habe doch schon angegeben, was im Wagen war.«

Stierna holte die Anzeige heraus, er hatte sie in der Innentasche.

»Einen halben Liter Zweisternecognac«, las er vor, »eine blaue Schachtel mit einem grauen Anzug im Gepäckraum. Eine braune Ledertasche mit einer Pistole mit Munition.«

Einen Moment lang schwieg Stierna, dann fuhr er mit seinen Fragen fort: »Und Sie sind sicher, dass das alles war? Dass Sie sonst nichts im Wagen hatten? Etwas, was der Dieb dringend brauchte?«

»Ich denke nicht.«

»Die Pistole. Wer wusste davon?«

»Die meisten, die mich kennen.«

»Sind das viele?«

»Ja.«

Stierna nickte.

»Ich möchte, dass Sie sich bei mir melden, wenn Ihnen noch etwas einfällt, was im Wagen gelegen haben könnte.«

Stierna räusperte sich. Es kratzte im Hals, vielleicht war eine Erkältung im Anmarsch. Was in dieser Jahreszeit und bei diesem Wetter nicht verwunderlich wäre.

»Und Sie kennen niemanden, der hinter Ihnen her sein könnte? An dem Mann ist Ihnen nichts Bekanntes aufgefallen?«

»Nein.«

Stierna klappte seinen Notizblock zu.

»Können Sie sonst noch etwas über den Mann sagen, was Ihnen vielleicht unwichtig erscheint?«

Sandquist überlegte, dann antwortete er: »Da war irgendwas an seinem Laufstil ... irgendwas mit den Knien. Er hat sie ungewöhnlich hochgezogen. Das sah merkwürdig aus, ungewohnt.«

38

Ein weißes, abgenutztes Taschentuch. Ein kleiner Zettel mit Wörtern darauf.

Stierna las: *Milch. Eier. Brot. Kartoffeln. Zigaretten.*

Die Handschrift war sorgfältig, die Buchstaben standen etwas schräg.

Eine Einkaufsliste, dachte Stierna. Mit dem, was im Haushalt fehlt. Und um nicht zu vergessen, Zigaretten mitzubringen.

Er stand mit Högstedt vor der technischen Abteilung. Der schwarze Mantel lag auf einem Holztisch.

»Das ist also alles, was ihr in dem Mantel gefunden habt, den Sandquist abgeliefert hat?«

»Ja«, bestätigte Högstedt.

»Und was haben die Untersuchungen des Taschentuchs und des Zettels gebracht?«

»Das Taschentuch hat gar nichts gebracht. Auf dem Zettel habe ich ein paar Fingerabdrücke gefunden. Und ich habe drei Abdrücke sichern können, die lassen sich identifizieren.«

»Ja, und?«

»Sie sind nicht in unserem Register. Keiner der Abdrücke ist bei uns zu finden.«

»Sind es die gleichen wie auf der Werft?«

»Ich weiß es nicht. Aber dort gibt es so viele alte Abdrücke. Und unglaublich viele Fragmente, mit denen man nichts anfangen kann. Ich habe sie noch nicht verglichen.«

»Dann tu das«, sagte Stierna.

Einen Moment lang schwiegen beide.

»Und die anderen Abdrücke auf dem Zettel?«, fragte Stierna weiter.

»Die sind nur in Bruchstücken erhalten. Und gehen ineinander über. Ich konnte sie nicht identifizieren.«

»Da steht ›Zigaretten‹ auf dem Zettel. Der Mann mit dem Mantel will sicher sein, dass er nicht vergisst, Zigaretten zu kaufen. Der Mann, den Rikard Dahlin in der Nacht oder am frühen Morgen, bevor wir Ingrid gefunden haben, vor der Werft gesehen hat, rauchte.«

»Viele Leute rauchen. Und es muss ja nicht der Besitzer des Mantels gewesen sein, der den Zettel geschrieben hat.«

»Aber er könnte es gewesen sein.«

Stierna tastete nach seinem Zigarettenpäckchen, das in der Hosentasche lag, holte es aber nicht heraus.

»Und der Mantel?«

»Der ist von der Marke Glover«, sagte Högstedt. »Eine recht gute Marke, aus England. Den kann man in ziemlich vielen Geschäften in Stockholm kaufen. Im ›Nordiska Kompaniet‹, bei Paul U. Bergström. Bei einigen kleineren Herrenausstattern. Er muss ja nicht in Stockholm gekauft worden sein, der wird in ganz Schweden verkauft.«

»Also ist der Mantel nichts Außergewöhnliches?«

»Nein. Und gerade dieses Modell wird schon seit drei, vier Jahren verkauft. Es ist ziemlich teuer, aber beliebt.«

»Was hat die Untersuchung sonst ergeben?«

»Wir haben am Kragen drei Haare gefunden. Die haben wir ins Karolinska-Institut geschickt. Aber die Analyse hat nicht viel gebracht. Sie stammen höchstwahrscheinlich von einem Mann. Braunes Kopfhaar, ziemlich kurz geschnitten. Die Haarwurzeln sind vertrocknet, sie sind also wohl aus ganz natürlichem Grund ausgefallen. Das Haar ist nicht beschädigt und nicht gefärbt. Es gab keine Spuren von irgendwelchen Haarparasiten.«

»Der Mann, der den Mantel getragen hat, hat also dunkelbraunes Haar. Wenn die Haare von ihm stammen. Für einen Mann haben sie normale Länge. Und was ist mit dem Zettel und dem Taschentuch?«

»Das Taschentuch ist alt, weiß, hat kein Muster«, erklärte Högstedt. »Es gibt keine Marke, keine Initialen. Was die Sache schwierig macht. Ich weiß, Lydman hat trotzdem Leute in die Läden geschickt. Um zu fragen, ob es irgendwo hier in der Stadt gekauft worden sein kann. Aber das hat nichts gebracht. Wie gesagt, es scheint schon ziemlich alt zu sein.«

»Und der Zettel?«

»Der ist weiß und ohne Prägung, unliniert. Wurde wohl von einem Block abgerissen. Von einem ganz normalen Notizblock. Die werden überall verkauft ... Solche Blöcke findet man überall. Den Zettel können wir auf keinen Fall zurückverfolgen.«

Stierna bedankte sich, verließ das Gebäude und ging in den Park. Zu beiden Seiten der breiten Steintreppe, die zum Haupteingang führte, reihten sich Fahrräder aneinander. Bis der erste Schnee fiel, würden die Räder hier stehen.

Es war windig, er fror bereits, als er das Comtesse-Päckchen herauszog und sich eine Zigarette anzündete. Seinen Mantel hatte er in seinem Arbeitszimmer liegen lassen.

Stierna lief im Park auf und ab, damit er nicht zu frieren anfing.

Wenn das derselbe Mann gewesen ist, dachte er. Wenn der Mann, den Nils Sandquist die Sibyllegatan entlang verfolgt hat, derselbe Mann war, der den Wagen gestohlen hat, warum ist er dann zurückgekommen? Was hatte Sandquists Wagen, dass er ausgerechnet ihn stehlen wollte?

Stierna drückte seine Zigarette aus. Er wollte automatisch eine neue anzünden, überlegte es sich aber doch anders.

Die Alternative, dachte er. Zwei verschiedene Diebe im Laufe von nur vierundzwanzig Stunden. Die denselben Wagen stehlen wollten. Das konnte er sich nur schwer vorstellen.

Stierna drehte sich um, ging zurück zu der schweren Eingangstür.

Er dachte an die Personenbeschreibungen. Sandquist hatte den Autodieb, den er verfolgt hatte, als gepflegt beschrieben. Genau wie der Mann, den der Feuerwehrmann Rikard Dahlin vor der Djurgårdswerft gesehen hatte. Wie der Mann, den Harry Schiller auf der Werft gesehen hatte. Der zurückkam, um seine Tasche zu holen, mit der kurzen Hose und den Sportschuhen. Mit dem blutigen Handtuch, in dem etwas eingewickelt war. Etwas Rundes, Längliches.

Es war ruhig geworden in der Abteilung für Gewaltverbrechen. Viele waren bereits nach Hause gegangen.

Lundby kam ihm auf dem breiten Flur entgegen, Stierna registrierte, wie müde er aussah. Lundby hatte einen Papierstapel unter den Arm geklemmt, der mit einer Schnur zusammengebunden war. Er war auf dem Weg zum Ausgang.

»Johan, machst du Feierabend?«

Lundby blieb stehen.

»Ja, ich will nach Hause. Aber Feierabend habe ich noch nicht.«

»Was hast du denn da?«

»Den Stapel hier meinst du? Das sind die Akten von der Dampfschifffahrtsaktiengesellschaft Djurgården. Ich war im Archiv im Rathaus und habe mir die Konkursakten geholt. Genau betrachtet, ist das gar nicht so viel. Die öffentliche Klage, die Posten des Unternehmens, die Schulden der Werft. Forderungen, das Verzeichnis der Gläubiger. Auszüge aus dem Aktiengesellschaftsregister.«

»Darf ich mal sehen?«

Lundby überreichte ihm wortlos die Unterlagen. Stierna las die Aufschrift auf dem ersten Aktendeckel: Patent- und Registrierungsamt.

Das Königl. Patent- und Registrierungsamt hat am 30. März 1901 die Eintragung der Djurgårdener Dampfschifffahrtsaktiengesellschaft bewilligt. Die Leitung mit Sitz in Stockholm wird laut Eintragung im Aktiengesellschaftsregister besetzt von den Direktoren Johan Axel Jansson und Henrik Kyander, dem Notar Helmer Danell, dem Geschäftsführenden Direktor Adolf Wrange sowie dem Oberingenieur Albert Hansson und dem Direktor Arne Cahlman als Stellvertreter. Zeichnungsberechtigt für die Firma ist Kyander allein oder jedes Mitglied der Leitungsgruppe zusammen mit dem Oberbuchhalter Gustaf Berglund in Stockholm. Dass zu diesem Zeitpunkt keine Änderungen in der Registrierung getätigt wurden, wird hiermit amtlich bestätigt.
Stockholm, 1. Juni 1923

»Bist du schon weitergekommen?«, fragte Stierna.

»Ein wenig«, antwortete Lundby, »ich habe mit denen gesprochen, die in der Leitung saßen. Direktor Henrik Kyander hat das gesamte Material, was das Unternehmen betrifft.«

»Die Personallisten? Hat er auch die Personallisten?«

»Die werde ich mir morgen holen. Und dann sehen, wer alles auf der Werft gearbeitet hat. Eine ganze Weile ist es dort ja gut gelaufen. Da hat die Firma richtig viel Geld verdient.«

»Das kann ich mir denken. Ich selbst bin auch viel mit ihren Dampfschiffen gefahren.«

»Aber dann, im Sommer 1923, ist es schnell wie der Blitz den Bach runtergegangen. Bis zum Konkurs, dass es nur so gekracht hat.«

Stierna wartete auf weitere Ausführungen, aber es kamen keine.

39

Stierna und Högstedt nahmen den Aufzug bis in den Turm des Stadshuset hinauf, gingen dann schnell einen engen, verwinkelten Flur entlang, bis sie ihr Ziel erreicht hatten.

Die Aussicht hier oben war fantastisch, ein großer Teil der Stadt breitete sich unter ihnen aus.

Beide zündeten sich eine Zigarette an. Högstedt benutzte ein Mundstück, Stierna nicht.

»Mehr als hundert Polizeibeamte haben die Order bekommen, im Stadshuset einen Cognac zu trinken«, sagte Högstedt, »möchte wissen, ob die Ganoven da draußen das ausnutzen.«

»Ist wohl kaum anzunehmen, dass sie das wissen«, erwiderte Stierna. »Es sind bestimmt nicht viele, die sich Solmans Geburtstag im Kalender notiert haben.«

Gedankenverloren schaute Stierna über das Wasser. Es war dunkel geworden, am anderen Ufer funkelten die Lichter von Södermalm.

»Woran denkst du?«, fragte Högstedt.

»Ich denke an Ingrid Bengtsson«, antwortete Stierna.

»Du solltest den Fall an so einem Abend wie heute beiseiteschieben. Du hast frei, bist nicht im Dienst.«

»Ich weiß. Berufskrankheit.«

Högstedt nickte.

»Ja, die kenne ich auch.«

Eine Zeit lang standen sie schweigend nebeneinander und lauschten den Geräuschen der Stadt. Um diese Uhrzeit war es ziemlich still, kaum noch Verkehr, kein Vogelgezwitscher mehr.

»Und woran denkst du genau, wenn es um Ingrid Bengtsson geht?«

»Ich denke an ihre Verletzungen«, antwortete Stierna. »Diese Blutergüsse an der Schläfe. Karlström glaubt, dass der Mörder sie mit einem kleineren Schlagholz oder einem Rohr erschlagen hat. Am ehesten tippt er auf einen kleineren Schlagstock.«

Högstedt nahm die Kippe aus dem Mundstück und drückte sie aus.

»Ja«, nickte er, »aber Karlström war sich seiner Sache absolut nicht sicher.«

Stierna sog die Herbstluft ein. Nachdem die Sonne untergegangen war, war es kalt geworden, er bereute es, keinen Mantel mitgenommen zu haben. Der Frack saß wie angegossen, aber er wärmte nicht sonderlich.

»Aber er hat sich doch in erster Linie für einen Schlagstock ausgesprochen. Einen kleineren Schlagstock. Wie lang sind die Schlagstöcke, die wir bei der Polizei haben, diese schwarzen aus Gummi? Dreißig Zentimeter?«

»Höchstens.«

»Ist dir schon mal der Gedanke gekommen, dass er bei der Polizei sein könnte?«

»Wegen des Schlagstocks?«

»Ja.«

»Ja, ich habe auch schon daran gedacht«, bestätigte Högstedt. »Aber ich glaube es nicht.«

In der Blauen Halle hatte der Tanz bereits begonnen. Das Orchester spielte einen Walzer.

Die Blaue Halle, dachte Stierna, einen verwirrenderen Namen hätte man kaum finden können.

Er wusste, der Architekt Östberg hatte zunächst geplant, dass sie blau werden sollte, doch als er die roten Ziegelsteine von der Ziegelei in Södertälje gesehen hatte, hatte er alle Pläne über den Haufen geworfen. Also wurde es kein blauer Putz, sondern rote Ziegel. Stierna fragte sich, warum sie den Saal nicht umbenannt hatten, das war doch eigentlich ein wenig lächerlich so.

Neben der Tanzfläche entdeckte er Wallbom. Mit seinem buschigen Schnauzbart, das kurz geschnittene Haar ordentlich in der Mitte gescheitelt. Den Frack hatte er über dem kräftigen, etwas fülligen Oberkörper aufgeknöpft.

Stierna stellte fest, dass Wallbom jemanden suchte. Er war auf der Jagd nach einer Tanzpartnerin. Wallboms Frau, Solmans Tochter, konnte er nicht entdecken, die Frau, die seine Kinder geboren hatte. Stierna nahm an, dass sie nicht diejenige war, die da gesucht wurde.

Högstedt brachte ein Bier für jeden. Stierna setzte sich an einen freien Tisch.

Das Essen in der Prinsens Galleri war großartig gewesen. Hummersuppe mit Käsestangen als Vorspeise, dann Hirschfiletmedaillons mit einer Soße aus Schwarzen Johannisbeeren und Apfelkompott mit Krokant. Zu trinken gab es Bier, Wein, Champagner und Cognac. Stierna hatte sich gefragt, was das wohl gekostet haben mochte, billig konnte es nicht gewesen sein. Aber Polizeipräsident Solman wurde ja nur einmal sechzig. Es war der siebzehnte September, ein Montag. Mehr als hundert Gäste waren geladen. Polizeibeamte von höherem Rang sowie Politiker und Staatsbeamte, deren Frauen und andere Angehörige. Stierna fragte sich, wie viele am nächsten

Tag einen Kater haben würden. Wahrscheinlich nicht gerade wenige.

Überraschend viele Politiker, dachte Stierna. Und das, obwohl viele dankend abgesagt hatten. Denn nach den Wahlen zur zweiten Kammer am letzten Sonntag herrschte eine politische Krise im Land, obwohl Stockholm noch gar nicht abgestimmt hatte. Es gab keinen eindeutigen Sieger, keine klare Regierungsalternative. Der politische Kuhhandel hatte begonnen. Wobei die Frage war, was aus Ministerpräsident Ekmans schwacher, freigeistiger Regierung werden würde. Sie würde wohl kaum überleben.

Der Hass zwischen Links und Rechts war in den letzten Wochen ganz deutlich geworden. Kommunisten, die die schwedische Flagge zerrissen und die Internationale statt der Nationalhymne sangen. Rechte, die die Sozialdemokraten als Landesverräter bezeichneten. In Vallentuna hatten Jungsozialisten den Bevollmächtigten der rechten Partei mit Steinen beworfen, als er nach einer Wahlveranstaltung zu seinem Wagen gehen wollte. Die Rechte war in ihren Attacken auf die Sozialdemokraten immer gehässiger geworden, sie taten alles, um die Furcht vor den Kommunisten zu schüren. »Eure Stimme geht nach Moskau!« – »Rettet das Vaterland!« – »Wer für die Arbeiterpartei stimmt, wählt den Sturz der Gesellschaft und den Einzug der Bolschewisten«, das waren nur drei der aggressiven Wahlparolen vom Jugendverband der Rechten, die Stierna in den letzten Wochen gesehen hatte. Und der Ton auf den Wahlveranstaltungen wurde auch immer schroffer. Das hatte offensichtlich funktioniert. Die Sozialdemokraten hatten deutlich an Stimmen verloren. Arvid Lindman und die Rechten hatten Aufwind. Stierna wusste, der Hass konnte jeden Moment wieder aufflackern. Außerdem war Spaniens König Alfonso in Stockholm zu einem offiziellen Besuch, die Sicherheitsvorkehrungen um seine Person herum waren immens. Berner hatte eine Riesenangst, es könnte etwas passieren; es kursierte das Gerücht, dass spanische Anarchisten ein Attentat planten. Die Polizei hatte also alle Hände voll zu tun.

Doch das alles betraf Stierna nicht. Trotz der Wahl, trotz des spanischen Königsbesuchs hatte der Fall Ingrid Bengtsson immer noch höchste Priorität, auch wenn die Artikel in den Zeitungen kürzer geworden waren.

Jetzt konnte Stierna sehen, dass Wallbom tanzte. Der Kommissar meinte, die Tanzpartnerin zu kennen. Auf jeden Fall war es nicht Wallboms Frau.

Er tanzt schwungvoll, aber ohne Raffinesse, dachte Stierna. Ungefähr so, wie er sich auch bei der Arbeit aufführt. Was manchmal ein Gewinn war, manchmal eine Belastung.

Stierna trank einen großen Schluck Bier. Es war zwar ein Fest, dennoch hatte er mit den Kollegen in erster Linie über die Arbeit gesprochen. Nicht einmal hier ließ sie ihn los. Das Foto der Kopie von Ingrids Kettenanhänger war jetzt seit mehreren Tagen in den Zeitungen zu sehen gewesen. Ein paar Hinweise waren eingegangen, aber sie hatten alle schnell abschreiben können. Wallboms Überprüfungen von Pfandleihen, Juwelieren und anderen, die Gebrauchtwaren verkauften, hatten nichts gebracht. Das Schmuckstück war verschwunden.

»Ich werde mal nach Karolina suchen«, sagte Stierna und verließ Högstedt.

Er fand sie beim Orchester.

Roland Lindberg spürte den Alkohol, zumindest einen kleinen Schwips. Aber er hatte sich unter Kontrolle.

Berner war betrunken, das sah Lindberg. Die Augen waren gerötet, die Stimme heiser von all dem Cognac. Polizeipräsident Solman stand auch da, mit einem Glas Rotwein in der Hand.

Lindberg fragte sich, warum er hier gelandet war. Eigentlich hatte er sich Stierna und Högstedt anschließen wollen, doch er rauchte nicht, und draußen war es inzwischen zu kalt geworden. Berner und Solman waren auf ihn zugekommen. Und da hatte er nicht weggehen können, das hätte sich nicht gehört.

Solman sprach über Stierna, obwohl dieser nicht bei ihnen war. Der Polizeipräsident wirkte verärgert. Er hatte Stierna am Vormittag zu sich bestellt, erklärt, dass er Männer von den Ermittlungen hinsichtlich Ingrid Bengtssons Ermordung abziehen wollte. Dass die Parlamentswahl viele Beamten erforderte. Dass die Überwachung des spanischen Königs äußerst kostspielig war. Stierna hatte dem Polizeipräsidenten seine Pläne ausgeredet. Hatte ihn geradezu überredet. Und jetzt war Solman verärgert, erklärte, er fühle sich überrumpelt, Stierna habe unüberlegt gehandelt.

Wobei Stierna doch eigentlich nie etwas Unüberlegtes tut, dachte Lindberg.

Berner verteidigte Stierna. Er widersprach Solman an dessen sechzigstem Geburtstag! Lindberg wusste, Berner sah Stierna als seinen potenziellen Nachfolger an, er hatte selbst gehört, wie der Kriminaldirektor das mehrfach gesagt hatte.

Lindberg hatte die beiden beruhigen können. Schließlich hatten sie das Thema gewechselt, hatten über »Gesindel« gesprochen, Hjalmar Bergmans Stück, das großen Erfolg auf der Bühne hatte. Gösta Ekman spielte die Hauptrolle, Solman wie auch Berner hatten das Stück schon gesehen. Lindberg nicht, er wusste nicht einmal, wovon es handelte. Deshalb wusste er nicht, was er dazu sagen sollte. Aber es gelang ihm, sich mit der Entschuldigung, sein Glas auffüllen zu wollen, aus der Affäre zu ziehen. Diese Ausrede stieß immer auf Verständnis.

Stierna stand mit Karolina beim Orchester. Lindberg ging zu ihnen. Er fragte sich, ob Stierna selbst auch das wollte, was Berner sich wünschte, nämlich eines Tages Leiter der Abteilung für Gewaltverbrechen zu werden. Sie hatten nie darüber gesprochen.

40

Die Sonne schien zum Fenster herein, die Vorhänge waren nicht vorgezogen. Stierna wachte früh von allein auf. Das tat er oft, noch bevor der Wecker klingelte. Das Zifferblatt zeigte kurz vor halb sieben. Karolina lag neben ihm, sie schlief.

Stierna stand auf, stellte den Wecker aus, bevor er klingeln konnte, und verließ das Schlafzimmer. Sie hatten Solmans Geburtstagsfeier relativ früh verlassen, deshalb fühlte Stierna sich ausgeruht.

Er ging in die Küche, um Frühstück zu machen. Schon bald musste Karolina die Straßenbahn nach Södermalm nehmen, wo sie in einem Geschäft arbeitete. Die Inhaberin hieß Greta Olsson, sie stand kurz vor ihrer Pensionierung. Der Laden öffnete um acht Uhr, und Karolina musste pünktlich aufschließen. Sie hatte weiterarbeiten wollen, trotz der Heirat. Zumindest bis Kinder kamen, falls welche kamen.

Stierna fing auch um acht Uhr an, dann begann die Tagesschicht in seiner Abteilung.

Er machte Frühstück für sie, kochte Kaffee und bestrich ein paar Brote. Kochte Eier und holte einen Apfel aus der Vorratskammer. Der war für sie, sie begann den Tag immer mit einem roten Apfel.

Als er wieder ins Schlafzimmer kam, war sie wach.

»Ich habe dich angeschaut, als du noch geschlafen hast«, sagte sie. »Dann siehst du immer so friedlich aus.«

»Tatsächlich?«

Karolina nickte. Er stellte das Tablett auf ihrem Nachttisch ab.

»Bist du müde?«, fragte er.

»Ja. Warum muss man so früh mit der Arbeit anfangen? Ich fände es viel schöner, wenn ich ein paar Stunden später anfangen könnte.«

Stierna setzte sich schmunzelnd auf die Bettkante. Sie war ein richtiger Morgenmuffel.

»Die meisten sind nicht so wie du, Karolina. Die fangen lieber frühmorgens an.«

»Ja, ja, die meisten sind nicht so wie ich. Das ist mir schon klar.«

Sie setzte sich im Bett auf und strich ihrem Mann übers Haar. Er griff zum Tablett und nahm seine Kaffeetasse. Die hatte er von ihr geschenkt bekommen, vor ein paar Jahren zum Geburtstag. Sie hatte sie selbst angemalt. Auf der einen Seite stand sein Name in großen roten Druckbuchstaben, auf der anderen Seite hatte sie einen Wachtmeister gemalt. Darüber leuchtete ein Stern.

Er schwieg.

»Woran denkst du, John?«

Er antwortete nicht, drehte sich nur um und schaute sie an. Nie hatte er etwas Schöneres gesehen. Auch wenn sie an einem frühen Morgen gerade aufgewacht und noch verschlafen war, gab es niemanden, der sich mit ihr hätte messen können. Vielleicht war es gerade in solchen Momenten am deutlichsten.

Sie gab ihm einen zärtlichen Kuss auf die Wange.

»Du wirst doch nicht zu spät kommen?«, fragte er.

Karolina schaute auf die Wanduhr.

»Nein, bestimmt nicht.«

»Pass auf, sonst wird Frau Olsson noch böse.«

»Böse? Dann rufe ich die Polizei.«

Stierna trat ans Fenster und öffnete es. Karolina aß ihr Frühstück.

»Ist dir nicht zu kalt?«, fragte er.

»Nein.«

»Ich finde es aber kalt. Vielleicht werde ich alt.«

»Alt? Du bist gerade vierunddreißig.«

»Immer noch dreiunddreißig«, korrigierte er sie, »ich werde erst am zwanzigsten Oktober vierunddreißig.«

»Also gut, fast vierunddreißig«, räumte sie ein, »aber das ist kein Alter.«

Karolina ging ins Bad.

Stierna beendete sein Frühstück. Er hatte noch reichlich Zeit. Und sollte er etwas zu spät kommen, würde niemand etwas sagen. Aber er war immer pünktlich, aus welchem Grund auch immer.

Fast vierunddreißig, dachte er. Kein Alter.

Karolina kam zurück. Er saß auf dem Bett und sah zu, wie sie sich fertig machte. Wie sie ihr blondes Haar kämmte, ihre Lippen anmalte, wie sie ein paar Tropfen Parfüm hinters Ohr tupfte. Er spürte eine fast überwältigende Sehnsucht, sie in den Arm zu nehmen und zu küssen. Doch er blieb sitzen. Jetzt war keine Zeit dafür.

Karolina zog sich an. Langsam und konzentriert. Ohne Hast.

Manchmal war es schöner, wenn sie gemeinsam schwiegen, als wenn sie miteinander sprachen.

41

Er saß seit über einer Stunde auf der Parkbank vor John Stiernas Wohnung in der Parmmätargatan, hatte das Svenska Dagbladet *komplett durchgelesen. Da kam die Frau durch die Pforte, die er vor ein paar Tagen abends zusammen mit dem Kommissar gesehen hatte.*

Eine schöne Frau, dachte er. Schön auf eine ganz spezielle, persönliche Art. So eine Frau, die nie in meine Richtung sehen würde.

Er schlug den Mantelkragen hoch, folgte der Frau mit dem Blick. Sie ging zum Kungsholmstorg.

John Stierna, dachte er. Hätte ich werden können wie er?

Er hatte den Kommissar jetzt einige Male auf Fotos gesehen. Ein Mann mit einer gewissen Eleganz, wobei schwer zu sagen war, worin diese Eleganz eigentlich lag. Als er Stierna im Radio hatte reden hören, sprach da ein Mann mit selbstverständlicher Autorität. Und diese selbstverständliche Autorität ärgerte ihn.

John Stierna wurde langsam berühmt, zumindest kannten ihn immer mehr Schweden. Was, um alles in der Welt, hatte Stierna, was er nicht hatte? Und was hatte ihn selbst zu einer Schattengestalt am Rand der Gesellschaft gemacht? Zwei Männer, denen bereits bei ihrer Geburt ein vollkommen unterschiedliches Schicksal beschieden worden war. Jedenfalls war von Anfang an vorbestimmt, dass er scheitern würde.

Plötzlich spürte er einen Hass, einen Hass, der nicht wieder verschwinden wollte.

Er schob die Zeitung in die Manteltasche, griff nach seiner Tasche und stand auf. Die Frau ging zur Straßenbahnhaltestelle an der Hantverkargatan, er folgte ihr. Schnell ging sie, und ihr Verfolger konnte sie problemlos in einiger Entfernung beschatten.

Sie sah aus, als lebte sie bewusst in der neuen Zeit, sie gehörte zu denen, die sich zu zeigen wagten, seit die Frauen vor sieben Jahren auch das Wahlrecht bekommen hatten. Sie ging mit der Mode. Das Kleid war kurz, es endete unterhalb des Knies. Das blonde Haar war kurz geschnitten, es reichte kaum bis zu den Schultern. Gleichzeitig war sie elegant in ihrem dunklen Mantel mit dem breiten Kragen. Der runde Hut mit der schmalen Krempe sah teuer aus.

Er versuchte, ebenfalls mit der Mode zu gehen, aber die Herrenmode veränderte sich ja nicht so offensichtlich. Es waren die Frauen, die einen Schritt nach vorn gemacht hatten.

Er selbst war korrekt gekleidet, wie immer. Schwarzer Mantel, zu dem dunklen Anzug eine dunkle Fliege. Dieses Mal hatte er sich für den schwarzen Hut entschieden, statt wie meistens für den braunen.

Sie blieb an der Haltestelle stehen. Es war mitten am Tag, nur wenige Menschen waren auf der Straße unterwegs, und er fragte sich, was sie vorhatte.

Er stellte sich auch an die Haltestelle, in einigem Abstand von ihr. Machte einen uninteressierten Eindruck, während er sie heimlich aus dem Augenwinkel beobachtete. Es schien, als würde sie lächeln, geistesabwesend. Sie sah glücklich aus.

Die Straßenbahn der Linie vier kam. Die Frau und er waren die Einzigen, die an der Haltestelle warteten.

Sie stieg zuerst ein. Er wartete einen Moment, dann folgte er ihr.

Er bezahlte beim Schaffner, fünfzehn Öre für eine einfache Fahrt ohne Umsteigen.

Es waren nicht viele Fahrgäste im Wagen. Er setzte sich gleich hinter den Fahrer, las weiter in seiner Zeitung, schielte hin und wieder zu der Frau hinüber. Hatte sie immer im Blick.

Sie stieg in der Ragvaldsgatan aus, er folgte.

Wieder ging sie ziemlich schnell, als wäre sie verspätet, hätte es eilig.

Sie kamen an den Baracken in der Götgatan vorbei. Passierten die Notunterkünfte aus dem Krieg. Ihm gefiel dieser Stadtteil nicht, er mochte es nicht, wie sich hier Slum und gut situierte Geschäfte vermischten.

Sie betrat ein Kleidergeschäft am Götgatsbacken. Durch das Schaufenster konnte er sehen, wie sie mit einer älteren Frau sprach, dann hinter einem Vorhang hinter dem Tresen verschwand. Er begriff: Sie arbeitete hier.

Eine Weile blieb er auf der Straße stehen, tat, als wartete er auf jemanden. Er sah sie einige Kunden bedienen. Eine Frau mittleren Alters kaufte ein langes schwarzes Kleid, ein älterer Mann kam mit einem grauen Mantel wieder heraus, und eine junge Frau entschied sich für ein kurzes Kleid.

Ihm war klar, dass er schon viel zu lange hier draußen stand, er wollte nicht das Risiko eingehen, dass sie ihn entdeckte und bemerkte, dass er sie beobachtete. Es war höchste Zeit zu gehen.

Langsam ging er Richtung Södermalm. Hier war mehr los auf der Straße, lärmende Schuljungen mit ihren Mützen vermischten sich mit Boten und Straßenverkäufern. An der Skinnarviksgatan stand eine Gruppe junger Frauen; sie sahen genauso aus wie die Frau, der er gerade gefolgt war, alle trugen kurze Kleider und dunkle Mäntel.

Doch ihnen fehlte etwas, was sie hatte: Klasse. Sie waren zu stark geschminkt, etwas vulgär. Da wurde ihm klar, dass es sich um Prostituierte handelte, die hielten sich oft hier in der Gegend auf; sie wurden die Berglerchen genannt.

Eine der Frauen lächelte ihn an. Sie war dunkelhaarig und eigentlich ganz hübsch.

Er eilte in die Kellergewölbe des »Södergårds«, in den Bierkeller in der Hornsgatan 31. Hier war er schon häufiger gewesen, aber sein letzter Besuch war bereits mehrere Monate her. Södermalm war nicht sein Stadtteil.

Das Lokal war dunkel. Eine Kellnerin kam auf ihn zu.

»Wünscht der Herr etwas zu essen?«

»Nein, danke. Nur ein Pils.«

Er dachte an die Frau, die er verfolgt hatte. Es schien, als arbeitete sie, die Ehefrau des Kommissars. Was seinen Hass schwächer brennen ließ, aber er brannte dennoch weiter.

42

Stierna nahm ein spätes Essen bei »Mäster Anders« zu sich. Eine Mahlzeit mit drei Gängen für eine Krone und achtzig Öre. Fruchtsuppe als Vorspeise. Dann gekochter Dorsch mit Senfsoße. Und zum Schluss Walderdbeereneis.

Den Abend über hatte er mit Högstedt gesprochen. Die Fingerabdrücke auf der Einkaufsliste waren auf der Werft nicht zu finden gewesen. Zumindest hatten Högstedt und Strand sie nicht entdeckt.

Dennoch hatte Stierna das Gefühl, der Tag sei für ihn einigermaßen zufriedenstellend verlaufen, zumindest im Vergleich mit anderen. Für viele Kollegen aus seiner Abteilung war der Tag höllisch gewesen. Ein dickes Paket, an den spanischen König adressiert, war im Zentralpostamt entdeckt worden. Das hatte allen eine Heidenangst eingejagt. Der Justizminister hatte Berner noch am Abend angerufen, erklärt, wie wichtig es war, dass die Sicherheitsvorkehrungen um König Alfonso perfekt waren, dass die Bedrohung durch spanische Anarchisten nur eine Bedrohung blieb. Später war das Ergebnis des Sprengstoffkommandos eingetroffen. Das Paket, das auf dem Zentralpostamt gefunden worden war, hatte drei Schuhcremedosen enthalten, gefüllt mit Leinöl, Nägeln und Metallschrott. Eingewickelt in ein anarchistisches Flugblatt. Keine Bombe, nur etwas, das Angst und Schrecken verbreiten sollte.

Der Laternenanzünder hatte seine Arbeit getan, dennoch war es auf Kungsholmens Straßen dunkel.

Stierna ging durch die Nacht nach Hause.

Er brauchte nur ein paar Minuten bis zur Parmmätargatan. In der Wohnung war es still, es war bereits nach Mitternacht.

Seine Schicht hatte lange gedauert, viel zu lange, aber er wusste nicht, wie er das ändern sollte. Er wusste, wen er vernachlässigte, diejenige, die doch viel wichtiger war. Karolina. Manchmal hatte er das Gefühl, in einem Hamsterrad zu hocken, das sich immer schneller und schneller drehte, nicht zu stoppen war.

Stierna ging ins Wohnzimmer und öffnete den Barschrank. Er spürte eine innere Unruhe, und er wusste genau, woran das lag. Es war inzwischen der achtzehnte September. Gut zwei Wochen waren vergangen, seit Ingrid Bengtsson ermordet worden war, und trotzdem tappten sie weiterhin im Dunkeln.

Stierna nahm die Cognacflasche und schenkte sich ein ordentliches Glas ein, er hatte das Gefühl, das jetzt zu brauchen. Und er wusste jetzt schon, dass es nicht bei dem einen Glas bleiben würde. Vielleicht würde es ihm gelingen, ein Stadium zu erreichen, in dem es ihm nicht mehr wichtig war, wie es ihm am nächsten Morgen ging.

Er trat ans Fenster und schaute auf den Friedhof gegenüber. Die Kirche von Kungsholmen in ihrer Schlichtheit, der Friedhof lag einsam da, das spärliche Licht der Laternen führte nur dazu, dass er noch unheimlicher aussah. Die Grabsteine, die Bäume, die Bänke, alles sah geisterhaft aus.

Eigentlich hatte der Mörder Pech gehabt, auch wenn Stierna wusste, dass der Zufall ihnen häufiger in die Hände spielte. Harry Schiller hatte den Mörder auf der Werft gesehen. Rikard Dahlin hatte ihn wahrscheinlich zu einem Zeitpunkt gesehen, zu dem die Menschen normalerweise schliefen. Nils Sandquist hatte ihn wahrscheinlich die Sibyllegatan hinauf verfolgt.

Und gleichzeitig hatte er Glück gehabt. Niemand hatte ihn mit Ingrid im Vasapark gesehen, obwohl er sie dort mehrmals getroffen hatte. Es hatten sich keine Zeugen gemeldet, die das Mädchen mit einem Mann gesehen hatten. Keine ihrer Schulfreundinnen hatte ihn gesehen. Keine Nachbarn, keine Verwandten, keine Bekannten. In dieser Beziehung hatte er Glück gehabt.

Was trieb den Mörder? Was hatte er gewollt? Einfach nur töten, egal wen?

43

Sie klang außer Atem am Telefon.

Stierna saß an seinem Schreibtisch in der Abteilung für Gewaltverbrechen.

Er hatte den Hörer nach dem ersten Klingelton abgenommen.

»Stierna.«

»Spreche ich mit Kommissar Stierna?«

»Ja, hier ist Kommissar Stierna.«

Er erkannte die Stimme sofort, noch bevor sie ihren Namen nannte. Ihre Stimme war heiser, aber sie sprach sehr deutlich. Ein wenig wie Karolinas. Obwohl er die Frau erst wenige Male getroffen hatte, erkannte er ihre Stimme.

»Hier spricht Fräulein Bengtsson. Maria Bengtsson. Ingrids Mutter.«

»Fräulein Bengtsson. Womit kann ich Ihnen helfen?«

Einen Moment lang blieb es still.

»Sie hatten mich doch gebeten, Ingrids Sachen durchzusehen. Den Sammelordner mit den Glanzbildern, ihre Zeichnungen, ihre Taschen. Das habe ich jetzt getan. Und da stimmt etwas nicht ... Ich habe etwas gefunden, das gehört nicht hierher ... das ... ich kenne es nicht. Es lag in einem ihrer Bücher. Ich weiß nicht, wie lange es schon dort liegt, aber ich habe ja nicht alle ihre Bücher durchgeblättert. Das war vielleicht dumm ...«

»Was lag in dem Buch?«

»Eine Karte. Von einem Läufer. Ich habe ihn wiedererkannt. Solche Karten kann man in einigen Läden kaufen. Das ist so ein Sammelbild, glaube ich.«

Stierna runzelte die Stirn.

»Ein Sammelbild?«

»Aus der Serie von Åhlén & Åkerlund, mit schwedischen Rekordsportlern. Vielleicht haben Sie die auch schon mal gesehen?«

»Doch, ja, die kenne ich.«

»Und die Karte, die ich gefunden habe ... zeigt einen Läufer. Das ist merkwürdig, denn Ingrid hat sich nie für Leichtathletik interessiert. Ich verstehe nicht, warum sie die gekauft hat.«

»Haben Sie sie viel in der Hand gehabt?«

»Nicht viel, aber ich habe sie ja aus dem Buch genommen.«

»Sind Sie jetzt zu Hause, Fräulein Bengtsson?«

»Ja, ich bin zu Hause.«

»Bitte fassen Sie die Karte nicht mehr an. Und warten Sie auf mich. Ich bin gleich bei Ihnen.«

Als Stierna eintraf, stand Maria Bengtsson in der Haustür.

Sie gingen schweigend die drei Treppen hinauf. Upplandsgatan Nummer 13, dachte Stierna. Dreizehn. Die Unglückszahl.

Es sah noch genauso aus wie beim letzten Mal, als er hier gewesen war. Dieselbe Zeichnung an der Tür, diese Kinderzeichnung von zwei Mädchen, einem großen und einem kleinen auf einer Sommerwiese. Die einander an der Hand hielten. Der Text darüber in großen blauen Buchstaben: »Hier wohnen Maria und Ingrid«.

Die Wohnung sah auch noch so aus, wie er sie in Erinnerung hatte. Das Wohnzimmer mit dem braunen Sofa. Mit dem Ledersessel, auf dem er bei seinem letzten Besuch gesessen hatte.

»Es liegt im anderen Zimmer«, sagte Maria Bengtsson.

Sie gingen ins Schlafzimmer. Die Spielecke war noch vorhanden, der Puppenschrank ebenso. Der Puppenwagen mit den beiden Stoffteddys, der Tisch mit dem Zeichenblock und den Malstiften waren da. Das Kugelspiel und das Kartenspiel »Schwedens Städte«. Selbst die Bücher lagen noch genauso auf dem Boden wie beim letzten Mal. Sicher brachte die Mutter es nicht über sich, die Dinge wegzuräumen.

Maria Bengtsson ging zu einem der Nachttische.

»Hier liegt sie«, sagte sie kurz.

Die Sammelkarte war ziemlich klein, der junge Mann auf ihr trug ein Hemd mit einer schwedischen Flagge. Er hatte helles Haar und große Augen. Stierna las den Text unter dem Bild.

> Åhlén & Åkerlunds Serie schwedischer Rekordhalter.
> E. Billström, 800 Meter Schnelllauf.

Er holte einen Umschlag aus der Innentasche, zog sich Handschuhe an. Vorsichtig fasste er die Karte am Rand. Bevor er sie in den Umschlag legte, las er den Text auf der Rückseite.

> Erik Billström (geb. 27. April 1907). Hatte seinen Durchbruch 1925, als er Zweiter bei der schwedischen Meisterschaft wurde. Bei den Qualifikationswettkämpfen für die Olympischen Spiele stellte er im Stockholmer Stadion den schwedischen Rekord auf, wie auch bei der schwedi-

schen Meisterschaft im Juli 1928 mit einer Zeit von 1.52,8 über 800 Meter. Nominiert für die Olympiamannschaft für Amsterdam 1928. Große Erwartungen für die Zukunft. Verein: IK Fart, Stockholm.

Vorsichtig schob Stierna den Umschlag mit der Karte wieder in seine Innentasche.

Er kannte Billström. Das große Talent, das bei den Qualifikationswettkämpfen im Stadion überrascht hatte, sich aber eine Woche später das Knie verletzt hatte und Ende Juli nicht mit zu den Olympischen Spielen nach Amsterdam hatte fahren können. Darüber hatte viel in den Zeitungen gestanden, Billström hatte dem Pech ein Gesicht gegeben. Aber er war noch jung und würde an anderen Olympischen Spielen teilnehmen können.

»Wollen wir wieder ins Wohnzimmer gehen?«, fragte Stierna.

»Ja, das können wir gern«, nickte Maria Bengtsson.

Der Kommissar setzte sich in den Sessel, genau wie beim ersten Besuch. Maria Bengtsson saß auf dem Sofa.

»Kann ich Ihnen etwas anbieten? Einen Kaffee oder einen Tee?«

»Nein, danke. Das ist nett, aber das ist nicht nötig. Sie haben also die Karte in einem Buch gefunden?«, fragte er noch einmal nach.

»Ja. In einem Märchenbuch. Das war eines ihrer Lieblingsbücher, ›Geschichten für Kinder‹.«

»Geschichten für Kinder«. Stierna kannte es selbst aus seiner Kindheit. Seine Eltern hatten ihm daraus vorgelesen. Zacharias Topelius' Märchenbuch.

»Soll ich es holen? Das Buch?«

»Ja, gern«, sagte Stierna.

Maria Bengtsson ging ins Schlafzimmer. Stierna schloss die Augen. Zum ersten Mal an diesem Tag spürte er, wie ihn die Müdigkeit überfiel.

Maria Bengtsson kam zurück und reichte ihm das Buch, bevor sie sich wieder aufs Sofa setzte.

Das Buch war nicht besonders dick und fast quadratisch. Auf dem Umschlag ging eine junge Frau in einem langen roten Kleid durch einen schönen Garten. Die Schleppe des Kleides war so lang, dass vier Frauen und vier Männer nötig waren, um sie zu tragen. Die junge Frau trug ein schönes Diadem mit einer glänzenden Perle in der Mitte. Im Hintergrund vor einem Tor waren ein Mann und eine Frau mit Krone zu erkennen. Ein König und eine Königin.

Stierna blätterte in dem Buch, schaute sich die Illustrationen von Albert Engström, Acke Andersson und den anderen an. Als er klein war, hatte er dieses Buch so gern gemocht, genau wie Ingrid.

Er klappte das Buch zu und legte es vor sich auf den Tisch.

»Sie haben das Bild also heute Abend erst gefunden?«

»Ja«, bestätigte Maria Bengtsson. »Kurz bevor ich Sie angerufen habe.«

Stierna lehnte sich in dem Sessel zurück. Wo kauft man diese Bilder?, fragte er sich. Hier und da. Åhlén & Åkerlunds Serie schwedischer Rekordhalter war ein Verkaufsschlager. Die Karten kosteten fünf Öre das Stück, Stierna hatte sie selbst häufiger gesehen. Bei Zigarettenhändlern, in den großen Kaufhäusern, in fast jedem Papierwarenladen. Auf den Karten waren vorwiegend Leichtathleten abgebildet. E. Lundquist, Speerwerfen. E. Lindblad, Stabhochsprung. S. Pettersson, 400 Meter Hürdenlauf. S. Johansson, Diskuswerfen. Schwedische Rekordhalter.

Ingrid Bengtsson hatte eine Karte mit E. Billström gehabt, 800 Meter Schnelllauf. Ein junger, vielversprechender Läufer. Ein Mann, dem die Zukunft gehörte.

»Haben Sie eine Idee, wer ihr die gegeben haben kann?«, fragte Stierna.

»Nein«, sagte Maria Bengtsson. »Ich weiß es nicht. Ich weiß es wirklich nicht.«

»Und Sie schließen aus, dass sie die Karte selbst gekauft hat?«

»Da bin ich mir ziemlich sicher. Sie war an Leichtathletik nicht interessiert. Sie kann die nicht gekauft haben.«

Stierna schaute aus dem Fenster. In die Dunkelheit, auf die Häuser auf der anderen Straßenseite.

»Kann einer aus ihrer Klasse ihr die Karte gegeben haben? Sonst jemand, den Sie kennen?«

»Vielleicht, das ist schon möglich.«

»Wir brauchen Ihre Fingerabdrücke. Um sehen zu können, wer außer Ihnen das Bild angefasst hat. Um zu sehen, wie viele ...«

»Meine Fingerabdrücke?«

»Ja. So bald wie möglich. Am besten gleich morgen früh.«

Ingrids Abdrücke haben wir ja bereits, dachte Stierna. Högstedt hatte sie vor der Obduktion genommen. Die Frage war, wie viele die Karte angefasst hatten. Ingrid und Maria Bengtsson, Freunde von Ingrid. Der Verkäufer in dem Laden, in dem die Karte verkauft worden war. Vielleicht der Mörder.

Högstedt würde das Bild morgen bekommen. So früh wie möglich.

»Führte Ingrid Tagebuch?«

»Sie hat gern geschrieben, aber Tagebuch ... nein.«

»Sind Sie sich sicher?«

»Ziemlich sicher. Hätte sie das getan, sie hätte es mir gezeigt. Davon bin ich überzeugt.«

Wahrscheinlich, dachte Stierna. Aber alle Menschen haben ihre Geheimnisse. Auch Achtjährige.

»Ich möchte, dass Sie mich anrufen«, sagte er. »Wenn Sie etwas finden, was einem Tagebuch ähnelt, oder wenn Sie Zettel finden, die von ihren Freunden und Freundinnen stammen könnten, Briefe, die sie bekommen hat oder die sie angefangen hat zu schreiben ...«

Maria Bengtsson unterbrach ihn.

»Ich habe alles durchsucht, Herr Kommissar. Wie Sie mir gesagt haben. Aber ich habe nichts dergleichen gefunden.«

44

Stierna war allein in Berners Zimmer. Wieder trat er ans Fenster. Öffnete es, atmete für einige Minuten die kalte Herbstluft ein. Dann schloss er das Fenster wieder.

Berner war nicht mehr da. Auch Kommissar Thurgren war gegangen, genau wie Erik Martinsson und Lydman. Karl-Gustaf Hillgren hatte als Erster den Raum verlassen, er hatte es eilig gehabt. Gösta Evaldsson war immer noch vom Dienst befreit, auf unbestimmte Zeit.

Die Konferenz der Kommissare war beendet und ziemlich nichtssagend verlaufen. In erster Linie war es um Personalfragen gegangen. Wer sollte womit arbeiten, welcher Bereich in der Abteilung brauchte Verstärkung.

Stierna war noch geblieben. Högstedt hatte gesagt, er wolle zu der Konferenz kommen, das Neueste vortragen. Doch er hatte sich verspätet. Das lag an dieser Safesprengung auf Lidingö, an der Wallbom dran war.

Stierna war allein zurückgeblieben. Högstedt würde noch kommen, das wusste er. Deshalb hatte er Berner gebeten, noch bleiben zu dürfen. Und ihm war erlaubt worden, in dem prunkvollen Dienstraum zu warten. Allein in dem Raum, der in gewisser Weise der wichtigste für die schwedische Kriminalpolizei war.

Hier stehe ich allein in dem Zimmer, von dem gesagt wird, dass ich es einmal übernehmen werde, dachte Stierna. Was allen klar ist, obwohl niemand jemals offen darüber mit mir geredet hat. Bis jetzt noch nicht, aber ich habe gehört, wie sie hinter meinem Rücken darüber gesprochen haben. Es war gar nicht zu vermeiden, das aufzuschnappen. Will ich das wirklich? Ich kann es nicht sagen. Ich weiß nicht, ob es das wert ist.

Stierna dachte an die chaotischen letzten Wochen.

König Alfonso von Spanien war nach Hause gefahren. Unangetastet, selbst nach zwei Tagen streng überwachter Elchjagd in Hunneberg. Ein Triumph für Berner. Ein Sieg für die Polizei. Der Personenschutz hatte perfekt funktioniert.

Berner kann einen König vor den Anarchisten schützen, dachte Stierna. Aber kann er auch einen Mann schnappen, der ein achtjähriges Mädchen ermordet hat? Kann ich das?

Es klopfte an der Tür. Stierna zuckte zusammen, fühlte sich am falschen Ort.

»Herein.«

Die Kanzleischreiberin öffnete die Tür und machte einen Knicks.

»Hauptwachtmeister Högstedt ist gekommen. Haben Sie Zeit, mit ihm zu sprechen? Er wartet draußen.«

»Aber natürlich. Bitten Sie ihn herein.«

Högstedt kam ins Zimmer. Er war außer Atem.

»Komme ich zu spät?«

»Du bist so schnell gekommen, wie du konntest. Aber wir sind fertig hier. Setz dich doch.«

Stierna machte das Fenster zu und setzte sich an Berners Schreibtisch.

»Machst du dich schon mal mit der Umgebung hier vertraut?«, neckte Högstedt ihn.

Stierna antwortete nicht und machte nur eine Geste Richtung Besucherstuhl.

»Hast du Neuigkeiten?«

Högstedt hatte seine lederne Aktentasche bei sich. Er öffnete sie nicht und stellte sie neben sich ab.

»Dieses Sammelbild«, sagte er. »Ich habe mehrere Fingerabdrücke darauf gefunden. Von Ingrid. Von ihrer Mutter, von ihr habe ich heute früh die Abdrücke bekommen. Aber es gibt noch mehr Abdrücke, die meisten sind nur fragmentarisch. Es muss ja in einem Laden gekauft worden sein. Da gibt es den Fingerabdruck des Verkäufers ...«

Stierna unterbrach ihn.

»Und von dem, der das Bild gekauft hat. Die Fingerabdrücke dieser Person müssen auch drauf sein. Aber nur als Fragmente, die nicht zu identifizieren sind.«

Högstedt fingerte an seiner Aktentasche.

»John«, sagte Högstedt, »ich habe die gleichen Fingerabdrücke auf dem Sammelbild gefunden wie auf der Einkaufsliste, die in dem Mantel lag, den Sandquist uns abgeliefert hat.«

Stierna wusste, was das bedeutete. Der Mann, der Ingrid Bengtsson das Sammelbild gegeben hatte, war derselbe Mann, den Nils Sandquist die Sibyllegatan entlang verfolgt hatte. Es war derselbe Mann, der den Wagen vor dem Hauseingang im Strandvägen 5A gestohlen hatte. Der Mörder.

Warum war er zurückgekommen?, fragte Stierna sich erneut. Warum wollte er unbedingt Sandquists Wagen stehlen?

»Und den Fingerabdruck haben wir nicht in unserer Kartei?«

»Nein«, bestätigte Högstedt, »wie ich schon gesagt habe, als wir über die Einkaufsliste gesprochen haben, wir haben ihn nicht.«

Dann suche ich jemanden, der nicht vorbestraft ist, dachte Stierna, kratzte sich an der Nase und atmete tief ein, bis in die Lungenspitzen.

45

Karolina ging die Bergsgatan entlang. Es war Samstag, sie war allein, John arbeitete. Erst vor ein paar Tagen hatte er ihr versichert, dass er am Samstag freihaben würde, dass sie ins Café »Grå Katten« gehen und dort ein spätes Frühstück einnehmen wollten, wie sie es ab und zu gern taten. Doch daraus war nichts geworden, die Arbeit hatte die Pläne zunichtegemacht, wieder einmal.

Er hatte gesagt, er werde zum Essen nach Hause kommen, aber sicher konnte sie dessen nicht sein. Das hatte er im letzten Monat häufiger gesagt, und dann war es immer wieder vorgekommen, dass er kurz vorher angerufen hatte, um ihr mitzuteilen, dass er es nicht schaffen würde, und sie solle nicht aufbleiben und auf ihn warten.

Sie spürte eine Unruhe, die sie nur schwer benennen konnte, die im Laufe des Herbsts gewachsen war. Die Unsicherheit der Liebe statt der Selbstverständlichkeit der Liebe. Sie war sich nicht mehr sicher, welchen Platz sie in seinem Leben einnahm. Was sie wiederum verunsicherte, zweifeln ließ.

Er war so oft fort. Manchmal fragte sie sich, ob er eine andere hatte.

Karolina betrat den Schlachterladen in der Hantverkargatan, hier kauften sie immer ein, heute kaufte sie Koteletts. Kartoffeln hatte sie zu Hause, sie wollte ein Kartoffelgratin machen, was er so gern aß. Sie bezahlte und verließ den Laden.

Am Tag zuvor hatte sie in der Spirituosenhandlung am Kungsholmstorg eine Flasche Cognac gekauft. Das war kein Problem gewesen, in ihrem Einkaufsbuch war im letzten Vierteljahr kein Einkauf verzeichnet gewesen. Und wenn sie schon einmal dabei war, hatte sie auch gleich eine Flasche Rotwein gekauft in der Hoffnung, sie am heutigen Abend teilen zu können. Vielleicht würden sie die Sterne betrachten, über alles reden, was so um sie herum geschah. Jeder ein Glas Cognac trinken. Manchmal erzählte er ihr von seiner Arbeit, doch meistens zierte er sich. Als wollte er nicht, dass sie zu viel davon erfuhr, wollte ihr ersparen, von all dem zu hören, was er so zu sehen bekam. Aber sie wollte Anteil an seinem Leben haben, wollte, dass er erzählte.

Jetzt waren John und sie mehr als zwei Jahre verheiratet, aber es war nicht der Tag, an dem sie sich in der Kirche das Jawort gegeben hatten, der ihr am lebendigsten in Erinnerung geblieben war, es war der Tag ihrer Verlobung. Sie waren zu zweit draußen auf der Insel in den Schären gewesen, auf der sie alle ihre Sommer bis dahin verbracht hatte. Ihre Eltern waren nicht dort gewesen. Auch die beiden Schwestern und ihr großer Bruder nicht.

In der Woche, die sie dort gemeinsam verbracht hatten, unternahmen sie nicht besonders viel. Ließen den Dingen einfach ihren Lauf, nahmen die Tage, wie sie kamen.

John hatte bis zum letzten Tag mit seiner Frage gewartet, bis zum letzten Tag, bevor er wieder in die Abteilung für Gewaltverbrechen zurückkehren musste. Vielleicht war er nervös gewesen, er, der doch nie den Anschein erweckte. Sie hatten auf den Felsen gesessen und übers Meer geschaut. Er war unsicher gewesen, nicht so entschlossen, wie sie ihn oft erlebt hatte. Ihr gefiel diese Unsicherheit, ihr gefielen die Kontraste, die er ihr bot. Der Ring war aus Gold gewesen, einfach und geschmackvoll, nicht zu protzig. Ihr erschien er perfekt zu sein. Als er fragte: »Willst du dich mit mir verloben, Karolina?«, hatte seine Stimme gezittert, nur leicht, aber sie hatte gezittert. Sie hatte keine Bedenkzeit benötigt für ihre Antwort: Ja. Im Nachhinein dachte sie, dass das die beste Woche ihres Lebens gewesen war.

Der September neigte sich seinem Ende zu, und es war schon ziemlich kühl geworden. Karolina knöpfte auch den obersten Knopf ihres schwarzen Mantels zu und hielt die Einkaufstasche umklammert. Sie spürte, dass sie eine Pause brauchte, für eine Weile zu Atem kommen musste, nur für sich. Einen Moment lang überlegte sie, ganz bis zum »Grå Katten« am Sankt Eriksplan zu gehen, verwarf den Gedanken aber gleich wieder. Dort wollte sie mit John hingehen, das war ihr gemeinsames Café, dort wollte sie nicht allein sitzen und ihren Kaffee schlürfen. Also entschied sie sich für das Café in der Pipersgatan, in der Nähe der Fleminggatan. »Lyktan« hieß es.

Als sie eintrat, empfing sie der Duft von frisch gebrühtem Kaffee. Er gefiel ihr, sie fühlte sich gleich zu Hause.

Karolina bestellte eine Tasse Kaffee mit Milch und eine Zimtschnecke. Obwohl es ziemlich voll war, hatte sie einen Platz an einem Fenstertisch gefunden; sie schaute gern auf das Treiben draußen auf der Straße.

Das Lokal war eng, es gab nur ein Dutzend Tische. Sie war bisher noch nicht hier gewesen, doch es gefiel ihr; vielleicht sollten John und sie auch einmal gemeinsam hierhergehen. Sie hatte eine Zeitung in der Handtasche dabei, holte sie jedoch nicht heraus, hatte keine Lust, sie durchzublättern. Sie wollte lieber nur dasitzen, nachdenken und sich eine Weile wegträumen.

Als sie das Café verließ, sah Karolina auf ihre Uhr und stellte fest, dass sie mehr als eine Stunde dort verbracht hatte. Draußen schlug ihr wieder die Kälte entgegen.

Sie ging die Pipersgatan entlang, überquerte die Kungsholmsgatan. Bald würde sie wieder daheim sein.

Sie träumte von den Orten, an die sie so gern reisen würde. Die Welt sehen. London, John hatte versprochen, dass sie dort hinreisen würden.

46

Berners Amtszimmer. Mit diesem leichten Tabakgeruch, der in den Wänden saß und der Stierna so vertraut war.

»Das heißt also, dass wir seinen Fingerabdruck haben.«

Berner saß hinter seinem Schreibtisch, blätterte in Unterlagen. Es war acht Uhr abends.

»Ja«, bestätigte Stierna, »höchstwahrscheinlich.«

»Und den gibt es nicht in unserem Register?«

»Nein.«

»Das erschwert die Sache. Dann ist er nicht vorbestraft, dann finden wir ihn nicht unter den Sittlichkeitsverbrechern und Gewalttätern, die wir im Blick haben. Gibt es den Abdruck auch auf der Werft?«

»Högstedt und Strand haben ihn dort nicht gefunden.«

Berner zog die oberste Schreibtischschublade auf und nahm eine Zigarrenkiste heraus. Er bot Stierna eine an.

»Nein, danke, ich bleibe lieber bei meinen Zigaretten.«

Berner blickte aus dem Fenster.

»Und wie sieht der nächste Schritt aus?«, fragte er.

Stierna wusste, was er antworten musste, zögerte jedoch.

»Wir müssen so ziemlich jeden Mann, der etwas mit den Ermittlungen zu tun hat, bitten, seine Fingerabdrücke abzuliefern. Und wir werden bei jedem, der neu dazukommt, ebenfalls Abdrücke nehmen. Dann schauen wir, ob einer mit denen von der Einkaufsliste und dem Sammelbild übereinstimmt.«

Eigentlich war er überzeugt davon, dass das nichts bringen würde, nicht jetzt. Der Mann aus dem Vasapark befand sich wohl kaum unter den Verwandten, unter den nahen Freunden, unter den Nachbarn. Unter denen, die sie sich in letzter Zeit angeschaut hatten. Mit der Zeit würden weitere Männer in den Ermittlungen auftauchen. Dann würden sie auch deren Fingerabdrücke nehmen, jedenfalls zum Großteil.

Berner sah müde aus, was nicht häufig vorkam. Aber eigentlich war das auch kein Wunder. Stierna hatte bisher so gut wie nie erlebt, dass Berner noch an einem Samstagabend arbeitete.

»Das ist problematisch, John. Das kann Ärger geben.«

»Wir sagen, es ist freiwillig. Wenn sich jemand weigert, können wir nichts dagegen machen. Aber dann wissen wir, dass wir diese Person umso genauer überprüfen müssen.«

Berner machte eine ausholende Geste, sagte jedoch nichts.

»Was haben wir schon zu verlieren?«, fragte Stierna.

Der Kommissar ging den Flur entlang. Die Wände warfen den Hall seiner Schritte zurück. Die Tür zu seinem Arbeitszimmer war angelehnt. Er spürte eine Unruhe, die er nicht vertreiben konnte. Er betrat sein Büro und ging zu einem Foto, das neben dem Fenster an der Wand hing. Darauf waren er selbst und Roland Lindberg zu sehen. Sie patrouillierten auf der Götgatan, irgendwann während des Krieges, als sie noch Wachtmeister in Södermalm gewesen waren. Der Säbel hing am Gürtel, die Pickelhaube saß, wie sie sitzen sollte.

Er ließ sich auf seinen Schreibtischstuhl fallen und suchte nach den Zigaretten, aber eigentlich hatte er gar keine Lust zu rauchen.

Wieder kam ihm das Sammelbild aus Åhlén & Åkerlunds Serie in den Sinn. Das mit dem jungen, blonden Mann darauf, der ein Hemd mit der schwedischen Flagge trug. Erik Billström, 800-Meter-Läufer.

Der Mörder hatte Ingrid Bengtsson diese Karte gegeben. Wenn nicht jemand anders ihr sie gegeben hatte, der Mörder sie aber dennoch angefasst hatte. Das war möglich, aber Stierna glaubte das nicht.

Welcher erwachsene Mann kaufte Sammelbilder?, dachte er.

Stierna war klar, diese Frage war wichtig, zeigte, was sie als Nächstes tun mussten. Sie würden in den Läden nachfragen. Überall in Stockholm, wo man diese Sammelbilder kaufen konnte. Die Verkäufer würden sich kaum an all die Kinder erinnern, die sie gekauft hatten. Aber an einen erwachsenen Mann schon eher.

Gegen neun Uhr brach Stierna auf. Er hatte vor vielen Stunden daheim bei Karolina angerufen. Ihr gesagt, dass es wieder spät werden würde. Er wusste nicht, wie viele Abende sie im letzten Monat nicht zusammen gegessen hatten, er hatte den Überblick verloren. Das war ihm unangenehm, aber er hatte keine andere Wahl.

Als er die Wohnung betrat, rief er: »Ist jemand zu Hause?« Sie antwortete, und er hängte seinen Mantel an die Garderobe.

Karolina saß am Küchentisch. Demonstrativ zeigte sie auf die Uhr.

»Ich habe doch gesagt, dass es spät wird«, verteidigte er sich.

»Darum geht es nicht. Oder, es geht nicht um heute Abend ... Du bist im Augenblick immer zu spät.«

»Es tut mir leid ... Aber was soll ich denn machen, Karolina. Selbst wenn ich wollte ...«

Sie unterbrach ihn.

»Du bist nie zu Hause. Ich bin es leid, immer allein essen zu müssen. Ich vermisse dich. Wir sehen uns gar nicht mehr.«

Er setzte sich ihr gegenüber.

»Jetzt übertreibst du aber. Natürlich bin ich zu Hause. Und das liegt nur an diesem Fall, der braucht seine Zeit.«

»John, bitte antworte mir ganz ehrlich: Gibt es eine andere?«

Die Frage brachte ihn aus der Fassung.

»Eine andere? Was ist das für eine Idee? Glaubst du etwa, ich würde mich abends mit einer anderen Frau treffen?«

Schweigend schaute Karolina ihn an.

»Ich ermittle in einem Mord an einem Mädchen, das nicht einmal neun Jahre alt geworden ist«, fuhr er fort. »Jemand hat sie mit einer Schlinge bis zur Bewusstlosigkeit gewürgt, bevor er ihr den Schädel zertrümmert hat. Das ist wohl Grund genug, länger zu arbeiten und spät nach Hause zu kommen.«

Sofort bereute er, so aufbrausend gewesen zu sein, er stand auf, um sie in den Arm zu nehmen. Doch Karolina wich ihm aus.

»Du musst das ändern«, sagte sie. »Du musst diesen Überstunden einen Riegel vorschieben.«

Lange schaute er sie an, bevor er antwortete.

»Das kann ich nicht.«

Visby 1953

47

Stierna lehnte sich an die Mauer. Das Meer breitete sich vor ihm aus. Er stellte den Stock beiseite, schaute über die Dächer unter sich. Über Visby, die hügelige Stadt.

Sie waren eine ganze Weile zwischen den gemauerten Häusern spazieren gegangen, Grönwall und er.

Der Journalist legte seinen Block auf die Mauer.

»Sie haben also von jedem Mann, der in den Ermittlungen auftauchte, die Fingerabdrücke genommen? Von jedem?«

Stierna musterte ihn.

»Zumindest von denen, die wir kannten. Von denen, deren Namen wir hatten. Auf die mit einem wasserdichten Alibi haben wir verzichtet. Und auf diejenigen, die als Täter absolut nicht infrage kamen.«

Stierna schmunzelte. Grönwall fand, das Lächeln sah müde aus. Angestrengt.

»Dann haben Sie also auch von Männern Fingerabdrücke genommen, die gar nicht unter Verdacht standen?«

»Das ist richtig.«

»Und wie viele waren das insgesamt?«

Stierna zuckte mit den Schultern.

»Das kann ich nicht mehr genau sagen. Mehrere Hundert.«

»Warum?«

»Weil einem Mädchen, das nicht einmal neun Jahre alt wurde, auf einer stillgelegten Werft auf Djurgården der Schädel eingeschlagen wurde.«

Grönwall hatte eine solche Antwort nicht erwartet. Sie kam nicht impulsiv, eher wie eine Feststellung. Wie eine traurige Feststellung.

»Tun Sie nicht so, als würde Sie das überraschen«, fuhr Stierna fort. »Das haben wir früher schon gemacht, und das machen wir immer noch. Sie wissen das. Sie sind Journalist, natürlich wissen Sie das.«

Er sagt immer noch wir, dachte Grönwall, obwohl er behauptet, er hätte das alles hinter sich gelassen. Obwohl er betont, dass er kein Kommissar mehr ist.

»Gab es Männer, die sich geweigert haben?«

»Nein. Niemand. Wir konnten die, die nicht direkt unter Verdacht standen, ja nicht zwingen, aber wir konnten sie bitten. Und die Unschuldigen weigern sich eigentlich so gut wie nie.«

Stierna sah zum Himmel hinauf. Die Sonne schien. Er dachte an den Herbst 1928. Da war es fast die ganze Zeit grau gewesen. Grau und kalt.

Sicher, einige der Männer, denen Högstedt und Strand vor jetzt fast fünfundzwanzig Jahren die Fingerabdrücke abgenommen hatten, waren nervös gewesen. Und Stierna hatte sich vorstellen können, was für ein Gefühl das war, wenn sie ins Fingerabdruckskontor bestellt wurden.

Es waren Mitbürger aus allen Gesellschaftsschichten gewesen. Verwandte von Ingrid, Nachbarn. Personal der Schule, in die sie gegangen war. Männer, die auf der Werft gearbeitet hatten.

Viele waren wütend gewesen, einige beunruhigt. Doch niemand hatte sich geweigert. Maria Bengtssons Abdruck hatten sie auch in ihrem Register. Åke Erlandssons. Hans Ekströms, er war der Vater von Ingrids Freundin Anna. Harry Schillers.

Stierna erinnerte sich, welche Unruhe unter den Leuten geherrscht hatte, die darauf warteten, an die Reihe zu kommen, auch wenn sie gar nichts zu befürchten hatten. Wenn Högstedt oder Strand ihre Finger nahmen, sie erst auf die blank polierte Metallscheibe mit der blauschwarzen Druckerfarbe und dann auf das vorbereitete Standardformular vom Zentralbüro für Fingerabdrücke drückten. Auf das weiße, glatte Papier ohne jeden Knick. Das hatte etwas Klinisches an sich. Etwas Kaltes. Und die Angst war immer da – was würden sie hinterher mit den Abdrücken machen, auch wenn Högstedt ihnen versicherte, dass sie weggeworfen würden, sobald man festgestellt hatte, dass sie nicht den Richtigen gefunden hatten? Stierna verstand diese Unruhe, wahrscheinlich hätte er sie selbst genauso gespürt.

»Wollen wir weitermachen?«, fragte Stierna.

Grönwall nahm den Block von der Mauer, und sie setzten ihren Spaziergang fort.

»Bald ist die Sache verjährt«, sagte er. »In wenigen Tagen ist alles vorbei.«

»Zweieinhalb«, sagte Stierna.

»In zweieinhalb Tagen ist der Fall verjährt«, wiederholte Grönwall. »Dann wird der, der es getan hat, frei sein. Wird nie verurteilt werden. Was haben Sie für ein Gefühl dabei?«

Stierna gab keine Antwort.

Sie trennten sich vor dem Stadthotel. Grönwall ging die Steintreppe hinauf, die zur Rezeption führte. Auch dieses Mal wohnte er hier.

Stierna trat wieder in den Sonnenschein hinaus. Seine Gedanken waren immer noch bei dem Mord an dem Mädchen. Diese Gespräche mit dem Journalisten, gegen die konnte er sich nicht wappnen. Aber er wusste, auch so hätte er immer wieder daran gedacht, wenn auch nicht so detailliert. Der ehemalige Kommissar wusste nicht, ob es ihm eigentlich guttat, darüber zu sprechen. Vielleicht führte das ja nur dazu, dass er noch tiefer sank.

Er ging zum Wirtshaus zurück, hoch in sein Zimmer. Er hatte die Ermittlungsunterlagen vom Bett genommen und auf den kleinen Tisch am Fenster gelegt.

Jetzt nahm er die dickste Mappe in die Hand. »Betr. Djurgårdens Dampfschifffahrtsaktiengesellschaft«.

In der Mappe lag das Material, das über die Firma aufbewahrt worden war. Sie enthielt Informationen über die Geschäftsleitung, aufgestellt vom Patent- und Registrierungsamt. Die Konkursakten mit der öffentlichen Klage, Angaben über die Schulden, die Gläubiger und das Vermögen. Außerdem die Geschäftsbücher, das Journal und das Inventurbuch aus den letzten fünf Jahren der Firma. Und die Personallisten von 1901 bis 1923. Sie waren sehr genau geführt worden, mit vollständigen Namen, Adressen und Geburtsdaten.

Lundby hatte sie mit den Polizeidaten verglichen. Dafür gesorgt, dass die früheren Beschäftigten auf der Werft befragt wurden. Sie hatten einen verurteilten Dieb gefunden, der 1919 auf der Werft gearbeitet hatte. Sie hatten drei Männer gefunden, die wegen Schnapsbrennerei vorbestraft waren. Keine Gewaltverbrecher.

Eigentlich war es unnötig, die Papiere noch einmal durchzugehen. All diese Akten. Eigentlich war es sinnlos, denn er kannte die Wahrheit. Der Fall Ingrid. Er konnte ihn nicht beiseiteschieben. Er wollte sehen, ob er heute etwas anders gemacht hätte. Ob es etwas gab, was er übersehen hatte. Er kannte die Wahrheit, aber vielleicht hätte er sie schon früher sehen müssen.

Er dachte an Grönwall. Überlegte, wie viel er diesem Journalisten eigentlich erzählen wollte.

*

Börje Grönwall saß am Schreibtisch in seinem Hotelzimmer, schrieb die Notizen des heutigen Gesprächs mit Kommissar Stierna auf der Schreibmaschine ins Reine. Der ehemalige Polizeibeamte war wortkarg gewesen, wie abwesend.

Grönwall war zwischenzeitlich nach Stockholm gefahren, war erst spät am vorherigen Abend zurückgekommen. Er hatte die Polizeizentrale in Kungsholmen besucht, hatte das Gefühl gehabt, das machen zu müssen. Kriminaldirektor Lindberg hatte ihn in seinem großen Dienstzimmer empfangen. Grönwall hatte es nervös gemacht, da drinnen zu sitzen, das Gefühl von Macht war zum Greifen nahe gewesen. Das Gefühl von Autorität ungemein stark.

Sie hatten eine Weile über den Mord an Ingrid Bengtsson gesprochen. Lindberg war damals an den Ermittlungen beteiligt gewesen. Er war nur Hauptwachtmeister gewesen, aber dennoch eine zentrale Person bei der Arbeit. Stierna hatte ihn angeleitet, hatte die Verantwortung für den Fall, der in wenigen Tagen verjährt sein würde.

Heute war Roland Lindberg Chef einer Kriminalpolizei, die viel größer war als zu der Zeit, als Gustaf Berner zur Jagd auf den Mörder an Ingrid Bengtsson Ende der Zwanzigerjahre blies. Eine sehr viel spezialisiertere, bürokratischere Kriminalpolizei.

Sie hatten über zwei Stunden zusammengesessen. Grönwall war verwundert darüber gewesen, dass Lindberg sich so viel Zeit für ihn genommen hatte. Gegen Ende war der Direktor fast vertraulich geworden. Grönwall hatte ihn gefragt, was für ein Gefühl es war, Chef der Kriminalpolizei von Stockholm zu sein, einer der mächtigsten Polizeibeamten des Landes. Lindberg hatte geschmunzelt, bevor er antwortete. Der Journalist hatte das Gefühl, als läge auch eine Spur von Scham in dem Lächeln.

»Manchmal ist das ein richtig gutes Gefühl. Manchmal ganz und gar nicht. Es war ja nicht geplant, dass ich den Posten übernehmen sollte. Das war nie Berners Plan gewesen. John hatte ihn einnehmen sollen.«

Früher einmal war Stierna groß gewesen, dachte Grönwall. Er hatte die Macht übernehmen sollen. Jetzt wirkte er eher wie ein Trümmerhaufen.

Stockholm 1928

48

Stierna drückte die Kippe im Aschenbecher aus und schloss das Fenster. Er war wieder in Berners Dienstzimmer, hatte zwei Zigaretten geraucht, während er auf die anderen wartete.

Sie trudelten einer nach dem anderen ein. Als Erster Lindberg. Lundby ein paar Minuten später, dann Rehn. Er grüßte Stierna, obwohl sie sich bereits auf dem Flur begegnet waren. Berner kam als Letzter, dabei hatte er den kürzesten Weg, nur eine Treppe hinunter.

Stierna setzte sich an den Konferenztisch und schaute in seinen Taschenkalender. Es war Montag, der vierundzwanzigste September.

Berner öffnete seine Aktentasche und warf ein paar Zeitungen auf den Tisch. Morgenzeitungen und das *Aftonbladet*.

»Was meinen die Herren, wie viel über den Mord an Ingrid Bengtsson heute in den Blättern steht?«

Hat Berner sich bisher damit beschäftigt?, fragte Stierna sich. Zeitungen gelesen?

Er warf einen schnellen Blick auf die Titelseiten. Dort stand nichts über den Tod des achtjährigen Mädchens. Wohl kaum etwas auf den anderen Seiten, wie Stierna vermutete. Der Mord verschwand langsam aus dem Bewusstsein der Menschen; die letzte Woche hatten sie keine einzige Pressekonferenz bezüglich des Falls abgehalten. Die Kopie von Ingrids verschwundenem Kettenanhänger wurde nicht mehr veröffentlicht.

»Die Presse interessiert das nicht mehr«, fuhr Berner fort. »Bald fangen die Leute an, den Fall zu vergessen. Aber wir dürfen ihn nie vergessen. Wir müssen alles tun, um diesen verdammten Kerl zu fassen.«

Berner fluchte selten. Stierna konnte sich nicht erinnern, ihn jemals fluchen gehört zu haben. Das hier war wichtig für den Direktor. Das war wichtig für sie alle.

»Wir werden ihn schnappen«, sagte Stierna.

»Glaubst du?«, fragte Berner.

»Ja.«

Stierna hatte vor nicht allzu langer Zeit Maria Bengtsson genau das versprochen: dass sie den Mann fassen würden, der ihre Tochter ermordet hatte.

Er sah aus dem Fenster. Der Dauerregen hatte wieder eingesetzt.

Berner eröffnete die Sitzung; Stierna hörte nicht richtig zu. Doch er hörte, dass Lindberg etwas über Åke Erlandsson sagte, Thomas Franzéns Nachbar, als dieser in Stockholm gewohnt hatte, bevor seine Tochter Ingrid geboren wurde. Franzén hatte behauptet, er hätte Erlandsson erzählt, dass er eine Tochter hat. Ihm und zwei weiteren Freunden. Aber Erlandsson hatte das abgestritten, behauptet, er hätte keine Ahnung von dem Mädchen. Lindberg hatte versucht, das zu klären, er hatte Franzén in Göteborg angerufen. Ingrids Vater war unsicher geworden, hatte erklärt, dass er sich wohl nicht mehr so genau erinnern konnte.

Der Mörder hatte Ingrid gegenüber behauptet, er kenne ihren Vater. Dennoch zögerte Stierna. Er nahm an, dass er das nur gesagt hatte, um ihr Vertrauen zu gewinnen.

»Ich möchte wissen, was läuft«, forderte Berner.

Stierna rieb sich die Stirn. Kopfschmerzen waren im Anmarsch. Sie waren zwar bis jetzt nur leicht, genügten aber, seine Konzentration zu beeinflussen.

»Wir haben seinen Fingerabdruck, auf dem Sammelbild und auf dem Einkaufszettel. So gut wie jeden, auf den wir bei den Ermittlungen stoßen, bitten wir, die Fingerabdrücke abzuliefern. Um sie mit denen zu vergleichen, die höchstwahrscheinlich vom Mörder stammen.«

Berner runzelte die Stirn. Stierna hatte lange reden müssen, bevor er ihn von dieser Aktion am Abend zuvor hatte überzeugen können.

»Wir haben seinen Fingerabdruck«, wiederholte Stierna. »Das müssen wir ausnutzen. Wir führen Folgevernehmungen. Mit den Verwandten, Nachbarn, Freunden. Mit dem Schulpersonal. Wir bitten Erlandsson um seine Abdrücke. Das Gleiche gilt für diejenigen, die früher auf der Werft gearbeitet haben. Die noch leben und nicht zu alt sind.«

Lundby nahm die Brille ab und legte sie auf den Tisch.

»Ich habe die meisten aufspüren können. Einige sind inzwischen gestorben oder so alt, dass sie kaum noch aus dem Bett kommen.«

»Wie viele sind noch übrig?«, fragte Stierna.

Lundby machte eine abwägende Geste mit der rechten Hand.

»Schwer zu sagen. Etwa fünfundvierzig. Es gibt einige mit Vorstrafen. Einen Dieb. Einige Schwarzbrenner. Ein paar Gewalttäter, aber da hat es sich jeweils um Schlägereien im Suff in Kneipen gehandelt.«

»Hast du mit einigen von denen gesprochen, die auf der Werft gearbeitet haben?«

»Mit ein paar Vorarbeitern«, bestätigte Lundby. »Die die Arbeiter auf der Werft am besten kannten. Keiner kann sich daran erinnern, dass einer der Kumpel besonders aufgefallen wäre, besonders gewalttätig war oder eine problematische Einstellung zu Kindern hatte.«

Berner wandte sich an Stierna.

»Und jetzt willst du von allen, die auf der Werft gearbeitet haben, auch noch die Fingerabdrücke nehmen?«, fragte er.

»Ja«, antwortete Stierna. »Es sei denn, sie haben ein wasserdichtes Alibi. Oder fallen aus anderen Gründen aus dem Raster.«

»Das werden aber viele Termine«, sagte Lindberg.

»Ja. Viele notwendige Termine.«

Lundby erhob sich, setzte sich dann aber doch wieder.

»Dieses Sammelbild, das wir da haben«, sagte er. »Das mit dem 800-Meter-Läufer.«

»Erik Billström.«

»Wie gehen wir da weiter vor?«

»Wir nehmen Kontakt zu Åhlén & Åkerlund auf«, erklärte Stierna. »Die geben doch die Serien heraus ... ›Schwedische Rekordhalter‹. Um zu erfahren, welche Läden hier in der Stadt diese Bilder verkaufen. Und um nachzufragen, ob sich ein Verkäufer daran erinnern kann, dass ein erwachsener Mann diese Bilder gekauft hat.«

»Die Sammelbilder sollen ziemlich beliebt sein ...«

»Unter Kindern, ja. Aber kaum unter Erwachsenen.«

Lundby nickte.

»Kaum unter Erwachsenen. Soll ich bei Åhlén & Åkerlund anrufen?«

»Ja, bitte«, antwortete Stierna. »Heute noch.«

Die ersten kritischen Wochen nach dem Mord waren vergangen, aber sie hatten das Gefühl voranzukommen. Etwas Neues herauszufinden.

»Da ist noch etwas«, sagte Stierna. »Ich möchte, dass wir den Autodieb weiter im Auge behalten, den Nils Sandquist in der Sibyllegatan verfolgt hat.«

»Wieso?«, fragte Berner.

»Sandquist hat den Mörder verfolgt. Er ist hinter einem Mann hergelaufen, der ungewöhnlich schnell laufen konnte. Der hart trainiert hat, um so schnell zu werden. Zumindest glaube ich das.«

»Gut.«

»Und ich denke an das, was Harry Schiller gesagt hat. An dem Morgen auf der Djurgårdswerft, bevor die Polizei eingetroffen ist. Er hat die Tasche des Mörders sowie ihren Inhalt gesehen. Das blutige Handtuch. Diesen länglichen Gegenstand, der darin eingewickelt war und der benutzt worden sein muss, um Ingrid Bengtsson zu erschlagen. Und er hat eine kurze Hose gesehen, ein Paar Sportschuhe. Es kann gut sein, dass sie Stollen hatten und dass es Laufschuhe waren.«

Es blieb still im Raum. Auch Stierna schwieg, doch nur für wenige Sekunden.

»Wir werden diesen Teufel kriegen«, fuhr er fort. »Und wie ihr alle gehört habt, hat der Direktor eben gesagt, dass wir alles daransetzen sollen, ihn zu schnappen.«

Berner breitete die Arme aus. Stierna deutete das als stumme Zustimmung.

»Ich möchte, dass wir die Mitgliederlisten jedes einzelnen Leichtathletikvereins hier in der Stadt durchgehen. Ich möchte, dass wir in die Vereine gehen. Wir suchen ...«

Er verstummte. Die Kopfschmerzen waren stärker geworden.

»Wir suchen einen Mann, der mit hochgezogenen Knien läuft«, murmelte Lindberg. »Der schnell läuft. Ein junger, gepflegter Mann.«

Einen Augenblick lang blieb es still.

»Ja«, bestätigte Stierna. »Das ist der Mann, den wir finden müssen. Wir besuchen die Leichtathletikvereine. Reden mit den Präsidenten ... Reden mit allen, mit denen wir reden müssen. Ich möchte, dass wir heute die verschiedenen Vereine anrufen. Dass wir dafür sorgen, diese Woche noch die Mitgliedslisten zu bekommen. Ich weiß, er könnte auch irgendeinen anderen Sport ausüben, vielleicht trainiert er nur für sich. Aber er hat Ingrid Bengtsson ein Sammelbild geschenkt. Des schwedischen Rekordmeisters auf 800 Meter. Welcher Erwachsene kauft so ein Bild?«

Berner mischte sich wieder ein.

»Für welchen Verein läuft Billström?«

»IK Fart«, antwortete Stierna.

»Wollen wir mit dem anfangen? Ich meine, er kann doch das Bild gekauft haben, weil er Billström kennt. Es gibt noch größere Berühmtheiten als Billström. Sie könnten Vereinskameraden sein.«

»Wer weiß«, nickte Stierna. »Fangen wir dort an.«

Rehn schaute ihn an. Mit diesem durchdringenden Blick, der ihnen bei so vielen Verhören schon gute Dienste geleistet hatte.

»Ich kann das übernehmen«, sagte Rehn.

»Gut.«

Stierna stand auf und durchquerte den Raum. Er war ganz steif, hatte das Bedürfnis, sich zu bewegen.

Berner nickte. Sagte etwas, Stierna hörte aber nicht, was.

Er setzte sich wieder hin. Wollte das geklärt haben. Weiterkommen.

49

Stierna las den kleinen Zettel. *Milch. Eier. Brot. Kartoffeln. Zigaretten.*

Diese Handschrift hatte etwas, was ihm eigentlich ins Auge springen müsste.

Der Kommissar lehnte sich in seinem Schreibtischstuhl zurück. Die Uhr an der Wand zeigte kurz nach sechs.

Er stand auf und ging zum Garderobenständer, an dem Mantel und Hut hingen, drehte sich aber doch wieder um und trat ans Fenster. Auf der Fensterbank lagen die Listen von Åhlén & Åkerlund. Lundby hatte sie noch im Laufe des Abends erhalten. Es waren über einhundert Geschäfte in ganz Stockholm, die diese Sammelbilder verkauften, allein siebzig in der Innenstadt. Sie würden am nächsten Morgen anfangen. Mit Kungsholmen, Norrmalm, Östermalm, Djurgården, Vasastaden. Stierna tippte in erster Linie auf Vasastaden. Der Mörder kannte den Stadtteil, fühlte sich dort heimisch.

Vielleicht war er aber auch aus Östermalm oder Djurgården. Ingrid war dort auf der Werft ermordet worden. Die meisten Verbrecher, die er gejagt hatte, hatten ihre Verbrechen dort begangen, wo sie sich auskannten, wo sie sich sicher fühlten.

Stierna öffnete das Fenster, schaute auf den Park hinaus.

Er war um sieben Uhr mit Karolina verabredet, im Restaurant »Horn« in der Vasagatan. Dort wollten sie ein Glas Wein trinken, wie sie es oft taten, wenn sie ins Oscarsteater gingen. Und dort wartete ein Stück auf sie, von dem alle sprachen: Hjalmar Bergmans »Gesindel« mit Gösta Ekman in der Hauptrolle.

Stierna ging zum Garderobenständer, nahm Hut und Mantel und löschte das Licht. Er musste noch in der Parmmätargatan vorbeigehen, um seinen Frack zu holen.

Fast wäre er mit Rehn auf dem Flur zusammengestoßen.

»Gunnar. Hast du es eilig?«

Rehn hatte seinen Mantel an, trug ihn aber offen und den Hut in der Hand.

»John. Ich will zum IK Fart. Wollte mir einen Wagen dafür besorgen ... Die haben jetzt Training, auf dem Sportplatz von Östermalm. Das dauert wohl etwa anderthalb Stunden, aber ich wollte rechtzeitig da sein. Mir das Training ansehen, wie sie laufen.«

»Wer trainiert denn da?«

»Die Läufer und die Hochspringer.«

Stierna folgte Rehn den Flur hinunter.

»Ist Billström auch da?«, fragte der Kommissar.

»Ja, er wird dort sein.«

»Kann er nach dem Knieschaden, den er sich vor den Olympischen Spielen zugezogen hat, wieder trainieren?«

»Offenbar.«

»Und wer ist sonst noch da? Außer den Läufern und Hochspringern?«

»Na, die Trainer. Und die Leitung, die wundern sich, dass ich komme. Der Präsident wird auch dort sein. Gustaf Kilberg heißt er. Er ist seit über zwanzig Jahren Präsident und behauptet, jeden aus dem Verein zu kennen. Besonders die Leistungssportler. Ich habe vor ein paar Stunden schon mit ihm gesprochen.«

Stierna hielt Rehn die Tür auf.

»Ich habe Billström in unserem Register gesucht«, sagte Rehn. »Aber er ist nicht drin.«

*

Karolina saß bereits seit einer Stunde im Restaurant »Horn«. Lange vor der verabredeten Zeit.

Sie war früher aus dem Laden am Götgatsbacken gegangen, hatte von ihrer Chefin, Frau Olsson, einen halben Tag freibekommen.

Sie hatte sich in dem Geschäft umgezogen und war in das helle Ballkleid geschlüpft, das sie gekauft hatte, als sie zu Roland Lindbergs Hochzeit eingeladen gewesen waren. Es kam ihr so vor, als läge das eine Ewigkeit zurück. Dann hatte sie den dunklen Mantel übergezogen, die Boa umgelegt und den runden Hut mit der Feder aufgesetzt und war zu Fuß Richtung Zentrum gegangen. In dem Warenhaus »Kompaniet« war sie in der Parfümerie und der Bettenabteilung gewesen. Hatte sich die Angebote in der Spielwarenabteilung angeschaut.

Sie hatten keine Kinder, John und sie. Eigentlich hätten sie welche haben sollen. Sie hatten nie verhütet, auch nicht, als sie verlobt waren.

Außerdem war sie in der Markthalle am Hötorget gewesen. War an den Ständen im Freien entlanggegangen. Hatte zwei schmutzigen kleinen Jungs Münzen gegeben, die in der Kungsgatan mit ihren Mützen bettelten.

Dann hatte sie das »Horn« betreten. Hatte sich etwas zu trinken bestellt, während sie wartete, und sich umgeschaut. Sie hatte große Lust auf ein Glas Wein, wusste aber, dass das nicht möglich war. Eine Frau konnte nicht allein in einem Restaurant sitzen und Wein trinken. Auch wenn sie dem Kellner erklärte, dass sie auf ihren Mann wartete. Damit klar war, dass sie eine anständige Frau war.

Es hatte sicher eine Viertelstunde gedauert, bis sie begriff, wer am Nebentisch saß. Ernst Rolf mit Begleitung, noch ein Herr und zwei Damen. Der Revuekönig. Sie war sich nicht ganz sicher, aber das musste er sein. Der hohe Zylinder lag neben ihm auf dem Plüschsofa, mit Mantel und Spazierstock. Das dunkle, ordentlich gekämmte Haar, dieses Lächeln, bei dem er die weißen Zähne zeigte.

Verstohlen musterte sie seine Begleitung. Und Ernst Rolf selbst.

Es schien, als säßen die Herrschaften schon seit längerer Zeit hier, sie waren bereits bei Kaffee und Cognac angelangt.

Ernst Rolf redete viel, aber sie konnte nicht verstehen, was er sagte. Trotz seiner scheinbar lockeren Art lag eine gewisse Schwermut auf ihm, fast etwas Depressives.

Zu Hause in der Parmmätargatan hatten sie eine seiner Platten. »Bättre och bättre dag för dag«, besser, immer besser, Tag für Tag, eingespielt bei Odeon. Doch ein anderes Lied kam ihr in den Sinn. »Jag är ute när gumman min är inne«, ich gehe aus, meine Freundin bleibt zu Haus. Irgendwie spiegelte diese Zeile so gut ihre Situation wider, Johns und ihre. In ihrer ganzen brutalen Einfachheit.

Sie sahen sich so selten. Manches Mal fühlte sie sich so unbedeutend, als wäre der Krieg, den er jeden Tag führte, in der Abteilung für Gewaltverbrechen, um so vieles wichtiger als sie. Sie hatte Mitleid mit dem Mädchen, Ingrid, doch das Mädchen war tot, und sie, sie lebte.

»Ich gehe aus, meine Freundin bleibt zu Haus.« Sie erinnerte sich an die Fortsetzung: »So ist das Leben kurz gefasst, doch unsere Liebe wird dennoch nie enden.«

Ja, das Gefühl hatte sie gehabt, als sie sich kennenlernten, dass ihre Liebe nie enden würde. Jetzt war sie sich dessen nicht mehr so sicher. Diese Frage kam ihr immer wieder in den Sinn, erschreckte sie, aber sie konnte sich dagegen nicht wehren. Vielleicht geschah gerade etwas mit ihr. Etwas Unwiederbringliches.

Karolina trank von ihrer Limonade. Sie wollte ihm eine Chance geben, schließlich war er die Liebe ihres Lebens.

Ernst Rolf und seine Begleitung zahlten und traten in den Stockholmer Abend hinaus.

*

Karolina saß bereits an einem Tisch, als er durch die Tür trat. Für einen Montagabend war das Lokal ziemlich gut besucht. Die meisten Tische waren belegt, an zweien saßen Herren im Frack und Damen in Abendgarderobe. Stierna nahm an, dass sie auch Bergmans Stück »Gesindel« sehen wollten.

Der Kommissar hängte Mantel und Hut an die Garderobe. Das kleine Päckchen schob er in die Fracktasche. Er hatte während der Mittagspause ein Geschenk für Karolina gekauft, war schnell in einen kleinen Laden am Kungsholmstorg geeilt. Der Laden bot alles Mögliche an, und alles hatte irgendwie Klasse, von Telleruntersetzern über Federtaschen bis zu Kerzenhaltern.

Sie hatte nicht Geburtstag, ihr Namenstag war schon gewesen, eigentlich gab es nichts Besonderes zu feiern. Dennoch hatte er ihr etwas kaufen wollen. Er nahm an, dass das an seinem schlechten Gewissen lag. Heute Abend sollte es nur sie und ihn geben.

Stierna setzte sich ihr gegenüber.

»John.«

»Karolina.«

»Wollen wir bestellen? Wir haben noch genügend Zeit.«

Er schaute auf die Uhr. Ja, sie hatten genügend Zeit, seine Arbeit war nicht dazwischengekommen. Dieses Mal nicht.

Er winkte einen Kellner heran und bekam die Speisekarte. Sie bestellten jeder ein Sandwich mit Frikadelle und Rotwein. Der Kellner verschwand, servierte bald darauf den Wein.

Stierna trank einen Schluck und lehnte sich in seinem Stuhl zurück. So sollte das Leben sein, dachte er, so sollte es immer sein.

Sie unterhielten sich. Vor allem darüber, was an dem Tag geschehen war, auch wenn Stierna nicht zu viel von dem erzählen wollte, was er in dem Polizeigebäude hinter sich gelassen hatte. Nicht an diesem Abend.

Er holte sein Geschenk hervor und legte es vor sie auf den Tisch.

»Für dich«, sagte er nur.

»Wieso das?«

»Ich wollte dir einfach etwas schenken.«

Er hatte einen niedrigen Kerzenhalter aus Silber für sie gekauft. Sie mochte Kerzenlicht so gern, bei ihnen zu Hause brannten eigentlich immer Kerzen.

Sie löste die Schnur und öffnete die Schachtel. Als sie sah, was sich darin befand, lächelte sie.

»Danke, John. Ich werde ihn benutzen, wenn wir heute Abend nach Hause kommen.«

Sie kam nicht dazu zu erzählen, dass sie vor nur einer Viertelstunde Ernst Rolf gesehen hatte. Wenn er es gewesen war. Das würde sie ihm erzählen, wenn sie zu Hause waren.

50

Seit fast einem Monat hatte Stierna die morgendliche Besprechung schon nicht mehr geleitet. Wallbom hatte übernommen, aber es war nicht Wallbom, der an diesem Tag vorne im Konferenzraum stand. Es war nicht Wallbom, der den »Polizeibericht« des Tages durchging. Nicht er erklärte, nach welchen gesuchten Personen sie fahnden sollten, nicht er besprach die laufenden Ermittlungen. Wallbom war auf Lidingö und damit beschäftigt, den Fall mit der Sprengung des Geldschranks zu klären. Die Ermittlungen verliefen zäh.

Lydman leitete heute die Sitzung. Er leitete die Fahndungen, er sollte eine Art umfassenden Überblick über alle Aktivitäten haben. Er sollte die Aufgaben verteilen. Wallbom vertreten, bis dieser zurück war. Stierna fragte sich, warum nicht Lydman sich um den Fall mit dem Geldschrankraub kümmerte, schließlich kannte er doch die Diebe und Geldschrankknacker am besten. Aber vielleicht war das eine politische Entscheidung. Schwagerpolitik, denn der gesprengte Geldschrank auf Lidingö hatte hohe Priorität, erregte viel Aufsehen.

Wenn der Fall Ingrid abgeschlossen war, würde er selbst, Kommissar John Stierna, wieder dort in dem großen Konferenzsaal vorne stehen. An der Spitze der Abteilung für Gewaltverbrechen. Er würde wieder seine Position als Fahndungsleiter übernehmen, die viel Kraft erforderte, die aber alle haben wollten. Er wusste nicht, ob das für ihn eigentlich eine Rolle spielte. Ob das wirklich so wichtig war.

Eigentlich war Lydman für diese Arbeit besser geeignet als Wallbom, dachte Stierna. In erster Linie sind es doch Diebe, denen wir nachlaufen. Diebesgut, das wir suchen. Aber Lydman war nicht mit der Tochter des Polizeipräsidenten verheiratet.

Stierna ging in sein Zimmer, setzte sich hinter den Schreibtisch, legte die Beine auf die Tischplatte.

Auch wenn er nichts vorzutragen gehabt hatte, so hatte Stierna doch an diesem Morgen im Konferenzsaal die Truppen organisiert. Hatte vierzehn Mann in die Stockholmer Innenstadt abkommandiert. Einige auch in die Randgebiete. Vierzehn Polizeibeamte, die nach einem Mann suchten, der Sammelbilder gekauft hatte. Sie hatten Informationen über vier Frauen, die welche gekauft hatten. Wahrscheinlich für ihre Kinder oder Enkelkinder. Zwei waren bereits identifiziert.

Es gab Informationen über zehn Männer, die Bilder gekauft hatten. Die Hälfte war inzwischen bekannt. Drei hatten sie für ihre Kinder oder Enkelkinder oder andere Verwandte gekauft. Zwei, Per Johansson, ein neunzehnjähriger Grubenarbeiter aus Södermalm, und Arne Abrahamsson, ein achtzehnjähriger Laufbursche aus Kungsholmen, hatten angegeben, dass sie die Bilder für sich gekauft hatten.

Die Beamten hatten alle Männer näher unter die Lupe genommen, aber bis jetzt hatte nichts dafür gesprochen, dass sie irgendetwas mit dem Mord an Ingrid Bengtsson zu tun hatten.

Er nahm die Füße vom Tisch und reckte sich nach dem Haustelefon. Rehn antwortete nach dem dritten Freizeichen. Er klang wie immer, dienstbereit, aber dennoch mit einer gewissen Distanz.

Stierna legte den Hörer auf und erhob sich. Er war an diesem Morgen später gekommen. Eine Viertelstunde, höchstens zwanzig Minuten später, aber dennoch. Das ärgerte ihn, er erinnerte sich an Rehns Worte vom gestrigen Abend: »Lass es nicht zu spät werden, denk dran, dass du morgen wieder früh rausmusst.«

Ein paar Minuten später trat Rehn ins Büro. Er setzte sich auf den Besucherstuhl und schwieg.

»Wie geht es dir, Gunnar?«

»Gut, wie üblich. Und dir, ist es doch später geworden gestern?«

»Nicht besonders. Wie war denn dein Abend?«

»Anders«, sagte Rehn.

»Anders?«

»Ja.«

»Erzähl, wie ist es gelaufen?«

»Ich weiß auch nicht. Billström war da. Und andere Läufer. Ein paar Hochspringer. Die Leitung der IK Fart war da, drei Trainer. Ich habe ziemlich lange mit dem Präsidenten geredet, Gustaf Kilberg. Ich werde noch einmal mit ihm sprechen, mit den Trainern auch. Und mit den Läufern, um sie zu überprüfen. Ein paar waren nicht da, mit denen müssen wir später reden. Aber ich weiß nicht ... Kilberg kann sich an keinen Läufer erinnern, der mit ungewöhnlich hochgezogenen Knien läuft. Zumindest an keinen von heute. Und ich habe das Training ja selbst gesehen, keiner der Läufer hatte eine auffällige Technik. Sicher, das muss nichts heißen ...«

»Ich weiß«, sagte Stierna. »Wahrscheinlich hat IK Fart nichts mit dem Mord an Ingrid Bengtsson zu tun. Das ist einfach nur ein Sportverein hier in der Stadt. Vielleicht irren wir uns ganz gewaltig, aber es ist eine Spur, der wir nachgehen müssen. Und jetzt haben wir mit dem IK Fart angefangen, weil Billström für die läuft. Ich glaube auch nicht, dass die etwas damit zu tun haben, aber irgendwo müssen wir ja anfangen.«

Rehn lehnte sich über den Schreibtisch.

»Die sind richtig wütend geworden, John. Ich habe Billström gefragt, wo er zu dem Zeitpunkt war, als Ingrid Bengtsson ermordet wurde. Er wurde wütend, dachte, ich würde ihn deswegen anklagen.«

»Und wo war er, als Ingrid gestorben ist?«

»Er sagt, er war zu Hause und hat geschlafen. Zusammen mit seiner Verlobten. Er wohnt auf Östermalm, Valhallavägen. Ich habe ihm vorgeschlagen, Fingerabdrücke abzugeben. Als reine Routinemaßnahme. Das habe ich den anderen auch vorgeschlagen. Du hast doch gesagt, dass wir von jedem Mann, der in diesen Ermittlungen auftaucht, die Fingerabdrücke nehmen sollen. Aber wir gehen zu weit, John. Das wird zu viel. Ich habe von allen Sportvereinen hier in der Stadt eine Mitgliederliste angefordert. Ich habe heute Morgen den schwedischen Leichtathletikverband angerufen, und die werden ... die werden irgendwann im Laufe des Nachmittags die Listen mit einem Boten bringen. Sollen wir die Fingerabdrücke von allen Läufern nehmen? ... Von allen erwachsenen Männern, die in dieser Stadt trainieren, um schneller zu laufen?«

Stierna saß schweigend da.

»Die sind wirklich richtig wütend geworden«, fuhr Rehn fort. »Und ich verstehe sie. Es gibt nichts, was darauf hindeutet, dass einer von ihnen etwas mit der Sache zu tun hat. Außer, dass sie gute Läufer sind.«

»Derjenige, den wir suchen, ist verdammt schnell«, murmelte Stierna. »Das ist ein verflucht guter Läufer.«

Aber er wusste, dass Rehn recht hatte. Er hatte verdammt recht.

»Was haben sie gesagt? Als du ihnen vorgeschlagen hast, ihre Fingerabdrücke abzuliefern? Denn es ist ja freiwillig, wir zwingen niemanden.«

»Na ja, in der Praxis zwingen wir sie schon«, widersprach Rehn. »Sei mal ehrlich. Und natürlich haben alle mitgemacht. Sogar Kilberg, der Präsident.«

Stierna hob die rechte Hand und stand auf. Rehn verstummte.

Der Kommissar erinnerte sich an die Worte, die er Maria Bengtsson gegenüber geäußert hatte, bei dem Leichenschmaus nach Ingrids Beerdigung. »Ich verspreche Ihnen, wir werden ihn fassen.«

51

An der Haltestelle Dalagatan stieg er in die Straßenbahn der Linie neun. Im ersten Wagen waren nicht viele Fahrgäste, genau wie er gehofft hatte.

Er setzte sich auf eine der hinteren Bänke, ans Fenster. Las die Reklame, die in einer Halterung an der Decke über seinem Kopf steckte. »Besser ein Stück Florodol in der Hand als zwei Seifen aus dem fernen Land«, Parfümerie Flora, Gävle.

Er schüttelte den Kopf, aber so, dass es niemand bemerkte. Seife, was spielte es da für eine Rolle, woher die kam?

Dann schaute er aus dem großen Fenster. Der Regen schlug gegen die Scheibe. Draußen waren die Lichter von Vasastaden zu sehen. Sein Stadtteil. Bald würde er ihn verlassen.

Er drehte sich zur anderen Seite und musterte die übrigen Fahrgäste. Zwei junge Männer, es schien, als hätten sie etwas getrunken. Eine Frau mittleren Alters mit rabenschwarzem Haar, die ein Buch las. Unauffällig versuchte er den Titel zu erkennen, sah, dass es der letzte Roman von Hjalmar Söderberg war: »Jesus Barabbas«.

Die Straßenbahn hielt an der Haltestelle Slussen. Bis auf ihn stiegen alle Fahrgäste aus, ein Mann in den Fünfzigern mit dunklem Mantel und Regenschirm stieg ein. Bald würde der Nachtfahrplan beginnen.

Der Neue setzte sich auf einen freien Fensterplatz. Er bezahlte beim Schaffner, dann lehnte er sich bequem zurück.

Aber schon an der Haltestelle Folkungagatan stieg der Mann mit dem Regenschirm wieder aus.

Jetzt war er allein im Wagen. Ihm gefiel es, allein zu sein, ihm gefiel die Dunkelheit um ihn herum.

An der Endstation, Danvikstull, stieg auch er aus, wie so oft in dem letzten Jahr, auch wenn das jetzt schon eine Weile her war. Fast zwei Monate.

Er ging langsam durch die Dunkelheit. Der Weg führte am Wasser entlang. Es war still, trotz des Regens. Still und schön.

Er brauchte eine ganze Weile bis Finnberget. Er ging über die Brücke, nach Nacka. Er achtete nicht besonders auf den Weg, auf die Kilometer, bis er am Ziel war. Das tat er eigentlich nie, erst wenn er angekommen war, begannen seine Gedanken wieder zu arbeiten. Aber er mochte die Einsamkeit, den Mangel an Zivilisation.

Er kam an dem stillgelegten Friedhof vorbei, konnte noch die Umrisse der aufgegebenen Gräber erkennen. Dann passierte er die alten, rot gestrichenen Holzbaracken am Hästholmsvägen. Nur in einem Fenster war Licht, sonst waren die Häuser dunkel.

Er setzte seinen Weg fort, bog links den Berg hinauf.

Auf der Kuppe führte der Weg zwischen den kahlen Bäumen entlang, ein paarmal stolperte er auf den regenfeuchten Felsen. Er war ganz allein in der Dunkelheit. Weit von den Lichtern der Stadt entfernt, die er unter sich noch sehen konnte.

Wieder musste er an den Sonntag, den zweiten September denken. An den frühen Morgen zum Montag, dem dritten September. Als er von einem simplen Dieb zum Mörder wurde.

Er hatte gegen vier Uhr nachmittags den Wagen an der Upplandsgatan geparkt. Hatte Erdbeeren mitgenommen, die er am Vortag an einem Stand am Hötorget gekauft hatte, und die Stockholms-Tidningen. *Er erinnerte sich noch genau daran, was in der Zeitung gestanden hatte, es schien, als wären alle die Einzelheiten dieses Tages in sein Bewusstsein eingeätzt worden.*

Er hatte auf einer Bank an der großen Rasenfläche gesessen, das war eigentlich schon sein Stammplatz. Hatte in aller Ruhe die Zeitung gelesen. Wrackteile des Flugboots Latham, mit dem der norwegische Polarforscher und Nationalheld Roald Amundsen und weitere fünf Männer geflogen waren, waren nordwestlich des Leuchtturms Torsvaag gefunden worden. Die Hoffnung, die Männer lebend zu finden, war seit geraumer Zeit aufgegeben worden, sie wurden seit dem 18. Juni vermisst. Das Flugzeug war von Spitzbergen zu einer Rettungsaktion gestartet, um Forschern der unglückseligen Italia-Expedition zu helfen, die in Not geraten waren.

Achmed Zogu war nun definitiv zum König von Albanien ernannt worden. Ein langer Artikel handelte von dem Verkehrschaos in Norrbro und Vasabron. Eine Schlagzeile wusste er noch auswendig: »Kritik an den Radfahrern: Sie kümmern sich überhaupt nicht um die Verkehrsregeln.«

Viele Stunden lang hatte er auf der Bank gesessen, an diesem Sonntag, dem zweiten September. Hatte beobachtet, dass immer weniger Passanten im Park spazierten.

Ingrid war gegen neun Uhr gekommen. Das hatte ihn verwundert, er war überrascht, dass sie noch so spät unterwegs war. Aber gleichzeitig wusste er, dass damit seine große Chance gekommen war.

Sie war diejenige, die ein Gespräch mit ihm angefangen hatte. Zunächst über ihre Glanzbilder, aber auch über andere Dinge.

Darüber, wie traurig sie war, dass der Sommer vorbei war. Über die Schule, über Aufsätze, die sie schreiben wollte.

Er hatte ihr erzählt, dass ihr Vater in der Stadt sei, dass sie ihn sehen könne. Ihr versichert, sie würde nur eine halbe Stunde fort sein, ihre Mutter würde gar keine Zeit haben, sich Sorgen zu machen. Und sie war mit ihm gegangen.

So hatte er ihr Vertrauen gewonnen, damals, als er ihr das erste Mal von ihrem Vater berichtet hatte. Er hatte sie erzählen lassen. Sie kannte ihren Vater nicht, hatte ihn nie getroffen. Sie wusste nur, dass er Bäcker war. Dass er in Göteborg lebte. Er hatte nach dem Namen des Mannes gefragt, aber er wusste nicht mehr, wie er hieß. Dann tat er so, als wäre er ganz überrascht über ihre Antwort. Hatte ihr eingeredet, er würde den Mann kennen. Er wusste, er konnte sehr überzeugend wirken, hatte nie Probleme gehabt zu lügen. Auch nicht über einen Mann, dem er nie begegnet war. Er hatte ihr von ihm erzählt, sich so einige Geschichten zusammengesponnen. Er war von der Herausforderung getrieben worden, wollte sehen, wie weit er dieses Spiel treiben konnte. Manchmal konnte er wirklich hartnäckig sein.

An diesem letzten Abend hatte er ihr die Erdbeeren geschenkt. Sie waren mit dem Wagen in der Stadt herumgefahren. Als er gut hundert Meter vom Zollhaus in Norrtull anhielt, schlief sie bereits. Es hatte ihn verwundert, dass sie sich so sicher fühlte, dass sie einschlief. Je später es geschah, umso größer war für ihn die Chance, ungesehen davonzukommen.

Er wusste seit Langem, dass spätabends nur wenige Menschen in dieser Gegend unterwegs waren, und das erst recht an einem Sonntag. Das Risiko, gesehen zu werden, war gering.

Er hatte mehrere Stunden lang mit ausgeschalteten Scheinwerfern im Wagen gesessen. Ihrem Atem gelauscht. Die Tasche stand neben ihm. Sie enthielt alles, was er brauchte: Schlagstock, Seil, Kneifzange. Und noch andere Dinge. Trainingskleidung und Laufschuhe, ein Handtuch, denn er war im Laufe des Tages in Stadshagen gelaufen und hatte anschließend geduscht.

Während die Zeit verging, war er mit sich selbst zurate gegangen. Die Minuten verstrichen quälend langsam. Er spürte sein Gewissen, das wenige, was noch davon übrig war. Eine Weile war er kurz davor, sich anders zu entscheiden, hatte schon fast den Entschluss getroffen, sie gehen zu lassen. Aber er konnte sie einfach nicht laufen lassen. Und der Trieb war immer noch stark, der Trieb, einen anderen Menschen zu töten. Er wusste, woher dieser Drang stammte, nach allem, was er gesehen und erlebt hatte. Dieser Hass gegen das Leben an sich.

Wieder kam ihm das Haus am Meer in den Sinn, in dem er aufgewachsen war. Die Prügel seines Vaters, mit dem schwarzen Schlagstock, der in der Familie von einer Generation zur nächsten vererbt wurde. An seine verzweifelten Umwege, um die Schmerzen aufzuschieben, die das Ganze aber nur verschlimmert hatten. An seine Mutter, an das Heim, in dem Liebe nicht existierte. Das ihn zu einem seelischen Krüppel gemacht hatte, ihm das Gefühl vermittelte, nichts wert zu sein, und ihn unwiederbringlich an den Rand der Gesellschaft gezwungen hatte. Nie hatte er eine Chance gehabt.

Es war der Hass auf das Leben, der ihn dazu brachte, das Mädchen zu töten. Das war wichtiger gewesen als die Spannung, der Rausch, den er auch gesucht hatte. Die Ungerechtigkeit auf den Kopf zu stellen, die unser Herrgott geschaffen hatte. Jemanden zu töten, der das Gegenteil von dem war, was er selbst als Kind gewesen war: Ingrid war glücklich, sah voller Vertrauen in die Zukunft und fühlte sich geborgen. Er wollte das zerstören, was ihr wie selbstverständlich gegeben war.

Sie war gegen zwei Uhr nachts aufgewacht. Hatte gehustet und sich gestreckt. Er hatte die Unruhe in ihrem Blick bemerkt, die aufsteigende Angst. Er hatte sie beruhigt, ihr versichert, er werde sie nach Hause fahren, sie seien nur eine halbe Stunde weg gewesen. Aber vorher solle sie noch ihren Vater treffen.

Er hatte sich verschiedene Plätze während seiner Spaziergänge durch die Stadt angeschaut. Die Behausungen der Landstreicher unterhalb des Stadshagen. Die Gegend um das Schloss Karlberg. Fåfängan auf Södermalm. Lill-Jansskogen. Er war sogar draußen auf dem Järvafältet und beim Ulvsunda-Schloss gewesen, aber die Djurgårdswerft hatte ihm immer schon zugesagt. Sie war stillgelegt, die Menschen hatten sie anscheinend vollkommen vergessen. Wenn er das Mädchen dort tötete, würde es Jahre dauern, bis jemand es fände. Er hatte sich geirrt.

Er hatte den Wagen vor Gröna Lund abgestellt. Sicher, das war ein Risiko, jemand könnte die beiden dort sehen, aber er wollte ihr das Beste der Stadt zeigen, zumindest für ein Kind das Beste. Er wusste selbst nicht, warum er das Gefühl hatte, ihr das schuldig zu sein.

Sie waren ausgestiegen und hatten sich in der Dunkelheit ans Eingangstor gestellt. Sie aß die letzten Erdbeeren, die er ihr gegeben hatte.

Ingrid war noch nie hier gewesen. Nicht auf Gröna Lund und auch nicht auf dem Jahrmarkt gegenüber. Er hatte ihr von Gröna Lund erzählt. Von Babylon, dem lustigen Haus mit den merkwürdigen Spiegeln. Er hatte ihr von dem Kettenkarussell erzählt, in dem er im Sommer gefahren war, um die Gefahr zu spüren, den Rausch. Aber das hatte ihm nicht einmal ein Schwindelgefühl beschert.

Sie hatte ihn angeschaut und ihn gebeten, auch von dem Vergnügungspark zu erzählen, doch das konnte er nicht, er war nie dort gewesen.

Dann waren sie wieder in den Wagen gestiegen und zur Werft gefahren. Er hatte dem Mädchen erzählt, dass sein Vater dort in dem Gebäude auf es warte. War ausgestiegen, hatte die Tasche mitgenommen. Dann hatte er ein Loch in den Zaun geschnitten, der die Werft umgab.

Als sie das obere Stockwerk in dem größten Werftgebäude betreten hatten, hatte er sofort gehandelt. Das Seil herausgeholt, es ihr um den Hals gelegt, als sie mit dem Rücken zu ihm stand. Sie war leblos umgefallen, aber wenige Minuten später wieder aufgewacht. Hatte gehustet und wollte aufstehen. Da hatte er den Schlagstock aus der Tasche geholt und ihr Schläge auf den Kopf verpasst, so fest er konnte. Das Blut war auf seinen schwarzen Regenmantel gespritzt, aber die übrige Kleidung war sauber geblieben. Zum Glück, denn sie war teuer gewesen.

Lange hatte er nach ihrem Puls getastet, um sicher zu sein, dass sie keinen mehr hatte. Sie war tot. Da war die Erleichterung gekommen, der Frieden, der sich auf sonderbare Weise mit einem Schwindelgefühl vermischt hatte. Das war ein großartiges Gefühl gewesen, das aber nicht lange anhielt.

Er hatte das getan, was er hatte tun müssen, und er hoffte, dass sie nicht zu sehr gelitten hatte.

Als sie bereits tot war, hatte er ihr die Unterhose heruntergezogen. Nicht, weil ihn das in irgendeiner Weise erregte, sondern um die Polizei in die Irre zu führen. Sollten sie doch unter Kinderschändern und Sittlichkeitsverbrechern suchen. Wo sie, wie er annahm, in so einem Fall wohl immer suchten.

Dass ausgerechnet Ingrid ihr Leben verlieren musste, war Zufall, dachte er. Es war von Anfang an nicht sicher gewesen, dass es ein kleines Mädchen sein sollte, nicht das war wichtig. Wichtig war nur das Töten selbst. Diesen letzten Schritt zu gehen, dem Leben und seiner Ungerechtigkeit zu trotzen.

Schon bevor er sie kennengelernt hatte, war er auf der Suche nach jemandem gewesen, den er töten konnte. Er hatte am Sankt Eriksplan mit einer alten Frau gesprochen, war aber zu dem Schluss gekommen, dass sie Probleme machen könnte, so zäh und skeptisch, wie sie wirkte. Außerdem war sie nicht die Richtige gewesen, sie schien verbittert zu sein. Er hatte auch mit ein paar Jungs gesprochen, die im Rålambshovpark Ball spielten, aber die waren ziemlich frech und aufmüpfig gewesen, das erschien ihm zu riskant. Und zum Schluss war es Ingrid geworden.

Der Mord an dem Mädchen hatte ihm noch später, Stunden später, Schwindel verursacht. Es war, als befände er sich in einer fremden Welt, in einer anderen Dimension. Vielleicht hatte er deshalb seine Tasche auf der Werft vergessen. War gezwungen gewesen, zurückzukommen und sie zu holen.

Er hatte immer noch ihre Kette, ohne dass er wusste, wann er sie ihr abgenommen hatte.

Er ging zum Felsabhang. Dachte an das, was passiert war, es schien ihm zum Greifen nahe.

Ich habe lange auf eine Gelegenheit gewartet, es zu tun, dachte er. Nach einem Ort gesucht, an dem es geschehen kann. Wo ich ein Ende machen kann. Wo ich mir das Leben nehmen kann. Ich habe lange gesucht, oft überlegt. Wie oft bin ich durch die Stadt gegangen, durch die Randgebiete. Und zum Schluss habe ich Finnberget gefunden, die Klippen. Die steilen Felsen. Die Einsamkeit, zumindest nachts. Saltsjöqvarn und tief unten der Kai. Hier sollte es geschehen, eines Nachts im März, im Grenzland zwischen Winter und Frühling, habe ich den Entschluss gefasst. Hier sollte alles enden. Ich hatte den Platz gefunden, eine kleine Lichtung dicht am Steinhang. Von hier wollte ich sprin-

gen, an dem Tag, an dem alles zu viel für mich werden würde. Ich war überzeugt davon, dass dieser Tag bald kommen würde. An dem das Leben mich überwältigte, an dem die Finsternis so stark würde, dass ich nicht weitergehen konnte. Eines Tages würde dieser Moment kommen, zumindest glaubte ich das.

Ich kam im Mai hierher zurück, war überzeugt davon, dass ich genau in dieser Nacht den Schritt wagen würde. Die Luft war damals immer noch kalt, der Sommer war auf dem Weg, aber die Kälte des Winters hatte die Natur noch im Griff. Ich nahm die Straßenbahn bis Danvikstull. Es war zur Nachtzeit, ich war allein im Wagen. Dann legte ich den ganzen Weg zurück, bis zum Finnberget. Kletterte die Felsen hinauf. Setzte mich dort auf die Lichtung.

Ich hatte Proviant dabei, eine Flasche Schnaps und drei Päckchen Zigaretten. Es würde seine Zeit dauern. Stunden. Aber ich hatte beschlossen, es zu tun, genau in dieser Nacht.

Zunächst trank ich von dem Schnaps. In großen Schlucken, denn ich sehnte mich nach dem Rausch, wollte, dass er schnell einsetzte. Früher hatte ich hier oben nie etwas getrunken, war immer nüchtern gewesen, wenn ich den Finnberget erklommen hatte.

Eine Stunde saß ich da, vielleicht länger. Eine Schachtel Zigaretten rauchte ich auf, trank vielleicht ein Drittel der Flasche. Dann stand ich auf und schaute übers Wasser. Ich sah die Lichter eines Schiffs, sah das schwache Licht von Djurgården auf der anderen Seite. Was ich dachte? Es ist merkwürdig, dass ich mich nicht mehr daran erinnere, was ich dachte. Eigentlich trank ich nur, zündete eine Zigarette nach der anderen an. Ich war ganz ruhig, spürte eine Sicherheit, wie ich sie selten früher in meinem Leben empfunden hatte. Wahrscheinlich lag das am Alkohol.

Als ich an den Abgrund trat, hatte ich die halbe Flasche ausgetrunken und zwei Päckchen Zigaretten geraucht. Ich stand reglos da, wohl eine Viertelstunde lang. Dann drehte ich mich um und ging zurück.

Ich traute mich nicht.

Nach dieser Nacht habe ich mich nie wieder an den Abgrund gestellt. Ich weiß, ich werde es niemals tun, auch wenn ich immer wieder hierherkomme.

Ich habe mir den Platz ausgesucht, an dem ich sterben könnte. Ich habe ihn gefunden, aber ich hatte nicht den Mut, den Schritt zu tun.

Das war gut drei Monate, bevor ich Ingrid Bengtsson traf.

52

Johan Lundby war müde. So verflucht müde. Er lief bereits seit ein paar Stunden in den Straßen um den Odenplan herum. Hatte diverse Geschäfte aufgesucht. Spielwarenläden, Tabakhändler, Kioske.

Seit vier Tagen führte er diese mühsame Befragung durch. Heute wollte er all die aufsuchen, die er bisher verpasst hatte. Die Verkäufer befragen, die nicht gearbeitet hatten, als er die Geschäfte und Kioske besucht hatte, und einige der Verkaufsstellen abklappern, wo er noch nicht gewesen war.

»Levanders Tabakhandel« lag an der Kreuzung Karlbergsvägen/Norrtullsgatan. Lundby war am Tag zuvor dort gewesen. Eine junge Frau hatte hinter dem Tresen gestanden und ihn gebeten, noch einmal wiederzukommen. Ihre Eltern führten den Laden, aber sie waren an dem Tag nicht dort gewesen.

Eine Glocke ertönte, als Lundby die Klinke herunterdrückte und eintrat. Der Tabakladen war ziemlich klein, der Mann hinter dem Ladentresen trug ein weißes Hemd und eine weinrote Fliege. Er hatte weißes Haar und trug eine kleine, runde Brille. Er sah freundlich aus.

Lundby erschien es nicht ungewöhnlich, dass es so dunkel hier drinnen war, wahrscheinlich lag das an all den Reklametafeln mit den Preisen und Angeboten im Fenster. Durch sie drang nur wenig Licht von der Straße herein.

Er hielt dem Verkäufer seine silberne Marke hin.

»Hauptwachtmeister Lundby«, stellte er sich vor.

Der Mann hinter dem Tresen musterte ihn wortlos. Lundby konnte hinter ihm die vielen Schubladen mit dem Tabak ausmachen.

»Ich habe gestern hier mit einer jungen Frau gesprochen«, fuhr Lundby fort, »mit Ihrer Tochter.«

»Ja, gestern hat sie hier gearbeitet«, bestätigte der Mann hinter dem Tresen.

»Entschuldigen Sie«, sagte Lundby, »wie ist Ihr Name?«

»Sven Levander. Meiner Frau und mir gehört dieser Tabakladen. Meine Tochter hilft hier ab und zu aus, aber im Augenblick ist sie nicht hier.«

»Und wo ist Ihre Frau?«

Der Tabakhändler deutete auf den braunen Vorhang hinter sich.

»Sie ist hinten, da haben wir eine Kochecke. Und ein kleines Lager.«

Lundby ließ seinen Blick über den Tresen schweifen. Er entdeckte einen Karton mit J. F. Ljunglöfs Snus No. 1, dem »Ettan«. Und ein paar Zigarrenkisten lagen aufeinandergestapelt. Daneben die fünf üblichsten Zigarettensorten. Stamboul, Comtesse, Bridge und zwei andere. In einer offenen Pappschachtel lag die Sammelserie der schwedischen Rekordhalter von Åhlén & Åkerlund. Lundby hatte sie schon am Tag zuvor entdeckt.

»Ihre Tochter konnte mir nicht helfen. Aber vielleicht können Sie oder Ihre Frau das. Wir suchen nach einem Mann, der Sammelbilder von der Åhlén-&-Åkerlund-Serie über schwedische Rekordsportler gekauft hat.«

»Na, die kaufen viele. Überraschend viele.«

»Das kann ich mir denken.«

»Aber natürlich in erster Linie Kinder ...«

»Wir suchen einen Mann.«

Der Ladenbesitzer nestelte an dem Karton mit den Sammelbildern.

»Können Sie sich an jemanden erinnern, der diese Bilder gekauft hat?«, fragte Lundby.

»Ja, es war einer hier, der Bilder gekauft hat. Ein junger Mann.«

»Nur einer?«

»Jedenfalls nur einer, an den ich mich erinnere.«

Lundby gingen Stiernas Worte von der Morgenkonferenz am Mittwoch durch den Kopf: Die Verkäufer werden sich kaum an die Kinder erinnern, die diese Sammelkarten gekauft haben. Aber ein Mann, das ist etwas anderes.

»Wie sah er aus?«

»Ach, ich kann so schlecht beschreiben.«

»Versuchen Sie es.«

»Er war nur einmal hier ... aber ich meine, dass er einen Anzug getragen hat, vielleicht auch einen Hut. Jung und gut gekleidet. Nicht besonders jung, aber kaum älter als dreißig.«

»Und sonst? Haarfarbe? Augenfarbe?«

Der Tabakhändler schüttelte den Kopf.

»Nein«, sagte er dann. »Ich weiß nicht mehr, wie er im Detail ausgesehen hat, habe nicht besonders darauf geachtet.«

»Wie oft hat dieser Mann bei Ihnen eingekauft?«

»Soweit ich mich erinnern kann, nur dieses eine Mal.«

»Und trotzdem erinnern Sie sich noch an ihn.«

»Ja.«

»Wieso? Weil er diese Bilder gekauft hat?«

»Zum Teil deshalb, aber da war noch etwas anderes. Ich erinnere mich an den Tag. Und ich erinnere mich an ihn, auch wenn ich sein Gesicht nicht beschreiben kann. Er hat nach dem *Aftonbladet* gefragt, aber das war ausverkauft. Dann hat er nach den anderen Zeitungen gefragt, *Stockholms-Tidningen, Dagens Nyheter, Svenska Dagbladet*. Aber die waren nicht gekommen, ich hatte keine einzige Tageszeitung, als er hereinkam. Das ist mir noch nie passiert. Deshalb kann ich mich so genau an den Tag erinnern.«

»Waren alle Zeitungen ausverkauft?«

»Nur das *Aftonbladet*. Die anderen waren nicht erschienen. Es war ein Feiertag, der Pfingstmontag. Und ich erinnere mich, dass das *Aftonbladet* nach wenigen Stunden ausverkauft war, ich nehme an, es lag auch an der Wochenendbeilage, irgendeine Reportage über Hollywood. Und dann die Artikel über die Italia-Expedition zum Nordpol. Dass der Funkkontakt abgebrochen war. Deshalb bekam dieser Kunde keine Zeitung. Aber er sagte, das sei kein Problem, er würde stattdessen eine am Kiosk im Vasapark kaufen.«

»Hat er gesagt, dass er häufiger dorthin ging?«

»Daran kann ich mich nicht erinnern. Aber jedenfalls kannte er den Kiosk.«

Lundby zog seinen Notizblock heraus.

»Also am Pfingstmontag«, wiederholte er und machte sich ein paar Notizen.

»Welche Bilder hat er gekauft?«, fragte er dann.

»Nun ja«, seufzte der Tabakhändler. »Das ist schwer zu sagen. Welche gibt es denn ... Diesen Speerwerfer, Lundquist. Den Stabhochspringer. Dann Pettersson, den Hürdenläufer. Nein, ich weiß nicht, welche er gekauft hat. Aber es waren mehrere. Da bin ich mir ganz sicher.«

»Erik Billström. 800 Meter. Haben Sie Sammelbilder mit Billström drauf an diesen Mann verkauft?«

»Schon möglich.«

Lundby trat von einem Fuß auf den anderen, er fühlte sich unwohl.

»Hat Ihre Frau den Mann vielleicht auch gesehen?«

»Das weiß ich nicht. Aber ausgeschlossen ist das nicht ... Wir haben nie darüber gesprochen.«

»Können Sie sie bitte holen?«, fragte Lundby.

Der Tabakhändler zog den Vorhang zur Seite und verschwand. Dann hörte Lundby gedämpfte Stimmen, er konnte nicht verstehen, was gesagt wurde.

Es dauerte ein paar Minuten, bevor der Mann mit seiner Frau wieder zum Vorschein kam. Sie war weißhaarig und ziemlich klein, genau wie er. Und auch sie trug eine runde Brille, größer als seine.

Lundby musste an seine Eltern denken. Sie waren inzwischen beide tot, aber er konnte sich noch gut daran erinnern, dass sie im Laufe der Jahre einander immer ähnlicher wurden, es schien, als hätte all die gemeinsame Zeit sie miteinander verschmolzen. Als hätten sie die Züge des jeweils anderen angenommen und einen Teil der eigenen verloren. Das Gleiche war bei dem Ehepaar Levander geschehen.

Der Händedruck der Frau war fest.

»Estrid Levander.«

»Hauptwachtmeister Lundby.«

»Mein Mann hat mir erzählt, warum Sie hier sind. Ich kann mich nicht an einen Mann erinnern, der Sammelbilder gekauft hat.«

Lundby wollte schon den Notizblock wegstecken, hielt dann aber inne.

»Hat er sonst noch etwas gekauft?«, fragte er und wandte sich wieder an den Mann.

»Ich meine mich zu erinnern, dass er außerdem Zigaretten gekauft hat.«

»Wissen Sie noch, welche Marke?«

Der Tabakhändler dachte nach. Dann schüttelte er den Kopf.

»Nein. Ich kann mich nicht mehr erinnern. Aber ich weiß noch, dass er nach Zigarettenrauch roch. Ziemlich intensiv, als würde er viel rauchen.«

Lundby machte sich Notizen auf seinem Block.

»Würden Sie ihn wiedererkennen?«, fragte er. »Wenn Sie ihm heute wieder begegnen würden?«

»Wohl kaum«, sagte der Tabakhändler. »Ich kann mich nicht an sein Gesicht erinnern.«

Lundby holte tief Luft und ließ sie durch die Nase wieder ausströmen. Er hatte das Gefühl, dass es hier drinnen stickig war, zusammen mit dem penetranten Tabakduft machte ihn das müde.

»War er allein, als er hier einkaufte?«

»Ja.«

»Wie lange haben Sie mit ihm gesprochen?«

»Nicht lange. Nicht mehr als das Übliche. Guten Tag und Auf Wiedersehen ... Sonst haben wir nicht viel gesagt.«

Lundby drehte sich um, schaute durch das Schaufenster. Draußen war es grau, sicher würde es bald anfangen zu regnen.

53

Er klebte den Umschlag zu. Schrieb langsam die Adresse darauf, es sollte gut aussehen. Den Namen des Freundes, Ivar. Des Freundes, zu dem er schon vor langer Zeit den Kontakt verloren hatte, den er jedoch als den einzigen richtigen Freund ansah, den er je in seinem Leben gehabt hatte.

Der Brief war nichtssagend. Keine Bekenntnisse, ziemlich langweilig und formal. Ein kurzer Bericht über das Leben in der Großstadt. Nicht gerade beschönigt, aber platt, verlogen. Ein Dank, dass er sich um die Beerdigung der Mutter gekümmert hatte. Mehr nicht, trotzdem war es eine große Anstrengung für ihn, das zu schreiben. Er hatte fast über jede Formulierung nachdenken müssen, denn es sollte ja das erste Lebenszeichen sein, das er nach knapp neun Monaten von sich gab. Und er hatte ein paar Ansichtskarten dazugelegt, Bilder von der großen Stadt, in der er jetzt lebte. Von Riddarhuset, Vasabron und Strömsborg, Stadshuset, dem Königlichen Schloss und dem Hauptbahnhof.

Er stand vom Tisch auf, nahm den Brief in die Hand. Ging in dem kleinen Zimmer auf und ab. Es war sauber und ordentlich, wie immer. Er öffnete den Schrank, holte seinen Mantel und den schwarzen Hut heraus.

Er verließ die Wohnung und schloss die Tür hinter sich. Auf der Straße waren viele Leute unterwegs.

In Gedanken versunken, ging er die Hagagatan entlang. Er registrierte kaum, was um ihn herum geschah.

Kurz bevor er die Odengatan erreichte, fiel ihm ein, dass er Zigaretten kaufen wollte. Auf der anderen Seite, in einem Eckhaus, befand sich ein Tabakladen. Er überquerte die Straße, ohne sich umzuschauen.

Er sah das Taxi nicht. Erst als es dicht vor ihm war, höchstens einen Meter entfernt. Der wütende Fahrer rief ihm etwas zu. Doch er murmelte nur ein leises »Entschuldigung« und ging weiter.

Drinnen im Tabakladen hatte er bereits die Vorstellung abgeschüttelt, dass er vor nicht einmal einer Minute hätte überfahren werden können.

Wie immer kaufte er Stamboul. Gleich zwei Päckchen.

Im Postamt Stockholm 6 drängten sich die Wartenden in langen Schlangen vor den Schaltern, die Luft war schlecht.

Er stellte sich in der dritten Schlange an und musste warten. Aber wie üblich war das kein Problem für ihn. Er blendete alles um sich herum aus.

Dann war er an der Reihe. Er legte eine Hand auf die Metallstange, die um den hohen Holztresen lief.

Die Postangestellte lächelte ihm zu. Sie war jung, hatte kurzes blondes Haar und trug einen schwarzen Kittel.

»Womit kann ich dienen?«

Er zog den Brief aus der Manteltasche, legte ihn auf den Tresen.

»Den möchte ich aufgeben.«

Die Angestellte nahm den Brief in die Hand.

»Der ist aber schwer.«

Sie legte den Brief auf eine Waage neben ihrer Kasse.

»Ich fürchte, der kostet das doppelte Porto«, sagte sie, »zwanzig Öre.«

Plötzlich begann sein Herz schneller zu schlagen. Er begriff, dass er das gar nicht wollte, er wollte auch weiterhin verschwunden bleiben, nicht aufzufinden sein. Ohne Verbindung zu allem, was gewesen war.

»Kann ich den Brief wiederhaben?«, bat er. »Ich habe etwas vergessen.«

Die Postangestellte sah ihn verwundert an.

»Sie haben etwas vergessen?«

»Ja«, sagte er nur. »Ich habe etwas vergessen.«

Die junge Frau gab ihm den zugeklebten Umschlag zurück und schaute ihn kurz an. Sie würde ihn auch bald vergessen haben.

Dann war er wieder draußen auf der Straße. Er dachte an das Mädchen, das er erschlagen hatte. Das tat er oft, die Gedanken drängten sich ihm auf, auch wenn er das gar nicht wollte.

Etwas hatte sich gelöst, als er sie tötete. Es schien, als hätte es vorher für ihn eine Grenze gegeben, die ihn aufgehalten hatte. Und jetzt hatte er das Gefühl, als würde sein Inneres mit jedem Tag, der verging, verschwommener, vager werden. Und er fragte sich, ob er wieder einen Menschen töten könnte.

Er dachte an Stierna. Zwischen ihnen beiden konnte es keinen großen Altersunterschied geben, höchstens fünf Jahre zugunsten des Kommissars.

Er spuckte verächtlich aus. Dabei fielen ihm die Spucknäpfe ein, die unter den Betten seiner Eltern gestanden hatten. Die er auf dem Hof hatte leeren müssen.

Fünf Jahre zugunsten von Stierna. Wie so vieles. Eine schöne Frau an seiner Seite. Kommissar, bevor er vierzig war. Ermitt-

lungsleiter in der Abteilung für Gewaltverbrechen in Stockholm.

Der Mörder stampfte mit den Füßen auf. Sie waren eingeschlafen, als er in der Schlange im Postamt hatte warten müssen.

Wir hätten die Plätze tauschen können, dachte er. Wenn er dort aufgewachsen wäre, wo ich aufwuchs, wenn ich dort aufgewachsen wäre, wo er aufwuchs. Dann wäre ich wie er geworden. Aber ich habe den Dreck erleben müssen, wurde in ihn hineingezogen, in ihm erniedrigt.

Wieder spürte er die Wut in sich aufsteigen.

Eines Tages werde ich ihm Aug in Aug gegenüberstehen, dachte er. Dem Herrn Kommissar. Ich werde ihm in die Augen schauen, erzählen. Vielleicht sogar gestehen.

Er wusste nicht, ob er Stierna bewundern oder hassen sollte. Vielleicht beides. Aber er ging ihm nicht aus dem Sinn, beinahe konnte man sagen, dass er besessen von ihm war. Der Gedanke, dass Stierna und er eigentlich zwei Seiten einer Medaille waren, ließ ihm keine Ruhe. Zwei Seiten der Medaille des Lebens.

*

Stierna saß in seinem Arbeitszimmer. Auf dem Schreibtisch lagen die Mitgliederlisten der Stockholmer Leichtathletikvereine. Es gab fast dreißig davon, wenn man die Stadt und Provinz mit einbezog, Rehn hatte dafür gesorgt, dass jeder Verein das getan hatte, worum er gebeten worden war. Und sie hatten sie auch schon aufgesucht, die Vereine.

Stierna schaute auf den Wandkalender. Es war Samstag. Samstag, der neunundzwanzigste September 1928.

Die politische Krise nach der Wahl schien vorüber zu sein. Am Vormittag hatte Gustaf V. Arvid Lindman mit der Regierungsbildung beauftragt. Die Rechte würde das Ruder übernehmen.

Sie hatten mit den Sportvereinen in der Innenstadt angefangen und mit denen, die in ihrer Nähe waren. Das waren gut fünfzehn. Wenn der Mörder hier zu finden war, würden sie ihn dann tatsächlich entdecken? Kronobergs Leichtathletikklub, Fredrikhofs Leichtathletikverein, die Leichtathletikvereine Sleipner, Olympia, Westermalm. Der Leichtathletikklub Mode. Und andere. Sie würden mit den Leitern oder dem Vorstand sprechen.

Ab und zu spürte Stierna, wie ihn eine gewisse Unsicherheit überfiel, aber er musste alle Möglichkeiten nutzen, die sich ihm boten. Am Abend zuvor hatte er mit Lundby gesprochen. Es war nur ein kurzes Gespräch gewesen, aber es ging Stierna nicht aus dem Kopf. Ein Mann hatte in Levanders Tabakladen an der Ecke Karlbergsvägen/Norrtullsgatan am Pfingstmontag ein paar Sammelbilder gekauft.

Stierna stand auf und trat ans offene Fenster, ging noch einmal in Gedanken durch, was Lundby ihm erzählt hatte. Die Stille draußen überraschte ihn.

Die Kreuzung Karlbergsvägen/Norrtullsgatan, dachte Stierna. Am Odenplan. Nur einen Steinwurf von dem Ort entfernt, an dem Ingrid Bengtsson am zweiten September verschwand.

Jung und gut gekleidet, Raucher. Wer war er, der Mann im Vasapark?

Visby 1953

54

Stierna saß am Klavier. Das Bierglas stand vor ihm, der Oberkellner hatte es ohne Aufforderung bereits serviert.

Schon seit einer halben Stunde saß Stierna hier. Er hatte mal dies, mal das gespielt. Bellman, Taube, Bach.

Eine Frau um die fünfunddreißig kam zu ihm. Sie wünschte sich Nils Pernes »Min soldat«. Stierna schätzte, dass sie noch sehr jung gewesen sein musste, als Ulla Billquist dieses Lied 1940 gesungen hatte, es war das Lied über die Kriegsbereitschaft Schwedens; wahrscheinlich blickte die Frau mit Nostalgie auf diese Jahre zurück.

Stierna selbst hatte die Schallplatte gekauft, als sie herausgekommen war. Aus irgendeinem Grund wusste er noch die dritte Strophe auswendig.

Auf einem Bild habe ich ihn gesehen,
Haare nicht geschnitten und ungepflegt,
seit Wochen nicht rasiert.
Aber das macht nichts,
denn er ist mein Soldat,
irgendwo in Schweden.

Stierna dachte nicht mit Nostalgie an diese Bereitschaftszeit zurück, ganz im Gegenteil. Die Nazi-Gesinnung war damals beunruhigend weitverbreitet gewesen. Es gab zwar auch sowjettreue Kommunisten in Stockholms Straßen, die, ohne zu zögern, eine Invasion aus dem Osten unterstützt hätten, doch sie waren nicht besonders zahlreich gewesen. Und dann war da der Hunger gewesen. Und die Angst vor dem Krieg. Aber Stierna spielte »Min soldat«, natürlich tat er das.

Der Speisesaal des Gasthauses war gut besucht, zum ersten Mal, seit er ins »Rosengården« gekommen war. An diesem Abend fiel ihm das Spielen auch leichter.

Stierna spielte, bis der Saal um elf Uhr geschlossen wurde. Da saßen immer noch an die dreißig Gäste im Raum. Nur widerstrebend gingen sie, der Abend hatte ihnen gefallen.

Als er den Klavierdeckel zuklappte, kam der Oberkellner zu ihm. Er hatte zwei Gläser Cognac dabei, stellte eines vor Stierna, behielt das andere in der Hand.

»Herr Stierna«, sagte der Oberkellner, »Sie sind ja ein Mann mit ungeahnten Talenten.«

Der Angesprochene ergriff sein Glas.

»Na, ich weiß nicht so recht. Ich fühle mich immer noch ziemlich eingerostet.«

»Das hört man aber nicht. Zumindest hören es die Gäste nicht.«

Stierna war klar, dass der Oberkellner übertrieben freundlich zu ihm war. Schließlich lockte seine Musik Gäste an, ob sie nun gut oder schlechter gespielt wurde. Und das Haus verdiente an Stierna, nicht nur an seinem Zimmer und dem Essen, das er hier einnahm.

»Ich möchte mich Ihnen gern vorstellen«, sagte der Oberkellner. »Ich heiße Malmborg, Jarl Malmborg.«

»John Stierna.«

»John. So hieß mein Vater.«

»Ach ja?«

»Ja. Haben Sie früher viel gespielt?«

»In meiner Kindheit habe ich fast jeden Tag gespielt. Aber seitdem habe ich nie wieder am Klavier gesessen. Bis ich hier nach Visby gekommen bin.«

»Ich verstehe. Ich habe gehört, dass Sie bei der Polizei arbeiten.«

Das war aber ein plötzlicher Themenwechsel, dachte Stierna.

»Gearbeitet habe«, sagte er. »Ich war Polizeibeamter. Aber inzwischen habe ich aufgehört.«

»Sie waren Kommissar ...«

»Ja, ich war Kommissar.«

Der Oberkellner schwenkte sein Glas. Er ist neugierig, dachte Stierna.

»Frans hat es mir erzählt. Ja, er ist manchmal an der Rezeption. Blond, ziemlich jung ...«

»Ich weiß, wer das ist«, sagte Stierna.

»Er ... Also, Frans, der hat mir erzählt, dass Sie sich häufiger mit einem Journalisten treffen. Einem, der im Stadthotel wohnt.«

»Ja, das stimmt.«

»Und worüber sprechen Sie mit ihm?«

Stierna trank von seinem Cognac.

»Er schreibt über einen Mordfall, bei dem ich die Ermittlungen geführt habe. Vor fünfundzwanzig Jahren. Ein Mord an einem kleinen Mädchen, Ingrid hieß sie.«

»Ingrid Bengtsson?«

»Genau.«

Der Oberkellner beugte sich vor.

»Ich kann mich noch gut daran erinnern. Überall wurde damals darüber geredet. Meine große Schwester bekam nur ein paar Wochen nach dem Mord ihr erstes Kind, ein Mädchen. Es sollte eigentlich Ingrid heißen. Das war vorher schon abgesprochen gewesen; wenn es ein Mädchen wird, dann sollte es Ingrid heißen. Aber nach dem, was passiert ist ... Nein, da wollten sie die Kleine nicht Ingrid taufen. Ich weiß nicht, ob sie das als schlechtes Omen angesehen haben ... Aber der Name Ingrid, der hatte plötzlich etwas Unheilvolles an sich.«

Stierna leerte sein Cognacglas.

»Und wie wurde sie getauft?«

»Cecilia«, antwortete der Oberkellner.

Cecilia, dachte Stierna. Der Name war so weit von Ingrid entfernt, wie es nur ging.

Eine halbe Stunde später verließ er den Speisesaal, ging aber nicht gleich auf sein Zimmer. Stierna trat in die Visbyer Nacht hinaus. Bisher hatte er seine Spaziergänge nur tagsüber unternommen.

Die Domglocke schlug ihre dumpfen Schläge.

Hier laufe ich also und warte, dachte Stierna. Warte darauf, k.o. geschlagen zu werden. Ich weiß, das kann jeden Moment passieren. Vielleicht passiert es nie. Vielleicht in ein paar Tagen, wenn die Kirchenglocken zwölfmal läuten. Wenn endgültig klar ist, dass Ingrid Bengtssons Mörder für alle Zeiten frei sein wird.

Es war ganz logisch, dass es genau in dem Moment passieren würde, wenn der Kreis sich schloss, wenn die Verjährung in Kraft trat. In der Sekunde, wenn die Kirchenglocken in der Nacht zwischen dem zweiten und dem dritten September zwölfmal läuteten. Genau zwischen Sommer und Herbst. Vielleicht würde er dann k.o. gehen. Eigentlich schleppte er das schon viel zu lange mit sich herum, obwohl er die Wahrheit kannte.

Er ging zum Strand hinunter.

Hier war es menschenleer. Aus der Ferne hörte er Vogelgezwitscher, das klang in gewisser Weise beruhigend. Es war keine einzige Wolke am Himmel, er war voller Sterne. Plötzlich kam Stierna ein Gedanke. Bald würde seine Zeit vorüber sein. Er hatte jetzt fast neunundfünfzig Jahre gelebt. Eine lange Zeit auf der Erde, nicht einmal eine Mikrosekunde im Universum. Was hatte er eigentlich in dieser Mikrosekunde getan?

Er sog die frische Nachtluft ein. Es war nicht besonders kalt, sicher über zehn Grad. Und es war vollkommen windstill.

Als ich geboren wurde, habe ich um mein Leben gekämpft, dachte er. Die Ärzte hatten mich schon fast aufgegeben, ich wurde zu früh geboren, mit Kaiserschnitt. Monatelang habe ich gekämpft. Und ich habe gewonnen.

Früher einmal habe ich wirklich gelebt. Doch das ist lange her, die letzten zwanzig Jahre erschienen ihm nur noch leer.

Ingrid Bengtsson andererseits, sie hatte das Leben so sehr geliebt und durfte nicht einmal neun Jahre alt werden. Gab es einen Sinn in alldem? Stierna verscheuchte die trüben Gedanken.

Vielleicht sollte ich dankbarer sein, dachte er. Das schätzen, was ich habe, und nicht so verdammt zynisch sein.

Er ging das steinige Ufer entlang. Die Gedanken an den Mord an dem Mädchen überkamen ihn häufig beim Spazierengehen. Was vielleicht nicht so überraschend war, jetzt, wo er jeden Tag darüber sprach. Wenn nicht mit Grönwall, dann mit anderen.

Er schaute in den klaren Himmel. Sein Sternzeichen konnte er immer noch nicht erkennen. Die Waage. Und auch Karolinas hatte er nie zeigen können, die Fische. Er wollte sie lernen, bevor er von hier wieder abreiste. Wollte sehen, ob er sie an diesem überwältigenden Himmelsgewölbe finden konnte. Wenn sie zu finden waren.

Visby war ganz still, nicht voller Leben wie Stockholm. Nicht dieser ständige Menschenfluss auf den Straßen. Nicht das Quietschen der Straßenbahnen.

Stockholm 1928

55

Der schwarze Polizeiwagen hielt vor dem Haus in der Upplandsgatan 13. Stierna sagte dem Fahrer, dass er ruhig fahren könne, es würde einige Zeit dauern.

Er ging die drei Treppen hinauf, den Pappkarton in den Händen. Den Karton mit der Kleidung, aber auch mit dem Buch, »Pu der Bär«.

Die Tür mit dem Messingschild und dem Namen Bengtsson sah aus wie zuvor. Aber die Zeichnung mit den beiden Mädchen, einem großen und einem kleinen, die auf einer Sommerwiese standen und einander an den Händen hielten, war fort.

Er klingelte. Klopfte mit einer Hand seinen Mantel ab und rückte die Krawatte gerade.

Maria Bengtsson öffnete. Sie sah ihn überrascht an.

»Kommissar Stierna.«

»Guten Abend, Fräulein Bengtsson. Ich bringe Ingrids Sachen. Wir sind damit fertig, und ich dachte, Sie möchten sie gern wiederhaben.«

Maria Bengtsson hielt die Tür auf.

»Kommen Sie herein«, sagte sie leise.

Stierna betrat die Zweizimmerwohnung. Sie setzten sich ins Wohnzimmer. Er in denselben Sessel, in dem er vorher gesessen hatte, sie wieder auf das braune Sofa.

Stierna stellte den Pappkarton vor Maria Bengtsson auf den Tisch.

»Das sind ihre Kleider«, sagte er noch einmal. »Und das Buch, das Sie mir geliehen haben, ›Pu der Bär‹. Ihre Geldbörse haben wir noch. Ich werde dafür sorgen, dass sie Ihnen morgen übergeben wird. Welche Zeit würde Ihnen passen?«

Sie musterte ihn, der Blick war müde, leer.

»Eigentlich immer. Nur nicht zu früh, ich schlafe momentan morgens immer ziemlich lange. Weil ich abends so schlecht einschlafen kann.«

»Sie arbeiten nicht?«, fragte Stierna. »In dem Café in der Mäster Samuelsgatan?«

»In der 67. Nein, im Augenblick nicht. Ich habe es versucht, aber es ging nicht. Ich hatte nicht die Kraft dazu. Aber ich habe Geld von meinen Eltern geliehen, ich komme schon zurecht. Bald werde ich sicher wieder anfangen zu arbeiten. Ich hoffe nur, dass ich es schaffe.«

Sie legte die Hände auf den Tisch. Ein weißes Album lag dort. Maria Bengtsson blätterte darin, und erst jetzt erkannte Stierna es: Ingrids Glanzbildersammlung. Das Album hatte viele Seiten. Fast alle waren voll mit Glanzbildern, nur die letzten beiden waren noch leer.

»Die letzten Seiten hat sie nicht mehr füllen können«, sagte Maria Bengtsson.

Er wusste nicht, was er darauf sagen sollte, es gab dieser Feststellung nichts hinzuzufügen.

Maria Bengtsson klappte das Album wieder zu.

»Kriegen Sie ihn?«, fragte sie.

»Ich denke schon«, antwortete Stierna.

»Sie haben mir versprochen, dass Sie ihn schnappen. Erinnern Sie sich?«

»Ja, ich erinnere mich.«

Maria Bengtsson schaute ihn lange an.

»Was glauben Sie, wer war das?«

»Wir wissen es noch nicht.«

Maria Bengtsson nickte schweigend. Plötzlich stand sie auf und ging ins Nebenzimmer. Stierna folgte ihr.

Dort standen immer noch zwei Betten. Einige von Ingrids Spielsachen waren auch noch dort. Der Puppenschrank. Der niedrige Tisch mit dem Zeichenblock und den Farbstiften.

Maria Bengtsson stellte sich ans Fenster und sah auf die Straße.

»Es ist so sonderbar, wenn jemand, den man liebt, einfach so verschwindet«, sagte sie. »Ausradiert wird. Und das Merkwürdigste ist, dass das Leben da draußen vor dem Fenster weitergeht. Die Welt steht nicht still. Die Autos hupen und fahren wie vorher die Straße entlang. Die Milchkarren knarren, die Straßenbahnen quietschen.«

Stierna blieb stumm.

»Manchmal möchte ich unbedingt über Ingrid reden. Erzählen, wer sie war, wie sie war. Denn bald wird sie für die meisten nur noch ein Schatten sein, jemand, den diejenigen, die sie vorher so gut gekannt hatten, nur noch schwach im Gedächtnis haben. Ich weiß nicht einmal, wie deutlich ich mich an sie erinnern werde, wenn ich einmal alt und müde bin und an sie zurückdenke. Vielleicht möchte ich deshalb so gern über Ingrid reden. Um die Erinnerung zu bewahren. Ich weiß nicht ... Vielleicht rede ich auch nur dummes Zeug.«

»Wenn Sie möchten, ich höre gern zu«, sagte Stierna.

Er nahm die Eins vom Odenplan. Stieg an der Vasagatan in die Fünf um. Und dann stieg er bereits am Stureplanen aus, fand, er bräuchte ein wenig Bewegung. Schnell ging er die Birger Jarlsgatan entlang.

Hier lag die Liebesbörse, der Treffpunkt der Prostituierten in Stockholm. Beim Vergnügungsviertel rund um den Stureplanen. Dicht beim Strandvägen, in dem die Reichen in ihren protzigen Häusern lebten. Das Jagdrevier der Polizeiabteilung für die Landstreicher. Sie hatten mit tragischen Nachtschwärmern zu tun, mit Zuhältern und Männern, die sich die Liebe für Geld erkauften.

Nedre Östermalm, dachte Stierna. Hier treffen die Schattenseiten der Gesellschaft auf die lichten Seiten, die Sonnenseite. Auch wenn der Glanz nicht immer hochpoliert ist. Bei Weitem nicht.

Stierna gelangte auf den Strandvägen. Das Wasser der Nybroer Bucht glitzerte in der Dunkelheit im Licht der Stadt.

Dieser Platz war etwas Besonderes für ihn. Hier am Wasser hatte er an dem Frühlingstag gestanden, als der Versailler Vertrag unterzeichnet wurde, das war jetzt fast neun Jahre her. Er erinnerte sich an all die Menschen am Strandvägen damals. Er erinnerte sich an den Küstennebel unten am Wasser. Die Leute, die zusammengekommen waren, weil der Friedensvertrag unterschrieben worden war, nachdem der Krieg praktisch schon seit einer ganzen Weile zu Ende gewesen war. Sie hatten sich dort versammelt, um den königlichen Festzug zu sehen, mitzuerleben, wie Prinz Axel von Dänemark mit seiner Braut Prinzessin Margaretha aus ihrem Elternhaus auf Djurgården auszogen.

Stierna war im Dienst hier gewesen und sollte dafür sorgen, dass die riesige Menschenmenge sich gesittet verhielt. Das war, bevor er zur Abteilung für Gewaltverbrechen kam.

Ein paar Monate später verschwand die Holzkarte, verschwand die Brotkarte. Die Zeit der Rationierung war vorüber, die Zwanzigerjahre standen vor der Tür. Der Beginn einer neuen Zeit für Europa, ohne Krieg. Die romantischen Zwanzigerjahre.

Die Bucht von Nybro. Von hier aus wollte er am nächsten Tag auf die Insel fahren, mit Karolina. Die Stadt hinter sich lassen, und wenn es nur für ein paar Tage war.

Stierna ging am Wasser entlang. Er kam am Strandvägen 5A vorbei, betrachtete die protzige Haustür.

Hier vor dem Haus hatte Nils Sandquists schwarzer Chevrolet Imperial Landau gestanden. Mit dem der Mörder Ingrid Bengtsson zur Djurgårdswerft gefahren hatte.

Warum war der Mörder zurückgekommen?, fragte Stierna sich. Warum kam er zurück und stahl das Auto, nachdem der erste Versuch missglückt gewesen war?

Er blickte über das Wasser auf die Djurgårdsbrücke. Die Werft lag dahinter, sie war nicht zu erkennen, aber dennoch konnte er sie vor sich sehen, wenn er die Augen schloss. Ganz deutlich.

56

Stierna stand im Vasapark am Kiosk. Er lag an der Seite des Parks, zur Odengatan. Stierna war jetzt schon fast eine Stunde hier. Er hatte auf einer Parkbank bei der Rasenfläche gesessen. Die ganze Zeit hatte er den Kiosk im Blick gehabt.

Er hatte zugeschaut, wie die Frau hinter dem Tresen Kunden bediente. Es waren weniger, als er gedacht hatte. Ein paar kleine Kinder, die Sahnebonbons für eine halbe Öre kauften und Limonade. Eine Frau, die ein paar Zeitschriften kaufte. Drei Männer mittleren Alters, die sich jeweils mit Tageszeitungen versorgten. Eine ältere Frau mit Stock, die etwas fragte, aber nichts kaufte. Niemand, der in das Bild von Ingrid Bengtssons Mörder passte.

Stierna dachte an den Mann, von dem Lundby berichtet hatte. Aber eigentlich war er nicht hier, weil er glaubte, der Mann würde hier am Kiosk etwas kaufen. Stierna wollte einfach nur in den Vasapark, er konnte besser nachdenken, wenn er näher am Zentrum des Geschehens war. Er lief die Wege ab, die Ingrid an ihrem letzten Abend gegangen war.

Hier waren er und Karolina im letzten Winter auf der Schlittschuhbahn gelaufen. Sie war auf einer großen Rasenfläche angelegt worden, indem einfach Wasser aufgesprüht wurde, dort, wo die Athleten vor sechzehn Jahren, als er selbst noch zur Schule ging, für die Olympischen Spiele in der Stadt trainiert hatten. Er hatte immer an die Sonnenscheinolympiade gedacht, wenn er früher durch den Vasapark spaziert war. Auch wenn fast alle Wettkämpfe im Olympiastadion ausgetragen worden waren, aber hier hatten viele Athleten trainiert. Stierna erinnerte sich, dass sein Vater, der Straßenbahnfahrer, ihn an einem Sonntag, an dem er freigehabt hatte, mitgenommen hatte. Das war im Sommer 1912 gewesen. Hier hatte er dem Finnen Hannes Kolehmainen zugesehen, wie der sich warmlief, nur wenige Meter von ihm entfernt. Der Sportler, der den alten Weltrekord über 5000 Meter um fünfundzwanzig Sekunden unterboten hatte. Und der einen Sieg über 10 000 Meter und den Geländelauf nach Hause geholt hatte.

Jetzt war Stierna hier auf der Jagd nach Ingrid Bengtssons Mörder. Er kam am Spegeldammen vorbei, dessen Wasser am Abend dunkel und undurchdringlich aussah. Ein paar Jungs warfen Steine in den Teich. Er fragte sich, woher sie die hatten, vergaß das aber gleich wieder und steuerte den Musikpavillon an. Er war geschlossen und verriegelt, ein sicheres Zeichen dafür, dass der Winter auf dem Weg war.

Stierna rekapitulierte noch einmal die Stunden, die im Dunkeln lagen. Von dem Moment an, als Ingrid ihr Zuhause in der Upplandsgatan verlassen hatte, bis zu dem Zeitpunkt, als sie von der Polizei auf der Djurgårdswerft gefunden wurde, waren mehr als acht Stunden vergangen. Was war in dieser Zeit passiert? Wo war sie gewesen?

Stierna kehrte um, ging den Hügel hinauf. Oben lagen die beiden Spielplätze des Parks. Die Sandkiste war leer. Ein Mann mit Hut und Mantel gab einem kleinen Mädchen auf der Schaukel Schwung. Hier war Ingrid oft gewesen, Maria Bengtsson hatte erzählt, wie gern Ingrid im Park geschaukelt hatte.

Der Kommissar setzte sich auf eine Bank neben dem Spielplatz, zündete sich eine Zigarette an und warf einen Blick auf seine Taschenuhr. Es war schon acht. Er hatte Karolina gesagt, dass er auch an diesem Abend erst spät kommen würde. Wie fast immer in den letzten Monaten, das war Routine geworden. Denn er hätte ja ebenso gut daheim in der Wohnung in der Parmmätargatan sein können, sie hätten zusammen packen können, wie es eigentlich verabredet gewesen war. Packen für die Insel, wo sie endlich einmal nur zu zweit sein würden, weit entfernt von allem, was sich ihnen im Alltag aufdrängte. Aber er konnte nicht loslassen, war nicht in der Lage dazu.

Wenn das hier vorbei ist, dann wird es anders, dachte er. Dann werde ich ein anderer sein.

Stierna schaute in den Himmel. Es waren keine Sterne zu sehen, das Licht der Stadt hatte sie ausgelöscht. Aber er sah den Mond, er war rund, keine Wolke bedeckte ihn.

Das Mädchen schrie. Stierna zuckte zusammen, ließ die Zigarette auf die Erde fallen, trat die Glut mit dem Schuh aus.

Er erhob sich von der Bank. Das kleine Mädchen war von der Schaukel gestiegen. Sie ging auf die Öffnung im Zaun zu, der das massive Schaukelgerüst aus Holz umgab.

Der Mann in Hut und Mantel packte sie.

»Jetzt kommst du mit«, sagte er. »Jetzt haben wir genug geschaukelt.«

Das Mädchen fing an zu weinen. Laut, hemmungslos. Sie lief zu der Öffnung im Zaun. Der Mann lief ihr hinterher, hielt sie fest.

»So, jetzt gehen wir«, sagte er.

Stierna stellte sich vor den Mann und das kleine Mädchen.

»Einen Augenblick. Wohin bringen Sie sie?«

Der Mann blieb stehen. Er war nicht älter als fünfundzwanzig, hatte blaue Augen und ein markantes Kinn. Der Mann nahm seinen Hut ab, das Haar war dunkel, straff nach hinten gekämmt.

»Was haben Sie denn damit zu tun?«

Stierna hielt seine Dienstmarke hoch. Die mit den gekreuzten Äxten und den Kronen auf der Vorderseite. Mit dem Text: Stockholms Polizeirevier. Abteilung für Gewaltverbrechen. Nr. 20 auf der Rückseite. Er hatte die Marke Nr. 20, seit dem Tag, an dem er den Anzug gegen die Uniform getauscht hatte.

»Kommissar Stierna«, sagte er. »Kriminalpolizei. Wo wollen Sie mit ihr hin?«

Der Mann wich zurück, ließ das Kind los.

»Wo ich mit ihr hinwill? Na, nach Hause, wohin sonst?«

»Offenbar möchte sie nicht mit Ihnen gehen. Es sieht aus, als würden Sie sie zwingen. Wie heißen Sie?«

»Olofsson. Georg Olofsson. Wir wollen nach Hause. Meine Tochter und ich wollen jetzt nach Hause gehen. Ich bin ihr Vater.«

»Haben Sie eine Geburtsurkunde bei sich? Etwas, womit Sie sich ausweisen können?«

Der Mann schob die Hände in die Manteltaschen, er wirkte unsicher, nervös. Einen Moment lang fürchtete Stierna, der Mann könnte eine Pistole in der Tasche haben und schießen.

Das Mädchen zupfte den Mann am Mantel.

»Papa«, sagte sie, »ich will jetzt nach Hause.«

Der Mann holte seine Geburtsurkunde heraus, gab sie Stierna.

Der las das Dokument. Georg Arne Olofsson. Geboren am achtzehnten März 1901 in der Matteus-Gemeinde in Stockholm. Seit dem fünfzehnten Januar 1924 wohnhaft in der Dalagatan 13.

Stierna gab ihm das Papier zurück.

»Sie wohnen in der Dalagatan. Wartet Ihre Frau auf Sie beide?«

»Ja, wir sind schon spät dran.«

»Wie heißt Ihre Tochter?«

»Maj. Sie müsste schon längst im Bett sein, wir sind viel zu lange im Park geblieben. Meine Frau wird sich schon Sorgen machen.«

»Wie heißt Ihre Frau?«

»Dora. Dora Olofsson. Wie gesagt, wir müssen nach Hause, wir sind schon spät dran.«

Der Mann antwortete spontan und ruhig.

Stierna beugte sich zu dem Mädchen hinunter. Es hatte sich die Tränen abgewischt, strich sich über die Mütze.

»Maj«, sagte er.

Das Mädchen schaute ihn verwundert an.

»Maj?«, wiederholte Stierna.

»Ja«, antwortete die Kleine.

»Wie alt bist du, Maj?«

»Fünf«, sagte sie leise. Dann wandte sie sich dem Mann in Hut und Mantel zu.

»Papa, ich will jetzt nach Hause. Nicht mehr schaukeln.«

Stierna schob seine Dienstmarke in die Innentasche. Einerseits war es ihm peinlich, andererseits war er sich immer noch nicht ganz sicher.

»Und jetzt wollen Sie nach Hause gehen?«, fragte er, »Sie und das Mädchen? In die Dalagatan 13?«

Der Mann sah ihn an.

»Ich weiß, hinter wem Sie her sind«, sagte er. »Und Sie haben meine volle Sympathie. Aber ich bin nicht derjenige, den Sie suchen.«

»Den wir suchen?«

Der Mann sprach jetzt leise, damit das kleine Mädchen nicht hörte, was er sagte.

»Ich habe in den Zeitungen davon gelesen. Dass dieses Mädchen, Ingrid, wahrscheinlich hier verschwunden ist. Deshalb begleite ich meine Tochter jetzt immer hierher. Und wir lassen sie keine Sekunde aus den Augen, meine Frau und ich.«

Stierna sagte nichts.

»Glauben Sie mir nicht?«, fragte der Mann. »Wenn Sie mir nicht glauben, dann kommen Sie doch mit und sprechen mit meiner Frau.«

»In Ordnung«, sagte Stierna, »ich glaube Ihnen.«

»Kommen Sie mit«, sagte der Mann.

Die beiden Holzhäuschen in der Dalagatan lagen am Ende des Vasaparks. Ziemlich einfach mit Ziegeldach und einem Abtritt auf dem Hof. Dem Haus gegenüber lag ein Schuppen mit gestapeltem Holz. Die Häuser waren alt und notdürftig repariert, sie passten nicht zu den neueren Steinhäusern der Straße.

Als sie auf den Hof kamen, stellte sich das Mädchen vor Stierna.

»Bist du ein Freund von Papa?«

Stierna schaute das Mädchen an und strich ihm über den Kopf.

»Ja, ich bin ein Freund von Papa.«

Georg Olofsson ging zu der grün gestrichenen Haustür, Stierna und das Mädchen folgten ihm.

Er war mitgegangen, um zu sehen, dass das Mädchen unbeschadet nach Hause kam. Auch wenn er eigentlich wusste, dass keine Gefahr bestand.

Die Tür wurde geöffnet, bevor Georg Olofsson die Klinke heruntergedrückt hatte.

Die Frau in der Tür war jung. Mit kurzem, dunklem Haar. Sie trug ein langes Glockenkleid, das vor ein paar Jahren in Mode gewesen war, jetzt aber bereits altmodisch erschien.

Die Frau schaute Georg Olofsson an.

»Wen hast du da mitgebracht? Es ist schon spät, das Mädchen muss ins Bett. Wir haben keine Zeit für Gäste ... jetzt nicht.«

Stierna nahm den Hut ab.

»Mein Name ist Kommissar Stierna. Ich will nicht länger stören, Frau Olofsson. Ich komme von der Kriminalpolizei. Ich habe Ihren Mann und Ihre Tochter auf dem Spielplatz im Park getroffen. Wir suchen einen Mann ...«

Georg Olofsson knöpfte seinen Mantel auf, obwohl er draußen in der Kälte stand.

»Er hat uns im Park getroffen. Maj fing an zu weinen, sie wollte noch weiterschaukeln, obwohl es schon spät geworden war. Ich habe sie am Arm gepackt. Ich kann den Herrn Kommissar gut verstehen. Deshalb wollte ich, dass er sieht, dass Maj sicher nach Hause kommt, dass es nichts gibt, worüber er beunruhigt sein müsste.«

Die Frau strich sich über das kurz geschnittene Haar.

Wahrscheinlich hatten die beiden am Frühstückstisch häufiger über Ingrid gesprochen. Die reißerischen Zeitungsüberschriften hatten ihnen sicher Angst gemacht. Panische Angst.

Stierna meinte sich entschuldigen zu müssen.

»Bitte entschuldigen Sie, Frau Olofsson. Ich habe Sie und das Kind viel zu lange aufgehalten. Und entschuldigen Sie, dass ich Ihrem Mann misstraut habe.«

»Es gibt keinen Grund, sich zu entschuldigen, Herr Kommissar«, sagte die Frau. »In gewisser Weise ist es sogar beruhigend zu wissen, dass Sie sich solche Mühe machen. Auf Wiedersehen.«

Die Frau nahm das Mädchen an der Hand und ging ins Haus. Schloss die Tür hinter sich. Georg Olofsson blieb draußen stehen.

Stierna ließ seinen Blick über die beiden Holzhäuschen schweifen. In mehreren Fenstern brannte Licht, Rauch stieg aus einem hohen, schmalen Schornstein auf.

»Die werden bald abgerissen, diese Häuser«, sagte Olofsson. »Dalagatan 13 und 15. Diese Holzhäuschen passen wohl nicht mehr hierher. Meine Nachbarn haben fast ihr ganzes Leben hier gelebt, der Alte ist in diesem Haus geboren worden, seine Frau hat ihr halbes Leben hier verbracht. Ihre Kinder sind in diesen Räumen groß geworden. Aber bald müssen wir alle hier fort.«

»Und wo werden Sie hinziehen?«, fragte Stierna.

»Nach Söder. Bisher bin ich so gut wie nie dort gewesen. Obwohl ich in dieser Stadt aufgewachsen bin. Schon merkwürdig, oder?«

Ein paar Minuten später hatte Stierna den Park hinter sich gelassen. Er spürte eine Unruhe in sich, stärker als üblich.

Eine Straßenbahn fuhr vorbei, er drehte sich noch einmal um. Die beiden Häuser waren alt und in schlechtem Zustand, aber es lebten Menschen in ihnen. Bald würden sie hier wegziehen müssen.

Er konnte nur zustimmen: Die beiden Häuser stammten aus einer vergangenen Zeit und passten nicht ins Bild. Bald würden sie abgerissen werden, um Platz für das Neue zu machen.

57

Sie nahmen das »Skärgårdsbåten« an der Nybroviken. Die Holzschiffe lagen unterhalb des Strandvägen, hatten aber keine Segel gesetzt.

Die »Bellevue« legte Punkt zwölf Uhr ab, genau nach Fahrplan. Die Sonne schien, zum ersten Mal seit vielen Wochen, und wärmte die Luft. Stierna deutete das als Zeichen dafür, dass es eine richtige Entscheidung gewesen war, alles hinter sich zu lassen, und sei es nur für ein paar Tage.

Es waren nur wenige Passagiere auf dem Schiff, nicht wie im Juni, Juli oder August, wenn viele auf ihre Sommerinseln fuhren.

In dem gemütlichen Restaurant auf dem Oberdeck bestellten sie sich etwas zum Lunch, jeder ein Krabbenbrot. Und ein Glas Weißwein dazu, trotz der frühen Uhrzeit.

Wenn er den Dampfer unten in der Nybroviken bestieg, musste Stierna immer an die Vereinigten Staaten denken. Es war jetzt fünf Jahre her, dass er an einem Spätsommertag Fredrik auf dem Amerikadampfer in Göteborg verabschiedet hatte. Aber die Bilder in seinem Kopf waren immer noch gestochen scharf, all die gut gekleideten Männer und Frauen an der weißen Reling der »Stockholm«. Die fröhlich winkenden Kinder. Stierna erinnerte sich auch an die Wehmut, die er gespürt hatte und die sich mit einer Art Freude vermischte, als er sah, wie sein Bruder zu etwas Größerem, vielleicht Besserem aufbrach. Jetzt spürte er dieses Gefühl wieder, auch wenn der Schärendampfer viel kleiner war, viel unscheinbarer als die »Stockholm« damals. Erst vor Kurzem hatte er gelesen, dass es jetzt schon fast einhunderttausend Schweden waren, die das Land verlassen hatten für ein neues, besseres Leben auf der anderen Seite des Atlantiks, allein in den Zwanzigerjahren. Ihm selbst war nicht einmal der Gedanke gekommen.

Sie schauten auf das Wasser. Die Stadt wurde immer kleiner, und die Schären näherten sich.

»Ich habe meine Malutensilien dabei«, sagte Karolina.

»Das ist gut«, sagte Stierna.

»Ich möchte dich malen. Wenn wir auf der Insel sind.«

Er sah sie an. Sie trug den Mantel, den sie immer trug, wenn sie ausgingen, zu einer Veranstaltung oder ins Theater. Den hellbraunen mit dem breiten Kragen, den sie ein paar Tage vor Lindbergs Hochzeit gekauft hatte.

Das Schiff fuhr an den großen, weiß gestrichenen Villen vorbei, den Schlössern der »Gulaschbarone«. Protzige Häuser, in die skrupellose Geschäftsleute einen Teil ihres Vermögens investiert hatten, das sie verdienten, indem sie Lebensmittel und anderes an das während des Krieges unter der Blockade leidende Deutschland zu Wucherpreisen verkauften, trotz Exportverbots. Männer, die fast alles machen würden, um Geld zu verdienen.

Sie kamen an den prunkvollen Villen ein Stück hinter der Koviksudde vorbei. Die Sommerresidenzen der Reichen standen jetzt leer. Stierna wusste, dass Polizeipräsident Solman auch irgendwo dort seinen Urlaub verbrachte. Dort in der Idylle, so weit wie möglich von den dunklen Seiten der Stockholmer Innenstadt entfernt. Stierna hatte ihn nie hier draußen besucht, war aber schon häufiger vorbeigefahren. Trotz all der Jahre in der Abteilung für Gewaltverbrechen kannte er Solman eigentlich nicht, und er hatte ihn auch nie auf dem Schiff getroffen, wenn er selbst unterwegs zu einer der Inseln war.

Der alte Kahn mit dem Außenbordmotor lag am Anleger bei dem Haltepunkt des Schärendampfers. Genau wie immer.

Das Haus auf der Insel war einfach, einstöckig, rot gestrichen. Ein Stück weiter gab es einen Tischlerschuppen und einen Abort.

Unterhalb der steilen Klippen lag ein Bootshafen mit einem kleinen Segelschiff und einer Jolle mit Motor.

Abends gingen sie an den Klippen entlang. An dem Ufer, das der großen Bucht zugewandt war. Die Dämmerung hatte schon eingesetzt. Bald würde der Nachthimmel über ihnen sein, aber ihre Augen gewöhnten sich an die Dunkelheit.

Stierna wusste nicht, wie oft er diesen Weg schon gegangen war. Er kannte jeden Stein, jeden Baum, jeden Busch. Es spielte keine Rolle, wenn die Dunkelheit sich wie ein schwarzer Vorhang über sie senkte, er würde seinen Pfad finden.

»Es ist schön«, sagte er, »mit das Schönste, was ich je gesehen habe.«

Er spürte die Ruhe, wie immer, wenn er auf der Insel an Land ging. Der Puls wurde ruhiger, die Stadt wurde unwichtig. Das würde erst wieder anders werden, wenn sie den Dampfer am Norra Blasieholmshamnen bestiegen. Das Licht von der großen Stadt. Die Autos. Das Menschentreiben. Der Lärm aus dem Vergnügungsviertel am Stureplanen. Das menschliche Elend an der Kärleksbörsen, der Liebesbörse. Es würde wohl eine Stunde dauern, bis er all das nicht mehr registrieren würde. Bis der Puls der Stadt wieder sein eigener geworden war.

»Ich würde gern eine Weile hierbleiben«, sagte Karolina. »Ein paar Wochen. Einen Monat. Solange ich Lust habe.«

»Ich auch. Aber ich muss zurück. Am Sonntag muss ich zurückfahren. Und du auch.«

»Ja. Und es gibt nichts, was wir daran ändern können?«

»Wahrscheinlich nicht.«

»Ist es nicht merkwürdig, John? Das Leben.«

»Das Leben?«

»Ja. Wie viel wir davon steuern können, wie frei wir sind, und dabei doch so unfrei. Fast unser ganzes Leben handelt nur von der Arbeit. Das, was wirklich wichtig für uns ist, wird so nebenbei abgehandelt. Wenn wir es schaffen. Das, was wir lieben, die Dinge, die wir wirklich tun wollen, das erledigen wir so nebenbei. Und wenn wir alt geworden sind, sollen wir uns die Zeit nehmen, die wir nie gehabt haben. Aber dann sind wir zu alt und müde.«

Er blieb stehen, schaute sie an.

Sie ergriff seine Hand und drückte sie fest.

»Ist es nicht das, wofür wir leben, John? Für Momente wie diesen?«

»Doch, ja«, nickte er. »Für Momente wie diesen.«

Karolina ließ seine Hand los, und sie gingen weiter.

»Als ich dich das dritte Mal gesehen habe«, sagte sie, »in dem Laden, da hast du eine Krawatte gekauft. Ziemlich langweilig, wie ich fand. Die blaue. Aber ich erinnere mich, dass ich dachte, mit dem möchte ich gern auf einer Insel an der Küste entlangspazieren. Obwohl ich dich eigentlich noch gar nicht kannte. Aber es ist so selten, dass wir hierherkommen. Manchmal im Sommer, sonst so gut wie nie. Und das meine ich damit: Es gibt keine Zeit für das, was wir wirklich wollen. Denn nur so funktioniert diese Welt.«

»Vielleicht ist es so, damit wir das Großartige dieser Momente wirklich begreifen«, sagte Stierna. »Vielleicht gibt es deshalb so wenige davon, sind sie so flüchtig.«

»Vielleicht, ja.«

Als sie zurück ins Haus kamen, machten sie Feuer im Kamin, um die feuchte Kälte aus dem Wohnzimmer zu vertreiben. Gemeinsam bereiteten sie das Essen zu. Dorsch, den sie auf dem schwimmenden Fischmarkt am Kornhamnstorg gekauft hatten. Kartoffeln und Dillsoße.

Lange hörten sie Radio. Das landesweite Programm des Senders Motala. Um halb sieben gab es einen Vortrag über die Elchjagd, die gegenwärtig stattfand, obwohl keiner von ihnen besonders interessiert war an der Jagd. Sie hörten dem Orchester Kom och blås zu, einem Blasorchester, das alte und moderne Seemannslieder zwischen acht und zehn vor neun spielte. Dann lauschten sie um Viertel nach neun den Nachrichten, in denen aber nichts über den Mord an Ingrid Bengtsson erwähnt wurde. Zwischen zehn und Mitternacht gab es Tanzmusik von Sphinx. Sie tanzten dazu, und Karolina lobte ihn, wie gut er führte.

Als er das Licht löschte und sich in der Dunkelheit neben sie legte, dachte er nicht länger an die Abteilung für Gewaltverbrechen. Der lange, breite Flur war aus seinem Bewusstsein gewichen. Die Konferenzen, der Sitzungssaal, die Jagd auf einen Mörder. All das war weit weg.

Karolina drehte sich zu ihm um.

»John?«

»Ja?«

»Wir haben es doch richtig schön hier, nicht wahr?«

Er gab ihr einen Kuss auf die Stirn.

*

Lindberg ging das letzte Stück die Fleminggatan hinauf. Er kam an der Kungsholmener Schule für Volks- und Weiterbildung vorbei, dann war er in Stadshagen und konnte die Lichter der Scheinwerfer des Sportplatzes schon von Weitem sehen. Hier oben war es ziemlich schäbig. Sicher, hier lagen viele Schrebergärten und Naturgrundstücke, aber die Armut aus den vereinzelten Arbeiterbaracken rundherum war nicht zu übersehen. Stadshagen, von vielen immer noch Stockholms Müllhalde genannt.

Lindberg wusste, die Polizei war hier nicht besonders beliebt. Seit vielen Jahren trug er keine Uniform mehr, trotzdem fragte er sich, ob ihn nicht viele auf hundert Meter als Polizist erkannten, ganz gleich, wie er sich kleidete. Es hieß, dass ungewöhnlich viele Kommunisten in Stadshagen wohnten. Ungewöhnlich viele Anarchisten auch. Ein Teil von ihnen hasste die Regierenden, verachtete deren »Lakaien«. Nicht weit von hier, unten am Wasser, lagen die Hornsbergs-Gärten. Dort versammelten sich die Linken zu Massenkundgebungen, es war vorgekommen, dass sich Zehntausende Arbeiter dort drängten, um Zäta Höglund oder Carl Lindhagen zuzuhören. Das war nicht gerade ein guter Platz für die Bourgeoisie, für die Vertreter der staatlichen Hoheit. Eher für die allerärmsten Arbeiter, die Landstreicher.

Lindberg ging an den großen Gebäuden des Sankt-Görans-Krankenhauses vorbei, zum Stadshagener Sportplatz. Auf der anderen Seite der Straße lag die Sankt-Görans-Kapelle.

Lindberg sah auf die Uhr. Es war fast sieben Uhr, Samstag.

Am nächsten Tag hatte er frei, zumindest nach Dienstplan.

Wenige Minuten später trat er durch die Eingangspforte auf den Sportplatz. Junge Männer wärmten sich auf dem Fußballplatz auf, die Laufbahnen waren noch leer. Auf der Rasenfläche dahinter stellten zwei junge Männer die Hochsprunggeräte auf.

Das Café befand sich in einem hellen Holzhaus gleich rechts vom Eingang. Lindberg ging hinein und setzte sich an einen der einfachen Tische. Die Wände waren mit Wimpeln und Mannschaftsfotos übersät. Lindberg schaute sich einige davon an. Fußballmannschaften, aber es gab auch ein paar Gruppenfotos von den Leichtathleten. Er las ein paar Namen. IF Solrosen. IK Framåt.

Hier drinnen standen an die zehn Tische. Außer seinem eigenen war nur noch ein anderer besetzt. An ihm saß ein Mann mit buschigem Schnauzbart und brauner Jacke, er las Zeitung.

Sie waren schon früher hier in Stadshagen gewesen. Nicht er selbst, aber seine Kollegen Rehn, Jonsson und Hultberg. Doch ihre Nachforschungen hatten nichts gebracht, zumindest bis jetzt nicht. Aber noch keiner hatte mit den Leuten hier im Café gesprochen, die doch jeden Tag auf dem Sportplatz waren.

Eine Kellnerin kam heraus. Sie war jung, knapp zwanzig, wenn er schätzen sollte, und hatte braune Augen. Lindberg schien es, als hätte sie etwas Asiatisches an sich, trotz des blonden, gelockten Haars. Er hob die Hand, sie kam zu ihm.

»Was wünschen der Herr?«

»Nur einen Kaffee bitte«, sagte Lindberg, »mit etwas Milch.«

Die Kellnerin stellte kurz darauf die Kaffeetasse vor ihn auf den Tisch.

»Bitte, der Herr.«

»Entschuldigen Sie, Fräulein ...«

Lindberg hielt seine Dienstmarke hoch. Er holte seinen Notizblock und einen Stift heraus, legte beides auf den Tisch.

»Hauptwachtmeister Lindberg«, sagte er, »ich komme von der Kriminalpolizei.«

Die Kellnerin sah ihn beunruhigt an. Aber das taten fast alle, wenn er sich mit seinem Dienstgrad vorstellte, auch wenn sie gar nichts zu befürchten hatten.

»Von der Polizei?«

Er lächelte ein wenig.

»Ja, aber keine Sorge, es geht nur um ein paar Routinefragen. Wie heißen Sie?«

»Kristina ... Kristina Falk.«

»Arbeiten Sie immer hier in dem Lokal, Fräulein Falk?«

Sie setzte sich ihm gegenüber.

»Ja. Immer samstags und sonntags. Und manchmal auch an anderen Tagen.«

Lindberg nickte. Sie wirkte jetzt ruhiger.

»Ich habe keine Ahnung, ob Sie mir helfen können ... Ich suche einen jungen Mann. Möglicherweise einen Läufer.«

»Es kommen viele Läufer hierher. Die meisten sind recht jung.«

»Der, den ich suche, ist ziemlich gepflegt. Von mittlerer Größe. Gut gekleidet.«

»Es gibt einige Gutgekleidete, die hierherkommen. Eigentlich kommen alle möglichen Menschen hierher. Reiche, Arme, Junge, Alte.«

Lindberg nickte nachdenklich.

»Dieser Mann hat einen besonderen Laufstil. Er läuft mit hochgezogenen Knien. Fast übertrieben hochgezogenen Knien.

Haben Sie das schon mal gesehen? Haben Sie hier einen gesehen, der so läuft?«

Sie schwieg.

»Wissen Sie, von wem ich rede?«, fragte er nach.

»Ja«, antwortete Kristina Falk. »Ich kenne ihn ... ich glaube, ich erkenne ihn wieder. Es gibt hier einen, der so läuft. Schnell, ich glaube, Mittelstrecke. Er läuft mit hochgezogenen Knien ... Das sieht merkwürdig aus.«

»Und er kommt häufiger hierher?«

»Ja, ziemlich oft, denke ich. Ich sehe ihn hier ein paarmal jede Woche.«

»Und bis jetzt hat keiner mit Ihnen über diesen Mann gesprochen? Keiner von der Polizei?«

»Nein. Ich weiß, dass die Polizei hier gewesen ist, aber ich habe nie erfahren, warum.«

Lindberg machte sich auf seinem Block stichwortartige Notizen.

»Es ist also anzunehmen, dass er ein paarmal jede Woche hierherkommt?«, fragte er.

»Wahrscheinlich ja.«

»Seit wann kommt er hierher?«

Kristina Falk dachte kurz nach, bevor sie antwortete.

»Schwer zu sagen ... Noch nicht so lange, vielleicht seit gut einem Jahr. Vielleicht auch weniger. Ich arbeite jetzt seit rund zwei Jahren hier, und ich glaube nicht, dass er im ersten Jahr hier war. Aber ich kann mich natürlich auch irren.«

Seit gut einem Jahr, dachte Lindberg. Wo hat er sich vorher aufgehalten? Wo hat er bis dahin trainiert?

»Wann haben Sie ihn das letzte Mal gesehen?«

Kristina Falk überlegte wieder.

»Ich glaube, irgendwann letzte Woche. Samstag oder Sonntag.«

»Ist er an bestimmten Tagen hier?«

»Ich weiß nicht genau ... Aber wie gesagt, ich arbeite ja meistens samstags und sonntags.«

»Haben Sie ihn auch an anderen Tagen gesehen? Außer Samstag und Sonntag?«

»Ich denke schon.«

Lindberg schrieb wieder. Dann schob er den Block von sich weg.

»Was würden Sie sagen, ist er ein guter Läufer?«

Dieses Mal kam die Antwort der Kellnerin prompt.

»Er ist tüchtig, das kann sogar ich sehen. Aber er läuft immer für sich allein.«

»Dann gehört er zu keinem Verein?«

»Nicht soweit ich weiß. Jedenfalls zu keinem von denen, die hier trainieren.«

»Dann ist er auf keinem der Fotos? Hier an den Wänden?«

»Das glaube ich nicht. Aber ich kann mal nachschauen.«

»Ja, wenn Sie so freundlich wären.«

Sie ging im Lokal herum, schaute sich die eingerahmten Fotos an den Wänden an. Anschließend setzte sie sich wieder ihm gegenüber.

»Er ist nirgends dabei.«

»Sind Sie sich sicher?«

»So gut wie.«

Lindberg trank einen Schluck Kaffee. Der wurde langsam kalt.

»Wie sieht er aus?«

Kristina Falk zuckte mit den Schultern.

»Na, ungefähr wie Sie gesagt haben. Gepflegt. Trug oft einen Anzug, manchmal auch einen Mantel. Natürlich nur, wenn er nicht läuft. Er ist ziemlich jung. Vielleicht dreißig. Sicher nicht älter, denke ich.«

»Und sonst? Wie sieht sein Gesicht aus?«

»Ja ... eher alltäglich, nicht besonders hübsch, nicht hässlich. Er hat dunkles Haar, braune Augen. Eine ziemlich hohe Stirn, wenn ich mich recht erinnere ... Mehr Details kann ich Ihnen nicht geben. Ich glaube nicht, dass er ein Gesicht hat, das sich besonders hervorhebt, wenn man ihn nicht mehrere Male getroffen hat.«

»Hat er eine lange Nase?«

»Vielleicht ... Ich erinnere mich nicht mehr.«

Lindberg dachte an Ingrids Zeichnung.

»Würden Sie ihn wiedererkennen, wenn Sie ihn sehen?«

»Auf jeden Fall, kein Zweifel. Ich habe ihn ja oft genug gesehen.«

»Unterhalten Sie sich normalerweise mit ihm?«

»Nein, normalerweise nicht, aber es ist schon mal vorgekommen.«

»Und wie ist er?«

»Ich weiß nicht ... Ein bisschen so, wie er aussieht. Alltäglich. Etwas langweilig.«

»Worüber haben Sie mit ihm gesprochen?«

Kristina Falk machte eine ausholende Geste.

»Das Wetter. Wie das Café läuft. Eigentlich ganz belanglose Dinge. Ich habe nicht viel mit ihm geredet.«

»Hat er gesagt, wie er heißt?«

»Nein.«

»Hat er erzählt, was er arbeitet?«

»Nicht, soweit ich mich erinnern kann.«

Lindberg rührte seinen Kaffee um.

»Hat er gesagt, wo er wohnt?«

»Nein. Und ich habe auch nie gefragt.«

»Das hat Sie nicht interessiert?«

»Nein.«

»Was macht er normalerweise hier im Lokal?«

»Er bestellt einen Kaffee. Er isst nur selten etwas. Und dann raucht er ziemlich viel.«

Lindberg hatte nicht mehr viele Fragen.

»Haben Sie ihn jemals irgendwo anders getroffen als auf dem Sportplatz?«

»Nicht direkt getroffen«, antwortete Kristina Falk. »Ich habe ihn ein paarmal hier in der Gegend gesehen. Auf dem Weg zum Sportplatz oder von ihm kommend, denke ich. Einmal habe ich ihn auch in der Stadt gesehen.«

»Wo in der Stadt?«

»In der Dalagatan, Nähe Odenplan. Es war spät, bestimmt elf, zwölf Uhr nachts. Ich bin vorbeigegangen und habe ihn gesehen, aber er hat mich nicht gesehen. Und ich hatte keine Lust, zu ihm zu gehen und mit ihm zu reden.«

»Was hat er gemacht?«

»Er hat auf die Straßenbahn gewartet. Er war wohl auch aus gewesen. Aber das weiß ich natürlich nicht. Ich glaube, das war irgendwann Anfang des Sommers. Und es wird wohl eine Samstagnacht gewesen sein.«

Dalagatan, dachte Lindberg. Der Mann hat auf die Straßenbahn gewartet. Wohin wollte er?

»War er allein?«

»Ich denke schon. Aber ich bin mir nicht sicher.«

Lindberg lehnte sich in seinem Stuhl zurück. Er dachte ein paar Sekunden lang nach, bevor er fortfuhr.

»Und hier auf dem Sportplatz ist er immer allein gewesen, wenn er gelaufen ist?«

»Ja. Immer.«

*

Gegen zehn Uhr klingelte das Telefon. Stierna war ausgeruht. Er stand bereits im Flur und wollte gerade nach dem roten Regenmantel an der Garderobe greifen, als das Signal die Stille zerriss. Für einen Moment fragte er sich, ob er es einfach ignorieren und wie geplant in den Nieselregen hinausgehen sollte.

Aber nach dem vierten Klingelton nahm er den Hörer ab.

»John Stierna.«

»John. Hier ist Roland.«

Es blieb einige Sekunden still, bevor Lindberg weitersprach.

»John, ich war in Stadshagen. Ich glaube, ich habe ihn gefunden.«

Stierna setzte sich auf seinen alten, ramponierten Holzhocker neben dem Telefon.

»Haben wir ihn? Haben wir einen Namen?«

»Nein, nein.«

Wieder schwieg Lindberg.

»Ich werde dir alles erzählen«, sagte er. »Später ... Berner will, dass du in die Stadt zurückkommst.«

»Er will?«

»Berner befiehlt, dass du kommen sollst.«

Das Schiff in die Stadt ging nur eine knappe Stunde später. Dieses Mal stand er allein an Deck. Es war grau, Nieselregen hing in der Luft, aber es war nicht unangenehm draußen. Die Kleidung wurde kaum nass, so fein waren die Tropfen.

Stierna drückte sich den Hut in die Stirn, es war windig, und er fürchtete, er könnte heruntergeweht werden. Er sah den Anleger immer kleiner werden, die Insel verschwinden. Langsam, fast wie im Traum.

58

Lindberg saß an seinem Schreibtisch. Der war nicht aufgeräumt, wie üblich. Lindberg schien mit seinen Gedanken weit weg, sein Blick war in die Ferne gerichtet, abwesend.

»Roland.«

Lindberg zuckte zusammen. Sein Blick war wieder fokussiert und klar.

»Oh, John.«

Stierna setzte sich auf den Besucherstuhl vor Lindbergs Schreibtisch. Er war vom Schiff sofort hierhergekommen, ohne in seinem Arbeitszimmer vorbeizuschauen.

»So, schieß mal los«, forderte er Lindberg auf. »Erzähl von deinem Besuch in Stadshagen.«

Er ließ Lindberg reden. Das meiste hatte er schon am Telefon erfahren, als er noch auf der Insel war, aber ein Gespräch von Angesicht zu Angesicht zog er immer vor. Wenn er es für notwendig erachtete, warf er eine kurze Frage ein, mehr nicht.

Und Lindberg erzählte. Stringent, aber bald war diese Müdigkeit wieder in seinem Blick.

Von dem Mann, der auf dem Sportplatz in Stadshagen gelaufen war. Die Beschreibung war ungenau, dennoch kam Stierna schnell das Bild in den Sinn. Ingrid Bengtssons Zeichnung, die sie in ihrer Schulbank gefunden hatten. Das war konkreter als die vagen Zeugenaussagen, die sie bisher hatten. Von Harry Schiller und Nils Sandquist.

Dass der Mann häufig nach Stadshagen ging, war nicht verwunderlich, dachte Stierna. Das war der nächstgelegene Sportplatz, wenn man auf den Bahnen laufen wollte und wenn man in Vasastaden wohnte. Näher als Östermalms IP, als das Olympiastadion, als Traneberg und all die anderen. Hammarby Sportplatz. Aspudden. Nein, das wäre viel zu weit. Unnötig weit. Es war kein Wunder, dass er nach Stadshagen ging.

Der Mann hatte nichts von sich erzählt, als er in Stadshagen in dem Café gesessen hatte. Sicher, Kristina Falk hatte gesagt, dass sie kein Interesse gehabt hatte, aber schließlich hatten sie sich ziemlich häufig gesehen, und trotzdem hatte der Mann nichts über sich gesagt. Als hätte er alles geplant. Warum? Weil er nichts hatte erzählen wollen? Darauf geachtet hatte, nichts von sich preiszugeben?

Lindberg hatte sich die Namen aller notiert, die hier arbeiteten. Er hatte mit Kristina Falk gesprochen, und sie hatte ihm außerdem den Namen und die Adresse der Frau gegeben, die auch bediente, eine Gerd Andersson. Und einer anderen Kellnerin, die ab und zu aushalf, Inga Olsson. Kristina Falk war sich sicher gewesen, dass sie beide auch den Läufer gesehen hatten, der mit hochgezogenen Knien lief, wahrscheinlich hatten sie auch mit ihm gesprochen. Aber sie hatte nicht sagen können, ob die beiden ihn auch außerhalb des Sportgeländes gesehen hatten.

Die anderen, die in dem Café arbeiteten, haben ihn also auch gesehen, dachte Stierna. Mit denen hatten sie bisher noch nicht gesprochen. Das mussten sie noch tun. Sie mussten eine Vorstellung von dem Mann bekommen, der dort trainierte.

Als Lindberg fertig war, erhob Stierna sich.

»Ich möchte, dass du noch einmal nach Stadshagen fährst«, sagte Stierna, »zum Sportplatz. Ich will wissen, wie er aussieht. Bestell alle drei dorthin, alle, die dort arbeiten. Und nimm dir einen der Zeichner mit, mit denen wir zusammengearbeitet haben.«

»Wen?«

Stierna ließ sich mit seiner Antwort Zeit.

»Nimm die Künstlerin, die in der Hantverkargatan wohnt, bei der Kungsholmener Realschule. Die hat ihre Sache immer gut gemacht.«

»Åkerblom«, nickte Lindberg. »Sara Åkerblom.«

»Ja, die. Und sieh zu, dass alle, die in dem Café arbeiten, dort sind, wenn ihr hinkommt.«

»Hat das noch ein bisschen Zeit?«

Stierna schaute auf die Uhr. Es war noch Nachmittag.

»Nein. Ich will, dass das so schnell wie möglich erledigt wird. Möglichst noch heute Abend.«

Er trat auf den breiten Flur und ging die Treppen hinunter.

Die Sekretärin des Präsidenten war nicht an ihrem Platz, sie würde erst morgen früh wieder im Hause sein.

Die Stallwache ist weg, dachte Stierna. Aber das spielte eigentlich keine Rolle, er würde auch so eingelassen werden.

Es war ihm auch gleich, dass Sonntag war, schließlich hatte Berner ihn gerufen, aus seinem Schärenidyll herausgerissen.

Er schlug mit der Faust gegen Berners Tür. Wartete. Klopfte energisch mit dem Zeigefinger auf das Holz.

Das Hausmädchen öffnete. Schwarz gekleidet, bis auf die weiße Schürze. Sie kannte ihn, Stierna erklärte, dass es eilte. Er musste in dem großen Büro warten und ließ seinen Blick über den ordentlichen Schreibtisch, die Bilder an den Wänden und die großen Bücherregale gleiten.

Berner kam wenige Minuten später. Ordentlich gekämmt, in dunklem Anzug, als hätte er seinen Kommissar erwartet.

Die Besprechung dauerte nicht lang. Sie würden den Sportplatz in Stadshagen überwachen. Bereits heute Abend.

Lindberg legte den Telefonhörer auf. Er arbeitete seit gestern auf Hochtouren. Hatte nach dem Abend in Stadshagen seinen Bericht geschrieben und in der Nacht Karin aufgeweckt, weil er sich so unruhig in seinem Bett hin und her gewälzt hatte. Er hatte so gut wie gar nicht geschlafen.

Jetzt hatte er die Telefongespräche geführt, um die Stierna ihn gebeten hatte. Mit der Zeichnerin. Mit denen, die in dem Café des Sportplatzes arbeiteten. Zwei von ihnen waren bereits vor Ort, sie hatten an diesem Sonntag sowieso Dienst: Inga Olsson und Gerd Andersson. Kristina Falk war zu Hause, sie ging sofort ans Telefon. Sie wohnte in der Fridhemsgatan, es würde nur ein paar Minuten dauern, bis sie in Stadshagen war.

Lindberg fragte sich, wann die Müdigkeit ihn übermannen, wann der Schlafmangel nicht mehr zu ertragen sein würde. So etwas kam nie schrittweise, sondern überfiel ihn plötzlich, schonungslos.

59

»Wie war Ihre Frage noch mal?«

Hultberg rieb sich die Stirn.

»Ob Sie ihn irgendwo anders als auf dem Sportplatz gesehen haben.«

Inga Olsson nahm ihre Brille ab und schob sie in ihre Manteltasche. Gleich würde sie sie wieder herausholen und aufsetzen, das wusste Hultberg. Während der zehn Minuten, die sie miteinander sprachen, hatte sie das schon mehrere Male wiederholt. Hultberg nervte das, aber er gab sich alle Mühe, seine Ungeduld zu verbergen.

Der Polizeibeamte war auf dem Stadshagener Sportplatz. Stierna hatte die Anweisung gegeben, dass der Platz observiert werden sollte, vom frühen Abend an.

Ausnahmsweise war Hultberg einmal nicht mit Jonsson zusammen eingeteilt, sondern mit Weimers. Er kam besser mit Weimers zurecht, mit Jonsson hatte er so seine Probleme. Sie hatten nicht die gleiche Wellenlänge.

Inga Olsson hatte nicht viel mehr erzählt als das, was sie bereits wussten. Sie hatte den Mann, der mit hochgezogenen Knien lief, im letzten Jahr mehrere Male im Lokal gesehen. Sie hatte nicht mit ihm gesprochen, bis auf die Bestellungen, die er aufgegeben hatte. Sie hatte ihn ein paarmal auf dem Platz laufen sehen, fand ihn ziemlich gut. Außerdem hatte sie berichtet, dass sie in Stadshagen jetzt seit fast fünf Jahren arbeitete.

»Ja, ich habe ihn auch außerhalb vom Sportplatz gesehen.«

»Wo?«

Sie zögerte mit der Antwort. Auf dem Fußballplatz wurde ein Spiel ausgetragen. Eine Mannschaft trug hellgrüne Trikots und weiße Shorts. Die andere spielte in Blau. Hultberg kannte keine der Mannschaften, und das Spiel war nicht besonders gut, wahrscheinlich waren sie aus irgendeiner unteren Liga. Ein paar Zuschauer standen fröstelnd an den Seitenlinien. Das sieht ziemlich trist aus, dachte Hultberg.

Auf den Laufbahnen war es leer. Auch die Hochsprunganlage auf der Rasenfläche dahinter wurde nicht benutzt. Das Fußballspiel musste eines der letzten der Saison sein. Immerhin war schon Oktober. Weder das Wetter noch der Fußball wärmten.

»Hier in der Nähe. In der Nähe vom Sportplatz. In den Straßen hier in der Gegend.«

Hultberg machte sich Notizen in seinen Block.

»Und Sie sagen, er war im letzten Jahr hier. Vorher nicht?«

»Nein, ich glaube, er ist ziemlich neu hier.«

»Wie hat er gesprochen? Ist er von hier oder aus Stockholm? Oder hatte er einen anderen Dialekt?«

Inga Olsson nahm wieder ihre Brille ab. Hielt sie dieses Mal ruhig in der Hand, sie schien nachzudenken.

»Ich meine, er klang so, als käme er von hier.«

Hultberg verabschiedete sich. Inga Olsson ging hinaus, um eine Zigarette zu rauchen.

Hultberg umrundete den Sportplatz und beobachtete die Menschen.

Die Tür zum Café wurde geöffnet, und Lindberg trat zusammen mit der Zeichnerin heraus. Sie gingen zu dem schwarzen

Wagen, der vor dem Sportplatz wartete. Das Porträt war also fertig, Hultberg fragte sich, wie es geworden war und ob es dem Täter wirklich ähnlich war.

Alfred Weimers öffnete ein paar Knöpfe seines Mantels und betrachtete die Frau vor sich mit seinem klarblauen Blick.

»Frau Andersson, Sie sind sich also sicher, dass Sie ihn wiedererkennen würden?«

Die Frau hatte graue Haare und ging auf die Rente zu. Sie hatte deutliche Lachfältchen.

»Auf jeden Fall«, antwortete sie ohne Zögern.

Weimers holte Stift und Notizblock heraus, blätterte einige Seiten durch, bevor er sich etwas aufschrieb. Vielleicht würde der gesuchte Mann wieder auftauchen. Bereits heute Abend, an dem ersten, an dem sie den Sportplatz beobachteten. Was jedoch nicht sehr wahrscheinlich war, es wurde langsam spät, und bald würde die Beleuchtung ausgeschaltet und das Café geschlossen werden.

»Es ist gut möglich, dass wir noch einmal Ihre Hilfe brauchen«, sagte Weimers. »Sie wissen, wie er aussieht. Sie alle können ihn herauspicken, wenn er wieder hierherkommt.«

»Eine von uns ist immer hier«, sagte Gerd Andersson. »Meistens sind wir zu zweit. Und abends zu dritt.«

Eine Weile saßen sie noch schweigend zusammen, und Weimers trank seinen Kaffee. Der war gut, überraschend gut.

»Er kommt also normalerweise hier ins Café?«

»Na, was heißt normalerweise? Aber es kommt schon vor. Sonst läuft er. Schließlich ist er ja Läufer.«

»Ja, natürlich. Kommt es vor, dass er auch etwas anderes tut?«

Gerd Andersson überlegte.

»Das ist ein Mal vorgekommen.«

60

Lindberg öffnete seine braune Lederaktentasche und holte die drei Zeichnungen heraus.

Sie waren sich ziemlich ähnlich. Ein Mann, dunkle Haare und dunkle Augen. Das Haar war ordentlich gekämmt, mit Seitenscheitel. Hohe Stirn. Wie der Mann auf Ingrids Zeichnung. Doch der Mann, den das achtjährige Mädchen gezeichnet hatte, hatte auf eine gewisse Art und Weise eine Seele; das Gesicht der drei Porträts, die vor ihm lagen, war hingegen nichtssagend. Fast wie das eines Toten.

Das kann jeder sein, dachte Stierna, während er seinen Blick über die Zeichnungen wandern ließ.

Berner setzte sich auf den leeren Platz an der Stirnseite des Tisches. Er blickte in die Runde, schaute die Männer an, die sich um den großen, schweren Konferenztisch aus dunklem Holz versammelt hatten.

»Wir haben drei Zeichnungen«, sagte Lindberg. »Sara Åkerblom hat heute Abend alle drei Kellnerinnen getroffen, die in dem Café arbeiten, deshalb sind es drei Porträts geworden. Aber alle sind der Meinung, dass das Bild, das nach den Angaben von Kristina Falk gemacht wurde, das beste ist.«

»Falk«, sagte Berner, »das war doch die, die du als Erste in dem Café getroffen hast, oder?«

»Ja«, bestätigte Lindberg. »Das ist sie.«

»Und jetzt?«, fragte Berner.

Stierna lehnte sich auf seinem Stuhl zurück.

»Jetzt beginnt wieder die Zeugenbefragung«, sagte er. »Jetzt gehen wir in Stadshagen von Tür zu Tür, fragen, ob jemand den Mann auf der Zeichnung kennt. Und in Vasastaden, besonders in der Gegend um den Vasapark. Wir fragen in Geschäften, Kneipen, Wäschereien nach. Überall, in Mietblocks.«

Lundby stand auf.

»Wann fangen wir an?«

»Morgen. Wir werden das Bild morgen kopieren«, entschied Berner.

»Keine Zeitungen?«, fragte Lundby. »Das Bild kommt nicht in die Zeitungen?«

»Noch nicht«, antwortete Berner, »erst, wenn wir alle anderen Möglichkeiten ausgeschöpft haben.«

Stierna sagte nichts. Er wusste, Berner hatte recht. Der große Detektiv, die Gesellschaft, würde mehr stören als helfen. Der Dschungel an Tipps würde undurchdringlich sein und sie in alle möglichen Sackgassen schicken.

Stierna und Lindberg gingen schweigend den langen Flur entlang.

»Ich denke an die Handschrift«, sagte Stierna. »Die geht mir schon eine ganze Weile durch den Kopf. Die Handschrift auf dem Zettel, den Nils Sandquist in dem Mantel gefunden hat, den er dem möglichen Autodieb in der Sibyllegatan abgenommen hat. Die Einkaufsliste. Ich möchte, dass wir dieser Schrift nachgehen.«

Lindberg blieb stehen.

»Wie sollen wir denn einer Handschrift nachgehen?«

Stierna ging weiter.

»Die Steuererklärungen«, sagte er knapp.

Lindberg hielt ihn an der Schulter fest.

»Die Steuererklärungen?«

»Ja. Wahrscheinlich haben wir die Handschrift des Mannes, den Sandquist in der besagten Nacht gejagt hat. Der das Sammelbild gekauft hat, das Ingrid bekommen hat. Der Mann aus dem Vasapark. Vielleicht der Mann, der in Stadshagen zum Laufen geht. Wenn er ein Einkommen hat, muss er das versteuern. Wenn er es versteuert hat, finden wir seine Handschrift dort, irgendwo unter all den Steuererklärungen im Finanzamt auf dem Slottsbacken.«

Lindberg baute sich vor ihm auf, Stierna musste stehen bleiben.

»Und wenn es nicht seine Handschrift ist?«

»Dann finden wir vielleicht trotzdem die Person, die den Zettel geschrieben hat. Was auch nicht uninteressant wäre.«

»Aber wir sprechen hier von hunderttausend Steuererklärungen. Von unendlich vielen.«

»Das grenzen wir ein«, sagte Stierna. »Wir fangen mit dem Finanzamt für Vasastaden an. Gustav Vasa. Matteus Süd und Nord. Adolf Fredrik. Den Rest von Vasastaden. Da gehört er hin. Vielleicht wohnt er dort.«

»Nicht in Stadshagen? Dort sprechen wir ja wohl von der Sankt-Göran-Gemeinde, oder?«

»Ja, dort auch. Aber wir fangen mit Vasastaden an.«

»Dann willst du Handschriftexperten hinzuziehen? Die Experten der Kungliga Biblioteket, die wir in solchen Fällen um Hilfe bitten?«

»Später, ja. Wenn wir die Unterlagen ausgesiebt haben.«

»Und die Schweigepflicht?«, fragte Lindberg. »Für die Steuererklärungen, meine ich ...«

Stierna unterbrach ihn.

»Das hat hier keine Bedeutung. Nicht, wenn ein achtjähriges Mädchen ermordet worden ist.«

Wenige Minuten später saß Stierna in seinem Arbeitszimmer. Er legte die drei Bilder auf seinen Schreibtisch. Er hatte darum gebeten, sie mitnehmen zu dürfen, und wollte sie sich noch einmal anschauen.

Er trat ans Fenster. Öffnete es und zündete sich eine Zigarette an. Der Park lag vor ihm, da draußen, wie immer schon. Er dachte, dass er sicher genau diesen Ausblick am besten in Erinnerung haben würde an dem Tag, an dem er auf dem Sterbebett lag. Dieser Blick hatte seinem ganzen Leben einen Stempel verpasst.

Er rauchte seine Zigarette ruhig auf. Knüllte die leere Schachtel zusammen, morgen würde er sich neue kaufen müssen.

Stierna ließ das Fenster offen stehen, er wollte das Zimmer gut lüften. Er ging zum Schreibtisch und setzte sich auf seinen bequemen Bürostuhl.

Der Schreibtisch war nicht so ordentlich wie sonst. Normalerweise befanden sich nur der Stiftköcher hier, die Schreibmaschine und einige Papierstapel. Jetzt lagen mehrere Karten darauf. Beigefarbene Pappkartons, die drei Porträts. Ja, sogar seine Dienstwaffe lag auf der Tischplatte.

Stierna verschloss den Revolver in der untersten Schreibtischschublade, das war sein üblicher Platz. Er dachte an alle, die sie im Fall Ingrid Bengtsson befragt hatten, auch wenn sie von vornherein dieser Aktion gegenüber skeptisch gewesen waren.

Stierna stand wieder auf, ging ans Fenster und schloss es.

Wir werden ihn bald haben, dachte er. Das müssen wir.

Sein Blick blieb am Telefon hängen. Der Stecker war eingestöpselt. Er musste immer erreichbar sein, ganz gleich, wie spät es war.

Karolina rief eine Viertelstunde später an. Sie teilte ihm mit, dass sie am nächsten Morgen von der Insel zurückfahren würde. Er konnte sie nur schlecht verstehen, vielleicht lag das an der Leitung.

61

Karolina legte auf und trat in die Dunkelheit. Ging zu den Klippen, schaute auf den kleinen Bootshafen mit dem Segelboot und dem alten Holzkahn mit Außenbordmotor.

Noch vor Kurzem war sie hier auf der Insel zusammen mit John spazieren gegangen. Sie hatten gemeinsam Essen gekocht, Dorsch vom Fischmarkt am Kornhamnstorg. Sie hatten stundenlang zu der Musik aus dem Radio getanzt, er behauptete zwar, er könne nicht gut tanzen, aber sie hatte dem immer heftig widersprochen. Anschließend hatten sie sich leidenschaftlich geliebt, heftig und gleichzeitig zärtlich.

Die Zeit auf der Insel war perfekt gewesen, genau wie sie es sich gewünscht hatte. Und dennoch war ihr vieles dadurch nur klarer geworden. Sie hatte einsehen müssen, dass die Inselurlaubszeit zeitlich begrenzt war und ihr Leben lang ein Wunschtraum bleiben würde.

Die Anziehungskraft zwischen John und ihr war immer noch vorhanden, aber gab es auch noch das andere, das so viel wichtiger für sie war?

Sie hatte ihn sogar hier draußen erreicht, die Abteilung für Gewaltverbrechen. Lindberg hatte angerufen, und sie nahm an, dass es ein strategischer Schachzug gewesen war, denjenigen John anrufen zu lassen, der ihm in der Truppe am nächsten stand. Denn es hätte ja auch sie sein können, die den Hörer abnahm. Und dadurch, dass Lindberg anrief, sollte der Schreck nicht so groß sein.

Nicht einmal hier konnten sie Frieden finden. Und John war abgefahren, natürlich war er abgefahren.

Es war diese Besessenheit für seine Arbeit, die immer mehr zunahm und die besonders stark gewachsen war, seit das Mädchen auf der Djurgårdswerft tot aufgefunden worden war. Karolina war sich nicht mehr sicher, ob sie ihn noch liebte, ihn, der doch »die Liebe ihres Lebens« gewesen war. Als hätte seine Besessenheit diese Gefühle aufgefressen. Als wäre sie für ihn nicht mehr so wichtig. Und es würden neue Morde passieren, neue Tragödien. Sogar eine neue Ingrid Bengtsson würde es geben, es sprach alles dafür, dass es so sein würde.

Die Glut, die sie noch vor wenigen Wochen so intensiv gespürt hatte, lief Gefahr zu erlöschen. Es wunderte sie, wie schnell das ging.

Wenn John doch nur ein Buchhalter gewesen wäre. Bei irgendeiner Aktiengesellschaft, eine Arbeit, so langweilig und grau, dass er sie problemlos hinter sich lassen konnte, wenn er sich abends die Zähne putzte. Dann wäre es wohl anders gewesen. Aber im tiefsten Innern wusste sie, dass das nicht stimmte. Das war nicht das Entscheidende, sondern es war etwas anderes. Nämlich die Tatsache, dass sie ihn nicht mehr liebte. Ob er nun spät nach Hause kam oder nicht. Ob er nun eine andere hatte oder nicht. Seine Besessenheit führte dazu, dass die Flamme rascher erlosch. Und verlöschen würde sie so oder so.

Die Liebe flackert so hastig auf, dachte sie. Brennt eine Weile heftig, glüht danach, aber fast immer erlischt sie auch.

Karolina strich sich über das kurz geschnittene Haar. Sie schaute auf ihr knielanges Kleid hinab. Sie trug Seidenstrümpfe, obwohl der Abend auf den Schären kalt war. Die dünne Charmeusebluse wärmte auch nicht.

Der neue Stil, dachte sie. Eigentlich hatte sie ihn nie gemocht. Der alte, als die Frauen mehrere Schichten dicke Unterkleider trugen; die Zeit, als es eine Sünde war, wenn man nur ein Stück der Wade zeigte, das war nichts, wonach sie sich zurücksehnte. Aber die neue Mode wirkte so trist, besonders wenn alle sich nach ihr richteten. Und die Frisur, dieser kurze Pagenschnitt, hatte ihr noch nie zugesagt.

John hatte ein paarmal gesagt, er fände es schön, wenn sie sich wieder die Haare wachsen ließe. Aber die neue, legere Art, sich zu kleiden, gefiel ihm.

Ihr hatte diese neue Mode nie gefallen. Sie beschloss, die Haare erneut wachsen zu lassen und die alten Kleider wieder aus dem Schrank zu holen. Vielleicht würde sie einige etwas ändern.

Aufbrechen. Sich verändern, in Zeiten der Veränderung.

62

Stierna ging über die Sankt Eriksbrücke. Sie gefiel ihm mit ihren sieben Bögen, mit den verzierten Straßenlaternen und dem hübschen Metallgeländer zum Wasser hin. Die Fahrbahnen waren leer, keine Autos, Omnibusse oder Straßenbahnen.

Bald hatte er den Sankt Eriksplan erreicht und befand sich wieder im abendlichen Vasastaden. Er sah auf die Taschenuhr. Fast neun Uhr.

Stierna schob eine Hand in die Innentasche und befühlte die Zeichnung. Sara Åkerbloms Werk, diejenige der drei Zeichnungen, die dem Mann am ähnlichsten sein sollte. Ingrids Zeichnung von dem Mann im Vasapark hatte er auch dabei.

Die Dunkelheit lag über dem Sankt Eriksplan. Er war von seiner Rastlosigkeit hierhergetrieben worden, wollte nicht bis zum nächsten Tag warten, konnte es einfach nicht.

Stierna kannte die Kneipen in dieser Gegend. Er hatte sie selten privat besucht, meistens dienstlich. Dabei hatte es sich vor allem um Randalierer und Betrunkene gehandelt. Ab und zu auch Taschendiebstahl und Verstoß gegen die Schankverordnung.

Drei Stunden blieben ihm noch, dann war Sperrstunde. Die Läden und Kioske waren bereits geschlossen, aber die meisten Restaurants und Bierkneipen hatten noch geöffnet. Vielleicht würde hier ja jemand den Mann auf den Zeichnungen wiedererkennen.

Er ging zum Vasapark. Heute wollte er ihn nicht durchqueren, sondern über die Odengatan gehen.

Sein erstes Ziel war das »Polstjärnan«, denn er wusste, dass die Ganoven hier verkehrten, die kleinen Fische, die gerne plauderten, vielleicht nicht mit der Polizei, aber oft mit dem Personal, wenn sie nur genügend Alkohol intus hatten.

Das »Polstjärnan« lag an der Kreuzung Odengatan/Sigtunagatan. Es durfte immer noch bis zwölf Uhr geöffnet bleiben, trotz der Beschwerden der Nachbarn. Das billige Bier zog die Raufbolde, die Taugenichtse und Alkoholiker an, und oft war es auf der Straße vor der Tür ziemlich laut.

Die Eingangstür war klein und unscheinbar, ohne Information über die Öffnungszeiten, aber mit einem kurz gefassten Speisezettel. Warmes Schinkenbrot mit Ei und Strammer Max. Omelett mit Sülze und dänischer Eierkuchen. Ein paar Fleisch- und Geflügelgerichte. Das Gesetz schrieb vor, dass man etwas essen musste, wenn man in einem Lokal Hochprozentiges trinken wollte. Stierna fragte sich, wie viele wohl im »Polstjärnan« etwas zu essen bestellen würden, wenn es den Speisezwang nicht gäbe.

Er trat ein. Die Tische standen ungeordnet im Raum, als hätte sich nie jemand überlegt, wie sie am besten aufgestellt werden könnten. Der Bartresen war vom Eingang so weit entfernt wie nur möglich, es machte fast Mühe, ihn zu finden. An ihm saßen mehrere Gäste, die meisten tranken Bier.

Der Kommissar ließ sich auch am Tresen nieder, bestellte ein Bier; es hieß, hier bekäme man das billigste in der Stadt, er wollte bei der Gelegenheit testen, ob es auch schmeckte, wie es sollte, oder ob der niedrige Preis die Qualität beeinflusste. Er nahm einen Schluck, es war nichts daran zu bemängeln.

Stierna trank das Glas halb aus, bevor er den Barkeeper zu sich rief.

»Entschuldigen Sie«, sagte er und legte seine Dienstmarke auf den Tresen. »Stierna von der Abteilung für Gewaltverbrechen.«

Links von ihm saßen zwei Männer in abgewetzten Jacken, die Mützen lagen vor ihnen.

»Oje, ein Bulle«, hörte er einen der Männer leise zu dem anderen sagen.

Stierna schaute sich um und betrachtete die Männer. Keiner von ihnen erschien ihm vertraut, wahrscheinlich waren das nur kleine Fische.

Er holte die Zeichnungen heraus.

»Kennen Sie diesen Mann?«

Der Barkeeper beugte sich vor.

»Das ist eine ... das ist eine Kinderzeichnung.«

»Ja«, bestätigte Stierna. »Kennen Sie den Mann auf den Bildern?«

»Soll das derselbe Mann sein?«

»Kann sein«, antwortete Stierna.

Der Barkeeper ließ seinen Blick auf den Bildern ruhen. Er war an die fünfzig, kräftig gebaut, hatte etwas Unerbittliches im Blick. Schien abgehärtet zu sein.

Wahrscheinlich war das bei diesem Job nötig, dachte Stierna.

»Nein, den kenne ich nicht.«

»Er ähnelt keinem Gast, der hier verkehrt?«

Noch einmal beugte sich der Barkeeper über die Zeichnungen, dieses Mal länger.

»Nee, keiner, den ich kenne. Keiner, an den ich mich erinnere.«

Ein Mann mittleren Alters mit rundem, aufgedunsenem Gesicht, ungepflegtem Haar und dunklem, buschigem Schnurrbart drängte sich an den Tresen und stellte sich dicht neben Stierna. Er war gut gekleidet, trug einen schwarzen Anzug, der nicht zu dem ungepflegten Gesicht passte.

»Entschuldigen Sie«, sagte der Barkeeper zu dem Polizeibeamten und wandte sich dem Neuankömmling zu: »Major Lovén, womit kann ich Ihnen helfen?«

»Ein Pils und eine Flasche Rotwein«, sagte der Mann. »Und das schnell wie der Teufel.«

Stierna erkannte den Mann. Er erkannte seine mürrische Stimme; der Mann presste die Worte förmlich aus sich heraus.

Er hieß Hermann Lovén, und Stierna war im Dienst bereits mehrere Male auf ihn gestoßen. Eine Zeit lang hatte Lovén schwarzgebrannt, aber vor allem war er für Betrügereien bekannt. In ihrem Register über falsche Namen und falsche Berufsbezeichnungen gab es Angaben von mindestens zehn verschiedenen Identitäten, die er mit unterschiedlicher Häufigkeit benutzte. Alle glamourös, weit entfernt vom wirklichen Hermann Lovén. Der Mann war 1882 unehelich in der Gemeinde Katarina von einer Mutter geboren worden, die heute noch als Putzfrau arbeitete. Er hatte ehrliche Arbeit in seinem Leben in Branchen wie Schuhputzer oder Gemüseverkäufer ausgeübt. Aber er hatte es nie länger an einem Ort ausgehalten. Stattdessen hatte er andere Geldquellen gesucht, die nicht so viel Arbeit und Schweiß erforderten, dafür aber mehr bar auf die Hand einbrachten. Eine seiner Spezialitäten war es, Alten für einen Wucherpreis wertlose Teppiche zu verkaufen.

»Lovén«, sagte Stierna. »Darf ich gratulieren? Wie ich höre, sind Sie Major geworden. Ich wusste gar nicht, dass Sie beim Militär waren.«

»Guten Abend, Herr Kommissar.«

»Guten Abend.«

Lovén bekam sein Bier und seine Flasche Rotwein. Er wandte sich rasch ab und ging zu einem Tisch in der Nähe des Tresens, an dem bereits drei Männer saßen.

Stierna hob die rechte Hand.

»Auf Wiedersehen, Herr Major.«

Der Kommissar trank sein Bier. Er befragte den Rest des Personals, das an diesem Abend im »Polstjärnan« arbeitete. Niemand von ihnen kannte den Mann auf den Zeichnungen.

Er ging zurück zur Sankt Eriksbrücke. Bog rechts ab, überquerte die Sankt Eriksgatan, gelangte in die Rörstrandsgatan. Er wusste, in dieser Straße lagen zwei Kneipen, »Birka« und »Svanen«. Beide waren unscheinbar, mit nur wenigen Tischen und einem kleinen Tresen. Er hielt sich in keinem der Lokale länger auf, auch hier gab es keinen Treffer. Dann ging er in »Kahns Keller« am Sankt Eriksplan. Niemand kannte den Mann auf den Zeichnungen.

Schließlich war er wieder draußen in der Dunkelheit. Er überlegte, in welcher Reihenfolge er die Lokale in der Nähe aufsuchen sollte. »Salongen« am Odenplan, »Oden« und »Metropol« weiter unten in der Odengatan. Das vegetarische Restaurant »Ariana« in der Drottninggatan 82. »Norra Brunn« in der Surbrunnsgatan. Eigentlich wollten sie erst am nächsten Tag ernsthaft damit anfangen, am Montag, dem achten Oktober. Aber Stierna wusste genau, warum es ihn schon am Sonntagabend hierherzog. Es war das Gefühl, dass es eilig war. Das Gefühl, er könne nicht untätig irgendwo sitzen, solange der Täter noch frei herumlief.

Er entschied sich für das »Runan«, das lag nicht weit entfernt vom »Polstjärnan«, in der Dalagatan.

Wenige Minuten später war er dort. Das »Runan« hatte eine Garderobe direkt hinter der Eingangstür. Der Garderobier war klein, mit weißem Haar und Brille. Er sah aus, als wäre er schon über siebzig.

»Herzlich willkommen, der Herr.«

»Danke schön«, sagte Stierna und reichte ihm seinen Mantel.

»Was haben wir nur für ein trübes Wetter.«

»Ja, besonders schön ist es wirklich nicht.«

Stierna zeigte auch ihm die Zeichnungen, doch auch der Garderobier schüttelte den Kopf.

»Nein, tut mir leid. Aber fragen Sie an der Bar. Sprechen Sie dort mit Herbert, er kennt alle, die hierherkommen. Nicht so wie ich.«

»Herbert, gut. Vielen Dank.«

Die Bar lag links, der Speisesaal auf der anderen Seite. Leise Stimmen drangen aus der Richtung.

In der Bar herrschte reges Treiben. Die Tische waren klein, aber elegant. Von der Decke hingen zwei große Kristallleuchter. Die Wände waren mit dunkelbrauner Holztäfelung verkleidet. Um den J-förmigen Tresen saßen etwa zehn Gäste. Zwei Männer arbeiteten hinter der Bar. Der eine war jung, hatte eng stehende Augen und eine große Nase. Der andere war deutlich älter, um die fünfzig, wie Stierna schätzte. Er sah elegant aus, mit zurückgekämmtem Haar und gewachstem Schnurrbart.

Stierna ging zum Tresen und wandte sich an den älteren Mann.

»Entschuldigen Sie, sind Sie Herbert?«

»Ja, das stimmt. Herbert Krohn. Womit kann ich helfen?«

»Mein Name ist Stierna. Ich bin von der Kriminalpolizei. Wir suchen einen Mann ... einen Mann, der möglicherweise dieses Restaurant besucht hat.«

»Ich verstehe. Setzen Sie sich doch so lange an einen Tisch, ich komme gleich. Möchten Sie etwas trinken?«

»Gern ein Glas Wasser.«

»Bringe ich Ihnen.«

Stierna setzte sich an einen der Tische an dem großen Fenster, das auf die Dalagatan hinauszeigte. Eine größere Gesellschaft blieb vor dem Eingang zum Restaurant stehen. Das »Runan« schien populär zu sein, es wimmelte hier von Gästen, obwohl es schon später Sonntag war.

Der Barkeeper setzte sich nach einigen Minuten zu ihm und stellte ein Glas Wasser auf den Tisch.

»So, Herr Stierna, jetzt habe ich Zeit.«

Stierna holte seinen Notizblock und einen Bleistift heraus. Herbert Krohn sah ihn erwartungsvoll an.

»Es heißt, dass Sie der richtige Mann sind, wenn ich etwas über die Gäste hier wissen möchte.«

Herbert Krohn holte eine metallene Snusdose heraus und nahm eine Prise.

Wenn ich hätte raten sollen, ich hätte ihn als Raucher eingeschätzt, dachte Stierna. Und wahrscheinlich sogar als einen mit Mundstück.

»Da kann was dran sein«, sagte Herbert Krohn. »Ich arbeite hier im ›Runan‹ seit der Steinzeit. Das Lokal kenne ich in- und auswendig.«

Stierna zeigte Sara Åkerbloms Zeichnung. Er hatte sich immer noch nicht ausgewiesen, und offenbar war das auch nicht nötig.

»Kennen Sie diesen Mann?«

Stierna hatte sich bereits auf ein Nein eingestellt, er hatte an diesem Abend so viele Neins gehört, dass er gar nichts anderes mehr erwartete.

Herbert Krohn sah sich die Zeichnung an. Er nahm sich Zeit, schien es überhaupt nicht eilig zu haben, obwohl er doch eigentlich an der Bar arbeiten sollte. Dann nickte er langsam.

»Ich kenne einen, der das sein könnte. Das ist nicht genau sein Porträt, aber ich kann eine Ähnlichkeit feststellen. Ja, tatsächlich.«

»Ist das einer Ihrer Gäste, die häufiger herkommen?«

»Ja.«

Stierna schob die Hand in die rechte Jackentasche, holte Ingrid Bengtssons Zeichnung heraus.

»Sieht die hier ihm noch ähnlicher?«

Herbert Krohn sah sich in aller Ruhe Ingrid Bengtssons Zeichnung an.

»Ich glaube, das ist er«, sagte Krohn schließlich. »Die Zeichnung ist zwar kindlich, aber sie hat was ... Irgendwie bin ich mir sicher, dass er es ist. Ich weiß nicht, wieso. Denn die ist dem Porträt ja überhaupt nicht ähnlich. Und trotzdem.«

»Was macht Sie so sicher?«

»Ich weiß nicht ... Ich kann es nicht genau sagen. Aber er ist hier gut getroffen, als hätte die kleine Zeichnerin auch seine Seele eingefangen.«

»Wie oft ist er hier?«

»Ein paarmal in der Woche. Mindestens, würde ich sagen. Warum suchen Sie ihn?«

»In Zusammenhang mit einem Verbrechen, in dem wir ermitteln. Wir müssen in Kontakt mit ihm kommen, vielleicht hat er Informationen, die entscheidend sind.«

»Was für ein Verbrechen?«

»Das kann ich nicht sagen. Wissen Sie, wie er heißt?«

»Nein.«

»Was wissen Sie über ihn?«

»So gut wie nichts.«

»Können Sie mir sonst etwas sagen? Wohnt er hier in der Nähe?«

»Ich nehme es an, er kommt ja häufiger hierher, aber ich weiß es nicht.«

»Wissen Sie, ob er einen Beruf oder Bekannte hat?«

»Nein.«

»Haben Sie mit ihm gesprochen?«

»Ein paarmal.«

»Und was hat er gesagt?«

»Soweit ich mich erinnere, nichts Besonderes.«

Stierna schob die Zeichnungen wieder in die Jackentasche.

»Kennen Sie die Namen von vielen Ihrer Gäste?«

»Von den Stammgästen, ja, da weiß ich fast von allen den Namen.«

»Der Mann auf den Zeichnungen ... Der Mann, der dem Mann auf den Zeichnungen ähnlich ist, der ist also Stammgast hier, und trotzdem kennen Sie seinen Namen nicht?«

»Nein.«

»Wieso nicht?«

»Ich habe nie danach gefragt. Und er hat sich mir nie vorgestellt. Er ist so ein Typ, der lieber für sich ist, so etwas merkt man.«

»Wenn Sie ihn beschreiben sollten, was würden Sie sagen?«

Der Barkeeper zuckte mit den Schultern.

»Dunkelhaarig. Dreißig, so ungefähr. Normale Größe. Immer gut gekleidet.«

»Seit wann kommt er hierher?«

Herbert Krohn überlegte. Nur wenige Sekunden, doch das genügte, damit Stierna den Lärmpegel des »Runan« bemerkte. Das Gemurmel vom Bartresen und von den Tischen um sie herum wurde plötzlich ganz deutlich.

»Seit März«, sagte Herbert Krohn. »Februar oder März, würde ich sagen. In dem Zeitraum habe ich ihn das erste Mal bemerkt.«

»Und was hat er gemacht?«

»Wahrscheinlich hat er ein Bier bestellt. Ja, er trinkt meistens mehrere Pils, bestellt aber immer nur eins nach dem anderen.«

»Gibt es außer Ihnen noch jemanden vom Personal, der etwas über ihn wissen könnte? Der mir mehr über ihn erzählen könnte?«

»Kann sein. Aber ich bin skeptisch.«

Sie wollten sowieso die Personallisten einsehen, dachte Stierna. Und jeden befragen, der im Restaurant »Runan« arbeitete. Falls jemand in diesem Jahr aufgehört hatte, würden sie auch den aufsuchen. Genau wie in all den anderen Restaurants in Vasastaden.

»Gibt es jemanden unter Ihren Gästen, der ihn kennen könnte? Unterhält er sich mit bestimmten Leuten, wenn er hier ist, oder kommt er schon in Begleitung?«

Herbert Krohn öffnete seine Snusdose. Schloss sie wieder, ohne eine neue Prise einzulegen.

»Ich habe ihn nie mit jemandem zusammen hierherkommen sehen. Wie gesagt, ihm schien es am liebsten zu sein, für sich zu sitzen.«

»Waren es bestimmte Abende, an denen er gekommen ist? An bestimmten Wochentagen?«

»Ich glaube nicht. Oder ich habe nie darüber nachgedacht.«

Stierna spielte mit seinem Bleistift und ließ ihn über den Tisch rollen.

»Und was macht er hier?«

»Ich habe nur gesehen, dass er geraucht und getrunken hat. Vielleicht hat er ab und zu die Zeitung gelesen. Irgendwie hat er mich interessiert. Wohl weil er sich so zurückgezogen hat. Man denkt, dass ... Man fragt sich, ob wohl eines Abends sich mal jemand an seinen Tisch setzt oder neben ihn, wenn er am Tresen sitzt. Und anfängt, mit ihm zu reden. Man überlegt, ob er irgendwann mal etwas Unerwartetes tut. Aber das passierte nie.«

Stierna trank einen Schluck Wasser. Es war lauwarm geworden.

»Sie können sich also nicht daran erinnern, ihn jemals mit jemand anderem im Gespräch gesehen zu haben?«

Herbert Krohn strich sich über das glatt gekämmte Haar.

»Doch, in gewisser Weise habe ich das schon.«

»Wie meinen Sie das?«

»Na, anfangs, die ersten Male, die er hier war ... Wissen Sie, es sammeln sich gern ein paar Gäste um mich, wenn es schon spät geworden ist. Es macht mir Spaß, Geschichten zu erzählen. Und die Gäste hören gern zu.«

»Was für Geschichten?«

»Alles Mögliche. Was hier im Restaurant passiert ist. Über Gäste, die außergewöhnlich waren. Ich bin jetzt seit fünfundzwanzig Jahren hier im ›Runan‹, da erlebt man schon so einiges. Und manchmal erzähle ich einfach nur lustige Geschichten, ausgedachte. Ich sammle sie sogar regelrecht, das macht mir Spaß.«

»Ich verstehe«, sagte Stierna. »Und wann kommt der Mann ins Spiel? Der Mann, von dem wir reden?«

»Ich glaube, er war einmal dabei. Sogar ein paarmal. Da stand er am Bartresen und hat zugehört. Ich kann mich sogar daran erinnern, dass er ganz nett wirkte.«

»Hat er damals etwas gesagt? Vielleicht mit jemand anderem geredet?«

»Er müsste eigentlich mit anderen geredet haben.«

Stierna machte sich Notizen. Sie würden alles versuchen, die Stammgäste aufzutreiben. Herbert Krohn würde darauf achten, ob der Mann auch wiederkam.

Er kann etwas zu jemandem gesagt haben, dachte Stierna. Etwas, das ihn entlarvt.

»Und Sie selbst haben ihn auch reden gehört?«

»Ja.«

»Wie klang das? Hatte er einen Dialekt? Kam er hier aus der Stadt?«

»Er hat ganz normal geredet. Aber irgendwas hat mir gesagt, dass er nicht von hier war.«

»Woher kann er kommen? Norden, Süden?«

»Ich weiß es nicht, aber da war etwas an seiner Art zu reden ... Ich kann das nicht genau einordnen. Man hört es kaum, aber ich habe das Gefühl, dass er nicht von hier stammt.«

Stierna überlegte, ob er irgendwo hier aus der Nähe kam. Aus Enköping? Hallstavik? Oder kam er von weiter her, hatte seinen alten Dialekt abgelegt und sich angepasst, aber es war ihm nicht geglückt, das Alte ganz abzuschütteln?

»Sie haben gesagt, dass er anfangs mit in der Gruppe saß, wenn Sie Geschichten erzählt haben. Dass er unter denen am Tresen stand, die zuhörten. Was ist dann passiert?«

»Später saß er nur für sich allein da.«

»Warum saß er für sich allein da?«

»Ich weiß es nicht. Er ist es wohl leid gewesen, wollte lieber seine Ruhe haben. Er ist so ein Gast, der seine Ruhe haben will. Und das respektiere ich.«

Stierna knöpfte seine Jacke auf. Eigentlich nur, um etwas zu tun zu haben, so warm war es hier drinnen gar nicht.

»Sie sagen, er ist das erste Mal im Februar oder März hier gewesen. Was meinen Sie, hat er sich im Laufe der Zeit irgendwie verändert?«

Der Barkeeper rieb sich die Hände. Langsam, methodisch. Er war vollkommen konzentriert, ganz anders als zu Anfang.

»Vielleicht klingt es lächerlich, aber da war etwas mit den Zigaretten. Er hat geraucht, vom ersten Tag an, als er herkam. Ein paar Zigaretten, ab und zu eine. Jedenfalls zu Anfang. Er hatte ein Päckchen dabei, rauchte aber mit Pausen dazwischen.«

»Welche Marke hat er geraucht?«

»Das weiß ich nicht. Ich habe nie darauf geachtet.«

»In Ordnung, weiter.«

»Plötzlich hatte er immer ein Päckchen zur Hand. Plötzlich schien er die ganze Zeit zu rauchen. Wenn ich ihn so vor mir sehe ... Er hat immer eine Zigarette im Mund. Sobald er eine ausdrückt, zündet er sich eine neue an. So war das früher nicht.«

»Können Sie sich erinnern, wann er anfing, Kette zu rauchen?«

»Ich kann es nicht genau sagen, aber erst vor kurzer Zeit. Im August ... vielleicht September.«

»Raucht er immer noch so viel, wenn er jetzt kommt?«

»Ja, ich denke schon.«

Stierna lehnte sich auf seinem Stuhl zurück. Er schaute in die Dunkelheit hinaus. Bald würde die Nacht anbrechen. Es war erst zehn Stunden her, seit er draußen in den Schären bei

Karolina gewesen war. Er dachte daran, welche Ruhe dort geherrscht, wie sein Herz langsamer geschlagen hatte. Jetzt war der Puls der Stadt der seine. Und der pochte unerbittlicher als je zuvor.

Der Tag und der Abend waren so schnell verflogen. Unwirklich schnell. Es schien, als wäre alles auf einmal passiert. So etwas kam bei Mordermittlungen vor. Stierna wusste, er war auf der richtigen Fährte. Er trank sein Glas leer.

»Fällt Ihnen sonst noch irgendetwas ein?«

Der Barkeeper hob den Blick von der Tischplatte und sah dem Kommissar in die Augen.

»Zu Anfang, als ich ihn noch am Tresen bedient habe, hat er einmal etwas gesagt. Ich habe nie begriffen, was er meinte. Er hatte getrunken, hatte schon einen leichten Schwips. Er konnte einiges vertragen. Ich nehme an, er war es gewohnt zu trinken ...«

Stierna unterbrach ihn.

»Was hat er gesagt?«

»Er sagte, ein Prost auf den Stinsen, dieses verdammte Schwein. Prostete mir zu und sagte das.«

Zum ersten Mal während des Gesprächs war Stierna verwundert.

»Das hat er gesagt?«

»Ja«, bestätigte Herbert Krohn. »Das hat er gesagt.«

»Haben Sie ihn gefragt, was er damit gemeint hat?«

»Ja. Aber er hat mir nicht geantwortet. Hob nur sein Glas. Da habe ich nicht weiter nachgebohrt.«

VISBY 1953

63

Der Speisesaal war nur halb gefüllt. Aber es waren immer noch deutlich mehr Gäste da als das erste Mal, als er sich ans Klavier gesetzt hatte. Pils und Whiskyglas standen bereits da, bevor er sich setzte. Der Oberkellner war schon da gewesen, denn er wusste, was gewünscht wurde.

Stierna hatte sich gut überlegt, welche Stücke er an diesem Abend spielen sollte. Er hatte sich vorbereitet, war die Stücke im Kopf durchgegangen. Taube, Bellman, Karl Gerhard. Vielleicht würde jemand dazu singen. Er hoffte es.

Er hatte keine Angst zu versagen, aber Lampenfieber hatte er dennoch. Er war nervös, was er aus den letzten Jahren gar nicht kannte. Die Angst zu versagen, das war ein Gefühl, das er fast schon vergessen hatte.

Das schwarze Klavier glänzte wie frisch poliert. Es glänzte anders als an den vergangenen Abenden. Vielleicht war das aber auch nur Einbildung.

Er begann mit Taube. Das war eine sichere Sache. »Sjösala vals«, ein Walzer. »Fritiof Anderssons Parademarsch«. Bellman, »Fjäriln vingad«.

Karl Gerhard war schon unsicherer. Stierna spürte immer noch die unangenehmen Vibrationen des Krieges und dieses andere, beängstigende Gefühl. Dennoch konnte er es nicht lassen, er musste es spielen, »Den ökända hästen från Troja«, das berüchtigte Pferd von Troja. Karl Gerhard hatte die Musik nicht geschrieben, sie stammte aus einem russischen Film, und das Arrangement stammte von Lille Bror Söderlundh. Aber vor allem der Text war ihm in Erinnerung geblieben, besser als die Musik.

Er spielte die Melodie, ohne zu singen, erinnerte sich aber sofort an die erste Strophe, zumindest den Anfang:

Das ist das berüchtigte Pferd von Troja,
modernisiert zur fünften Kolonne.
Major Quisling ist ein Papagei, o ja,
der imitiert so gut er kann voller Wonne.

»Das berüchtigte Pferd von Troja« aus der Revue »Gullregn«, Goldregen von 1940. Karl Gerhards Angriff auf den Nationalsozialismus. Seine Kritik der schwedischen Politik der Zugeständnisse und der Durchzugspermission für deutsche Soldaten. Natürlich wurde die Revue verboten, aufgrund der Intervention der deutschen Gesandtschaft in Stockholm und später durch das schwedische Außenministerium.

Der Nationalsozialismus war damals sehr einflussreich gewesen. Berner hatte dieses Lied geliebt, fand es einfach genial. Aber er war gezwungen, sich zu fügen, damit die Deutschen nicht verärgert wurden, und musste dafür sorgen, dass es nicht gespielt wurde.

Stierna spielte weiter. In den Jahren, als Schweden sich aus dem schlimmsten Krieg, den die Welt jemals erlebt hatte, herausmanövrierte, hatte er selbst nie in dem politischen Spiel mitmischen müssen. Er war nie gezwungen gewesen, Birger Furugård, Sven Olov Lindholm und die anderen Judenhasser auf dem eigenen Platz zu stellen. Er hatte das Ganze voller Abscheu aus der Distanz beobachtet. War mit anderen Dingen beschäftigt gewesen, mit Kneipenschlägereien. Das waren die üblichen Schlägertypen, mit denen er es schon immer zu tun gehabt hatte. Aus allem Politischen hatte er sich rausgehalten.

Stierna spielte weiter. Plötzlich hörte er, wie jemand hinter ihm anfing zu singen. Es war eine kräftige Männerstimme. Nicht ganz sauber, aber voll, sie übertönte alles andere hier im Raum.

Das ist das berüchtigte Pferd von Troja,
das freigelassen wurde aus seinem Stall.
Im Stallgang beklagen sich die Staatsmänner, o ja,
aber in ihren Taschen haben sie noch einiges auf jeden Fall.
Das Pferd zu zähmen wär nicht schlecht,
das ist die höchste Politik der Neutralität.
Wir Schweden kommen mit dem Gaul doch gut zurecht,
seht, wie brav im Geschirre er bei uns geht.

Es war der Oberkellner. Der Mann, mit dem Stierna kurz über Ingrid Bengtsson gesprochen hatte, erst vor wenigen Tagen.

Andere Gäste fielen ein, nicht zögerlich und leise, sondern deutlich und energisch.

Stierna spielte eine ganze Weile. Dann aß er zu Abend, trank noch einige Bier und zum Kaffee einen Cognac. Danach ging er wieder auf sein Zimmer.

»Der Fall Ingrid« lag ausgebreitet auf dem Schreibtisch.

Die Todesanzeige lag in einem beigefarbenen Pappordner. Ganz hinten, sie war abgegriffen. Unter der kurzen Mitteilung stand in Kursiv:

Sie, die das Leben doch so liebte.

Dieser Satz war Stierna nie aus dem Kopf gegangen.

Leicht benebelt schlug er sein Tagebuch auf. Er schrieb, ohne abzusetzen, es schien, als würde die Hand von allein schreiben:

»Manchmal denke ich, dass sie heute wahrscheinlich eine Mutter wäre. Sie, die das Leben doch so liebte. Sie würde in einem Obstgarten irgendwo vor einem roten Haus mit weißen Fensterrahmen stehen, Kinder um sich herum. Sie, die Geschichten aus einem Buch in einer fremden Sprache zusammenfantasieren konnte. Jedes Mal von Neuem. Sie hätte alles Mögliche werden können. Vielleicht eine große Dichterin, jemand, der etwas schreiben kann, was berührt, etwas so viel Größeres als meine Tagebuchaufzeichnungen. Die niemand außer mir selbst jemals lesen wird. Vielleicht werde ich sie verbrennen, irgendwann. Vielleicht, ich weiß es nicht. Aber im Augenblick brauche ich sie.

Irgendwie hatte ich das Gefühl, ich würde sie kennen. Obwohl ich sie doch nie getroffen habe, nie lebend gesehen habe. Ich weiß, was sie tat, was sie fühlte, was sie gern mochte.

Wenn die Uhr vor meinem Fenster zwölf schlägt in der Nacht, die nicht mehr weit ist ... Ich habe nicht einmal die Kraft, an die Glocken vor meinem Fenster zu denken. Wenn der Kreis sich schließt, wenn das Ganze verjährt ist, wenn er für alle Zeiten frei sein wird. Wenn die Kirchenglocken in der Nacht zwischen dem zweiten und dem dritten September läuten. Mit dumpfen, unerschütterlichen Schlägen. Wenn alles vorüber ist. Aber eigentlich haben sie schon die ganze Zeit geläutet. Unerbittlich. Die Glocken.«

Stockholm 1928

64

Der sechsunddreißigste Tag. Er war angebrochen, Montag, der achte Oktober.

Stierna schaute auf seine Taschenuhr und musste feststellen, dass es bereits elf Uhr war. Sie sollten eigentlich schon draußen sein, in den Straßen von Vasastaden.

»Stinsen, mit großem oder kleinem S?«

Stierna zuckte zusammen. Rehn hatte gefragt. Seine Stimme klang belegt, fast als wäre er gerade erst aufgewacht.

»Ich weiß es nicht«, antwortete Stierna. »Aber ich denke, mit großem S. Er sagte: ›Ein Prost auf den Stinsen, dieses verdammte Schwein.‹ Das hat der Barkeeper vom ›Runan‹ erzählt, Herbert Krohn. Es klingt wie ein Spitzname.«

»Ein Mann, der Stinsen genannt wird, also eine Abkürzung von Bahnhofsvorsteher?«

»Kann sein. Wir werden in unseren Archiven nachschauen. Im Register der Spitznamen, vielleicht finden wir da jemanden, der Stinsen genannt wird. Und im Register falscher Identitäten. Ich werde heute noch jemanden dransetzen.«

»Ich habe nie von einem Ganoven gehört, der Stinsen genannt wurde«, warf Lundby ein, »und warum soll es unbedingt ein Krimineller sein?«

»Irgendwo müssen wir anfangen«, erklärte Stierna. »Der Mann aus dem ›Runan‹ hat die Worte ›das verdammte Schwein‹ benutzt. Schwein in welcher Beziehung? Ein Krimineller? Und wenn wir ihn nicht in unseren Registern finden, müssen wir woanders suchen. Uns unter den Kollegen im ganzen Land umhören. Mal sehen, was die so haben.«

»Und wenn wir ihn dort nicht finden, was machen wir dann? Gehen wir zur staatlichen Eisenbahn und suchen Bahnhofsvorsteher in ganz Schweden? Stins, Abkürzung für Stationsinspektor, den Leiter eines größeren Bahnhofs. Und was ist mit den Stationsmeistern? Die werden oft auch Stins genannt, auch wenn das eigentlich nicht stimmt. Sollen wir die auch überprüfen?«

»Wir müssen suchen«, sagte Stierna, »überall, wo gesucht werden muss.«

Berner erhob sich von seinem Platz an der Stirnseite des Tisches, setzte sich dann aber wieder.

»Als du dem Barkeeper die Bilder gezeigt hast ... Wie konnte eine Kinderzeichnung den Zeugen so sicher machen?«

»Ich weiß nicht. Er konnte es selbst nicht erklären. Aber das ist es nicht allein.«

»Was denn noch?«, fragte Rehn.

Stierna wich Rehns Blick aus, es fiel ihm schwer, ihm in die Augen zu sehen.

»Er hat angefangen, Kette zu rauchen. Im August oder September. Ingrid Bengtsson wurde am dritten September tot aufgefunden. Und etwas ist mit dem Mann, wie Herbert Krohn ihn beschrieben hat. Er zieht sich immer mehr zurück. Redet mit niemandem. Bleibt ganz für sich.«

»Wie der Mann, der in Stadshagen läuft«, sagte Lindberg.

»Genau«, nickte Stierna. »Das ist derselbe Mann.«

Sie schwiegen. Stierna konnte hören, wie über ihnen jemand durch den Raum ging, in Berners Wohnung. Vielleicht war es das Hausmädchen, das für Ordnung sorgte. Er dachte an den gestrigen Tag, alles war so schnell gegangen, so vieles war passiert. Sie hatten Glück gehabt, das »Runan« war erst das fünfte Restaurant, das er aufgesucht hatte. Er war die ganze Zeit fest davon überzeugt gewesen, dass der Mörder sich in Vasastaden bewegte, und wenn sie lange genug dort suchten, würden sie ihn finden.

»Warum weiß niemand etwas von ihm?«, fragte Lindberg. »Weil er nichts von sich erzählt?«

»Wahrscheinlich«, antwortete Stierna. »Aber ich weiß nicht, ob es nur das ist.«

»Was soll es noch sein?«

»Ich bin mir nicht sicher, ob er hier zu Hause ist, in Vasastaden oder in Stadshagen. Ich glaube, eigentlich kommt er woandersher.«

»Ist er woanders aufgewachsen?«

»Ich glaube nicht, dass er schon so lange hier wohnt. Und das wäre auch der Grund, warum ihn kaum jemand kennt. Erst dieses Jahr hat er angefangen, in Stadshagen zu laufen. Im ›Runan‹ ist er irgendwann im Februar oder März aufgetaucht. Wo war er vorher?«

»Woher sollte er denn kommen?«, fragte Rehn. »Wo ist er aufgewachsen?«

Wieder wurde es still im Raum. Die Geräusche von oben waren nicht mehr zu hören.

»Krohn hat gesagt, dass seine Art zu reden ihn auf die Idee gebracht hat, dass der Mann nicht aus Stockholm stammt«, fuhr Stierna fort.

»Die Frauen im Café glauben aber, er kommt aus Stockholm«, warf Lindberg ein.

Berner schaute auf seine Taschenuhr.

»Die Zeit rennt uns davon. Lasst uns mit den Zeugenbefragungen in Vasastaden anfangen. Eigentlich sollten wir schon lange dabei sein. Wir überprüfen alles: Wohnungen, Geschäfte, Kioske, Schulen, Restaurants. Befragen das Personal, das arbeitet, und suchen diejenigen auf, die nicht an Ort und Stelle sind.«

Stierna wollte einige Beamte abstellen, die das Restaurant »Runan« überwachen sollten. Früher oder später würde er dorthin zurückkommen, der Mann, den sie suchten.

»Ich werde anfragen, ob wir ein paar Männer aus den Polizeirevieren bekommen«, fuhr Berner fort, »so viele wie möglich, mindestens fünfundzwanzig Mann.«

Der Einsatz sollte so umfangreich wie möglich sein, dachte Stierna. Und dennoch würde es seine Zeit brauchen; Vasastaden war dicht besiedelt, die Wohnungen klein, meistens Ein- oder Zweizimmerwohnungen.

»Und der Vasapark«, fragte Rehn, »sollen wir den auch überwachen, falls er zurückkommt?«

»Noch nicht«, antwortete Berner. »Dort werden wir nur mit Parkbesuchern reden, ihnen die Zeichnungen zeigen, auch Ingrid Bengtssons. Eine lückenlose Überwachung schaffen wir nicht, noch nicht. Dazu wären zu viele Beamte nötig.«

Da konnte Stierna Berner nur recht geben. Ihre Ressourcen waren nicht unbegrenzt, und die meisten wurden momentan von der Jagd auf Ingrid Bengtssons Mörder mit Beschlag belegt. Eigentlich hatte er geplant, die Steuererklärungen bei der Konferenz zur Sprache zu bringen. Vielleicht würden sie die ordentliche Handschrift auf dem Einkaufszettel bei den Steuererklärungen im Finanzamt auf dem Slottsbacken finden. Und damit einen Namen und eine Adresse.

Aber selbst wenn sie sich auf das Finanzamt für Vasastaden beschränkten und mit der Gegend nahe am Vasapark anfingen, würde das seine Zeit dauern, weitere Ressourcen brauchen. Und sie waren bereits an ihre Grenzen gestoßen, aber trotzdem wollte Stierna Berner bitten, Kollegen zum Slottsbacken zu schicken. Vielleicht konnten sie ein paar Männer aus der Meldeabteilung ausleihen. Damit diese die Papiere für die Handschriftenexperten der Kungliga Biblioteket vorsortierten. Aber damit wollte er warten, bis die Konferenz beendet war. Es war einfacher, allein mit Berner darüber zu sprechen, ohne die Zuschauer am Tisch.

»Wer ist in Stadshagen?«, fragte Berner.

»Weimers, Stark und Rydberg«, antwortete Stierna schnell.

»Hatten sie noch mehr über den potenziellen Täter zu sagen, die Gäste im Café? Irgendwas über diesen Mann, der dort trainiert?«

Eine Weile blieb es still im Raum.

»Da war noch etwas«, erklärte Lindberg plötzlich. »Weimers hat mir erzählt, dass die Frau, die dort kellnert, Gerd Andersson, etwas gesehen hat. Einmal saß er im Café und hat geschrieben.«

Stierna faltete die Hände vor dem Gesicht.

»Was hat er geschrieben?«

»Er hat auf einem ganz normalen Blatt Papier geschrieben. Sie glaubt, er hätte auch einen Umschlag dabeigehabt.«

»Dann sah es also so aus, als würde er einen Brief schreiben?«

»Wahrscheinlich.«

»Gab es keinen Namen auf dem Umschlag? Keine Adresse?«

»Ich weiß es nicht. Sie sagt, sie hat nicht darauf geachtet.«

»Hat sie seine Handschrift gesehen?«

»Nein.«

Er schrieb also einen Brief, dachte Stierna. An wen?

65

Wie immer herrschte viel Betrieb auf dem Hauptbahnhof. Besonders jetzt, die Uhr ging auf sechs zu, war ein reges Treiben in der großen Wartehalle. Die Züge aus dem Inland trafen ein. Göteborg, Malmö, Uppsala. Aus verschiedenen Städten, von einigen hatte er noch nie gehört.

Er schlenderte durch die große Wartehalle. Gut gekleidet, wusste er, dass ihn niemand verdächtigen würde, denn er sah nicht aus wie die üblichen Ganoven, die hier ihr Unwesen trieben. Und er war so viel geschickter als diese.

Einige der Ganoven waren Taschendiebe, genau wie er. Aber die meisten waren Betrüger oder Bettler. Im besten Fall versuchten sie, Almosen für Schnaps zu erbetteln. Im schlimmsten Fall versuchten sie, einem vom Lande eine kaputte Uhr aufzuschwatzen, für einen lächerlich hohen Preis.

Er hatte nie versucht, diese Landeier mit falschen Versprechungen hereinzulegen, hatte sie nur ihrer Brieftaschen entledigt. Das war viel einfacher, und so würden sie sich nie an sein Gesicht erinnern. Er wollte nicht auf gleicher Stufe stehen wie diese halb besoffenen Betrüger hier. Diese Idioten, die immer wieder geschnappt wurden, er verachtete ihre Amateurhaftigkeit.

»Diese Landeier.« Es fiel ihm schwer, sich so auszudrücken, irgendwie war das immer noch neu für ihn, ungewohnt. Früher

einmal war er selbst so ein Landei gewesen, das war noch gar nicht so lange her.

Manchmal waren sie sogar hilfreich, diese Wracks am Hauptbahnhof. Die Bettler, Betrüger, die glaubten, ach so schlau zu sein, aber eigentlich nur Idioten waren. Die im Knast von Långholmen ein und aus gingen.

Der Zug von Skövde war eingefahren. Er ging zur südlichen Wartehalle. Fand sofort sein Opfer. Ein dicker Großhändlertyp mit gepflegtem Vollbart, Hut, Weste, Anzug und Taschenuhr. Die schwere Reisetasche trug er in der rechten Hand.

Ihm stieg der Duft von Geld in die Nase, wie schon so oft zuvor. Und er wusste, dass die Bettler und Betrüger ihn auch erschnuppern würden.

Er folgte dem Mann auf die Straße, in gebührendem Abstand. Der Mann war auf dem Weg zum Taxistand, vielleicht wollte er in eines der großen Hotels der Stadt.

Vor dem großen Bahnhofsportal kam ihm ein Bettler entgegen. Mit Mütze und schmutziger grauer Jacke.

»Hätte der gnädige Herr ein paar Öre übrig? Für einen armen Mann, der etwas zu essen braucht.«

Der dicke Mann mit dem Vollbart suchte in seiner Innentasche. Holte die Brieftasche heraus, gab dem Bettler einige Münzen.

Der Mann, der Ingrid Bengtsson erschlagen hatte, wartete ab. Er wartete auf die Betrüger. Und er brauchte nicht lange zu warten.

Zwei Männer in abgewetzten Mänteln kamen auf ihn zu. Der eine hielt einige Schmuckstücke hoch, die er verkaufen wollte. Wahrscheinlich irgendein falscher Tand.

Der Vollbärtige hob die Hand, um die aufdringlichen Verkäufer abzuwehren, und stopfte die Brieftasche in eine seiner Jackentaschen.

»Nein, danke, meine Herren«, sagte er, »ich habe es eilig.«

Der Mann, der Ingrid Bengtsson erschlagen hatte, machte schnell einige Schritte nach vorn und schob augenblicklich die Hand in die Jackentasche des Großhändlers. Er bekam die Brieftasche zu fassen, ging damit weiter zum Taxistand. Seine Hände waren so geschickt geworden, sie stahlen, ohne dass es jemand bemerkte.

Er ging weiter zum ersten Wagen, hörte, wie der Mann hinter ihm versuchte, sich die Betrüger vom Leib zu halten.

Der Taschendieb nickte dem Taxifahrer zu und setzte sich auf den Rücksitz. Er nahm die Brieftasche heraus, die er gerade gestohlen hatte.

»Wo soll es hingehen?«, fragte der Taxifahrer.

»Zu ›Berns Salons‹.«

Der Wagen fuhr los und glitt durch den Stockholmer Abend.

Er schaute sich die Brieftasche an. Es lagen 110 Kronen in Scheinen und zwei Ein-Öre-Münzen darin. Der beste Fang seit Langem, damit würde er eine ganze Weile zurechtkommen. Eigentlich hatte er schon, bevor er die Brieftasche geöffnet hatte, gewusst, dass es für ein Festmahl reichen würde. Jetzt wusste er: Es reichte für viele Festmahle.

Das Taxi hielt am Berzelii-Park. Der Fahrgast stieg aus, bezahlte, gab dabei großzügig Trinkgeld.

»Berns Salons« lagen vor ihm. Das wuchtige Steingebäude ragte in die Dunkelheit empor, die sich über die Stadt gesenkt hatte.

Er ging zum Eingangstor. Mit seinem ordentlichen Anzug und dem Hut mit der breiten Krempe wurde er problemlos eingelassen. Er trug den grauen Anzug, den er in dem gestohlenen Wagen gefunden hatte, dem Wagen, mit dem er Ingrid zur Werft gefahren hatte. Und dazu die dicke Brieftasche, die noch vor zehn Minuten nicht in seinem Besitz gewesen war.

Den Türsteher grüßte er mit »Guten Abend« und ging durch das Tor. Ließ Hut und Mantel an der Garderobe zurück.

Das »Berns«. Er war noch nie hier gewesen. Das waren die Salons der Reichen, das war sofort zu spüren. Die Decken waren hoch wie in einer Kirche. Dazu die riesigen Kronleuchter. Die verzierten Holzwände. Mit rotem Samt bezogene Sessel an den Tischen.

Er ließ sich an einem Tisch bei der Wendeltreppe nieder, die zu der Empore hinaufführte. Vereinzelte Grüppchen saßen dort. Männer in Frack, Damen in Ballkleidern, vielleicht waren sie bei einer der Vorstellungen in der Oper oder im Theater gewesen. Nicht in Albert Ranfts Svenska-Theater auf Blasieholmen, das war vor drei Jahren ausgebrannt. Er hatte seine Stadt kennengelernt, kannte ihre Geschichte. Obwohl sie noch vor gar nicht allzu langer Zeit nicht seine Stadt gewesen war. Aber er wollte mit ihr verschmelzen, mit der Großstadt Stockholm.

Er überlegte, wie der Fettwanst mit Vollbart wohl ohne seine dicke Brieftasche zurechtkam. Aber eigentlich interessierte ihn das nicht, die Reichen kamen immer zurecht. Er hatte kein schlechtes Gewissen.

Er nahm eine Stamboul aus dem Päckchen und musste ein wenig schmunzeln bei dem Gedanken, dass hier wohl in erster Linie Zigarren geraucht wurden. Jedenfalls nicht so eine billige Marke wie Stamboul, aber die rauchte er schließlich auch sonst immer. Also zündete er sie an und schaute sich um. Ganz hinten befand sich der Bartresen, er war ziemlich belagert.

Eine Kellnerin kam zu ihm. Schwarz gekleidet, mit einer kleinen weißen Schürze, wie im »Runan«. Und dennoch sah sie anders aus, die Dienstkleidung wirkte eleganter.

Er bekam die Karte, musste aber gar nicht darin blättern.

»Ich möchte Hummer«, sagte er, »haben Sie Hummer?«

»Den haben wir, gnädiger Herr.«

»Ist der frisch?«

»Fangfrisch. Heute vom Fischmarkt am Kornhamnstorg.«

»Dann nehme ich den Hummer.«

»Keine Vorspeise?«

»Was empfehlen Sie mir denn?«

»Pilzpasteten. Mit Pfifferlingen aus unseren schwedischen Wäldern.«

»Die nehme ich.«

»Und was wünschen der Herr zu trinken?«

»Weißwein. Einen, den Sie mir empfehlen können.«

Die Kellnerin verschwand. Er lehnte sich in seinem Sessel zurück, der war bequem, mit seinem weichen roten Samtbezug.

Die Vorspeise kam nach zehn Minuten. Die Pilzpasteten waren ausgezeichnet. Er trank von dem Wein, schnell wie üblich, wollte so bald wie möglich die Wirkung des Alkohols spüren.

Der Hummer war noch besser. Es war das erste Mal, dass er Hummer aß. Er verzichtete auf die Soße, die es dazu gab, wollte das Hummerfleisch so pur wie möglich genießen.

Als er fertig gegessen und bezahlt hatte, ging er an die Bar. Immer noch waren hier so viele Gäste versammelt wie vorhin, vielleicht sogar noch mehr. Er hatte die ganze Flasche Wein ausgetrunken, spürte den Alkohol.

Er musste ziemlich lange warten, bis der Barkeeper zu ihm kam.

»Mein Herr, ich habe Sie gar nicht bemerkt. Ich hoffe, Sie haben nicht zu lange warten müssen.«

»Nein, nein«, log er, »wirklich nicht.«

Er bestellte sich ein Bier, eigentlich trank er das viel lieber als Wein.

Während er das Pils in großen Schlucken trank, betrachtete er die Gäste am Tresen. Für einen Außenstehenden, jemanden, der nichts von ihm wusste, stach er in keiner Weise unter den anderen hervor. Obwohl er nicht hierhergehörte. Ganz im Gegensatz zu den heruntergekommenen Taschendieben und Betrügern am Hauptbahnhof: Bei ihm konnte keiner glauben, dass er zu ihnen gehörte, mit seiner auffallenden Eleganz. Und doch gehörte er eigentlich dorthin, nicht in die feinen Salons.

»Ist hier frei?«

Er sah abrupt auf, wurde aus seinen Gedanken gerissen.

Die Frau war jung, sicher fünf, sechs Jahre jünger als er. Sie hatte dichtes, gewelltes Haar. Ihre braunen Augen sahen freundlich aus, und sie lächelte zaghaft.

Eine Frau allein am Bartresen, dachte er. An so einem respektablen Ort wie »Berns«. Das verwunderte ihn.

»Ja, natürlich«, sagte er, »bitte schön.«

Er trank noch einen Schluck und schaute auf den glänzenden Tresen. Alle möglichen Gedanken schossen ihm durch den Kopf. Er hatte beschlossen, am nächsten Morgen zu laufen, das war eine bessere Methode gegen die innere Unruhe als der Alkohol. Aber heute Abend wollte er sich betrinken. Er wusste, er bewegte sich zwischen den Extremen.

»Entschuldigen Sie ...«

Wieder sprach die Frau ihn an. Er hob erneut den Blick, schaute ihr in die Augen.

»Ja?«

»Sie haben nicht zufällig eine Zigarette?«

»Nur Stamboul, das waren die einzigen, die sie im Kiosk hatten«, log er.

»Stamboul ist in Ordnung.«

Er reichte ihr eine Zigarette aus der Schachtel, holte Streichhölzer aus der Tasche und zündete sie ihr an. Zündete sich selbst auch eine Zigarette an.

»Kommen Sie oft hierher?«, fragte sie.

»Ab und zu«, log er, »und Sie, kommen Sie oft hierher?«

»Genau wie Sie, ab und zu. Aber natürlich nie allein, das würde sich ja nicht gehören. Ich war heute Abend im Theater. Mit meinen Cousinen und ein paar Freunden. Die sitzen da auf der anderen Seite, aber da war kein Platz mehr.«

Sie drehte den Kopf und blickte zur anderen Seite des Tresens. Drei junge Männer und zwei Frauen winkten ihnen zu.

»Ich heiße Vendela«, sagte sie, »Vendela Adler.«

Er stellte sich vor. Ergriff vorsichtig ihre vorgestreckte Hand, sie erschien so klein in seiner.

Es war nicht schwer, sich mit ihr zu unterhalten. Meistens redete sie, auch wenn der Schwips dazu führte, dass auch bei ihm der Redefluss ungebremst lief. Ganz anders als üblich. Er rauchte viel, zündete eine Zigarette an der anderen an. Kettenrauchen, das war zur Gewohnheit geworden, seit er das Mädchen erschlagen hatte. Die Unruhe, die stärker geworden war, die sich nicht verscheuchen ließ.

Er konstruierte eine eigene Geschichte zusammen. Log ihr etwas vor, das fiel ihm nicht schwer. Er war sich sicher, dass es sowieso keine Rolle spielte, war überzeugt davon, dass sie sich nie wiedersehen würden. Auch der Name, den er genannt hatte, war falsch.

Sie erzählte ihm, dass sie aus Östermalm stammte. Dass sie immer noch in der Prunkwohnung ihrer Eltern am Karlaplan wohnte. Sie hatte sich noch nicht entschieden, was sie aus ihrem Leben machen wollte. Ihrem Vater gehörten einige Parfümerien und eine Seifenfabrik, und sie ging davon aus, dass sie irgendwann in dem Familienunternehmen einen Platz finden würde. Natürlich nur bis zu ihrer Hochzeit, dann würde sie sich um Mann und Kinder kümmern. Wobei sie nicht so genau wusste, ob sie das überhaupt wollte, denn eigentlich träumte sie vom Theater, hegte diese Sehnsucht seit ihrer Kindheit, hatte bereits in der Schule auf der Bühne gestanden. Und hatte privaten Schauspielunterricht bekommen. Ihr Vater hatte das bezahlt, obwohl er überzeugt davon gewesen war, dass ihr Traum nicht lange andauern würde.

Manche Menschen haben die freie Wahl, dachte er. Können von Papas Geld leben, solange sie noch nicht wissen, was sie wollen.

Aber er empfand keine Verachtung ihr gegenüber, sie hatte etwas an sich, dass man sie einfach gern haben musste. Sie war unbeschadet, ein wenig so wie Ingrid.

Und nicht er hatte sie angesprochen, sie war es, die ihn angesprochen hatte. Vielleicht hatte er ja doch etwas an sich. Heute Abend wollte er die Nähe spüren, das berühren, was für ihn in so weiter Ferne lag. Das er nie würde erreichen können, nicht mit all dem Ballast, den er mit sich herumschleppte. Er war ein Mörder, wie sollte er ihr jemals erzählen können, woher er stammte? Wer er wirklich war? Was er getan hatte? Wie sollte es ihm jemals gelingen, sie dazu zu bringen, ihn zu akzeptieren, wenn sie ihn wirklich kennenlernen würde?

Sein Bierglas war leer. Er bestellte noch eines, ein Pils für sich, ein Glas Rotwein für sie.

Aus irgendeinem Grund kamen sie auf die Parlamentswahl zu sprechen. Er sagte, er habe für die Rechten, für Lindman, gestimmt, nahm an, das wäre die richtige Antwort an diesem Ort. Er wollte nicht die Wahrheit sagen, nämlich, dass er gar nicht gewählt hatte.

Im Saal nebenan begann das Orchester zu spielen.

»Wollen wir tanzen?«, fragte sie.

Er lächelte sie an.

»Gern«, sagte er, »nur einen Moment. Ich bin gleich zurück.«

Er stand auf. Berührte leicht ihre Schulter.

Er ließ sie am Bartresen zurück, ging zur Garderobe. Dort holte er Hut und Mantel.

Seine Gedanken schweiften erneut ab. Aus irgendeinem Grund musste er an Stierna denken. Stierna hätte sie nie hier allein sitzen lassen, aber Stierna trug auch nicht seine Fesseln. Hatte nie das durchmachen müssen, was er durchgemacht hatte, war nie so wie er vom Leben geprägt worden.

Er öffnete die Tür und trat hinaus. Der Türsteher nickte ihm zu.

»Auf Wiedersehen, gnädiger Herr.«

»Auf Wiedersehen.«

Als er den Berzelii-Park erreichte, spürte er deutlich den Rausch. Die Laternen beleuchteten die breiten Kieswege. Die großen Bäume waren in der Nacht dunkel. Jetzt, nachdem der Sommer vorüber war, lagen die Grasflächen kahl da. Weiter in der Ferne zeichnete sich das Denkmal von Jöns Jacob Berzelius ab, es war imposant und wirkte unförmig vor dem Nachthimmel.

Als er sich nach rechts wandte, sah er die großen Gebäude am Strandvägen. Ein paar Holzhütten verdeckten das Tor des Hauses, vor dem der Wagen gestanden hatte. Der Wagen, den er vor anderthalb Monaten gestohlen hatte, als noch der Sommer in der Luft lag.

Er entdeckte eine Telefonzelle etwa dreißig Meter vom Eingang des »Berns« entfernt. Er ging hin und öffnete die beiden Schwingtüren.

Die Telefonbücher lagen auf dem kleinen Brett unter dem Telefonapparat. Sie stammten aus dem letzten Jahr, 1927. Der Teil für das mittlere und südliche Uppland, Södertörn und Gotland lag obenauf. Er schob sie zur Seite, holte den Stockholmteil hervor, den für Kungsholmen, Norr, Staden mellan broarna,

Söder, Vasastaden und Östermalm. Er strich über das feste, braunbeige Umschlagpapier, handelte wie in Trance, blätterte bis »St«. Dann ließ er den Finger über die Seite gleiten. In der dritten Zeile von oben fand er, was er suchte: Stierna, John. Kommissar. Parmmätarg. 7.

Er nahm den Hörer ab, schob zehn Öre in den Schlitz, bat darum, mit Kungsholmen 301 verbunden zu werden. Er handelte ganz impulsiv, vielleicht hatte der Alkohol ihn dazu verführt. Er wollte wissen, wo er stand, dass er trotz allem, was passiert war, immer noch der Polizei einen Schritt voraus war, dass er jemand war … jemand, der ihnen überlegen war, jemand, den sie respektieren mussten, fürchten. Oder war da noch etwas anderes, was er sagen wollte? Er wusste es nicht, war nicht richtig klar im Kopf.

Nach nur zwei Freizeichen nahm jemand ab.

»Stierna.«

Die Stimme klang müde. Der Mörder holte seine Taschenuhr heraus. Es war elf Uhr, für viele Bettzeit.

»Hallo, mit wem spreche ich?«

Er erkannte Stiernas Stimme vom Radio wieder. Jetzt klang sie klarer, deutlicher.

Der Anrufer schob die Taschenuhr wieder in die Tasche. Er brachte kein Wort heraus.

»Hallo, mit wem spreche ich?«

Er legte auf. Der gesunde Menschenverstand kam plötzlich wieder zum Vorschein. Er wollte ihnen nichts schenken, sie nicht seine Stimme hören lassen.

Er trat aus der Telefonzelle. Als er die kühle Nachtluft wieder einatmete, fiel ihm die Frau ein, die er im »Berns« zurückgelassen hatte. Vendela Adler. Die wohl immer noch darauf wartete, dass er mit ihr tanzte. Er zündete sich eine neue Zigarette an.

Warum dortbleiben, wenn alles so perfekt war, dachte er. Wenn es nur schlechter werden konnte.

Und ich kann nicht einmal tanzen.

*

Stierna legte wieder auf.

Karolina kam ins Wohnzimmer.

»Wer hat angerufen?«

»Ich weiß es nicht«, sagte Stierna. »Es hat sich keiner gemeldet. Wahrscheinlich falsch verbunden.«

Karolina ging zurück ins Schlafzimmer, Stierna blieb allein zurück. Er trat ans Fenster, das zur Straße zeigte.

Voller Einsatz war angewiesen worden, größer als je zuvor. Befragungen in Vasastaden. Überwachung in Stadshagen. Er hatte Berner dazu überredet, bei den Steuererklärungen auf Slottsbacken nach der Handschrift zu suchen. Das hatte einige Zeit und Kraft gekostet, aber es war ihm gelungen. Zwar nur ein paar Kollegen aus der Meldeabteilung, aber immerhin fingen sie an zu suchen.

Bald müssen wir ihn haben, dachte Stierna. Den Mann, den Ingrid gezeichnet hatte.

Karolina trat wieder ins Zimmer.

»Willst du nicht bald ins Bett kommen?«, fragte sie. »Es ist schon spät.«

»Gleich, Karolina, gleich.«

Sie drehte sich um, ließ ihn allein.

Wieder fühlte er deutlich sein Unvermögen. Dass er ihr nicht all das geben konnte, was er ihr so gern geben würde.

Sie hatten immer noch keine Kinder, waren jetzt seit zwei Jahren verheiratet. Schon seit der Verlobung hatten sie nicht mehr verhütet. Keine Kinder, obwohl sie doch eigentlich welche haben wollten.

Ob das an ihm oder an ihr lag, wusste er nicht.

In dieser Nacht konnte Stierna nicht schlafen, er lag bis zur Morgendämmerung wach.

66

Um den Stadshagener Sportplatz herum war es dunkel. Das Tageslicht war schon vor langer Zeit verschwunden, jetzt waren die großen Scheinwerfer eingeschaltet. Wodurch das Dunkel rundherum nur noch dichter, undurchdringlicher erschien.

Jonsson ging an der Laufbahn entlang, die um den Fußballplatz führte. Im Laufe des Abends hatte er schon mehrere Fußballspiele gesehen. IK Framåt hatte zwischen sechs und halb acht an den Hochsprunggeräten trainiert. Sonst war es ruhig gewesen. Als bereitete sich der Stadshagener Sportplatz bereits auf den Winterschlaf vor.

Im Café brannte noch Licht, aber sie waren dabei zu schließen. Jonsson sah auf seine Taschenuhr. Zehn nach neun. In nicht einmal einer Stunde würde hier alles dunkel und verlassen sein.

Hultberg verließ das Café. Er winkte Jonsson zu.

Dieser überquerte das Fußballfeld.

»Ist was?«, rief er.

»Es wird ruhiger«, sagte Hultberg, »ist ja auch schon nach neun.«

Jonsson ging wieder zu der Laufbahn. Ein Stück entfernt konnte er Lindberg sehen, beim Hochsprungplatz. Doch plötzlich ging der Kollege auf das Café zu.

Jonsson holte wieder seine Taschenuhr heraus, warum, wusste er selbst nicht. Es war doch nicht einmal eine Minute vergangen, seit er das letzte Mal draufgeschaut hatte.

Lindberg betrat das Café. Hultberg stand davor, er hatte sich eine Zigarette angezündet.

Langsam schlenderte Jonsson zu der Weitsprunggrube, die schräg neben dem Fußballfeld lag, bei dem kleinen Eingang zum Sportplatz, dem Eisentor an der langen Kungsholmsgatan.

Da sahen sie plötzlich einen einzelnen Mann. Er ging über die Rasenfläche bei dem Hochsprunggerüst und schien durch den kleinen Eingang hereingekommen zu sein, ohne dass jemand ihn bemerkt hatte. Das musste gerade erst passiert sein, denn vor wenigen Minuten hatte Lindberg noch dort gestanden.

Der Mann lief ein paar Schritte auf dem Rasen. Es sah so aus, als trüge der Mann eine Art langärmliges Hemd und eine lange Hose.

Er ist immer allein, dachte Jonsson. Das hatten sie gesagt, die Kellnerinnen im Café. Jonsson stand reglos in der Dunkelheit. Er fragte sich, ob die anderen auch den Mann gesehen hatten, nahm es aber nicht an.

Der Mann lief zu der Laufbahn am Fußballplatz. Jonsson folgte ihm vorsichtig, er wollte sein Gesicht sehen, deshalb stellte er sich nahe an die Laufstrecke. Der Mann kam näher, er lief Runde um Runde in einem überraschend schnellen Tempo. Es schien, als würde die Energie in ihm kein Ende nehmen. Fast wie Raserei.

Der Polizeibeamte achtete auf die Knie des Läufers, aber er konnte nur schwer sagen, ob dieser sie nun außergewöhnlich hochzog.

Jonsson stellte sich an den Zaun zur Kungsholmsgatan. Der Mann kam an ihm vorbei. Immer noch in der gleichen

Geschwindigkeit. Schnell, er wurde nicht langsamer, eher im Gegenteil.

Jonsson versuchte, das Gesicht des Mannes zu erkennen, es in dem schwachen Licht der Scheinwerfer wahrzunehmen, die nur mühsam die Dunkelheit rundherum durchdrangen.

Der Mann, der um das Fußballfeld auf dem Stadshagener Sportplatz lief, ähnelte dem Porträt, das die Künstlerin, die in der Hantverkargatan wohnte, vor Kurzem gemacht hatte. Aber es war nicht das Bild, das ihm eine Gänsehaut verursachte. Es war Ingrids Zeichnung. Genau wie der Barkeeper vom »Runan« gesagt hatte: Das Mädchen hatte den Charakter des Mannes getroffen.

Hultberg und Lindberg kamen aus dem Café. Sie gingen zum Fußballplatz.

Jonsson beobachtete den Mann, der eine Runde nach der anderen lief. Vorsichtig hob er die Hand, gab Hultberg und Lindberg ein Zeichen, zeigte vorsichtig in die Richtung des Läufers.

Der Mann lief weiter. Als wäre er ganz woanders, abgeschirmt von dem, was um ihn herum passierte.

Hultberg und Lindberg stutzten. Dann gingen sie schneller, auf die Rasenfläche. Jonsson wusste: Sie hatten verstanden.

Sie versuchen, ihm den Weg abzuschneiden, dachte Jonsson. Wir sind zu dritt, wir werden ihn schnappen.

Abrupt blieb der Mann stehen. Als wäre er plötzlich gewahr geworden, wo er sich befand. Der Mann stand am hinteren Tor, das sich vor der Rasenfläche mit der Hochsprunganlage befand.

Jonsson war ihm immer noch am nächsten, vielleicht zwanzig Meter entfernt. Aus dem Augenwinkel sah er Lindberg zur anderen Seite gehen, um den Fluchtweg abzuschneiden. Wie Hultberg zur anderen Längsseite eilte, die dem Café am nächsten lag.

Der Mann stand immer noch reglos da.

»Entschuldigung«, rief Jonsson, »aber wir schließen gleich.«

Er versuchte so zu klingen, als arbeitete er auf dem Sportplatz. Er wusste selbst nicht, ob er überzeugend war.

Aber wir sind zu dritt, dachte Jonsson. Er wird uns nicht entkommen.

Der Mann schaute zu ihm hinüber. Dann drehte er sich um und rannte los. In die Dunkelheit, auf die Rasenfläche hinter ihm zu, dorthin, wo das Licht nicht mehr hinreichte.

Jonsson lief ihm nach, sah nicht, was Hultberg und Lindberg taten.

Der Mann war unglaublich schnell, und Jonsson hatte Mühe, an ihm dranzubleiben, obwohl er selbst ein tüchtiger Läufer war, obwohl er eine Kondition hatte wie nur wenige in der Abteilung für Gewaltverbrechen.

Der Mann lief auf den Teil des Stadshagener Sportplatzes zu, der nicht einsehbar war. Mit hohen Bäumen rundherum. Felsen, Gebüsch.

Die Dunkelheit war jetzt kompakt, aber noch konnte er den Mann vor sich erkennen.

Sie waren nun am Rand des Sportplatzes angekommen. Wenn das überhaupt noch zum Sportplatz gehörte, das Scheinwerferlicht reichte nicht mehr so weit.

Jonsson konnte den hohen Zaun vor den Klippen zum Kungsholms Strand erkennen. Der Mann vor ihm hatte sich einen Vorsprung erkämpft. Nicht viel, aber er baute ihn weiter aus, zäh, Meter für Meter.

Jonsson lief so schnell er konnte, war immer noch dran an ihm.

Er wusste nicht, wo Hultberg und Lindberg waren, konnte sie nicht sehen. Hoffte nur, dass sie irgendwo waren, wo sie dem Flüchtenden den Weg abschneiden konnten, denn lange würde er nicht mehr den Anschluss halten. Nicht bei dem Tempo.

Der Mann hatte den Zaun zu den Klippen erreicht. Zu den Klippen, die aufs Wasser hinuntergingen, zum Karlbergsee, der direkt darunter lag. Der Mann packte den Zaun, zog sich hoch.

Jonsson erreichte die Stelle, als der Mann sich fast schon auf die andere Seite gezogen hatte. Der Polizist griff in die Maschen, begann zu klettern. Der Zaun war hoch, sicher über drei Meter.

Als er den Zaun überwunden hatte, konnte Jonsson auf der anderen Seite des Wassers die Lichter vom Schloss Karlberg sehen. Auf dem Hornsberger Gut brannten Gaslaternen. Um ihn herum war nur Natur.

Jonsson eilte den steilen Hang hinunter. In der Dunkelheit konnte er ein paar Hütten ausmachen. Einen Schuppen, notdürftig und hastig zusammengezimmert. Jonsson wusste, dass sie sich hier gern aufhielten, die armen Teufel, die Tagediebe. Er kam des Öfteren hierher, wurde hierherbestellt, wenn sich ein paar Trunkenbolde mal wieder um eine Flasche oder anderes prügelten.

Es war ganz still. Die Landstreicher waren verschwunden. Wahrscheinlich waren sie fortgezogen, denn der Sommer war schon seit Langem vorbei. Irgendwo anders hin, auf einen Dachboden, in einen dunklen Keller.

Auch der Mann war verschwunden. Jonsson ging ganz ans Wasser, hinunter zu den Anlegern. Nur wenige Boote lagen hier, auch hier war zu spüren, dass der Winter bald Einzug halten würde.

Jonsson ging über die Straße, bis ans Wasser, kam an Westermalms Bootsklub vorbei.

Er drehte sich um und sah den Abhang hinauf, den er gerade hinuntergelaufen war.

Oben konnte er mit Mühe die Konturen des Stadshagener Sportplatzes erkennen. Die Scheinwerfer brannten noch, aber rundherum war es nur dunkel.

67

Stierna musste nicht laut werden, als er seine Befehle in der Dunkelheit erteilte, auch so hörten ihm alle zu.

»Leere Häuser. Die Hütten, in denen sich die Landstreicher gern aufhalten. Das Gebüsch. Treppenaufgänge hier in der Nähe. Achtet darauf, ob er sich dort irgendwo versteckt. Kneipen, die noch geöffnet sind. Straßenbahnen. Omnibusse.«

Er stand mit dem Rücken zur Wand des Cafés. Die Männer vor ihm standen dicht gedrängt: ein Dutzend aus der Zentralabteilung, acht Wachtmeister aus dem dritten Revier, sieben aus dem neunten in der Surbrunnsgatan, ein Streifenwagen. Außerdem Wallbom, Jonsson, Lindberg, Hultberg von der Abteilung für Gewaltverbrechen.

»Und die Häuser ringsum?«, fragte Wallbom. »Die Notunterkünfte, die Hüttenstadt? Die Steinhäuser weiter hinten, an der Fleminggatan, an der Sankt Eriksgatan, ja, bis zum Kungsholmstorg, sollen wir dort auch nachfragen?«

»Ab jetzt eine Stunde. Aber wir suchen auch danach noch weiter. Überall hier in der Nähe, wo er sich versteckt halten könnte. Dann müssen wir morgen mit der Zeugenbefragung weitermachen.«

»Ich kann das übernehmen«, sagte Wallbom. »Ich meine, jetzt.«

»Gut«, sagte Stierna.

»Wen soll ich mitnehmen?«

»Die Leute, die du brauchst.«

»Ich brauche die meisten.«

»Dann nimm die meisten. Aber keinen von denen, die ihn gejagt haben. Also nicht Jonsson, Hultberg oder Lindberg. Die sind verbrannt.«

Jonsson stand ein paar Meter von den anderen Männern entfernt, den Blick zu Boden gerichtet.

Stierna schien es, als würde er sich schämen.

»Jonsson.«

Axel Jonsson schaute mit unsicherem Blick zu ihm auf.

»Wie geht es?«, fragte Stierna.

Jonsson sprach leise, als er antwortete.

»Es ist alles in Ordnung.«

»Wie lange ist der Hundeführer jetzt schon unterwegs?«, fragte Wallbom.

Stierna schaute auf seine Taschenuhr.

»Fast zwanzig Minuten.«

»Wo ist er jetzt?«

»Ich weiß es nicht. Lundby ist bei ihm.«

Stierna holte Zigaretten und Streichhölzer heraus. Die Männer standen schweigend vor ihm.

Der Kommissar zündete sich die Zigarette nicht an.

»Dann legen wir los«, sagte er.

In der Dunkelheit brüllte Oskar Wallbom mit polternder Stimme seine Befehle. Er übertönte alle anderen Geräusche in der Nacht.

Eine halbe Stunde später stand Stierna fast allein auf dem Sportplatz. Rehn war gekommen, sonst waren nur noch Lindberg und Hultberg hier oben.

Sie warteten schweigend. Der Wind hatte zugenommen, ein Unwetter schien heranzunahen. Die Scheinwerfer waren ausgeschaltet, nur noch die schwache Beleuchtung vor dem Café drang durch die Nacht.

Er hörte das Quietschen, als die Eingangspforte geöffnet wurde. Der Hundeführer blieb am Zaun stehen. Lundby ging auf den Kommissar zu.

Stierna tastete nach seiner Zigarettenpackung. Sie war leer.

»Der Hund hat die Spur in der Fleminggatan verloren«, sagte Lundby. »Nähe Polhemsgatan.«

Stierna schlug den Mantelkragen hoch.

»Da ist ein Taxenstand«, sagte er. »Gleich an der Kreuzung Fleminggatan/Polhemsgatan.«

»Ich weiß. Meinst du, er hat ein Taxi genommen?«

»Schon möglich«, sagte Stierna. »Aber ich habe meine Zweifel. Dass der Hund irgendwann die Spur verliert, war zu erwarten, vor allem dort, wo viele Menschen unterwegs sind.«

Lundby ging zurück zum Hundeführer, sagte ihm, dass er nicht mehr gebraucht wurde.

Fleminggatan, dachte Stierna, »Svältholmens« staubige Prachtstraße, auf der jeden Tag die Schritte der Arbeiter widerhallten. Auf dem Weg zu den Fabriken. Auf dem Weg zu den heruntergekommenen Mietskasernen oder den Kneipen in der Nähe.

68

Als Axel Jonsson in die Zweizimmerwohnung trat, die auf den Kronoberget hinausging, hängte er seine Jacke auf und ging in die Küche. Immer noch spürte er die Unruhe in seinem Körper. Sie wollte nicht verschwinden, trotz der Erschöpfung, die ihn überfiel. Stierna hatte ihn nach Hause geschickt, gesagt, das Aufgebot sei auch so groß genug.

Jonsson nahm aus dem Schrank über dem Spültisch eine Flasche Schnaps und ein Schnapsglas. Schenkte sich ein und trank es aus. Schenkte noch einmal ein.

Sie hatten ihn nicht erwischt, den Mann, der da in Stadshagen lief. Er nicht, Hultberg nicht, Lindberg nicht.

Die Wohnung war unordentlich, im Gegensatz zu dem ordentlichen Axel Jonsson, wie ihn seine Kollegen in der Abteilung für Gewaltverbrechen kannten. Aber nur wenige hatten ihn je zu Hause besucht.

Er schob die Zeitungen auf dem Küchentisch beiseite und trank noch ein Glas.

An der Wand vor ihm unter einem Wandkalender hing das Foto eines Mannes und einer Frau, beide um die fünfunddreißig. Sie saßen auf einer Holzbank vor einem Haus, das rot war, wie er wusste. Vor ihnen drei Mädchen und ein kleiner Junge. Das waren er selbst und seine drei älteren Schwestern: Thyra, Katarina und Anna-Karin. Thyra lebte nicht mehr, sie war vor zehn Jahren gestorben, als die Spanische Grippe im Land gewütet hatte.

Axel Jonsson betrachtete das Bild, ihm fiel auf, dass das eine der wenigen Gelegenheiten war, bei denen sein Vater sich ohne Uniform hatte fotografieren lassen.

Der Sohn hatte seit seiner Kindheit gewusst, dass er Polizist werden würde. Nicht, weil das sein Traumberuf gewesen war, sondern weil das eine Selbstverständlichkeit war. Sein Großvater väterlicherseits war irgendwo in Småland Landjäger gewesen, und sein Vater arbeitete immer noch als Hauptwachtmeister in der Zentralabteilung. Manchmal begegneten sie sich im Polizeigebäude.

Jonsson erinnerte sich daran, wie sein Vater abends in seiner Uniform nach Hause kam, in der Zeit, als er noch Patrouille in Norrmalm ging. Er hatte auf dem Schoß seines Vaters gesessen und all die Geschichten gehört, wie die Polizisten kleine Kinder vor bösen Alten retteten. Wie sie Schläger und Trunkenbolde überwältigten. Wie sie Kunstdiebe fingen. Bereits als er zehn Jahre alt war, hatte er seinen Eltern versprochen, dass er später Polizist werden würde.

Doch lange bevor Axel Jonsson sich selbst bei der Polizeitruppe bewarb, war ihm klar gewesen, dass die Erzählungen seines Vaters übertrieben gewesen waren. Freundlich ausgedrückt. Und schon seit Langem wusste er, dass die Polizeiarbeit ebenso überfrachtet von Routine war, wie alle anderen Berufe auch. Eigentlich war er nie besonders begeistert von dem Gedanken gewesen, Polizist zu werden, aber es hatte sich so ergeben. Denn es war ja so geplant gewesen. Und er war ein guter Polizeibeamter, immer ehrgeizig und gewissenhaft. Aber in dieser Nacht hatte er versagt.

Jonsson schaute auf den Wandkalender über dem Familienfoto. In drei Wochen wurde er achtundzwanzig Jahre alt. Er war nicht einmal dreißig und bereit, in die Elite der Abteilung für Gewaltverbrechen aufzusteigen. Dorthin, wo alle hinwollten.

Aber er hatte den Mann nicht erwischt, der mit hochgezogenen Knien gelaufen war. Der, den sie suchten.

*

Berner saß an seinem Schreibtisch. In dem perfekt eingerichteten Büro mit den gerahmten Bildern an den Wänden. Von allen, die vor ihm hier gesessen hatten. Von ihm selbst auch, das Bild war erst vor wenigen Jahren gemalt worden.

»Wo stehen wir?«, fragte Berner.

Stierna stand vor dem Schreibtisch, die Hände hinter dem Rücken verschränkt.

»Wir haben Stadshagen durchkämmt. Haben in Treppenhäusern, auf Höfen, auf verlassenen Grundstücken gesucht.«

»Habt ihr auch unbewohnte Häuser durchsucht? Schuppen? Holzhütten?«

»Ja. Er ist nicht da.«

»Und Zeugenbefragungen?«

»Bis jetzt nichts. Aber wir machen damit morgen weiter.«

Berner saß schweigend in seinem Schreibtischsessel. Er ließ einen Füller auf dem Tisch hin und her rollen.

»Wir haben auch mit den Straßenbahnen angefangen«, berichtete Stierna weiter, »aber das hat nichts gebracht. Und die Kneipen auch nicht.«

»Er ist also verschwunden?«

»Ja.«

»Und die Taxifahrer?«

»Morgen. Wir werden Kontakt zum Stockholmer Taxiunternehmerverband aufnehmen, zum Zentralverband der Stockholmer Automobilbesitzer und zur Neuen Verkehrsvereinigung auch. Und dann die Fahrten von letzter Nacht überprüfen.«

Berner seufzte. Stierna merkte, dass sein Chef unter Druck stand.

»Unbedingt. Gleich morgen.«

»Natürlich.«

Berner stand auf, schob seinen Sessel nach hinten.

»Er ist uns also davongelaufen?«

»Es scheint so.«

»Er ist drei Polizeibeamten entwischt?«

Stierna antwortete nicht darauf.

»Das erwähnen wir nicht«, sagte Berner. »Kein Wort an die Presse. Versprich mir das.«

69

Seit der Nacht, als er das Mädchen erschlagen hatte, war er nicht mehr auf der Djurgårdswerft gewesen, erst jetzt ging er wieder dorthin.

Es sah dort aus wie immer. Verlassen und leer, jetzt, nachdem die Polizei hier fertig war. Denn er ging davon aus, dass sie hier fertig war. Keine Absperrungen mehr. Keine Uniformierten, die die Werft Tag und Nacht bewachten. Es war keiner von Stiernas Jungs mehr hier, zumindest sah er keinen von ihnen.

Sie hatten ihn auf dem Stadshagener Sportplatz verfolgt. Er hatte sie abgeschüttelt, genau wie er vieles andere in seinem Leben schon abgeschüttelt hatte. Scheinbar leicht, aber so einfach war es nicht gewesen.

Ihm war schnell klar gewesen, dass es Polizeibeamte waren. Sie hatten ihn gefunden, Stierna und die anderen. Obwohl er so fest davon überzeugt gewesen war, dass sie ihn nicht würden aufspüren können. Das Risiko gab es natürlich, aber er dachte, er hätte dafür gesorgt, dass sie ihn nicht fänden. Hatte sich das eingeredet.

Eine Zeit lang überlegte er, ob der Hass der Grund war, dass sie ihn gefunden hatten. Aber vielleicht war Hass ein zu starkes Wort. Es war dieses übertriebene Gefühl, dass er kein Unrecht mehr ertragen konnte. Vielleicht lag das an all dem, was er als Kind hatte ertragen müssen.

Er war die Sibyllegatan hinaufgejagt worden, in der ersten Nacht, als er versucht hatte, einen Wagen zu stehlen. Nicht nur gejagt, der Mann, der ihn verfolgte, hatte ihn verhöhnt, etwas in der Richtung gerufen, dass er ihn schon kaputt kriegen würde.

Und auch deshalb war er wieder zurückgekommen, dieses Mal im Schutze der Nacht. Und hatte sich den Wagen geholt, in dem er dann mit Ingrid gefahren war.

Er war gesehen worden. Nicht nur von dem Mann, der auf der Sibyllegatan hinter ihm hergerannt war, sondern auch vor der Werft, das hatte er in den Zeitungen gelesen. Er hatte Pech gehabt, eigentlich hätte die Nacht ihn besser verbergen sollen. Andererseits hatte er nichts dahingehend gelesen, dass ihn jemand mit Ingrid im Park gesehen hatte. Und er las jeden Tag die Zeitung, hörte Radio. In der Beziehung hatte er Glück, auch wenn er wusste, dass die Polizei derartige Informationen oft nicht veröffentlichte.

Fast alle Fenster in dem großen Haus ihm gegenüber waren dunkel, nur im Treppenhaus brannte noch Licht.

Er hatte den Schirm aufgespannt, der Regen prasselte jetzt mit aller Macht herab. Es hatte erst vor Kurzem angefangen, wie auf Kommando hatte der Himmel sich geöffnet. Schwere Tropfen fielen, schlugen hart auf die umliegenden Häuserdächer, schlugen hart auf seinen schwarzen Regenschirm. Er hatte sich immer noch keinen neuen Regenmantel gekauft, der alte war vom Blut des Mädchens verschmutzt gewesen, den hatte er wegwerfen müssen.

Er war in dem Haus gewesen, in dem er wohnte, hatte im Badezimmer im Keller geduscht, in dem mit dem Münzapparat. Dann die Trainingskleidung gegen den Anzug, den grauen Überrock und den braunen Hut getauscht.

Er hatte den Brief mitgenommen, den er an Ivar geschrieben hatte, an den einzigen Freund, den er je in seinem Leben gehabt hatte.

Den Brief, den er nie abgeschickt hatte, obwohl er einmal kurz davor gewesen war, an dem Tag, als er ins Postamt Stockholm 6 gegangen war. Heute Nacht hatte er ihn verbrannt. Im Hagapark, hatte die Asche ins Wasser der Brunnsviken gestreut. Und damit alle Spuren von sich verwischt.

Er spürte eine leichte Unruhe. Die Kellnerinnen im Café am Sportplatz hatten ihn häufiger gesehen, sogar einige Male mit ihm gesprochen. Er wusste, er musste wieder verschwinden. Wieder würde er sich unter die gesichtslose Masse mischen. Verschwinden. Das Land verlassen, unsichtbar werden.

Er stand vor dem Eingang der Werft. Das Metalltor war immer noch mit einem Vorhängeschloss versehen. Verriegelt und verrammelt. Das Loch im Zaun daneben, das er aufgeschnitten hatte, damit er und Ingrid aufs Gelände kommen konnten, war von einer großen, massiven Holzscheibe bedeckt.

Wieder musste er an diesen letzten Abend denken. An die letzte Nacht. Als er von einem einfachen Dieb zum Mörder geworden war. Die letzte Nacht mit Ingrid.

Das Gespräch mit dem Mädchen im Park. Die Erdbeeren, die er ihr angeboten hatte. Wie sie im Auto eingeschlafen war. Wie eiskalt er war, als er sie auf der Werft erschlagen hatte. Dieses sonderbare Gefühl hinterher, es war so fantastisch, aber auch so schnell wieder verschwunden.

In gewisser Weise war nicht sie es, die er erschlagen hatte, denn eigentlich hatte er sie doch gemocht. Es war das Glück im Leben, das er erschlagen hatte, dieses Glück, das er selbst nie hatte erleben dürfen. Er hatte die Ungerechtigkeit erschlagen, die in dem Begriff »Leben« verborgen war.

Heute wollte er nicht auf das Werftgelände gehen. Das hatte er bereits beschlossen, bevor er hierhergekommen war, so unvorsichtig wollte er nicht sein. Aber er wollte die Atmosphäre rundherum spüren, das sehen, was er in der bewussten Nacht gesehen hatte. Damals war die Luft wärmer gewesen, fast angenehm.

Er ging langsam auf die Holzbrücke über dem Beckholmssund zu. Schlug den Mantelkragen hoch und drückte den Hut tiefer in die Stirn. Es konnten nicht viele Plusgrade sein, und die Feuchtigkeit ließ die Luft noch kälter erscheinen.

Er trat auf die Brücke mit den tief hängenden Lampen. Vor ihm lag Beckholmen, er konnte die Holzhäuser in der Dunkelheit gerade noch erkennen, sie glichen Schatten.

Es war Mittwoch geworden, Mittwoch, der zehnte Oktober.

Als er über das Wasser blickte, kam ihm ein Gespräch in den Sinn, das er einmal mit seiner Mutter geführt hatte, damals vor sieben Jahren, als er ihr sein Herz ausschütten wollte. Er hatte ihr gesagt, wie es war. Dass ihm das Leben sinnlos erschien. Dass er keine Freunde hatte, keine Verwandten, die mit ihm in Kontakt standen. Dass er keinen Sinn darin sah, irgendeine Karriere zu machen. Dass es keinen Menschen gab, der ihn liebte, und es wohl nie einen gegeben hatte, vielleicht mit Ausnahme der Mutter.

Er zündete sich eine Zigarette an und dachte an ihre Worte von damals.

»In fünf Jahren, oder in zehn Jahren. Wer weiß, wie es dann aussieht? Vielleicht bist du dann ein ganz anderer, glücklich mit Frau, Kindern und Karriere. Wer weiß, mein Sohn, wir wissen doch so wenig. Aufgeben, das ist das Schlimmste, was man tun kann.«

Eine Frau, dachte er, eine ehrliche Arbeit. Kinder, die man zur Schule begleitet. Ein Haus, vielleicht mit einem Rasen, der geschnitten werden muss. Wie sollte das möglich sein? Ich kann es mir ja nicht einmal vorstellen.

Er drehte sich um, wandte der Brücke den Rücken zu und ging durch den Regen.

VISBY 1953

70

Stierna setzte sich im Bett auf. Er stand auf und griff nach dem Stock, der an den Nachttisch gelehnt stand. Schaute Karolinas Foto an, auf dem sie auf dem Bootsanleger der Insel stand, auf der sie so oft gewesen waren. Trotzdem fiel es ihm schwer, sich daran zu erinnern, wie es dort draußen aussah, selbst wenn er die Augen schloss und versuchte, es sich vorzustellen. Es war so lange her, so viele Jahre waren seitdem vergangen.

Der beigefarbene Pappkarton stand auf dem runden Tisch vor dem Fenster. Der Deckel war geschlossen, aber mehrere Seiten lagen verstreut darum herum. Die Zeichnung war darunter, zumindest eine Kopie der Zeichnung. Das Bild, das ihn all diese Jahre verfolgt hatte. Ingrids Zeichnung von dem Mann, der auf einer Bank saß.

Er saß im Vasapark. Stierna war überzeugt davon, obwohl er ihn dort nie angetroffen hatte. Trotz aller Überwachung, allen Nachforschungen, die sie angestellt hatten, er war dort nicht wieder aufgetaucht. Zumindest nicht, wenn einer der Beamten dort war. Hatte sich unter die Passanten gemischt, ohne dass er jemandem aufgefallen wäre.

Wenige Minuten später verließ Stierna das Zimmer. Er ging die Treppen hinunter, vorbei an der Rezeption. Den Zimmerschlüssel behielt er bei sich.

Bald würde er den Journalisten wiedertreffen. Bis jetzt war er in seinen Gesprächen mit Grönwall offen und ehrlich gewesen, hatte nicht viel zurückgehalten, aber nicht erzählt, wie sie den Läufer verfolgt hatten, der mit hochgezogenen Knien in Stadshagen trainiert hatte. Den Mörder. Einst, vor fast fünfundzwanzig Jahren, hatte er Berner versprochen, der Presse nichts darüber zu sagen. Berner war tot, aber Stiernas Loyalität gab es noch. Er würde sein Versprechen nicht brechen.

Als er auf die Straße trat, schlug ihm der Herbst entgegen, obwohl es gerade erst September war. Diese frische, kühle Luft. Dieses besondere Licht.

Wie kommt es, dass der Sommer fast immer über Nacht verschwindet? Oder war das nur deshalb seine Auffassung, weil er nicht in der Lage war, sich daran zu erinnern, wie es früher gewesen war?

Trotz des Stocks ging er ziemlich schnell. Er hatte kein Ziel, lief nur planlos umher. Aber inzwischen kannte er Visby, würde sich nicht verlaufen.

Der Herbst ist die Jahreszeit, die mir am wenigsten zusagt, dachte er. Wenn das Laub die Farbe wechselt und von den Bäumen fällt, dann ist das eine Bestätigung dafür, dass der Sommer gestorben ist. Und nach dem Herbst folgt unerbittlich der lange kalte Winter. Die Zeit der Kälte und der Dunkelheit.

Am besten gefällt mir der Sommer. Und die lauen Sommernächte sind wohl das Schönste daran. Wenn man auf dem Balkon sitzen und über die Stadt schauen kann. Oder man spaziert einen einsamen Sandstrand entlang und hört dem Meer zu. Dinge, die bedeutungslos erscheinen, für mich aber immer wichtiger geworden sind.

Ich weiß, viele mögen den Herbst. Viele Menschen, die ich kannte, sehen den Herbst sogar als die Jahreszeit an, die sie am meisten schätzen. Für sie ist der Herbst der Anfang von etwas Neuem. Für mich ist es der Anfang vom Ende.

Eine dicke weiße Katze überquerte vor ihm die Straße. Stierna kannte sie, er hatte das Tier schon einige Male vor dem Wirtshaus gesehen. Es bewegte sich voller Würde, als schiene nichts auf der Welt es zu bekümmern.

Ich hätte Gärtner werden sollen, dachte Stierna. Schuhmacher. Straßenbahnfahrer. Was auch immer, aber kein Polizist. Dann wäre ich zurechtgekommen, als ein ganz gewöhnlicher Svensson. Ich hätte regelmäßig den Rasen vor meinem Reihenhaus am Ålstenstorget gemäht oder wo auch immer ich gewohnt hätte. Hätte das Unkraut unter den Büschen hinter dem Zaun gejätet. Was auch immer, nur kein Polizist. Dann wäre ich zufrieden gewesen, hätte zuschauen können, wie meine Enkelkinder im Garten spielen. Vielleicht wäre mir eine Goldmedaille für lange, treue Dienste verliehen worden.

Aber so einer bin ich nicht. Ich wollte es mit dem Dreck zu tun haben. Den Trümmern, der Ungerechtigkeit. Und das habe ich nicht lange suchen müssen. Wenn man Polizeibeamter ist, drängen sie sich dir von allein auf. Die Schattenseiten, das Dunkel, die Tragödien. Schlägereien im Suff. Betrüger. Kindesmörder.

Stockholm 1928

71

Es war schon Abend, als Alfred Weimers aus dem Regen ins Haus trat. Durch das Tor der Hagagatan 34. Die Uhr zeigte nach acht. Das war gut, jetzt waren die Bewohner sicher daheim. Nicht wie vor einigen Stunden, als er alle notieren musste, die auf sein Klingeln nicht geöffnet hatten. Die letzten Tage und Wochen war er durch Vasastaden gegangen. Hatte Besuche gemacht, immer wieder. Er war einige Male bei den Polizisten gewesen, die im Vasapark patrouillierten, seit zehn Tagen wurde der Park überwacht. Auf der Suche nach dem Mann, von dem sie immer noch keinen Namen hatten.

Heute war Donnerstag, Donnerstag, der fünfundzwanzigste Oktober. Namenstag von Inga. Inga, dachte er, fast wie Ingrid.

Die letzten Wochen waren sie auf der Stelle getreten. Die Befragungen der Taxifahrer waren ergebnislos gewesen, der Besuch von Geschäften, Restaurants, die Befragung von Kneipenpersonal. Die Gespräche mit Straßenbahn- und Omnibusfahrern. Mit Schaffnern. Der Mann, der gesagt hatte: »Ein Prost auf den Stinsen, dieses verdammte Schwein«, war nicht wieder im Restaurant »Runan« aufgetaucht. Sie hatten dort keine Stammgäste ausfindig machen können, die etwas wussten. Sie hatten keine Rowdys im Vorstrafenregister gefunden, die auf den Spitznamen Stinsen hörten. Auch nicht im Register der falschen Identitäten. Die Kollegen draußen im Land waren um Hilfe gebeten worden, von ihnen waren ein paar Tipps gekommen, die sich aber als wertlos erwiesen hatten.

Er ist weg, dachte Weimers, scheint untergetaucht zu sein.

Das Wasser lief ihm am Regenmantel hinunter, doch er merkte das nicht, nicht nach all den Stunden draußen in der Kälte. Bemerkte auch nicht, dass seine Hosenbeine triefnass waren, als er durch das Tor ging.

Weimers betrachtete die verglaste Übersichtstafel mit den Namen der Bewohner der Hagagatan 34. Sie hing links vom Eingang. Er versuchte, sich die Namen zu merken. Fridén. Gustafsson. Alfvén. Fredriksson. Holm.

In der Innentasche lagen die Zeichnungen, feucht und abgegriffen. Er hatte sie sich so oft angeschaut, dass es sinnlos war, sie noch einmal herauszuholen. Wenn er die Augen schloss, konnte er beide deutlich vor sich sehen. Und dennoch holte er Sara Åkerbloms Zeichnung hervor und schaute sie sich an. Die Zeichnung eines Mannes mit hoher Stirn. Er sah aus wie jeder durchschnittliche Mann, dachte Weimers.

Der Polizeibeamte begann ganz oben, hier gab es vier Türen mit unterschiedlichen Namen.

Als Erstes ging er zur Tür ganz links. Sie war braun gestrichen. Unter einem schmalen Briefschlitz befand sich ein längliches Namensschild aus Messing.

Lind, las Weimers, bevor er den Klingelknopf drückte.

Der Mann, der öffnete, trug eine weiße Strickjacke und hatte graues, ordentlich gekämmtes Haar. Weimers schätzte ihn auf ungefähr sechzig oder älter.

Der Beamte erklärte kurz, warum er gekommen war. Mit den gleichen Worten, die er schon den ganzen Tag gesagt hatte. Wie ein müder Schauspieler, der immer den gleichen Dialog aufführte, Abend für Abend.

Der Mann betrachtete die Zeichnung, die Weimers ihm gegeben hatte, lange.

»Vielleicht«, sagte er schließlich.

Wieder ein Vielleicht, dachte Weimers. Er hatte das Wort in den letzten Wochen ein paarmal gehört. Über Männer, die vielleicht der Mann auf den Zeichnungen sein könnten. Männer, die sie bereits überprüft hatten.

»Vielleicht«, wiederholte Weimers, »Sie sagen, Sie könnten vielleicht den Mann auf den Zeichnungen wiedererkennen?«

»Ja, ich weiß nicht ... Der sieht einem ähnlich, der hier im Haus wohnt. Eine Treppe weiter unten.«

»Wie heißt er?«

»Das weiß ich nicht.«

Weimers versuchte, sich an die Namen auf der Übersichtstafel unten im Eingang zu erinnern, aber die meisten hatte er bereits vergessen.

»Er ist Untermieter«, fuhr Herr Lind fort. »Bei der Witwe Olsson in der Wohnung unter mir. Sie hat ein Zimmer zu vermieten. Und in dem wohnt seit einer Weile ein Mann. Vielleicht seit einem halben Jahr, ich weiß es nicht so genau.«

»Haben Sie schon mal mit ihm gesprochen?«

»Wir haben uns nur mal gegrüßt, mehr nicht.«

»Wissen Sie, ob er jetzt zu Hause ist?«

»Nein. Aber es ist schon eine Weile her, dass ich ihn gesehen habe.«

Weimers bedankte sich, ging eine Etage tiefer und schaute sich die Türen an. Auch hier gab es vier Wohnungstüren, aber nur an dreien hingen Namensschilder.

Fridén stand auf der Tür ganz links. Olsson auf der ganz rechts, Fredriksson auf einer der Türen direkt vor ihm. Und dann war da noch die Tür ohne Namen.

Weimers klingelte an der Tür, auf deren Schild Olsson stand. Fünfzehn Sekunden wartete er. Nichts passierte. Weimers drückte wieder auf die Türklingel, ohne Erfolg. Schließlich klopfte er mit dem Zeigefinger an die Tür.

Ein paar Sekunden später wurde die Tür geöffnet.

Die Frau in der Türöffnung sah ihn beunruhigt an. Sie trug ein einfaches schwarzes Kleid und ein weißes Kopftuch. Das Haar war grau meliert. Weimers schätzte sie auf fünfundsechzig.

Er hielt ihr seine Dienstmarke hin.

»Wachtmeister Weimers. Ich komme von der Kriminalpolizei.«

Die Frau in der Tür wich einen Schritt zurück.

»Polizei? Warum klopft denn die Polizei an meine Tür?«

Weimers versuchte es mit einem Lächeln.

»Sind Sie allein in der Wohnung?«, fragte er.

»Ja«, antwortete die Frau, »natürlich bin ich allein.«

»Darf ich reinkommen, Frau Olsson?«

Wortlos hielt sie ihm die Tür auf. Er ging hinein und schloss die Tür hinter sich.

In dem kleinen Flur gab es eine Garderobe mit ein paar Bügeln, an der Damenmäntel und Hüte hingen. An einer Wand stand eine grün gestrichene Kommode. Ein Spiegel hing darüber. Gleich rechts vom Flur lag eine große Küche. Weimers registrierte schnell, dass die Wohnung nur ein Fenster zur Straße hatte, das Küchenfenster.

»Ich bin Witwe«, sagte die Frau. »Ja, Sie haben mich ja gefragt, ob ich allein bin. Das bin ich schon lange, seit zehn Jahren.«

»Das tut mir leid, Frau Olsson.«

»Danke, Herr Wachtmeister. Aber das ist jetzt schon so lange her, dass er von mir gegangen ist. Sven, mein Mann.«

Weimers nickte.

»Sie sind doch Frau Olsson? Wie es an der Tür steht?«

»Ja, das stimmt. Agnes Olsson. Aber ich verstehe immer noch nicht, warum der Herr Wachtmeister hier ist.«

»Einen Augenblick, Frau Olsson. Entschuldigen Sie mich einen Augenblick.«

Weimers ging weiter. Die Wohnung hatte zwei Zimmer. Ein Wohnzimmer mit einem großen runden Ecksofa. An den Wänden hingen viele Bilder. Einige zeigten Landschaften, die meisten Bilder waren ziemlich langweilig, bis auf das größte. Das zeigte einen großen, schönen Blumengarten, der wie die Gärten in Frankreich oder Italien aussah. Eine Standuhr befand sich neben dem Sofa. Gegenüber standen ein großer Schrank und zwei Bücherregale.

Er ging in das andere Zimmer. Es war klein, mit einem Bett, einem massiven Schreibtisch und Bücherregalen. Die Schranktür stand einen Spalt offen. Weimers öffnete den Schrank. Darin befanden sich zwei weiße Schubladenkombinationen. Auf den Bügeln hingen diverse Frauenkleider.

Agnes Olsson lebte offensichtlich allein in der Wohnung.

Er trat wieder auf den Flur, auf dem die Frau immer noch stand. Weimers holte die Zeichnungen hervor.

»Kennen Sie diesen Mann?«, fragte er.

»Ich weiß nicht recht. Er ähnelt Herrn Karlsson. Sogar ziemlich ... Nicht bis auf den Punkt, aber das ist ja auch nur eine Zeichnung, und ... Die eine sieht aus, als hätte ein Kind sie gemalt ... aber die andere, doch, die ist ihm ziemlich ähnlich.«

Weimers unterbrach sie.

»Wer ist Herr Karlsson?«

»Der, an den ich untervermietet habe. Der junge Mann, der in der Wohnung nebenan wohnt.«

»Und wie heißt Herr Karlsson mit Vornamen?«

Agnes Olsson schaute ihn ein wenig verlegen an.

»Das weiß ich nicht. Ich habe ihn nie gefragt. Und er wohnt ja erst seit Februar hier.«

Weimers schaute sie verwundert an.

»*Erst* seit Februar?«

Die alte Dame zuckte kaum erkennbar mit den Schultern.

»Er wollte seine Ruhe haben. Man merkt, wenn jemand seine Ruhe haben will.«

»Dann vermieten Sie also die Wohnung nebenan, an der kein Name steht?«

»Ja, früher war das ein Teil dieser Wohnung hier, aber ich habe sie zu einer Einzimmerwohnung mit Kochnische umbauen lassen, sodass ich sie vermieten kann.«

»Haben Sie einen Schlüssel zu seiner Wohnung?«

»Ja.«

Weimers drehte sich um und blickte in die Küche.

»Also, Sie sagen, er wollte seine Ruhe haben. Und Sie hatten keinen weiteren Kontakt zu ihm?«

»Nein, nur dass er für mich eingekauft hat.«

Weimers fuhr herum.

»Er hat für Sie eingekauft? Und woher weiß er immer, was Sie brauchen?«

»Na, das schreibe ich ihm auf.«

Weimers spürte, wie sein Puls schneller schlug.

»Haben Sie etwas aufgeschrieben? Hier in der Wohnung, sodass ich einen Blick draufwerfen kann?«

»Ja ... Natürlich habe ich das. Aber ich verstehe nicht, warum der Herr Wachtmeister das sehen will.«

»Ich muss das sehen. Es kann sehr wichtig sein.«

Die Frau ging in die Küche, Weimers blieb im Flur.

Agnes Olsson kam nach nicht einmal einer Minute zurück.

»Hier«, sagte sie und reichte ihm einen zerknitterten Zettel. Es war ein Rezept. Weimers las.

Dattelgrütze.
¼ Liter Stachelbeerkompott, ¼ Liter klein geschnittene Datteln, ½ Liter Wasser und 12 Gramm Kartoffelmehl zusammen kochen. Mit Schlagsahne servieren.

Die Handschrift war ordentlich, etwas zur Seite geneigt.

Weimers senkte den Zettel.

»Das ist ein Rezept«, erklärte Agnes Olsson, »von meiner Schwester. Ich habe es abgeschrieben.«

Weimers räusperte sich.

»Ist er jetzt zu Hause?«, fragte er. »Der Herr Karlsson?«

»Ich habe nichts gehört, aber er ist ja immer so leise. Man hört fast nie etwas von nebenan.«

»Hat er Telefon in seiner Wohnung?«

»Nein, das gibt es da nicht.«

»Haben Sie Telefon, Frau Olsson?«

»Ja.«

»Darf ich das mal benutzen?«

»Ist etwas passiert?«, fragte sie beunruhigt.

*

Högstedt sah sich in der großen Küche um. Als Erstes fielen ihm die vielen kleinen Blechdosen mit Deckel auf, die auf dem Spültisch an der Wand standen. Sie waren nicht beschriftet, deshalb war es schwer zu sagen, was darin war.

»Möchte der Herr Hauptwachtmeister wirklich keinen Kaffee?«

Högstedt hatte diese Frage bereits beantwortet, wenige Minuten, nachdem er die Wohnung betreten hatte. Noch einmal lehnte er dankend ab.

Agnes Olsson setzte sich ihm gegenüber an den massiven, weiß gestrichenen Küchentisch.

Högstedt nahm den Zettel aus seiner Manteltasche, den mit den fünf Worten. Milch. Eier. Brot. Kartoffeln. Zigaretten. Geschrieben mit dieser ordentlichen Handschrift, die etwas zur Seite kippte.

»Haben Sie diesen Zettel geschrieben?«, fragte Högstedt.

Agnes Olsson schaute sich die Einkaufsliste an, die sie in dem Mantel gefunden hatten, der dem Mann gehört hatte, den Nils Sandquist die Sibyllegatan hinauf verfolgt hatte.

»Ja, das habe ich.«

»Wann haben Sie das geschrieben?«

»Vor gar nicht allzu langer Zeit. Damit er die Dinge für mich einkauft. Damit er nichts vergisst.«

»Hat er Ihnen die Sachen gebracht?«

»Das macht er immer.«

Högstedt blickte aus dem Fenster. Ihm fiel auf, wie still es hier war. Keine Geräusche von dem Großstadtleben draußen. Nur das Ticken einer Uhr, die an der Wand hinter Agnes Olsson hing.

Högstedt schaute wieder auf den Zettel, der jetzt auf dem Tisch lag.

»Sie rauchen?«

»Ja«, bestätigte Agnes Olsson. »Viel zu viel.«

72

Als er die Wohnung betrat, fiel Lindberg sofort auf, wie leer sie war.

Niemand hatte geöffnet, als sie geklopft hatten. Vor dem Fenster, das zur Straße zeigte, waren die Vorhänge zugezogen. Dann hatte Agnes Olsson ihnen den Schlüssel gegeben. Weimers und Jonsson waren mit gezogener Dienstwaffe vorangegangen, aber die Wohnung war verlassen.

Lindberg schaute sich um. Er registrierte den Geruch nach Zigarettenrauch, der in den Wänden hing.

Gleich links befand sich die kleine Küchenecke, die Tür stand offen. Sie war mit Kochplatten eingerichtet, einer Spüle sowie ein paar Schränken. Bis auf einen Wischlappen war die Spüle leer. Kein schmutziges Geschirr, das wartete, keine Flasche mit Spülmittel. Auch auf der Kochplatte stand nichts.

Im Flur hing ein großer Spiegel, rechts davon war eine Hutablage mit Kleiderhaken. Beides war leer.

Die Tür rechts davon stand offen, und Lindberg sah vom Flur aus, wie der Raum möbliert war. Eine Ottomane stand an der einen kurzen Wand, drei kleine Bilder mit Landschaftsmotiven darüber. Die Schranktür hinter der Ottomane war geschlossen. Ein leerer Schreibtisch stand an einem der Fenster, das zur Straße zeigte. Ein Sofa befand sich an einer der Längswände. Vor ihm stand ein niedriger, ovaler Tisch mit einer Decke darauf.

Lindberg öffnete die Schranktür. An die zehn leere Kleiderbügel, drei Schubladen. Lindberg zog sie heraus. Sie waren leer.

Er schloss die Schranktür wieder und ging zum Schreibtisch. Nur eine Stiftschale und ein Aschenbecher standen darauf. Lindberg zog die Schreibtischschubladen heraus. Auch sie waren leer. Kein Brief, keine Fotos, kein Adressbuch.

Lindberg ging weiter zum Schlafalkoven. Der befand sich links neben dem Schreibtisch. Der Alkoven war schmal, davor stand ein kleines Tischchen, auf dem ein zugeklapptes Buch mit rotem Umschlag lag. Es war »Stilettkäppen« von S. A. Duse, ein Detektivroman.

Alles ist so unpersönlich hier drinnen, dachte Lindberg. Wie in einem Hotelzimmer, das jemand verlassen hat. Um nicht wiederzukommen.

Stockholm 1934

73

»Il Mare«. Hovslagargatan 4 auf Blasieholmen. Stierna war selbst schon einige Male hier gewesen. Aber jetzt war das etwas anderes. Jetzt war er im Dienst hier.

Gemeinsam mit Jonsson ging er die kurze Treppe hinauf. Zog seine Jacke zurecht, Jonsson tat es ihm gleich.

Der Mann am Eingang nickte Stierna vertraut zu, als sie hineingehen wollten.

»Hat der Herr seine Mitgliedskarte dabei?«

»Ich bin kein Mitglied«, sagte Stierna, »was kostet das?«

»Ich dachte, der Herr wäre bereits Mitglied bei uns.«

»Nein, Sie müssen mich mit jemandem verwechseln.«

Er spielte Theater. Fand, dass er das ganz gut hinbekam. Tastete dabei nach seiner Mitgliedskarte, die in der Gesäßtasche lag.

Sie bezahlten jeweils zehn Kronen, erhielten dafür jeder eine neue Mitgliedskarte. Darauf lief alles hinaus, auf die Mitgliedskarte. Sie gab den Anschein einer geschlossenen Gesellschaft, und so konnten die Rauschmittelgesetze umgangen werden, die Einschränkungen der Alkoholabgabe. Sodass man viel servieren konnte, manchmal sogar unbegrenzte Mengen.

Sie gingen die Stufen hinunter, Jonsson und er. Das Mädchen in der Garderobe war dieselbe wie an den Abenden zuvor, an denen er hier gewesen war. Er war ein wenig nervös, obwohl ihm das eigentlich gleichgültig sein könnte.

»Darf ich den Herren die Mäntel abnehmen?«, fragte sie lächelnd.

»Ja, gern«, sagte Stierna und reichte ihr seinen Mantel.

Jonsson nickte. Auch er gab Hut und Mantel ab, nur die Aktentasche behielt er. Stierna wusste, warum, denn er wusste, was sich darin befand.

Der Oberkellner kam auf sie zu, ein junger Mann im Frack. Das Lokal war angesehen. Als Stierna früher schon hier verkehrt hatte, hatte er Prominente gesehen, die er nur aus der Zeitung und dem Theater kannte.

Bis zum Lokal selbst waren es nur wenige Treppenstufen. Der Oberkellner begleitete sie. Im Salon drängten sich zahlreiche Gäste am Tresen. Die beiden Polizeibeamten gesellten sich hinzu. Jeder bestellte einen Whisky. Stierna musste Jonsson dazu überreden, ihm erklären, dass sie nicht auffallen durften. Wasser tat es hier nicht.

Stierna nippte an seinem Glas, schaute sich um. Teilweise war es die übliche Klientel. An einer der langen Tafeln saßen die feineren Herrschaften. Herren in Frack, Damen in eleganter Abendgarderobe. Vielleicht hatten sie vorher Gösta Ekman als Hamlet gesehen, die Vorstellung lief immer vor ausverkauftem Haus.

Und es waren viele junge Leute hier, wie üblich. Herausgeputzt in Anzug und halblangen Kleidern. Am Tresen standen ziemlich viele ältere Herren mit jüngeren Frauen. Der eine und der andere ergraute Schauspieler oder Regisseur mit weiblicher Begleitung, die seine Tochter oder Enkeltochter hätte sein können, es aber definitiv nicht war.

Das Orchester spielte. Es spielte gut, das wusste Stierna noch von früher. An den Tischen beim Orchester saßen einige

Frauen. Sie waren grell geschminkt, jung, gut gekleidet. Mit Pelzen, die sie nicht in der Garderobe abgegeben hatten. Geschäftsorientierte Frauen. Prostituierte, das konnte Stierna sofort erkennen. Von der Kärleksbörsen, der Liebesbörse an der Birger Jarlsgatan. Die wussten, dass sie hier Geld verdienen konnten. Aber sie waren auf die Älteren, die Ergrauten erpicht. Fast immer schüttelten sie den Kopf, wenn ein junger Mann zu ihnen trat, der nicht verstand, worum es hier ging, und sie zum Tanzen auffordern wollte. Sie warteten auf einen, von dem sie annahmen, er hätte genug Geld.

Für Stierna war es kein Problem, sie zu erkennen, für Jonsson auch nicht, auch wenn er noch nie hier gewesen war. Aber dafür war er schon häufiger samstagnachts in der Birger Jarlsgatan gewesen.

Weimers betrat den Salon. Svanström, Stark, der Rest der in Zivil gekleideten Beamten, alle in Mänteln, verteilten sich im Salon. Jetzt waren sie zu zehnt hier drinnen. Und Stierna wusste, dass der Ausgang blockiert war. Dass fünfzehn uniformierte Polizisten aus den Revieren von Klara und Östermalm die Straße abgesperrt hatten. Niemand sollte ungesehen davonkommen. Zwei weibliche Polizeibeamte standen zusammen mit zwei Männern von der Sitte bereit. Um die Damen aus der Birger Jarlsgatan zu kontrollieren.

Stierna stellte sich vor das Orchester. Jetzt war er an der Reihe.

Leise gab er dem Orchester zu verstehen, dass es aufhören sollte zu spielen. Dann sagte er mit lauter Stimme: »Wir kommen von der Kriminalpolizei. Das ist eine Routineuntersuchung.«

Es wurde still im Salon, gespenstisch still.

Jonsson öffnete seine Aktentasche. Er legte zwei Listen mit dem Stockholmer Melderegister auf den Bartresen. Eine für Männer, eine für Frauen.

Stierna wusste, einige würden hängen bleiben. Es gab immer ein paar unter den Gästen, die auf der Fahndungsliste standen, einige, die gesperrt waren. Er machte seinen Job, den er in gewisser Weise verabscheute.

Sie würden die Mitgliederlisten überprüfen. Wenn sie nicht stimmten, musste der Klub schließen.

Vor dem »Il Mare« zerriss er seine alte Mitgliedskarte. Zerriss auch die neue, warf sie in einen Papierkorb, als es niemand sah.

Um halb vier war Stierna mit der Papierarbeit fertig. Mit den Protokollen all der Befragungen.

Er ging in diesem merkwürdigen Licht nach Hause, im Grenzland zwischen Nacht und Morgen.

Es dauerte nur wenige Minuten bis zur Pforte in der Parmmätargatan. Obwohl er nicht mehr dorthin gehen musste, schon seit mehreren Jahren nicht mehr, lenkte er immer wieder seinen Schritt dorthin, obwohl er wusste, dass er im Karlbergsvägen 37, Vasastaden wohnte.

Als Karolina fortgegangen war, hatte er sich eine neue Wohnung gesucht. Obwohl er auch in der alten hätte wohnen bleiben können. Aber er hatte sich gegen die Parmmätargatan entschieden. Hatte das Gefühl, die Wohnung war für »sie beide«, nicht für ihn. Besser konnte er das nicht erklären.

Am Sonntagmorgen schlief er lange, wie immer, wenn er noch spät gearbeitet hatte. Gegen zwei Uhr ging er zum Zigarettenladen in der Sankt Eriksgatan. Verzichtete aber auf Zigaretten, nahm nur das *Aftonbladet* vom Tage. Bezahlte zehn Öre und ging.

Daheim am Küchentisch überflog er die Titelseite. Kommunisten hatten in Amsterdam revoltiert, und es gab das Gerücht, dass sie aus Moskau mit mehreren Millionen Gulden unterstützt worden waren. Das Militär war ausgerückt, und bei den Krawallen waren Zivilisten ums Leben gekommen. Das Scharlachfieber wütete in Gävle. Zarah Leander war krank geworden, was Karl Gerhard dazu zwang, sich eine neue Primadonna für »I skuggan av en stövel« zu suchen, zumindest für ein paar Wochen. Er schien bereits zwei mögliche Ersatzkräfte gefunden zu haben: Gull-Maj Norin war aus ihrem Urlaub in Kopenhagen nach Stockholm gerufen worden, und Karin Carlsson war aus Norwegen in die schwedische Hauptstadt gereist.

Ihm schien, dass die Überschriften in den Zeitungen seit ein paar Jahren immer finsterer wurden, der Optimismus und Zukunftsglaube der Zwanzigerjahre war durch etwas anderes ersetzt worden: die Dreißigerjahre. Bis jetzt war es das Jahrzehnt der Finsternis. Massenarbeitslosigkeit. Depression und der Kreuger-Crash. Die Ereignisse von Ådal, bei denen das schwedische Militär das Feuer eröffnet und vier Demonstranten und einen Zuschauer getötet hatte. Der Mord an den von Sydows. Die Bücherverbrennungen der Nazis und die Judenverfolgungen in Deutschland. Japans Okkupation von Schanghai. Der Siegeszug des Faschismus durch Europa.

Gegen fünf Uhr kamen die Straßenmusikanten. Das Fenster zum Hinterhof stand offen, sodass Stierna sie sofort hören konnte, als der Leierkasten gedreht wurde.

Stierna beugte sich aus dem Küchenfenster, betrachtete die Teller, die davorstanden. Sie waren nicht abgewaschen. Nicht wie in der Zeit, als vor wenigen Jahren noch ein Hausmädchen bei ihm gewohnt hatte. Sie hatte für ihn geputzt, gekocht. Er hatte ein Dienstmädchen gehabt, wie es sich für einen Mann in seiner Position gehörte, aber dann hatte er sie gehen lassen. Er brauchte sie nicht mehr. Schließlich aß er sowieso meistens auswärts. Und wenn er in seiner Wohnung war, dann wollte er dort auch allein sein. Das Mädchen war noch jung gewesen, kam vom Land, aus Blekinge. Sie wollte in die Großstadt, wie so viele andere. Wollte hierbleiben, nie wieder aufs Land zurück. Er hatte sie entlassen, aber Högstedt empfohlen. Und bei dem arbeitete sie jetzt. Sie war zufrieden. Fast hatte er das Gefühl, eine gute Tat begangen zu haben, sie vielleicht nicht gerade gerettet zu haben, aber er wusste, dass die Stadt Menschen verschlucken konnte, die dieses Treiben nicht gewohnt waren. Sie hätte auf Abwege geraten können, untergehen. Zu etwas gezwungen werden, was sie sich nicht einmal hätte vorstellen können.

Eine Gruppe von Kindern stand um den Leierkasten herum. Um den kleinen, dicken Mann mit Glatze, der die Kurbel drehte, ihn hatte Stierna schon häufiger gesehen. Neben ihm stand die große, dürre Frau, die das Geld einsammelte.

Wahrscheinlich seine Frau, dachte Stierna, die sich um die Finanzen kümmerte.

Die Kinder musterten mit großen Augen den Leierkasten. Einige von ihnen kannte Stierna, sie wohnten in der Nachbarschaft. Sie begleiteten den Leierkastenmann von Hof zu Hof. Arme Kinder, die fast auf der Straße lebten. Deren Eltern sich kaum um sie kümmerten.

Stierna lehnte sich weiter aus dem Fenster. Er hatte sein Portemonnaie in der linken Hosentasche, wie immer. Als die Straßenmusikanten da unten fertig waren, tat er das Gleiche wie alle anderen. Er riss ein Stück von einer Zeitungsseite ab, wickelte ein paar Kupfermünzen hinein und warf sie in den Hof.

Die lange, dünne Frau sammelte die Papiertütchen mit den Münzen ein und verneigte sich vor der Hausfassade. Ein kurzer Applaus hallte auf dem Hinterhof wider, dann waren die Musikanten verschwunden. Für dieses Mal.

Abends besuchte Stierna seine Eltern. Das tat er meistens sonntags. Und fast immer war er mit ihnen allein. Erik hatte einen Malerbetrieb eröffnet, der lief gut, außerdem hatte er ja noch seine Familie. Und Fredrik war immer noch in Amerika.

Als Stierna sein Elternhaus in der Södermannagatan verließ und zur Straßenbahn am Södermalmstorg ging, dachte er daran, wie gut es ihnen ging. Und gleichzeitig hatte er Lust, in eine der vielen Kneipen zu gehen, die in der Nähe lagen. So war es immer, wenn er seine Eltern besucht hatte. »Grå Kvarn« in der Tjärhofsgatan. »Port Arthur« in der Blekingegatan. »Mosebacke«. Als ob er sich schämte. Vielleicht weil er ihnen nicht das gegeben hatte, was er ihnen schuldig war. Keine Enkelkinder, und er war nicht so hoch aufgestiegen, wie er hätte aufsteigen können.

Er entschied sich für »Mosebacke«, nicht »Il Mare«. Stierna nahm an, dass sie sicher hatten schließen müssen. Und seine beiden Mitgliedskarten waren sowieso zerrissen. Also ging er in eines der üblichen Lokale. Eines, das um zwölf schloss, wie die normalen Kneipen.

74

Es war Viertel nach elf, als Stierna den kahlen Vernehmungsraum im Keller des Präsidiums am Montag, den neunten Juli betrat. In dem Raum befanden sich nur ein viereckiger Holztisch und zwei Stühle. Der Wachtmeister in der Türöffnung überreichte ihm die beigefarbene Pappmappe. Stierna öffnete sie und las die erste Seite.

Sverker Erik Gustafsson, verhört von Hauptwachtmeister Gunnar Rehn und Kriminalassistent Alfred Weimers. Hintergrund: Der Befragte (Gustafsson), ehelich geboren am 12. April 1903 in Piteå, Sohn des verstorbenen Kaufmanns Sven Gustafsson und seiner noch lebenden Ehefrau Monika Gustafsson, gemeldet in Stockholm seit Januar 1921; seit dem 4. Dezember 1932 wohnhaft in Haus Nummer 10 Kungsholmstorg. Sverker Erik Gustafsson wohnte daheim in Piteå bis zu seinem 14. Lebensjahr, dann wurde er wegen Ladendiebstahls ins Kinderheim in Forsberg eingewiesen. Er hat die Volksschule abgeschlossen und anschließend einen Fernkurs in Elektronik an der mit dem Heim verbundenen Fernschule besucht. Zum Jahreswechsel 1920/1921 wurde er aus dem Kinder- und Jugendheim entlassen und zog nach Stockholm. 1923 wurde er wegen Diebstahls zu vier Monaten Gefängnisstrafe auf Långholmen verurteilt und hat diese verbüßt. Im Oktober 1927 wurde Gustafsson wegen schwerer Misshandlung von Inga Svensson zu sechs Jahren Strafarbeit verurteilt. Im Herbst 1931 wurde er entlassen.

Stierna nahm die Mappe mit und setzte sich auf den leeren Stuhl dem Mann gegenüber. Demonstrativ legte er die Mappe vor sich auf den Tisch.

»Aha«, begann Stierna, »was haben wir denn hier?«

Der Mann sah ihn verwundert an. Der lange blonde Pony fiel ihm ins Gesicht.

Geboren am 12. April 1903. Dann ist er jetzt einunddreißig, dachte Stierna, während er schweigend den Mann vor sich musterte. Aber er sieht nicht aus wie einunddreißig, höchstens wie fünfundzwanzig. Obwohl er versucht hat, sich einen Bart wachsen zu lassen, aber der wuchs nur spärlich.

»Ich möchte mit Ihnen sprechen, Herr Kommissar«, sagte der Mann schließlich. »Zu Ihnen habe ich mehr Vertrauen als zu dem anderen, mit dem ich das letzte Mal geredet habe. Ich will ja, dass alles in Ordnung kommt, wissen Sie …«

Stierna unterbrach ihn. Die Kopfschmerzen schienen ihn zu überrollen. Am Tag zuvor war er im »Mosebacke« gewesen und hatte den Fehler gemacht, den er doch niemals machen wollte: Er hatte zu viel getrunken und viel zu viel geraucht, mindestens eine Packung.

»Dann waren Sie nicht zufrieden mit demjenigen, der Sie bisher verhört hat, mit Hauptwachtmeister Rehn?«

Sverker Gustafsson nickte.

»Warum wollten Sie mich sprechen?«, fragte Stierna. »Ich habe mit den Ermittlungen nichts zu tun.«

»Nein«, bestätigte Gustafsson. »Aber bei Ihnen ist das was anderes. Ich hatte ja früher schon mit Ihnen zu tun. Und ich habe das Gefühl, dass Sie mich verstehen, Ihnen kann ich trauen. Sie waren doch letztes Mal auch dabei, wissen Sie noch?«

Sverker Gustafsson klang verzweifelt, obwohl er sich alle Mühe gab, hart und unbeteiligt zu klingen. Natürlich erinnerte Stierna sich an Sverker Gustafsson. Sein Dialekt war noch anders gewesen, als sie das letzte Mal aufeinandertrafen. Das auffällige Nordländische hatte sich in einen ziemlich neutralen Tonfall verändert, der auch als Stockholmer Dialekt durchgehen konnte.

Stierna hatte sich mit dem Fall vertraut gemacht, obwohl er nicht an den Ermittlungen beteiligt war. Er hatte die Bilder der misshandelten Frau gesehen. Sie hieß Margit Ek, Gustafsson hatte sie seit knapp einem halben Jahr gekannt. Stierna hatte die drei tiefen Wunden gesehen, verursacht von dem spitzen Teil eines elektrischen Bügeleisens, auf der linken Schädelseite. Margit Ek konnte froh sein, dass sie noch am Leben war.

»Der Herr Kommissar sieht älter aus«, sagte Sverker Gustafsson plötzlich.

Stierna sah ihn unverwandt an.

»Das letzte Mal haben wir uns 1927 gesehen. Glauben Sie mir, seitdem ist viel Wasser unter den Brücken durchgeflossen.«

Gustafsson grinste.

»Es scheint, als hätte der Herr Kommissar seine Jugend verloren.«

»Das werden Sie auch haben, wenn Sie das nächste Mal wieder rauskommen«, erwiderte Stierna. »Dessen können Sie sicher sein, Gustafsson. Sie sind jetzt draußen seit ...«

Stierna blätterte in den Unterlagen, bevor er fortfuhr.

»... nicht einmal drei Jahren. Wie oft haben Sie die Frau seitdem geschlagen? Wie oft haben Sie Margit Ek geschlagen?«

»Gar nicht. Der Herr Kommissar muss mir glauben ...«

»Ach, hören Sie doch auf. Wir wissen beide, dass das nicht stimmt. Aber eines möchte ich doch wissen. Haben Sie sich jemals an einen Mann rangetraut? An jemanden, der zurückschlagen kann? Ich muss zugeben, das kann ich mir nur schwer vorstellen.«

Sverker Gustafsson sprang auf. Stierna sah den Hass in seinem Blick.

»Hier gibt es nichts«, sagte Stierna, »kein Bügeleisen, mit dem Sie zuschlagen könnten.«

Als er durch die dunklen Flure in den Katakomben des Polizeigebäudes lief, dachte Stierna, dass er sich aufrieb. Der Gedanke war ihm in den letzten Jahren immer häufiger gekommen. Früher hatte er das nie gedacht, jedenfalls nicht in dieser Art. Und er hatte diesen Gedanken nie richtig an sich rangelassen.

Jetzt fühlte er in erster Linie Verachtung. Immer seltener Verständnis, und das war doch seine Stärke gewesen, als er im Konferenzraum die Anweisungen gegeben hatte.

Er hatte immer noch dasselbe Arbeitszimmer. Eines der besten in der Abteilung für Gewaltverbrechen. Der Schreibtisch war auch immer noch derselbe, die Bücherregale, der Aschenbecher.

Er trat an das Bücherregal und nahm einen der dicken beigefarbenen Pappkartons heraus. Mit dem weißen Etikett, auf dem stand: »Ingrid Bengtsson«. Immer noch schaute er häufiger hinein, mehrere Male in der Woche. Aber inzwischen war er der Einzige, der das tat.

Die Akte über den »Stinsen« lag zuoberst, Stierna konnte sich nicht erinnern, wieso. Sie war dünn. Die Suche in den Stockholmer Melderegistern hatte nichts ergeben, »Stinsen« schien kein üblicher Spitzname unter den Ganoven zu sein. Sie hatten ein paar Mitteilungen von den Kollegen im Land bekommen, aber auch die hatten zu nichts geführt. Und sie hatten Informationen über »Stinse« von der Staatlichen Eisenbahngesellschaft bekommen. Einige »Stinse« hatten sie sich näher angeschaut. Auch ein paar einfache Bahnhofsvorsteher und andere vom Eisenbahnpersonal. Es hatte nichts gebracht, der Mörder war nicht aufzufinden.

Er war wie vom Erdboden verschluckt, dachte Stierna. Als hätte er das Land verlassen und alle Spuren hinter sich verwischt.

Und er dachte an alles, was sie außerdem unternommen hatten. Die Spuren, die zu nichts geführt hatten. Nils Sandquists gestohlenes Automobil, das nie gefunden worden war. Da war etwas mit dem Wagen, das Stierna nie verstanden hatte. Der Mörder, der von Nils Sandquist die Sibyllegatan hinauf verfolgt worden war, als er das erste Mal versucht hatte, das Fahrzeug zu stehlen. Und der dann zurückgekommen war und den schwarzen Chevrolet Imperial Landau bei seinem zweiten Versuch endgültig stahl. Die ergebnislose Suche unter Sittlichkeitsverbrechern und Gewalttätern.

Die Jagd nach Männern, die diese Sammelbilder gekauft hatten, aus der Serie Åhlén & Åkerlunds schwedische Rekordhalter. Die Überwachung der Orte, die der Mörder besucht haben könnte. Geschäfte, Kioske, Restaurants. Das »Runan«, der Mörder war nie wieder dorthin zurückgekehrt, zumindest nicht, soweit sie wussten. Zahlreiche Hinweise, die trotz allem bei ihnen eingingen, nachdem sie dafür gesorgt hatten, dass die Zeichnungen in der Presse publiziert wurden, Sara Åkerbloms und Ingrids Zeichnung von dem Mann, der dort im

Park gesessen hatte. Ihnen waren diverse Personen genannt worden, die sie überprüft hatten. Aber in dem Rest wären sie fast ertrunken, in all den Tipps, die zu nichts geführt hatten. Manchmal hatte Stierna das Gefühl, die Lösung wäre hier zu finden, in diesem Dickicht von Tipps, sie hatten sie aber nie sehen können, weil ihnen viel zu viel anderes im Weg stand.

Der Kommissar trat ans Fenster, öffnete es. Er holte die Comtesse-Packung heraus und zündete sich eine Zigarette an. Ließ den Blick über den Park schweifen. Es war ein vertrauter Anblick, er sah genauso aus wie an dem Tag, als er das erste Mal dieses Zimmer betreten hatte, vor vielen, vielen Jahren.

Stierna hatte die Wohnung im Karlbergsvägen nie gefallen. Die Küche, in der nur wenige Personen sitzen konnten. Das Wohnzimmer war nicht besonders gut geschnitten. Der große Schrank am Ende des Flurs war bis oben hin mit seiner Kleidung gefüllt. Das meiste hatte er schon vor langer Zeit gekauft.

Das Schlafzimmer mit dem Glastisch am Erker. Das Bett an einer Wand, der langweilige Schreibtisch an der anderen Längswand. Die Bücherregale. Das andere Zimmer, das er nie hatte vernünftig einrichten können. Diese Räume hatten keine Seele. Er wollte weg von hier, fühlte sich hier nicht zu Hause.

Am Abend ging er in »Kahns Källare«. Am Sankt Eriksplan 1, er erinnerte sich, dass er hier an dem Abend gewesen war, als er aufgegeben hatte, ins »Runan« zu gehen, an dem Abend, an dem er den Mörder fast in den Wänden hatte spüren können. Vor knapp sechs Jahren.

Die Einrichtung hier war schlicht. Die viereckigen, massiven Tische. Die zusammenklappbaren braunen Holzstühle, der abgegriffene Bartresen.

Immer häufiger suchte er solche Orte auf. Lieber als die feinen Salons oder die großen Vergnügungslokale. Nicht den »Fenixpalast« an der Adolf Fredriks Kyrkogata. Oder das »Atlantis«, den großen Nachtklub in der Götgatan, der die Gäste anzog wie das Licht die Motten. Sicher, derartige Etablissements hatten sie bereits vor einigen Jahren schließen lassen. Wie das »Atlantis«, in dem er Karolina das erste Mal getroffen hatte. An jenem Samstagabend im September 1923. Was eine gefühlte Ewigkeit zurücklag.

Fast immer saß er allein für sich bei »Kahns«, so, wie er es wollte. Sie nannten ihn den Herrn in der Ecke, an einem Tisch, den sonst nur selten jemand haben wollte.

Das ist mein neuer Name, dachte Stierna. Der Herr in der Ecke. Den Leuten hier ist es egal, wer ich bin, wer ich war und wer ich sein könnte. Für sie bin ich nur der Herr in der Ecke.

Hier trinke ich also inzwischen mein Bier. Fünf, sechs Pils, so ungefähr, damit ich keinen Kater bekomme, damit ich meine Arbeit einigermaßen ordentlich erledigen kann. Der Herr in der Ecke. Sie wissen nichts von mir, sie servieren mir nur mein Bier. Das ist der Segen des Stammkunden. Denn sie kennen mich inzwischen, so oft, wie ich hier schon gewesen bin. Grüßen mich und fragen, ob es das Übliche sein soll. Ich erwidere ihren Gruß und setze mich an den leeren Tisch.

75

Stierna war zurück in der Abteilung für Gewaltverbrechen. Auf den fünfundzwanzig Quadratmetern, dem Raum, in dem er sich bald am häufigsten in seinem Leben aufgehalten haben würde.

Es war Nachmittag, die Sonne schien durch das geschlossene Fenster herein.

Stierna hat sich in den letzten Jahren weiter von den brutalen Gewaltverbrechen entfernt, auch wenn er immer noch auf Gewalt stieß, jeden Tag. Meistens in den Lokalen, den Nachtklubs. Fast immer ging es um Alkohol. Obwohl sich in erster Linie die uniformierte Polizei um Schwarzbrennerei und Schmuggel kümmerte, nicht die Kommissare.

Die Gasthäuser, die weit mehr als die erlaubten zwei Schnäpse zum Essen und einen Cognac zum Kaffee servierten, die das Gesetz erlaubte. Die billige Schmuggelware aus Estland, die in die Restaurants geschwemmt wurde. Alle Methoden, das Alkoholgesetz zu umgehen. Nachtklubs für geschlossene Gesellschaften, obwohl sie eigentlich ganz und gar nicht geschlossen waren. Gäste, die ihren eigenen Schnaps mitbrachten und sündhaft hohes Korkengeld bezahlen mussten, um ihn in den feinen oder weniger feinen Salons trinken zu dürfen. Razzien, bei denen bekannte Persönlichkeiten geschnappt wurden, ein gefundenes Fressen für die Pressefotografen.

Stierna gefiel das nicht, er war einfach hier gelandet. Wie, das wusste er nicht.

Er war nicht mehr Leiter der Ermittlungsabteilung. Es war nicht mehr an ihm, die Aufgaben im Konferenzraum zu verteilen. Und er wusste den Grund. Er hatte etwas verloren, den Biss. Den Funken, der ihn zum unangefochtenen Führer gemacht hatte. Jetzt hatte Wallbom seinen Platz eingenommen, er war der Ermittlungsleiter. Er war die Nummer eins unter den Kommissaren.

Einige der Kartons mit der Aufschrift »Ingrid Bengtsson« standen auf seinem Schreibtisch, der Rest war im Archiv. Er holte sie immer wieder hervor, immer nur einige. Ein Teil des Materials, von dem er meinte, es wäre wichtig, hatte er kopiert und in eigene Ordner sortiert.

Wir haben über tausend Aktennotizen angelegt, dachte Stierna. Vielleicht sogar zweitausend. Von allen Hinweisen, Befragungen, von jeder Spur, die in eine Sackgasse geführt hatte.

Stierna öffnete den obersten Karton. Lundbys Bericht der Ermittlungen auf der Djurgårdswerft lag obenauf. Sie hatten mehrere Monate angedauert, hatten die Ermittler aber nicht näher an die Wahrheit geführt.

Zweitausend Aktennotizen, aber kein Mörder. Wenn er nicht doch darunter zu finden war, irgendwo verborgen zwischen den Seiten.

Die Kopie von Ingrids Kettenanhänger lag in einer Ecke. Das Schweinchen, das auf zwei Beinen ging. Mit großem Kopf, kurzen Armen und Beinen. Es trug ein Halstuch. Ferkel. Mit den Initialen I. B. auf der Rückseite. Das Original hatten sie nie gefunden. Vielleicht war es immer noch im Besitz des Mörders.

Inzwischen gab es das Buch auch auf Schwedisch, seit vier Jahren jetzt. »Pu der Bär«. Offenbar war es eher zufällig übersetzt worden, jedenfalls hatte Stierna das gehört. Brita af Geijerstam hatte von einer Freundin das englische Original bekommen. Und sie hatte es eher aus Spaß übersetzt. Ihr Mann hatte sie überredet, die Übersetzung Tor Bonnier anzubieten. Und so war es dann gekommen, aus »Pu der Bär« war »Nalle Puh« geworden, das Ferkel hieß nun »Nasse«.

Er hatte die schwedische Ausgabe gleich nach Erscheinen für die Tochter seines Bruders kaufen wollen, Eriks Tochter. Sie war inzwischen neun Jahre alt, aber irgendwie war es nie dazu gekommen. Irgendwie hatte er das Gefühl, das wäre nicht richtig gewesen, auch wenn es die fantastischste Kindergeschichte war, die er je gelesen hatte.

Er erinnerte sich daran, was Karolina gesagt hatte, als er ihr das Buch zeigte, damals in der Küche in der Parmmätargatan. »Das scheint eine schöne Geschichte zu sein. So eine, wie wir sie unseren Kindern später einmal schenken sollten.«

76

Stierna ging den Karlbergsvägen entlang, bog in die Birkagatan. Wie fast immer, obwohl er schon früher rechts hätte abbiegen und die Norrbackagatan hätte nehmen können. Dann die Vikingagatan. Aber meist nahm er die Birkagatan auf seinem Weg zu »Kahns Källare«.

Das Tor zu dem Haus, in dem Karolina mit ihrer Schwester gewohnt hatte, als sie sich das erste Mal begegnet waren, war immer noch dasselbe. Unscheinbar, schwer zu finden, wenn man die Straße entlangschlenderte. Er nahm an, dass die kleine Einzimmerwohnung mit Kochnische sich auch nicht verändert hatte. Und das Fenster zur Straße war auch noch gleich.

Er hatte so eine intensive Erinnerung an diese unscheinbare Wohnung.

Das erste Mal, als es mir wirklich heiß wurde, dachte Stierna. Ich weiß es noch wie heute. Da begriff ich, dass sie und ich zusammengehörten.

Wir landeten in dieser Wohnung, nachdem wir im »Atlantis« getanzt hatten. Ihre Schwester war nicht da, sie war wohl verreist. Denn sie teilte die Wohnung mit Karolina.

Wir unterhielten uns über alles Mögliche. Das Leben, das Gute, das Böse. Und ich konnte mit ihr reden wie mit niemandem je zuvor. Es fühlte sich so richtig an. Stundenlang, die Zeit flog nur so vorbei. Das eine führte zum anderen, schließlich landeten wir im Bett.

Ich streichelte mit der linken Hand ihren Körper, tastete nach dem Büstenhalter.

Plötzlich setzte sie sich auf. Zuerst ging sie ins Badezimmer. Ich überlegte, was ich falsch gemacht hatte. Als sie zurückkam, setzte sie sich mit angezogenen Knien neben mich auf das Bett.

»Ich habe an dich gedacht, John«, sagte sie. »Du bist in meinen Gedanken, immer.«

Ich hatte nichts gesagt, wusste nicht, was ich hätte sagen sollen.

»Und was machen wir jetzt?«, fragte sie schroff.

Ich umarmte sie. Streichelte ihren Schenkel.

»Ich weiß es nicht«, antwortete ich. »Ich weiß es nicht.«

Als ich die Wohnung verließ, ohne dass wirklich etwas passiert war, da wusste ich es. Ich wusste es ganz genau.

Er dachte nicht oft an den Tag, an dem sie ihn verlassen hatte. Es fiel ihm schwer, die Tage auseinanderzuhalten. Ein neues Jahr hatte begonnen, 1929.

Nur schwach erinnerte er sich an die Zeit vor der Scheidung. Die kurzen Vermittlungsgespräche mit dem Pfarrer, der sie in der Kungsholmener Kirche einmal getraut hatte. Denn das sah das Gesetz so vor, dass die Ehepartner, die sich scheiden lassen wollten, gezwungen waren, einen Vermittler aufzusuchen, um möglicherweise die Ehe noch zu retten. Meistens einen Pfarrer, aber es gab auch andere, von der Stadt Stockholm dazu Berufene.

Sie hatten den Pfarrer gewählt, der sie damals getraut hatte. Früher war noch so viel nötig gewesen, um eine Scheidung durchzusetzen: Bigamie, Hurerei, grobe Misshandlung, Ansteckung mit einer Geschlechtskrankheit; man hatte drei Jahre lang getrennt leben müssen und so weiter. Inzwischen genügte es, wenn sich beide Ehepartner einig waren. Und sie waren sich einig gewesen. Wenn sie gehen wollte, dann würde er sie nicht aufhalten. Es hatte keinen Sinn, das zu versuchen.

Sie hatte ihm gesagt, sie habe das Gefühl, etwas sei gestorben. Es war einerseits seine Besessenheit bei allem, was er tat, in seinem Beruf. Aber ihre Liebe zu ihm war erloschen. Und sie wollte fort. Er selbst hatte nicht viel dazu gesagt. Hatte nur gedacht, dass es nicht viel nützen würde, als sie zu dem Gespräch mit dem Pfarrer gegangen waren. Er war überzeugt davon, dass es ziemlich absurd wäre, wenn ein Pfarrer, jemand, der sie eigentlich gar nicht kannte und der nur seine Pflicht laut den Gesetzesparagrafen tat, ihre Ehe retten könnte. Deshalb waren die Gespräche so sinnlos.

Vielleicht hatte er dennoch, tief in seinem Innern, geglaubt, sie würde zurückkommen. Obwohl er wusste, dass es vorbei war.

Stierna erinnerte sich an keine Einzelheiten mehr. Aber was um ihn herum geschehen war, das wusste er noch genau: Was er getan hatte, welche Aufgaben er erledigt, wo er gegessen hatte. Nach dem Gespräch mit dem Pfarrer war ein Monat vergangen, es waren zwei Monate vergangen. Karolina war nicht zurückgekommen.

Ich habe nicht versucht, sie zurückzugewinnen, dachte Stierna. Vielleicht weil ich wusste, dass es doch sinnlos war. Dass die Liebe erloschen war, zumindest ihre. Weil ich wusste, dass ich mich nicht ändern würde, es wahrscheinlich gar nicht konnte.

Jetzt bin ich hier. Es ist eine Leere in meiner Seele. Ein Vakuum, das ich mit Sinn zu füllen versuche. Deshalb suche ich nach Ingrid Bengtssons Mörder. Immer noch. Ingrid Bengtsson, die so vieles hätte werden können, die aber nicht einmal neun Jahre alt wurde.

Manchmal glaube ich, die Einsamkeit ist meine Bestimmung, Karolina hat sie nur unterbrochen. Und mit der Einsamkeit kommt das Bedürfnis, sich an etwas klammern zu wollen. Um einen Sinn zu finden, um nicht in den Abgrund der Sinnlosigkeit gerissen zu werden und in ihm umzukommen.

Es gab einige nach Karolina, auch wenn das jetzt schon mehrere Jahre her ist. Einige vor ihr. Aber dabei habe ich mich immer einsam gefühlt. Auf eine Art, die ich nicht erklären kann. Nur mit ihr, mit Karolina, habe ich mich nie einsam gefühlt. Nun klammere ich mich an den »Fall Ingrid«. Weil das so falsch war, das war keine zufällige Prügelei um eine Flasche, nein, das war etwas anderes.

*

Bei »Kahns« saßen einige Gäste. Der Mann hinter dem Tresen zapfte ein Pils, ohne Stierna nach seinen Wünschen zu fragen.

Stierna setzte sich mit seinem Glas an den Tisch in der Ecke. Der war frei, wie üblich.

Der Kommissar trank von seinem Bier, überlegte, ob er sich etwas zu essen bestellen sollte. Doch er verwarf den Gedanken und schlug stattdessen die Zeitung auf. Er hatte die Beilage der *Dagens Nyheter* vom letzten Sonntag dabei und blätterte zum Kreuzworträtsel.

Stierna nahm den Bleistift, den er immer in seiner Jackentasche hatte, zusammen mit dem Notizblock. In gewisser Weise war ein Polizist doch immer im Dienst.

Gelegentlich löste er das Kreuzworträtsel in der Zeitung. Aber er hatte nie die Lösung eingeschickt, wollte nie den Preis gewinnen, der jede Woche ausgelobt wurde.

Eigentlich löste er gern Kreuzworträtsel, aber im Augenblick war er trotz allem zu unkonzentriert dazu. Er schob die Zeitung beiseite, beschloss, sich doch etwas zu essen zu bestellen. Frikadellen mit gekochten Kartoffeln. Und Preiselbeerkompott. Ein Schnaps dazu. Es könnten auch zwei weiße und noch ein brauner später am Abend werden. Der Schnaps, den man in den Restaurants trinken durfte. In den erlaubten Grenzen – Stierna selbst sorgte schließlich dafür, dass sie eingehalten wurden. In seiner Dienstzeit.

Der Barkeeper nickte ihm zu, als Stierna den Kopf hob.

Im Herbst würde er einen runden Geburtstag haben. Vierzig Jahre.

*

Am folgenden Abend ging er hinunter nach Norr Mälarstrand, ans Wasser. Er hatte es sich zur Gewohnheit gemacht, spazieren zu gehen. Er redete sich ein, dass er das brauchte, eine halbe Stunde oder eine Stunde frische Luft halfen ihm, sich besser zu konzentrieren. Früher war er nur selten während der Arbeitszeit hinausgegangen; er hatte auch so genug frische Luft bekommen, bei den Einsätzen. Aber jetzt machte er fast jeden Tag einen langen Spaziergang. Er fragte sich, was seine Kollegen wohl von seiner neuen Angewohnheit hielten. Aber eigentlich interessierte ihn das gar nicht.

*

In der Abteilung für Gewaltverbrechen lief alles seinen gewohnten Gang.

Er ging in sein Arbeitszimmer. Mehrere Mappen lagen auf dem Schreibtisch. Die meisten handelten von Verstößen gegen die Alkoholgesetze, aber es gab auch ein paar andere. Eine brutale Misshandlung vor dem Restaurant »KL« in der Wallingatan. Ein Mann, der seine Frau in Hjorthagen zusammengeschlagen hatte. Berner hatte ihm erzählt, dass sie in so vielen Gewalttaten ermitteln mussten, dass der Fall an Stierna ging. Er wurde gebraucht, nicht nur, wenn es um Schnaps oder Nachtklubs ging. Und »KL«, das war ja ein Lokal, das er früher besucht und überprüft hatte. Deshalb lag der Fall sozusagen in Stiernas Fahrwasser. Und wenn es um Misshandlung der Ehefrau ging ... Berner hatte etwas in der Richtung geäußert, dass Stierna doch gut mit Frauen reden konnte.

Er setzte sich an den Schreibtisch.

Inzwischen sehe ich vor allem Elend, dachte Stierna. Und das Böse. Überall. Schlägereien im Suff, Misshandlung der Ehefrau, Eltern, die ihre Kinder schlagen, und Schlimmeres. Selbst Kleinigkeiten lassen mich zögern. Ich weiß, es gibt das Gute im Leben, vielleicht sogar in höherem Maße als das Schlechte. Aber ich sehe vor allem das Schlechte.

Und wenn ich sie verhöre, all diese Ganoven, die vor mir sitzen ... Meistens ist das Verständnis nicht mehr da, das ich früher für sie hatte. Was mich zum besten Verhörleiter in der Abteilung für Gewaltverbrechen gemacht hat. Jetzt will ich sie nur noch von der Straße weghaben. Und zwar möglichst schnell, damit sie keinen Schaden mehr anrichten können. Mit allen Mitteln, die es gibt. Laut Gesetz. Manchmal sogar noch darüber hinaus, ich weiß es nicht. Suche im Grenzland zwischen dem, was zugelassen ist, und dem, was nicht zugelassen ist.

Ich bin so kompromisslos geworden. Als Karolina ging, ist das so geworden. Das Gleichgewicht gibt es nicht mehr, seit sie fort ist. Jetzt ist es, als hätte ich Scheuklappen. Scheuklappen, die das Gute verbergen.

Meine Kollegen sind anders, zumindest die meisten. Wenn Roland Lindberg abends zu Frau und Kindern nach Hause geht, dann schüttelt er all das Schreckliche ab, was er den Tag über bei seiner Arbeit erlebt hat, das ist reine Überlebenstaktik. Man darf die Arbeit nicht mit nach Hause nehmen, nicht zu viel darüber in seiner Freizeit nachdenken, sonst entkommt man irgendwann dem Teufelskreis nicht mehr.

Ich glaube sogar, dass ich derjenige war, der gefordert hat, dass man seine Uniform auszieht, bevor man abends nach Hause geht, bildlich gesprochen. Früher habe ich viele weise Sprüche von mir gegeben. Aber wenn ich dann daheim mit Karolina am Küchentisch saß, habe ich mich selbst nicht daran gehalten. Ich selbst hatte Mühe, diesen Worten zu glauben, auch heute noch. Eigentlich habe ich ihnen nie geglaubt.

Stierna stand auf und verließ das Zimmer.

Jonsson kam ihm auf dem breiten Flur entgegen, er wirkte gehetzt. Jonsson wirkte eigentlich nie gehetzt.

»Was ist los?«, fragte Stierna.

Der Kollege schaute ihn kurz an.

»Es geht um Gustafsson. Sverker Gustafsson.«

Stierna blieb stehen. Sverker Gustafsson, dachte er. Der Frauen misshandelte, den er erst vor wenigen Tagen vernommen hatte. Er hatte kein schlechtes Gewissen, obwohl er das vielleicht hätte haben sollen. Und er bereute es nicht, dass er Gustafsson gefragt hatte, ob er sich jemals an einen Mann herangetraut hätte.

»Sitzt er in Untersuchungshaft?«, fragte Stierna.

»Nein«, antwortete Jonsson, »sie haben ihn laufen lassen. Aus Mangel an Beweisen.«

»Warte mal. Aus Mangel an Beweisen?«

»Und jetzt ist er durchgedreht. Hat sich in seiner Wohnung am Kungsholmstorg verbarrikadiert. Ein Nachbar hat gehört, dass es in Gustafssons Wohnung sehr laut geworden ist. Frauenschreie. Möbel, die zertrümmert wurden. Deshalb hat er geklingelt, der Nachbar, ein Familienvater mit Frau und fünf Kindern. Er hat nebenan geklingelt, als die Frau drinnen so entsetzlich geschrien hat. Gustafsson hat geöffnet, und der Nachbar hat gefragt, was passiert sei. Worauf Gustafsson ihm eine Flasche auf den Kopf geschlagen hat. Nichts gesagt, nur zugeschlagen. Nur gut, dass die Frau drinnen die Gelegenheit genutzt hat, aus der Wohnung zu fliehen.«

Stierna schüttelte den Kopf.

»Und wie geht es ihr?«

»Das weiß ich nicht«, sagte Jonsson, »sie ist übel zugerichtet, sie haben sie und den Nachbarn ins Serafimerlasarettet gebracht. Aber ich habe noch nicht gehört, wie es den beiden geht.«

»Und wer ist die Frau? Ist es dieselbe, die er schon mal misshandelt hat? Margit Ek?«

»Nein, das ist eine andere, eine gewisse Johanna Lundgren. Sagt dir der Name etwas?«

Stierna schaute zu Boden. Er hatte den Namen noch nie gehört.

Aber so einer wie Sverker Gustafsson hört nie auf, dachte er.

»Lindberg geht hin«, sagte Jonsson, »ich, Hultberg und noch ein paar andere. Der Einsatzwagen ist schon auf dem Weg.«

77

Der Einsatzwagen stand bereits vor dem Haus, als sie am Kungsholmstorg ankamen. Stierna ging als Erster durch das Dunkel.

Der Erste, dachte Lindberg. Wie Stierna es immer gemacht hat, als er noch derjenige war, dem wir gefolgt sind.

Gleichzeitig fielen Lindberg die Worte ein, die Berner ihm gesagt hatte, als der Alarm bei ihnen einging:

Nimm Stierna nicht mit. Der ist wie eine ungesicherte Waffe, man sollte vorsichtig damit sein, wo man sie aufbewahrt.

Aber nun war er doch dabei, nachdem Stierna selbst mit Berner gesprochen hatte. Und dafür gesorgt hatte, dass er mitkommen durfte, dass er derjenige war, der den Einsatz leitete. Denn er hatte dem Chef erklärt, dass Sverker Gustafsson vorher unbedingt ihn hatte sprechen wollen.

Sicher, Sverker Gustafsson hatte das vor einiger Zeit getan, aber Lindberg fragte sich, ob das immer noch galt. Er hatte den finsteren Blick des Verbrechers nach dem Verhör mit Stierna vor einigen Tagen gesehen. Gustafsson hatte nichts darüber gesagt, was passiert war, Lindberg hatte jedoch das dunkle Funkeln in seinen Augen gesehen.

Aber trotz allem hatte Berner seine Meinung geändert. Wie immer, wenn es um Stierna ging, immer noch.

Jonsson stieß auf dem Bürgersteig auf die beiden. Der Einsatzwagen stand vor dem Tor.

»Herr Kommissar«, begann Jonsson, »die Einsatztruppe ist hier.«

»Das sehe ich«, antwortete Stierna. »Wie viele sind es?«

»Sechs Mann.«

Lindberg öffnete den obersten Knopf seiner schwarzen Jacke. Es war windig, aber der Sommer war deutlich zu spüren.

»Er ist also noch drinnen«, sagte Lindberg.

»Ja«, antwortete Jonsson. »Die beiden Fenster im vierten Stock ganz links, die gehören zu seiner Wohnung. Und Hultberg steht vor seiner Tür.«

Stierna ging zum Mannschaftswagen. In der Dunkelheit war es schwierig, etwas zu erkennen. Die Scheinwerfer waren ausgeschaltet. Er sah die Silhouetten der Polizisten, die hinten saßen.

Die Beifahrertür wurde geöffnet. Ein Mann in Uniform stieg aus. Stierna erkannte ihn wieder, konnte aber nicht sagen, woher. So war es häufig: All die Kollegen, die kamen und gingen; Stierna konnte die Gesichter oft nicht zuordnen.

»Kommissar Stierna«, sagte der Mann, »ich bin Hauptwachtmeister Svensson.«

»Guten Abend, Hauptwachtmeister.«

Lindberg trat auch an den Wagen, Jonsson ebenso.

»Dann sind also alle versammelt«, sagte Stierna. »Lasst uns reingehen.«

Svensson nickte. Er wechselte ein paar Worte mit seinen Kollegen im Wagen.

Sie kamen vor dem Tor zusammen. Einer der Uniformierten hatte den »Mauerbrecher« dabei, diesen schweren Metallzylinder mit den großen Handgriffen.

Hultberg wartete im Hauseingang. Stierna ging zu ihm.

»Hultberg, was machst du hier? Solltest du nicht im vierten Stock warten?«

Hultberg schien unruhig zu sein, nervös.

»Ich wollte nur kurz runter und sehen, was passiert. Ist es nicht an der Zeit loszulegen?«

»Ja, es ist an der Zeit«, nickte Stierna. »Wie sieht es oben aus?«

»Es ist ruhig. Ich habe nichts aus der Wohnung gehört.«

Stierna tastete nach seinem Revolver, der im Achselholster steckte, er hatte ihn noch nie im Dienst anwenden müssen. Die sechs Uniformierten standen hinter ihm. Zusammen mit Lindberg und Jonsson. Stierna wandte sich an Hauptwachtmeister Svensson.

»Dann holen wir ihn uns jetzt. Wie gehen wir vor?«

Svenssons Antwort kam prompt.

»Wir verschaffen uns Zugang zur Wohnung. So schnell, dass er nicht reagieren kann.«

»Wie viele gehen in die Wohnung?«

»Ich und noch drei Mann«, antwortete Svensson. »Es wird nur ein paar Sekunden dauern, bis wir ihn unschädlich gemacht haben.«

Stierna überlegte.

»Ich gehe mit rein.«

Svensson sah ihn mit skeptischem Blick an.

»Warum? Ich meine ...«

Stierna unterbrach ihn.

»Ich gehe als Erster«, sagte er.

»In Ordnung, Kommissar. Wenn das ein Befehl ist.«

»Das ist ein Befehl.«

Sie schlichen die Treppen hinauf. Stierna als Erster, dann die Uniformierten. Jonsson, Hultberg und Lindberg folgten in ein paar Metern Abstand.

Sie bewegten sich leise bis in den vierten Stock, Gustafssons Tür lag ganz links.

Stierna wandte sich Hauptwachtmeister Svensson zu.

»Such die beiden aus, die die Tür einschlagen«, flüsterte er. »Und die beiden, die mit uns in die Wohnung gehen.«

Svensson flüsterte seinen Männern etwas zu, Stierna konnte nicht hören, was.

Er ging zu den anderen, die nicht mit in die Wohnung gehen sollten. Sagte ihnen, sie sollten draußen warten, falls es Gustafsson gelänge rauszukommen. Auch wenn er überzeugt davon war, dass das nicht passieren würde. Lindberg wollte etwas sagen, aber Stierna winkte ab. Hörte nicht zu.

»Dann los«, sagte Svensson.

Einer der Uniformierten ging mit dem »Mauerbrecher« zur Tür. Stierna stellte sich neben ihn.

Svensson hob langsam die rechte Hand.

»Jetzt«, flüsterte er.

In nur einer Sekunde war die Tür eingeschlagen.

Stierna sprang in die Wohnung, mit gezogenem Revolver. Die drei uniformierten Beamten waren direkt hinter ihm.

Schnell verschaffte der Kommissar sich einen Überblick. Kleidung lag auf dem Boden, dazwischen leere Flaschen. Er stürmte durch einen lang gestreckten Flur in den Raum, von dem er annahm, dass es das Wohnzimmer war.

Sverker Gustafsson hatte es gerade noch geschafft, sich aus dem Ledersessel zu erheben, der vor einem kleinen Holztisch stand, gleich am Fenster. Er versuchte, nach einer Pistole zu greifen, die auf dem Tisch lag.

»Polizei«, schrie Stierna, »auf den Boden!«

Gustafsson streckte sich nach der Waffe.

Stierna war mit wenigen Schritten bei ihm, verpasste ihm eine kurze Rechte aufs Kinn und wich einen Schritt zurück.

Gustafsson fiel zu Boden, riss dabei die Pistole vom Tisch. Stierna ging wieder auf ihn zu, konnte Gustafssons Waffe nicht sehen.

Ein Knall ertönte. Es dauerte eine Weile, bis Stierna den Schmerz registrierte. Er konnte sich nicht mehr aufrecht halten, fiel zu Boden. Der Schmerz im rechten Knie war unerträglich. Er spürte, wie die Wut in ihm aufstieg, unkontrolliert.

Sverker Gustafsson konnte keinen zweiten Schuss abfeuern, die anderen Polizisten waren über ihm.

*

Lindberg konnte sich nur schwer konzentrieren, als er ein Taxi zu seinem Haus in Ålsten nahm. Hultbergs Worte hallten in seinem Kopf wider. Die der uniformierten Polizisten. Des Hauptwachtmeisters Svensson: »Mut, Lindberg, Mut. Scheiße, das habe ich von einem Kriminaler nicht erwartet.«

Lindberg schüttelte ungläubig den Kopf, während er allein auf der Rückbank im Wagen saß.

Stierna war ins Serafimerlasarettet gebracht worden, es war noch unklar, wie es um ihn stand.

Hultbergs Gerede, dass er stolz war, mit Stierna gearbeitet zu haben.

Mut, dachte Lindberg. War es wirklich Mut, den Stierna in der heruntergekommenen Wohnung am Kungsholmstorg gezeigt hatte?

Das Taxi fuhr zur Pontonbrücke, die nach Traneberg führte. Lindberg hoffte, dass kein Schiff passieren wollte, er nicht eine Brückenöffnung abwarten müsste. Er hatte Glück. Oder eher kein Pech, denn es war schon spät und der Schiffsverkehr nur noch spärlich.

Lindberg schaute aus dem Wagenfenster. Zur Rechten sah er die neue Brücke hoch über sich, sie müsste bald eingeweiht werden, Ende August, hieß es. Sie sah gewaltig aus in der Dunkelheit. Lindberg freute sich auf den Tag der Einweihung: keine Brückenöffnungen mehr, keine drängelnden Straßenbahnen, Autos und Omnibusse, die alle die viel zu kleine Pontonbrücke überqueren wollten.

Ein paar Minuten später fuhr der Wagen an Traneberg vorbei. Bald würde er zu Hause sein.

Lindberg wusste, Gleichgültigkeit und Mut, zwei so vollkommen unterschiedliche Worte, lagen doch so nahe beieinander. Sie konnten leicht verwechselt werden. Das hatte er schon häufiger im Dienst erlebt. Bei Kollegen, die keinen Mut mehr brauchten, denen die Gleichgültigkeit genügte. Die so viel stärker war. Der Gedanke machte ihm Angst.

War es Mut, den Stierna in Sverker Gustafssons Wohnung am Kungsholmstorg bewiesen hatte?

Lindberg erreichte sein Haus in Ålsten. Er bezahlte den Taxifahrer, ging über den Gehweg zur Tür. Registrierte, dass der Rasen reichlich gewachsen war, er würde ihn bald mähen müssen.

78

Stierna war allein im Krankenzimmer. Er lag im Bett, zupfte an dem weißen Bettbezug.

Seit drei Tagen lag er jetzt hier. Mit der Einsamkeit waren die Gedanken gekommen. In ganz anderer Form als während seiner Arbeit.

Stierna setzte sich auf. Er beugte sich zum Nachttisch mit der silberfarbenen Metalllampe. Er griff nach dem Tagebuch, das dort lag, entschied sich dann aber doch anders und legte es wieder hin. Er hatte eine Krankenschwester gebeten, es ihm zu kaufen. Sie war in ein Papierwarengeschäft in der Fleminggatan gegangen und hatte einige Stifte und ein schönes Tagebuch mit blauem Umschlag und Goldbuchstaben gekauft. Ja, sie kümmerten sich gut um ihre Patienten, hier im Serafimerlasarettet. Vielleicht auch nur besonders um seine Person.

Er hatte das starke Bedürfnis verspürt zu schreiben, er wusste selbst nicht, woher das kam, warum gerade jetzt. Früher, das war nun über zehn Jahre her, da war er einmal gefragt worden, ob er Tagebuch schreibe. Und er hatte geantwortet, das sei nichts für ihn.

Wenn er die Augen schloss, dachte er an Karolina. Und das tat er oft hier im Krankenhaus.

Er dachte an den Tag, als er sie das erste Mal getroffen hatte. Das war jetzt schon viele Jahre her. Er war auf der Suche nach einem Geburtstagsgeschenk für seine Mutter die Straßen von Söders entlanggewandert und hatte dort einen kleinen Kleiderladen am Götgatsbacken entdeckt, der ihm gefiel. Seine Mutter legte viel Wert auf Kleidung, und er wusste ungefähr, welche Größe sie hatte.

Karolina hatte hinter dem Tresen gestanden. Es war, als hätte sie ihn sofort für sich eingenommen.

Lange Zeit hatte er immer neue Ausreden gesucht, um den Laden zu besuchen oder zumindest dort vorbeizugehen, fast wie ein schüchterner Schuljunge. Allein sie zu sehen konnte seinen Tag retten. Und der Laden, in dem Karolina arbeitete, verkaufte auch Herrenbekleidung, deshalb konnte er ab und zu mit einer guten Begründung hineingehen.

Der Abend im »Atlantis« war erst viel später.

Vor zwei Tagen hatte der Arzt mit ihm gesprochen, irgendwann am frühen Morgen, als er nach der Operation immer noch etwas benebelt gewesen war. Aber dennoch konnte er sich an die Worte erinnern. Die Kugel war herausoperiert, sie hatte die Außenseite des Kniegelenks getroffen, direkt unterhalb des Gelenks, am oberen Ende des Wadenbeins. Sie hatte den Muskel zerrissen, der den Unterschenkel beugte.

Lindberg kam gegen sieben Uhr. Er hatte eine Schachtel Schokolade und ein paar Zeitungen dabei.

»Habt ihr ihn?«, fragte Stierna, als Lindberg sich auf den Besucherstuhl gesetzt hatte.

Lindberg sah sich im Krankenzimmer um.

»Wird sich gut um dich gekümmert?«, fragte er.

Stierna setzte sich weiter auf.

»Habt ihr Gustafsson dingfest gemacht?«

Lindberg sah ihn an.

»Wir haben ihn. Es ist aus für ihn. Er hat keine Chance. Mordversuch an einem Polizeibeamten. Schwere Misshandlung. Der bleibt weggesperrt, wird auf Långholmen verrotten.«

Stierna dachte an die Routinen im Krankenhaus, die schon seine eigenen geworden waren. Obwohl er doch erst seit drei Tagen hier war. Der Gang in den Gemeinschaftsraum nach dem Frühstück. *Dagens Nyheter* oder *Stockholms Tidningen* auf einem der abgewetzten Holztische. Manchmal auch *Aftonbladet*. Dann zurück ins Bett. Mittags: zwei Alternativen, Fisch oder Fleisch. Abends Besuch, nach der Arbeitszeit. Seine Eltern waren auch hier gewesen. Sie hatten Zeitungen mitgebracht, in denen über das Drama am Kungsholmstorg geschrieben worden war, aber er hatte das schon vorher gelesen. Erik, Maud und ihre neunjährige Tochter, der er nie das Buch von Pu dem Bär geschenkt hatte. Dann Abendessen. Zwei Alternativen. Immer zwei, nie mehr. Damit es nicht zu kompliziert wurde.

»Was ist mit der Frau?«, fragte Stierna. »Die Frau, die von Gustafsson misshandelt wurde?«

»Sie hat überlebt«, sagte Lindberg. »Der Nachbar auch. Sie werden keine bleibenden Schäden davontragen.«

Wirklich?, dachte Stierna, werden sie wirklich keine bleibenden Schäden davontragen?

Nachdem Lindberg gegangen war, nahm er wieder das Tagebuch und den Bleistift zur Hand und schrieb ein paar kurze Sätze.

»Der Arzt sagt, das Knie wird nie wieder so, wie es war. Ich werde nie wieder richtig laufen können. Ich werde für den Rest meines Lebens einen Stock brauchen.«

Visby 1953

79

Als Grönwall den Speisesaal des »Rosengården« betrat, war er voller Gäste. Stierna saß bereits an einem Tisch am Fenster. Der Journalist war pünktlich, genau wie er. Das war eine Arbeit, bei der man pünktlich sein musste.

»Bitte, setzen Sie sich«, sagte Stierna.

»Danke«, erwiderte Grönwall und ließ sich auf dem Stuhl gegenüber nieder. »Wann wollen Sie spielen?«

»Um acht, ist abgemacht.«

Der Journalist schaute auf seine Uhr.

»Wollen wir bestellen?«, fragte Stierna.

Grönwall sah sich im Saal um.

»Ich weiß gar nicht, ob ich überhaupt Hunger habe. Aber vielleicht etwas zu trinken?«

»Jeder ein Bier?«

»Ja, das klingt gut.«

Der dunkelhaarige Kellner, der eigentlich immer hier bediente, trat an ihren Tisch.

»Was wünschen die Herren?«

»Zwei Pils«, sagte Stierna.

Er musterte den Journalisten. Grönwall wirkte müde, nicht so eifrig wie sonst.

»Wie geht es?«, fragte Stierna. »Mit dem Schreiben, meine ich.«

»Ich glaube, es geht ganz gut. Ich habe viel geschrieben. Jetzt kommt es darauf an, sich zu begrenzen. Und das ist oft das Schwierigste. Ausschweifend zu schreiben, das ist selten schwer.«

Die Bierkrüge kamen, Grönwall trank einen großen Schluck.

Geübter Biertrinker, dachte Stierna, genau wie ich.

»Sie haben mir erzählt, dass Sie ihn aufgespürt haben«, sagte der Journalist. »Seine Wohnung in der Hagagatan.«

»Ja«, nickte Stierna. »Aber er war wie ein Gespenst. Ich erinnere mich, dass Roland Lindberg das gesagt hat. Schon als ich die kleine Einzimmerwohnung mit Kochnische das erste Mal betreten habe. Sie war ohne Seele, wie ein Hotelzimmer, das jemand verlassen hat, um nie wieder zurückzukehren. Fast gespenstisch.«

»Die Wohnung war verlassen?«

»Ja, sie war im Großen und Ganzen verlassen. Aber es war spürbar, dass dort jemand gewohnt hatte. Der Zigarettenrauch hing noch in den Wänden.«

»Und da hat er gewohnt? Der Mörder?«

»Ja. Mit großer Sicherheit. Wir haben an verschiedenen Stellen in der Wohnung die gleichen Fingerabdrücke gefunden ... die gleichen Fingerabdrücke wie auf dem Sammelbild, das Ingrid Bengtsson bekommen hatte. Die gleichen wie auf der Einkaufsliste, die die Witwe, bei der er zur Untermiete wohnte, ihm gegeben hatte.«

Grönwall räusperte sich zurückhaltend.

»Dann hat er also dort gewohnt«, sagte er. »Warum haben Sie ihn dann nicht gekriegt?«

»Weil er nicht gefunden werden wollte.«

Stierna schaute sich plötzlich um. Vier Personen betraten den Speisesaal, bekamen einen Tisch zugewiesen. All die Jahre bei der Polizei hatten seine Sinne geschärft, ließen ihn auf jede kleine Veränderung, jede Nuance reagieren.

»Er sagte, er heiße Karlsson«, fuhr Stierna fort. »Der Witwe, bei der er die Wohnung gemietet hatte, ihr hat er gesagt, er heiße Karlsson. Kein Vorname, nur Karlsson. Und niemand kannte ihn wirklich. Niemand hatte näheren Kontakt zu ihm. Niemand wusste, was er tat. Nicht einmal die Stammgäste im ›Runan‹, dem Restaurant, das er jede Woche besuchte. Es war, als gäbe es ihn kaum, als würde er von niemandem wirklich bemerkt werden. Und ausgerechnet Karlsson ... Gibt es einen häufigeren Namen in Schweden?«

Grönwall breitete die Arme aus, fast hätte er seinen Bierkrug umgeworfen.

»Ich weiß nicht. Jedenfalls nicht viele. Hat er lange dort gewohnt? In der Hagagatan?«

»Seit Februar. Februar 1928.«

»Und wann ist er verschwunden?«

»Im Oktober desselben Jahres. Und er hat keine Schulden hinterlassen, obwohl er einfach so verschwunden ist. Er hat die Miete für Oktober rechtzeitig bezahlt. Sogar ungewöhnlich früh. Und dann ist er abgehauen und nie wieder zurückgekommen.«

»Warum ist er verschwunden?«

»Keine Ahnung«, log Stierna, denn ihm war klar, dass der Mörder geflohen war, weil sie ihn in Stadshagen aufgespürt hatten. Aber darüber sollte kein Wort von ihm kommen, er hatte Berner sein Wort gegeben, auch wenn das nun schon so lange her war.

Grönwall schüttelte den Kopf. Er wirkte skeptisch.

»Ich verstehe das nicht ... Sie hatten einen Namen, Karlsson.«

Stierna lächelte. Wieder dieses melancholische Lächeln, dachte Grönwall, das er während seiner Tage in Visby schon häufiger gesehen hatte.

»Können Sie sich vorstellen, wie das ist, in diesem Land nach jemandem zu suchen, der Karlsson heißt? Welcher Dschungel von Namen da zu durchforsten ist? Selbst wenn wir uns eingeschränkt haben, da wir davon ausgegangen sind, dass er relativ jung war. Wir haben es versucht, aber es war die Hölle. Und dabei bin ich mir nicht sicher, dass er wirklich Karlsson hieß, kann das nur schwer glauben. Er wollte nicht gefunden werden, von Anfang an.«

»Von welchem Anfang an?«

»Ich weiß es nicht.«

Stierna zeigte wieder sein trauriges Lächeln.

»Sie hatten eine Zeichnung von ihm«, fuhr Grönwall fort. »Und dann hatten Sie noch die Zeichnung des Mädchens. Und Zeugen, die ihn gesehen hatten, die sogar mit ihm gesprochen hatten.«

Stierna trank sein Glas leer. Grönwall hatte fast noch ein Drittel in seinem, leerte es aber auf einen Zug, er wollte nicht hinter Stierna herhinken.

Der ehemalige Kommissar hob die Hand, der dunkelhaarige Kellner kam sofort an ihren Tisch.

»Noch eins für jeden bitte«, sagte Stierna, ohne Grönwall zu fragen.

»Gerne, die Herren.«

»Aber wir haben ihn nicht gefunden«, sagte Stierna.

Grönwall machte sich mit seinem Bleistift ein paar Notizen. Stierna fiel auf, dass der Journalist noch nicht viel geschrieben hatte, obwohl sie doch schon bei ihrem zweiten Bier waren.

»Er hatte also das Zimmer in der Hagagatan seit Februar 1928 gemietet. Wo hat er vorher gewohnt?«

»Wir wissen es nicht.«

»Und Sie haben ihn nie erwischt. Haben nie erfahren, wer er war.«

Stierna schaute ihn an.

»Ich glaube, das haben wir doch.«

Grönwall zuckte zusammen, als wäre er aus dem Schlaf geweckt worden.

»Wie soll ich das verstehen?«

Stierna warf einen Blick auf seine Taschenuhr. Es war schon nach sieben.

»Später«, sagte er.

*

Stierna war in sein Zimmer hochgegangen. Er ging ins Badezimmer, rasierte sich sorgfältig, duschte. Zog sich einen grauen Anzug an, den er Anfang der Vierzigerjahre gekauft hatte. Er hatte das Gefühl, dass er diese Zeit brauchte, diese knappe Stunde, um sich mental auf den Abend vorzubereiten.

Die Liederliste lag auf dem Bett, damit er sie griffbereit hatte. Eigentlich war das albern, er wusste auch so genau, was er spielen wollte. Und in welcher Reihenfolge.

Es waren nur sechs Stücke, dann waren die Zuhörerwünsche dran. Ihm gefiel diese Herausforderung, zu versuchen das zu spielen, worum die Gäste ihn baten. Manchmal schaffte er es nicht, doch meistens gelang es ihm.

Die »Mondscheinsonate« von Beethoven war ein schwieriges Stück. »Min soldat«, mein Soldat, war eine sichere Sache, das wusste er bereits. Karl Gerhard, aber an diesem Abend wollte er nicht »Das berüchtigte Pferd von Troja« spielen. Stattdessen wurde es »Jag är ett bedårande barn av min tid«, die Musik hatte Jules Sylvain komponiert. Und dann ein Evergreen von Fats Waller, »Ain't Misbehavin'«, »Somewhere over the Rainbow«, das kannten alle. Und zum Schluss »Ack Värmeland, du sköna«. Er erinnerte sich an den Abend bei seinen Eltern vor fast fünfundzwanzig Jahren. Als er dieses Stück gespielt und Karolina dazu gesungen hatte. Hinterher war sie wütend auf ihn gewesen. Aber wütend auf eine Art und Weise, die ihn glücklich machte.

Das eingerahmte Foto stand immer noch auf seinem Nachttisch. Von Karolina auf dem Anleger, draußen auf der Insel. Das blonde Haar mit Seitenscheitel, die hohe Stirn, die großen Augen.

Manchmal hatte sie behauptet, sie sei nicht zufrieden mit ihrem Aussehen. Ihre Nase sei zu lang und zu spitz. Aber das hatte er nie verstehen können. Denn für ihn war sie immer schön gewesen, selbst wenn sie einmal blass und krank war. Vielleicht war sie gerade dann am schönsten.

Unsere Liebe, was ist daraus geworden?, fragte er sich. Meine, die gibt es wohl noch irgendwie, versteckt, eingebettet in die dunklen Schatten der Vergangenheit. Es gibt sie noch, irgendwie kann ich mich erinnern, spüre sie vage, aber ich weiß nicht mehr, wie es wirklich war.

Aber ihre Liebe, die sie einmal für mich empfunden hat? Gibt es die noch? Sie liebt mich wohl kaum noch. Aber was ist aus all der Energie geworden, der Liebe, die sie einmal für mich gefühlt hat? Ist alle Kraft gestorben, weggeblasen, für immer verschwunden? Oder ist sie in etwas anderes übergegangen, in eine ganz andere Kraft? Denn es heißt doch, dass Energie nicht stirbt, sie verwandelt sich nur in eine andere Form von Energie. Jedenfalls meine ich mich zu erinnern, dass mir das einmal so beigebracht wurde, vor langer Zeit auf der Schulbank.

Meine Überlegungen werden immer dubioser und abstrakter.

Er trat ans Fenster und schaute hinüber zur Kirchturmuhr. Viertel vor acht. Der zweite September 1953. Bald würde sich der Kreis schließen.

*

Stierna setzte sich gleich ans Klavier. Es waren viele Gäste gekommen, vielleicht schaute er sich deshalb gar nicht erst um. Genauso hatte er es bei den vielen Pressekonferenzen im Polizeihauptgebäude gemacht. Sich nicht umgeschaut, um das Aufgebot gar nicht erst wahrzunehmen. Er hatte nicht auf die Fotografen geachtet. Um sich selbst einreden zu können, dass es sich nur um wenige handelte. Vielleicht war er deshalb bei diesen Veranstaltungen immer so ruhig und klar gewesen, hatte mit so sicherer Stimme gesprochen. Berner hatte behauptet, die Presse liebe Stierna. Weil dieser ihnen nie zu wenig bot, auch wenn er nicht viel preisgab. Aber er hatte ihnen immer irgendetwas zukommen lassen, um sie ruhigzustellen.

Wenn er dort auf dem Podium gesessen hatte, hatte er nie besondere Sympathie oder Antipathie für die Presse empfunden. Er hatte sie kaum wahrgenommen, ausgeblendet.

Der Oberkellner kam mit dem Pils. Und dem Whisky. Stellte beides vor ihn hin.

Die »Mondscheinsonate« ging, wie sie sollte. Nicht, dass sie größere Aufmerksamkeit erweckte, bis auf vereinzelten Applaus. Aber es funktionierte. Dann würde der Rest auch funktionieren, das wusste Stierna. Zumindest rein technisch.

Nachdem er die Stücke von seiner Liste gespielt hatte, stürmten die Wünsche auf ihn ein. Einige Norweger wollten Grieg hören, »In der Halle des Bergkönigs«. Als das Tempo zunahm, riss es die Norweger mit, sie begannen die Melodie mitzusummen.

Das Bier geht heute Abend sicher gut, dachte Stierna.

Dann kamen die üblichen Fünfzigerjahreschlager, die man aus dem Radio kannte. Einige konnte er nicht spielen, bei anderen lief es besser. Nat King Coles »Mona Lisa«, damit hatte er kein Problem. Schwieriger war es mit Lars Lönndahls »Ett vänligt litet ord«, »Ein kleines, nettes Wort«. Er konnte sich nicht erinnern, das je gehört zu haben, und konnte es folglich nicht spielen.

Der Oberkellner stellte ihm ein frisches Bier hin, aber den Whisky hatte er noch nicht angerührt.

Von so einem Leben habe ich in den unschuldigen Tagen meiner Kindheit geträumt, dachte er. Nie davon, Polizist zu werden. Ich habe davon geträumt, irgendwo auf einer Bühne am Klavier zu sitzen. Zu spielen und davon leben zu können.

Er wusste, wie widersinnig das war. Es war bei den Träumen geblieben, es hatte nicht anders kommen können.

Eine halbe Stunde später saß er wieder bei Grönwall. Am selben Tisch, am Fenster. Draußen war es jetzt dunkel, Herbst in Visby.

Der Journalist war leicht beschwipst; Stierna merkte das sofort.

Der dunkelhaarige Kellner stellte ihnen zwei Bier hin, ohne dass sie darum gebeten hatten.

»Sie spielen gut«, sagte Grönwall, »das wissen die Gäste zu schätzen.«

Stierna zündete sich eine Zigarette an. Es war die erste an diesem Tag. Und der Tag war schon fast zu Ende, er hatte nur noch ein paar Stunden.

»Ich weiß nicht … Ich hoffe es. Die verkaufen wohl so einiges an Bier durch mich hier.«

»Das denke ich auch. Macht Ihnen das Spaß? Ich meine, Klavier spielen?«

»Ja, das macht mir wirklich Spaß.«

»Aber Sie sind kein Pianist geworden«, sagte der Journalist. »Sondern Polizist. Warum?«

Stierna stand auf, nahm den Stock und ging zum Klavier. Ihm war eingefallen, dass der Whisky dort noch stand, unberührt. Den holte er sich jetzt.

Er kehrte zum Tisch zurück, setzte sich wieder. Kostete den Whisky, stellte den Stock neben sich. Dann faltete er die Hände und stützte das Kinn auf die Daumen. Diese Geste war typisch für ihn.

»Ohne mit der Wimper zu zucken, wage ich zu behaupten«, erklärte er, »dass die meisten von uns zur Truppe gekommen sind, weil sie das als Berufung empfunden haben. Schwer zu beweisen, ich weiß. Aber trotzdem, es ist wie eine Berufung. Wie bei einem Arzt oder einer Krankenschwester oder jemandem, der im Gesundheitswesen oder im sozialen Bereich tätig ist. Wir wollten helfen, und das ist noch heute so. Auch wenn die Wirklichkeit sich einem schnell aufdrängt, wenn man erst einmal in der Mühle ist, und uns die Realität bewusst wird und wir feststellen, dass auch wir nicht unsterblich sind. Dass wir vielleicht gar nicht so viel tun können, um die Gesellschaft zu verändern.«

Grönwall saß ihm schweigend gegenüber.

»Obwohl ich mittlerweile andere Töne dort höre«, fuhr Stierna fort. »Andere als damals, als ich mich bei der Polizeitruppe beworben habe. Das Gerede in der Presse vom Faschismus, von Menschenschinderei und anderem. Dass das Polizeikorps völlig verfault sei, aber ich bin trotzdem immer noch der Überzeugung, dass die meisten von uns sich berufen gefühlt haben. Das ist auch heute noch so.«

Grönwall nickte langsam.

Aber Stierna war klar, dass der Journalist ihn nie verstehen würde. Trotzdem gefiel ihm diese Geste.

Grönwall gab dem Kellner ein Zeichen. Er bestellte einen Kaffee, Stierna verzichtete.

»Sie haben da etwas gesagt«, griff Grönwall das Gespräch wieder auf, »bevor Sie auf Ihr Zimmer gegangen sind. Ich weiß nicht, ob ich das richtig verstanden habe, aber haben Sie wirklich gesagt, dass Sie in Erfahrung gebracht haben, wer Ingrid Bengtsson ermordet hat?«

»Ja.«

»Aber Sie haben ihn doch nie gefasst.«

Stierna dachte nach, dann fasste er spontan einen Entschluss, wie er es so oft während seiner Dienstjahre getan hatte. Er beschloss fortzufahren, auch wenn er das anfangs nicht geplant hatte. Er würde keine Namen nennen, keine Orte, aber er würde weitergehen.

»Wir haben ihn nie gefasst. Aber ich weiß, wer er war. Ich habe ihn gefunden.«

1941

80

»Eines Nachts stand ich ihr Aug in Aug gegenüber. Wie so oft saß ich auf der Bank auf dem Katarina-Friedhof. Die meisten Fenster mir gegenüber, in der Högbergsgatan, waren dunkel. Es war fast ein Uhr nachts, und es war still. An einem Grabstein lief raschelnd ein Igel entlang. Ich zündete mir eine Zigarette an und lehnte mich zurück.

Da hörte ich leise Schritte hinter mir. Ich drehte mich um.

Die Frau ging vorsichtig zwischen den Gräbern entlang. Als wollte sie jene, die darunter ruhten und so tief schliefen, nicht wecken.

›Entschuldigung, der Herr … Sie haben nicht zufällig eine Zigarette übrig?‹

Zuerst konnte ich in der Dunkelheit nicht erkennen, wie sie aussah.

›Ja, natürlich‹, sagte ich und schnippte eine Zigarette aus der Packung.

Sie kam noch etwas näher auf mich zu, und der Schein der Laterne erhellte ihr Gesicht.

Zuerst erkannte ich sie nicht wieder. Sie war älter geworden, genau wie ich. Ich gab ihr die Zigarette und eine Schachtel Streichhölzer, während ich sie musterte. Dann erkannte ich sie wieder. Sie trug keinen hellblauen Rock und keine weiße

Bluse, keine beigefarbene Strickjacke. Nicht wie damals, als ich ihr zum ersten Mal begegnet war.

Damals war es nicht leicht gewesen, ihr Alter zu schätzen, an jenem Tag Anfang September 1928. Jetzt sah ich, dass sie mittleren Alters war, mit schwachen Augenrändern und Stirnfalten. Die Art, wie sie ging, es war etwas an ihrem Gang, was ich nicht in Worte fassen konnte.

Jetzt trug sie einen langen, dunklen Mantel, einen Wintermantel. Obwohl der Schnee bereits schmolz, aber die Kälte hing noch in der Luft.

›Sind Sie nicht Fräulein Bengtsson?‹

Sie schien nicht verwundert darüber zu sein, dass ich ihren Namen kannte.

Sie sah mich unverwandt an.

›Kommissar Stierna?‹

›Ja‹, antwortete ich. ›Guten Abend.‹

Sie nickte.

›Eine schöne Nacht heute. Die Frühlingsnächte in Stockholm sind schön.‹

›Ja.‹

›Ich war in der Nähe‹, fuhr sie fast entschuldigend fort, ›ich wohne jetzt hier. In der Högbergsgatan, Nummer zwölf. Ich komme manchmal hierher.‹

Ich nickte versonnen, wusste, Ingrid lag nicht hier auf diesem Friedhof.

›Warum kommen Sie hierher?‹, fragte sie.

Ich zog an meiner Zigarette.

›Ich weiß es nicht‹, antwortete ich.

›Aber es gibt niemanden, den Sie hier besuchen?‹

›Nein. Meine Verwandten liegen auf anderen Friedhöfen, nicht hier.‹

Sie schwieg.

›Und was machen Sie hier?‹, erwiderte ich die Frage.

›Es ist so friedlich hier. Es ist einfach so friedlich. Ich besuche auch kein bestimmtes Grab. Aber gelegentlich fahre ich zum Skogskyrkogården, zum Waldfriedhof. Zu Ingrid.‹

Ich drückte die Zigarette aus und zündete eine neue an. Reichte Maria Bengtsson nicht die Packung, die Glut ihrer Zigarette zeigte, dass sie erst halb geraucht war.

›Waren Sie noch mal dort?‹, fragte sie. ›Auf dem Waldfriedhof?‹

›Seit der Beerdigung nicht mehr‹, antwortete ich.

Mehr konnte ich nicht dazu sagen. Ich wusste, ich würde nicht dort hinausfahren, wenn ich nicht dazu gezwungen wäre. Ich wollte diese Scham nicht spüren.

Sie setzte sich neben mich, trat die Zigarette aus. Ich gab ihr eine neue, zündete sie ihr an.

Schweigend saßen wir nebeneinander, es herrschte eine entspannte Stille zwischen uns. Ich weiß nicht, wie lange wir dort saßen. Ich schaute auch nicht auf die Taschenuhr, machte mir nicht die Mühe, nach der Kirchenuhr zu sehen.

Sie war ganz förmlich, als sie sich verabschiedete.

›Adieu, Herr Kommissar.‹

›Adieu, Fräulein Bengtsson.‹

Sie wandte sich zum Gehen, ich rief ihr hinterher.

›Fräulein Bengtsson ...‹

Sie drehte sich um.

›Ja? Ist noch was?‹

Ich hielt inne.

›Passen Sie auf sich auf‹, sagte ich schließlich.

›Ja. Sie auch. Also, adieu.‹

Sie ging in die Frühlingsnacht.

Ich rauchte meine Zigarette und sah in den sternenklaren Himmel.

Ich hatte nicht gefragt, was sie jetzt machte. Nicht, wo sie arbeitete. Nicht, warum sie umgezogen war. Nicht, ob sie verheiratet war und vielleicht wieder ein Kind hatte. Und nicht mehr Fräulein Bengtsson hieß. Ich hatte es nicht geschafft, obwohl ich es gewollt hatte.

Sie hatte nichts von dem Versprechen erwähnt, das ich ihr nach Ingrids Beerdigung draußen in Sundbyberg gegeben hatte. Als sie mich gefragt hatte, ob ich Hass verspürte. Als ich ihr versprach, dass wir ihn fassen würden. Vor fast dreizehn Jahren.

Ich weiß nicht, wie lange ich noch auf der Bank zwischen den Grabsteinen sitzen blieb. Zwischen den Gräbern von Menschen, die ich nie gekannt hatte.

Ich weiß nicht, wie viele Zigaretten ich geraucht habe.«

81

Der Landjäger Henrik Linnell ließ seinen Blick über das dunkle Wasser schweifen. Seit er vor fünf Jahren in die Gemeinde Bråd gekommen war, hatte es noch nie einen Selbstmord gegeben. Bis jetzt.

Jemand hatte behauptet – er konnte sich nicht mehr daran erinnern, wer und in welchem Zusammenhang –, dass Ertrinken eine der friedlichsten Formen des Sterbens sei. Ihm war klar, das war eine Lüge, es konnte kaum schlimmer sein, weil es so lange dauerte. Die Panik, das Gefühl, eingesperrt zu sein. Und dann das eiskalte Wasser im Mai.

Er trat ein paar Schritte an den Felsrand heran und schaute auf das Wasser, das unter ihm lag.

Das große Ruderboot mit vier Mann Besatzung war unter ihm zu erkennen. Da saßen der Ruderführer, der Ruderer, der Mann, der die Rettungsleine führte, und ein kleiner, drahtiger Mann, der die Pumpe bediente.

Der Taucher kam wieder nach oben, die Suchleine in der rechten Hand, während er mühsam achtern die Leiter hochkletterte. Der klobige Metallhelm glänzte im Tageslicht. Der Schlauch, der von der Pumpe zum Helm führte, war mattschwarz.

Dem Taucher wurde geholfen, den Helm abzunehmen.

»Landjäger«, rief der Taucher, »sind Sie noch da?«

Linnell trat noch dichter an den Felsrand.

»Ich bin da«, sagte er. »Habt ihr ihn gefunden?«

»Nein, noch nicht. Ist er von da oben gesprungen? Von da, wo Sie jetzt stehen?«

»Das wurde mir so gesagt«, antwortete Linnell.

»Dann müssten wir ihn hier finden.«

»Schon möglich«, erwiderte Linnell. »Aber der Bråden ist reißend und unberechenbar.«

Der Taucher sagte nichts. Einer der Männer setzte ihm wieder den Helm auf, dann ging es erneut hinunter ins Wasser.

Linnell konnte die Säge von seinem Standpunkt aus erkennen, vielleicht hundert Meter rechts von den Klippen. Das Sägewerk von Ramberg. Dort hatte Lars Cederin gearbeitet. An diesem Morgen, Donnerstag, den 17. Mai 1941, war er nicht zur Arbeit gegangen. Warum gerade an diesem Morgen, das wusste niemand. Vielleicht würden sie nie eine Antwort auf diese Frage finden. Vielleicht gab es auch gar keine Antwort.

Der Felsen, von dem Cederin gesprungen war, auf dem Linnell jetzt stand, hatte keinen Namen. Doch das Wasser darunter hatte einen, Bråddjupet, die Tiefe von Bråd. Fast fünfzehn Meter ging es steil nach unten, von der Wasseroberfläche bis zum Meeresgrund. Kein Strand davor. Kein begehbares Ufer, bevor das Meer tiefer wurde. Nur fünfzehn Meter fast senkrecht nach unten. Aus irgendeinem Grund hatte die Natur den See gerade hier so geformt.

Landjäger Linnell überlegte, welche Informationen er bisher hatte. Lars Cederin, achtunddreißig Jahre alt, vier Kinder und Ehefrau. Er wohnte in Borgnäs, ein paar Kilometer von hier entfernt. War in der Gemeinde Bråd registriert, denn Borgnäs mit seinen wenigen Höfen gehörte dazu. Dieser Mann hatte sich heute Morgen das Leben genommen.

Cederin hatte unten im Ramberger Sägewerk gearbeitet. Jeden Morgen war er zielstrebig dorthin gegangen, bis auf sonntags, seit über zwanzig Jahren.

Auch an diesem Morgen hatte er sich wie üblich auf den Weg gemacht, doch kurz vor seinem Ziel war Cederin abgebogen, hatte seinen Weg zum Sägewerk nicht beendet, sich stattdessen an den Rand der Klippen gestellt.

Ein idealer Platz, wenn man sich das Leben nehmen will, dachte Linnell. Dennoch konnte er es nicht verstehen. Es war kurz nach acht Uhr morgens gewesen, als Cederin sich die Ketten und die Bleigewichte umgehängt hatte. Die hatte er auf einer alten Holzkarre mitgebracht, die er in einem Schuppen auf seinem gut gepflegten Hof stehen hatte, sie waren zu schwer gewesen, sie so zu tragen.

Die Männer im Sägewerk hatten bereits mit der Arbeit begonnen. Linnell hörte auch jetzt das Geräusch von Gattersägen und Kreissägen, er sah, wie die Männer mit den Stapeln auf dem Holzplatz arbeiteten.

Cederin wollte, dass sie sahen, wie er sprang, dachte der Landjäger. Sie waren gezwungen zuzusehen, als er seinen letzten Schritt tat. Warum?

Die Landstraße verlief nur zwanzig Meter hinter ihm. Sie war in schlechtem Zustand. Wenn ein Auto vorbeifuhr, wurde jedes Mal Staub aufgewirbelt. Aber nur selten fuhren hier Autos vorbei, deshalb war sie wahrscheinlich auch nie instand gesetzt worden.

Cederins Selbstmord war wohl das Schlimmste, was Linnell während seiner fünf Jahre hier in der Gemeinde zu bearbeiten hatte. Die Gespräche, die er führen musste, mit den Arbeitskollegen, mit Cederins Ehefrau. Mit seinen Kindern.

Linnell schaute wieder auf den See. Alles drehte sich hier um den See. Bråden, wie der Teil hier hieß. Die Kirche lag unten am Ufer. Daher hatte die Gemeinde ihren Namen erhalten. Gemeinde Bråd. Und dann gab es die Brådjupet, in die Cederin sich mit den Ketten und Bleigewichten gestürzt hatte.

Der Taucher durchstieß erneut die Wasseroberfläche, sein Helm wurde abgeschraubt.

»Landjäger«, rief er.

Linnell trat wieder ganz nach vorn.

»Habt ihr ihn gefunden?«

»Keine Leiche«, antwortete der Taucher. »Aber da unten liegt ein Auto. Auf dem Dach.«

»Ein Auto?«

»Ja.«

Darauf war Linnell nicht vorbereitet, das hatte er hier nicht erwartet.

»Konnten Sie sehen, um welche Marke es sich handelt?«

»Marke? Nein, dazu ist es da unten zu dunkel.«

»Aber Sie haben doch Licht dabei?«

»Ja, aber ich weiß nicht, ob das etwas nützt.«

»Hat es ein Nummernschild? Irgendeine Kennmarke?«

Der Taucher machte sich wieder auf in die Tiefe.

Linnell erinnerte sich daran, was ihm einmal ein Onkel in seiner Kindheit erzählt hatte. Eine Geschichte von einem Selbstmord, bei einem Essen daheim in Leksand vor langer, langer Zeit. Im 17. Jahrhundert gab es in ihrer Familie einen Bauern auf dem Sigtunahof. Eines Morgens hatte der Bauer sich an einem Baum auf seinem Hof erhängt. Er wurde gerichtlich verurteilt, obwohl er schon tot war, denn Selbstmord zählte zu den verabscheuungswürdigsten Verbrechen. Und er wurde an einem Freitag statt an einem Sonntag begraben. Ohne Gesang, ohne Zeremonien. Nur mit warnenden Worten und Verurteilungen durch den Pfarrer. Die Leiche wurde außerhalb des Friedhofs begraben, im Wald. Und dann erwartete die Hölle den Bauern, nicht der Himmel.

Linnell fragte sich, was wohl Lars Cederin erwartete.

Wieder kletterte der Taucher ins Boot. Und wieder half ihm einer der Männer im Boot, sich von dem Helm zu befreien.

»A 2441«, rief er, »das steht auf dem Nummernschild.«

A, dachte Linnell. Also Stockholm. Was machte der Wagen hier?

Drei Stunden später saß Linnell auf dem alten Hof der Landgendarmerie, nur wenige Minuten Fußweg vom Sägewerk entfernt. In der Gemeinde Bråd in Dalarna gab es immer noch einen Platz für den einsamen Hüter des Gesetzes. Obwohl das Landgendarmensystem schon lange abgeschafft war, hieß es immer noch Landgendarmenhof. Aber jetzt war es der Landjäger, der hier wohnte und arbeitete.

Dienst und Privatleben fielen in diesem Gebäude zusammen, was Linnell eigentlich gar nicht so recht war. Er hörte, wie seine Frau im Obergeschoss mit dem fünfjährigen Sohn sprach. Er erhob sich von seinem Schreibtischstuhl.

Sie hatten schließlich Cederins Leiche gefunden, sie geborgen. Er lag nun im Leichenschauhaus in Ludvika.

Gleich nachdem Linnell vom Meer zurückgekommen war, hatte er sich die letzte Ausgabe des »Polizeiberichts« herausgesucht. Hatte den Abschnitt »Gestohlenes und vermisstes Eigentum« aufgeschlagen.

Das gesuchte Automobil stand an erster Stelle.

In Stockholm gestohlen:
Im Jahre 1928

Ein Personenkraftfahrzeug der Marke Chevrolet Imperial Landau, Jahrgang 1927, mit dem Kennzeichen A 2441. Am 26. August 1928 von seinem Besitzer Nils Sandquist, wohnhaft im Haus 5A am Strandvägen in Stockholm, als gestohlen gemeldet. Es hat die Farbe Schwarz, mit dunklem Verdeck. Die Hinterreifen des Autos sind von der Marke Englebert, neu gekauft. Die Vorderreifen sind zwei Fort Dunlop, beide fast abgefahren. Im Wagen befanden sich u. a. eine braune Ledertasche mit einer Pistole 7,65 mm des Fabrikats Sauer & Sohn, Österreich, sowie ein zur Pistole gehörendes Magazin mit sieben Patronen, Wert insgesamt 40 Kronen, sowie ein halber Liter Zweisternecognac, Wert 4,25 Kronen. Im Kofferraum war eine blaue Stofftasche befindlich, Wert 10 Kronen, in welcher ein grauer Anzug lag, Wert 75 Kronen. Auf der Oberseite der Sonnenblende vor dem Fahrersitz waren die Steuermarke und Sandquists Namensplakette angebracht.

Gesucht in Zusammenhang mit einem Mordfall in Stockholm im September 1928.

Laut Information von Kommissar Lydman und Kommissar Stierna, Abteilung für Gewaltverbrechen in Stockholm. Das erste Mal veröffentlicht 1928.

Dreizehn Jahre, dachte Linnell. Der Wagen wurde seit dreizehn Jahren gesucht. Im Zusammenhang mit einem Mordfall in Stockholm 1928. Welcher, das stand nicht da.

Umgehend hatte er den Distriktsstaatsanwalt in Ludvika angerufen. Es war nur ein kurzes Gespräch, der Staatsanwalt hatte ihm mitgeteilt, er würde sich wieder melden.

Der Landjäger ging in den ersten Stock. Die enge, abgetretene Treppe knarrte unter seinem Gewicht.

Elisabeth saß an dem großen Holztisch im Schlafzimmer und nähte. Eskil spielte mit Holzklötzen auf dem Boden. Der Landjäger setzte sich auf das breite Bett und schaute ihnen zu.

»Hat der Distriktsstaatsanwalt schon angerufen?«, fragte seine Frau.

»Nein«, antwortete Linnell, »noch nicht.«

Er nahm die Kanne, die auf dem Nachttisch stand, schenkte sich Wasser in eines der drei Gläser ein, die daneben standen.

Linnell stand auf und trank in großen Schlucken.

Sein Sohn sah zu ihm auf. Er baute ein Haus aus den Klötzen.

»Vater, wollen wir spielen?«

»Jetzt nicht, Eskil.«

Linnell war unruhig, er ging wieder nach unten.

Das Telefon klingelte, es war der Staatsanwalt.

Die wichtigen Herren aus Stockholm würden kommen.

82

Stierna saß an seinem Schreibtisch. Er blätterte gedankenverloren das *Svenska Dagbladet* durch. Wie üblich handelte viel vom Krieg, dem neuen, noch schrecklicheren. Rudolf Hess' sonderbare Flucht nach Großbritannien machte fette Schlagzeilen. Die Frage »Warum?« war immer noch nicht beantwortet, aber das Hess-Bild war aus den öffentlichen Amtsstuben in Nazideutschland entfernt worden, und die Bücher, die er verfasst hatte, wurden dort nicht mehr verkauft. In dem Artikel daneben wurde berichtet, dass die Briten deutsche Flugzeuge auf Flugbasen in Syrien bombardiert hatten.

Wie viel hatte sich doch überall verändert, langsam, sodass es kaum bemerkt wurde. Die Polizei hatte sich vergrößert, war so viel bürokratischer geworden seit damals, als er selbst der Truppe beigetreten war. Die Menschen, der Krieg hatte sie so sehr verändert. Er spürte die Angst um sich herum, sie war überall. Es war an der Zeit, sich bereitzuhalten. Ulla Billquist sang »Min soldat«, so unbeeindruckt und keck, aber dennoch spürte Stierna die Angst überall. Und gleichzeitig kamen die Menschen sich näher. All die privaten Schutzräume in den Mietshäusern, in denen Nachbarn, die nie miteinander geredet hatten, sich jetzt während der Übungen zusammenraufen mussten. Wie der Krieg sie zusammengeschweißt hatte.

Auch in dem Haus, in dem Stierna wohnte, gab es so einen Luftschutzkeller, er hatte während der Verdunkelung schon mehrere Male dort gesessen. Nachdem er zusammen mit den anderen die Wohnungsfenster mit Masonitscheiben abgedeckt hatte. Es faszinierte ihn, wie dunkel Stockholm werden konnte, dass man sich nur noch vortasten konnte.

Stierna blieb bei den Kinoanzeigen hängen. »Landstormens lilla argbigga« mit Sickan Carlsson und George Fant im »Flamman«. »Barska sjömän, hallå!« mit Helan und Halvan im »Rico«. Aber er hatte keine Lust auf Komödien, er konnte nur selten über sie lachen.

»Der große Edison« mit Spencer Tracy lief im »Ritic« in der Högbergsgatan, er lief schon ziemlich lange und hatte gute Kritiken bekommen. »Spring parade« mit Deanna Durbin wurde im »Ugglan« in der Södermannagatan gezeigt, nicht weit von seiner eigenen Wohnung entfernt. Er war wieder in das Haus zurückgekehrt, in dem er aufgewachsen war. Sein Elternhaus. Hier war er geprägt worden, und hier war er nach dem Tod seiner Eltern wieder eingezogen, hatte dafür gesorgt, dass die Wohnung in Familienbesitz blieb. Der Ort, an dem alles angefangen hatte, sollte nicht verschwinden. Zurück ins Elternhaus, raus aus der nichtssagenden Wohnung im Karlbergsvägen, die ihm nie etwas bedeutet hatte.

Die Vorstellung um Viertel nach sieben oder um Viertel nach neun, überlegte Stierna. Er entschied sich für »Der große Edison« gleich um Viertel nach sieben, er hatte Spencer Tracy schon immer geschätzt.

Stierna nahm Mantel und Stock und verließ sein Arbeitszimmer.

Er trat auf den neuen Flur, denn die Abteilung für Gewaltverbrechen war Anfang 1939 umgezogen. In dieses triste Haus um die Ecke, Bergsgatan 48. Dieses nichtssagende Gebäude mit seinen Hunderten von Räumen. So nahe der alten Polizeiburg in der Agnegatan, und doch eine ganz andere Welt.

Rehn kam ihm entgegen, er trug einen grauen Anzug, weißes Hemd und einen schwarzen Schlips. Seine Haare wurden langsam grau, und sie waren nicht mehr so kurz wie früher. Rehn hatte sie länger wachsen lassen und kämmte sie nun mit einem Seitenscheitel. Doch sein Blick war noch genauso durchdringend wie früher.

»John.«

»Ja?«

»Ich habe dich schon gesucht«, sagte Rehn.

»Ach, ja?«

»Sie haben den Wagen gefunden, John.«

Stierna fragte nicht, um welchen Wagen es sich handelte. Das war nicht nötig.

83

Er hatte dafür gesorgt, dass er immer wieder neu aufgenommen wurde. Woche für Woche, Jahr für Jahr. Der Wagen wurde immer noch dort aufgeführt, in dem Abschnitt über gestohlenes und verschwundenes Eigentum. Seit fast dreizehn Jahren stand er im »Polizeibericht«.

Die Information über Ingrids Kettenanhänger stand auch dort, auch dafür hatte Stierna gesorgt. Doch das kleine Ferkel war immer noch verschwunden, war nie wieder aufgetaucht. Das Einzige, was sie hatten, war die Kopie.

Und jetzt hatten sie den Wagen plötzlich gefunden. Nicht auf einem Parkplatz oder in einer Seitengasse in Stockholm, sondern fast zweihundertfünfzig Kilometer entfernt, in dem See Bråden in Dalarna. In der Gemeinde Bråd, ein Stück von Ludvika entfernt. Es sah so aus, als hätte er schon lange dort gelegen.

Dreizehn Jahre, dachte Stierna. Wahrscheinlich war er bereits im Herbst 1928 im See versenkt worden, kurz nachdem Ingrid erschlagen worden war. Eigentlich war es nur logisch, dass der Mörder den Wagen so schnell wie möglich wieder hatte loswerden wollen.

Stierna trat auf die Bergsgatan 48. Dort war der Wagen jetzt, er stand im selben Haus, in der Staatlichen Kriminaltechnischen Anstalt, SKA. Er war von einem Kran aus Ludvika herausgeholt und dann mit einem Lastwagen nach Stockholm gebracht worden.

Die Staatliche Kriminaltechnische Anstalt war gegründet worden, als sie alle in die Bergsgatan zogen. Sie gehörte nicht zur Abteilung für Gewaltverbrechen, teilte sich aber mit ihr das Gebäude. Sie sollte für das ganze Land zuständig sein, die Polizeibehörden aus ganz Schweden schickten Beweismaterial hierher, damit die Experten einen Blick darauf werfen konnten. Außerdem waren alle unterschiedlichen Karteien hier untergebracht. Und der »Polizeibericht« wurde auch hier herausgegeben.

Högstedt war nicht zur SKA gegangen, obwohl ihm dort ein dickes Leitungsgehalt angeboten worden war. Er war in der eigenen technischen Abteilung der Kriminalpolizei geblieben, aber jetzt sollte er trotzdem die Untersuchung des Wagens leiten. Und Stierna wusste, warum: Karl Högstedt war immer noch der beste Mann für so eine Aufgabe.

Stierna beschleunigte seinen Schritt. Das riesige Steingebäude warf seine hohen Schatten. Es war Mittagszeit, auf der Bergsgatan herrschte reges Treiben. Eine neue Arbeitswoche hatte begonnen. Es war Montag, der 19. Mai 1941.

Der Kommissar kam am Rathaus vorbei und bog in die Scheelegatan ein, um sich dann nach links in die Hantverkargatan zu wenden.

»Mäster Anders« lag an der Kreuzung mit der Pipersgatan. Stierna drückte die Klinke der Eingangstür herunter und trat ein. Als er früher hier gewesen war, zusammen mit Lindberg, hatten sie immer in der Gaststube im Erdgeschoss gesessen. Aber jetzt entschied Stierna sich für das etwas bessere Restaurant eine Treppe höher.

Er bestellte sein Essen bei einer Bedienung mittleren Alters mit dunklem Kleid und weißer Schürze. Er hatte sie schon häufiger gesehen, sie schaute immer ziemlich mürrisch, aber ihr Auftreten war freundlich und nett.

Er nahm gepökelten Schinken mit Madeirasoße und Kartoffelkroketten. Trank Wasser zum Essen und einen Kaffee danach, obwohl ihm das fast peinlich war. Denn er musste an die Rationierung denken. Jedem wurde ein Pfund Kaffee für fünfzehn Wochen zugeteilt. Doch nicht nur der Kaffee war rationiert. Tee und Seife auch, was dazu geführt hatte, dass sich Krätze und Läuse verbreiteten wie nie zuvor. Kakao, Brot, Speck, Butter. Und dann all die Ersatzstoffe, allein für Kaffee gab es mehr als hundert. Sie enthielten Kartoffeln, Eicheln, Kastanien und Rüben, alle schmeckten ziemlich gleich schlecht. Und dann war da der Mangel an Kleidung, was dazu führte, dass in Schweden so viel gestrickt wurde wie nie zuvor.

Es war die Zeit der Rationierung. Und der Bereitschaft. All die Hunderttausende von jungen Männern, die gezwungen wurden, eine Uniform anzuziehen. Falls der Russe käme. Falls der Deutsche käme. Die Männer, die Ulla Billquist in ihrem Lied »Min soldat« besang.

Es war außerdem die Zeit der Frauen. Frauen übernahmen Berufe, die früher für sie tabu gewesen waren, jetzt, nachdem so viele Männer an unbekannte Orte »irgendwo in Schweden« eingezogen worden waren. Im April letzten Jahres hatte der erste weibliche Postbote seinen Dienst angetreten. Weibliche Straßenbahnfahrer und Busfahrer waren inzwischen schon ein gewohnter Teil des Stadtbildes geworden. Haushaltshilfen sattelten um und begannen nun Lastwagen zu fahren oder beim Straßenbau zu arbeiten.

Eine Dreiviertelstunde später war er wieder auf der Straße.

Stierna ging die Hantverkargatan entlang. Fast wäre er mit einem Zeitungsboten zusammengestoßen, der zum Kungsholmstorg eilte.

Bald war er am Friedhof angekommen. Die Kungsholmener Kirche ragte hoch auf an der Bergsgatan. Hier gab es nicht so viele Grabsteine, sie waren weit verstreut auf der großen Rasenfläche.

Vor wenigen Nächten hatte er auf einer Parkbank auf einem anderen Friedhof gesessen, bei der Katarina-Kirche. Die Frühlingsluft war noch kühl gewesen, als er Maria Bengtsson wiedergetroffen hatte, die Frau, von der er geglaubt hatte, er würde sie nie wiedersehen. Er hatte die Begegnung in seinem Tagebuch festgehalten, sie fast wie ein Bühnenstück beschrieben.

Im Nachhinein erschien es ihm wie ein Omen, dass er Ingrids Mutter nur wenige Tage bevor sie den Wagen fanden, wiedergetroffen hatte.

Stierna ging zu dem schwarzen Metallgitter, das zur Parmmätargatan führte. Das Tor mit der Nummer sieben sah aus wie immer. Aber es war lange her, seit er durch dieses Tor hindurchgegangen und die weiße Marmortreppe hinaufgestiegen war.

Wieder musste er an den Wagen denken. Warum war er auf dem Land versenkt worden, zweihundertfünfzig Kilometer entfernt von dem Ort, wo er gestohlen worden war?

Eine halbe Stunde später saß er wieder in seinem Arbeitszimmer. Es war deutlich kleiner als das frühere, aber die Möbel waren immer noch dieselben. Wodurch es sehr eng hier drinnen war.

Stierna setzte sich an seinen Schreibtisch. Wie üblich war er aufgeräumt.

Er rief über das Haustelefon bei der Staatlichen Kriminaltechnischen Anstalt an, bat, mit Högstedt sprechen zu dürfen.

Er musste lange warten. Schließlich kam Högstedt atemlos an den Apparat.

»Högstedt.«

»Stierna hier. Habt ihr mit dem Wagen angefangen?«

»Ja.«

»Und, seid ihr schon weitergekommen?«

»Ein bisschen. Wir haben die Reifen mit den Gipsabdrücken der Reifenspuren vor der Djurgårdswerft 1928 verglichen. Sie stimmen überein. Sie stimmen perfekt überein mit dem Wagen, der jetzt hier bei uns steht.«

»Und der Rest?«, fragte Stierna weiter. »Das, was laut Sandquist im Wagen lag, die Pistole und das Magazin? Die Cognacflasche und der Anzug? Ist davon noch etwas im Wagen zu finden?«

»Nein«, antwortete Högstedt. »Und es ist auch nicht sehr überraschend, dass der Mörder die Sachen mitgenommen hat.«

»Stimmt. Und sonst? Gibt es noch Spuren von dem Mädchen da drinnen?«

»So weit sind wir noch nicht. Aber der Wagen hat lange im Wasser gelegen. Vieles ist davon zerstört worden.«

»Ruf mich an, wenn du mehr weißt.«

Stierna beendete das Gespräch. Der Zettel mit der Telefonnummer des Landjägers der Gemeinde Bråd lag auf seiner Schreibunterlage. Der Kommissar hatte bisher noch nicht mit ihm gesprochen, nur mit dem zuständigen Staatsanwalt in Ludvika.

Er nahm den Telefonhörer wieder auf, bat die Telefonistin, ihn mit Bråd 38 zu verbinden.

Nach dem zweiten Freizeichen antwortete eine Männerstimme. Es war eine singende, unüberhörbar Dalarna-Dialekt sprechende Stimme.

»Landjäger Linnell.«

»Guten Tag, Herr Landjäger. Hier spricht Kommissar Stierna aus Stockholm.«

»Guten Tag, Herr Kommissar. Haben Sie den Wagen bekommen?«

»Ja, er ist hier.«

»Gut, es war nicht so einfach, ihn aus dem Wasser zu kriegen. Der Kranwagen aus Ludvika war nicht wirklich geeignet dafür.«

Stierna schwieg eine Weile.

»Ich verstehe«, sagte er schließlich. »Aber es gibt da etwas, was mich wundert. Oder besser gesagt, mehrere Dinge. Der Wagen ist von einem Steilhang hinuntergestoßen worden. In eine Tiefe, die Bråddjupet heißt. Ist es einfach, dort einen Wagen hinunterzuschieben?«

»Ja«, antwortete der Landjäger. »Das würde ich wohl meinen. Die Landstraße führt höchstens zwanzig Meter davon entfernt entlang. Und es ist kein Problem, mit einem Wagen von der Landstraße zur Klippe zu fahren.«

»Wer kennt diesen Platz? Die Klippe und Bråddjupet?«

»Alle hier aus der Gemeinde, denke ich mal. Vielleicht auch Einwohner aus der Umgebung. Leute, die früher hier gewohnt haben ... Ich weiß es nicht.«

»Und wie läuft es sonst?«

»Ich habe mit der Zeugenbefragung angefangen, um mich nach dem Wagen zu erkundigen. Ob jemand etwas gesehen hat, was mit ihm in Verbindung gebracht werden kann. Aber es ist bisher noch nichts dabei herausgekommen. Und er scheint ja schon lange da unten gelegen zu haben, mehrere Jahre. Außerdem liegt der nächste Hof ein paar Hundert Meter entfernt, und rundherum ist dichter Wald. Sicher, unterhalb der Klippe gibt es das Sägewerk, aber da wohnt ja keiner. Wenn der Wagen also spätabends versenkt wurde, nachdem die Sägewerkarbeiter nach Hause gegangen waren, dann dürfte niemand etwas gesehen haben. Falls der Wagen nachts gebracht wurde, wenn die Leute schlafen ... Vielleicht mit ausgeschalteten Scheinwerfern. Dann ist kaum zu erwarten, dass es irgendwelche Zeugen gibt.«

Offensichtlich kannte er sich da aus, dachte Stierna. Und wusste, dass niemand im Sägewerk wohnt. Dass es dort nach Feierabend menschenleer ist.

Der Mörder ist da oben zu Hause, dachte Stierna. Irgendwie gehört er dorthin. Wenn nicht jemand anders den Wagen in die Tiefe geschickt hat. Aber davon ging Stierna nicht aus, das war unwahrscheinlich.

»Stammen Sie selbst aus der Gemeinde Bråd?«, fragte er.

»Nein«, antwortete der Landjäger, »ich komme aus Leksan.«

»Ach so. Kannten Sie die Bråddjupet, bevor Sie dorthin gezogen sind?«

»Bevor ich in die Gemeinde Bråd gezogen bin?«

»Ja, vorher.«

»Nein. Ich kannte nicht einmal die Gemeinde, bevor ich hierher versetzt wurde. Meine Frau stammt aus Ludvika, sie kannte Bråd vom Namen her. Hatte davon gehört, war aber nie dort gewesen.«

»Kannte sie diese Klippe vorher?«

»Wohl kaum. Das kann ich mir nicht denken. Aber ich werde sie fragen.«

Stierna klappte seinen Notizblock zu und lehnte sich in seinem Stuhl zurück.

»Er hieß Cederin, der Mann, der sich ertränkt hat, nicht wahr?«

»Ja. Lars Cederin.«

»Und er hat im Sägewerk gearbeitet?«

»Seit über zwanzig Jahren hat er dort gearbeitet.«

»Und wenn er nicht gesprungen wäre, mit all den Ketten am Leib, dann hätten Sie den Wagen nie gefunden?«

»Nein.«

»Warum hat er sich ausgerechnet dort das Leben genommen?«

»Ich weiß es nicht. Ich nehme an, dass es ein idealer Platz ist, um sich zu ertränken.«

»Haben Sie schon mit seinen Angehörigen gesprochen?«

»Ich habe mit seiner Frau gesprochen.«

»Weiß sie, warum er ausgerechnet dort gesprungen ist?«

»Sie begreift nicht, warum er überhaupt gesprungen ist.«

Stierna stand von seinem Stuhl auf.

»Dann möchte ich mich erst einmal bedanken, Herr Landjäger.«

»Keine Ursache, Herr Kommissar. Werden Sie zu uns hochkommen?«

»Ja, morgen«, antwortete Stierna. »Dann erst einmal auf Wiederhören.«

»Auf Wiederhören, Herr Kommissar.«

Stierna legte auf und trat an das Fenster, das zur Straße zeigte. Es stand offen, und als er sich hinausbeugte, schlug ihm der Lärm der Stadt entgegen.

84

Der Zug hielt im Bahnhof. Rehn stieg als Erster aus. Stierna reichte ihm die beiden Reisetaschen, bevor er selbst ausstieg.

Das Bahnhofsgebäude war groß, aus roten Backsteinen, es schien überdimensioniert zu sein, als hätte es früher hier viel mehr Reisende gegeben; Stierna konnte aber nur schwer glauben, dass dem wirklich so war. Auf einer der beiden abgeblätterten Holzbänke vor dem Gebäude saß ein junges Paar. Vor ihm standen zwei große Koffer. Das Schild an der Fassade war dunkelblau, mit weißen Buchstaben.

Auf Reisen, weg von hier, dachte Stierna, als er das junge Paar gedankenverloren betrachtete. Vielleicht nach Stockholm, in die große Stadt.

Jetzt waren sie also in Ramberg. Vor knapp zehn Kilometern waren sie durch Ludvika gekommen.

Die Tür des Bahnhofsgebäudes öffnete sich. Zwei Männer in Uniform kamen heraus. Der eine war ziemlich klein und ging etwas gebückt. Er ging auf die fünfzig zu, sein Gesicht war kantig und wettergegerbt, und er hatte etwas Verwundertes im Blick. Der andere war jünger, um die dreißig, mit dünnem Schnurrbart und dunklem Haar. Die Uniform stand ihm nicht, sie schien zu groß und unförmig für ihn zu sein.

Stierna blieb stehen und stellte seine Tasche ab. Rehn tat es ihm gleich.

Der jüngere der beiden Männer drehte seine Uniformmütze in den Händen.

»Kommissar Stierna?«, fragte er.

»Richtig«, bestätigte Stierna. »Landjäger Linnell?«

»Ja. Willkommen in Ramberg.«

»Danke. Das ist Hauptwachtmeister Rehn.«

»Angenehm. Ich habe Landjäger Björnlund mitgebracht, aus Ireld. Das ist die Nachbargemeinde.«

Stierna und Rehn schüttelten die Hände der beiden Landpolizisten.

»Wo werden Sie übernachten?«, fragte Linnell.

»In Ludvika«, antwortete Stierna. »Im Bahnhofshotel von Ludvika. Kennen Sie das?«

»Ich war ein paarmal dort, habe aber nie da gewohnt.«

Als sie das Bahnhofsgelände verließen, fiel Stierna auf, wie nah der Wald an den Ort heranreichte. Dazwischen lagen hier und da einige offene Felder und ein paar vereinzelte Höfe. In der Ferne konnte er den See Bråden sehen.

»Der Landpolizeihof liegt nur ein paar Minuten von hier«, sagte Linnell. »Sollen wir tragen helfen?«

»Nein, nicht nötig«, wehrte Stierna ab.

Die beiden Landjäger gingen einen breiten Kiesweg entlang, der nach einem kurzen Stück eine scharfe Linkskurve machte. Stierna und Rehn blieben aufgrund der schweren Reisetaschen hinter den Männern zurück.

*

Der Steilhang erhob sich etliche Meter über die Wasseroberfläche. Das Sägewerk lag an die hundert Meter davon entfernt: Stierna konnte das Holzbassin mit dem schwimmenden frischen Holz ausmachen, er hörte den Lärm aus dem Sägehaus und vom Holzboden, sah die Männer, die auf dem Holzhof arbeiteten.

Sie waren die Landstraße entlanggegangen, nachdem sie ihre Taschen in dem alten Landpolizeihof abgestellt hatten. Die Landstraße verlief nur ungefähr zwanzig Meter von der Klippe entfernt, genau wie Linnell gesagt hatte.

Stierna trat an den Steilhang. Die anderen blieben ein paar Schritte hinter ihm.

»Von hier aus ist er also gesprungen«, hörte er Linnell sagen. »Cederin.«

Stierna drehte sich um.

»Und die Arbeiter unten im Sägewerk haben ihn gesehen?«

»Ja.«

»Warum ist er gesprungen, als die Arbeiter ihn sehen konnten?«

Linnell räusperte sich, schwieg aber noch mehrere Sekunden, bevor er sich zu einer Antwort durchrang.

»Ich weiß es nicht. Vielleicht wollte er damit etwas mitteilen. Vielleicht hängt sein Selbstmord mit seiner Arbeit zusammen. Vielleicht wollte er es seinen Kollegen zeigen.«

»Haben Sie etwas gefunden, was darauf hindeutet, dass Cederins Selbstmord etwas mit seiner Arbeit im Sägewerk zu tun hat?«

»Ich habe mit einem Vorarbeiter geredet, Kaj Fransson, und er hat mir erzählt, dass Cederin mit seinem Lohn unzufrieden war, dass es deshalb immer wieder Ärger gab. Aber das ist doch wohl kaum ein Grund, sich das Leben zu nehmen.«

»Nein«, stimmte Stierna zu. »Wenn das nicht der Tropfen ist, der das Fass zum Überlaufen bringt.«

Linnell schwieg.

»Haben Sie auch noch mit anderen aus dem Sägewerk gesprochen?«, fragte Stierna weiter.

»Noch nicht«, antwortete Linnell.

»Und wäre Cederin nicht gesprungen, dann hätten Sie auch den Wagen nicht gefunden.«

»Nein. Wie ich schon am Telefon sagte, wäre er vermutlich bis in alle Ewigkeit dort unten liegen geblieben.«

Rehn trat an den Abgrund und schaute hinab auf die dunkle Wasserfläche.

»Kannten Sie Cederin?«, fragte Rehn.

»Ich habe ihn mal getroffen«, sagte Linnell. »Aber ich kann nicht sagen, dass ich ihn kannte.«

»Wie war er?«

»Er schien ganz bodenständig zu sein. Hat hart gearbeitet. Machte nie Probleme, jedenfalls nicht, soweit ich weiß.«

»Und Sie?«, fragte Rehn und wandte sich an Björnlund.

Björnlunds Dalarna-Dialekt war nicht so ausgeprägt wie der von Linnell, manchmal nuschelte er.

»Ich weiß, wer er war, aber ich habe ihn nicht gekannt. Er hat Frau und Kinder. Manchmal habe ich ihn im Wirtshaus in Lerborn gesehen.«

»In Lerborn?«

»Ja, das ist nicht weit von hier. Da, wo die Volksschule ist. Und dort habe ich ihn manchmal an einem Samstag gesehen. Er wirkte gepflegt.«

Gepflegt, dachte Stierna. Und trotzdem ist dieser Cederin hier von der Klippe gesprungen, mit Ketten und Bleigewichten am Körper.

Stierna schob seine Hand in die linke Innentasche und zog die Zeichnungen heraus und faltete sie auseinander. Sara Åkerbloms Bild des Mannes, der auf dem Sportplatz von Stadshagen gelaufen war. Ingrid Bengtssons Bild des Mannes im Vasapark.

»Kennen Sie diesen Mann auf den Zeichnungen?«

Linnell und Björnlund schauten sich die Bögen an, die ihnen hingehalten wurden.

»Das eine hat ein Kind gemalt«, sagte Linnell. »Ist das der gleiche Mann? Auf beiden Zeichnungen?«

»Ja«, bestätigte Stierna.

»Nein«, erklärte Linnell nach einer Weile. »Den kenne ich nicht.«

»Wie lange wohnen Sie jetzt schon hier?«

»Seit fünf Jahren.«

»Und Sie, Björnlund?«

Björnlund schaute sich die Zeichnungen noch einmal an.

»Nein«, sagte er dann. »Der kommt mir nicht bekannt vor. Ist das der Mann, den Sie suchen?«

»Ja, das ist der Mann, den wir suchen«, sagte Rehn.

»Und der hat den Wagen hier runtergestoßen und das Mädchen ermordet?«

»Ja«, sagte Stierna kurz.

Linnell musterte ihn.

»Und Sie denken, er könnte hier wohnen?«

Stierna schlug mit dem Stock gegen den Felsen.

»Der Mann, der den Wagen hier hat verschwinden lassen, hat den Platz nicht zufällig gewählt«, sagte er. »Er hat ihn gut gekannt. Er wusste, dass er hier vor neugierigen Blicken gut geschützt ist, abgesehen vom Sägewerk, aber da ist ja nach Feierabend keiner mehr. Da wohnt ja niemand. Irgendwie gehört der Mann hierher.«

Die vier Männer blieben noch eine Weile schweigend an der Klippe stehen. Es war windig, auf dem See bildeten sich Wellen.

»Wir haben die Zeichnungen in den Zeitungen veröffentlicht«, erklärte Rehn schließlich, »nachdem wir alles andere versucht hatten.«

»Aha«, sagte Linnell, »in welchen?«

»In den größten. *Dagens Nyheter. Svenska Dagbladet. Aftonbladet. Stockholms-Tidningen.* Die großen in Göteborg und Skåne. Auch in einigen aus Dalarna, ich glaube, es war der *Dala-Demokraten.*«

Björnlund lächelte ein wenig, und plötzlich lag nichts Verwundertes mehr in seinem Blick.

»Wenn hier jemand Zeitung liest, dann liest er die *Ludvika Tidning*«, sagte er. »Vielleicht noch ab und zu den *Dala-Demokraten.* Aber die großen aus Stockholm ... nein. Oder die aus Göteborg oder Skåne ... nein, keine Chance.«

Stierna nickte.

»Erinnern Sie sich an die Berichte über den Mord an Ingrid Bengtsson aus der Zeit?«

»Ich weiß nicht«, zögerte Björnlund. »Aber möglicherweise verwechsle ich das auch mit einer anderen Sache. Der Gerd-Mord und Olle Möller, an die erinnere ich mich, aber das ist ja auch erst ein paar Jahre her. Ingrid Bengtsson ... da bin ich mir nicht sicher. An die Zeichnungen erinnere ich mich jedenfalls nicht.«

Zum ersten Mal, seit sie nach Ramberg gekommen waren, fiel Stierna die Kälte hier auf. Vielleicht war es der Wind am Steilufer, im Vergleich zu Stockholm war es auf jeden Fall anders. Als wäre der Frühling noch gar nicht richtig hierhergekommen, als läge immer noch der Winter in der Luft, obwohl es doch bald Sommer werden sollte.

Stierna hustete, als er sich wieder Linnell zuwandte. Vielleicht waren es ja auch die Zigaretten.

»Haben Sie Ihre Frau gefragt, ob sie schon mal von Bråddjupet gehört hatte, bevor Sie hierhergezogen sind?«

»Ja, das habe ich, aber sie kannte das nicht.«

Dabei hatte Linnell ihm doch erzählt, dass sie aus Ludvika stammte, dachte Stierna, nicht einmal zehn Kilometer entfernt.

85

Sie redeten nicht besonders viel miteinander, Linnell und er. Rehn und Björnlund waren gegangen, sie wollten mit Ramberg anfangen, dann in einem Ort namens Backbo weitermachen. Oder war es Bockbo, Stierna konnte sich nicht mehr genau erinnern.

»Wohin gehen wir?«, fragte er.

Linnell blieb stehen.

»Wir fangen mit Kiselhaga an«, sagte er. »Mit Gutsbesitzer Birgersson. Er ist in gewisser Weise derjenige, um den sich hier im Ort alles dreht.«

»Was meinen Sie damit?«

»Das werden Sie gleich sehen. Er hat sein ganzes Leben hier gelebt. Mit seiner Frau und seinen vier Kindern. Kiselhaga, wo er wohnt, das ist schon immer in Familienbesitz gewesen, seit ein paar Hundert Jahren.«

Sie folgten der Landstraße. Linnell hatte behauptet, sie bräuchten nur fünf Minuten gemütlich zu gehen.

Kiselhaga lag am Seeufer, die Pforte stand offen.

Geld, das war das Erste, an das Stierna dachte, als sie auf den Hofplatz traten.

Das große, zweistöckige Gebäude war gelb gestrichen. Der Eingang war stattlich, mit vier weißen Säulen vor der Tür. Ein einsamer Fahnenmast stand mitten auf dem Hofplatz. Zwei Flügel erstreckten sich zu beiden Seiten des großen Hauptgebäudes. Ein kleineres Holzhaus lag etwas abseits, nahe der Eingangspforte.

Der Garten war gepflegt wie alles hier, mit großen Ahornbäumen und Ulmen, Fliederhecken und Obstbäumen.

Stierna blieb auf dem Platz stehen und ließ seinen Blick über Bråden schweifen. Eine kleine Insel lag mitten im See. Am anderen Ufer war eine Hügelkette zu erkennen. Sie schien hoch zu sein, sicher über zwanzig Meter.

Linnell stellte sich neben ihn.

»Tallbackakullen«, sagte der Landjäger. »So heißen sie, die Hügel auf der anderen Seite. Oben sind sie ganz flach und bilden ein großes Plateau. Da haben wir in der Mittsommernacht immer unser Fest mit Tanz und allem.«

Stierna drehte sich um.

»Geld«, sagte er, »der ganze Platz hier riecht nach Geld.«

Der Landjäger schaute ihn an.

»Gutsbesitzer Birgersson ist reich. Er hat Geld geerbt, die Familie ist schon seit mehreren Generationen steinreich. Aus ihr sind Reichstagsabgeordnete, Bischöfe, Generale und Geschäftsleute hervorgegangen. Birgersson gehört viel Land hier im südlichen Dalarna. Dazu einige Geschäfte und ein Restaurant in Ludvika. Und ein paar Höfe. Außerdem verdammt viele Aktien, soweit ich das weiß. Was er haben will, das kauft er sich. Wollen wir reingehen?«

Stierna ging wortlos auf den Eingang mit den weißen Säulen zu. Der Landjäger eilte an ihm vorbei und blieb vor der Tür stehen. Stierna stellte sich neben ihn.

Einige Sekunden lang blieben sie so stehen, dann zog Linnell an der Klingel. Sie war alt, aus Eisen geschmiedet.

Drinnen ertönte eine Glocke.

Sie war lauter, als Stierna erwartet hatte.

Es dauerte nicht lange, bis geöffnet wurde. Die Frau in der Tür war jung, trug halblanges braunes Haar und hatte lange Wimpern. Sie trug ein einfaches helles Kleid mit einer weißen Schürze.

»Fräulein Pihl«, grüßte der Landjäger sie.

Die Frau sah zu ihnen auf, ihr Blick war irgendwie unscharf, als würde sie von dem Licht draußen geblendet.

»Der Landjäger«, sagte die Frau. »Womit kann ich dienen?«

»Ist der Hausherr daheim?«

»Nein, er ist verreist. In irgendwelchen geschäftlichen Angelegenheiten.«

»Und ist die Hausherrin da?«

»Ja, soll ich sie holen?«

»Das wäre nett.«

Die junge Frau schloss die Tür wieder und ging.

»Eines der Hausmädchen«, sagte Linnell.

Die Tür wurde erneut geöffnet, diesmal war das Hausmädchen nicht allein. Die Frau neben ihr war um die fünfzig. Sie trug einen karierten Kittel mit einer weißen Bluse darunter. Das blonde Haar war gewellt, der Blick lebendig.

»Landjäger Linnell«, sagte sie kurz.

»Frau Birgersson.«

»Wie kann ich Ihnen helfen?«

Sie schaute Stierna an.

Dieser hielt seine silberne Dienstmarke hoch.

»Frau Birgersson«, begann er. »Mein Name ist Kommissar Stierna. Ich komme von der Abteilung für Gewaltverbrechen in Stockholm.«

»Aus Stockholm? Ist etwas passiert?«

Linnell nahm seinen Hut ab und wischte sich ein paar Schweißtropfen von der Stirn.

»Ihr Gatte ist verreist?«, fragte er. »Geschäftlich?«

»Ja, er ist in Stockholm. Er kommt Donnerstag zurück.«

Einen Moment lang herrschte Schweigen.

»Wir suchen einen Mann«, sagte Stierna.

»Was für einen Mann? Wie heißt er?«

»Das wissen wir nicht.«

Stierna zeigte die Zeichnungen.

»Erkennen Sie diesen Mann?«

Frau Birgersson sah sich die Zeichnungen lange an, studierte sie genau.

»Nein, ich kenne ihn nicht.«

Stierna wandte sich an das Hausmädchen.

»Und Sie?«

Die junge Frau betrachtete die Zeichnungen nur flüchtig.

»Vielleicht«, sagte sie, »er wirkt bekannt. Irgendwie.«

»Woher? In welchem Zusammenhang?«

»Das weiß ich nicht.«

»Kann er aus der Gegend hier stammen?«

»Nein, ich glaube nicht. Dann würde ich ihn einordnen können.«

Frau Birgersson mischte sich in den Dialog ein.

»Was hat er denn getan?«

»Etwas Ernstes«, antwortete Stierna.

Sie sprachen auch mit anderen Personen auf Kiselhaga und zeigten ihnen die Zeichnungen. Die Kinder des Ehepaars Birgersson: zwei halbwüchsige Töchter, die noch in dem großen Haus mit ihren Eltern wohnten, zwei erwachsene Söhne mit ihren Familien, die in den Seitenflügeln ihre Wohnungen hatten. Einige Knechte. Weitere Hausmädchen und Mägde. Einige der Bediensteten behaupteten, der Mann auf den Zeichnungen käme ihnen bekannt vor. Aber das war immer nur vage, keiner von ihnen konnte ihn wirklich einordnen.

Der Gutsbesitzer sollte am Donnerstag nach Hause kommen, bis dahin waren es noch zwei Tage.

Wenige Hundert Meter von Kiselhaga entfernt klopften sie bei ein paar kleineren Holzhäusern an. Eine ältere, mürrische Witwe wohnte in einem, ein jüngeres Paar in dem anderen. Sie suchten einen kleinen Ort auf, der Slysjö hieß, eigentlich bestand er nur aus ein paar Bauernhöfen. Keiner kannte den Mann auf den Zeichnungen.

Stierna schaute auf seine Taschenuhr. Es war noch nicht einmal ein Uhr, aber dem Kommissar schien eine Ewigkeit vergangen zu sein.

Er wandte sich dem Landjäger zu.

»Und wohin gehen wir jetzt?«

Linnell schaute ihn an.

»Lerborn.«

»Ist das weit?«

»Nein. Ungefähr eine Viertelstunde, wenn wir schnell gehen.«

Sie erreichten Lerborn zehn Minuten später. Stierna ging schnell, trotz seines Stocks.

Linnell hatte ihn auf dem Weg dorthin über den Ort informiert. Auch wenn es nicht so viel darüber zu sagen gab.

Er bestand nur aus ungefähr dreißig Gebäuden, trotzdem bildete er den Mittelpunkt der Gemeinde. Hier gab es eine Bank, eine Telefonstation, ein paar Handwerker mit eigenem Betrieb und ein Wirtshaus. Die Kirche lag etwas außerhalb, unten am Wasser.

Sie gingen die kurze, staubige Hauptstraße entlang, kamen an rot gestrichenen Häuschen vorbei, mit kleinen Gärten davor, die von der Straße durch einen Bretterzaun abgetrennt waren. Alles sah in dieser Straße gleich aus. Zehn Häuser, zehn Vorgärten, zehn Kopien.

Es war Mittagszeit, und Stierna spürte einen leichten Hunger.

Linnell wollte zuerst nicht ins Wirtshaus gehen, er meinte, dort sei es zu teuer. Doch Stierna überredete ihn, sagte, er würde ihn einladen. Die Polizeibehörde in Stockholm würde ihn einladen.

Sie verließen die Hauptstraße und gingen Richtung See. Linnell blieb vor einem zweistöckigen Holzgebäude stehen. Zwei Fenster im oberen Stockwerk standen offen.

»Die Schule«, sagte der Landjäger, »Lerborns Volksschule.«

»Eine Volksschule«, überlegte Stierna, »gibt es denn hier genügend Kinder, um eine Schule zu füllen?«

»Auf jeden Fall. Nun, nicht hier in Lerborn, aber in der Gemeinde. Da kommt so einiges zusammen. Ich glaube, es sind an die neunzig Kinder, die hier zur Schule gehen.«

»Und die sind jetzt da drinnen?«

»Davon gehe ich aus. Zumindest die meisten.«

»Ich muss sagen, dafür ist es aber sehr leise.«

»Na, die haben sicher Unterricht«, sagte der Landjäger.

Wenige Minuten später hatten sie das Wirtshaus am Wasser erreicht. Das Gebäude war klein, aber auf einem Holzschild vor der Veranda, zu der drei Treppenstufen führten, stand »Wirtshaus«. Linnell hatte Stierna schon vorab erklärt, dass es keine Hotelzimmer hier gab. Es war nur ein Wirtshaus.

Stierna fragte sich, wovon die Leute hier lebten. Und erst recht die Wirtsleute.

»Nur ein paar Kilometer entfernt im Wald ist ein Bergwerk«, hatte Linnell ihm erzählt. »Die Männer von dort kommen ziemlich oft hierher, jedenfalls an den Wochenenden.«

Und saufen den Schnaps, den sie kriegen können, dachte Stierna. Deshalb läuft der Laden hier also. Aber er verscheuchte diesen Gedanken sofort wieder.

Sie setzten sich an einen Tisch am Eingang. Einige Mittagsgäste saßen bereits hier, nur Männer. Vielleicht kamen sie aus dem Bergwerk.

Er ließ Linnell freie Hand bei der Bestellung. Aber es wurden nur Frikandellen mit Sahnesoße, Kartoffeln und Preiselbeerkompott. Stierna nahm das Gleiche, trank Milch zum Essen. Milch, sonst trank er nie Milch. Aber hier passte es irgendwie.

Während des Essens sprachen sie nicht viel, obwohl Stierna doch so viel wissen wollte.

Als Stierna um die Rechnung bat, war er überrascht, dass die Preise weit unter dem lagen, was er aus Stockholm gewohnt war.

Einige der Männer am Tisch nebenan rauchten. Stierna sah die Camel-Packung vor ihnen liegen – und die Streichholzschachtel.

Bevor sie hinausgingen, zeigte Stierna den Angestellten im Wirtshaus die Zeichnungen. Ohne Erfolg.

Linnell stand bereits auf dem Vorplatz, als Stierna herauskam.

»Also«, sagte der Kommissar, »nun sind wir in Lerborn. Und wohin gehen wir jetzt? Die Hauptstraße entlang?«

Der Landjäger zog mit einer Schuhspitze eine Spur durch den Kies.

»Ich würde empfehlen, zunächst die Höfe hier rundum zu befragen. Die Hauptstraße ist schnell erledigt, die können wir als Letztes nehmen. Aber zunächst die Umgebung.«

Stierna erschien das logisch, so wäre er auch vorgegangen. Erst das Aufwendigere erledigen, sich dann dem Kern nähern.

Unterhalb des Wirtshauses lagen ein paar kleinere Höfe, direkt am Seeufer. Linnell ging auf sie zu, Stierna folgte ihm.

Sie gingen fast bis ans Wasser heran. Eine gepflegte Rasenfläche grenzte ans Ufer. In einem kleinen Bootshafen lagen ein heruntergekommenes Segelboot und ein Ruderboot.

»Frödin«, sagte Linnell.

»Frödin«, wiederholte Stierna, »heißt derjenige so, der hier lebt?«

»Er und seine Frau.«

»Keine Kinder?«

»Nein.«

»Und was macht er?«

»Er ist Schuhmacher«, erklärte Linnell, »sie ... sie hilft ihm.«

Das Haus war rot gestrichen mit Ziegeldach, wie fast alle hier. An einem Giebel wuchs dichter Efeu.

Die Tür befand sich an der Seite, die zum See zeigte. Nur ein schmales Grasstück trennte das Haus auf dieser Seite vom Wasser. Die Tür war weiß gestrichen und einfach.

Der Landjäger klopfte.

Nichts rührte sich.

Linnell klopfte noch einmal.

Auch nach mehreren Minuten öffnete niemand.

Sie gingen weiter, zum nächsten Hof. Es gab keine Pforte, keinen Zaun, kein Steinwall trennte den Hof vom Rest des Ortes.

Das Hauptgebäude war klein. Wieder rot gestrichen mit Dachziegeln. Die Fenster an den Längs- und Stirnseiten waren groß und hoch, sie dominierten die ganze Fassade. Ein kleineres, graues Gebäude war hinter dem Haus zu erkennen.

»Der alte Marklund ist eigentlich immer zu Hause«, erklärte Linnell.

»Wohnt er schon lange hier?«

»Seit vielen Jahren. Vielleicht ist er sogar hier geboren, das weiß ich nicht. Früher hat er in der Schmiede in Stutbo gearbeitet. Das liegt weiter in den Wald hinein, ziemlich nahe am Bergwerk. Es ist kleiner als Lerborn, es gibt dort nur etwa zehn Höfe. Aber da wohnt der Schmied der Gemeinde, Anders Frykman. Marklund hat schon für seinen Vater gearbeitet, Birger, aber der alte Frykman ist inzwischen tot. Es ist eine Weile her, dass Marklund in Rente gegangen ist. Und ich bin seitdem nicht mehr hier gewesen.«

»Lebt er allein?«

Der Landjäger schaute Stierna kurz an, bevor er weiterging.

»Ja. Keine Frau, keine Kinder. Aber es heißt, dass er viel mit Frauen rumgemacht hat, als er noch jung war.«

Sie waren vor der Tür angekommen. Sie war nicht gestrichen und passte nicht zum Rest des roten Hauses. Eine Klingel gab es nicht.

Linnell klopfte dreimal schnell nacheinander.

Die Tür wurde sogleich geöffnet.

Der Mann im Türrahmen wirkte gar nicht so alt, höchstens sechzig. Er trug einen dunklen Hut, ein weißes, abgetragenes Hemd und eine große dunkle Schürze mit Gürtel.

Sein Haarkranz war grau meliert. Der Mann schien verwundert über den Besuch zu sein.

»Marklund«, begann der Landjäger.

»Ja, was will der Landjäger von mir?«

Stierna stellte sich vor, zeigte wieder seine silberne Dienstmarke.

»Kriminalpolizei aus Stockholm«, wunderte Marklund sich, »was macht ein Kriminaler aus Stockholm hier?«

Stierna schnippte nicht vorhandene Staubkörner von seiner Jacke.

»Wir suchen einen Mann, Marklund«, erklärte der Landjäger.

»Der von hier stammt?«

»Kann sein.«

Stierna hielt ihm die Zeichnungen hin.

»Kennen Sie diesen Mann? Kommt er Ihnen irgendwie bekannt vor?«

Der alte Mann beugte sich über die Zeichnungen und kniff die Augen zusammen.

»Ich sehe schlecht«, sagte er, »einen Moment.«

Er drehte sich um und verschwand wieder im Haus.

Stierna schaute aufs Wasser, es war sehr bewegt, auch wenn die Wellen nur flach waren.

Marklund kam zurück, er hatte eine kleine, runde Brille mit dünnen Metallbügeln aufgesetzt.

Erneut reichte Stierna ihm die Zeichnungen.

»Schon möglich, dass er jemandem ähnlich sieht«, sagte der Alte. »Aber er muss es ja nicht sein, denn wie ein richtiges Porträt sieht das hier ja nicht aus. Aber da ist etwas ... Ich denke, eher noch an der Kinderzeichnung ist etwas. Schon komisch, dass ein Kind so etwas einfangen kann. Deutlicher als die andere Zeichnerin ...«

Stierna unterbrach ihn vorsichtig.

»Wem ist die Zeichnung ähnlich?«

»Sie ist jemandem ähnlich, den ich hier in Lerborn mal gesehen habe.«

»Wann? Jetzt? Erst vor Kurzem?«

»Nein. Nicht jetzt. Aber früher. Auf dem Hof da unten, wo die Straße endet. Auf dem Hof unterhalb von Hammars, den es nicht mehr gibt.«

Es kam keine Fortsetzung. Stierna schaute den Landjäger an. Linnell machte eine ratlose Geste und schüttelte den Kopf.

»Welcher Hof, Marklund?«, fragte Linnell.

»Der da unten am Wasser liegt. Da unten, wo die Landstraße zu Ende ist. Du weißt doch, der abgerissen wurde. Birgersson hat das Land gekauft, aber passiert ist da nichts. Auf dem Hof, der dicht bei Hammars Hof lag.«

Stierna holte Notizblock und Bleistift heraus.

»Also wohnte der Mann auf den Zeichnungen auf diesem Hof? Der inzwischen abgerissen wurde?«

»Ich denke, das könnte er sein.«

»Und wann hat er dort gewohnt?«

»Er ist dort aufgewachsen. Und weggezogen, als er erwachsen war. Irgendetwas hat mit dieser Familie nicht gestimmt ... Aber Genaueres weiß ich nicht. Nur, dass da irgendwas nicht stimmte. Ich habe zu der Zeit oben in Stutbo gearbeitet, in der Schmiede. Und irgendwie habe ich mich dort immer viel heimischer gefühlt. Hier habe ich nur geschlafen. Und mit den Leuten hier in Lerborn habe ich nie viel Kontakt gehabt, ich habe mich in Stutbo immer viel wohler gefühlt.«

»Aber an diese Familie können Sie sich erinnern?«

»Ja.«

»Wie hießen die?«

Marklund überlegte.

»Ich weiß es nicht«, sagte er schließlich, »ich kann es wirklich nicht sagen.«

Stierna nahm Marklund die Zeichnungen ab. Faltete sie zusammen und schob sie wieder in die Innentasche.

»Gab es dort mehrere Kinder?«

»Nicht, soweit ich mich erinnere. Nein, ich glaube nicht. Warum suchen Sie den eigentlich?«

Eine Viertelstunde später verließen sie den Alten.

Während sie auf dem Rasen entlanggingen, fragte Stierna den Landjäger: »Sie haben nicht gewusst, dass da unten Leute gewohnt haben, wo die Landstraße zu Ende ist? In dem Haus, das es heute nicht mehr gibt?«

Linnell hielt inne.

»Ich bin erst seit fünf Jahren hier«, erklärte er. »Ich habe nicht einmal gewusst, dass es dort ein Haus gab.«

Stierna ging weiter.

»Und wohin gehen wir jetzt?«, fragte der Landjäger.

»Zu Hammars Hof«, antwortete Stierna. »Wo die Landstraße aufhört.«

86

Der staubige Weg führte fast bis an die Pforte. Stierna konnte das Hauptgebäude hinter dem niedrigen Zaun erkennen. An den Seiten standen die Nebengebäude, wohl ein Stall und eine Remise.

Der Wald begann hinter den Gebäuden, doch durch die Bäume hindurch war immer noch der See zu erkennen. Da unten musste er gelegen haben, der Hof, der abgerissen worden war.

»Ivar ist eigentlich immer zu Hause«, sagte Linnell, während er sich die Mütze zurechtschob. Sie saß genauso schlecht wie die übrige Uniform.

Langsam öffnete der Landjäger die Pforte, ließ Stierna vorangehen.

Sie kamen an kleineren Feldern vorbei. Stierna wusste nicht, was hier angepflanzt wurde, er war ein Großstadtkind, kannte sich nicht aus auf dem Land. Auf einer eingezäunten Weide links von dem großen Haus grasten vier Pferde.

Schweigend gingen die beiden Männer auf das Hauptgebäude zu.

Die Frau, die öffnete, war sauber gekleidet und trug eine weiße Bluse mit hohem Kragen. Das volle braune Haar war hochgesteckt, und sie hatte etwas Entschiedenes und gleichzeitig Neugieriges in ihrem Blick.

»Frau Hammar«, sprach Linnell sie an, »bitte entschuldigen Sie die Störung.«

Die Frau erwiderte nichts, sah Stierna an, obwohl der Landjäger sie angesprochen hatte. Sie studierte den Kommissar aufs Genaueste, musterte seinen schwarzen Anzug, die Krawatte und die dunklen Schuhe.

»Kein Problem. Sie stören nicht.«

Immer noch sah die Frau nur Stierna an, seinen Anzug. Vielleicht sah man ihm an, dass er aus der Großstadt war, dachte Stierna. Vielleicht roch er sogar danach. Neutral, nicht nach Pferd, Heu oder Tannenholz. Wahrscheinlich roch er nicht einmal nach dem Staub und den Abgasen der Stadt. Aber er passte nicht hierher.

»Ist Ivar zu Hause?«, fragte Linnell. »Ich würde gern mit ihm sprechen. Mit ihm und auch mit Ihnen.«

Stierna hielt seine Silberplakette hoch. Die mit den gekreuzten Äxten und den Kronen auf der Vorderseite. Mit dem Text auf der Rückseite. Stockholms Polizeirevier. Abteilung für Gewaltverbrechen. Nr. 20.

»Ich komme von der Abteilung für Gewaltverbrechen in Stockholm. Kommissar Stierna.«

Die Frau schaute auf, aber dieses Mal sah sie Linnell und nicht Stierna an.

»Ist was passiert?«

»Jetzt nicht«, antwortete Stierna. »Vor langer Zeit.«

Beunruhigt sah ihn die Frau an.

»Ich verstehe nicht ... Haben wir etwas getan?«

Stierna holte die Zeichnungen hervor.

»Kennen Sie diesen Mann? Kommt er Ihnen irgendwie bekannt vor?«

Die Frau betrachtete eingehend die Zeichnungen, dann schüttelte sie den Kopf.

»Nein, den kenne ich nicht. Und das hier ist doch eine Zeichnung von einem Kind, oder?«

»Das ist derselbe Mann«, erklärte der Landjäger. »Auf beiden Zeichnungen.«

»Und was hat er getan? Warum wollen Sie ihn schnappen?«

Stierna gab keine Antwort.

Noch einmal betrachtete die Frau die Zeichnungen.

»Nein, ich weiß nicht, wer das ist. Stammt er von hier?«

»Wir wissen es nicht. Sind Sie hier aufgewachsen?«

»Nein, ich komme aus Borlänge. Aber ich wohne jetzt schon seit zehn Jahren hier.«

»Ihr Mann ... Ist er hier aufgewachsen?«

»Ivar? Ja, der ist hier aufgewachsen.«

»Könnten Sie ihn bitte kurz holen?«

Die Frau rief über die Schulter: »Ivar, der Landjäger ist hier!«

Es rührte sich nichts, und die Frau ging ins Haus.

Die weiße Tür blieb offen, und Stierna sah in der dunklen Diele eine große Holzkiste stehen, an den Wandhaken hingen Mäntel.

Der Mann, der kurz darauf zur Tür kam, war klein und breitschultrig. Er trug eine verschlissene graue Hose, ein weißes Hemd ohne Kragen und Hosenträger. Das kurz geschnittene braune Haar war ungekämmt. Sein Gesicht war kantig, unter den buschigen Augenbrauen lugten wachsame Augen hervor. Er war um die vierzig.

»Der Landjäger«, sagte der Mann. »Habe ich etwas Verbotenes gemacht? Oder war eines der Kinder nicht gehorsam?«

Stierna musste lachen.

»Hammar«, schmunzelte auch Linnell, »nein, es geht um etwas anderes.«

Der Kommissar trat zu den beiden. Dieses Mal zückte er nicht erst seine Dienstmarke.

»Stierna«, stellte er sich vor, »Kriminalpolizei Stockholm.«

Der Mann hielt ihm seine große Hand hin. Stierna ergriff sie. Der Handschlag war zaghaft, was Stierna überraschte.

»Ivar Hammar«, sagte der Mann. »Womit kann ich den Herren helfen? Ida hat gesagt, dass Sie nach einem Mann suchen.«

Stierna zeigte ihm die Zeichnungen.

»Kennen Sie diesen Mann?«

Ivar Hammar legte den Kopf schief und überlegte.

»Soll er von hier stammen?«

»Möglich«, sagte Stierna, »kann schon sein.«

»Er erinnert mich an jemanden, der hier gewohnt hat und den ich gekannt habe.«

»Wer?«

»Wollen Sie nicht reinkommen?«

»Ja, gern.«

Sie gingen durch die Diele und traten in eine große Küche mit Holzherd. Ein langer, niedriger Schrank stand an der Längswand. Vor dem Fenster befand sich ein großer, viereckiger Holztisch mit vier Stühlen. Die Zimmertüren waren alle geschlossen, sodass man nicht in die anderen Räume hineinsehen konnte.

Ivar Hammar setzte sich auf einen der Stühle vor dem Fenster.

»Möchten Sie etwas trinken? Einen Kaffee?«

»Nein, danke«, sagte der Landjäger.

Hammar sah Stierna fragend an.

»Vielen Dank«, sagte Stierna, »aber das ist nicht nötig.«

»Setzen Sie sich doch.«

Stierna setzte sich Ivar Hammar gegenüber, Linnell nahm den Stuhl neben ihm.

»Aber der Mann ist tot«, sagte Hammar, nachdem sie sich gesetzt hatten. »Der, an den mich die Zeichnungen erinnern.«

Stierna strich sich über die Nase. Er hatte Lust auf eine Zigarette, holte aber keine heraus. Stattdessen legte er die Zeichnungen auf den Tisch.

»Der Mann auf den Zeichnungen ist tot?«

»Wenn er es ist, so richtig ähnlich sieht er den Zeichnungen auch wieder nicht. Aber die Bilder erinnern mich an ihn ... Er ist verschwunden, man hat ihn nie gefunden. Vielleicht hat er sich das Leben genommen. Jedenfalls wurde er nie gefunden.«

Ivar Hammar hing seinen Gedanken nach.

»Wie hieß er?«, fragte Stierna.

»Arvid. Arvid Enberg. Er ist verschwunden. Ich glaube, das war irgendwann zum Jahreswechsel 1927/1928. Nein, ich weiß, dass es damals war, ganz sicher. Niemand hat seither etwas von ihm gehört. Und dann, nach zehn Jahren, ist er für tot erklärt worden. Ein Verwandter hat das bei Gericht beantragt, er wollte ihn für tot erklärt haben, damit er das Erbrecht bekam. Das muss dann wohl 1938 gewesen sein, da kam sein Name auf den Grabstein auf dem Friedhof. Das dauert doch zehn Jahre, oder? Bis jemand für tot erklärt werden kann, wenn man nichts mehr von ihm gehört hat?«

Stierna hatte Notizblock und Bleistift dabei, wie immer. Aber das brauchte er jetzt nicht, denn alles, was mit diesem Fall zu tun hatte, schien für ihn wie selbstverständlich einen Sinn zu ergeben.

»Ja«, nickte Stierna, »zehn Jahre, das stimmt. Und er ist nie wieder aufgetaucht?«

»Nein. Er war und blieb verschwunden.«

Stierna schaute auf den Küchentisch.

»Sie sagen, er ist irgendwann zwischen den Jahren 1927/28 verschwunden. Warum?«

»Das weiß ich nicht.«

»Aber gibt es da einen Zusammenhang? Ist da etwas passiert?«

Ivar Hammar beugte sich über den Tisch.

»Entschuldigung, was haben Sie gefragt? Ich höre ein bisschen schlecht.«

»Wo haben Sie ihn das letzte Mal gesehen?«, fragte Stierna weiter. »War das hier in Lerborn?«

»Nein, das war in Ludvika. Bei der Beerdigung seiner Mutter. In der Lyvikskapelle. Seine Mutter starb kurz nach Weihnachten 1927. Kalt und ungemütlich war es damals ... Kälter als die anderen Jahre. Sein Vater war ja schon seit Langem tot. Er war danach ganz allein.«

»Er hatte keine Verwandten mehr? Keine Geschwister?«

»Nein, keine Geschwister. Er war Einzelkind.«

»Aber Sie haben doch gesagt, dass ein Verwandter bei Gericht beantragt hat, dass er für tot erklärt wurde. Wer war das denn?«

»Ich weiß es nicht. Vermutlich ein Onkel. Aber ich weiß es wirklich nicht.«

»Hatte er noch andere Verwandte?«

»Bei der Beerdigung waren ein paar Cousins und Cousinen dabei. Aus Gävle und weiter oben aus dem Norden ... Aber Genaueres weiß ich nicht, und ich würde sie auch nicht wiedererkennen. Vielleicht waren auch Tanten und Onkel da. Aber viele waren an dem Tag nicht in der Kapelle. Wahrscheinlich habe ich mit einigen von ihnen sogar ein paar Worte gewechselt.«

»Aber Sie wissen nicht, wie diese Familienangehörigen hießen? Oder wie man Kontakt zu ihnen aufnehmen könnte?«

»Nein, das weiß ich nicht.«

»Und dass Enberg verschwand, das war nach der Beerdigung?«, hakte Stierna nach.

»Genau.«

»Und später haben Sie nie wieder etwas von ihm gehört?«

»Nicht, soweit ich mich erinnere.«

»Hat er hier in Lerborn gewohnt, als seine Mutter starb?«

»Nein, er hat in Ludvika gewohnt. Seit vielen Jahren. Ich habe ihn in Ludvika gesucht, nach der Beerdigung. Aber er war weg, ist weggezogen. Wohin, weiß ich nicht. Das wusste niemand.«

»Waren Sie vorher schon mal bei ihm in Ludvika?«

»Nein, nie.«

»Aber trotzdem haben Sie dann nach ihm gesucht?«

»Ja, ich habe mich gefragt, wo er abgeblieben ist.«

»Haben Sie mit vielen Leuten gesprochen, als Sie versucht haben, ihn zu finden?«

Ivar Hammar zuckte mit den Schultern.

»Nun ja, nicht mit so schrecklich vielen. Er wollte wohl einfach weg ... Ich weiß nicht, aber so habe ich damals gedacht. Ich glaube nicht, dass sich viele für ihn interessiert haben.«

Um den Jahreswechsel 1927/28 ist also Arvid Enbergs Mutter gestorben, dachte Stierna. Und Anfang September 1928 wurde Ingrid Bengtsson ermordet.

»Haben Sie mit Arvid Enberg bei der Beerdigung gesprochen?«

»Ja. Aber über nichts Besonderes, jedenfalls erinnere ich mich nicht mehr, was ich gesagt habe.«

»Und was hat er gesagt? Erinnern Sie sich daran?«

»Nein. Ich glaube, nicht so viel. Aber er war ziemlich am Boden zerstört. Nicht wie sonst.«

»Inwiefern?«

Hammar überlegte. Stierna musterte Ivar Hammar, ihm kam erneut der Gedanke, dass er etwas Widersprüchliches an sich hatte. Dieser kräftige Körperbau, dazu dieses Zurückhaltende, fast Überhöfliche, als er den Landjäger begrüßte. Und dann dieser lockere Handschlag.

»Er war so abwesend. Als ginge ihn alles, was um ihn herum geschah, gar nichts an. Nun ja, es war natürlich auch eine Beerdigung. Seine Mutter war gestorben, da ist es kein Wunder, wenn man sich so verhält. Aber irgendwie hatte ich das Gefühl, dass da noch mehr dahintersteckte.«

Stierna machte sich Notizen.

»Hat Enberg jemals über Stockholm gesprochen oder erwähnt, dass er dort hinfahren wollte?«

»Nicht, soweit ich mich erinnere. Aber im Grunde genommen hatten wir auch nicht viel Kontakt. Schon seit der Volksschule nicht mehr.«

»Der Volksschule? Hier in Lerborn?«

»Ja.«

»Hat er damals hier in Lerborn gewohnt?«

»Vielleicht hundert Meter von hier, am Wasser.«

»Auf dem Hof, der abgerissen worden ist?«

Hammar schaute ihn an, schien aber nicht überrascht zu sein.

»Ja, das Haus, in dem er gewohnt hat, ist inzwischen abgerissen worden. Kurz nachdem seine Mutter dort ausgezogen und nach Ludvika gezogen war … Birgersson hat es gekauft, das Land ist gut. Aber das Haus war nichts wert, es hat nur unnötig Platz weggenommen. Kennen Sie Birgersson?«

»Ich habe von ihm gehört.«

»Er hat das gekauft. Wie vieles andere hier in der Gegend.«

Stierna wechselte das Thema.

»Hatte Enberg einen Führerschein?«

»Das weiß ich nicht.«

»Wissen Sie, ob er Auto fahren konnte?«

»Nein.«

Eine Tür wurde einen Spaltbreit geöffnet, aber gleich wieder geschlossen. Stierna konnte nicht sehen, wer die Klinke heruntergedrückt hatte.

»Sagt Ihnen der Name Karlsson etwas? Im Zusammenhang mit Enberg?«

»Nein, den Namen Karlsson kann ich nicht mit ihm in Verbindung bringen. Aber es gibt ja so viele, die so heißen. Und es gibt vieles, was ich nicht von Enberg weiß. Wir hatten den Kontakt schon vor langer Zeit verloren. Lange vor der Beerdigung.«

»Sie könnten also keinen Grund nennen, warum er den Namen Karlsson benutzt haben könnte?«

»Nein. Warum sollte er?«

Um seine Identität nicht preiszugeben, dachte Stierna. Aber er antwortete nicht auf Hammars Frage.

»Wissen Sie, ob er gern gelaufen ist?«, fragte er stattdessen. »Und ob er gut laufen konnte?«

Ivar Hammars Antwort kam prompt.

»Ja, das konnte er gut, richtig gut. Er war der Beste in der Schule. Hier in Lerborn, aber auch noch, als wir auf die Werkrealschule in Ludvika gingen. Er war eindeutig der Beste in der Schule. Er ist viel gelaufen ... jeden Tag hat er trainiert.«

»Wann hat er damit angefangen?«

»Als er klein war. Soweit ich mich erinnere, ist er immer schon gern gelaufen.«

»War er schnell oder eher ausdauernd?«

»Eher ausdauernd, würde ich sagen. Aber schnell war er auch, auf kurzen Strecken.«

Stierna schrieb in seinen Notizblock.

»Wie sah das aus, wenn er gelaufen ist?«

»Entschuldigung, jetzt habe ich den Kommissar nicht verstanden.«

»Wie sah es aus, wenn er gelaufen ist«, wiederholte Stierna. »Ich denke dabei an seine Technik und die Körperhaltung.«

»Das weiß ich nicht mehr. Das ist ja auch schon lange her.«

»Sie können sich nicht mehr erinnern, ob er mit hochgezogenen Knien lief?«

»Nein, tut mir leid.«

Stierna legte die rechte Hand auf die Zeichnungen auf dem Küchentisch.

»Erkennen Sie die Zeichnungen wieder? Abgesehen davon, dass Sie meinen, sie sehen Enberg ähnlich, haben Sie sie schon einmal gesehen, bevor ich sie Ihnen heute gezeigt habe?«

»Ich sehe sie heute zum ersten Mal.«

»Sie haben sie nicht vorher schon mal in einer Zeitung gesehen?«

»Nein ... Warum sollten die denn in der Zeitung sein? Warum fragen Sie überhaupt nach ihm?«

Fünf Minuten später standen sie wieder draußen auf dem Hof. Ivar Hammar hatte eine Zigarette angezündet und blickte Richtung Wald.

Stierna hatte ihm erklärt, warum sie hier waren. Er hatte von Ingrid Bengtsson berichtet. Warum er die Zeichnungen dabeihatte.

Hammar wirkte nicht verwundert, als der Kommissar ihm all das erzählte.

»Sie haben vorhin gesagt, Sie könnten sich vorstellen, dass er sich das Leben genommen hat«, sagte Stierna. »Warum?«

»Das ist schwer zu erklären. Weil er das Leben nicht schätzte. Weil er nicht in der Lage war, etwas Schönes darin zu sehen. Weil er nicht die Fähigkeit hatte, es wirklich zu leben. Er hat mir Angst gemacht, ja, er hat mir richtig Angst gemacht.«

»Inwiefern hat er Ihnen Angst gemacht?«

Ivar Hammar trat seine Zigarette aus.

»Ich weiß nicht, wie ich das erklären soll ... Das hat vor langer Zeit angefangen. Schon in der Volksschule oder sogar noch früher.«

Stierna sagte nichts.

»Er ist mal mein bester Freund gewesen«, fuhr Hammar fort, »eine Zeit lang.«

»Warum nur eine Zeit lang?«

Ivar Hammar ging ein paar Schritte auf das Haus zu, Stierna folgte ihm.

»Ich weiß nicht, ob Sie das Gebäude der Volksschule von Lerborn gesehen haben«, sagte Hammar, »aber die Enge an solchen Orten kann oft zu Eingeschränktheit führen.«

Ivar Hammar schaute den Beamten forschend an.

»Sind Sie in Stockholm geboren? Und dort aufgewachsen?«

»Ja.«

»Sie kommen aus der Großstadt, wo so viele junge Leute hinwollen. Sie sind nicht an einem Ort wie Lerborn aufgewachsen. Hier kennt jeder jeden. Hier wissen alle sofort Bescheid, wenn jemand nicht reinpasst. Hier hilft man sofort, geht dem anderen zur Hand. Und hier lässt man den anderen genauso gern fallen, mit derselben Hand.«

»So kann es in Stockholm auch gehen.«

»Kann sein. Ich bin noch nie in Stockholm gewesen. Aber ich war schon an vielen anderen Orten. Ich kenne Leute, die in der Stadt wohnen. Hier wohnen vielleicht hundert Menschen, wenn überhaupt. Hier haben wir einander im Blick. Haben Sie die Häuser an der Hauptstraße gesehen? Zehn Hütten, alle sehen gleich aus.«

Hammar nahm eine neue Zigarette, bevor er fortfuhr.

»Lerborn. Für mich fing das in der ersten Klasse an. Ich höre schlecht, auf dem linken Ohr fast gar nichts. Aber das habe ich nicht gewusst. Ich bin so geboren und habe gedacht, dass es so sein muss. Meinen Eltern ist das gar nicht aufgefallen, und in meinen ersten Lebensjahren hatte ich nie Probleme damit. Doch dann fing ich in der Volksschule an. Ich gehörte immer zu den Stillen, deshalb landete ich ganz hinten im Klassenraum. Die Lauten mussten immer vorn sitzen, die Jungs, die so viel störten, damit die Lehrerin ein Auge auf sie haben konnte. Ich ... Ich habe nie Probleme gemacht. Drei Jahre lang habe ich hinten gesessen. Und ich habe nicht einmal die Hälfte von dem gehört, was da vorn an der schwarzen Tafel gesagt wurde. Und ich habe Fragen falsch beantwortet. Ich konnte doch nicht immer sagen: ›Entschuldigung, ich habe es nicht gehört, Frau Lehrerin‹, nicht zehnmal hintereinander. So wurde ich abgestempelt als dumm. Als Idiot. Obwohl ich begabter war als die meisten anderen Kinder in der Klasse. Aber für sie war ich ein Idiot. Darum sind sie über mich hergefallen.«

»Die anderen Kinder in der Schule?«

»Vor allem die Rabauken, die ganz vorne saßen, aber die anderen wurden mitgezogen. Vielleicht blieb ihnen ja gar nichts anderes übrig. Alle außer Arvid.«

»Er ließ Sie in Ruhe?«

»Ja.«

»Warum?«

»Weil es ihm noch schlimmer erging als mir. Weil sie ihn noch viel schlimmer verprügelten als mich. Er war klein und zart, das war er immer gewesen. Wenn sie ihn geärgert haben, hat er sich nie gewehrt. Hat alles erduldet. Als wäre er diese Erniedrigung schon gewohnt, als wäre sie ein Teil seines Lebens. Er schluckte alles, wehrte sich nie. Und das hat alles nur schlimmer gemacht. Aber dieses Ausgestoßensein, das hat uns zusammengeführt. Ich kann mich immer noch an diesen Spottvers erinnern, den sie ihm nachgerufen haben. Tag für Tag, Jahr für Jahr: ›Der Spatz ist so schrecklich klein, dünn wie Streichhölzer sind seine Bein'.‹«

Einen Moment lang schwieg Stierna und ließ Ivar Hammars Bericht auf sich wirken.

»Sie sagen, er hat alles geschluckt, als wäre er Erniedrigungen gewohnt. War er das denn?«

»Ja, davon bin ich überzeugt. Gelegentlich war ich bei ihm zu Hause. In seinem Elternhaus fehlte die Liebe. Seine Mutter, sie war ... gefühlskalt. Nicht alle Menschen kommen damit zurecht, ein Kind zu haben. Ich habe nie erlebt, dass sie ihn auf den Schoß genommen hat, er schien unerwünscht zu sein, von Anfang an. Trotzdem ist es möglich, dass sie ihn geliebt hat, auf ihre Art. Aber sein Vater ... Nein.«

»Wer war sein Vater?«

»Er hat auf dem Bahnhof in Ramberg gearbeitet. Damals war er ziemlich groß, viele Züge kamen und fuhren. Er war Stins, Stationsinspektor, Bahnhofsvorsteher, war wohl von der Gemeinde eingestellt worden. Aber er war ein Schwein. Das war auch so einer, der sich nie hätte Kinder anschaffen dürfen.«

Stierna spürte, wie sein Puls schneller wurde, das Herz heftiger schlug.

»Ein Stins? Sein Vater war Bahnhofsvorsteher?«

»Ja. Am Ramberger Bahnhof.«

»Hat Arvid Enberg seinen Vater gehasst?«

»Ich weiß es nicht. Aber es würde mich nicht wundern. Sein Vater war kein guter Mensch. Er starb an einem Schlaganfall, glaube ich. Er liegt auf dem Friedhof von Lyvik, genau wie die anderen. Obwohl, Arvid liegt ja nicht da, nur sein Name steht auf dem Stein.«

»Die Familie ist wieder vereint«, murmelte Stierna.

»Die Familie, die eigentlich nie eine war«, erwiderte Hammar.

»Und seine Mutter?«, fragte Stierna. »Was hat sie gemacht?«

»Sie war Hausfrau, war zu Hause mit dem Kind. Sie war unglaublich passiv.«

»Aber der Vater, der war nicht passiv?«

Hammar sah Stierna mit traurigem Blick an, bevor er antwortete.

»Nein, der hat zugeschlagen. Er hat Arvid verprügelt. Ich habe es ein paarmal mit ansehen müssen, und ich habe nie verstanden, warum. Ich war damals noch klein, aber ... Ich verstehe es auch heute noch nicht.«

»Sie waren dabei, als der Vater ihn geschlagen hat?«

»Ja, aber die blauen Flecke habe ich viel öfter gesehen. Die stammten von dem Schlagstock.«

»Sein Vater hat ihn mit einem Schlagstock geschlagen?«

»Ja, soweit ich verstanden habe, war das ein Erbstück. Ein Onkel seines Vaters war Landpolizist gewesen, irgendwo im Norden. Der Onkel war schon tot und hatte den Schlagstock dem Vater vermacht.«

»Wie sah der Schlagstock aus?«

»Schwarz, glaube ich. Aus Holz.«

Wie im 19. Jahrhundert, dachte Stierna. Diese schwarz lackierten Holzschlagstöcke mit Handgriff. Wie er ihn selbst noch getragen hatte. Ingrid Bengtsson war mit etwas Länglichem, Stumpfem erschlagen worden. Vielleicht ein Rohr, aber Karlström hatte eine andere Vermutung geäußert, als sie vor fast dreizehn Jahren im Leichenschauhaus gestanden hatten. Der Amtsarzt hatte gemeint, die Verletzungen an Ingrids Kopf wiederzuerkennen. Er meinte, er hätte derartige Verletzungen schon früher gesehen, und zwar bei Leuten, die bei den Krawallen auf dem Riddarhustorget Anfang der Zwanzigerjahre von Polizeischlagstöcken getroffen worden waren.

»Und Sie wissen nicht, warum sein Vater ihn geschlagen hat?«, fragte Stierna.

»Nein«, antwortete Hammar. »Arvid sollte wahrscheinlich lernen, dass er nichts wert war. Und deshalb hat ihn später wohl auch nichts interessiert, weil ihm immer wieder eingeprügelt worden war, dass er sowieso nichts wert ist.«

»Hat Arvid Enberg seinen Vater als Stinsen bezeichnet?«

»Ich weiß nicht, ob er den Ausdruck verwendet hat. Aber sein Vater war ja Bahnhofsvorsteher, also ein Stins. Er hat überhaupt nur selten von seinem Vater gesprochen. Übrigens hieß er Johan, der Vater.«

Stierna sah zu Boden. Er hatte das Gefühl, dass die Zeit ihn irgendwie wieder eingeholt hatte.

»Und nach drei Jahren«, fragte er. »Was ist nach drei Jahren passiert?«

»Nach drei Jahren? Was meinen Sie damit?«, fragte Hammar verwundert.

»Sie haben vorhin gesagt, dass Sie drei Jahre lang ganz hinten im Klassenzimmer gesessen haben. Was ist dann passiert?«

»Da sind sie draufgekommen, dass ich nicht hören konnte. Ich hatte gute Eltern. Eines Tages haben sie mich zu einem Arzt nach Ludvika gebracht, weil ich so oft Kopfschmerzen hatte. Den Tag werde ich nie vergessen. Dieser Arzt begriff gleich, was los war, und sagte, dass ich nicht hören konnte. Dass es ein Wunder war, dass ich die drei Jahre lang so gut zurechtgekommen war. Und das gab mir Kraft. Außerdem durfte ich von da an ganz vorn sitzen im Klassenzimmer. Auch wenn nun die Störenfriede und Raufbolde neben mir saßen, war es doch eine Befreiung. Und von diesem Tag an fürchtete ich sie nicht mehr. Ich war ein anderer, ich lernte, sie nicht zu beachten. Seitdem haben sie mich auch nicht mehr geschlagen. Und ich stellte fest, dass ich physisch stark war. Es war, als hätte sich eine Tür, die die ganze Zeit geschlossen gewesen war, geöffnet.«

»Und Ihr Freund? Enberg?«

»Der machte schließlich das Gleiche. Nur, dass es bei ihm schlimmer wurde. Aber das war viel später, sicher drei Jahre später. Ich habe meinen Quälgeistern verziehen. Inzwischen sind einige von ihnen sogar meine Freunde. Aber er, er hat ihnen nie verziehen.«

Stierna tastete nach der Zigarettenpackung in der Hosentasche, verzichtete dann aber.

»Da fingen sie an, ihn zu fürchten«, fuhr Hammar fort. »Und das hat mir Angst gemacht.«

»Was hat Ihnen Angst gemacht?«

»Eines Tages hatte er genug. Aber er war nicht wie ich, er ging mit der Sache ganz anders um. Nach den Sommerferien kam er zurück in die Schule und war ein anderer. Als hätte er etwas beschlossen, als hätte er eine Hemmschwelle überschritten.«

»Wann war das?«

»Als wir in der sechsten Klasse anfingen. Da hat er zurückgeschlagen, gleich in der ersten Pause. Sie fingen wieder mit diesem Lied vom Spatzen an. Ich musste zusehen, konnte nichts tun. Schließlich wollte ich auch nicht, dass sie wieder über mich herfielen. Aber statt einzustecken, teilte er aus. Und zwar reichlich. Ein Junge, er war so eine Art Anführer, hieß Sven Hult. Er war groß und kräftig, und deshalb konnte er sich wohl so gut durchsetzen. Aber Arvid schlug ihm in der Pause auf den Kopf. Mit einem Besenstiel, direkt auf den Kopf. Das Blut strömte, und Sven Hult fiel zu Boden. Er schrie wie ein abgestochenes Schwein. Danach machte sich niemand mehr über Arvid lustig. Erst ein paar Tage später, da fingen sie wieder an. Und dieses Mal riefen sie ihm nicht nur Spottlieder hinterher, sondern sie schlugen ihn auch. Aber er stand immer wieder auf, kauerte sich nicht zusammen wie früher. Er stand einfach wieder auf, steckte die Schläge ein. Zwei Tage später brannte auf dem Grundstück der Familie Hult ein Schuppen. Niemand wusste, ob das Brandstiftung war oder nicht.«

»Sie glauben, Arvid Enberg hat das Feuer gelegt?«

»Ich weiß es nicht. Aber es ging weiter so. Ja, es wurde noch schlimmer. In der Schule verschwanden plötzlich Sachen, Bänke wurden beschädigt. Und auf dem Schulhof ... Da waren nicht mehr die Rabauken hinter Arvid her, jetzt war er hinter ihnen her. Und auch wenn sie ihn verprügeln und für eine Weile aus dem Verkehr ziehen konnten, er kam immer wieder. Anfangs war ich der Meinung, dass er ein Recht hatte, so zu handeln. Aber dann ... Als sie anfingen, wirklich Angst vor ihm zu haben, sah ich den Hass in ihm, und der beunruhigte mich. Fahrräder gingen kaputt, nicht nur von denen, die ihn verhöhnt hatten, sondern auch von anderen, die sich im Hintergrund gehalten hatten. Die zu schwach waren, um etwas zu tun.«

»Dann haben Sie sich also von ihm abgewandt?«

»Ja.«

»Und auf der Werkrealschule in Ludvika? Hatten Sie da noch mit Arvid Enberg Kontakt?«

»Nein.«

»Wurde er dort auch noch geärgert?«

»Nein, da war er nur ein Schüler, der nicht auffiel. Und so war er im Grunde genommen ja auch.«

»Wie meinen Sie das?«

»Auch wenn er anwesend war, bemerkte man ihn kaum. Ich kann das nur schwer erklären ... Irgendwie konnte er vollkommen unbemerkt vorbeigehen. Wie eine Art Schatten, und selbst den konnte man nicht sehen.«

Ivar Hammar machte eine ausholende Geste.

»Das klingt sicher merkwürdig. Aber so war er ... Ich kann es nicht besser beschreiben. Es war fast, als wäre er unsichtbar.«

Plötzlich musste Stierna an Hjalmar Söderberg denken. An die kurzen Sätze in seinem Roman »Doktor Glas«, den er vor langer Zeit gelesen hatte, in seiner Jugend. Damals war das Buch ein Skandal gewesen:

> Man will geliebt werden, mangels dessen bewundert, mangels dessen gefürchtet, mangels dessen verabscheut und verachtet. Man will irgendein Gefühl in den Menschen wecken. Die Seele schreckt vor der Leere zurück ...

Arvid Enberg hatte in diesem Vakuum, in diesem leeren Raum gelebt, dachte Stierna. Vielleicht hatte er sich deshalb dazu entschieden, gefürchtet zu sein, verabscheut und verachtet. Das war immer noch besser, als in einem Vakuum zu leben.

»Hatte er Freunde in der Werkrealschule in Ludvika?«, fragte Stierna.

»Ich glaube nicht«, entgegnete Hammar. »Aber er ist immer für sich gewesen, schien das so zu wollen. Er hat jede Schulmeisterschaft über 1500 Meter oder 3000 Meter Laufen gewonnen. Aber niemanden hat das interessiert, es war, als gehörte er einfach nicht dazu.«

Stierna ging ein paar Schritte über den Hof.

»Das Leben prägt uns«, sagte Hammar plötzlich, »oder?«

»Und das Leben hat ihn geprägt?«

»Ja, natürlich.«

87

Die Laternen warfen ihren matten Schein über den Friedhof von Lyvik. Stierna war allein, er lief schon eine ganze Weile hier herum. Auf den breiten Wegen, zwischen den Gräbern.

Er ging an einem großen Rasenstück mit Grabsteinen unterschiedlicher Größe entlang. Einige waren massiv, andere klein und unscheinbar, auf vielen standen mehrere Namen. Stierna schaltete seine Taschenlampe an und ließ den Lichtkegel über die Steine tanzen.

Einige Namen erkannte er wieder, denn er war früher schon hier gewesen. Anna Laurell. K. J. Johanssons Familiengrab. Kaufmann Wickman und seine Ehefrau Elisabeth, verstorben im frühen 19. Jahrhundert. Sie schienen keine Kinder gehabt zu haben, zumindest lagen keine bei ihnen im Grab.

Stierna löschte sein Licht und ging zurück zum Eingang. Die Eisenpforte stand trotz der späten Stunde weit offen.

Der breite Weg teilte sich bald. Er führte einen Hügel hinauf und verlief weiter geradeaus.

Stierna folgte dem geraden Weg. Er gelangte an eine weiß gestrichene Kapelle aus Stein. An ihr war er bereits mehrere Male vorbeigegangen.

Wieder schaltete er die Taschenlampe ein und leuchtete die Grabsteine an. Er war vor einer Stunde schon hier gewesen, aber Arvid Enbergs Stein hatte er nicht gefunden. Auch wenn der Friedhof relativ groß war, meinte er doch an allen Gräbern mindestens einmal vorbeigegangen zu sein.

Ein Stück hinter der Kapelle lag Dan Anderssons Grab. Der Poet der Finnmarka, der im September 1920 in einem Hotelzimmer im Klaraviertel gestorben war. Bei »Hellmans«, nachdem die Hotelzimmer mit Blausäure von Ungeziefer gesäubert und anschließend nicht ordentlich gelüftet worden waren. Stierna konnte sich noch an den Skandal erinnern, er hatte die beiden Vergifteten im Leichenschauhaus gesehen. Andersson war im Schlaf gestorben, nachdem er von einem Abend im »Berns« heimgekommen war. Der Lebensversicherungsagent Elliot Eriksson aus Bollnäs war ebenfalls in seinem Hotelzimmer bei »Hellmans« gestorben, aber an ihn würde sich wohl kaum noch jemand erinnern.

Stierna dachte an den Abend zurück, als Rehn und er im »Ludvika Järnvägshotel« abgestiegen waren.

Er hatte bald sein Zimmer wieder verlassen, war in ein Lokal gegangen, die Bar »Blå Fågeln« in der Engelbrektsgatan. Er wollte ohne Rehns Gesellschaft auskommen, hatte sich ein Bier bestellt und sich an den Tresen gesetzt.

Knapp eine Stunde hatte der Kommissar im »Blå Fågeln« gesessen. Dann war er zum Taxistand in der Storgatan gegangen, vorbei an einem Plakat, das für das große Duell warb, den Kampf zwischen Ludvika und Hammarby in der zweiten Division, um halb zwei Uhr auf dem Norra-Sportplatz am 22. Mai. Übermorgen. Er hatte die Eintrittspreise überflogen. Sitzplatz 1,60; Stehplatz 1,10. Kinder und Soldaten 50 Öre.

Zwei Wagen warteten am Taxistand. Stierna hatte den ersten genommen, zum Lyviksfriedhof, und den Fahrer nicht gebeten, auf ihn zu warten.

Er verließ Dan Anderssons Grab und ging wieder an der Kapelle vorbei zum Wasser hinunter. Väsman, inzwischen wusste er, dass der See so hieß. Auch hier lagen Gräber, kleine Steine in langen Reihen. Zwischen den Bäumen konnte er die dunkle Bucht sehen.

Jetzt habe ich ihn endlich aufgespürt, dachte Stierna. Und trotzdem kriege ich ihn nicht zu fassen.

Er dachte an die Gespräche mit Menschen, die den Mann getroffen hatten, der auf dem Stadshagener Sportplatz gelaufen war. Sie waren gefragt worden, wie er sprach, ob sie sagen konnten, woher er stammte oder ob er einen bestimmten Dialekt hatte. Die meisten hatten angenommen, dass er aus Stockholm stammte. Einige hatten gemeint, er könnte aus dem Norden kommen. Der Barkeeper im »Runan« glaubte nicht, dass er aus Stockholm kam, konnte aber nicht erklären, warum. Stierna hatte auch nicht geglaubt, dass er aus Stockholm kam, ein Grund, warum ihn so wenige kannten.

Vielleicht hat er das absichtlich gemacht, dachte Stierna. Hat seinen Dialekt verstellt, damit er besser untertauchen konnte.

Stierna schaltete seine Taschenlampe wieder an. Er las Namen im Lichtkegel. Einige kannte er bereits, auch hier war er schon entlanggegangen.

Das Grab war das vorletzte in der Reihe. Auf dem kleinen Beet davor wuchsen ein paar Blumen. Stierna wunderte sich, wieso er es nicht vorher gefunden hatte. Vielleicht weil es so unscheinbar war, weil die Grabsteine fast alle gleich aussahen.

Johan Oskar Enberg

** 8. 12. 1864 · † 12. 7. 1921*

Seine Ehefrau

Astrid Erika Enberg

** 17. 3. 1867 · † 28. 12. 1927*

Arvid Enberg

** 4. 10. 1899 · † 8. 1. 1928*

Johan Oskar Enberg, der Vater. »Stinsen, dieses verdammte Schwein«. Er wusste, dass er ihn zum Schluss doch noch finden würde.

Der achte Januar 1928, dachte Stierna. Der letzte Tag, an dem mit Sicherheit gesagt werden konnte, dass der Betreffende noch lebte, dieses Datum wurde immer als Todesdatum genommen bei Personen, die verschwanden und nicht wieder auftauchten.

Stierna machte seine Taschenlampe aus. Er fragte sich, wie das wirkliche Todesdatum lautete. Vorausgesetzt, es gab eins.

Visby 1953

88

»Warum ist er ausgerechnet von dort gesprungen?«

Stierna sah sich im Speisesaal um, bevor er antwortete. Sie waren allein hier, Grönwall und er. Die anderen Gäste waren gegangen.

Der ehemalige Kommissar hatte sich im Laufe der Jahre immer wieder dieselbe Frage gestellt. Früher einmal hatte er sich darüber so sehr den Kopf zerbrochen, dass er befürchtete, den Verstand zu verlieren. Jetzt war er eher der Meinung, dass der Ort des Selbstmords eigentlich keine Rolle spielte, trotzdem kam ihm diese Frage immer wieder in den Sinn. Wahrscheinlich würde er sie nie beantworten können.

»Vielleicht verhält es sich so, wie der Landjäger meinte«, antwortete Stierna. »Das war einfach der ideale Platz für jemanden, der sich ertränken wollte.«

Er hatte keine Namen genannt, als er von den Ermittlungen in den Vierzigern erzählt hatte, nicht gesagt, welche Orte er besucht hatte. Ja, er hatte nicht einmal erwähnt, dass Rehn und er in dem Bahnhofshotel in Ludvika in diesen Tagen im Mai vor mehr als zwölf Jahren gewohnt hatten. Er hatte vom »Stinsen« berichtet, aber genau darauf geachtet, dass diese Information mit keinem konkreten Ort, mit keiner konkreten Person in Verbindung gebracht werden konnte.

Während des Gesprächs mit dem Journalisten war Stierna zwischen Namen, Orten und Daten in gleicher Weise hin und her gesprungen, wie er das früher bei Pressekonferenzen getan hatte: Er hatte nie zu viel gesagt, aber auch nie zu wenig.

»Aber Sie haben einen Zusammenhang gesucht?«, fragte Grönwall. »Zwischen dem Mann, der sich das Leben nahm, und dem Mann, von dem Sie glauben, dass er Ingrid Bengtsson getötet hat?«

»Genau.«

»Und – haben Sie einen gefunden?«

Stierna zuckte mit den Schultern. Der Alkohol hatte seine Gesten träger werden lassen, unkontrollierter.

»Sie stammten aus demselben Ort. Gingen in dieselbe Volksschule. Waren dieselben Wege gegangen in ihrer Kindheit. Aber wir haben nichts gefunden, was darauf hindeutet, dass sie einander näher kannten. Sie waren ja nicht im gleichen Alter. Und wir haben mit der Familie gesprochen. Mit alten Klassenkameraden. Den Arbeitgebern und vielen anderen.«

»Haben Sie etwas gefunden, was darauf hindeutet, dass der Mann, der sich das Leben genommen hat, etwas mit dem Mord an dem Mädchen zu tun hatte? Dass er dort gesprungen ist, um den anderen damit etwas mitzuteilen ... Sozusagen als letzte Willensäußerung?«

»Nein. Und ich kann sagen, wir haben überall gesucht. Aber wir haben keinen einzigen Hinweis darauf gefunden, dass er jemals in Stockholm gewesen ist. Er hat die Gemeinde kaum verlassen. Zumindest schien es so.«

Grönwall schrieb etwas in seinen Notizblock.

»Wissen Sie, warum er sich das Leben genommen hat?«

»Nicht genau, er hat keinen Abschiedsbrief hinterlassen. Aber da war so einiges im Hintergrund. Er hatte Schulden, die er nicht zurückzahlen konnte. Er wollte mehr Lohn von seinem Arbeitgeber, den hat er aber nicht bekommen. Ich glaube, das hat auch zu Streit mit seiner Frau geführt.«

»Sind das ausreichende Gründe, um sich das Leben zu nehmen?«

»Möglich ist es – kommt drauf an.«

Eine Weile schwiegen beide. Stierna wurde von all dem Reden müde, er genoss den Moment der Ruhe.

Grönwall trank von seinem Bier, bevor er fortfuhr.

»Sie wollen mir nicht sagen, wie er hieß?«

»Wer?«, fragte Stierna zurück.

»Der Mann, von dem Sie glauben, dass er Ingrid Bengtsson ermordet hat. Der Mann, dessen Vater Bahnhofsvorsteher war, ein ›Stins‹.«

»Nein, das wäre nicht korrekt. Es gibt keine Beweise, die ihn mit dem Mord verbinden. Keinen Zeugen, der ihn mit dem Mädchen gesehen hat. Außerdem ist er für tot erklärt worden.«

»Und von dem, der sich das Leben genommen hat, auch nicht? Oder welche Orte Sie 1941 besucht haben?«

»Das kann ich nicht. Das wäre gegen die Dienstvorschriften.«

»Aber Sie sind doch nicht mehr bei der Polizei.«

Stierna gab keine Antwort und schaute lächelnd auf die Tischdecke.

»Dann hatten Sie also Glück«, sagte Grönwall schließlich.

Stierna musste nicht nachfragen, was er damit meinte.

»Ja. Das ist vielleicht traurig, aber wahr. Und für Sie ist es wohl besonders traurig, denn es ist nicht das, was die Leser wollen. Aber so ist es bei einem Mordfall. Meistens fassen wir den Täter noch am Tatort. Einen Mann, der seine Frau erschlagen hat, oder einen Landstreicher, der einen anderen Landstreicher wegen einer Flasche Schnaps erschlagen hat.

Oft kriegen wir sie gleich, denn viele bleiben dort, wo es passiert ist. In der Wohnung, vor der Kneipe oder wo immer das sein mag. Sie geben in ihrer Reue sofort alles zu. Und wenn sie nicht mehr da sind, dann finden wir sie schnell, denn wir wissen genau, wo wir suchen müssen. In der Familie, im Freundeskreis. Die einfachen Fälle lösen wir gleich. Und dann gibt es die schwierigen, bei denen wir uns festfahren. Das sind nur wenige, aber auf die stoßen wir immer wieder.«

»Die schwierigen Fälle? Wie der von Ingrid Bengtsson?«

»Exakt. Bei denen es keine offensichtliche Verbindung zwischen Opfer und Täter gibt. Bei denen haben wir oft kein Glück. Denn es gibt vielfach kaum etwas Greifbares. Und wenn wir uns wirklich festfahren ... dann können wir eigentlich nur auf irgendeinen Tipp hoffen. Und so etwas passiert nicht selten erst mehrere Jahre später. Enge Verbindungen, die sich im Laufe der Jahre lösen und jemanden dazu bringen zu reden. Scheidungen, die eine geknechtete Ehefrau plötzlich reden lassen. Freundschaften, die zerbrechen, sodass nichts mehr heilig ist. Aber so etwas braucht Jahre, viele Jahre.«

»Ich verstehe.«

Stierna hörte gar nicht hin, fuhr einfach fort.

»Andererseits muss es gar nicht sein, dass jemand plötzlich anfängt zu reden. Es kann auch sein, dass durch Zufall etwas gefunden wird.«

»Wie der Wagen aus dem See?«

»Wie der, ja. Die genialen Lösungen, die können Sie vergessen. Denn die existieren nicht. In so einem Fall ... Ich war bei einem Fall dabei, da wurde auf einem Dachboden zehn Jahre nach einem Mord in Solna eine Tasche gefunden. Und diese Tasche war entscheidend dafür, dass wir einen Mörder überführen konnten. Das war nicht unser Verdienst, das war der des Zufalls. Manchmal spielt er uns in die Hände, meistens nicht.«

Grönwall schaute ihn skeptisch an.

»Sie meinen also, das mit dem Wagen heißt, dass ...«

Stierna unterbrach ihn.

»Dass wir Glück hatten, ja.«

Stierna rieb sich die Hände.

»Trotzdem haben Sie ihn nie gekriegt. Ingrid Bengtssons Mörder.«

»Nein. Wir haben ihn gesucht, aber er blieb verschwunden.«

Stierna ergriff den Stock, den er jetzt seit über neunzehn Jahren benutzte.

»Wir haben mit den Verwandten gesprochen«, fuhr Stierna fort. »Mit Leuten, die ihn kannten.«

»Verwandte? Es war doch auch ein Verwandter, der ihn für tot erklären ließ?«

»Ja, ein Onkel. Damit das Erbe aufgeteilt werden konnte. Schließlich hatten die Erbberechtigten schon zehn Jahre darauf gewartet.«

»Hat er viel hinterlassen?«

»Nun, er hat ja seine Mutter beerbt, und soweit ich mich erinnere, hatte sie einiges an Geld beiseitegelegt. Aber das waren keine großen Summen.«

Grönwall räusperte sich, bevor er fortfuhr.

»Was haben Sie noch getan?«

»Wir haben versucht herauszufinden, ob er in irgendeinem Hotel in der Nähe untergekommen war, in einem Wirtshaus oder einer Herberge, nicht weit entfernt von der Stelle, an dem der Wagen beseitigt wurde, wahrscheinlich irgendwann im Herbst 1928. Aber wir haben ihn nicht gefunden, keines dieser Häuser hatte das Buch mit den Reservierungen dreizehn Jahre lang aufbewahrt. Keiner hatte ihn nach dem achten Januar 1928 gesehen, zwei Tage nach der Beerdigung seiner Mutter. Ich könnte noch jede Menge über unsere Nachforschungen berichten, aber das würde Ihnen nichts bringen. Und es hat uns nichts gebracht.«

Grönwall beugte sich über seinen Notizblock, aber er schrieb nichts auf.

»Ich denke an die Bilder, die Sie hatten. Die Zeichnungen von ihm. Wie ähnlich waren die ihm eigentlich?«

Stierna schaute sich erneut im Speisesaal um. Er war weiterhin leer; er fragte sich, wo wohl Malmborg und die anderen waren, die hier arbeiteten. Vielleicht in der Küche, doch er konnte keine Stimmen von dort hören.

»Ingrids Zeichnung ... Ich meine, es war trotz allem eine Kinderzeichnung. Die andere war von einer Zeichnerin angefertigt worden ... Zumindest hatten sie eine gewisse Ähnlichkeit mit der Vorlage.«

Grönwall nickte kurz, schrieb etwas auf.

»Mit dem Mann, den Sie dreizehn Jahre später gefunden haben und der für tot erklärt worden war? Glauben Sie, er könnte heute noch leben?«

Stierna lehnte sich in seinem Stuhl zurück, verschränkte die Hände vor dem Gesicht.

»Warum nicht? Nachdem er aus Ludvika verschwunden war, hat er in Stockholm gelebt. Sieben Monate nach seinem Verschwinden hat er Ingrid Bengtsson ermordet.«

»Sie glauben nicht, dass er Selbstmord begangen haben könnte?«

»Schon möglich. Er scheint zu der Sorte Mensch gehört zu haben, bei der das Risiko dafür größer ist als bei anderen. Aber ich will nicht darüber spekulieren«, sagte Stierna.

»Aber Sie haben einen Mann gesucht, der für tot erklärt worden war.«

»Ja, die Suche war nicht leicht. Wenn er noch lebt, dann mit Sicherheit unter anderem Namen. Was das Ganze noch schwerer machte. Aber ich habe das Gefühl, dass wir ihn gefunden hätten, wenn er noch leben und wenn er noch in Schweden gewesen wäre.«

»Wo sollte er denn sonst sein?«

»Wir haben auch im Ausland nach ihm gesucht, aber das war problematisch. In Großbritannien, in Deutschland. Sogar in Amerika ... Aber es ist nicht leicht, jemanden in Amerika zu finden. Und wir haben einen Mann gesucht, der für tot erklärt worden war.«

Grönwall trank von seinem Pils.

Der Oberkellner trat an ihren Tisch.

»Herr Malmborg«, sagte Stierna, »wollen Sie uns rauswerfen?«

»Nein, nein. Bleiben Sie ruhig sitzen. Wir haben jetzt geschlossen, aber Sie können sitzen bleiben. Wir wollten auch noch etwas trinken, bevor wir nach Hause gehen. Lassen Sie sich Zeit.«

Stierna ergriff seinen Stock und stand auf. Er hatte das Gefühl, dass er nach dem Klavierspiel und dem Gespräch frische Luft brauchte.

»Ich gehe eine kleine Runde«, erklärte er Grönwall, »ich bin gleich zurück.«

Draußen auf den Straßen war es ruhig. Der Herbst hing in der Luft, die Jahreszeit, die er am wenigsten mochte.

Der ehemalige Kommissar überlegte, wie lange er in Visby bleiben sollte. Er hatte das Gefühl, dass es eigentlich Zeit war, zu neuen Ufern aufzubrechen. Irgendwohin, wo er noch nie gewesen war.

Wie bin ich hier nur gelandet?, fragte er sich selbst. Wie bin ich auf Gotland gelandet, allein in einem Zimmer in einem Wirtshaus, das kurz vor der Winterruhe steht, nachdem die Sommertouristen abgereist waren? Alt, müde, verlassen. Ein Flüchtling. Seit dreißig Jahren. Wenn ich mich vor dreißig Jahren so hätte sehen können, wie hätte ich da wohl reagiert? Wahrscheinlich wäre ich zu Tode erschrocken.

Als Stierna wieder zurückkam, war es nicht mehr so still im Speisesaal. Malmborg und der dunkelhaarige, ruhige Kellner hatten sich an einen Tisch am Eingang gesetzt, zusammen mit dem blonden Mann von der Rezeption und zwei jungen Frauen, die hier kellnerten.

Grönwall saß noch am Fenstertisch. Er blickte gedankenverloren hinaus ins Dunkel; Stierna konnte sehen, dass sein Glas leer war.

»Das ging schnell«, sagte der Journalist.

»Ja, ich musste nur mal an die frische Luft.«

Grönwall sah wieder in die Visbyer Nacht hinaus. Stierna kam in den Sinn, dass es nicht mehr lange hin war bis zu den Glockenschlägen um Mitternacht.

»Sie haben vorhin gesagt, dass die Beweise fehlten. Sie hatten nichts, was den Mann mit dem Mord an dem Mädchen in Verbindung bringen konnte.«

»Jedenfalls nichts Nennenswertes.«

Stierna lehnte sich in seinem Stuhl zurück. Er erinnerte sich daran, wie er die Wohnung in Ludvika betreten hatte, in der Arvid Enberg früher einmal gewohnt hatte. Das war irgendwann im Juni 1941 gewesen, nachdem die Techniker dort fertig gewesen waren. Die Wohnung lag in der Nähe einer Pension in der Fredsgatan, und ihm war damals aufgefallen, wie ähnlich diese Wohnung doch der in der Hagagatan war, die Enberg unter dem Namen Karlsson angemietet hatte. Beides waren Einzimmerwohnungen mit Kochnische. In beiden stand der Schreibtisch an dem Fenster, das zur Straße zeigte.

Gut dreizehn Jahre nachdem Arvid Enberg die Wohnung in Ludvika verlassen hatte, um nie wieder zurückzukehren, waren alle Spuren von ihm ausgemerzt. Dass sie keine Fingerabdrücke von ihm finden würden, sahen sie schnell ein. Die Wände waren in der Zwischenzeit zweimal gestrichen worden, und selbst wenn sie nicht gestrichen worden wären, hätten sie wohl kaum brauchbare Abdrücke finden können. Nicht nach dreizehn Jahren, nachdem mindestens drei Mieter seit 1928 hier gelebt hatten.

Keine gesicherten Spuren, die der Rede wert waren, dachte Stierna und stand auf.

Grönwall wandte sich vom Fenster ab und sah ihn an.

»Ich gehe zum Oberkellner«, sagte Stierna, »und sehe, ob ich noch etwas bestellen kann, bevor ich ins Bett gehe. Möchten Sie auch etwas?«

»Nein, danke.«

Stierna ergriff den Stock. Während er durch den Speisesaal ging, dachte er daran, wie fieberhaft sie in dem Frühling und Sommer 1941 nach dem Täter gesucht hatten. Wie sie alle Hinweise noch einmal durchgegangen waren, nachdem die Zeitungen die Zeichnungen des Mannes mit der hohen Stirn veröffentlicht hatten, lange bevor Stierna zum ersten und letzten Mal in seinem Leben am Bahnhof Ramberg aus dem Zug gestiegen war. Sie hatten ein paar Hinweise von Orten nicht weit von der Gemeinde Bråd entfernt erhalten. Eine ältere Frau aus

Smedjebacken meinte, der Schuster, zu dem sie immer ging, ähnele dem Mann auf den Zeichnungen. Eine Verkäuferin in Grangärde meinte, einer ihrer Kollegen erinnere sie an den von der Polizei Gesuchten. Außerdem eine junge Kellnerin, die erzählte, dass ein Herr, den sie einige Male am Bahnhof von Ludvika gesehen habe, der Mann sein könne, den Sara Åkerblom gezeichnet hatte.

Der frühere Ermittlungsleiter schaute zu dem Tisch am Eingang, an dem Malmborg und die anderen saßen. Sie hatten ihn noch nicht kommen sehen.

Er dachte daran, wie sie Verwandte von Enberg ausfindig gemacht hatten, um an ein Foto von ihm zu kommen, aber sie hatten nur welche aus der frühen Schulzeit gefunden, die nicht zu gebrauchen waren. Und er erinnerte sich daran, wie sie im Führerscheinregister von 1927 gesucht und Enberg dort gefunden hatten, die Bestätigung dafür, dass er Auto fahren konnte. Wie er selbst so oft im Vasapark gesessen hatte, sich dorthin gezogen fühlte. Nicht in dem Glauben, Enberg könnte irgendwann hier auftauchen, aber doch in einer unlogischen, mikroskopisch kleinen Hoffnung, es könnte trotz allem geschehen.

Ich habe ihn an so vielen Orten gesucht, dachte Stierna.

Dann war er am Tisch am Eingang angekommen. Die beiden Frauen und der blonde Mann von der Rezeption schauten auf. Malmborg saß mit dem Rücken zu ihm und drehte sich um.

»Herr Stierna«, sagte der Oberkellner, »kann ich Ihnen irgendwie helfen?«

»Ich würde gern noch ein Bier bestellen, bevor ich ins Bett gehe, wenn das möglich ist.«

Malmborg erhob sich.

»Gehen Sie ruhig wieder an Ihren Tisch, ich regle das schon.«

»Danke, vielen Dank.«

Stierna kehrte zum Fenstertisch zurück. Grönwall schaute erneut in die Nacht hinaus.

Beschwipst, dachte Stierna. Der hat morgen keinen leichten Arbeitstag.

Der Journalist lächelte Stierna zu, als er sich setzte. Zurückhaltend, aber es war ein Lächeln.

»Ich weiß nicht«, sagte Grönwall.

Stierna schaute ihn an.

»Was wissen Sie nicht?«

»Ich weiß nicht ... Stimmt das, was man über die Polizeibeamten sagt? Dass sie alle einen Fall haben, einen einzigen, den sie unbedingt lösen wollen. Mehr als alles andere auf der Welt. Etwas, womit sie arbeiten, wenn sie freihaben, worüber sie grübeln, wenn sie versuchen, abends einzuschlafen. Etwas, worauf sie eine Antwort finden wollen, in ihrer Freizeit. Es heißt, dass alle, die eine gewisse Zeit dabei sind ... Dass die alle so einen Fall haben. Stimmt das, oder ist das ein Mythos?«

»Nein, das stimmt nicht.«

Grönwall beugte sich über den Tisch.

»Sie behaupten, das ist ein Mythos?«

»Weitgehend schon. Nicht alle haben so einen Fall. Nicht mal die meisten.«

Eine der jungen Frauen vom Tisch am Eingang kam zu ihnen. Sie lächelte Stierna zu und stellte ihm ein Glas Bier hin. Er erwiderte ihr Lächeln.

»Danke, Fräulein. Setzen Sie es auf die Zimmerrechnung?«

»Ja, natürlich, Herr Stierna.«

»Vielen Dank.«

Die Frau lächelte wieder.

»Und, haben Sie so einen Fall, den Sie unbedingt lösen wollen?«

Stierna sah sich im Raum um, als suche er jemanden.

»Müssen Sie das noch fragen?«

Grönwall antwortete nicht.

»Der Wagen«, sagte er stattdessen. »Den Sie in dem See gefunden haben. Was war da drinnen?«

»Wir haben nichts gefunden. Jedenfalls nichts von Wert.«

»Die Pistole und alles andere war weg?«

»Ja, alles war weg.«

»Dann hat er es mitgenommen.«

»Wahrscheinlich. Außerdem hat der Wagen viele Jahre lang im Wasser gelegen. In fünfzehn Meter Tiefe. Vermutlich seit 1928. Hätte es etwas zu finden gegeben, wir hätten es gefunden. Högstedt hätte es gefunden.«

Stierna griff nach seinem Bierglas.

Grönwall sah auf die Uhr.

»In ein paar Minuten«, sagte er. »Wenn die Uhr Mitternacht zeigt. Dann sind fünfundzwanzig Jahre vergangen, seit Ingrid Bengtsson tot auf der Djurgårdswerft gefunden wurde, auf den Tag genau. Wenn der Fall dann verjährt ist, wenn ganz klar ist, dass der Täter frei bleiben wird, dass er nie vor Gericht gestellt werden kann, wie werden Sie sich dann fühlen?«

Stierna schwieg.

Grönwall schaute ihm in die Augen.

»Ich habe etwas für Sie. Ein Geschenk. Als Dank dafür, dass Sie sich so viel Zeit für mich genommen haben.«

Stierna hob abwehrend die rechte Hand.

»Nein, nein. Das ist nicht nötig. Keine Geschenke ...«

Grönwall unterbrach ihn.

»Doch, das ist das Mindeste, was ich tun kann.«

Der Journalist kramte leicht benommen vom Alkohol in seiner Jackentasche.

Stierna lehnte sich zurück. Er versuchte zu hören, worüber die Angestellten des Hauses sich unterhielten, doch sie saßen zu weit weg.

Grönwall legte die rechte Hand auf den Tisch. Die Faust war geschlossen, die Knöchel waren weiß. Plötzlich spürte Stierna diese Intuition, die er so oft während seiner Zeit bei der Polizei erlebt hatte. Das Gefühl, dass etwas nicht stimmte.

Der Journalist öffnete seine rechte Hand. Und Stierna wusste bereits, was sich darin befand.

Der Kettenanhänger war der Kopie sehr ähnlich, die sie bei dem Goldschmied Axelsson hatten anfertigen lassen, im September 1928. Aber das Schweinchen hier war ein bisschen größer, die Kette etwas dicker. Ingrids Kette mit dem Ferkel. Das Original.

Stierna spürte sein Herz im Brustkorb schlagen. Schneller und schneller. Ihm fehlten die Worte.

Grönwall lächelte. Es war kein triumphierendes Lächeln, sondern eher ein müdes, erschöpftes.

»Sie haben mich in Stadshagen gejagt, aber ich habe darüber nie etwas in der Zeitung gelesen. Wieso? War es Ihnen peinlich, dass Sie mich nicht erwischt haben?«

Stierna saß stumm da.

»Als ich Sie hier in Visby aufgesucht habe, gab es dafür zwei Gründe. Zum einen wollte ich dem Mann, der mich gejagt hat, in die Augen sehen, den Rausch, die Gefahr wieder spüren. Und dann wollte ich alles wissen ... Aber vor allem wollte ich gestehen. Wollen Sie mein Geständnis hören, das in mir seit all den Jahren brennt? Seit fünfundzwanzig Jahren spüre ich den Wunsch, Ihnen alles zu gestehen, fragen Sie mich nicht, warum.«

Stierna stand auf. Griff nach dem Stock neben sich.

Wie ist er auf den Namen Grönwall gekommen?, dachte er.

»Ich will von dem letzten Abend berichten«, sagte der Mörder. »Von der letzten Nacht mit Ingrid. Vielleicht haben wir doch etwas gemeinsam, denn in gewisser Weise ist das hier ja auch Ihre letzte Nacht mit Ingrid.«

Stierna nahm wieder Platz.

Draußen schlugen die Kirchenglocken zwölfmal.

Danksagung

Während der Jahre, in denen ich »Der Mann im Park« geschrieben habe, haben mir viele Menschen geholfen, darunter sind Polizisten, Wissenschaftler, Ärzte, Museumsangestellte, Taucher. Ein großes Dankeschön, dass ihr mich alle an eurem Wissen habt teilhaben lassen.

Meinen besonderen Dank möchte ich an folgende Personen richten:

An den Museumsverwalter Carl-Johan Cronlund vom Polizeimuseum, der mir eine unschätzbare Hilfe in meinen Nachforschungen über die schwedische Polizei aus historischer Perspektive war.

An meine Familie und vor allem an meinen Bruder David Ljunghill, der eine Reihe wichtiger Aspekte zum Manuskript beigetragen hat und der mich beim Schreiben immer wieder ermuntert hat.

An meinen Verlag Wahlström & Widstrand, und besonders an Christian Manfred, Calle Marthin und Åsa Selling. Vielen Dank für die gute Zusammenarbeit.

An Kriminalinspektor Lennart Kjellander von den Täterprofilern der Staatlichen Kriminalpolizei für ein äußerst informatives Gespräch über Untersuchungen von Tatorten.

An meinen guten Freund und Autorenkollegen Mikael Fuchs für alle Gespräche über das Schreiben und das Ausbrüten von Ideen.

Und zum Schluss: »Der Mann im Park« ist ein belletristischer Roman. Viele Fakten entstammen der Realität, aber bei Weitem nicht alle. Das nennt man dichterische Freiheit. Beispielsweise war die Djurgårdswerft 1928 nicht stillgelegt, und es gab oder gibt keine Gemeinde Bråd in Dalarna, es gab in den Zwanzigerjahren kein Restaurant mit dem Namen »Polstjärnan« in Vasastaden, um nur ein paar Beispiele zu nennen. Die Geschichte ist erfunden und stimmt nicht mit der Wirklichkeit überein. Keine der Romanfiguren, die für die Handlung von größerer Bedeutung ist, hat es je gegeben.